詮釋的多向視域：
中國古典美學與文學批評系論

顏崑陽 著

臺灣 學生書局 印行

序：臺灣鄉下人與中國古典

呂正惠

　　去年（2015）9 月我還在重慶大學客座的時候，突然接到崑陽的一封信，說他正在編輯兩本自己的論文集，希望我為其中一本寫序。他還說，關於古典文學他還可以編出五本，預定在他七十歲退休前完成。看到這封信，我非常驚訝。我只記得，自從 1991 年的《李商隱詩箋釋方法論》之後，我好像就沒有看到過他的學術專著了。我當然知道，他常常在各種學術研討會或學術期刊發表論文，他的論文一直很受到重視，但是我對於他的古典文學研究一直沒有總體的印象。接到他的信，我突然有一種愧對老朋友的感覺。

　　崑陽和我同一年進大學中文系，他讀師大，我讀臺大，我們大概在博士階段就彼此知道，但一直沒有機會交往。後來我認識了蔡英俊，而英俊原來是讀師大的，碩士班轉讀臺大，他在師大時和崑陽，還有龔鵬程、陳文華都很有交情，我是透過英俊才認識這幾位同輩的朋友，因為我們都研究詩詞，交往起來比較沒有隔閡。1982 年我到清華任教，和英俊成為同事，我跟崑陽等人的交往也就更密切了。說起因緣，還要談到 1980 年代中期英俊和我在臺北清華月涵堂按月舉辦的中國文學批評討論會。經常參與的，除了我、英俊、崑陽，還有黃景進、柯慶明、龔鵬程、鄭毓瑜、廖棟樑等人。人數雖然不多，但確實可說盛會。尤其是會後的聚餐，六品小館的紅燒黃魚和獅子頭，至今仍讓我懷念。可惜好景不常，英俊到英國讀書了，老龔當官去了，我的興趣逐漸轉移到臺灣文學，這個會也就散了。當年我們曾經想要編寫一套中國文學批評術語叢書，也只有老大黃景進完成，其他人都黃牛了。

　　後來崑陽從中央大學轉到東華大學，在臺北出現的機會不多，而我在清

華被政治立場問題搞得心力交瘁，我們就只能「相忘於江湖」。2004 年我終於能夠退休，離開清華，轉到淡江。沒想到再過一年，崑陽竟然也從東華退休，跟在我後面來到淡江了。不過，他每週只在淡水兩天，我們見面機會不少，但只能打打招呼，開開玩笑。如果說，我們兩人在淡江建立了一點功業，那就是我們先後主編《淡江中文學報》，終於把這份學報搞進國科會人文核心期刊中了。這件事從來沒有人表揚過，所以應該提一下，因為崑陽辦事的認真負責，我終於認識到了。

　　2014 年我從淡江再度退休，崑陽特別出席，還主持了我的退休學術研討會，並做專題演講，讓我深為感動，你說，我能夠不為他的論文集寫序嗎？不過，也就在那一陣子，我們比年齡大小，原來他生於 1948 年 11 月 1 日，八天後我才出生。我們早就知道我們兩人都是流氓氣很重的嘉義人，雖然他只大我八天，畢竟比我年長，我尊他為老大，也不算過分。老大有事交辦，我當然奉命惟謹，花了很多功夫準備。這篇序不一定寫得很長，但確實很用心構思，不是隨便寫的。

　　我同意寫序後，崑陽立即把收入本書中的所有文章分批傳給我，我打算一有空就開始逐篇閱讀。讀了兩篇以後，我發現必需盡可能的全面理解崑陽的著述，才能為本書找到定位，因此我要求崑陽提供完整的著作目錄。這份目錄我很仔細的閱讀了，讀了好幾遍。此前崑陽出了十本散文集，一本短篇小說集，一本古典詩集，可謂多矣。如果扣除他所寫的通俗性的古典文學著作（詩詞賞析之類），以及他的碩、博士論文，嚴格的學術論著只有《杜牧》（1978）、《古典詩文論叢》（1983）、《李商隱詩箋釋方法論》（1991）和《六朝文學觀念叢論》（1993）四本。那麼，我們是否可以認為崑陽主要是個作家，其次才是學者？我想崑陽是絕對不會同意的，而且，學界基本上也認定他主要是個學者。如果加上今年要出的這兩本，以及未來三年內預定出版的五本（已有大量稿件，只有少部分需要補寫），崑陽至少也有十二本古典文學及美學的論著，再加上他寫過的大量的通俗性的作品，我們可以說，崑陽絕對是我們這一輩，甚至我們這一輩以後所有比我們年輕的學者，關於中國古典文學及美學著作量最大的一位（著作量唯一能超過他的是龔鵬程，但老龔的著

作種類繁多，不好把他限定在古典文學及美學上）。為什麼在臺灣政局多變、思想混亂、本土意識興起、中國文化備受歧視的這三十年，崑陽還堅持當一個古典學者，著述量一直在增加，越老學術越臻成熟呢？我從來沒有意識到這一點，等到看了崑陽的著作目錄，以及他信中所述及的未來的出版計畫，我才完全了解到這個現象。老實說，我很好奇，也有一點不能理解，為什麼崑陽可以無視於時代的紛雜擾人，默然自主，傲然獨立，成為三十年來臺灣學界古典文學研究的「魯殿靈光」呢，為什麼？

　　別人不好說，就拿我自己來作為對比好了。我跟崑陽一樣，選擇進大學中文系，就立志要搞古典研究。但到了七、八十年代，卻被當代臺灣政治所吸引，對於現實問題過度關切，終於搞起臺灣現代文學研究，其後又為了跟臺獨派賭氣，堅持跟他們唱對臺戲，這樣一搞就是十年。等到我離開清華，才幡然悔悟，終於決定回到古典文學。綜計我前後寫的古典文學學術文章（通俗著作不算），全部編輯起來，大概也不過三、四本，比起崑陽來，實在是差多了。

　　不過，這十年的時間也並非白白浪費掉。因為臺獨派極端藐視中國文化，我反而意識到中國文化是我的立身之本，我必需以一種全新的方式來審視中國文化，並重新肯定中國文化的價值。為了這個目的，我不斷的購買大陸所翻譯的西方歷史書籍，特別是被視為西方文明之起源的希臘和羅馬方面的書籍。經過長期的閱讀和思考，我終於能夠看出西方文明的弱點，從而也就理解中國文明的長處。其次，當我重新回來閱讀我一向熟悉的中國詩詞時，我又有了另一層的體會，十年前我覺得中國詩詞太過閉鎖於個人失意之餘的內心世界，由於我自己非常可笑的參與政治的經歷，我終於能體會到古代的中國文人完全不是我想像的那麼淺薄與狹隘，反而應該說，我進入壯年期時人生經驗還嫌不足，是我看錯了他們。錯的是我，而不是他們。因為這樣的反省，我比較能夠更深層次的理解古代中國文明所培養出來的那種文人的完整的生命世界。到現在為止，我重新出發而寫的古典文學論文雖然篇數還不多，但我自以為跟以前的相比，多少還是有一點進步的。

　　我這種重新閱讀與思考，是以亞里斯多德的《詩學》開其端的。我發現

亞里斯多德所說的詩學理念，跟中國〈詩大序〉、〈詩品序〉和《文心雕龍》一脈相承的詩學理念根本是兩碼之事，如果要比較，只能說這是從兩種完全不同的社會形態所產生的兩種詩學。從這一點出發，再去讀希臘史，我又發現了修昔底德《伯羅奔尼撒戰爭史》所描寫的希臘城邦內戰和《左傳》所敘述的春秋列國爭霸，差異實在是太大了。因此我只能得出這樣的結論：每一個社會自有其系統，有其產生的因緣，有其演變的模式，如果要比較，只能從其差異入手，而不能以某一社會的文化體系為價值標準去衡量另一社會的文化體系。我們所習慣的、以西方衡量東方的方法一開始就錯了，我們必需在西方的對照下了解中國獨特的文化模式，再進一步了解這一文化模式下的文學，這樣才能看到中國文學真正的特質。閱讀西方歷史和文學作品，最好從希臘開始，相對而言，閱讀中國也要從先秦重新出發。這就是甘陽所說的，「拉開距離，兩端深入」，一個是西方的古代，一個是中國的古代，從這兩端深入閱讀，你會覺得，你看歷史和人類社會的眼光會完全不一樣。

　　自從 2004 年我離開清華，逐步放棄臺灣文學研究，重新開始調整自己以後，我就決定：不再申請國科會計畫，不主動發表論文，儘可能不參加學術會議，讓自己在半封閉狀態中自由發展。基本上我也不關心臺灣的學界動態，雖然我跟崑陽同處於淡江，但老實講，我並不知道他的研究狀態。有一次崑陽在臺大的一場研討會上發表〈從混融、交涉、衍變到別用、分流、佈體——「抒情文學史」的反思與「完境文學史」的構想〉這一長篇論文，並指定我講評。文章的題目實在太長了，而且包含太多名詞，很難理清彼此的關係。不過，我大致能體會，當時王德威藉用了沈寂多年的「中國抒情傳統說」（這跟高友工、蔡英俊、陳國球和我都有關係），創造了中國抒情文學史一整套的理論，正受學界矚目，崑陽因此有感而發。我已經忘記如何回應了，我只覺得，為了反思抒情文學史，似乎也沒必要把論述的方方面面舖展得這麼大，這種企圖心似乎超過了他想批判的對象，以致於我都不知道怎麼說才好。崑陽作學問是有氣勢的，但這一次似乎想要籠山罩海，準備通吃了。我有這種疑惑，但不敢說出來。

　　還好在寫這篇序之前，我跟崑陽要了他的著作目錄，他同時也寄來了他

的學生鄭柏彥對他的專訪文章：〈開拓中國古典文學研究的新視域——顏崑陽教授的學思歷程〉。兩相對照，我終於恍然大悟，原來崑陽正走向一條很奇怪的道路，而其目標竟然和我的有點接近，至少同處於一座山頭上——只在此山中，是不是同一座廟還不能肯定，同一座山肯定是無疑的。這實在太奇怪了，崑陽怎麼會跟我走在一起呢？不，不，我怎麼竟然跟崑陽走在一起呢？

我這樣講，並不是往自己臉上貼金，也不是厚誣崑陽，是有充分根據的。我們且來看崑陽 2003 至 2014 所申請的國科會研究計畫項目：

1. 論「文體」的「藝術性向」與「社會性向」及「雙向共體」的關係
2. 從歷代文章分類析釋「類體互涉」關係及其在文體學上的意義
3. 文體規範與文學歷史、文學創作的「經緯圖式」關係
4. 從反思中國文學「抒情傳統」的建構論「詩美典」的多面向變遷與叢聚狀結構
5. 重構中國古代「原生性」的文學史觀
6. 中國古代「詩式社會文化行為」的類型
7. 「詩比興」的言語倫理功能及其效用

這些研究計畫執行完成之後，大多已寫成論文在學術會議或期刊發表。我個人認為，從這些題目可以看出，崑陽已經構設出一套完整的中國文學論述體系。因為這一套體系是他長期思索出來的，既有的術語與批評架構無法表達，所以他創造了很多名詞。這些名詞可能會讓人難以捉摸，但現在我已經可以「看題識貨」了。

首先，我相信這裡所說的「原生性」的文學史觀，應該就是前面已提及的、他的另一篇文章所謂的「完境文學史」，其意為：我們應該在完整的中國文明的系統下認識中國文學，不應該以後來傳入中國的近代西方文學概念與系統來論述中國文學。譬如（以下是按我的意思發揮崑陽想法，不一定對），在中國傳統中，一個文人所能獲得的最高成就，就是能夠幫皇帝撰寫「制誥」（知制誥），或者進入皇家歷史檔案館整理國史（直史館）。文學之士在中國傳統社會具有多方面的地位與功能，不是我們現在的文學觀念所能籠罩的。

我們如果不能掌握中國文學在古代中國社會中的「原生性」（或者完境），我們對中國古典文學的理解很難做到恰如其分。

再說到「詩式社會文化行為」，崑陽後來在發表文章時更常用「詩用學」這一概念，其意是：作詩在中國古代社會是一種常見的社會行為，宴會要寫詩，送別要寫詩，同遊（譬如同登慈恩寺塔）要寫詩，皇帝作有一首詩，你也必需奉命唱和。當然，你被貶官，心情鬱卒，也要寫詩。前者是一種社會行為，後者好像是個人行為，但也必需在中國士大夫的仕宦環境底下去了解這種個人行為，這絕對不是西方近代才出現的浪漫主義的個人行為。

從這兩個例子，就可以理解崑陽為什麼不能接受中國抒情文學史觀這樣的講法，因為這跟中國古代文學「原生性」的社會環境距離太遠了，譬如好像視力不濟的人用手隨便摸摸大象，偶然摸到鼻子，就說大象是鼻子，這未免太可笑了。而這，基本上就是我們目前用西方概念看待中國古典文學的方式。

除了抒情文學史觀之外，崑陽對現在流行的論述，還有一點很不以為然。從魯迅開始，大家流行說，魏晉以後是中國文學「自覺」的時代，好像文學從此開始就有了「獨立性」。我曾經幾次聽崑陽說，這種講法根本不通。我很贊成他的看法，很希望他早日寫文章談論一下，現在看他的著作目錄，才發現他在 2011 年已經寫了一篇〈「文學自覺說」與「文學獨立說」之批判芻論〉。正如前面已經說過的，作詩在中國傳統社會是社會活動的一環，在這種情況下，文學如何能夠「獨立」？再舉例來說，從東漢以後，墓誌銘這種文體開始產生，至唐宋而達到高峰。墓誌銘的產生有其社會原因，墓誌銘受到重視，自然就成為文人必需熟稔的文體，唐代的韓愈和宋代的歐陽修都因為擅長墓誌銘而在文壇享大名，並且有著豐厚的潤筆。從墓誌銘，還有詩文中的許多次文類，都可以看出，中國文人的寫作行為和中國古代的社會價值體系密切關連，請問文學如何獨立法？文學獨立的觀念是西方浪漫主義以後的產物，現在流行的文學的定義「想像的、虛構的的作品」是十九世紀以後才開始形成的。以這個定義來書寫中國文學史，傳統所認定的文學作品至少有一半以上不能列入，這樣的文學史真是中國古代的文學史嗎？崑

陽有一篇論文是〈論「文體」的「藝術性向」與「社會性向」及「雙向成體」的關係〉（2005），我沒看過他這一篇論文，但可以想像，他對於中國文體的「社會性向」是非常了解的，他當然無法同意「文學獨立」這種難以成立的荒唐概念。

再進一步說，文學的美學功能和倫理功能難道是可以分割得很清楚的嗎？從崑陽的另一篇論文〈「詩比興」的言語倫理功能及其效用〉（2016），又可以看出，他早就意識到這個問題。中國的儒家和道家都有各自的人生觀和倫理觀，這種人生觀和倫理觀自然就孕育了美學觀，本書中的前兩篇就在說明這個問題，他是無法接受所謂的「獨立的」美學價值這種說法的。按我個人的看法，西方近代的美學觀不過是個人主義的價值觀的反映而已，這種美學觀不但不足以衡量以儒、道為思想核心的傳統的中國美學，恐怕也不能據以否定西方所產生的基督教的美學觀。獨立的美學、獨立的文學，都是近代資本主義獨立的個人主義價值觀的投射，並不是可以放諸四海的真理。

以上我都是以自己的想法去詮釋崑陽的研究計畫及論文所蘊含的深意，崑陽未必如此論述，但我敢肯定，方向是差不多的。我的感覺是，崑陽對目前學界論述中國古典文學的許多模式越來越不滿意，長期累積之餘，終於「忍無可忍」的想要創造一種新的體系，以便把他對中國古典文學真實的感受呈現出來，不是好立新說，是不得已也。可能有些人會對他「喜立新名」表示困惑，但我是深知其意的，因為他一時也只能這樣表達。

在構思和寫作的過程中，我總有一種異樣的感覺，這種感覺逐漸由模糊變得清晰。我終於想通了，原來崑陽已經成為中國古典文學——擴大來講就是中國古典文明——的傳承者與詮釋者。他信中跟我說，「這個年紀，學術正臻成熟」，我認為這種話不只是自負，還蘊藏了一種使命感與成就感，他的生命跟中國古典文學研究息息相關，而古典文學也將因他而得到「孤明獨發」。原來崑陽到底還是中國傳統文化培養出來的正統的知識分子，詮釋與發揚中國傳統文化最終還是成就了他生命最重大的意義——在目前的臺灣，我們是要贊許他？還是要嘲笑他？所以我才說，我沒想到崑陽所要達到的目

標跟我是在同一座山頭上。

　　說來也真奇怪，崑陽和我都是臺灣南部偏僻農村出身的鄉下人，我們共同的特色就是自小喜愛中國古典，而最終研究中國古典也就成為我們一生最重視的一件事。崑陽要我寫這篇序，我花了時間準備，沒想到得出這樣的結論，姑且提出來供大家參考。

　　崑陽說，在七十歲退休時，他將再整理出版五本書，《詩比興系論》、《中國古代文體學系論》、《中國古代文學史觀系論》、《中國詩用學系論》、《文心雕龍學系論》，你看看，這是什麼樣的氣魄。我期待著，我相信大家也都會期待著。

2016.2.18

詮釋的多向視域：
中國古典美學與文學批評系論

目　次

輯二：中國古典文學批評系論

導　言

一、西方詮釋學素描

西方，在「自然科學」大傳統的覆蓋下，「人文學」一直都受到「知識殖民」，不是被強貼「科學」的標籤，就是被質疑搆不搆得上「科學」。甚至，有些人文或社會科學者主動投靠自然科學，而甘心「自我殖民」。西方十九世紀曾經佔據主流位置的實證社會學與實證史學，那些自我殖民的人文或社會科學者，就是極力想要證明，以「社會」或「歷史」為對象，也可以如同以「自然」為對象那樣，當作一門「科學」，而使用「實證」方法去研究，最終目的就是建立解釋社會或歷史之本體及其變化因果律的通則性知識。

不過，在人文或社會科學界，固然有些學者寧願「自我殖民」，卻也有些學者極力想掙脫「被殖民」的枷鎖。「人文學」能不能獨立於「自然科學」之外，具有自己的知識本質，而使用不同於科學實證的研究方法，以建立性質殊異的另類知識？在「自然科學」大傳統的覆蓋下，關於人文學的知識本質論、方法論的問題，某些敏於思辨、敢於創發的人文學者，一直費心耗力的在尋求解決。

在西方，從十九世紀以前的古早時代，學者們就已經習於針對語文、聖經、法律、歷史等知識領域的文本意義，個別進行實際的詮釋；只不過還沒有學者針對這類人文學，特別自覺的從知識本質論、方法論的後設觀點，提出普遍原理、通則的詮釋理論；因此只展現了語文學、解經學、法律學等實際操作的「個殊詮釋學」。

　　等到十九世紀初，古典詮釋學的先驅者，德國哲學家阿斯特（Georg A.
Fr. Ast, 1778-1841）、施萊爾馬赫（Fr. D. E. Schleiermacher），才提出「詮釋學」
（hermeneutics）這一名稱，並構想針對整體人文研究的一般方法，建立「普
遍詮釋學」。到了十九世紀末、二十世紀初，現代詮釋學之父，德國的狄爾
泰（W. Dilthey, 1833-1911）對於「人文研究」的知識本質與方法，革命性的正
式宣告：人文學的研究對象是人之主觀精神創造而被符號形式所客觀化的產
物。這樣的研究對象完全不同於自然科學所研究純粹客觀的自然物事。而人
文學的研究方法，原則上是繫諸主體對於文本「意義」所做的理解
（understanding）、詮釋（interpretation），完全不同於自然科學對純粹客體的屬
性或因果規律所做實證性的解釋（explanation，或譯為「說明」）。狄爾泰相對
於笛卡耳（R. Descartes, 1569-1650）、康德（I. Kant, 1724-1804）之為自然科學建
立認識論的基礎，他最大的貢獻就是為人文領域的精神科學奠定了認識論基
礎。我們可以說，西方的人文學，從狄爾泰之後，才逐漸脫離自然科學的知
識殖民，而宣告獨立，佔有自己的知識版圖。

　　狄爾泰之後，經由德國胡塞爾（E. Husserl, 1859-1938）的現象學，以及海
德格（M. Heidegger, 1889-1976）的存在哲學，為詮釋學提供了存有論、認識論
的哲學基礎。到了葛達瑪（H. Gadamer, 1900-2002。或譯為高達美、加達默爾），
就在這種哲學基礎上，系統性的建立了「存有論詮釋學」。他認為理解即詮
釋，乃是人們得以開顯生命存在本質而實現其意義的方式；另一個流別，義
大利的貝蒂（E. Betti, 1890-1968），曾與葛達瑪論爭，不同意他的觀點。貝蒂
取徑於認識論，只將詮釋學視為人文科學的一般方法論，特別強調詮釋的客
觀有效性，並針對詮釋主體與詮釋對象，建立幾個可資依循的詮釋原則，是
為「認識論詮釋學」。

　　其後，德國法蘭克福學派的哈伯瑪斯（J. Habermas, 1929-），曾與葛達瑪
有過幾次的對話，乃堅持他一貫的批判理論，提出「批判詮釋學」。他認為
葛達瑪的存有論詮釋學，最大的限制就是忽略自我反思、批判在理解、詮釋
過程中的決定性作用；一切被理解、詮釋的對象，在理解、詮釋中都可以被
改變，因此我們不能毫無反思、批判，而只是簡單的接受被理解、詮釋的對

象。

　　至於法國的里克爾（P. Ricoeur, 1913- ）則以現象學為基礎，建立了「綜合詮釋學」，試圖辯證的調和「個殊詮釋學」與「普遍詮釋學」、「存有論詮釋學」與「認識論詮釋學」的對立衝突。尤其他批判海德格、葛達瑪越過語文層次的詮釋，而直接到達生命「此在」自身的詮釋；因此，他認為存有的詮釋，必須先經過語文詮釋、反思詮釋的二個層次；然則，存有論的詮釋就包含在認識論的詮釋中，二者並非截然對立。比起貝蒂，他不偏極於人文學的方法論一端；比起葛達瑪，他也不偏極於存有論一端，而特別注重文本的詮釋。因此，他建立了一套系統化的文本詮釋理論。[1]

　　從十九世紀到二十世紀，西方就在這許多人文學者接續強力的發言而眾聲喧嘩中，現代詮釋學終於掀起二十世紀西方人文學的思潮，而讓它正式脫離自然科學的覆蓋，建立了堅實的知識本質論與認識論、方法論基礎。

　　西方的現代詮釋學，儘管眾聲喧嘩，各有不同的立場、觀點，而引起爭論；但是，他們大致都同意，人文學的「詮釋」（interpretation），不同於自然科學的「解釋」（explanation）；自然科學的「解釋」必須依照「主客對立」的規範進行，不能將主觀的情意涉入研究對象，而干擾「解釋」的客觀性；相對的，人文學的「詮釋」總是帶著不可剔除的主觀性，必須涉入研究對象的存在「情境」中，進行設身處地的同情理解；當然也不能剔除研究對象之文本的相對客觀他在性，而落入絕對主觀的隨意獨斷。最好是終究能夠達到「主客視域融合」的詮釋效果。

1　關於上述西方簡要的詮釋學史，可詳參洪漢鼎編譯：《詮釋學經典文選》（臺北：桂冠圖書公司，2002 年），以及論著：《詮釋學史》（臺北：桂冠圖書公司，2002 年）；帕瑪（Richord E. Polmen）著、嚴平譯：《詮釋學》（*Hermeneutics*）（臺北：桂冠圖書公司，1992 年）。

二、中國古典人文學，其本質就是詮釋學

　　當代的臺灣人文學界，西方的詮釋學傳播甚廣，譯介及論述的書籍非常繁多，彷彿一門時尚的學問。其實，狄爾泰等學者在西方「自然科學」大傳統的覆蓋下，為人文科學爭取知識版圖的獨立，真是費盡心力；而相對來看，中國古代的人文之學，從來就是「詮釋學」的學問。就如同哲學、美學、社會學等，在中國古代文化思想史或學術史上，雖然沒有這類知識領域或學科的專門名稱，卻事實俱在的展現了各種哲理的思辨、審美及社會活動的實踐而發為言論；詮釋學也是如此，這名稱雖是舶來品；然而，在中國古代士人的文化存在情境中，一言一行莫非「詮釋」，閱讀、解說經典，當然也是「詮釋」。只是，中國古代雖然有「理解」、「詮釋」這二個詞彙，[2]卻不常使用；常使用的是體會、領悟、闡釋、解釋等。這些詞彙，其義相近，可以互通，因此大陸學界也有人將 hermeneutics 譯為解釋學、闡釋學，例如周光慶《中國古典解釋學導論》、[3]周裕鍇《中國古代闡釋學研究》。[4]

　　中國古來的人文之學，其本質就是詮釋學；只是因為它如同空氣、陽光、水，那麼理所當然的與民族自身的呼吸、循環以及坐臥想行識的生命同在，古代中國士人似乎不必像西方學者那樣，辛苦地為詮釋學爭取獨立自主的地位。因此，詮釋學也就沒有被後設地建構成一門特殊的學術。近些年來，由於西方詮釋學思潮的影響，中國學界開始省察到民族自身的人文學問，其中所涵蘊豐富的「詮釋學」意義，因而開始後設地重構它的理論體系以及發展史。兩岸人文學界早已陸續出現這一類的著作，例如臺灣學界，黃俊傑著有《中國孟學詮釋史論》；[5]又黃俊傑、李明輝、楊儒賓分輯主編

2　例如《宋史・林光朝傳》：「光朝通六經，貫百氏，言動必以禮。四方來學者亡慮數
　　百人。⋯⋯然未嘗著書，惟口授學者，使之心通**理解**。」又顏師古：〈策賢良問〉：
　　「厥意如何，佇聞**詮釋**。」

3　周光慶：《中國古典解釋學導論》（北京：中華書局，2002 年）。

4　周裕鍇：《中國古代闡釋學研究》（上海：上海人民出版社，2003 年）。

5　黃俊傑：《中國孟學詮釋史論》（北京：社會科學文獻出版社，2004 年）。

《中國經典詮釋傳統》；[6]另外，李明輝主編《儒家經典詮釋方法》等。[7]大陸學界，周光慶著有《中國古典解釋學導論》；周裕鍇著有《中國古代闡釋學研究》；鄒其昌著有《朱熹詩經詮釋學美學研究》等。[8]洪漢鼎在山東大學主持「中國詮釋學研究中心」，並與傅永軍主編《中國詮釋學》集刊。[9]而以「中國詮釋學」為主題的學術座談會、研討會，兩岸及港澳有些單位也經常舉辦。[10]從這個現象觀之，中國人文學界以西方詮釋學做為參照系，正時興著面對傳統經典，用心地為「中國詮釋學」進行現代化的創造性重構。

　　我在這簡短的〈導言〉中，不可能全面處理「中國詮釋學」那麼複雜的問題；因而只選擇了某些重要的觀念，以導引讀者披閱本書時，可以打開寬廣的詮釋視域。

　　先秦諸子百家，處在周代禮樂文化衰敝的情境中，他們眾聲喧嘩的表現了「淑世」的實踐與論述，即《莊子・天下》所謂「天下多得一察焉以自好」的百家「道術」。他們都是在周文衰敝的「問題視域」下，進行文化的詮釋、批判與重建，這當然不只是認識論的問題，而更是關乎包含自我在內之生命存在價值理想的問題，其中隱涵著「存有論詮釋學」的意義。而且，諸子百家面對同一文化傳統與時代處境，卻各依「一察焉以自好」而展現了

6　黃俊傑主編：《中國經典詮釋傳統（一）通論篇》（臺北：臺灣大學出版中心，2004年）；李明輝主編：《中國經典詮釋傳統（二）儒學篇》，出版時地同上；楊儒賓主編：《中國經典詮釋傳統（三）文學與道德經典篇》，出版時地同上。

7　李明輝主編：《儒家經典詮釋方法》（臺北：臺灣大學出版中心，2004年）。

8　鄒其昌：《朱熹詩經詮釋學美學研究》（上海：商務印書館，2004年）。

9　洪漢鼎、傅永軍主編：《中國詮釋學》（濟南：山東人民出版社）。集刊型，常態為一年出版一輯。

10　例如 1999 年 11 月，「中國經典詮釋學的特質」座談會，在臺灣大學舉行，黃俊傑主持，劉述先、李明輝、葉國良引言。2000 年 3 月，「中國經典詮釋學的方法論問題」座談會，在臺灣大學舉行，劉述先主持，陳啟雲、袁保新、張旺山引言。2007年 10 月，臺北大學中文系主辦：「第三屆中國文哲之當代詮釋學術研討會」。2011年 11 月，臺灣成功大學中文系主辦：「第八屆詮釋學與中國經典詮釋國際學術研討會」。2005 年 9 月，澳門中國哲學會主辦、中國社會科學院哲學研究所與山東大學中國詮釋學研究中心協辦：「訓詁、詮釋與文化之重塑學術研討會」，等等。

「多向的詮釋視域」。雖然，〈天下〉的作者發出感嘆：「悲夫，百家往而不反，必不合矣！」明顯認定這宇宙、人生存有著絕對之「一」的至道，因此為至道之割裂，支離雜出，抱著非常悲觀的心態；然而，於今觀之，在春秋戰國那種文化轉型時期，「道術將為天下裂」而眾聲喧嘩地對周文化展現「多向詮釋視域」的現象，卻正好發揮了文化變遷與學術多元化的動力。在多向視域的詮釋情境中，其實沒有哪一家的詮釋絕對確當，只是相對的會有「比較」優質的詮釋，經過論述的競爭與政教權力的選擇而成為主流，即儒、道、法是也。

　　存有論的詮釋特別需要直接貼切於當代文化存在情境的體驗與「思辨」；然而，諸子百家同時已意識到，關乎人之生命存在價值的文化詮釋、批判與重建，必然也需要經由對文化傳統的理解、詮釋。而文化傳統乃依存於符號化的產物中；這些產物就是以文字書寫而成的詩、書、禮、樂、子、史的各種經典文本。它們的「意義」不是現成物，必須經由理解、詮釋，才能加以揭明。這就關乎到「學習」了。《論語‧為政》記載孔子說：「學而不思則罔，思而不學則殆。」「學」與「思」是詮釋主體必備的基本條件。

　　這種經典文本的詮釋，從古早的先秦時代開始，諸子百家就已這樣在做了。我們就讓孔、孟做個示範吧！《論語》、《孟子》的文本中，大部分是直接貼近當下生命存在意義的詮釋。不過其中也有針對傳統經典文本的詮釋，例如《論語‧八佾》記載孔子詮釋〈韶〉樂，云：「盡美矣，又盡善矣！」詮釋〈武〉樂，云「盡美矣，未盡善矣！」〈為政〉記載孔子詮釋「詩三百」，云：「一言以蔽之，曰『思無邪』。」〈八佾〉也記載孔子對〈關雎〉的詮釋，云：「樂而不淫，哀而不傷。」這樣的詮釋所直接遭遇的是以語言符號構成的「文本」，當然必須「學」而後能。不過，「學」的效能並不僅在於對文本表層符號形式的認識，也就是不僅「語文詮釋」而已，更要緊的是在於對深層隱涵的文化意義及價值的詮釋，所謂「盡美矣，又盡善矣」、「思無邪」、「樂而不淫，哀而不傷」，都是這種深層意義的詮釋。其實這種詮釋也已連接到包含詮釋者在內，人之生命存在的價值了。這當然蘊涵著「存有論詮釋」的意義。

　　然而，詮釋有沒有一套可資依循的方法？在上列的詮釋事件中，允許我們提出一個問題：孔子如何獲致對〈韶〉、〈武〉之樂、《三百篇》種種文本意義的詮釋？「思無邪」、「樂而不淫，哀而不傷」云云，只有「一言以蔽之」的結論，卻完全沒有列舉文本，進行分析論證。這已不只是存有論的詮釋問題，同時也是認識論，甚至方法學的詮釋問題了。對這樣的問題，孔子沒有說明；但是，他卻切切實實的對這些文本進行了意義的詮釋。那麼，我們於今可以從孔子的詮釋實踐，契入語境中，理解到孔子這類詮釋的方法，原則上就是一種反覆涵泳於文本之中，不經分析，不做論證，而「直觀感悟，綜合判斷」的獲致詮釋效果。而這種詮釋效果正是：存有論的詮釋就包含在認識論的詮釋之中了。

　　這種「直觀感悟，綜合判斷」的詮釋，似乎全都訴諸主觀。如果從認識論、方法學來看，實乃獨斷式的詮釋。這在西方科學傳統，嚴格講求人文學術之認識論、方法學的情境中，肯定不會被普遍的接受；然而，在中國，除了漢代所建構以章句之訓詁、箋注為模式的經學之外，這種直觀感悟，綜合判斷的詮釋，卻是文學批評的主流、常模，各種條記式的文話、詩話、賦話、詞話、曲話，正是孔子說詩的嫡裔。我們就稱這種為「直觀感悟而綜合判斷型詮釋」。它是中國第一種最古老的詮釋模式，沒有一套可操作的客觀性規則，而只有訴諸主體直觀感悟的詮釋原則，那就是「興」。孔子所謂「詩可以興」之「興」，朱熹解釋為「興者，感發志氣」；也就是讀者直契文本所隱涵的存在情境，又連類到自身的存在情境，將兩者會合而感悟之，以獲致其意義。[11]這是一種訴諸「作者」與「讀者」雙向，以符號化的「文本」為中介平台，而進行「互為主體」之直觀感悟的詮釋，存有論的詮釋與認識論的詮釋互涵不分，究非二事。

---

[11] 這種讀者與文本所作「情境連類」之「興」義，參見顏崑陽：〈從「言意位差」論先秦至六朝「興」義的演變〉，臺灣《清華學報》新二十八卷，第二期，1998 年 6 月，頁 143-172。又〈論詩歌文化中的「託喻」觀念〉，臺灣成功大學中文系：《第三屆魏晉南北朝文學與思想學術研討會論文集》（臺北：文津出版社，1996 年），頁 211-253。

　　接著，我們再走到孟子所創造的詮釋境域中。他在《孟子・萬章》中，為道德人格的修養提出「知人論世」之法，以及「以意逆志」的說詩原則，而漢儒將它轉用到詩、騷的箋注。[12]毛傳作《詩序》、鄭箋作《詩譜》，為詩文本建立看似客觀的歷史事實，以做為詮釋「作者本意」的參證；再配合文本章句的訓詁，以及比興的解碼，而表明言外的「作者本意」。王逸在〈楚辭章句序〉中，也同樣指出自己運用客觀考辨的方法，亦即「稽之舊章，合之經傳」；又配合章句的訓詁，以及比興的解碼，究明屈騷言外的微妙大旨。漢儒箋釋詩騷，可視為孟子所提「知人論世」，由道德人格修養之法轉為考察作者、時代以箋釋經典之法；當然，孟子只提出「原則」，而漢儒箋釋詩騷，則已落實操作，建立一套歷史參證、章句分解以及比興解碼的「細讀」之法。不過，其中比興寄託於言外的「作者本意」如何獲致？有沒有可以客觀操作的方法？漢儒並沒有提出說明，則似乎就是孟子所謂「以意逆志」，主觀體會之法的運用了。然則，漢儒之箋釋詩、騷，顯然是孟子所提「知人論世」與「以意逆志」兩種方法，主客互濟的運用，而為中國古典詩文的意義詮釋，建立了第二種模式，我們可就稱它為「歷史參證及文本分解型詮釋」。文本分解，包括章句訓詁與比興解碼，都屬語文的詮釋。

　　這種「歷史參證及文本分解型詮釋」，比起前一種「直觀感悟而綜合判斷型詮釋」，似乎認識論的詮釋與存有論的詮釋已非那麼互涵不分了。其詮釋過程，那已被符號形式客觀化的「文本」，就顯得特別重要了。漢儒所建構這種詮釋詩、騷的模式，看似很重視詮釋的客觀性；然而，他們所外建的歷史事實與文本內涵的意義之間，其關係如何聯結？也就是以比興寄託的「作者本意」，如何獲致相對客觀的詮釋有效性，有沒有一套適當的方法做為保證？這在漢儒箋釋詩、騷的實際操作中，並沒有從方法學的觀點，做出確切的說明。準此，從我們現代的學術觀點來看，這仍然是主觀獨斷的詮釋——我說即是，信不信由你；因此，往往被譏為穿鑿附會。不過，它卻影響

12　參見顏崑陽：《李商隱詩箋釋方法論》（臺北：臺灣學生書局，1991 年；里仁書局，2005 年新版），第二章第二節。

深遠，明清時期對諸家詩文集，尤其杜詩、李商隱詩、李賀詩的箋釋，實乃遙承這一種詮釋模式。*13*

　　這兩種詮釋模式，儘管詮釋過程與方法，有著主體直觀感悟與客體文本分解的差別；但是，其終究目的，卻都在於詮釋人之存在經驗中的主觀情志，而不僅是在於建構客觀性的人文學知識。因此，存有論的詮釋也都同樣包含在認識論的詮釋中。這在第一種詮釋模式，很容易了解，無庸贅論；但是，第二種詮釋模式就必須再做論述了。

　　詮釋經典，首先遭遇的是具有「客觀歷史他在性」的文本。文本的符號形式自有其客觀化的成規，不能隨人任意作解。因此，詮釋經典必然無法規避認識論、方法學的規範限制。第二種詮釋模式既然特別突顯了認識論詮釋的意義，而且與存有論詮釋已非那麼互涵不二；那麼，它的存有論詮釋意義何在呢？這就無法只從表面上的詮釋方法操作得到理解。假如，我們回歸漢儒詮釋經典的歷史語境，做出同情的理解，就當明白他們詮釋經典的目的，與我們現代的學術研究並不全然等同。他們的目的在於藉由經典詮釋而反身詮釋自己或時代的存在情境及意義，以解決個人或群體所遭遇的「政教」問題，即所謂「通經致用」，這當然是涵著「存有論」意義的詮釋。甚至，漢代之後，「通經致用」的為學態度與目的，更加擴展到儒家以外，包括「四部」的典籍。這時，「通經致用」的「經」，就可廣義的推擴到儒家之外的某些「經典」之作，〈離騷〉就是範例。漢代文人箋釋屈騷，明清文人箋釋杜詩、李商隱詩、李賀詩等，甚至批點《水滸傳》、《三國演義》等小說，都是帶著「通經致用」的為學態度與目的。我將這種現象，稱作「文學批評」與「政教批判」相互為用。因此，漢代所建構這種詮釋模式，其實涵有「生命存在的通感與政教意識形態的寄託」之複雜意義，它的終極關懷不僅在於建構可以驗證是非對錯的客觀性人文學知識，更在於獲致「反身性的詮

_____

13 詳參顏崑陽：《李商隱詩箋釋方法論》。

釋效用」。[14]

　　準此，現代學者必須覺察到，「中國古典詮釋學」完全不同於我們關在書房裡、坐在電腦前的「學術研究」。它從來都不只是「認識論」及「方法學」的知識生產，而必須關切到知識分子自身的生命存在意義；但是，它卻又不只是存有論的詮釋，因為畢竟知識分子生命存在意義的開顯，往往藉由經典文本所載文化傳統的理解、詮釋而得之，也就必然要受到認識論、方法學規範的限定。這兩者如何密切接合，應該是我們從事「人文學研究」所必須去解決的問題。任何偏極於一端，都非究竟之義。因此，儘管中西的詮釋學，不能等同視之；然而，就其達到「主客視域融合」的詮釋效果，卻是不二的準則。

　　上述先秦孔孟的說詩以及漢代的經典詮釋，假如只就詩騷的箋注而論，將它放在中國古代文學批評史的脈絡中；則這二種詮釋模式，由於其終極目的，都在於詮釋文本中，所隱涵人之存在經驗的主觀情志，因此我就將它們合稱為「情志批評」，並且視為中國古代文學批評的第一種模式，而與魏晉六朝興起的第二種模式——文體批評，並列為中國古代文學批評的兩大典範。[15]它們主導了中國古代文學意義詮釋的發展史。不管我們書寫「中國古代文學批評史」或「中國古典詮釋學史」，這兩種批評典範都應該是關節處。

　　依循上文，儘管我對中國古典詮釋學只做了選擇性的簡約論述，卻也可以管窺到它果真是一門極其繁複的學術。在這裡，做為本書的〈導言〉，我

14　詳參顏崑陽：〈漢代「楚辭學」在中國文學批評史上的意義〉，臺灣彰化師範大學國文系編印：《第二屆中國詩學會議論文集》，頁 181-251。又這篇論文收入本書《詮釋的多向視域》，輯二。另詳參顏崑陽：〈生命存在的通感與政教意識形態的寄託——中國古代文學「情志批評」的「反身性詮釋效用」〉，《思與言》第五十三卷第四期，2015 年 12 月，收入顏崑陽：《反思批判與轉向——中國古典文學研究之路》（臺北：允晨文化公司，2016 年）。

15　「情志批評」與「文體批評」之義，詳參顏崑陽：〈文心雕龍「知音」觀念析論〉，收入顏崑陽：《六朝文學觀念叢論》（臺北：正中書局，1993 年），以及《李商隱詩箋釋方法論・新版自序》、〈漢代「楚辭學」在中國文學批評史上的意義〉。

只想突顯二個基本觀點：一是中國古代的經典詮釋，其型態都是認識論的詮釋與存有論的詮釋從不截然為二，了無關聯；即使經由上述第二種側重客觀性之「歷史參證及文本分解的詮釋」，終究還是要回照詮釋主體，以獲致「反身性的詮釋效用」，而不僅停止在客觀性人文學知識的建構；二是從上一點推衍所及，則詮釋永遠都不可能泯除「複數」之個別主體的視域差別；因此，複數的個別主體面臨同一對象，「眾聲喧嘩」地展現「多向的詮釋視域」，這是文化發展的常態現象。然則，所謂「道術將為天下裂」，其實是真理之絕對主義者「過度衛道」的焦慮。

我曾經在〈當代「中國古典詩學研究」的反思及其轉向〉一文中，論述到：「『詩』是『意義』的複合體，築基於人們生命存在之事實經驗、價值實現與無限可能的創造。其『意義』有如角度繁多的圓球體，無法只由一個固定的『視域』完全揭明。」[16]不僅「詩」是如此，一切文本的意義都是角度繁多的圓球體，每一個詮釋者都只是站定一個角度在觀看它，有所見也必然有所不見。因此，任何經典的意義當然沒有絕對唯一正確的詮釋。我們只能選擇一個最開闊、最能看清美景的角度，用心觀看，而做出相對比較接近「主客視域融合」的詮釋。同時也了解別人所選擇不同角度所觀看到的美景，進行彼此「對話」。

這本論文集所收入的篇章，針對中國古典美學與文學批評，大體就是我從前行研究者所展現「詮釋的多向視域」之外，轉向選擇另一個角度所觀看到的風景。

三、學術創變必出於詮釋視域的轉向

觀念決定態度，態度決定目的，目的決定行動，行動決定方法，方法決

---

16 顏崑陽：〈當代「中國古典詩學研究」的反思及其轉向〉，臺灣《東海大學文學院學報》第五十三卷，頁 28。收入顏崑陽：《反思批判與轉向──中國古典文學研究之路》（臺北：允晨文化公司，2016 年）。

定效果。學術研究，根本從正確的觀念創建開始，而後續的態度、目的、行動、方法也才能有所依歸，而終究獲致創造性的詮釋效果；此即孔子所謂「君子務本，本立而道生」，道德實踐必須「務本」，學術研究何嘗不如是？今之學者，不知「務本」而盲目追逐時潮者有之，因襲成說而拾人牙慧者有之，斤斤計較於枝節而飣餖其學者有之，皆不知「務本」之過也。

「詮釋的多向視域」是我為學的基本觀念。既然一切文本的意義都是角度繁多的圓球體，詮釋的視域可有許多不同的取向。然則，我為什麼只能站在前人習以為常的角度，觀看這個意義的圓球體呢！因此，我為學的基本態度就是在理解、反思、批判前人詮釋視域的取向之後，轉而選擇一個可以更逼近、更看清對象的獨特視域，開啟它一向被前人所遮蔽的風景。這個視域的風景，從來沒有人曾經看過它，就是它的「新面目」。「新」與「舊」不是這個意義圓球體的固態，而是觀看者視域轉向所「揭蔽」的風景。

「反叛」一直是我心靈難以壓抑的衝動；因此，在我的學術世界中，沒有「師法」，沒有「家法」。假如學術可以是一種知識的宗教，那麼在我的信仰中，也沒有讓我唯命是從的「教主」。固定不變的師法、家法，就是這一門一派之學「殭屍化」的藥餌；而不許被「反叛」的「教主」，也是使得這個教派走向衰亡的毒劑。

「反叛我！你必須打開不同於我的視域！」這是我經常提示學生的話語。假如，他們自甘框限在我這個老師的詮釋視域，而不知、不敢、不能轉向，那麼一輩子就只能當個學術「家奴」了。我不是「教主」，沒有「家法」，沒有「師法」。人文學術必須回到個人直接的生命存在情境，以自己所面對當代的存在經驗，以自己的所「學」所「思」，用心建立一個「自有我在」的歷史性主體；並反思、批判學術傳統與學術社群既有的詮釋視域，轉向找到自己觀看一切文本的獨特角度，從而提出前人所未發的「問題」，並且使用自己所選擇的適當方法，去獲致貼切的詮釋效果。從觀念、態度、目的、行動到方法，我就是這樣要求自己，也要求學生。

這本論文集，輯一有七篇，論題是中國古典美學，包括儒道的存有論美學、詩畫的藝術美學、常民的生活美學。輯二有八篇，論題是中國古典文學

批評，包括辭賦、詩詞、小說的實際批評及其理論意義。這些篇章，雖然寫成於不同的年度，論題也不是同一系統；但是，卻都是我依循上述觀念、態度、目的、行動、方法的基本原則，所完成的論著。每篇的論旨，都在同一領域的學術傳統與社群脈絡中，反思既已展現的多向詮釋視域，針對代表性的成說，提出批判，從而轉向我自己所另擇的詮釋視域，創發新問題與新觀點；然後，運用充要的史料、適當的方法，經由精密的文本分析、邏輯推演而論證之。

創發新問題與新觀點，這一階段乃是主體涵泳於經典之間，深契其歷史語境，做出「直觀感悟而綜合判斷」的詮釋，是為「能入」，是為「宏觀」的總體創見。接著，運用充要的史料、適當的方法，經由精密的文本分析、邏輯推演而論證之，這一階段乃是「歷史參證及文本分解」的詮釋，是為「能出」，是為「微觀」的局部分析。入而能出，出而能入，出出入入乃是理解、詮釋與論證不斷循環的歷程；而「宏觀」的提出創見與「微觀」的分析論證，兩者也是辯證的互濟相成。上述中國詮釋學的二種詮釋模式，我嘗試運用到對中國古典美學與文學批評的系列論述，因而獲致這本論文集的詮釋效果。現代系統化的學術論著，必然要從認識論的詮釋入手，再也不能如同孔子說詩那樣，直觀感悟而綜合判斷，只做片語隻字的意見表述；然而，經由認識論詮釋的邏輯程序，如何涵融存有論的詮釋於其中？這是我在論述過程中，始終用心在解決的關鍵性問題。

在論述過程中，讀者可以看到，我經常與前行學者進行「對話」；抱持強烈、堅定的態度及目的，意圖從他們所展現的詮釋視域轉向開來，而另擇獨具隻眼的觀看角度，例如在〈從莊子「魚樂」論道家「物我合一」的藝術境界及其所關涉諸問題〉一文中，與朱光潛對話；〈中國古典詩對畫家能有什麼啟示？〉一文中，與宗白華對話；〈漢代「楚辭學」在中國文學批評史上的意義〉一文中，與楚辭學者游國恩以及郭紹虞、羅根澤、王運熙、顧易生等「中國文學批評史」的學者們對話；〈中國古典小說名著的文化原料性、不定式文本再製與多元價值兌現〉一文中，與胡適、聶紺弩、嚴敦易等古典小說考證派的學者們對話。有些篇章，雖然沒有針對特定的某些學者進

行對話，其實也在針對某些「隱性他群」的學者們，進行不同詮釋視域的對話，例如〈論先秦儒家美學的中心觀念與衍生意義〉、〈宋代「詩詞辨體」之論述衝突所顯示詞體構成的社會文化性流變現象〉。甚至，當我從專業的學術世界回到常民生活世界，而談論古今的生活美學，我也是隱然在與無數的大眾進行對話，例如〈我們都可以是生活的藝術家〉、〈我們在靜默裡遇見天地的大美〉。

　　從反思、批判而進行「對話」的過程中，找到詮釋視域的轉向，這是學術創變必經之路，也是學術之有「史」的因素條件。因此，我這樣做，並非在貶責前輩學者，而是以「反叛」的態度在向他們表達敬意，肯定他們在前一個歷史時期能夠開展這樣的詮釋視域，創造上一個世代的「知識型」；[17]但是，學術永遠都在變遷之途中，再了不起的大師，固然有他比較長遠的影響力，卻也不能完全壟斷千秋萬世的學術場域，他必有退位的時候。其實，學術研究畢竟還是「有限」的事業啊！

　　學術研究畢竟是「有限」的事業。這本書的讀者應該大多是我的學生，或者是未曾親炙於我的中文學界後進們。學術創變必出於詮釋視域的轉向；那麼，年輕的學者們，反叛我吧！批判我吧！從我的詮釋視域強烈、堅定的轉向吧！這就是你們對我最大的敬意；千萬別完全固守在我所開展的詮釋視域中，或者無視於我曾經存在於這個學術世界，提出過一些創造性的論點；而你們卻只是漠然的對我沉默不語！

17　「知識型」（Épistème）是傅柯（M. Foucault）《詞與物》（Les mots et les choses）一書的核心概念。他考察了文藝復興、古典主義以及近現代幾個歷史時期所建構的知識，發現在同一個歷史時期之不同領域的科學話語之間，都存在著某種「關係」。那就是在同一歷史時期中，不同科學領域的話語，人們對於何謂「真理」，其實都預設了某種共同的本質論及認識論，以做為基準及規範，從而建構某些群體共同信仰的真理，以判斷是非，衡定對錯。參見傅柯著、莫偉民譯：《詞與物——人文科學考古學》（上海：三聯書店，2001 年）。

論先秦儒家美學的中心觀念與衍生意義

一、引言

中國的文化思想大都是先哲面對生命實際存在所做的反省判斷，很少是純抽象思惟的理論建構。因此，一家之學往往在歷史進程中開放性地發展，不斷吸納著當代的實存經驗與其他學說，而獲致再創造性的詮釋。其終極關懷的問題儘管範疇不變，但各時期對此問題所做實質性的解答，卻不盡相同。討論中國的一家之學，所謂「本質意義」，假如完全脫離「發生意義」，[1]便很難獲致實質性的理解。因此，對一家之學的研究，分期斷代而考慮其文化處境，會使問題的解答，更為具體而切實。

「儒家美學」不是一種邏輯系統性的理論，脫離特定的歷史實存，不可能獲致確當性的認識。所以，我們將它劃定在先秦，就是依照這一階段的歷史實存，去理解儒家對於「美」的經驗與思考。

中國古代並無「美學」（Aesthetics）這一特定的學科。即使在西方，「美學」之從哲學分支出來，而成為一門特定學科，也是從十八世紀的包姆嘉登（Alexander Baumgarten, 1714-1762）開始。他對美學這種知識的性質、研究範圍、目的，做出了明確的規定；簡要地說，美學包括了三個主要概念，即

1　發生意義，指一種事物或觀念在歷史過程中之所以發生、演變，因而所涵具的意義。本質意義，指一種事物或觀念之所以成其為此一事物或觀念，其內在本質所涵具的意義。參見勞思光：《中國哲學史》（香港：香港中文大學崇基學院出版，崇基書局發行，1980年），第一卷，第一章，頁1-2。其大意如此。

是藝術、美、感性認識。[2]其後，西方美學主要的**趨勢**，便是逐漸放棄古典美學對於「美」所做存有論的形上思考，而多從認識論的入路，將「美」視為感覺經驗活動去研究，並且把研究範圍集中在藝術美，因此西方的現代美學大多偏向於「藝術學」（Science of art）了。這可以說是美學的系統化、專業化；但是相對的，也可以說是美學的窄義化。

假如，我們循著西方美學的入路，將「美學」做如此窄義的界定；然後以此為基本預設，進行美學史的詮釋，那麼面對上古階段時，首先便會遭遇到一個難題：這時期究竟有沒有美學？學者可能費了很大的心力，並且曲解史料，才證明這時期也有所謂「美學」；或最後可能判斷，這時期沒有「美學」。

因此，儘管有人認為：「任何美學史，都是從當代一定的美學理論出發」；[3]但是問題就在於從什麼「一定的美學理論」出發。歷史的解釋即使不是絕對的客觀，但是也不是絕對的主觀。所謂「一定的美學理論」，假如完全出於學者主觀的預設，以之做為固定的詮釋模式，而套用在歷史既存的文化現象或經典文本，絲毫不尊重這些文化現象或經典文本的歷史客觀他在性；那麼「削足適履的誤謬」便恐難避免了。

任何特定的理論，都必然系統化，而形成封閉性的知識畛域；對於「美是什麼」、「美如何存在」以及「美學是什麼」這等基本概念，都必然提出「一家之言」特殊規創的界說。問題是歷史並不必然唯命是從地與之相應。這時，當理論不肯放棄它的權威性時，歷史這雙腳只好被膨脹、削減或扭曲，以符合固定款式的鞋子了。然則，選擇理論與解釋歷史，只有通過彼此的循環修正，才可能獲致較高程度的符應。

準此，我們首先就得讓「美學」從「藝術學」的固定界義中開放出來，讓它回到觀念的變遷歷程中，去獲致與各個時期相應的涵義。面對美學史，

2　劉昌元：《西方美學導論》（臺北：聯經出版公司，1986 年），其中〈導言〉，頁 2。

3　李澤厚、劉綱紀：《中國美學史》（臺北：里仁書局，1986 年），其中〈緒論〉，頁 14。

「美學」應該是一個開放性的名詞，它共通不變的界義只有一個：「美學是以美為認識對象的學問」；至於更特殊、更實質的涵義，都已是各家理論獨自的規創。諸說並異，難定一準，以之為個人理論的建構則可，以之為解釋美學史的特定預設，則不免執泥了。

我們就以中國先秦時代而言，各家思想幾乎很少以「藝術」為獨立對象進行專業性、系統性的思考。他們關懷的中心是「人」自身生命存在價值的問題，「藝術」只有在關涉到此一中心問題時，才會被以工具性或同體性的地位加以討論。換句話說，「藝術」並未獨立為知識對象，更沒有以它為特定範疇的哲學。假如採取「美學」就是「藝術學」的入路，對先秦美學便很難獲致確當而豐實的解釋，甚至會因此而誤認先秦美學非常貧乏。

然而，這並不就真的說先秦的思想家未曾思考到有關「美」的問題，只是他們對「美」的思考，乃是以「人」的生命存在為入路，而不是直接以「藝術」自身為入路。前者是根源性的問題，後者只是衍生性的問題。因此，先秦美學的基本性格是存有論的，而非認識論的。他們並不像西方近代美學家，在藝術審美活動的界域中，去探討主體如何依藉感覺經驗作用於對象而獲致審美的效果。他們的美學中心觀念，乃是從個體自身的存在價值，以及個體與個體之間的合宜秩序，去理解「什麼是美」以及「美如何存在」。然後推衍出去，才會觸及到人的生命存在與藝術之間的關聯。其因體致用，由本及末的思惟進路，完全相應於人之生命存在根源及歷程的因果邏輯。

我們做出以上這樣的論述，是想指出假如在基本觀念上，讓「美學」一詞的界義從「藝術學」的範疇開放出來，先秦諸思想家從生命存在的層面所觸及「美」的感知與思考，是很清楚的事實；那麼先秦有「美學」，並且極為精深的美學，根本不待證明，問題只是在於「什麼實質的美學」而已。

我們更想指出，從藝術學的入路，以研究先秦美學，對先秦美學實質的內涵，很難獲致相應而深確的詮釋；因而不如轉從生命存在的入路，更能得到詮釋效果。我們前面說過，先秦美學的中心觀念，不是從藝術活動的層面對「什麼是美」、「美如何存在」進行直接的思考；而是從生命存在的層面

對上述問題提出解釋。我們討論先秦的美學，應該直探其本，先釐清中心觀念，然後再進一步去探討其與藝術活動的關係此類衍生性的問題。

先秦美學主要為儒道二家，一般美學史皆無異議。本文只以儒家為對象，以論述其美學的中心觀念是什麼。「中心觀念」一詞，指的是構成一種思想或理論之首出性以及核心性的觀念，也就是此種思想或理論之得以成立，必以某一個或相關聯的一系觀念為根本依據。

從思想史而言，儒家正式成立於孔子；然而，孔子正統地承繼周代的禮樂文化，進而發明其本質精神；故討論先秦儒家美學，孔子之前的史料，只要是與禮樂之實踐與詮釋相關者，皆得以納入儒家一系來討論。至於孔子之後，主要是以孟、荀為代表；但是，我們並不落在歷史的進程中，分期或分家去解釋所謂「儒家美學」；而是提舉出他們共同思辨的中心觀念，以他們論及「美」的文本，進行詮釋。

二、存在秩序美及其理據

周代以後，中國的文化思想大體已經定位在以吾人自身生命存在價值為中心的證悟。所謂「證悟」，即是由實踐經驗而具體解悟其理念，乃是主體涉入存在情境而又超出存在情境，所做的當境決斷。包括人自身在內的宇宙萬物，乃是做為「價值實體」的存在，而不是做為「物質實體」的存在。因此，一切存有物，不從其「物質構造性」去認知存在的本質，而由其「價值創造性」或「功用性」去肯斷存在的本質。這種存在的型態，我們可以稱它為「價值存在」。這種人之「價值存在」的觀念，正是構成周代禮樂文化的基本理據。

在此一文化思想特質之下，先秦美學自始便不從客觀物質構造性及主觀官能感覺經驗去認識所謂的「美」。換句話說，在先秦文化思想的特定歷史語境中，所謂「美」既不是物質客體形構上的屬性，也不是主體官能經驗上的快感；不過，這並非說先秦人不知道有這種由主體官能作用於物質對象而引生的「美感」。《左傳‧桓公元年》記載：

宋華父督見孔父之妻於路，目逆而送之，曰：「美而豔！」[4]

「美而豔」可以是「孔父之妻」其軀體物質形構的屬性——例如五官與身裁的表象形式；也可以是華父督官能經驗上的快感，更可以是主客相交而成的審美判斷。又《國語・楚語》記載：

靈王為章華之臺，與伍舉升焉，曰：「臺美夫！」

「臺美」也同上述的例子一樣，乃是主體官能經驗作用於「臺」此一物質之表象形式所獲致的審美判斷。

官能經驗之所對，謂之「五色」、「五聲」、「五味」。從先秦典籍來看，他們雖然在現實的存在中，經常經驗著這種「美」；然而，在理性的反思中，卻同樣經常對這種「美」提出貶責性的批判。[5]因此，他們從未曾以這種「美」為審美活動的完滿經驗，或美學思想中的首出及核心觀念。何以然？實際上，先秦時代所謂「五聲」、「五色」、「五味」，並不純然是指涉人們「直覺」之所對的物質客體的表象，因此審美判斷也就不是康德所謂「無關心的滿足」。[6]它們是人們現實生活中，關連著「情欲」之滿足的種種物質材料。因此，對著五聲、五色、五味所產生的官能經驗，也就不純然

---

[4]　參見杜預注，孔穎達疏：《春秋左傳注疏》（臺北：藝文印書館，1973 年，十三經注疏影印嘉慶二十年江西南昌府學重刊宋本），卷五，頁 89。後文徵引《左傳》，版本皆仿此，不一一附注。

[5]　這類史料很多，例如《左傳・昭公元年》載醫和云：「天有六氣，降生五味，發為五色，徵為五聲，淫生六疾。」又〈昭公二十五年〉載子產云：「氣為五味，發為五色，章為五聲，淫則昏亂。」《老子》十二章云：「五色令人目盲，五音令人耳聾，五味令人口爽。」

[6]　意指審美判斷，只要夾雜著欲望，夾雜著利害感，就會有偏愛而不是純粹的美感欣賞。因此，真正的審美判斷，必須完全不對這事物的存在，持有利害上的關心。參見康德著，宗白華、韋卓民譯：《判斷力批判》（臺北：滄浪出版社，1986 年），卷上，第一部分，第一章，第二節。

是一種藝術性的審美享受，而可能是情欲的放縱與耽溺。這種情欲的放縱與
耽溺，正是人們感性生命非理的盲動，一旦逾越「節度」，便足以墮毀理性
價值理想的創造。人之所以為人而不同於動物，也就在乎他本質上應該做為
創造價值理想的存在體。在這種生命存在觀念的基礎上，「美」做為一種價
值，它便不應該只是一種主體官能作用於物質客體表象形式的經驗，而是生
命存在中一種理想性的價值。

　　「美」既不從物質性表象與主體官能經驗取得意義上的依據。那麼，它
的真義便必須從人之生命價值存在的本質去取得。而生命存在的價值，根本
上乃是個體精神生命朝向理想價值的無限創造；以及個體與個體在實現價值
的過程中，通過合宜的互動關係，而建構的總體性秩序。此一秩序不是將個
體視為物質存在，而在結構上所連結的形式關係；乃是將個體視為價值存
在，而於互動性的倫理實踐行為上，所形成的分位關係。當個體在倫理分位
的秩序上，形成良性的互動關係，就稱之為「和」。《國語・鄭語》曾記載
到史伯對鄭桓公云：「以他平他謂之和。」[7]何謂「以他平他」？《左傳・
昭公二十年》，晏子對齊侯的一段話，可以相互印證。他說：

　　　和，如羹焉。水、火、醯、醢、鹽、梅以烹魚肉，燀之以薪。宰夫和
　　　之，齊之以味。濟其不及，以泄其過。君子食之，以平其心。

　　對於「和」的概念，晏子以調羹做具體的比喻，各種不同的素材，皆有
其不同之性質與功能，也就像人之個體的存在，皆有其不同的倫理分位以及
價值。「和」就是個體（他）與個體（他）之間，獲致諧調性（平）的結合關
係。其結合乃通過二種方式：(一)濟其不及，這是「補充」的方式；(二)泄
其太過，這是「消減」的方式。

　　然而，不管是「補充」或「消減」，都是「對立而統一」的原理；而其

7　參見韋昭注：《國語》（臺北：九思出版公司，1978 年），卷十六，頁515。後文徵
　　引《國語》，版本皆仿此，不一一附注。

目的則是「整體價值的生成」。就個體言之，以「此」濟「彼」之不及，則「此」有所損，或以「此」泄「彼」之太過，則「彼」有所損；然而，就彼此辯證融合的「整體」而言，則是由於均衡統一（平）而獲致價值的不滅。換句話說，普遍價值的存在，乃是依循著相對個體價值辯證統一的互動關係，而實現整體「生生不息」的終極存在目的。在這種「和」的存在秩序中，個體生命獲致一種不受壓迫、侵奪與消滅的和諧感。這種和諧的秩序以及感受就是「美」，我們可以稱之為「存在秩序美」。此一美，就主觀方面而言，乃是精神性的感受，而不是官能性的感受，乃是與存在和諧秩序同質具現的經驗。

　　周代文化的「禮」，就其節文而言，是個體倫理行為的形式規範；而就其內在的性質，以及由此性質所涵具之功用而言，即是「和」，即是存在的秩序性。《左傳‧昭公二十五年》，子產曾經闡述「禮」，說：

　　　　禮，上下之紀，天地之經緯，民之所以生也。

　　所謂「上下之紀，天地之經緯」，即是宇宙整體存在的秩序。所謂「民之所以生」，也就是每一個體生命價值得以實現的根源依據；故《論語‧學而》中，有子說：「禮之用，和為貴。先王之道，斯為美。」*8*
　　「和」是存在的合宜秩序，也即是「禮」的性能；但是，我們必須進一層追問，「和」之所以形成的依據是什麼？對於這樣的問題，在孔子之前，主導文化的士大夫們所做的解釋，多從宇宙論的進路，提出一種客觀超越的宇宙原理為依據。這種觀念時見於《左傳》、《國語》的記載。他們發現天生六氣，地生五行；但是，諸多元素卻依循著相互「補充」與「消滅」的自然規律，以維持整體均衡統一而生生不息的存在，這就是「天道」；而在

8　參見何晏集解，邢昺疏：《論語注疏》（臺北：藝文印書館，1973 年，十三經注疏影印嘉慶二十年江西南昌府學重刊宋本），卷一，頁 8。後文徵引《論語》，版本皆仿此，不一一附注。

「天人不二」的觀念上，他們解悟到「人道」應該以此原理為依據。關於這時期士大夫對「和」的解釋，李澤厚與劉綱紀的《中國美學史》已論述頗為確當，我們不必再重複，茲引其說如下：

> 所謂「和」，就其實質來看，不是別的，就是自然規律與人的目的的和諧統一。古人對於這個統一的認識，經歷了一個漫長的過程。這個過程包含兩個基本的方面。首先，從雜多（顏按：即指六氣、五行）的統一中認識「和」進到從對立面（顏按：即指陰陽、剛柔等）的統一中認識「和」。開始，古人把世界看成是由雜多的因素構成的，這時對自然的合規律性的認識，主要表現在看到無限多樣的世界是由有一定數量的基本要素構成和產生出來的，對於數量關係給予了極大的重視。所謂「天六地五，數之常也」的說法，把世界構成的規律性聯繫於「數」的觀念。隨著社會實踐的發展，古人最後才從構成世界的雜多的要素中看到了普遍存在著各種互相對立的要素，產生了物「皆有貳」和「物生有兩」（史墨語，見《左傳》昭公三十二年）的思想。從前一階段由雜多的統一中去認識「和」進到後一階段從對立面的統一中去認識「和」這是一個重大的根本性變化，並對中國美學產生了極其深遠的影響，使中國美學從很早開始就努力從世界的根本規律──對立統一中去找尋「和」，找尋美。[9]

　　古人這種詮釋的進路，是通過哲學的思考，而為「和」之所以形成找尋超越的理據。在孔子之前，這是當時佔有主流地位的觀念。另外，還有一個比較次要的詮釋進路，也可以略做討論。什麼進路？這個進路基本上是生理學及心理學的詮釋，他的觀念架構是：物質給予生理感覺過度的刺激，必然會導致疾病；而生理疾病必然又會導致精神上的心智昏亂。個體心智昏亂則終必導致整體秩序的失和。就這種經驗邏輯反推回來，則整體存在秩序之

9　李澤厚、劉綱紀：《中國美學史》第二章，第一節，頁96。

「和」，必以個體心智之「和」為基本條件；而個體心智之「和」，又必以外在物質的節制為基本條件。

這種觀念就其發生意義而言，乃是針對當時貴族生活物欲的泛濫提出警示。因為從社會結構來說，貴族尤其是帝主，乃是存在秩序之是否和諧的主導者；假如他們不能節制物欲而導致心智昏亂，荒廢政事，則存在秩序必因此而瓦解。

《國語・周語》曾記載，周景王計畫鑄造一個聲量極高、音中無射的大鐘，以滿足聽覺上的享受。單穆公卻加以勸阻，並從生理以至心理的經驗邏輯，提出一套理論。他認為：

> 夫樂不過以聽耳，而美不過以觀目。若聽樂而震，觀美而眩，患莫甚焉。夫耳目，心之樞機也，故必聽和而視正。聽和則聰，視正則明。聰則言聽，明則德昭。聽言昭德，則能思慮純固，以言德於民，民歆而德之，則民歸心焉。

這種道理並不深奧，在國君施政應該保持聽和視正而思慮純固的基本預設下；單穆公只是從一般人之生理與心理經驗，論述感官受到外物聲色過度刺激所導致的「心靈」迷惑，必然害政而失去民心；就以這樣的理由勸阻周景王鑄造大鐘的不當行為。於此同時，樂工伶州鳩也向景王提出勸告，他認為音樂必須要質量適度，也就是「和平之聲」，才能「以合神人」。假如「細抑大陵，不容于耳，非和也。聽聲越遠，非平也」，而「聲不和平」，必將「離民怒神」，導致存在秩序的瓦解。

這種觀念雖然不能從哲學上，為「存在秩序美」尋求形上的理據；卻頗切近於現實的存在經驗而獲致心理學上的詮釋。

綜而言之，這一階段乃是從生命存在的和諧秩序，以詮釋所謂的「美」。而存在秩序的和諧，其形成的依據是什麼？則大致上是從宇宙論及心理學的進路獲致理論或實踐上的詮釋。這種進路是趨向主體心性外的客觀性思辨。

三、主體人格美及其形上性格

前一階段之從自然宇宙構成與變動的規律，以詮釋禮樂「和」的性質與功用。這種思惟基本上是由「天道」以規定「人道」，也就是由「實然」以規定「應然」的進路。然而，這種解釋顯然是將人之存在的和諧秩序，視為主體意志之外，被決定的一種規律。

問題是「禮」的究竟意義，並不只是一種客觀實然如此的存在規律狀態；換句話說，他的規律不是自然而機械，就如宇宙諸多元素全無意志地服從必然的規律那樣。人之不同於自然物，乃是他具有「意志」，以決定自身行動的價值目的。假如，他內在的心性不涵具自覺地認識生命存在價值應然之理的能力，以肯決其意志；那麼他的行為是否符合於「和」的秩序，根本沒有必然的保證。準此，則保證人於生命存在的倫理分位上，能合乎「和」的秩序，其最首出性的依據，就不是客觀的宇宙自然規律，而是另有更根源性的因素了。

有若無疑地承認了「禮」的文化，承認了「和」的存在秩序，更承認了這種「存在秩序美」，因此他才會說：「禮之用，和為貴。先王之道，斯為美」。然而，對於這種「存在秩序美」之所以成立的依據，從孔子的思想來看，卻並不依循前一階段宇宙論的進路；而另有不同的思考，以提出更首出性、核心性的詮釋。

春秋以來，諸思想家所共同面對的時代問題，即是「周文衰敝」；所謂「周文衰敝」，乃是「禮樂」已僵化為虛假、空洞的形式。周公制禮作樂，以建構存在的秩序。而所謂「存在秩序」，即是道德上應然的「倫理」。整體存在秩序的建構，必須節制個體的非理盲動，而各安於合宜的倫理分位上，以形成良性的互動關係。問題是什麼因素能使個體的非理盲動得以節制？從外在形式來說，就是《禮記・中庸》所謂的「禮儀三百，威儀三千」，[10]所產生的規範作用；然而，問題還是存在，為什麼個體必須接受這

---

10 參見鄭玄注，孔穎達疏：《禮記注疏》（臺北：藝文印書館，1973 年，十三經注疏

種種外在的規範？假如不是出於個體理性自覺的「自由意志」，那麼便只有依藉一種強制性的力量為手段了。這強制的力量就是「刑政」，故《禮記‧樂記》云：

> 禮以道其志，樂以和其聲，政以一其行，刑以防其姦，禮樂刑政，其極一也。

因此，西周盛世得以建構「禮」的和諧秩序，從現實上來說，當然必須依藉刑政的正常效力；然而，春秋以來，王權的式微，刑政不行，則「禮儀三百，威儀三千」也失去它的規範作用。習而行之者，只是徒具虛假、空洞的形式；僭而逆之者，更連起碼的形式也破壞了。而不管是那一種情況，都顯示著「存在秩序美」的瓦解。

面對這種存在情境的惡質化，從超越客觀的自然宇宙規律去解釋「禮」的理據，其實只是一種抽象概念的認知。而假如「禮」是做為建構存在秩序的憑藉，它必須是實踐性的而不只是知識性的。因此，為「禮」找尋形上的依據，再也不能只是從生命主體之外，去空談一種缺乏實踐性的抽象概念。這個形上依據，必須就是「禮」之實踐動力的根源。它能實質地使存在個體節制非理盲動而各安於合宜的倫理分位，以實現和諧的秩序之美。

綜上所述，周代禮樂文化所給出美學上，第一階段的觀念就是「美乃和諧的存在秩序」。孔子在繼承這一觀念之後，首要的問題，便是去思考「和諧的存在秩序美如何可能實現」？那麼，他提供了怎樣的答案？這個答案，可以先化約為二層基本理念：第一，整體地說，和諧的存在秩序美，其終極理想的具現，是一種外在形式與內在本質辯證融合的價值實體。第二，分解地說，外在形式為「末」為「用」，而內在本質為「本」為「體」；故其實現的形上依據不從外求，乃內在於存在實體的本質。不過，整體的實現卻必

影印嘉慶二十年江西南昌府學重刊宋本），卷五十三，頁 897。後文徵引《禮記》，版本皆仿此，不一一附注。

須是體用相即，本末不離。

　　「禮樂」於生命價值存在的意義上，它可以是指涉上述第二層理念，分解而言的「外在形式」。從物質性的「器」，到規範性的「儀式」，都包括在其中。這是「禮樂」的末節，只是一種工具而已。另外，它也可以是指涉上述第一層理念，終極具現的文化價值實體，也就是實質性的和諧存在秩序。而這二者也同樣是相即不離——依藉「禮樂」的工具性作用，以實現「禮樂」的存在秩序。這秩序就是「美」。

　　以上這樣的陳述，是在理論上對孔子的美學做概括性的詮釋。假如落實在孔子的歷史情境中，理解他所面對的文化現象問題。我們就會發現，第一層「禮樂」的意義，畢竟是孔子在價值存在上的終極理想；相對從「禮崩樂壞」的現實層面來說，它只是做為理念的存在，做為等待實現的理想目的而已。這可以從孔子對「周文化」的讚美與嚮往而體會到，《論語‧八佾》：

　　　　子曰：周監于二代，郁郁乎文哉！吾從周。

　　朱熹《論語集注》說：「三代之禮，至周大備，夫子美其文而從之。」[11]但是，我們必須再進一層詮釋，所謂「郁郁乎文」的「文」所指為何？邢昺疏以為指的是「禮文」；但是，「禮文」又是什麼？蔣伯潛的《論語廣解》以為是「文物，指禮儀典制」。[12]這樣的詮釋，只將「文」視為有關「禮」的文獻，也就是我們上文所謂由物質性的「器」到規範性的「儀式」，這是禮的工具形式意義，卻不是實質的價值存在的意義。

　　孔子以「文」、「文章」去讚美先王時，並不僅從其外在的工具形式言之。在《論語‧泰伯》中，他也曾讚美堯，云：「巍巍乎！其有成功也。煥乎！其有文章。」說「其有成功」，已顯然是指政教實踐的成果；則「文

---

[11]　參見朱熹：《四書集注》（臺北：學海出版社，1979 年），卷二，頁 16。後文徵引《論語集注》，版本皆仿此，不一一附注。

[12]　蔣伯潛：《廣解四書》（臺北：啟明書局，1961 年），〈八佾〉第三。

章」當然也就是價值存在具體實現之後的文采，故云「煥乎」。「煥乎！其有文章」，意同於「郁郁乎文」。因此，在這一章中，孔子對周文的讚嘆，絕不會只就其外在的工具形式而言，乃是從整體價值存在的具現而言。這是包含著所有實踐效果的總評。換句話說，這「文」不是形式性的「虛文」；而是實質性的「實文」。只是到了孔子的時代，此一「實文」已經淪失；因此只能在理念中，做為範型而存在。

　　從切實於文化存在情境而言，這層終極性的理念並不是孔子思考的重點，它只要被尊存在那兒做為一切努力的目標就行了。因為價值存在的問題，畢竟不僅是一種思惟中抽象的觀念而已，它必須能實踐出來，才有實質性的意義。所以面對「禮樂」已虛假化空洞化為「虛文」的時代，孔子思考的重點，乃是在第二層的理念，也就是這工具形式的禮樂虛文，其本質依據是什麼？如何實質地掌握到這本質依據，以使得「禮樂」成為「實文」，而具現和諧的存在秩序之美？換言之，孔子迫切的問題，不是理論地思惟「和諧的存在秩序美是什麼」；而是實踐地證悟「和諧的存在秩序美如何可能實現」。從這種特殊的文化存在情境與解決問題的進路，孔子首先便切中時弊地指出，「禮樂」不只是徒具虛文的工具形式，《論語・陽貨》云：

　　　禮云禮云，玉帛云乎哉！樂云樂云，鐘鼓云乎哉！

　　「玉帛」與「鐘鼓」都是「禮樂」的工具形式；而且是最低層次的物質性工具形式──「器」。然而，孔子當代一般人卻偏執於這種工具形式，就此以為是「禮樂」的真實意義。在這樣的偏執之下，「禮樂」已失去其本質依據，異化為與人之生命存在本身無涉的物質性或形式性客體，當然也失去存在和諧秩序美的這層實質性意義了。準此，則在孔子的存在情境美學中，所面對「禮樂」一詞的涵義，往往指涉的是虛假化空洞化而只是工具形式的一般「俗義」。孔子的努力，也正是企圖使「禮樂」的意義能「轉俗成真」。因此，「禮樂」必須放在生命價值存在中，通過具體的實踐而辯證解悟之，才能理解其真、俗二義及其相即關係。將「禮樂」一概視為工具形

式，正是孔子所要批判的俗義。

　　然則，「禮樂」不只是外在的工具形式；那麼它內在的本質，也就是它的形上依據是什麼？《論語‧八佾》云：

　　　　人而不仁，如禮何？人而不仁，如樂何？

　　這是對「禮樂」的本質是什麼所做反證式的判斷，從「人而不仁」以證悟「禮樂」之失其本質與功用。反過來說，「禮樂」之所以為「禮樂」，進而具現為存在本身和諧的秩序，其本質性的依據便是「人而仁」；而不是一種客觀超越的自然宇宙規律。這才是「存在秩序美」最首出性、核心性的因素。

　　「人」是價值存在的主體，這主體的實質意義不是由外在物質形構性所給定，而是由「仁」這種內在質性所給定；然而，「仁」又是怎樣的質性？簡要言之，是生命存在價值的創造性。孔子並沒有對「仁」做概念上確定的界說，他只落在價值存在的實踐上，隨機說「仁」。我們大致可以歸納出幾個特徵：

　　(一)「仁」為主體內在之性，故《論語‧述而》云：「仁，遠乎哉！我欲仁，斯仁至矣。」朱熹的詮釋是：「仁者，心之德，非在外也。」

　　(二)這種「仁」性的發顯，從消極的進路而言，是「克己」的工夫；故《論語‧顏淵》云：「克己復禮為仁。」這個「己」即是由形軀起念的自我，朱熹的詮釋是：「己，謂身之私欲也。」所謂「私欲」，乃是感性生命非理「欲求」的盲動。「克己」即是超克此種私欲之我，這是內在理性逆覺發用的工夫。能「克己」，然後能使個體存在從私欲盲動中，歸而安於合理的倫理分位；此之謂「復禮」，故「仁」即是此一義理之性。

　　(三)這種「仁」性的發顯，從積極進路而言，即是「愛人」；故《論語‧顏淵》記載樊遲問「仁」，孔子的回答是「愛人」。所謂「愛人」，更具體地說，就是《論語‧雍也》，孔子所謂「夫仁者，己欲立而立人，己欲達而達人」。這顯然不只是情緒性的喜愛，而是對別人之存在價值，能夠理

性地成全。

　　以上三義即是「仁」性的基本特徵。在中國儒家思想史上的研究，已形成共識，無須再詳作論證。

　　理性對於感性生命所起的作用，不是排除或消滅，而只是節之以理，導之以正。因為感性生命當其盲動之時，不必然成就正面的存在價值。存在的正面價值是由理性的肯認，才有應然的歸向。人做為現實生活的存在，根本不能排除或消滅其感性的生命；但是，人做為理想價值的存在，卻又必須依其理性才能實現。而人之生命存在的完滿意義，便是感性與理性的辯證融合；因此所謂「仁」，從價值存在的實現來說，他不能只當作離絕感性生命的純理去認知；否則其本質性的意義，便只是一虛掛的抽象概念罷了，而道德也成為離絕情性的假相。故真實的仁，真實的道德，真實的禮樂之本，必不離情性；乃是理性與感性圓融具現的「人格」，也就是《論語·雍也》所謂「文質彬彬」的君子人格。

　　問題是這人格從其本質而言，是主體內在之所具而不假外求；但是，如果不加以養成，卻不能保證必然發顯而具現。如何養成？回過頭來說，外在的禮樂又是必要的工具；故孔子屢言禮樂養成人格的功能，《論語·泰伯》云：

　　　　興於詩，立于禮，成於樂。

又《論語·憲問》云：

　　　　子路問成人。子曰：「若臧武仲之知，公綽之不欲，卞莊子之勇，冉求之藝，文之以禮樂，亦可以為成人矣。」

　　「臧武仲之知」、「公綽之不欲」、「卞莊子之勇」、「冉求之藝」，皆是感性生命之所具，也就是「文質彬彬」中的「質」的發用。「質」以

「真」為其性格，並無善惡之定向。[13]其價值之定向必待理性之自覺，而此理性之發顯，則須依藉禮樂「文」的功用，故《禮記・坊記》云：「禮者，因人之情而為之節文」；又〈仲尼燕居〉亦云：「禮所以制中」，「中」就是前文所謂的「質」，就是〈中庸〉所謂「喜怒哀樂之未發」的真實感性生命。準此，則圓融之人格的養成，必待禮樂為工具。然後，再轉過來，此一人格之具現，又使工具形式的禮樂獲致真實的本質，終而實現整體和諧秩序的存在；此一存在即是禮樂文化的存在，這時「禮樂」便不僅是工具形式的意義，而已等同價值存在理想具現的本身。這是一種真實而活生生的存在境界，在《論語・先進》中，曾點所描述而為孔子所讚許的那種生活，就是此一存在境界具體的表現：

> 暮春者，春服既成。冠者五六人，童子六七人，浴乎沂，風乎舞雩，詠而歸。

這種境界顯然就是個體生命圓融人格具現之後，又形成羣體生命和諧秩序的一種存在情境。朱熹《論語集注》對此有頗為通透的詮釋：

> 曾點之學，蓋有以見夫人欲盡處，天理流行，隨處充滿，無少欠闕，故其動靜之際，從容如此；而其言志，則又不過即其所居之位，樂其日用之常。初無舍己為人之意，而其胸次攸然，直與天地同流，各得其所之妙，隱然自見於言外，視三子之規規於事為之末者，其氣象不侔矣。

論述至此，我們已可明白，當個體人格圓融具現時，其本身就是「美」；我們可以稱之為「主體人格美」。而此一「主體人格美」又是群體

---

13 參見顏崑陽：〈論魏晉南北朝文質觀念及其衍生諸問題〉，收入顏崑陽：《六朝文學觀念叢論》（臺北：正中書局，1993 年），頁 10-12。

生命存在和諧之「秩序美」的根本依據。這種存有論的美學，分解而言之，有形式、本質之分，有體、用之別。然而，整體觀之，卻於存在的實踐過程中，體用相即，本末不離，終而具現為體用不二的實存之美。

孔子雖未直接從「主體人格」說美；但是，此義已隱涵在他對生命存在價值的理念中。不過，他隨機說「仁」，皆於具體的存在活動中，由此內在理性之發用而說，並未就「性」的本體給予直接的規定。這就有待孟子進一層的發明了。

先秦儒家美學，孔子之後，孟、荀皆自主體人格肯認「美」，並以之為「存在秩序美」的依據。就這層面來說，兩人的觀念並無二致。其間的差異，只在孟子由於主張「性善」，故人格美的本質乃性內之所具，此美之具現，是一種由內顯發的工夫。而荀子由於主張「性惡」，故人格美的本質非性內之所具，此美之具現是一種由外轉化的工夫。

儒家「主體人格美」正式的提出，當由孟子開始。在《孟子·盡心》中，就主體的人格進境論述，其中一個進境是「充實之謂美」。[14]朱熹《孟子集注》對這觀念的詮釋是：「力行其善，至於充滿而積實，則美在其中，而無待於外。」這也就是《禮記·樂記》中所謂「和順積中，英華發外」。良心善性是道德實踐的形上依據；而反過來，道德實踐由經驗的累積，不斷地轉悟為內在的價值理念而形成具體的人格，使良心善性不只是一虛掛的本體存有。而這一人格，由於感性與理性獲致圓滿的融合，故感性生命的發動，皆由於理性道德意志的導正，即《孟子·公孫丑》所謂「志帥氣」，故能和順而中節，其施於四體之言行，皆予人一種不偏邪、不乖戾的和順之感，這就是「人格美」的具現。孟子在〈盡心〉中，將這種「人格美」的具現稱為「生色睟然」：

> 君子所性，仁義禮智根於心，其生色也睟然，見於面，盎於背，施於

14　參見趙岐注，孫奭疏：《孟子注疏》（臺北：藝文印書館，1973 年，十三經注疏影印嘉慶二十年江西南昌府學重刊宋本），卷十四上，頁 254。

　　四體，不言而喻。

　　「仁義禮智」之道德乃根於良心善性。「生色」是表現於四體之言行。「睟然」，朱熹《孟子集注》詮釋為「清和潤澤之貌」。這種由心性之良善，自然發顯於四體言行，其所具現「清和潤澤」的形色，即是一種美；而所謂「仁義禮智」的道德之善，已隱涵其中而不待言詮矣。故所謂「人格美」實乃性內具在的本質，是由內而外的「生色」。

　　至於荀子，他從氣質性中本具的「情欲」以主張「性惡」，故《荀子・正名》云：

　　　性者，天之就也；情者，性之質也；欲者，情之應也。[15]

　　然而，這並不就表示荀子順性以斷定人的存在價值。他雖從現實層面承認：「欲不可去，性之具也」；但是，同時又從理想層面主張「欲不可盡」。就其思想的終極關懷而言，荀子的美學仍不失其理想性，故《荀子・勸學》強調：「君子知夫不全不粹之不足以為美也」。在這一基本觀念之下，他對於個體生命，亦不視為一物質形構性的存在，故人物之美，其第一義也不是身體形構或主觀官能之快感。在《荀子・非相》中，他即反復貶斥形相之美，最典型的例子是：「桀紂長巨姣美」，然而「身死國亡，為天下大僇」。因此，他對於人物品鑑的原則是：

　　　相形不如論心，論心不如擇術；形不勝心，心不勝術。術正而心順之，則形相雖惡而心術善，無害為君子也。形相雖善，而心術惡，無害為小人也。君子之謂吉，小人之謂凶，故長短小大善惡形相非吉凶也。

---

[15] 參見王先謙：《荀子集解》（臺北：世界書局，1971年），卷十六，頁284。後文徵引《荀子》，版本皆仿此，不一一附注。

從價值存在而言，吉凶義近於美惡。因此，人假如做為價值的存在，「美」就不是從物質形構性的「貌相」獲致意義，而是從內在的心術獲致意義。顯然他也如孟子一樣肯斷了人格之美。問題是，他在〈性惡〉中，明白肯斷：「人之性惡，其善者偽」；因此「美」就不是人性內在所具之本質，而是外力的轉化所成，《荀子・禮論》云：

> 性者，本始材樸也；偽者，文理隆盛也。無性則偽之無所加；無偽則性不能自美。性偽合，然後成聖人之名，一天下之功於是就也。

「無偽則性不能自美」，則顯然「美」不是人性之本質；然而，人格之美的表現，卻還是要以「性」為實質材料，然後去其所惡，而加上「文理隆盛」之後，才得以成就。故「人格美」乃是「性偽合」的表現，必須依藉所謂「化性起偽」的工夫，才能完成。而「化性起偽」的憑藉工具，便是先王所制作的「禮樂」了。準此，則荀子觀念中的「禮樂」，並不以人性為其形上本質的依據，而純為一種歷史文化發生意義上的外在產物。[16]「禮樂」也因此徹底被客體化、工具化，而喪失了它與價值存在本身同質的意義了。

四、生命存在美學於藝術實踐及理論上的衍生意義

先秦儒家是從人的價值存在去解答「美是什麼」，以及「美如何存在」這樣的問題。這是存有論的美學，性質上實不同於「藝術學」。然而，這才是先秦儒家美學的中心觀念，前文已論述明白。接著，我們再追問一個衍生性的問題：這種存有論的美學，其與藝術實踐及理論如何產生關係？又有那

---

[16] 《荀子・禮論》云：「禮起於何也？曰：人生而有欲，欲而不得，則不能無求；求而無度量分界，則不能不爭。爭則亂，亂則窮。先王惡其亂也，故制禮義以分之⋯⋯」如此詮釋禮的起源，只是從歷史進程中說明其發生意義；但是對於禮的本質及其超越依據，則全無說明；故在荀子的觀念中，禮只是先王所制的一種外在產物。

些實質性的關係？

　　不管中西方對於「藝術是什麼」給予多少不同的答案。「藝術是以感性形式表現人類存在經驗與價值意義的產品」，這大概是其中頗為古老而通常的答案。我們只要看到先秦儒家對於詩、樂所做的論斷，便會同意他們對於「藝術是什麼」所給定的也正是如此的答案。儘管對這種問題，人們可以完全不讚同儒家的看法，而提出不同的主張；然而，卻不能不承認，從歷史的事實而言，先秦以來的儒者都將藝術活動視為整體文化的現象之一，它是吾人表現存在經驗與價值意義的產物。而存在經驗與價值意義的創造，又應然而必然地以人自身的精神生命為主體為根源。因此，藝術活動與人之生命存在實乃同體不二的關係。說得更明確一些，在儒家的觀念中，藝術並不只是做為促成存在價值實現的工具而已，在它促成存在價值真善地實現的同時，這真善的存在價值也相對地使得藝術的感性形式能獲致理想的實質內涵而具現為至美。

　　然則，在儒家的觀念中，藝術的獨立意義，不在於脫離人之生命存在經驗及價值，而僅由其感性形式結構所獲致；而在於其感性形式與人之生命存在經驗及價值圓融結合、同體不二所獲致。只是片面地認為儒家視藝術為工具而缺乏獨立意義，實為儒學末流之偏見，或外道對儒家思想的簡化與誤解。這就如同前文所論，孔子並不只視禮樂為工具，同時禮樂即是生命存在理想價值體現的本身。假如，「仁」或「良心善性」為體，而一切個殊的文化現象，如禮樂詩歌等為用，從終極意義而言，皆是彼此存在著體用相即不二而通體圓融的關係。

　　西方從存有論的進路對美之存在所尋求的形上依據，多為超越而客觀的實體，它是理論知識上的抽象概念。因此，在藝術的實踐中，並不能切實發用。這或許是西方近代美學捨棄形上玄談而直取實用進路的原因之一吧！而儒家以良心善性為存在秩序美之得以具現的形上依據，此一形上依據並不只是理論知識上客觀而超越的抽象概念；而是主體內在心性之本有，為理性價值之所以能夠實現的原因，乃實踐性之形上依據，而非知識性之形上依據。

　　基於前文所述，從究極意義上說，藝術與生命存在是同體的關係；因

此，此一良心善性不但於價值存在上做為秩序美之具現的形上依據，同時在藝術實踐上也一樣做為美之具現的形上依據。換句話說，在儒家的美學思想中，生命存在的「主體人格美」，即是構成藝術實質內涵之美的根源性依據。生命存在之理想價值實踐的主體與藝術創作實踐的主體具有同質性。藝術創作實踐從究極意義上說，乃是「主體人格美」的發用。

綜合上述，先秦儒家的存有論美學，雖不是直接以藝術做為思考的對象；但是它與藝術實踐卻形成密切的關係。這種關係並不只是建立在理論之形式邏輯關係上，而是更根本的建立於生命存在價值實踐的因果邏輯關係上。先秦儒家以生命存在而不以藝術創作做為美學觀念的中心；然而為什麼後世儒家系統的藝術創作實踐或理論卻必以它為依據？這樣的問題，從以上的論述，已可以得到解答。

先秦儒家美學從存有論的意義，衍生為藝術學的意義，多表現在詩、樂的實際批評上。這些批評，雖然是以藝術為對象；但是，其隱涵的觀念依據卻是上述的存有論美學，而不是以藝術為獨立知識客體的美學。因此，從這些批評，我們可以理解到藝術與生命存在，實質上有些什麼關係；但是，這層面的意義枝節頗多，某些有關藝術效能的言論，其主要意義是在存有論的範疇中，將藝術活動視為養成主體人格，進而實現存在價值的工具，例如《左傳》昭公元年：「先王之樂，所以節百事。」《國語‧晉語》：「夫樂以開山川之風也，以耀德於廣遠也。」《論語‧泰伯》：「興於詩，立於禮，成於樂。」這些言論，其立義既不在於以藝術為對象的批評，便不納入本節的討論範圍。在這裏，我們關懷的重點是先秦儒家如何以存有論美學為基礎，引伸而用之於藝術批評；因而對藝術本質做出相應於生命存在價值的規定。其中最主要為下列三個觀念：

第一，藝術既被視為以感性形式去表現生命存在的經驗及價值，而理想價值的實現又以主體人格為依據。因此，藝術即是以此一生命存在的主體人格為其內在本質，這種美學觀念很具體地表現在先秦儒家對於詩的實際批評上。他們批評詩歌，主要的進路便是集中在對作品所表現主體情志的詮釋與評價。《論語‧為政》：「子曰：『詩三百，一言以蔽之，曰：思無邪』」。

孟子在〈告子〉中，與公孫丑討論〈小弁〉與〈凱風〉二首詩，也是就主體
情志之是否合乎倫理分位與事態之應然而加以詮釋和評價。〈小弁〉之詩表
現了人子由於父親重大過失而產生的怨情。親之過大而怨，乃是因為重視親
情；而重視親情即是「仁」德的表現，故云：「小弁之怨，親親也。親親，
仁也。」而比較起來，〈凱風〉描寫母親的小過而人子卻無所怨。同為親
過，一怨一不怨，皆是「喜怒哀樂發而中節」的應然表現，故云：

> 〈凱風〉，親之過小者也；〈小弁〉，親之過大者也。親之過大而不
> 怨，是愈疏也；親之過小而怨，是不可磯也。愈疏，不孝也；不可
> 磯，亦不孝也。

　　從這種批評來看，詩歌內在本質乃是主體人格於生命存在價值分位上的
情志表現。其美或不美，即視此情志之是否合宜而定。因此，從詩歌內在本
質而言，其第一義的「美」與詩人生命存在的「主體人格美」同質，而絕對
不是官能知覺作用於物質形構表象所產生的快感。這種「美」在實質上包涵
著主體性情之真與道德之美，而為吾人生命存在理想價值的具現。

　　第二，孔子之前的士大夫們已開始從「和」的觀念，去詮釋或評估音
樂。音樂之所以美，乃是因為它「和」的本質，《國語・周語》記載樂工伶
州鳩對音樂本質的判斷是「樂從和」。這種觀念，到了總結儒家音樂美學的
《禮記・樂記》，都一直沒有改變；〈樂記〉云：「樂者，天地之和也。」
又云：「大樂與天地同和。」那麼，就音樂而言，「和」的本質如何構成？
其構成的條件有二：

　　(一)音樂作品中諸多音素的和諧統一。《尚書・舜典》云：「八音克
諧，無相奪倫，神人以和。」[17]意指各個高低、清濁、短長不同的音素，依
循規律而統一為整體和諧的樂章。從原理上來說，這就是「雜多或對立因素

---

[17] 參見孔安國傳，孔穎達疏：《尚書注疏》（臺北：藝文印書館，1973 年，十三經注
　　疏影印嘉慶二十年江西南昌府學重刊宋本），卷三，頁 46。

的統一」，顯然是前述存有論美學中，「和」之觀念的衍義。「和」本指萬物整體存在的和諧秩序之美，將這觀念衍伸出去，音樂之美的構成，必須在內容上也能表現這種生命存在的經驗與理想價值，故〈樂記〉才會說「樂者，天地之和」、「大樂與天地同和」。而相對的，它的形式結構也同一性質。終而以和諧的形式表現和諧的存在經驗與理想價值，以具現整體和諧的音樂之美。

　　(二)音樂聲量的「適中」，或稱之為「平」。音樂要具現和諧之美，除了諸多因素之間的統一而外，還必須聲音本身「量」的適中。《國語·周語》云：「樂從和，和從平」。什麼是「平」？「細大不逾曰『平』」，也就是聲量大小適中，不能超過人們聽覺的負荷，故又云：「大不逾宮，細不過羽」。這種觀念，其後被《呂氏春秋》加以闡揚，故專立〈適音〉之篇，以討論音樂聲量的適中性，云：「太巨、太小、太清、太濁，皆非適」，[18]而〈大樂〉則原則性地指出：「和出於適」。這種音樂美學觀念，也是從人的官能經驗反思而獲致生理學及心理學上的理論依據，顯然偏向音樂物理性功能的解釋。儒家從孔子之後，在存有論美學上，已走向主體心性論的進路，因此這種音樂美學觀念，並沒有更為精密的發展。

　　第三，孔子在《論語·八佾》中，曾批評舜的〈韶〉樂是「盡美矣，又盡善也」，同時也批評周武王的〈武〉樂是「盡美矣，未盡善也」。此一批評引出美、善分合的問題，許多學者常就這段話，討論在孔子的美學觀念中，「美」與「善」究竟是區分或統一。

　　這種討論，必須先辨明範疇上是就「生命存在」或「藝術創作」而論。存有論美學中，不管是從秩序或主體人格來說，「美」與「善」都是同體互涵的存在著；「善」即涵有「美」而「美」亦涵有「善」，彼此互為構成的條件。從主體人格來說，必由於道德實踐的「善」，才能具現為「生色睟然」的人格之「美」；相對的，也由於這「生色睟然」的人格之「美」，才

---

[18] 參見陳奇猷：《呂氏春秋校釋》（臺北：華正書局，1985年），卷五，頁272。後文徵引《呂氏春秋》，版本皆仿此，不一一附注。

使得「善」非只是抽象概念，而能「不言而喻」地具現出來。因此，從主體人格完滿的生命存在本身而觀之，「美」與「善」是渾化的俱在，根本不能分割。說「美」說「善」，只是抽象概念指涉的分別，「善」是就人格於倫理關係中所實現的應然價值而說，「美」則是就人格依藉感性形式而全幅生命當下具體呈現而言。

　　另外，從存在秩序而言亦然，必由於各個體在相對的倫理關係中實踐道德的「善」，然後才能具現和諧的「秩序美」；相對的，也由於和諧的「秩序美」，才使得「善」非只是抽象概念而能具現出來，故從整體生命存在完滿實現的本身觀之，「美」與「善」亦是渾化的俱在，根本不能分割。說「美」說「善」，也同樣只是抽象概念指涉上的分別而已。

　　在藝術美學中，審美判斷之所對，不是吾人生命存在的本身，而是一取得物質感性形式（藝術媒材、符號）的藝術客體。這時，「美」可以不涵有「善」，而只由主體官能感覺作用於審美對象的物質感性形式，以獲致審美判斷。孔子對於「韶」、「武」之樂所稱「盡美」之「美」，即指此義。其實質意義完全不同於前述的「存在秩序美」與「主體人格美」，故朱熹《論語集注》將它詮釋為「聲容之盛」，意指樂舞中聲音之悅耳與舞容之悅目，我們可以稱它為「藝術客體表象之美」。這種「美」，便與「善」區分，可以不必依待主體道德實踐（善）為其內容而獨立具現。後世有些美學觀念將藝術從人的價值存在獨立出來，只視為感覺經驗所直對的客體，便往往以這種「美」為第一義，並將它視為藝術的本質；然而，在先秦儒家所持藝術與人之生命存在同體不二的觀念中，這種「美」卻不是藝術之美的究極意義。雖然，孔子在評鑒韶、武之樂時，也曾意識到藝術客體具有這種獨立於人之生命存在的表象之美；但是，畢竟沒有究極地肯定它。因此，孔子之後的儒家美學，並未脫離其存有論的基礎；而純就此一「美」的意義獨立發展出一套專為藝術而設的美學來。

　　「美」不能始終只是做為抽象概念而存在，它必須取得感性形式以具現。這具現「美」的感性形式，我們可以稱它為「美的表式」。那麼，上述人之生命存在本身，所謂「秩序美」及「人格美」，它們與藝術客體的「表

象美」，其「表式」是否相同？我們的回答是：不相同。前者的表式，我們可以稱之為「精神表式」；後者的表式，我們可以稱之為「物質表式」。

「物質表式」指物質性形構以做為具現美的感性形式，例如視覺之所對物體表象之線條、色彩等形構樣式，聽覺之所對聲音表象之韻律、節奏等之形構樣式。人的生命，若做為形軀之存在，則五官、身裁等線條、色彩之物質形構樣式，即是美的「物質表式」，由此所具現之美，實為「形體美」。先秦儒家非不知有此種「美」，然而由於他們視人之生命為價值之存在，實現此一存在價值的根源依據，不是外顯的形軀，而是內在的人格精神；故具現此「美」，絕不以形體的「物質表式」為其感性形式的充分條件。

它的充要條件是「精神表式」；然則，什麼是「精神表式」？它指的是精神人格所表現於言、行的樣態，以做為具現美的感性形式。此一感性形式的實質涵義又是什麼？在本文中，我們是將它放在儒家存有論美學的脈絡，來回答這樣的問題。從普遍原則來說，此一「精神表式」即是合乎「禮」的言行舉止。《論語・顏淵》記載顏淵問「仁」，孔子的回答是「克己復禮」。顏淵進一步再「請問其目」時，孔子的回答是：「非禮勿視，非禮勿聽，非禮勿言，非禮勿動。」準此，就一般概念而言，「精神表式」即指主體人格精神外現之種種「視聽言動」。不過，儒家更給予此種種「視聽言動」實質內涵的規定，也就是必須「合禮」而能具現「仁」德，具現人之生命存在的道德理性價值，這是「精神表式」的普遍原則。

假如，從具體的言行來說，則《論語》中所載孔子的各種言行，例如〈述而〉云：「子之燕居，申申如也，夭夭如也」、「子釣而不綱，弋不射宿」、「子食於有喪者之側，未嘗飽也。子於是日哭，則不歌」、「子與人歌而善，必使反之，而後和之」、「子見齊衰者，冕衣裳者，與瞽者。見之，雖少必作，過之必趨」等等，這都是具體呈現的「精神表式」；依藉它，我們便能感受到孔子生氣貫注而動靜合宜的人格之美。

準此，則「精神表式」就儒家存有論美學言之，其實就是「禮文」，只是指的不是物質性的「禮器」或普遍規範性的「禮制」，而是主體生命之理性與感性辯證融合而外現的「禮儀」或「禮貌」。司馬光在〈答孔司戶文仲

書〉中，曾詮釋「古之所謂『文』者」，其中便包括了「升降進退之容」。**19**
這「升降進退之容」的「禮文」，即是我們所謂的「精神表式」。

　　依循以上的論述，我們可以明白，「物質表式」在美學意義上是官能經
驗所感知之對象的物質形構，乃「形體之美」，故為一靜態性之表式；而
「精神表式」則是精神經驗所感知之對象的視聽言動樣態，乃「人格之
美」，故為一動態性之表式。「物質表式」所具現之美可以不涵人之生命存
在的價值內容，故可由耳目官能的感覺經驗而得；但是，「精神表式」所具
現之美則必隱涵人之生命存在的價值內容，故不僅經由耳目官能的感覺經
驗，更須經由文化涵養之靈心智性的感知，始能獲致真切的審美判斷。

　　問題是這二種表式，在美的具現中，是否完全沒有關係？首先，我們從
存在主體之「人格美」的具現言之，主體人格美之具現必以「精神表式」為
其感性形式的充要條件；但是，「精神」雖為實有，卻因其非物質性之存
在，自身並無具象的感性形式；故「精神」之取得感性形式，竟須以「物質
表式」為必要條件；但是，二者的關係卻不是絕對同一，而是具現過程中的
辯證依存及顯象；亦即「精神表式」必須依藉「物質表式」才得以具體呈
現，卻又不等同於「物質表式」之本身。「物質表式」對精神而言，只是表
現的物質性工具，在人倫互動關係的文化存在情境中，精神藉此物質性工
具，動態的顯現某種具有道德意義的符號形式。當「精神表式」具現完成之
時，便由於被人倫互動的對象所感知、理解，而超越此一物質性工具，實現
為價值意義的存在；故形、神雖為二元，卻在生命的實存情境中，辯證依存
及顯象為整體。

　　我們進一步明白地說，人之涵具存在價值意義之「視聽言動」的「精神
表式」，必然要依藉形體的物質表式為工具，才能具現出來；但是，它之所
以為「美」卻並不由於這「物質表式」本身靜態性的形構，而是由於這「物
質表式」的動態性發用，因而表達、顯現之人格精神所涵具的生命存在價值

---

19 司馬光：〈答孔司戶文仲書〉，參見《司馬文正公集》（臺北：臺灣中華書局，1987
　　年，四部備要據陳刻本校刊），卷十。

意義。以實例言之，一個人「笑」的行為之做為「精神表式」，必然依藉形體「物質表式」中的「嘴」及相關的臉部形構為工具；但是，就人格美而言，它之所以為「美」並不由於這「物質表式」的靜態性形構，而是由於其動態發用所表現人格精神的「善意」——思無邪。由此言之，「精神表式」之為感性形式是「象徵符號性」而不是「實在客體性」。凡象徵性之表式，必以一物質感性形式之符號為工具；但是，其意義卻必不等同於此物質工具之本身，而相對之視聽者也必須超越此工具之符號形式而感知、理解之。故「主體人格美」之獲致判斷，不只是「看見」或「聽見」；而是依藉「看見」或「聽見」，進而「想見」。它不能只是經由形構之分解或官能的感性直覺而獲致，而必須置入人之生命價值存在的文化情境中，經由官能經驗為必要手段——「看見」或「聽見」，進而超越此種經驗之上，終究置身於文化存在情境中，經由「互為主體」的理解而「想見」之。

其次，我們再就藝術美的具現言之。藝術若只就其獨立於人之生命存在而為官能感覺經驗之所對，則所謂「美」僅須依藉其媒材之物質表式，即得以具現。這就是孔子論韶、武之樂時，由「聲容之盛」所判斷之「美」；但這不是儒家藝術之美的究極意義。其究極意義，應該是「盡美矣」之「美」與「盡善也」之「善」的辯證融合之「美」。孔子並沒有在語言陳述中，直接提出這一究極性的藝術之「美」；然而他在存有論美學中，以「文質彬彬」即形式與內容辯證融合而為君子人格美的典型。從這一觀念衍生出來的藝術之美，其理想的典型也應該是「文質彬彬」才對；故他所謂「盡善」、「盡美」實為分解性的批評。若就藝術之究極的整體具現而言，則「美」（形式義）與「善」（內容義）應該是辯證融合地存在。而此辯證融合之後的藝術實體所具現者也應該是「美」，而且是究極意義的「美」，是藝術之所以為藝術的真正本質。準此，則孔子雖未在語言陳述中，直接提出這種「美」，並使用「美」這詞彙以指涉之；但是，其義則實已隱涵在他的美學觀念中。然則，在藝術審美判斷由媒材「物質表式」所具現之「美」，分解地說，雖與「善」異質而為二；但是，整體地說，此「美」之與「善」卻存在著辯證融合的關係。

在孔子評論韶、武之樂時，其所謂「美」固為「物質表式」之具現。即使其所謂「善」也應該包涵了存有論美學中，「美」與「善」的二個要素。為什麼？朱熹《論語集注》詮釋「盡善」與「未盡善」時，云：

> 善者，美之實也。舜紹堯致治，武王伐紂救民，其功一也……然舜之德，性之也，又以揖遜而有天下；武王之德，反之也，又以征誅而得天下；故其實有不同者。

然則，孔子在這段話中，「美」、「善」對舉，實為區別藝術品的形式與內容而言之。這內容乃是指舜與武王之人格形態與當時的存在秩序。根據我們前文存有論美學中的詮釋，「善」不能始終做為抽象概念而存在，它必須被實踐。因此，從生命的價值存在來說，當價值實現之時，不管就個體人格或整體秩序而言，「美」與「善」皆同體互涵地存在。那麼，韶、武之樂，假如以此生命之價值存在的經驗與意義為其內涵，則孔子所謂「盡善」、「未盡善」的「善」，在實質上應該是隱涵著美、善二種要素。

再接著說，我們前文討論過，生命存在之主體人格與整體秩序之美的具現，其本身便是「精神表式」與「物質表式」的辯證依存及顯象。假如藝術是以媒材自身的「物質表式」為工具，而去表現生命之價值存在的主體人格或整體秩序之美；則理論上來說，其內容本身便還有一重「物質表式」，即人物或宇宙（指文化社會世界）的形構。不過，實際上這會因為藝術個別類型而有所差異。在造型藝術中，例如繪畫、雕塑，甚至以描繪人物之具體形象為主的文學作品，的確具有二重「物質表式」，一為客觀實在之人與物的形構，一為筆墨、金石、語言等媒材的形構；但是，在抒情言志的藝術中，例如主題性音樂或抒情言志的文學作品，則因為不是客觀實在之人與物的形象重現，故而由人與物之客觀實在形象所構成的「物質表式」，已失其工具性作用而隱沒；其「物質表式」則被藝術媒材的形構所替代了。閱聽者只能藉由這層媒材形構的「物質表式」所顯現的「意象」，從作者主觀之「視聽言動」的「精神表式」，去「想見」他的「人格美」。最好的例子是，司馬遷

在《史記・屈原傳》中，最後「太史公曰」，云：

> 余讀〈離騷〉、〈天問〉、〈招魂〉、〈哀郢〉，悲其志。適長沙，
> 觀屈原所自沉淵，未嘗不垂涕，想見其為人。[20]

　　司馬遷的時代，屈原的形體所構成的「物質表式」已隨生命的消逝而隱沒；故做為讀者的司馬遷，也就只能依藉〈離騷〉等作品，其語言形構之「物質表式」所顯現的「意象」，從屈原作品意象中之「視聽言動」的「精神表式」，去「想見其為人」；亦即超越語言形構之「物質表式」，以心靈的想像，契入「言外」的歷史情境中，感知、理解屈原經由「為人」的「精神表式」，所顯現的「人格美」。

　　因此，從先秦儒家美學衍生的藝術觀念而言，所謂「藝術」，其整體之具現則必然是「精神表式」與「物質表式」的辯證融合。而從究極意義言之，「精神表式」必超越「物質表式」之外，具現生命價值存在的精神人格與秩序之美。而後世美學中，所謂「氣韻生動」，所謂「傳神」，所謂「作者人格即作品風格」等觀念，也都可以從上述道理獲得詮釋。

五、結論

　　綜合以上的討論，對於先秦儒家美學，我們可以獲致下列幾個認識：

　　第一，先秦儒家美學是存有論的美學，而不是藝術學。他們是從人之生命價值存在的入路，去解答「美是什麼」以及「美如何存在」，這種美學的基本問題。

　　第二，對於上述問題，他們所給予的答案是：在孔子之前，士大夫們都認為「美即萬物生命價值存在的和諧秩序」，可稱之為「存在秩序美」。更

---

[20] 參見司馬遷：《史記》（臺北：藝文印書館，二十五史影印清乾隆武英殿刊本），卷八十四，頁1010。

明確地說，他們將人視為價值的實在體而不是物質的實在體。當個體與個體在實現生命價值的過程中，通過合宜的互動關係而具現為總體和諧的秩序。而在這種秩序中，個體生命也因而獲致不受壓迫、侵奪與消滅的存在感。這種和諧的秩序與存在感，就是「美」，它是禮樂文化所期待實現的理想情境。至於此一和諧存在秩序之得以成立的理據，他們有的從宇宙論的進路，提出一客觀超越的原理——「雜多或對立因素的統一」；而有的則是從生理學或心理學的進路，提出節制物質的欲求，以使個體身心平適並獲致整體秩序和諧的觀念。這基本上都是由「實然」以定「應然」的思惟進路。

第三，孔子繼承「美即萬物和諧的存在秩序」；但是，卻進一步去思考「萬物和諧的存在秩序美如何可能實現」，也就是為「美的存在」尋求最首出的本質依據。他並不依循前一階段宇宙論與生理學、心理學的進路，而轉向主體內在心性，提出「仁」德以解答這個本質性的問題。至於孟子，則遵循孔子的入路，而正式提出「主體人格美」的觀念。這就是美之存在最首出的本質依據，故涵具形上性格。荀子雖主張性惡，卻同樣肯斷「人格美」。不過，孟子所說之「人格美」乃內在良心善性之具現，為人性的本質，乃由內而外之顯發；而荀子所說之人格美，則由於性惡之說，故非人性的本質；乃依藉「隆禮樂」，由外而內之教化，才能體現人格之美，故不涵具首出的形上性格。

第四，上述「存在秩序美」與「主體人格美」二義，即是先秦儒家美學的中心觀念；而兩者之間並非截然二元，實為體用相即的關係。

第五，儒家並未以藝術為認知對象而建構自成系統的美學。其有關藝術方面的美學觀念，乃是由上述存有論美學衍生而來。「主體人格美」不只是「存在秩序美」的本質依據，同時也是藝術美的本質依據。因為此一本質不是知識理論的抽象概念，而是道德實踐的內在心性；所以在藝術創作實踐中，能「即體發用」而具現為包涵人之生命存在價值的藝術之美。

基本上，儒家並不將藝術看作官能感覺經驗之所對的審美客體，而看作表現人之生命價值存在的精神創造品，故藝術與生命存在乃體用相即不離的關係。這種關係，其根本並非建立在理論知識的形式邏輯上，而是建立在生

命存在價值實踐的因果邏輯上。因此，後世之藝術實踐者，雖然不在理論知識上預設儒家的美學觀念；但是，只要能道德實踐而具現人格美，則其所發用而創造之藝術品，經由後設反思，也都能與先秦儒家美學遙相通契，而獲致理論上的支持。

第六，先秦儒家存有論美學在藝術實踐及理論上的衍生義，主要有三：(一)以涵具道德性的主體情志為構成詩歌的本質；(二)以「和」與「適」（或平）做為音樂的本質；(三)藝術固然可以由其自身媒材形式獲致表象之美；但是，其終極圓融的具現，則仍然是媒材形式與主體情志內容的辯證統一。

第七，「美」必然要取得感性形式而具現，此為「美的表式」。在先秦儒家存有論美學的觀念中，「美的表式」不但是物質的表式，更是精神的表式。所謂「物質表式」指物質性形構以做為美的感性形式者，它是主體官能經驗所感知之對象，是為一靜態性之表式。所謂「精神表式」指人格精神所表現的樣態，以做為具現美的感性形式。此一感性形式即是涵具主體道德意向之「視聽言動」的行為方式；就儒家而言，即是「升降進退之容」的「禮文」。

在存有論美學中，「物質表式」乃吾人身體形構的表象。「主體人格美」與「存在秩序美」之具現，雖然以它為必要的工具；但是，其終極卻是「精神表式」依藉「物質表式」為工具而辯證依存及顯象。故「精神表式」實為主體之靈心智性所感知的對象，乃一「象徵符號性」而非「實在客體性」的動態性表式。人們只有置身於文化存在情境中，經由「互為主體」的理解而「想見」之，始能獲致它的美感。

在藝術審美判斷中，孔子雖曾就韶、武之樂，揭顯媒材的「物質表式」所具現之「美」——「聲容之盛」；但是，我們從「文質彬彬」的存有論美學觀念，應該可以推衍孔子理想中的藝術之美，其究極的具現，必是「主體人格美」及「存在秩序美」的「精神表式」，與媒材的「物質表式」彼此辯證依存及顯象。

後記：

原刊淡江大學中文研究所主編：《文學與美學》第三集，文史哲出版社，
1992 年 10 月。

2015 年 12 月增補修訂。

從莊子「魚樂」論道家「物我合一」的藝術境界及其所關涉諸問題

一、引言

　　「物我合一」是中國藝術最根本的美學觀念；這裏所用「藝術」一詞，乃廣義地包括一切以審美為主要目的的創造性活動。不過，為了資料處理上的精簡，涉及藝術實踐的科目時，概以山水畫及抒情詩、山水詩為印證。因為，這兩種藝術科目不管在實際創作或理論上，都最明顯地表現著「物我合一」的審美性格。

　　從中國繪畫的發展歷程而言，山水畫之逐漸脫離人物畫的陪襯地位而成為獨立的畫科，當始於晉代的顧愷之。顧氏的〈畫雲臺山記〉也正式建立了山水畫的基本理論。不過，他所關注到的只是畫面的空間結構，[1]屬於表現技法層面的問題。至於超越表現技法，而關注到審美主體心靈在創造活動中應該居於什麼樣的位置？以及主體心靈如何可能契合審美對象，終而達到「物我合一」的最高境界？這種種審美原理性的問題，必須到南朝劉宋時代

1　顧愷之：〈畫雲臺山記〉，全文大意多在記述畫雲臺山的位置經營，也就是畫面的空間結構。此文載錄於唐代張彥遠：《歷代名畫記》（臺北：廣文書局，1971 年），卷五，頁 183-187。又收入俞崑：《中國畫論類編》（臺北：華正書局，1977 年），頁 581-582。

的宗炳與王微才有精確深入的反思、論述。[2]宗炳在〈畫山水序〉中所謂「萬趣融其神思」，王微在〈敘畫〉中所謂「本乎形者融靈，而動者變心」，[3]已明白地揭示山水畫基本上是一種「物我合一」的審美活動。後來的山水畫，大致上都循著他們所開示的精神方向繼續發展。

至於抒情詩及山水詩在理論的發展上，審美主體的情思如何與客觀的物象交融為一？自魏晉以後，就一直是詩歌美學上主要的論題。陸機在〈文賦〉中提出「罄澄心以凝思，眇眾慮而為言。籠天地於形內，挫萬物於筆端」，[4]已揭示文學的創造乃以主體澄凝的心思涵攝宇宙物象的審美活動。而劉勰在《文心雕龍・物色》中提出「歲有其物，物有其容；情以物遷，辭以情發」、「山沓水匝，樹雜雲合。[5]目既往還，心亦吐納」之說；鍾嶸在《詩品・序》中也首揭「氣之動物，物之感人；故搖蕩性情，形諸舞詠」，[6]這些觀念也都在指出文學創造是心物交感的審美活動。其後，唐代司空圖提出「思與境偕」，[7]宋代黃昇在《花庵詞選・序》中，確立「情景交融」的

---

2 參見徐復觀：《中國藝術精神》（臺北：臺灣學生書局，1967 年），第四章第四、五節。又參見石守謙：〈賦彩製形——傳統美學思想與藝術批評〉，收入郭繼生主編：《美感與造形》（臺北：聯經出版公司，1984 年）。

3 宗炳：〈畫山水序〉，載錄於張彥遠：《歷代名畫記》，卷六，頁 202-204。又收入俞崑：《中國畫論類編》，頁 583-584。王微：〈敘畫〉，亦載錄於張彥遠：《歷代名畫記》，卷六，頁 206-208。又收入俞崑：《中國畫論類編》，頁 585。〈敘畫〉「本乎形者融靈，而動者變心」二句，各家理解不同，斷句歧異。例如俞崑：《中國畫論類編》中，即斷為「本乎形者融，靈而動變者心也」。本文採用徐復觀的斷法，參見《中國藝術精神》，頁 244。

4 陸機：〈文賦〉，參見劉運好：《陸士衡文集校注》（南京：鳳凰出版社，2007 年），冊上，卷一，頁 13。後文徵引〈文賦〉，版本皆仿此，不一一附注。

5 周振甫：《文心雕龍注釋》（臺北：里仁書局，1984 年）頁 845-847。後文徵引《文心雕龍》，版本皆仿此，不一一附注。

6 王叔岷：《鍾嶸詩品箋證稿》（臺北：中央研究院中國文哲研究所，1992 年），頁 47。

7 司空圖：〈與王駕評詩書〉，云：「今王生者寓居其間，沉漬益久，五言所得長於思與境偕，乃詩家之所尚者。」參見司空圖：《司空表聖文集》（臺北：臺灣商務印書館，1979 年）。

美學觀念，[8]歷經明代謝榛《四溟詩話》、[9]王夫之《薑齋詩話》，[10]以至王國維《人間詞話》。[11]在這縱貫千餘年的詩歌美學發展過程中，「物我合一」──「情景交融」始終就是批評家們不斷探究的主要美學觀念。[12]

　　「物我合一」落實於山水畫或抒情詩、山水詩，都是最重要的美學觀念。其實，不管是畫論家或詩論家，他們所要追究的應該都是同一個問題：假如藝術的創造是通過主體的心靈去呈顯自然宇宙萬象，那麼物與我之間最完滿的關係應該如何？這一問題，從基源上來說，並不只是藝術創造的問題，而是中國人的宇宙觀問題。一切人文活動所涉及「物我合一」的美學觀念，都從這基本的文化思想所衍生而來。因此，要瞭解宗炳、王微、劉勰、鍾嶸、司空圖、黃昇、謝榛、王夫之、王國維等人所謂「物我合一」的美學觀念，根本就得追究到中國人的宇宙觀；而在這個問題上，道家無疑地處於理論根源的位置。

　　我們這篇論文，最主要的企圖，就是通過對莊子「魚樂之辯」寓言的分析，以詮釋道家「物我合一」的宇宙觀，從而指出他們為後世的藝術創作開示了什麼樣的境界？以及道家所開示「物我合一」的藝術境界如何達到？當然，就這個美學觀念本身，能解決以上兩個問題也就可以了。不過，因為在後代的藝術批評中，有兩個重要的問題與這個美學觀念甚有關涉，必須詮釋

8　黃昇：《花庵詞選》（臺北：臺灣商務印書館，1979 年）。其中，《中興以來絕妙詞選》稱史邦卿之詞：「能融情景於一家」，卷七，頁 72。

9　謝榛：《四溟詩話》（北京：人民文學出版社，1961 年）。其中，論及：「作詩本乎情、景，孤不自成，兩不相背。」卷三，第 10 則。

10　王夫之著，戴鴻森注：《薑齋詩話箋注》（臺北：木鐸出版社，1982 年）。其中《詩譯》論及：「關情者景，自與情相為珀芥也。情景雖有在心在物之分，而景生情，情生景，哀樂之觸，榮悴之迎，互藏其宅。」卷一，頁 33。

11　王國維著，施議對譯注：《人間詞話譯注》（臺北：貫雅文化公司，1991 年）。其中論及：「境非獨謂景物也，喜怒哀樂亦人心中之一境界。故能寫真景物、真感情者，謂之有境界；否則，謂之無境界。」頁 21。後文徵引《人間詞話》，版本皆仿此，不一一附注。

12　參見蔡英俊：《比興物色與情景交融》（臺北：大安出版社，1986 年），第一章。

清楚，因此將這兩個問題納入一併討論。

　　什麼問題？一是自從先光潛引介了十九世紀德國美學家李普斯（T. Lipps, 1851-1914）的「移情說」以後，包括朱氏在內的許多文學批評者，常將李普斯的「移情說」與莊子的「魚樂」境界比附在一起；「移情作用」變成詮釋中國「物我合一」境界的普遍法則；但是，李普斯的「物我合一」與莊子的「物我合一」完全等同嗎？這是必須反思、批判的大問題。二是王國維之前，論及情景交融、物我合一，學者們都不細辨其中還可區分什麼不同性質的境界。及至王國維才明確提出「有我之境」與「無我之境」之別。那麼「有我」、「無我」是否都是「物我合一」之境？與莊子「魚樂」之說有何關係？以上就是本論文主要處理的問題，下文逐一論述之。

二、「魚樂」境界就是「物我合一」的藝術境界

　　《莊子・秋水》云：

> 莊子與惠子遊於濠梁之上。莊子曰：「儵魚出遊從容，是魚之樂也。」惠子曰：「子非魚，安知魚之樂？」莊子曰：「子非我，安知我不知魚之樂？」惠子曰：「我非子，固不知子矣；子固非魚也，子之不知魚之樂，全矣。」莊子曰：「請循其本。子曰：『汝安知魚樂』云者，既已知吾知之而問我，我知之濠上也。」[13]

　　這則寓言，可以析分為三個層次來理解：

第一層次：

　　「莊子與惠子遊於濠梁之上。莊子曰：『儵魚出遊從容，是魚之樂也』」。此一層次，我們特別注意到莊子與惠子在濠梁之上的活動是

---

[13] 郭慶藩：《莊子集釋》（臺北：河洛圖書出版社，1974 年，王孝魚點校本），卷六下，頁 606-608。後文徵引《莊子》，版本皆仿此，不一一附注。

「遊」。從現實上的意義來說，「遊」即是平常所謂「嬉遊」、「遊覽」、「遊戲」等。「遊」雖是平常生活中的一種活動，但它若真是無夾雜其他目的而純粹之「遊」，則與出乎「意志」的一切實踐行為不同。這時，「遊」的最主要性格是「不係」，也就是自由無限。《莊子·外物》：「心有天遊」，郭象釋「遊」為「不係」。不係，則一無特定之目的，二無特定之方位。[14]唐代王維詩〈終南別業〉所謂「行到水窮處，坐看雲起時」，最得這種「不係之遊」的美趣。沈德潛《唐詩別裁集》的評語很有見解：「行所無事，一片化機」。[15]

　　「遊」既是除了當下的自由快適之外，無其他特定目的與特定時空限制，正好符合審美享受之摒除實用目的與知識限制；故西方之藝術起源理論，由康德（I. Kant, 1724-1804）所提示，而席勒（J. C. F. Schiler, 1751-1805）所倡導的「遊戲說」，乃成為一種重要的理論。[16]「遊戲」最主要的特性是「免於強迫」。席勒在《美育書簡》中，即指出：遊戲，不是受外在和內在強迫的事；而在審美活動中，心情免於法則的強迫，也免於急需的強迫。「法則」即是一切行為的規範，屬於「外在」的強迫。「急需」即是生理性的欲望，屬於「內在」的強迫。「遊戲」則消解內外的強迫，主體心靈進入「自由無限」的境地，因而得到審美的享受。[17]

　　在莊子書中，「遊」字用了一百餘次，是他用以描述「自由無限」之精神或行為的象徵性用詞。[18]有時，「遊」字用以描述不係的形體活動，例如

---

[14] 參見顏崑陽：《莊子藝術精神析論》（臺北：華正書局，1985 年），第三章，第一節，丙目，頁 166-167。

[15] 沈德潛：《唐詩別裁集》（臺北：廣文書局，1970 年），冊上，卷九，頁 278。

[16] 參見朱光潛：《西方美學史》（臺北：漢京文化公司，1982 年），卷下，第十四章。又參見劉文潭《現代美學》（臺北：臺灣商務印書館，1983 年），第一部，第一章。

[17] 席勒（J. C. F. Schiler, 1751-1805）著，徐恒醇譯：《美育書簡》（臺北：丹青圖書公司，1987 年），第十一封信至第十五封信，頁 88-118。

[18] 參見徐復觀：《中國藝術精神》第二章，第四節，頁 62。又參見顏崑陽：《莊子藝術精神析論》第三章，第一節，丙目，頁 166-170。

《莊子・秋水》：「莊子與惠子遊於濠梁之上。」又例如《莊子・人間世》：「南伯子綦遊乎商之丘。」〈馬蹄〉：「民居不知所為，行不知所之，含哺而熙，鼓腹而遊。」有時，「遊」字用以描述自由無限的心靈境界，此一用法甚多，義理上具有特殊的概念義涵，在莊子思想中是一個哲學性的術語了。〈逍遙遊〉篇名中的「遊」字很具代表性，而其他如〈逍遙遊〉：「以遊無窮。」〈齊物論〉：「遊乎塵垢之外。」〈德充符〉：「遊心乎德之和。」〈外物〉：「心有天遊。」〈田子方〉：「吾遊心於物之初。」等等，都是在描述自由無限的心靈境界。

「不係」的形體活動與自由無限的心靈境界，又復有內外表裏的關係。自由無限之心靈，乃通過消解欲望與成見的修養而體證。既得自由無限之心靈，「不受內在和外在的強迫」，以此心發為行動，當然能作「不係之遊」。而在「不係之遊」的行動中，此心即在自由無限的境界中。由此來說，「莊子與惠子遊於濠梁之上」，在莊子而言，此「遊」是「不係之遊」，此「心」是「自由無限之心」。康德在《判斷力批判》中，即析辨了審美判斷是無關乎生理欲求（快適）與道德實踐欲求（善）的「靜觀」（以「自然」為對象）。[19]於此，我們可以說遊於濠梁之上的莊子，當下的心靈是審美的藝術心靈，當下所見的宇宙，是一藝術性的宇宙，由此所呈顯的宇宙觀，不涉生理欲求、道德實踐與科學知識，純然是審美的藝術宇宙觀。

因此，就在這一審美之藝術心靈的直觀判斷下，他說出：「鯈魚出游從容，是魚樂也」。此一判斷，從命題的形式上來說，是將「樂」直接作為主詞「魚」的賓詞，似乎莊子將一個抽象概念連繫於認識客體，而作出「認知判斷」。[20]然而，我們如果進入莊子當下的存在，便很容易分辨得出，「樂」並非如大、小、長、短、紅、綠等之為認知對象的客觀屬性，因此它

---

[19] 康德：《判斷力批判》，卷上，第一部分，第一章，第五節，頁44。

[20] 參見徐復觀：《中國藝術精神》，他將惠施：「子非魚，安知魚之樂？」這種主客對立的思惟，歸為「認識判斷」；而莊子「魚樂」這種主客合一的感知，歸為「趣味判斷」。第二章，第十二節，頁99。「趣味判斷」即「審美判斷」。本文對莊子「魚樂」之美學意義的詮釋，即在徐復觀之說的基礎上，進行更詳密的分析。

也就不是一個由客觀經驗抽象化的概念，而是一種純粹主觀的心境；故而，此一判斷其實是連繫於主體的審美判斷，無客觀認知對象的指涉。這就類乎康德所謂「反身判斷」（Reflective judgement），乃繫乎主體美感，而無所指向的判斷。[21]康德在《判斷力批判》中，即云：

> 為了判別某一對象是美或不美，我們不是把「它的」表象憑借悟性連繫於客體以求得知識，而是憑借想像力連繫於主體和它的快感和不快感。鑑賞判斷因此不是知識判斷，從而不是邏輯的，而是審美的。至於審美的規定根據，我們認為它只是主觀的，不可能是別的。[22]

我們試藉康德的美學，只是為了說明審美判斷只繫乎主體，而無關乎知識判斷；並非實質地說明莊子所謂「美」的經驗內容與康德的主張相同。從康德這段話，我們可以明白，審美判斷因為不涉及知識客體，所以這種判斷不能引申出邏輯的「普遍有效性」（Universal Validity）。在「量」的範疇上，審美判斷不含有判斷的客觀的量，而只含有主觀的量，這種「量」，康德稱之為「共同有效性」（Gemeingueltigkeit）。審美判斷的共同有效性，指出當我們判斷「什麼是美的」，並不假定每個人的同意（只有符合邏輯的認知判斷才能如此，因為它能舉出理由），而是「期待」每個人的同意。[23]因此，當莊子說：「鯈魚出遊從容，是魚樂」，並不假定每個人的同意，也不是要作出邏輯普遍有效性的認知判斷。他只能「期待」每個人都同意「魚是樂的」這一審美判斷。雖然，他不能舉出理由來驗證此一判斷之為「是」，以強制每個人都同意；但是，即使有人不同意，卻也無礙這一審美判斷的成立。

這就是牟宗三所謂：「凡藝術境界皆繫屬於主體之觀照。」因而萬物皆「隨主體之超昇而超昇，隨主體之逍遙而逍遙。所謂『一逍遙一切逍

---

[21] 牟宗三：《智的直覺與中國哲學》（臺北：臺灣商務印書館，1980 年），頁 209。
[22] 康德：《判斷力批判》，卷上，第一部分，第一章，第一節，頁 37。
[23] 康德：《判斷力批判》，卷上，第一部分，第一章，第八節，頁 50。

遙』。」[24]我們可以將這個道理延伸以詮釋「魚樂」，則可謂「一樂一切樂」。這是由主體觀照所朗現的藝術境界。在這境界中，莊子之主體「樂」，故而觀照所及，乃朗現「魚樂」；不只「魚樂」，一切物皆樂也。因此，莊子「遊於濠樑」的當下，在他直觀中的「魚」，已不是與主體截然為二的知識客體，而消融於主體的心靈境界中，「物我合一」，渾然無別。我們可以說，「魚樂」的境界即是「物我合一」的藝術境界。

第二層次：

　　從「惠子曰：子非魚，安知魚之樂？」到「子之不知魚之樂，全矣。」這一層次，關鍵在惠子「子非魚，安知魚之樂」的判斷，以下不過順此一判斷推演。《莊子・天下》曾載惠施有「萬物畢同畢異」之說。萬物既是「畢同」，則莊子與魚不就相同了嗎？為什麼惠施偏云「子非魚」。實則惠施所謂「萬物畢同」，乃指「萬物皆在一絕對普遍性中而合同」。這是從客觀名理的思辨中，由萬物皆共具普遍性這一假設上所作的判斷。因此這個命題不是以萬物的個體性為判準。相對的，「萬物畢異」則是指「萬物個個皆不相同」；即使同樣為「人」，但是就個體而言，你是一個體，我是一個體，實在各不相同。這也是從客觀名理思辨中，由萬物各具個體性這一假設上所作的判斷。不管是「畢同」也好，「畢異」也好，都是客觀名理的判斷，也即是抽象思辨上的判斷。[25]

　　惠施在此對莊子發出「子非魚」的質疑，乃是站在「萬物畢異」這個判準上。因為他認為「樂」或「不樂」，是個體的感覺經驗，個體既不相同，感覺經驗便不相同。因此，莊子以自己主觀的感覺經驗，繫於客體之「魚」，而作出「魚樂」的判斷，缺乏客觀的可驗證性。我們前面已經說過，莊子直接將「樂」繫於主詞「魚」之下作為賓詞，實際上只是審美判斷中，「期待」每個人同意的主觀共同有效性，並非邏輯普遍有效性的認知判

24　參見牟宗三：《才性與玄理》（臺北：臺灣學生書局，1974 年），頁 182。

25　以上「畢同」、「畢異」的解釋，參見牟宗三：《名家與荀子》（臺北：臺灣學生書局，1985 年），頁 15-17。

斷；但是，在形式上，「是魚樂也」，卻很容易被看作是邏輯上的一個經驗命題。惠施也就是將它當作邏輯上的經驗命題，因此由於「經驗材料」不具客觀性與普遍性，他便懷疑「魚樂」能否被確實地認知。

有趣的是，莊子當時似乎也沒有分辨出「審美判斷」不同於「認知判斷」，根本不是經驗邏輯上的問題；因此被惠施引入邏輯的思辨方式中，而問出：「子非我，安知我不知魚之樂？」如此，則正好被惠施邏輯推演的法則套住，在惠施作出「我非子，固不知子矣；子固非魚也，子不知魚之樂，全矣」的推論之時，莊子在「名理」的談辯中，實已輸去一場。

第三層次：

「莊子曰：『請循其本』。子曰：『汝安知魚樂』云者，既已知吾知之而問我。我知之濠上也。」這一層次中，莊子又翻出其「玄理」的本色。前面「請循其本」以下三句話，從邏輯上來說，根本是詭辯。因為邏輯只管形式上的推論，不管事實上惠施知不知莊子知道魚樂；但是，最後一句「我知之濠上也」，卻回應了第一層次，指出莊子之所以知「魚樂」，乃是在「濠上之遊」，當下審美直觀的判斷。徐復觀對這則寓言有精確的解說，他認為惠施「安知魚之樂」的「知」，是認識之知，理智之知；而莊子「我知之濠上」之「知」，是孤立地知覺之知，即美的觀照中的直觀。所以對於對象是當下全面具象地觀照；在觀照同時，即成立趣味判斷。[26]

此時，莊子與魚渾然為一；但是，莊子這種渾然為一，只是一主觀心靈境界，是「玄理」的一，而不是惠施「名理」的一。前面論過，惠施從客觀名理的思辨而肯斷「萬物畢同」。因此，《莊子・天下》記載到，惠施主張「氾愛萬物，天地一體」。然而，這畢竟是從理性思辨所究極的宇宙觀，與《莊子・齊物論》所謂「天地與我並生，萬物與我為一」，實有差別。因為莊子的「萬物為一」，並不是全然客觀地由萬物共具普遍性這個基本假定，所作抽象概念的肯斷；而是通過主體修養，在消解欲望與成見之後，就當下的存在體驗，泯除主觀妄見的差別相，無計較，無分別，而證入萬物渾然一

26　參見徐復觀：《中國藝術精神》，第二章，第十二節，頁99。

體的境界中。[27]這才是「物我合一」的藝術境界。

三、李普斯「移情說」
不能解釋莊子「物我合一」之境界

在這一節的討論中，我們特別提出德國美學家李普斯（T. Lipps, 1851-1914）的「移情說」，與莊子「物我合一」的藝術境界作一比較；乃是因為李普斯的「移情說」被泛濫運用，早已過度超越它的確當範圍。朱光潛對李普斯的「移情說」引介最力，他在《文藝心理學》即專門介述李普斯此一美學，並引莊子「魚樂」這則寓言以說明「移情作用」。[28]在他另一著作《談美》中，也有同樣的論述模式。[29]從朱氏之後，「移情作用」逐漸泛濫於一般的文學批評或美學論文中，經常被引用以詮釋「物我合一」的藝術境界，尤其是對山水、田園、抒情、寫景詩詞的詮釋。這不能不讓我們產生一個問題：李普斯的「移情說」能普遍地解釋中國「物我合一」的藝術境界嗎？他和道家莊子「物我合一」的藝術境界完全相同嗎？

朱光潛在《文藝心理學》指出：「移情作用」不管是在日常生活或藝術的創作中，都是很普遍的心理現象。[30]然而，我們認為在這個常識性生活的層次上，「移情作用」其實不具藝術活動及其產品的詮釋或批評意義。「移情作用」之形成特定的美學主張，而產生藝術活動及其產品的詮釋或批評意義，要到十九世紀德國美學家李普斯才完全確定。因此，我們在這裏不打算拿常識性的「移情作用」去與莊子「物我合一」的藝術境界作比較。而是特別將李普斯與莊子兩種具有特定義涵的美學拿來比較，而追問他們有什麼不

---

27 參見牟宗三：《名家與荀子》，頁 16-17。

28 朱光潛：《文藝心理學》（臺北：臺灣開明書店，1969 年），第三章，第一節，頁 34-36。

29 朱光潛：《談美》（臺北：臺灣開明書店，1971 年），參見其中第三篇：〈子非魚，安知魚之樂？〉頁 24-33。

30 朱光潛：《文藝心理學》，第三章的第一、二節，所述大意如此。

同？

　　要回答這樣的問題，其實並不難。李普斯說的是「物我合一」，莊子說的也是「物我合一」，從形式上來說，似乎都一樣；但是，假如進入到兩個人的思想體系中，去追問：李普斯所謂的「我」是什麼內容？莊子所謂的「我」是什麼內容？李普斯所謂的「物」是什麼內容？莊子所謂的「物」是什麼內容？他們各自通過什麼方式讓物我合一？最後，這兩種「物我合一」各自有什麼不同的性質？如此經由分析性的詮釋，就可以看出這二者的涵義實有其差別。

　　我們前面論過，莊子所謂的「魚樂」，其實此「樂」乃繫於主體；因此，這個「主體」也就是莊子「物我合一」藝術境界中，那個「我」的真實內容。因此，那個「我」的真實內容，就從莊子「魚樂」之「樂」，究竟是什麼樣的心靈經驗，去進行理解。

　　「美」與「快感」之間的關係，在西方美學史上是很早就被注意到的問題。大致上，他們有的認為「快感」是審美活動所伴生的效果。希臘哲學中，早在柏拉圖、亞里斯多德等，就常提出這種美學觀念。[31]另外，也有的直接肯斷「美感」就是「快感」，故「美」，即是「愉快」。這是英國經驗主義的美學家，例如休姆（D. Hume, 1711-1776）等，主要的論調。[32]不管怎麼說，「美」與「快感」之間，常存在著因果或同一的關係。

　　《莊子‧田子方》云：「得至美而遊乎至樂。」這似乎也指出「樂」是審美活動所伴生的效果。那麼此一從「至美」而生之「至樂」，就是西方美

31　柏拉圖著，朱光潛譯：《柏臘圖文藝對話集》（臺北：蒲公英出版社，1983 年），即已提出視聽所生的快感本身並不是美，它只是審美所伴生的效果，參見第五〈大希庇阿斯篇（論美）〉，頁 259-272。亞里斯多德著，姚一葦譯注：《詩學箋註》（臺北：臺灣中華書局，1969 年），也提出藝術模仿，能引人快感的說法。第四章，頁52。

32　休姆（D. Hume, 1711-1776）《審美趣味的標準》：「美並不是事物本身的一種性質，它只存在於觀賞者的心裏」。另外，在《論人性》裏也說：「快感和痛感並不只是美與醜必有的隨從，而且也是形成美與醜的真正本質」，參見《西洋美學史資料選輯》（新竹：仰哲出版社，1982 年），頁 115、117。

學從審美所生之「快感」嗎？答案是否定。因為西方審美活動中所謂的「快感」，都指由視、聽等感官作用於一特定的審美對象，從而獲致心理「情緒」上的快適經驗。它與審美對象恆存著因果關係，沒有審美對象，也就沒有快感；故而它是緣起的、短暫的，非主體心靈自在恆常的操存。

然而，在莊子的思想中，卻正好主張消解這種由感官經驗所引觸的短暫「情緒」。〈人間世〉云：

> 自事其心者，哀樂不易施乎前。

〈養生主〉云：

> 安時而處順，哀樂不能入也。

〈德充符〉云：

> 吾所謂無情者，言人之不以好惡內傷其身。

〈田子方〉云：

> 喜怒哀樂不入於胸次。

〈庚桑楚〉云：

> 惡欲喜怒哀樂六者，累德也。

諸如上述這種論述，在莊子書中還可以找到許多。這些「樂」、「好」，都是根源於「形軀我」的欲望，而由外境引生的情緒，短暫而相對，故〈知北遊〉云：「山林與！皋壤與！使我欣欣而樂與！樂未畢也，哀

又繼之」；以外境而引生的快感，都不免興盡悲來。因為外境既美惡相對，心情也必哀樂相對。這時，主體心靈便淪為物役，而喪失自主性。這是道家所極力要超越的俗境。

莊子所肯定的「樂」，不是一般心理「情緒」上的「樂」；而是由「至美」所生之「至樂」，或稱為「天樂」。「至美」就是至道之美，因此所謂「至樂」，就是見道以後，一種自由無限，逍遙自在的心靈境界，乃是主體通過「致虛守靜」的修養工夫所得，不從外境對象的感觸而來，故恆常、絕對、自在、自足。「至樂」即是最高樂，無哀樂之相，乃是一種內在的心靈境界，超越因外境引觸而哀樂相對的情緒，故〈至樂〉云：「至樂無樂」。無，不是「否定」之義，而是「超越」之義。「無樂」就是超越外境對象所引觸之「快感」。晉代郭象詮釋「至樂」，便說：「忘歡而後樂足。」

「至樂」又稱為「天樂」。〈天道〉云：「與天和者，謂之天樂」。何謂「與天和」？唐代成玄英疏云：「冥合自然之道。」能冥合自然之道，就得「天樂」，故〈天道〉又說：「以虛靜推於天地，通於萬物，此之謂『天樂』」。「虛靜」就是指沒有造作，沒有計較，沒有分別，從善惡、美醜、貴賤、窮通等，一切相對價值系統超越出來的自然心靈；以這種心靈去觀照天地萬物，則「天地與我並生，萬物與我為一」。這樣的境界就是「至樂」、「天樂」。〈秋水〉所謂「魚樂」，就是「至樂」、「天樂」之樂。持有此「樂」的主體，不是形軀官能上的「我」；而是超越情欲、價值成見之後，精神生命上，虛靈清靜的「我」。

至於康德的美學中，他很嚴格地將美感與受制於生理欲求的「快適」、受制於實踐理性欲求的「善」分開；而規定審美判斷僅是「靜觀」（以「自然」為對象）。《判斷力批判》就說：「它對一對象的存在是淡漠的，只把它的性質和快感及不快感結合起來」。[33]因此，這裏審美判斷中的「我」，當然就不是形軀欲望上的我，也不是道德理性上的我。看起來，這似乎與莊子的「我」有些相近了。然而，其實也不相同。第一是康德審美的「我」，

---

[33] 康德：《判斷力批判》，第一部分，第一章，第五節，頁44。

並無自性，它只是緣乎對象的性質而生快感或不快感，因此仍有相對相；而莊子的「我」卻是自在常樂，具有本體的意義。第二是康德審美的「我」，不涉及生命存在的內容，只是在直觀中，相應於審美對象的「表象」所生的感覺，而莊子的「我」則涉及生命存在內容。

總之，莊子「物我合一」的「我」，無法包含在任何西方的美學系統中，而自有其特殊的性格。

接著，我們再追問：莊子「物我合一」境界中的「物」，又是什麼內容的「物」？也就是在審美判斷中，究竟關連著一個什麼樣的「對象」？

「客體」或「對象」（Object）與「主體」（Subject）相對成立。當一個客體被主體所「意向」（Intend），它就相應的做為此一主體之意向的對象。主體之意向往往有特定之目的，若其目的為了認知以成立知識，則此一對象即為「認知對象」；若為了審美以獲致快感，則此一對象即為「審美對象」。認知判斷當然繫於客觀對象的性質；而審美判斷雖然繫於主體，但是卻仍得緣起於一特定之對象；故審美判斷皆在「能所相應」的關係中成立。西方的美學雖然確定審美判斷的目的不在乎成立知識；但是，仍然不能不在主客相對、能所分立之知識論的基礎上去進行審美活動。

如果以「情欲之我」或「道德之我」，意向著對象，則對象乃是在主觀情緒渲染或價值判斷中，顯其相應於主體意向之性相，這固不待言；但是，若以康德所謂的「我」去「靜觀」，則此一對象又是不涉及存在經驗內容的表象，而為純粹形式之美的呈現。這也就是為什麼在一般美學史中，康德的美學常被指為形式主義的宣揚者；而近代西方，無論在藝術實踐或美學理論上，都日趨形式主義的極端，有些評論者也都追溯到康德的影響。[34]

在莊子的美學中，「美」的判斷並不須依賴一個特定「所與」的對象；因此在究極意義上，所謂「對象」只是在主體自由無限的心靈所觀照的境界

---

[34]　參見朱光潛：《西方美學史》，卷下，第十二章，頁61。

中，「物物各在其自己」的真實相。[35]它既非主觀認知心所意向的客體，也就無實在「所與」的意義。[36]從心靈展現自由無限的境界開始，便已泯除了「主——客」、「能——所」的對立了。因此，這「物我合一」境界的呈現，在審美的過程中，並非完全決定於凝神觀照之後，由於情感的外射作用（Projection）或內模仿（Inner Imitation），而將我合於物，或將物合於我。[37]在主體凝神觀照之先，已通過「致虛守靜」的修養工夫，而展現了自由無限的境界。這個本體性的自然心靈，即已保證了「物我合一」的可能，當下凝神觀照而具現「物我合一」的境界，實為此一本體心靈的觸機發用。

因此，在「魚樂」的境界中，所謂「樂」並非由對象「魚」所與的判斷。其「樂」，乃純為在主體由修養而致的一種自由無限之精神境界的「即物朗現」；在此一境界觀照中，非只「魚」樂，萬物莫不樂，亦即宋代程顥所云「萬物靜觀皆自得」。[38]萬物，指一切物；在「靜觀」中，皆顯「自得」之樂。而此「樂」既非出於主觀之情欲或成見，故所見之對象就不是主觀情緒渲染或價值判斷的假相，乃是「物物各在其自己」的真實相。而此一真實相既出於主體存在生命境界之觀照，便又非不涉及存在內容的表象而已，我們可以謂之「物本體真實的存在」。

那麼，以經由「致虛守靜」的修養而展現超越情欲、成見的精神生命之「我」，在凝神觀照的當下，透視物物各在其自己的真實存在。主客物我便在渾沌一體的自然世界中，各個自由自在，展現無造作、無分別而「物我合一」的藝術境界。

35　「物物各在其自己」指萬物在主體虛靜的觀照下，不著價值分判之相，而各以自在的本來面目顯現。參見牟宗三：《智的直覺與中國哲學》（臺北：臺灣商務印書館，1980 年），頁 204-206。

36　參見顏崑陽：《莊子藝術精神析論》，第四章，第二節，甲目，頁 265。

37　「外射作用」、「內模仿」詳見朱光潛：《文藝心理學》，第三、四章。

38　程顥〈秋日偶成〉：「閒來何事不從容，睡覺東窗日已紅。萬物靜觀皆自得，四時佳興與人同。道通天地有形外，思入風雲變態中。富貴不淫貧賤樂，男兒到此是英雄。」參見程顥、程頤：《二程集》（北京：中華書局，2006 年），冊上，頁 482。

　　至於李普斯對「移情說」自有其精要的論述。那麼他所謂「物我合一」的「我」是什麼內容呢？他認為審美享受之「對象」雖在事物的表象；但是，產生享受的原因卻是自我的「內部活動」（Inner ativities）。這「內部活動」包含我在自身之內所感覺到的企求、歡樂、意願、活力、憂鬱、失望、沮喪、興奮、驕傲……等。因此，依照李普斯的說法，一切美感之中都含有「自我價值」。他常舉一個例子，希臘古代神廟建築，「道芮式」（Doric）石柱，按照物理學來說，石柱承受屋頂的重壓與地心引力，我們看它應該下垂；但是事實上，我們看「道芮式」石柱卻反而覺得它聳立上騰，現出一種出力抵抗，不甘屈撓的氣概。這就是李普斯所謂的「空間意象」（Spatial image）。我們之所以覺得石柱聳立上騰，出力抵抗，乃是由於經驗的「類似聯想」。在生活過程中，人們面臨壓力，曾經有過出力抵抗的經驗。這種種經驗已凝結為記憶而變為「自我」的一部分。因此，在看到石柱承受重壓時，遂將這經驗的自我移入石柱，而見其聳立上騰的意象。**39**

　　如此說來，李普斯所謂「物我合一」的「我」，實乃一充滿情緒、累積經驗與價值觀念的「我」。此一主體心靈全然不同於莊子之所說。

　　至於李普斯所謂的「對象」，也就是「物」，又是怎樣的內容呢？他所謂的「對象」，應有二義：第一義乃是與我分立的對象，也就是物本身的表象。第二義則是第一對象與自我內部活動相合的對象，也就是「意象」。此一對象雖是「物」，但同時是「自我」，也就是「對象」與「主體」相互交融滲透，彼此都失去主客原有的純粹本性；而審美享受之對象也因此獲致主客兼備的雙重性格。他在〈情移、內模仿與身體感覺〉一文中曾說：

> 情移現象即是於此所建立起來的事實：對象即是自我，而我所經驗到的自我也同樣即是對象。情移的現象即是自我與對象間對立的狀態，

---

39 李普斯的「移情說」，主要見於〈情移、內模仿與身體感覺〉一文，及其名著《空間美學》。參見朱光潛：《文藝心理學》，第三、四章。另參見劉文潭：《現代美學》（臺北：臺灣商務印書館，1983 年），第九章，頁 192-206。

當下消失而尚未存在的事實。**40**

由此說來，他的「對象」在第一層次是一實在的外境，也即是知覺的所與。而在第二層次，與自我融合之後，則失去原有質性，而為主觀情緒渲染或價值判斷之顯相，非物本身真實的存在。此與莊子所謂「物」，內容完全不同。

李普斯所說的「物我合一」，也是通過「直覺」而完成；但是，他所持的「直覺」方式，乃是建立在西方知識論基礎上的直覺，也就是感官對外在現象所作直接知覺。他認為審美對象通常都是屬於感性的，無論它是被知覺到或被想像到，都必須依藉感官知覺。如果脫離感官知覺，也就無所謂審美對象了。而莊子之直覺，前面已論述過，正好是超越感官知覺，故其「直覺」不從對外境對象之感覺而得，純粹是主體通過修養，以虛靜之心靈直觀外物之自在相──這就「智的直覺」。**41**

李普斯的「移情說」即是以如此的「我」移情於如此的「物」，而達到「物我合一」，在內容本質上完全是一充滿情、識的藝術境界。這與上述莊子「魚樂」所展現「物我合一」的藝術境界，其本質完全殊異。

從以上的分析比較，我們可以完全明白，李普斯「移情說」所謂「物我

---

40 參見劉文潭：《現代美學》，第九章，頁 195-196。

41 在康德來說，人只具有官能作用於一客觀對象物的「感性直覺」，而不具有「智的直覺」。「智的直覺」當歸諸神心。牟宗三詮釋中國儒釋道哲學，皆賦予人可經由修養工夫而朗現「智的直覺」。此「智的直覺」乃是存有論的（創造的）實現原則。他從張載《正蒙・大心》所謂「天之不禦氣莫大於太虛，故心知廓之，莫究其極也。」指出「『心知廓之』是智的直覺」。它是遍、常、一而無限的道德本心之誠明所發的圓照之知，乃道德創生之心。」這是儒家思想中「智的直覺」。至於道家的「智的直覺」，則是經由虛靜之修養，達到「無知而無不知」的心靈境界。牟宗三認為「無知之知」即是「智的直覺之知」，乃「泯化一切而一無所有之道心之寂照。即寂即照，寂照為一。在道心的寂照下，一切皆在其自己，如其為一自在物而一起朗照而朗現之。」參見牟宗三：《智的直覺與中國哲學》，頁 145、184、186、204、205、206。

合一」，在形式上似乎與道家相同；但是，內容上卻完全不一樣。因此，隨便以李普斯「移情說」去詮釋莊子，或以莊子去詮釋李普斯的「移情說」，都是錯誤。朱光潛只看到他們形式上的相同，而沒有去分析內容，因此才將「魚樂」的境界看作「移情說」的境界。

四、「物我合一」的兩重境界

順著以上的討論，我們可以肯斷「物我合一」應該區分為兩重境界。這也就是王國維在《人間詞話》中所提出的「有我之境」與「無我之境」：

> 有「有我之境」，有「無我之境」。「淚眼問花花不語，亂紅飛過秋千去」、「可堪孤館閉春寒，杜鵑聲裡斜陽暮」，有我之境也。「採菊東籬下，悠然見南山」、「寒波澹澹起，白鳥悠悠下」，無我之境也。有我之境，以我觀物，故物皆著我之色彩。無我之境，以物觀物，故不知何者為我，何者為物。42

> 無我之境，人唯於靜中得之，有我之境，於由動之靜時得之。故一優美，一宏壯也。43

什麼是「有我之境」？其關鍵在於：一、以我觀物；二、於由動之靜時得之。所謂「以我觀物」指陳的是「物我合一」境界具現之前，觀照對象的基準。所謂「於由動之靜時得之」指陳的是創造的心理過程。

「以我觀物」的「我」，自非莊子「物我合一」境界中的「我」，而類近李普斯「物我合一」境界中的「我」。這當然是一個充滿情緒及價值色彩的「我」。我們從王國維所舉的例子，便很容易證明此一「我」的內容。

---

42 王國維著，施議對譯注：《人間詞話譯注》，頁11。
43 王國維著，施議對譯注：《人間詞話譯注》，頁16。

「淚眼問花花不語，亂紅飛過秋千去」、「可堪孤館閉春寒，杜鵑聲裡斜陽暮」，皆顯然以一個充滿哀傷情緒的「我」以觀照對象；將此情緒移入對象中，故「物皆著我之色彩」，最後連到情景交融、物我合一的境界。因此，李普斯的「移情說」不能用以解釋莊子「物我合一」的境界，卻能用以解釋王氏所謂的「有我之境」。

　　宋代邵雍的《觀物篇》，[44]雖自理學的立場討論聖人的宇宙觀，並不為藝術創作而設；但是，其中道理卻正可以用來與王氏的美學觀念作一比較，並且以王氏之博學，應該讀過邵雍的《觀物篇》，或許多少受其影響。邵雍也提出「以我觀物」及「以物觀物」的分別。《觀物外篇》就說：「以我觀物，情也」。[45]這個「我」就如王氏「有我之境」的「我」，它是以「情」為其內容。當然，理學的立場在乎澄顯人類的義理之性，因此對於自然生命中夾雜的諸多情欲，都必要消除，否則便不能澄現理性的智慧以透視宇宙人生了。故邵雍於「以我觀物」甚著貶詞，《觀物外篇》說：「任我則情，情則蔽，蔽則昏矣」。[46]然而，這個自然生命中的「情緒我」，卻是許多藝術創造的根基。我們可以說，就是「有我之境」中的骨幹。

　　事實上，這個「我」根本是一切浪漫性、抒情性、表現性之藝術的靈魂。西方的藝術姑且不去討論。就以中國來說，《尚書‧舜典》提出「詩言志」，[47]最先為詩的本質及功能作了初步的規定。當然，這仍然是很素樸的說法，因為「志」可以包括感性與理性的一切心理活動。〈詩大序〉雖然充滿儒家道德色彩；但是，對於詩的本質及功能仍然不排除個人抒情的成分，故將詩歌的創作過程描寫為「在心為志，發言為詩。情動於中而形於言；言之不足，故嗟嘆之；嗟嘆之不足，故永歌之；永歌之不足，不知手之舞之，

---

[44] 參見邵雍著，郭彧整理：《邵雍集》（北京：中華書局，2010 年），頁 1-178。

[45] 參見《邵雍集》，頁 152。

[46] 參見《邵雍集》，頁 152。

[47] 參見孔安國傳，孔穎達疏：《尚書注疏》（臺北：藝文印書館，1973 年，十三經注疏影印嘉慶二十年江西南昌府學重刊宋本），卷三，頁 46。

足之蹈之」；**48**隨著感情強度的增加，由靜態的詩，到動態的歌舞，充滿著發抒情緒的色彩。這種觀念到晉代陸機的《文賦》，在「詩情緣而綺靡」的宣言之下，**49**個人情感是詩歌的本質，更得到完全的肯斷。其後，「詩是自我情感的表現」此一概念，很極致地表現於晚明「公安派」的文學主張。「獨抒性靈」幾乎是他們的口頭禪，袁宏道更在〈敘小修詩〉中，稱許其弟袁小修之詩：「任性而發，尚能通於人之喜怒、哀歡、嗜好、情欲，是可喜也」。**50**這條以情緒之我為抒情文學骨幹的龐大激流，至少覆蓋中國文學一半以上的領域，故王國維《人間詞話》說：「古人為詞，寫有我之境者為多」。**51**何獨詞如此！一切抒情文學莫不如此。

　　由此言之，雖然理學家反對個人的抒情文學，並貶低它的價值；但是，「有我之境」畢竟是中國文學的大宗。王國維對於「以我觀物」此一觀念的描述，與邵雍無甚差別；然而，在評價上一予肯定，一予否定。一個代表文學家的觀點，一個代表理學家的觀點。這也是很有趣的對比。

　　「有我之境」是「以我觀物」，在終極的表現上，由於「物皆著我之色彩」，主觀情感已滲透對象，故此對象已失原來的性質，非真實存在相，也就是前文述及李普斯所說「第二義的對象」；但是，這「我」既已移入物中，便離開他主客對立之時的「主體位置」，也失去他真實存在主體的性質，終而與物融合在一起，完成「物我合一」的境界。

　　在這裏，我們還得特別指明一點，從創造過程來說，在「物我合一」之境界還未完全呈現為藝術品之前，或說審美判斷還未完成之前，主客還是在對待的位置上，此時的「我」乃是「自我中心的自我」，其性質由現實存在的生命所決定。到審美判斷完成，「物我合一」之境呈現為藝術品時，此時

---

48 參見毛亨傳，鄭玄箋，孔穎達疏：《毛詩注疏》（臺北：藝文印書館，1973 年，十三經注疏影印嘉慶二十年江西南昌府學重刊宋本），卷一，頁 13。

49 參見陸機著，劉運好校注：《陸士衡文集校注》，冊上，卷一，頁 22。

50 袁宏道著，錢伯城箋校：《袁宏道集箋校》（上海：上海古籍出版社，1981 年），冊上，頁 188。

51 施議對：《人間詞話譯注》，頁 11。

的「我」便是「創造的自我」，其性質由主客物我融合，並通過藝術形式表現出來的「意象」所決定。[52]因此，「物我合一」中的「我」，絕對的說，當然包含著現實自我生命的成分；但是，若相對的說，則這個「我」既是一個藝術的創造，自與現實生命中的自我不是同一；故以藝術品和現實存在相對來說，藝術品之呈現，即是現實自我的消失。

　　不過，因為這種「有我之境」，乃以主觀之情意凌駕客觀之物象，在主客物我合一的形態上，主觀之我的色彩特別顯著，我們可謂之為「主體優位性格」，故王氏才會稱它「有『我』之境」；但是，經由以上的分析，我們應該理解到，「有我之境」當然是「物我合一」之境，而並非「有我」而「無物」。朱光潛在《詩論》說王氏所謂「有我之境」，因為已消失自我，故應該改稱「無我之境」。[53]這顯然不明王國維立論的基礎，「有我」、「無我」對舉，實從此一境界完成後，其藝術形相中，「我」的「隱」或「顯」上來立說；朱光潛則從創造過程中，現實自我是否消失上來立說。故王國維所說之有「我」，此「我」為「藝術創造」之「我」；而朱光潛所說之無「我」，此「我」則為「自我中心」之「我」。若站在王國維理論系統內，朱光潛大可不必如此費詞。

　　另外，所謂「於由動之靜時得之」，這是創造的心理過程問題。所謂「動」，即指主觀情感在衝動而未達到自覺反省之前的心理經驗；所謂「靜」，即指將此主觀情感經驗客觀化，藝術家已冷靜地將它視為對象去反省。統合言之，「有我之境」的創造過程，先是藝術家因某種誘因而產生情感的衝動，而形成不自覺的「第一經驗」；然後，他冷靜下來，將此「第一經驗」作為藝術對象去反省，通過藝術表現技巧，而加以意象化，乃成為藝術品；此時藝術品中的經驗已是「第二經驗」。「第一經驗」中的「我」，

---

52 「自我中心的自我」與「創造的自我」之分，見於雅克‧馬里頓（Jaeques Maritain, 1882-1973）著：《藝術與詩中的創造直覺》（*Creative Intuition in Art and Poetry*, New York, 1935）頁141-145。參見劉若愚：《中國文學理論》（臺北：聯經出版公司，1981年），附錄〈中西文學理論綜合初探〉所徵引，頁313、328。

53 朱光潛：《詩論》（臺北：國文天地雜誌社，1990年），第三章，第三節，頁74。

即是現實存在中「自我中心的自我」；「第二驗經」中的「我」，則是藝術品中的「創造自我」。

　　在道家系統之外，一切藝術創造的過程，差不多可以歸納為這種「由動而靜」的模式。叔本華（A. Schopenhauer, 1788-1860），在他的《意志與表象的世界》（*Die Welt als Wille und Vorstellung*）中，即是將生命的存在分解為主觀的「意志」及客觀化的「表象」。主觀的意志世界，充滿欲望與情感，盲目地衝動，故充滿痛苦悲哀；而表象世界即是意志的客觀化，人只有將充滿悲苦的意志對象化，作一超越的澄觀，才能解脫出來。而藝術的創造，即是意志的表象化，藉此人類也才得以超脫意志沈溺的痛苦。[54]王氏深受叔本華哲學的影響，當然接受這樣的理論模式。不過這種理論模式似乎也涵蓋著藝術創造過程的必然性，英國詩人華滋華斯（Wordsworth, 1770-1850）也歸納自己的創作經驗，而得出一句很具洞見的話：「詩起於經過在沈靜中回味來的情緒」。

　　至於朱光潛在《詩論》將詩的創作過程分為「情趣」與「意象」兩個階段。情趣是主觀的感受，可經驗不可描繪，即是王氏「動」的階段；意象是客觀的觀照，有形相可描繪，是主觀經驗的反省，即是王氏「靜」的階段。最後主客合一，融「情趣」與「意象」而為「境界」。[55]這顯然是叔本華、王國維而下的理論模式了。

　　這種由動而靜的創造歷程，其實中國古代的文學批評家早已注意到。陸機在《文賦》中，先指出人因物生感的第一經驗階段，所謂「遵四時以嘆逝，瞻萬物而思紛；悲落葉於勁秋，喜柔條於芳香，心懍懍以懷霜，志眇眇而臨雲」。但是，等到提筆創作之時，心就必須由感動而凝靜，故「其始也，皆收視反聽，耽思傍訊」。[56]這時雖說作者在馳騁想像；但是，基本上

54　叔本華（A. Schopenhauer, 1788-1860）著，劉大悲譯：《意志與表象的世界》（臺北：志文出版社，1981 年）。

55　朱光潛：《詩論》第三章，頁 81-90。

56　劉運好：《陸士衡文集校注》，冊上，卷一，頁 6、9。

他的感情已不再衝動了。另外，劉勰在《文心雕龍・神思》中也有類似的見解，在第一階段時，「登山則情滿於山，觀海則意溢於海。我才之多少，將與風雲而並驅」；但是，等到面臨創作之際，則「陶鈞文思，貴在虛靜」了。[57]

由以上的分析，我們可以明白，「有我之境」的創作就是「由動之靜時得之」。不過，雖然在第二階段，藝術家已冷靜下來，將「第一經驗」客觀化地反省；但是第一經驗的性質畢竟是「衝動」的，畢竟是充滿情緒的翻騰，故喜怒哀樂仍然色彩鮮明。由此言之，所謂第二階段的反省，其意不在改變「第一經驗」的性質，化悲為喜，化哀為樂；而只是將感情經驗拉開距離，以旁觀的態度，通過藝術表現之時的沉思，而使感情經驗更深刻化、更細緻化，不再是原始粗糙的情緒。因此悲而能深，樂而能沈。這樣說來，從「我」的本質內容來說，畢竟與道家通過虛靜心的修養，而入於無哀樂相的「至樂」境界不同；此不可不辨。

什麼是「無我之境」？其關鍵在於：一、以物觀物；二、於靜中得之。所謂「以物觀物」乃指陳在「物我合一」境界具現之前，觀照對象的基準。所謂「於靜中得之」也同樣指陳創造的心理過程。

「以物觀物」，第二個「物」字即是審美對象；第一個「物」字指的是「物自在的存在」，也就是「觀」的基準。在「以我觀物」的境界中，「觀」的基準是自我的感情經驗，故所觀之物皆非「物自在的存在」。至「以物觀物」，則基準轉到「物自在的存在」。

然而，人之觀物，通常都是以情感經驗的自我為準，則以「以物觀物」又如何可能？邵雍在《觀物外篇》中說：「以物觀物，性也」。[58]邵雍所謂「性」指的應是儒家的道德理性，這是理學家的立場。不過，這裏我們若將它引向藝術創造；則這個「性」，我們可以理解為自然生命中，無情識造作的本性。本性是就其內在潛存的本質而言；本性之發用，就是虛靜心，也就

57　周振甫：《文心雕龍注釋》，頁 515。

58　《邵雍集》，頁 152。

是前面所論及的自由無限的主體心靈。

在莊子思想中，「道」是一切宇宙萬物存在之本體的總說，道發用而內在於物，物得之以生，就稱為「德」；至此，「德」仍是一普遍性的意義。物之「德」又各有分殊，這就是「性」；故「性」便有了個別義。但「性」仍是就生命存在的「質」來說，「性」的發用，才表現為「心」的種種活動。若此「心」之動，以情識之造作為依據，即是《莊子・齊物論》所謂「成心」。以「成心」觀物，即入於「有我之境」。若此「心」超越情識之造作，而以自然之道為依據，即是《莊子・德充符》所謂「常心」、〈達生〉及〈庚桑楚〉所謂「靈臺」；也就是我們稱之為「道心」、「自由無限心」。而此二種「心」實為一體之二相，「成心」之消解，即同時是「常心」之呈現。[59]

「成心」為內容，就是情識之假我；「常心」為內容，即是虛靜之真我。那麼，「有我之境」，就是以此「成心」之「情識我」去觀物。「無我之境」，所謂「我」，指的也是「情識我」；但是，這「情識我」已被消解，故謂之「無我」。不過，「情識我」雖已消失，卻仍有虛靜之真我作為主體。若無此真我，則又怎能「觀」呢？因此「觀」的基準雖在「物」；但是「觀」的機能卻仍在「我」。由此言之，所謂「無我」，並不是將「我」徹頭徹尾地否定，而是超越了情識的假我。從藝術品的最終表現來說，就是「情識我」從意象中隱沒，而顯現「對象優位性格」。這可由王氏所舉的例子看出來，「採菊東籬下，悠然見南山」、「寒波澹澹起，白鳥悠悠下」。其中，見不到一切主觀的情識，也就是見不到情識之我，而只見擬似客觀的物象；但是，這些物象若無主體的觀照，根本不可能呈現，因此諸物象的背後，當然有一「我」在；此「我」即為虛靜之真我，也就是自由無限的主體心靈，也就是莊子「物我合一」中的「我」。

因為「情識我」已隱沒，故「物」不再承受主觀情緒與價值觀念色彩的渲染，乃能以它自在之存在的性相顯現。如此，則「觀」的機能雖是在

---

[59] 參見顏崑陽：《莊子藝術精神析論》第三章，第一節，丙目，頁159-160。

「我」；但是，「觀」的基準卻在「物」。雖「主觀」，實為「客觀」；雖「客觀」，乃出於「主觀」。主、客、物、我便同在渾沌不分的「自然」世界中，泯除它們的對立關係，合而為一了；這就是《莊子‧達生》中所謂「以天合天」的境界。上一「天」字為主體自然心靈，可視為心的本體；下一「天」字為客體自然性相，可視為物的本體。主客同在「道」的境界中，天地萬物，包括「我」在內，渾然為一而無差別，此之謂「物我同體」。

這樣說來，所謂「無我之境」、「以物觀物」，千萬不要誤認為只有「物」而無「我」，就說它不是「物我合一」了。事實上，王國維就說「不知何者為我，何者為物」，顯然物、我仍在，只是渾然無別罷了。朱光潛不明白這種道理，他只停留在李普斯「移情說」的層次上，因此便以為王國維所謂「無我之境」，都是詩人在冷靜中所回味出來的妙境，沒有經過移情作用，所以實是「有我之境」。**60**

朱光潛的美學觀念建立在西方心理學的基礎上，因此只能理解一般心理情緒現象界的「物我合一」。一旦超越這個層次，到自然本體界的理境時，他便完全隔膜無知了。朱光潛對於道家美學之不解，從上面一路討論下來，已顯而易見。這也難怪，道家美學觀念中的「虛」境，實在有其特異之性格，根本不是站在西方學術立場者所能理解；**61**而由道家美學所開展出來的山水畫及山水詩，其無法受西方的藝術批評者所理解，而給予正確的詮評，也就可以想見了。

至於「于靜中得之」，從上面的分析，便不難理解。就創作過程而言，比起「有我之境」的「于由動之靜時得之」，顯然超越「動」的階段。換句話說，「無我之境」的創造，藝術家不必先經過種種喜怒哀樂的感情經驗。我們前面曾分析過莊子的「魚樂」，其「樂」並非緣起於外境而生的情緒，乃是在平常的修養中，就朗現了自由無限的心靈，是主體自在自足而恆常的

---

60 朱光潛：《詩論》，第三章，第三節，頁74。

61 有關莊子美學觀念中的「虛」境，參見顏崑陽：《莊子藝術精神析論》第三章，第一節，乙目第二條「虛」，頁113-127。

操存。此一主體心靈，就其情識無所攪動的本質而言，是「靜」；然而「靜」並非如槁木死灰，反而因為不偏向一種情識之動，而蘊涵無限之動的可能性，故《莊子‧天道》云：「虛則靜，靜則動，動則得矣」。這也就是蘇軾在〈送參寥師詩〉中所謂：「欲令詩語妙，無厭空且靜；靜故了羣動，空故納萬境」的道理。[62]由於「無我之境」的創造過程，不必歷盡種種情識經驗，只於「靜中得之」；故此境雖不易達到，但一旦達到，則往往景與目遇，自然而成，不假造作。

　　比較「有我之境」與「無我之境」。這二種境界都是能達到「物我合一」之成功的藝術創作，並沒有相對的排他性，只是境界有高低。大致說來，「有我之境」以一般未經修養的自然才情為根基，傾向於個人情識經驗的表現。這是一般人皆能達到的境界，中國絕大部分的抒情詩都在這一境界中，故王國維云：「寫有我之境為多」。而「無我之境」，若出於藝術家之真實生命境界，則往往要通過修養。就因為如此，故不易達到；但是在中國美學觀念中，它的境界卻往往被認為高於「有我之境」。而這「無我之境」就是以道家的藝術精神為依據，故能寫「無我之境」的詩人，其心境修養往往多受莊子的影響，陶淵明、王維、柳宗元、韋應物都是很好的例子；而山水畫更是莊子藝術精神的不期然而然的產品。[63]不過，即使受莊子影響的詩人，也並非常能達到「無我之境」，這和才性的清濁與修養境界的高低有關。其實一切藝術風格的評判，都只是大概言之而已。

五、如何達到道家「物我合一」的藝術境界

　　以上的討論，主要是描述了道家「物我合一」的藝術境界是什麼，並且檢討了二個所關涉到的問題。在這一節中，我們所要討論的問題，則是「如

---

62 蘇軾著，王文誥、馮應榴輯注：《蘇軾詩集》（臺北：學海出版社，1983 年），冊上，頁 906。

63 參見徐復觀：《中國藝術精神》，第二章，第十八節，頁 133。

何達到『物我合一』的藝術境界」。不過，由於我們的主題是在討論道家的「物我合一」。因此在這系統之外的「有我之境」，其如何達到？我們就不予討論了。

　　前面第二節，我們大約已提到，道家「物我合一」境界，必先有「致虛守靜」的修養工夫，展現了自由無限的主體心靈境界，以保證「物我合一」境界的可能；然後以此主體心靈圓照萬物之時，當下凝神，具現了「物我合一」的藝術境界。這就是即體即用的道家藝術精神。以下就順著這個概念，舉證並加以簡要的分析詮釋。

　　「致虛守靜」的修養工夫，是在創作實踐之前，就得去做，這是主體精神修養的基礎。我們可舉《莊子‧達生》的一則寓言來作說明：

> 梓慶削木為鐻，鐻成，見者驚猶鬼神。魯侯見而問焉，曰：「子何術以為焉？」對曰：「臣工人，何術之有！雖然，有一焉。臣將為鐻，未嘗敢以耗氣也，必齋以靜心。齋三日，而不敢懷慶賞爵祿；齋五日，不敢懷非譽巧拙；齋七日，輒然忘吾有四枝形體也。當是時也，無公朝，其巧專而外滑消；然後入山林，觀天性；形軀至矣，然後成見鐻，然後加手焉；不然則已。則以天合天，器之所以疑神者，其是與！」[64]

　　「鐻」是什麼？唐代陸德明《莊子音義》引司馬彪注云：「樂器也，似夾鐘」；則梓慶所進行的是一項雕刻藝術活動。「齋以靜心」，就是《莊子‧人間世》所謂「心齋」的修養工夫，也就是《老子》第十六章所謂「致虛極，守靜篤」。整個「靜心」的過程是：一忘慶賞爵祿；再忘非譽巧拙；終忘四肢形體。由外在的價值觀念，到內在形軀所生具的情欲，層層解消。如此，則一切擾亂藝術創作的因素——外滑，都已消解了。滑者，亂也。換句話說，主體心靈已展現自由無限的境界，假我消而真我存。然後才開始創

---

[64] 郭慶藩：《莊子集釋》，頁 658-659。

造，去觀照對象。此時，既無情識造作之心，則所見之對象，無非是「物之在其自己」的真實性相，故謂之「觀天性」，也就是「以物觀物」。如此一來，便洞見一個自然性相本就合乎「鑢」的對象了。因此，雖然以「我」加手去創造，卻實在是自然本就已創造在那兒了。這就叫作「以天合天」，物與我皆在自然本真的境界中渾合為一。

這種創造實踐之前的「養性」工夫，對後代的山水畫家有極大的影響。南朝劉宋宗炳在〈畫山水序〉中，就指出畫家平素要做「閑居理氣」的養性工夫，然後才能達到「萬趣融其神思」的境界。[65]後來，宋元明清的山水畫家，更是將主體性情修養的高下，視為藝術創作優劣的主要關鍵。例如，宋代郭熙《林泉高致集》就說：「人須養得胸中寬快，意思悅適。」[66]清代王昱〈東莊論畫〉也說：「其要在修養心性，則理正氣清，胸中自發浩蕩之思；腕底乃生奇逸之趣，然後可稱名作。」[67]而「養性」工夫，最主要就在於消解名利欲望，故清代盛大士〈溪山臥遊錄〉說：「凡作詩畫，俱不可有名利之見。」[68]

至於創作實踐之際的「凝神」，則是觀照對象當下一刻，將對象從時間與空間連續的因果關係中脫離出來，讓它在主體虛靜心靈的直觀中孤立。這可以《莊子・達生》中，另一則寓言來作說明：

> 仲尼適楚，出於林中，見佝僂者承蜩，猶掇之也。仲尼曰：「子巧乎！有道邪？」曰：「我有道也。五六月累丸二而不墜，則失者錙銖；累三而不墜，則失者十一；累五而不墜，猶掇之也。吾處身也，若厥株拘；吾執臂也，若槁木之枝；雖天地之大，萬物之多，而唯蜩翼之知。吾不反不側，不以萬物易蜩之翼，何為而不得！」孔子顧謂

---

[65] 宗炳：〈畫山水序〉，參見張彥遠：《歷代名畫記》，卷六，頁 204。又俞崑：《中國畫論類編》，頁 583-584。

[66] 郭熙：《林泉高致集・畫意》，參見俞崑：《中國畫論類編》，頁 640。

[67] 王昱：〈東莊論畫〉，參見俞崑：《中國畫論類編》，頁 186。

[68] 盛大士：〈溪山臥遊錄〉，參見俞崑：《中國畫論類編》，頁 266。

　　弟子曰：「用志不分，乃凝於神，其佝僂丈人之謂乎！」

　　在這則寓言中，我們注意到這個老人「承蜩」，即以竹杆黏蟬的技藝，已出神入化，可以看作是一項藝術創作了。這也就是《莊子・養生主》所謂「庖丁解牛」之「由技進乎道」的藝術境界。然後，我們再注意到，他面臨此一藝術創作活動時，「雖天地之大，萬物之多，而唯蜩翼之知。吾不反不側，不以萬物易蜩之翼」。「反側」就是變動；不反不側，就是虛靜之至。心由虛靜而專一集中於一孤立的對象——蜩翼。此時，在同一時空中之物甚多，卻不能引開他對蜩翼的直觀。故在他直觀中所呈現之蜩翼，斷絕與其他諸物的各種關係，無分析，無比較，無連接，純然是它「在其自己」的真實相，故孔子稱他為「凝神」。這也就是莊子在「魚樂」的審美判斷中，眼下直觀即是「魚」，而別無其他之相對比較。惠施一加入「子非魚」的相對比較，此一「孤立」之審美對象立刻墮入分析、比較的知識界中。

　　這種由「凝神」而達到「對象孤立」，終而「物我合一」的審美觀念，對後代藝術創作也有深遠的影響。唐代張彥遠《歷代名畫記》評述顧愷之畫古賢能得其妙裡，因而論及繪畫之道，就特別強調：「凝神遐想，妙悟自然。物我兩忘，離形去知」。[69]宋代蘇軾〈書晁補之所藏與可畫竹〉云：「與可畫竹時，見竹不見人。豈獨不見人，嗒然遺其身。其身與竹化，無窮出清新。莊周世無有，誰知此凝神」。[70]他指出文與可畫竹，在創作之際，最重「凝神」的工夫，故能將「對象孤立」而「見竹不見人」，最後達到「其身與竹化」的「物我合一」境界。在詩歌創作方面，陸機〈文賦〉所謂「收視反聽」，劉勰《文心雕龍・神思》所謂「陶鈞文思，貴在虛靜」，也是這個道理。至於寓言中，老人「累丸」的訓練，是屬於藝術表現技巧訓練過程，在此不作贅論。

　　不過，進一層來說，「凝神」的觀照其實是一切藝術創造的共法，不管

---

[69] 張彥遠：《歷代名畫記》，卷二，頁70。
[70] 蘇軾：〈書晁補之所藏與可畫竹〉，參見《蘇軾詩集》，冊下，頁1522。

「有我之境」或「無我之境」都必須通過此一直觀，才能達到「物我合一」的境界。故「有我之境」，必須由「動」而反於「靜」才能得到，這已論述如前；但是，「養性」工夫，屬於藝術家主體生命精神的日常修養，是「明體」的要法，乃契入「無我之境」所特具的進路。而這層工夫也比較難，此所以「無我之境」不易達到的原因。

六、結語

綜合以上的論述，我們可以知道，莊子所說「魚樂」的境界就是「物我合一」的藝術境界。王國維《人間詞話》所謂的「無我之境」，應出於道家這種境界，是中國美學中的最高典範。李普斯「移情說」所謂「物我合一」，其境界性質完全不同於莊子之「魚樂」；故不能以李普斯之說隨便用來詮釋中國藝術中的「無我之境」。而要達到道家「物我合一」之境，必須通過「養性」與「凝神」的主體修養工夫。莊子這種美學觀念，對於後代山水畫及詩歌「無我之境」的創造，有著非常深遠的影響。

後記：

原刊《中外文學》第 16 卷第 7 期，1987 年 12 月。

2015 年 12 月增補修訂。

中國古典詩對畫家能有什麼啟示？

一、引言

　　中國古典詩與畫直接產生關係，時間相當的早。從唐代詩人的作品中，很容易找到「題畫詩」。例如，李白就有〈觀博平王志安少府山水粉圖〉詩、[1]杜甫也有〈戲題王宰畫山水圖歌〉等。[2]不過，唐代的題畫詩還沒有直接寫進畫幅上去。到宋代的時候，文人畫逐漸興起，詩人能畫，畫家能詩，詩便被直接題在畫幅上了。當然，我們這樣來講詩、畫的關係，還只是很表面。詩與畫比較深層的關係，恐怕須要從兩者的美學上作一番思考！

　　為什麼詩人要在畫上去題一首詩？最簡單的想法是詩人欣賞了一幅畫之後，很有些感受，就把這「觀後感」寫成一首詩。「觀後感」是什麼內容？從早期唐代的題畫詩來看，主要有兩個部分：一部分是對畫家作畫態度、技巧的讚揚或批評；一部分則是對畫境的描述。[3]第一部分，可以看作是古代

1　李白：〈觀博平王志安少府山水粉圖〉，參見瞿蛻園等：《李白集校注》（臺北：里仁書局，1981 年），冊三，卷二十四，頁 1423。

2　杜甫：〈戲題王宰畫山水圖歌〉，參見仇兆鰲：《杜詩詳注》（臺北：里仁書局，1980 年），冊二，卷九，頁 754-755。

3　以李白〈觀博平王志安少府山水粉圖〉為例，全詩都在對畫境的描述：「粉壁為空天，丹青壯江海。游雲不知歸，日見白鷗在。……松溪石磴帶秋色，愁客思歸坐曉寒。」再以杜甫〈戲題王宰畫山水圖歌〉為例，起筆幾句「十日畫一水，五日畫一石。能事不受相促迫，王宰始肯留真跡」，對王宰不受促迫而勉強作畫的從容態度，甚為讚揚，以見畫家之品格。中幅幾句「巴陵洞庭日本東，赤岸水與銀河通，中有雲氣隨飛龍。舟人漁子入浦漵，山木盡帶洪濤風」，描述畫境。結尾幾句「尤工遠勢古

文士人際關係的產物，當然其中也隱含著一些繪畫批評的成分。第二部分，應該是題畫詩的重點，在宋代以後，這個重點得到很好的發展。這就讓我們想到一個問題：詩是以語言作為媒材，而畫則是以筆墨或顏料作為媒材；兩者的表現形式與藝術效果都不相同。那麼語言所組構而形成的「詩境」，真能去描述筆、墨、顏料所構成的「畫境」嗎？假如不能，那麼中國千年來的題畫詩，難道只是毫無作用的虛飾嗎？

這種問題，其實也只是藝術媒材之表現形式與功能的問題，仍然不是詩畫關係最深層的問題。假如，我們把上述那個藝術媒材的問題，從另一個角度來想一想，或許就可以逼出一個更深層的詩畫美學問題。什麼問題？首先，我們承認一個事實，中國千餘年來，以詩題畫是很普遍的現象。從這個事實現象來看，詩與畫這兩個關係項，在形式上早已被整合在一起。媒材表現形式與功能這個層次，讓我們想到它們之間的差異性；然而，當我們穿過這個層次，往更深層去想，或許便會想到：這兩種媒材不同的藝術項目，能事實俱在地被整合為一體，是不是它們在「美的本質」上有其共通的地方？這才是詩、畫關係上最為深層的問題。假如這個深層問題能得到肯定的答案，也就是中國詩、畫在「美的本質」上有其共通性，我們才能引伸地想到：「中國畫家能從古典詩得到什麼啟示」這個問題。

這些問題，古代的畫家或畫論家多已有很深的體悟或思考。從俞崑的《中國畫論類編》、于安瀾的《畫論叢刊》、傅抱石的《中國繪畫理論》等所收集的文獻，[4]就可看到不少古人對這些問題所給予的答案。因此，這些問題本來不必在古人面前去談；然而，現代的中國畫與古典詩卻早已分開，很多畫家不會作古典詩、不懂古典詩，甚至不讀古典詩。偶然在自己的畫上題幾句詩，有些是抄來的，有些自己作的，卻又很拙劣；這種現象，越年輕

莫比，咫尺應須論萬里。焉得并州快剪刀，剪取吳松半江水」，評讚其技巧及表現效果。

4　俞崑：《中國畫論類編》（臺北：華正書局，1977 年）、于安瀾：《畫論叢刊》（臺北：華正書局，1984 年）、傅抱石：《中國繪畫理論》（臺北：華正書局，1984 年）。

一代的畫家越嚴重。把這詩、畫合一的優良傳統丟掉，畢竟可惜。這也就是我為什麼在這時候，選這個題目來探討的原因。

不過，詩與畫若要從內在美的本質上尋求它們共通之處，對畫家而言，這絕不止於是觀念上的認知，而更應該是實踐上的體悟。體悟是從經驗中得來，因此最終的答案是你自己給自己，而不是別人給你。我今天談這些觀念，絕不是在給答案，只是在作一種提醒的工作。因此，才會說「能有什麼啟示」。這就顯示我不願違背中國傳統之重視主體自悟的美學性格了。

二、中國詩、畫具有同質互涵的美感

蘇東坡欣賞了王維的「藍田煙雨圖」之後，說了一段有些玄味的話：

> 味摩詰之詩，詩中有畫。觀摩詰之畫，畫中有詩。詩曰：「藍田白石出，玉川紅葉稀，山路原無雨，空翠濕人衣」。此摩詰之詩。或曰：「非也，好事者以補摩詰之遺。」[5]

這段話很出名，一向被認為是詩、畫關係的妙論。它之所以妙，乃因為東坡從王維詩與畫內在之美的本質，體悟出二者「同質互涵」的關係，而不只是從形式表面上去論述而已。當然，他說的是王維的詩、王維的畫，這是個案；能不能就此推衍出其他所有的詩與畫都如此？就事實來說，或許沒有如此普遍而必然。不過，問題要這樣來看：王維的詩是好詩，王維的畫是好畫，這是已有定論的事。我們不妨把王維這種「同質互涵」的好詩好畫，當作中國詩畫之美的一種「典範」。

典範都具有理想性，那麼王維的詩與畫便具體實現了一種理想的美，也就是在詩中表現了具有畫境的美，在畫中表現了具有詩情的美。典範從其理

5　蘇軾：〈書摩詰藍田煙雨圖〉，參見《東坡題跋》（臺北：藝文印書館，1967年），卷五。

想性來說，往往具有高度的「共同有效性」（Gemeingueltigkeit）。**6**這種共同有效性並不是從邏輯客觀、必然的強制力而來，而是從繫於審美主體對於理想之美共同的期待而來。說得明白些，也就是王維創造了很好很好的一種美，這種美融合了詩、畫的性質，正好符合了我們對於美的理想期待。因此，人們普遍地會喜歡這種詩、這種畫，更想也同樣去表現這種詩、這種畫。

　　不過，很多人對「詩中有畫，畫中有詩」這種玄言，常只停留在模糊的意念中，並不真正懂得它的道理。我提幾個問題，讓大家想想看：「詩中有畫」，你說你懂了；但是，我問你，王維的詩中之所以有畫，是不是只因為他的詩描寫了很多田園山水風景？風景的描寫有具體形象，這就是畫了。假如，你對這句話的理解，僅止於此，那層次便很淺了。你想想看，古來描寫風景的詩那麼多，為什麼只有王維的詩才特別具有畫的品質。所謂「畫」，尤其是中國的山水畫，是不是就把那山水田園景象客觀如實地模寫下來就行了？詩中有畫，是不是就在詩裏也客觀如實地模寫田園山水的景象？假如你真這樣想，那就證明你完全不懂中國的詩與畫。

　　因此，王維「詩中有畫」的那個「畫」，絕不僅止於景象的模寫，而是超越景象之外，更掌握了山水田園這一審美對象的神韻情趣。有人懷疑〈山水論〉這篇文章不是王維所作；**7**但是，其中的美學觀念，卻完全能符應王維的畫風。他說：「凡畫山水，意在筆先」。「意在筆先」可以充分說明王維的畫，絕不是客觀景象的模寫而已。說「詩中有畫」的蘇東坡也認為「論

6　藝術審美的趣味判斷不具有邏輯強制性的客觀普遍有效性，而只具有主觀期待他人同意並共享的「共同有效性」（Gemeingueltigkeit），參見康德著，宗白華、韋卓民譯：《判斷力批判》（臺北：滄浪出版社，1986 年），卷上，第一部分，第一章，第八節，頁 50。

7　王維：〈山水論〉，參見趙殿成：《王右丞集箋注》（臺北：河洛圖書出版社，1975年），卷二十八，頁 490-491。然而趙殿成認為「後人所託」。俞崑：《中國畫論類編》收入此篇，頁 596。俞氏考證頗詳，雖以為非王維原作，卻「疑右丞本有畫訣口授相傳，……後人乃傳益以成此篇」，故作者仍標示王維。

畫以形似，見與兒童鄰」。[8]在他的〈傳神記〉中更主張人物畫必須能「傳神」，怎樣傳神？不單是形象的模寫，更必須「得其意思所在」。[9]因此，假如把王維和東坡放在「形似」與「神似」這項中國繪畫美學的論辯中，他們無疑都是「神似」的主張者。從這個理論來看，所謂王維「詩中有畫」，就絕不只是因為王維常寫田園山水風景的形象而已，更因為他在詩中真正能表現出田園山水的神韻情趣。我們再把這個觀念從「畫中有詩」這個角度去想，那麼所謂「畫中有詩」，很明白地就是他在「畫」中也表現了田園山水的神韻情趣。這一來，詩與畫便超越了它們媒材形式的差異性，而尋求到一種可以互涵的同質美感，那就是神韻情趣之美。詩畫合一，從這種深層的意義上，也才可能獲得合理的解釋。

　　美學家宗白華寫過一篇〈美學散步——詩和畫的分界〉。他同樣引用了蘇東坡評王維「藍田煙雨圖」那段話；但是，他卻以此為依據而作了「詩」、「畫」分界的詮譯。他認為：

> 詩中可以有畫，像頭兩句（案：藍田白石出，玉川紅葉稀）裡所寫的，但詩不全是畫。而那不能直接寫出來的後兩句（案：山路原無雨，空翠濕人衣）恰正是「詩中之詩」，正是構成這首詩是詩而不是畫的精要部分。[10]

　　宗白華的看法不能說沒有見地。從這篇文章以及其他美學的論文來看，宗白華對中國詩、畫的藝術精神掌握得很精確。他完全明白，中國詩、畫在神韻情趣的這個層次上可以融通。不過，他這篇文章畢竟還是偏重在藝術媒

---

8 蘇軾：〈書鄢陵王主簿所畫折枝二首〉之一，參見王文誥、馮應榴輯注：《蘇軾詩集》（臺北：學海出版社，1983 年），卷二十九，頁 1525-1526。

9 蘇軾：〈傳神記〉，參見《蘇東坡全集》（臺北：河洛圖書出版社，1975 年），續集，卷十二，頁 374-375。

10 宗白華：〈美學的散步〉，參見宗白華：《美學與意境》（北京：人民出版社，1987年），頁 285。

材形式及其表現效果這個層次，去為兩者作個區分，他認為：「詩和畫各有它的具體物質條件，局限著它表現力和表現範圍，不能相代，也不必相代」。這個觀念，明顯地受到德國美學家萊辛（G. E. Leessing, 1729-1781）在《拉奧孔》（*Laocoon*）一書中所提出詩、畫分界的影響。[11]

西方繪畫與中國繪畫比較起來，大體上注重客體性，「透視法」、「光影法」的建立，更顯示他們對於客觀世界描寫的興趣。萊辛所談論的是古希臘雕刻的造形藝術。在這種背景之下，藝術的具體物質條件，就顯得有決定性的重要；然而，把這種觀念拿來談中國詩畫，尤其是抒情詩、山水詩及文人畫，便很可能因為過度強調它們在媒材形式的分界，而減低了超越這種物質條件以上之神韻情趣的重要性。不管是中國詩歌或繪畫，在觀念上都不斷地強調語言或筆墨顏料，雖然是必要的媒材，卻一定要超越上去才行，所謂「得意忘言」、「得意忘象」。[12]這種辯證性的思路，就使得藝術媒材形式，在中國詩畫中，並不顯得那麼充分、決定的重要性。因此，宗白華用東坡那段話，去強調詩畫的分別；我卻要用這段話，來強調詩畫的「同質互涵」。這是兩個不同層次的詮釋。

首先，我們要商榷宗白華「詩中可以有畫，是指頭兩句所寫的」這個看法。這看法並不精確，前兩句很寫實，就是一般人所謂的「畫」；但是，宗白華對中國美學那麼了解，實在應該知道，如果說王維「詩中有畫」，絕不因為他寫出「藍田白石出，玉川紅葉稀」這種純是景物表象的句子，而是因為他能寫出「山路原無雨，空翠濕人衣」，這種超越表象以上的「靈覺」經

---

[11] 萊辛（G. E. Leessing, 1729-1781）著，朱光潛譯：《詩與畫的界限（又稱《拉奧孔》）》（臺北：蒲公英出版社，1985 年）。萊辛認為詩是時間的藝術，畫是空間的藝術；無論從摹仿的對象或摹仿的方式來看，都有區別。

[12] 「得意忘言」之說，參見《莊子・外物》：「荃者所以在魚，得魚而忘荃；蹄者所以在兔，得兔而忘蹄；言者所以在意，得意而忘言。」郭慶藩：《莊子集釋》（臺北：河洛圖書出版社，1974 年），卷九上，頁 944。又「得意忘象」之說出於王弼：〈周易略例・明象〉：「象者，所以存意，得意而忘象。」參見樓宇烈：《老子周易王弼注校釋》（臺北：華正書局，1981 年），附錄，頁 609。

驗。[13]這裏面有主觀的情趣在，這才算是「畫」──王維的畫，更擴而大之的中國畫。這道理已在前面說明白了。因此，這兩句並不如宗白華所說「詩中之詩，正是構成這首詩是詩而不是畫的精要部分」；相反的，這兩句不但是「詩中之詩」，也應該是「詩中之畫」；那幅「藍田煙雨圖」，正與這兩句詩同質互涵，乃「畫中之畫」，也應該是「畫中之詩」。如此，才能構成中國「詩」與「畫」之「美感」的融通。換句話說，不管你用語言去表現而寫成詩也好，或用筆、墨、顏料去表現而繪成畫也好，都必須要表現得出那種靈覺經驗，否則便不是好詩也不是好畫，當然也就不是什麼上乘的藝術品了。從這層次來看，語言與筆墨顏料的形式都必須被超越上去，它並沒有那麼決定性的作用。

　　宗白華的重點是在指出用筆墨顏料不能直接傳達「山路原無雨，空翠濕人衣」這種靈覺經驗。這話並沒錯，然而詩又何嘗能對這種靈覺經驗做出直接的寫實。關鍵就在那個「濕」字，這個字就詩境來說，不是「實」意而是「虛」意，也就是它並非如實的描寫衣服被雨水弄濕了，而是一種透過心靈想像對這片「空翠」所感知到的經驗。這層經驗不在「濕」字的內涵義中，而是「言外」的一種想像與體會。因此，詩也非直接寫實其境。假如「畫」要表達此境，不能寫實，而是要用暗示或啟發的方式；詩一樣不能寫實，也是要用暗示或啟發。在媒材形式這層次上，他們似異而同。異，一個是用語言作媒材，一個是用筆墨顏料作媒材。同，這二種媒材都只能作暗示或啟發之用；而就他們所要表現的靈覺經驗，那是超越媒材形式的同質美感了，只能從隱含於「言外」或「筆墨形式外」的情境，想像體會得之。

　　這個問題，我們還可以有趣地想到：假設，這首詩真是王維所作，而蘇

13　人因秉「靈性」而生，故其「心」有「靈覺」之能力，能超越萬物外在形體而直覺其內在精神生命的活動現象。它具有「感性」的動能，因此並非抽象概念的「理性」思惟；但是，又非個人喜怒哀樂之情緒。它非即物質形體之所見、所聞、所覺、所知之萬象，卻又不離萬象而抽空思辨，只是不在萬象上起著是非、善惡等價值分別，也不牽動喜怒、愛憎之情緒欲念；卻能通感宇宙萬物而直覺體會其象外之質性、神氣、韻味。文學藝術創作之所以可能，就是人類天性具有這種「靈覺」。

東坡親見王維的「藍田煙雨圖」，的確體驗到「山路原無雨，空翠濕人衣」的靈覺美感，因此才會讚嘆王維「詩中有畫，畫中有詩」。另一種假設是，這首詩為「好事者補摩詰之遺」，而不是王維親題上去的詩。這首詩被收在《王右丞集》的外編，[14]外編是補遺的性質，也有可能是別人所作的詩。我們這樣推想，有人觀賞了王維的「藍田煙雨圖」，體驗到「山路原無雨，空翠濕人衣」的靈覺美感，便寫成了這首詩。不管是哪一種情形，都表示王維的畫真能表現出「山路原無雨，空翠濕人衣」這種靈覺。這就說明了，從超越媒材形式而所蘊涵的神韻情趣來說，詩與畫可以融通為一。詩能表現的，畫也能表現；問題只在於「如何表現」罷了。

三、中國詩、畫都是主體心靈境界的表現

上面，我們觸及了一個問題，那就是中國的詩與畫有個同質的美感，都是在表現神韻情趣。這對於詩來說，很好理解，不管詩是「言志」或「緣情」，[15]都是表現著主觀的心靈活動，而不是客觀地去「重現」世界；但是，對於畫來說，可能就不免疑惑了。

「形似」與「神似」一直就是中國繪畫史上的大爭辯，這已是常識性的議題。「形似」是要求繪畫能逼真於對象的外表形貌；「神似」是要求繪畫能表現對象的內在神韻。這種爭辯，在注重主體精神的中國文化情境中，「神似」的聲音一直比較強大。宋代以後，文人寫意畫興起，「神似」已取得壓倒性的優勢；但是，所謂「神似」，到底是主觀的或客觀的呢？《世說

---

14 趙殿成的《王右丞集箋注》，將此詩列於「外編」，題為〈山中〉，前二句有異文，趙本作「荊溪白石出，天寒紅葉稀」。卷十五，頁271。

15 中國傳統關於詩的本質及其功能，主要有二說：一為「詩言志」，出於《尚書·舜典》：「詩言志，歌永言，聲依永，律和聲。」其後經過〈詩大序〉推衍，漢儒解詩，以及歷代的論述，遂成傳統，而詩所言之志，皆關乎政教諷諭。另一為「詩緣情」，出於陸機〈文賦〉：「詩緣情而綺靡」，復經六朝人「感物起情」的論述，以及歷代個人抒情詩不斷的創作，亦另成一傳統，而所緣之情則不必關乎政教諷諭。

新語‧巧藝》記載顧愷之畫人像的心得是「傳神寫照」。[16]所謂「傳神」就是將客觀對象內在的神氣韻味，通過畫面的意象加以表現出來。南齊謝赫有名的「六法」，[17]第一法就是要「氣韻生動」，這也是就人物畫對象的內在氣韻來說。王維〈山水論〉對於山水畫的要求也同樣是「山不可亂，須顯樹之精神」。「傳神」，自顧愷之以後，幾乎已成為中國繪畫的第一要義。

　　從以上所論來看，這個「神」是就對象來說，彷彿是客觀存在那兒；然而，事實上，「神」不像「形」那樣有個具體形狀作為客觀模擬的標準。所謂「對象」的「神」是什麼？必然要透過主體靈覺的體會，而且每個人的體會都各有不同。這就使得「神」充滿了主觀體驗的性質，而且宋代以後，寫意畫越來越加重「神」的主觀成分；客觀的形象如何逼真？這個問題也越不受重視。繪畫便偏向作為主體心靈境界的表現，尤其山水畫更是如此。在「我心即是宇宙」的中國文化思想語境中，繪畫會發展成這個型態，毋寧是必然的結果。

　　「宇宙」究竟是個什麼樣子？這就因個人的「宇宙觀」不同而不同了。你是不是想到一樁有趣的故事：蘋果從樹上掉下來，牛頓看到這宇宙現象，經過實驗，最後用「地心引力」的道理去解釋它，這是「科學的宇宙觀」。對我們大多數平凡的眾生來說，蘋果掉下來，正好可以撿來吃掉或賣錢，這是「功利的宇宙觀」；然而，對於詩人來說，蘋果掉下來，可能引發他對生命衰落的感傷。王維在秋天的山中，正「獨坐悲雙鬢，空堂欲二更」的時候，見到「雨中山果落」，更引起他「白髮終難變」的無奈感，[18]這是「詩的宇宙觀」。最後，我們會想到，對聖人來說呢？蘋果掉下來，如果是有主之物，那就斷然不會隨便撿來吃掉，因為有害道德呀！至於會不會如同詩人那樣感傷生命的衰落？當然會的。不過，對聖人而言，他可能更會從蘋果的

---

16 劉義慶著，楊勇校箋：《世說新語校箋》（臺北：樂天出版社，1973年），頁543。

17 謝赫：《古畫品錄》有「六法」之說：「一氣韻生動是也；二骨法用筆是也；三應物象形是也；四隨類賦彩是也；五經營位置是也；六傳移模寫是也。」較早載錄於唐代張彥遠《歷代名畫記》，收入俞崑：《中國畫論類編》，頁355。

18 王維：〈秋夜獨坐〉，參見趙殿成：《王右丞集箋注》，卷九，頁158。

特性看到某種道德人格的象徵意涵。孔子心眼中的自然，不就是如此嗎？《論語・子罕》說：「歲寒，然後知松柏之後凋也。」〈雍也〉也說：「智者樂水，仁者樂山。」[19]自然萬物在孔子的心眼中，都就其特性而賦予「道德」的象徵意涵。孔子如此，孟子也一樣。《孟子・梁惠王》記載孟子勸告梁惠王應該施行「仁政」，說：「天油然作雲，沛然下雨；則苗浡然興之矣。其如是，孰能禦之！」天作雲雨，霑溉秧苗，在孟子看來，正是王者之德的象徵。〈離婁〉也說：「原泉混混，不舍晝夜。盈科而後進，放乎四海。有本者如是。」從這樣務「本」的原泉現象，讓孟子洞觀了「聲聞過情，君子恥之」的道理。[20]這是「道德的宇宙觀」。

「詩的宇宙觀」所看到的是宇宙萬象之「美」；而「道德的宇宙觀」所看到的是宇宙萬象之「善」。這兩者在範疇化、符號形式化的層次，其概念有分；但是，在生命存在的究極處，其實「美」與「善」渾然一體；「詩」的究極處即是「道德」，「道德」的究極處即是「詩」，孔孟應該都會如是觀。

沒錯，「詩的宇宙觀」與「道德的宇宙觀」，中國詩與畫創造的根源就在這裏，它們能彼此融通也就在這裏；不管是詩人或畫家，他們都是拿「詩的心眼」或「道德的心眼」去觀看這宇宙。什麼是「詩的宇宙觀」？「道德的宇宙觀」？簡單地說就是「主觀心靈境界的宇宙觀」。我所看到的這個宇宙，客觀的真實存在是個什麼樣子？不可能完全知道，也不必完全知道，宇宙是因為我「心」而存在，它是我心靈境界的投現。詩用以言志抒情，不用以模寫自然；詩人這樣看宇宙，很容易瞭解；但是，繪畫乃是造形藝術，具體地要畫出某些對象，畫家又怎麼能不去管那客觀真實的存在？然而，「藝

---

[19] 參見何晏集解，邢昺疏：《論語注疏》（臺北：藝文印書館，1973 年，十三經注疏影印嘉慶二十年江西南昌府學重刊宋本）。〈子罕〉引文，卷九，頁 81；〈雍也〉引文，卷六，頁 54。

[20] 參見趙岐注，孫奭疏：《孟子注疏》（臺北：藝文印書館，1973 年，十三經注疏影印嘉慶二十年江西南昌府學重刊宋本）。〈梁惠王〉引文，卷一下，頁 21；〈離婁〉引文，卷八上，頁 145。

術」與「科學」的差別也就在這裡，「藝術」從來都涵有創造性虛構的本質。事實上，也沒有任何一個畫家能用他的筆墨，完全「重現」他所見到的宇宙，何況他所見到的宇宙就能普遍地代表這宇宙的真實存在嗎？那只不過是「一洞之見」而已，不是什麼清清楚楚、完完整整的「洞見」。

　　中國人很明白這種經驗的局限，不肯枉費心力去重現宇宙，就以我的心靈為中心吧！讓宇宙因為我的心靈境界而存在，中國詩人和畫家大多這麼想。清代詩人龔定盦在北京，對朋友戴文節說：

　　　西山有時渺然隔雲漢外，有時蒼然墮几榻前，不關風雨晴晦也！[21]

　　北京城郊西山的遠近，與客觀自然物候的風雨晴晦無關。對詩人來說，它不是客觀的、物理的存在，而是心靈境界的存在。

　　清代山水畫名家方士庶在《天慵庵隨筆》中也說：

　　　山川草木，造化自然，此實境也。因心造境，以手運心，此虛境也。
　　　虛而為實，是在筆墨有無間。[22]

　　中國古代的畫家當然知道，心外有個客觀實境的自然宇宙；但是，他們更知道繪畫創作的第一階段，乃是因著心靈想像而創造的「虛境」。第二階段則當心靈想像藉由筆墨具象的表現出來，則又化「虛」為「實」，顯示成畫面上的「意象」。繪畫所表現的宇宙，就在客觀自然、主觀心靈想像與筆墨形式之虛實、有無的相互辯證之間。鄭板橋〈題畫竹〉從自己的創作經驗過程，將繪畫這種主客、內外、虛實的辯證關係，說得更明確。他分辨了眼

21　這段話出於戴文節（醇士）：《習苦齋畫絮》，參見《龔定盦全集》（臺北：新文豐
　　出版公司，1975 年），書後附錄〈定盦先生年譜後記〉，頁 3。
22　方士庶《天慵庵隨筆》，俞崑、于安瀾、傅抱石所編輯之畫論皆未收入。轉引自宗白
　　華：〈中國藝術意境之誕生〉，參見宗白華：《美學與意境》，頁 209。

中之竹、胸中之竹、手上之竹，三個不同層次的意象；因而提出「意在筆先」、「趣在法外」的創作原理。[23]類似這種宇宙觀，在歷代的詩論、畫論中還可以看到很多，不一一贅述。宗白華寫過〈中國藝術意境之誕生〉及〈中國詩畫中所表現的空間意識〉二篇文章，[24]對這個問題有很精確的闡釋，大家可以好好去讀。

很多現代中國人，包括學過繪畫的或沒學過繪畫的，都不明白中國繪畫這種特殊性格。因此，常以我們的國畫家不懂得透視法、光影法而自卑。不久之前，我還碰到一個朋友，寫了一篇關於中國繪畫的文章，要給兒童閱讀。他便在文章中責備中國古代那些畫家不懂透視法和光影法，而譏之為幼稚、愚蠢。我相信抱著這個想法的人還很多；然而，中國古代的畫家果真這麼幼稚、愚蠢嗎？

其實，宋代沈括的《夢溪筆談》就批評李成「仰畫飛簷」（透視的畫法），實在誤謬。[25]清代畫家鄒一桂在《小山畫譜》中，就記載他看到有人用西洋透視法與光影法作畫，而譏笑為「筆法全無，雖工亦匠，故不入畫品」。[26]古代那些畫家怎麼會不懂透視法、光影法？這是人們生活在物理世界的常識性經驗；只是他們認為藝術不在模寫客觀的「物理世界」，而在表現主觀的「心靈境界」。詩中畫中所要表現的「時間」與「空間」，不是「科學宇宙觀」所認知「物理世界」的時間與空間，而是「詩宇宙觀」及「道德宇宙觀」所創構之「心靈境界」的時間與空間。中國文化發展到現代，一切精神都喪失了。依我看，愚蠢、幼稚的不是那些古代畫家，而是現

23　鄭板橋：〈題畫竹〉：「江館清秋，晨起看竹，煙光日影露氣，皆浮動於疏枝密葉之間，胸中勃勃遂有畫意。其實胸中之竹，並不是眼中之竹也。因而磨墨展紙，落筆倏乍變相，手中之竹又不是胸中之竹也。總之，意在筆先，定則也；趣在法外者，化機也。獨畫云乎哉！」參見《鄭板橋集》（臺北：九思出版公司，1979 年），頁 161。

24　參見宗白華：《美學與意境》，其中〈中國藝術意境之誕生〉，頁 208-225。〈中國詩畫中所表現的空間意識〉，頁 245-264。

25　沈括著，胡道靜校證：《夢溪筆談校證》（上海：上海古籍出版社，1987 年），冊上，頁 546。

26　鄒一桂：《小山畫譜》，參見于安瀾：《畫論叢刊》，冊下，頁 806。

代的畫匠或不懂中國畫而又好批評的那些妄人。

四、「無理而妙」的宇宙觀及其層次

「詩的宇宙觀」有個顯著的性質，那就是「無理而妙」。「理」就是一般人所認為「合乎客觀事實經驗的邏輯」；「無理」，就是超越客觀事實經驗的邏輯。藝術必須有超越客觀事實經驗的邏輯，而作想像虛構的創造，才能產生「妙」趣。因此，它的妙趣不從客觀事實經驗邏輯的認知而來，而從主觀的情意感受而來。李白說：「春風知別苦，不遣柳條青」、[27]李清照說：「只恐雙溪舴艋舟，載不動許多愁」。[28]這哪裏可以用客觀事實經驗邏輯，所謂「合理」去認知！但是，「無理」卻反而生出妙趣。在詩當中去找「合理」，正是孟子所謂「緣木求魚」，完全是愚蠢的行為。那麼，你也能在「畫」中找「合理」嗎？

「無理」是一種主觀想像虛構的創造，「妙」是合乎藝術表現美趣的要求所獲致的效果。詩人及畫家都是這樣在看宇宙。他們心中的宇宙便是一個「無理而妙」的宇宙。不過，這「詩的宇宙觀」，我們還可以區分出幾個層次來：

第一是「官能感覺經驗」的層次。所謂「官能感覺經驗」是指眼、耳、鼻、舌、身各種官能作用於具體物質的表象所獲得的經驗。我們在這裡，只以和繪畫最有關係的視覺經驗來說。王維的那首詩「藍田白石出，玉川紅葉稀」，這兩句就只是純粹的視覺經驗，看到的是物的實在表象。鄭板橋從「煙光日影露氣，皆浮動於疏枝密葉之間」，所看到的「眼中之竹」，也是視覺經驗所見竹子的實在表象。這樣看宇宙而寫出這樣的詩，或畫出這樣的畫，層次並不高。能見石頭是白的、樹葉是紅的，不算是很好的詩人；能見

---

27 李白：〈勞勞亭〉，參見瞿蛻園等：《李白集校注》，冊三，卷二十五，頁1443。
28 李清照：〈武陵春〉，參見《李清照集》（臺北：河洛圖書出版社，1975 年），頁9。

煙光日影露氣間，竹子的疏枝密葉，不算是很好的畫家。這樣的感覺經驗太實在、太單一了，缺乏靈覺想像的創造。

第二是「心的靈覺經驗」。所謂「靈覺經驗」，上文已作了界說。詩人、畫家不能只有實在、單一的「官能感覺經驗」，更必須要有「靈覺」，才能經由心靈想像，將單一的「官能感覺經驗」聯結、融合而昇華為虛靈的意象，也才能寫出好詩、畫出好畫。王維這首詩的下兩句「山路原無雨，空翠濕人衣」，便已做到了這個「靈覺經驗」的層次。空翠，是由視覺而來的經驗，描述了山中草木青翠欲滴的色澤。濕，是對水的觸覺經驗。把這兩種經驗聯想在一起，就融合、昇華為這個虛靈的意象。不過，「空翠」是當下的實在經驗；「濕」則是已經過去的經驗，由回想而來，因此是「虛」而非「實」。那只是用來與當下「空翠」的感覺做出「經驗聯想」而已；這就是比較高層次的「靈覺」了。一切高級藝術的創造，靠的就是這種「靈覺」。詩人拿這種靈覺去面對宇宙，畫家也拿這種靈覺去面對宇宙。

王國維在《人間詞話》中把詩的境界分為「有我之境」與「無我之境」。[29]什麼是「無我之境」，也就是「以物觀物」，詩人不將喜怒哀樂的主觀情緒投射於物，而呈現相對客觀的物象。上述那兩種感覺經驗相較於下面所要說的「感情經驗」，它們的性質接近於「以物觀物」的「無我之境」。雖然有「我」在觀看、在感覺，卻比較客觀呈現「物」之「在其自己」的性相，而不投射詩人主觀的情緒。不管是「藍田白石出，玉川紅葉稀」的「官能感覺經驗」，或「山路原無雨，空翠濕人衣」，都沒有渲染詩人喜怒哀樂的情緒色彩。

第三是「感情經驗」的層次。這就比較接近「有我之境」了。什麼是「有我之境」？王國維說：「以我觀物，則物皆著我之色彩」。這個「我」，就是「情緒我」，一切喜怒哀樂的情感經驗所構成的「我」。「以我觀物」就是拿這個感情經驗所構成的「我」去觀看宇宙萬物，而移情於

---

29 王國維著，施議對譯注：《人間詞話譯注》（臺北：貫雅文化公司，1991年），頁11。

物。我哀則物也哀，我樂則物也樂，所以說：「物皆著我之色彩」。岑參的詩說：「白髮悲花落，青雲羨鳥飛」、[30]秦觀的詩說：「有情芍藥含春淚，無力薔薇臥晚枝」、[31]歐陽修的詞說：「淚眼問花花不語，亂紅飛過鞦韆去」。[32]像這些詩詞，都是詩人用他們的感情經驗去看他所面對的宇宙。

　　第四是「理念」的層次。前一個層次，詩人把自己投射到審美對象去了。這個層次，卻是一種入於事物現象又出於事物現象的體悟。詩人抱著比較理性的態度觀看宇宙人生萬象，經由反思種種經驗而體悟其普遍之理，更會合了文化的教養，從而形成某種宇宙人生觀。詩人就以此一觀念回過頭看待宇宙各種事物現象。例如杜甫的詩：「水流心不競，雲在意俱遲」、[33]常建的詩：「山光悅鳥性，潭影空人心」、[34]蘇東坡的詩：「雲散月明誰點綴，天容海色本澄清」。[35]這些詩都不只是感覺或感情經驗而已，其中更有著理性反思而體悟之理在。

　　這種理念往往涵著詩人的人格特質與生命存在價值觀。詩人就拿這個理念去看待宇宙萬事萬物。其中，有些理念具有「道德」意涵，例如上引杜甫、常建、蘇東坡的詩句，而更典型的是陶淵明的詩：「孟夏草木長，繞屋樹扶疏。眾鳥欣有托，吾亦愛吾廬。」[36]在這幾句詩中，我們可以感知陶淵

30　岑參：〈寄左省杜拾遺〉，參見廖立：《岑嘉州詩箋注》（北京：中華書局，2004年），卷三，頁460。

31　秦觀：〈春日〉五首之二，參見秦觀著，徐培均箋注：《淮海集箋注》（上海：上海古籍出版社，1994年），卷十，頁432。

32　歐陽修：〈蝶戀花〉，參見《歐陽修全集》（臺北：河洛圖書出版社，1975年），卷五，頁132-133。

33　杜甫：〈江亭〉，參見仇兆鰲：《杜詩詳注》，冊二，卷十，頁800-801。

34　常建：〈題破山寺後禪院〉，參見《全唐詩》（臺北：文史哲出版社，1978年），冊二，頁1461。

35　蘇軾：〈六月二十日夜渡海〉，參見王文誥、馮應榴輯注：《蘇軾詩集》，卷四十三，頁2366-2367。

36　陶淵明：〈讀山海經〉，參見楊勇：《陶淵明集校箋》（臺北：明倫出版社，1974年），卷四，頁233。

明那種與自然天地同流，而與物和諧並生的胸襟人格。不必滿口仁義道德，這就是道德真切的究極處，當然也就是「詩」之創生的本心所在了。詩與道德、美與善在陶淵明這首詩中，完全融合為一。

　　以上這四個層次的宇宙觀，比較來說，感覺經驗隨物而產生，沒有定準。情緒也是短暫而生，短暫而息，前一刻還在哭，這一刻可能在笑了，隨時變化不定；但是，「理念」卻有基調，它是從經驗反省中所得來的生命存在價值觀，大致上比較穩定，而構成一個人相對恆常的「情操」。其中，有些更內具道德或性情的人格意涵。而「人格即風格」，一直就是中國古代文學、藝術論述中，老生常談的觀念。詩，表現了詩人的人格；畫，表現了畫家的人格。這個道理，在詩與畫，一向是互通無別。

　　這種理念還可以簡單分為二個層面：一是時空性理念；一是生命存在性理念。第一個層面是由相對客觀的時間與空間經驗所形成的理念；第二個層面是由相對主觀的自身生命存在經驗所形成的理念。不過，生命不能脫離時空情境而抽象地存在著。在整體生命存在情境以及動態的時間歷程中，時空性理念與生命存在性理念不能截然為二，兩者往往互為因果而不斷循環生成及修改。因此，這兩者在詩人、畫家的生命存在實踐與創作實踐所表現的成果中，往往互涵而並現。

　　我們就拿王維和李商隱這兩個不同典型的詩人來作個對照吧！王維的時空性理念是道家式的；道家式的時空性理念就是「始卒若環」。[37]在他的心眼中，這宇宙的時空乃自然不斷的繼起，沒有什麼起點，也沒有什麼終點。王維不就說嗎？「行到水窮處，坐看雲起時」，[38]第一句似乎顯示空間有個窮盡處；然而，接著第二句，卻在時間自然的繼起中，展現另一種「雲起」的空間感。這樣一來，「水窮」與「雲起」便只是景象自然而連續的變化，並沒有什麼窮盡處。他因為有這樣的時空性理念，所以生命的存在性理念，

37　《莊子‧寓言》：「萬物皆種也，以不同形相禪，始卒若環，莫得其倫，是謂天均。」參見郭慶藩：《莊子集釋》，卷九上，頁 950。

38　王維：〈終南別業〉，參見趙殿成：《王右丞集箋注》，卷三，頁 35。

也就顯得閑淡超脫，你看他說：「人閒桂花落」、**39**又說「澗戶寂無人，紛紛開且落」，**40**面對生命的消逝，從容得很，哪有什麼焦躁、憂鬱的感受。不過反過來看，也可能因為王維有那樣閑淡超逸的生命存在性理念，所以展現那樣不迫於窮盡的時空性理念。王維的生命存在實踐與創作實踐的具體表現，其時空性理念與生命存在性理念，兩者乃循環生成，互涵而並現。

李商隱可就不同了，你看他說：「從來繫日乏長繩，水去雲回恨不勝」，**41**又說：「夕陽無限好，只是近黃昏」，**42**對時間充滿了焦慮。「酒薄吹還醒，樓危望已窮」、**43**「水急愁無地，山深故有雲。那通極目望！又作斷腸分」，**44**對空間總是充滿窮盡、幽暗、壓迫的感受。就因為他有這樣的時空理念，所以對生命的存在，也就抱著無常、孤絕的理念，他自己就說：「嫦娥應悔偷靈藥，碧海青天夜夜心」、**45**「荷葉生時春恨生、荷葉枯時秋恨成」。**46**然而反過來看，也可能因為李商隱有那樣無常、孤絕的生命存在性理念，所以展現那樣滿是窮盡、幽暗、壓迫的時空性理念。李商隱的生命存在實踐與創作實踐的具體表現，其時空性理念與生命存在性理念，就如同王維一樣，兩者也是循環生成，互涵而並現。

就是這種時空性理念、生命存在性理念的差異，才造成王維與李商隱兩人詩歌情調風格的不同。不過，我必須聲明，這樣的比較只是描述義，而不是評價義，因此不能說哪一種優，哪一種劣。而且，那只是基調，詩人大體上、基本上的情調是這樣，不是每一時刻的詩人、每一首詩都這樣。不過，一個有特殊風格的詩人，必然有他自己獨特的時空性理念與生命存在性理念

---

39 王維：〈鳥鳴礀〉，同上注，卷十三，頁 240。

40 王維：〈辛夷塢〉，同上注，卷十三，頁 249。

41 李商隱：〈謁山〉，參見馮浩：《玉谿生詩箋注》，卷二，頁 375。

42 李商隱：〈樂遊原〉，同上注，卷三，頁 749。

43 李商隱：〈訪秋〉，同上注，卷二，頁 289-290。

44 李商隱：〈自南山北歸經分水嶺〉，同上注，卷一，頁 95。

45 李商隱：〈常娥〉，同上注，卷三，頁 717。

46 李商隱：〈暮秋獨遊曲江〉，同上注，卷三，頁 728。

的基調。

　　我們可以歸結來說，你要作個好詩人，就得問你對這宇宙人生有什麼獨特的官能感覺經驗？有什麼獨特的靈覺經驗？有什麼獨特的感情經驗？有什麼獨特的時空性與生命存在性理念？也就是有什麼獨特的「詩的宇宙觀」或「道德的宇宙觀」？一個民族會有共同的宇宙觀；但是，在這大體的、共同的宇宙觀的文化傳統中，活得有風格的人都還會有他個人獨特的宇宙觀。要作個好詩人，需要有獨特的「詩的宇宙觀」或「道德的宇宙觀」。那麼，要作個好畫家，難道就不要嗎？

　　有時候，我不免有些感慨，現代所謂「知識分子」，上焉者從別人那兒學來一套套的理論；但是，對自己所面對的時空及生命存在情境卻缺乏深刻的感受，或者不忠實於自己的感受，因此對宇宙人生也沒什麼創造性的獨特觀念。下焉者，則不但說不出理論，更沒什麼感受。這樣的時代，創造性的藝術將從何處來？

五、虛實相生的表現原則

　　上面所說的都是中國詩、畫「表現什麼」，接著我們要來談談「如何表現」；這是方法的問題。表現方法有很多層次，高層次的是普遍性原則，低層次的是殊異性技術。技術很瑣碎，我們不能在這兒談它。這兒能談的是高層次的原則。原則當然也不只一個，不過我只能提個「虛實」原則來談談。

　　前面，我們一再說到，好的中國古典詩與畫，都必須要超越具體物質性的媒材形式，以及這媒材形式所直接描寫的實象，而在象外涵蘊著神韻情趣。媒材形式所直接描寫的層面，就是「實」；而象外所涵蘊的神韻情趣，就是「虛」。中國詩最講求的就是「化虛為實，以實涵虛」而「虛實相生」的道理。清代詩論家葉燮在《原詩》中，對這道理有很精要的論述：

　　　　可言之理，人人能言之，又安在詩人之言之！可徵之事，人人能述
　　　　之，又安在詩人之述之！必有不可言之理，不可述之事，遇之于默會

　　意象之表，而理與事無不燦然于前者也。[47]

　　「不可言」、「不可述」，就是不能直接以語言說明描述的「虛」處；這「虛」處如何去表現、去感知？必須「遇之于默會意象之表」。「意象」是「實」；但是，這「實」不等同於未經由「心靈」感知、想像的客觀實在物；而是客觀實在物已經由「心靈」感知、想像所「虛化」的「意中之象」，這就是「化實為虛」，以獲致「實中涵虛」的效果；而實中之「虛」，即是葉燮所說「不可言之理，不可述之事」。相對而言，詩必須要有「虛神」，也就是那「不可言之理，不可述之事」；但是，這「虛神」不能直接作抽象概念的陳述，而必須經營「意象」以表現之，這就是「化虛為實」，以獲致「虛涵於實」的效果。總之，實者虛之，虛者實之，虛實相生，彼此依存；詩中「不可言之理，不可述之事」，讀者也就必須在「意象之表」，默爾體會。前文所述及「空翠濕人衣」之「濕」，可為範例。此一「濕」意，虛而非實，不可言、不可述，就只能「遇之于默會意象之表」了。

　　實象寫得不好，真的會僵死無味，因此並不是所有描寫實象的詩都是好詩，正如同不是把「形象」畫得很實在、很逼真的畫都是好畫。前文曾引述，蘇東坡就譏評過這種只重「形似」的畫論：「論畫以形似，見與兒童鄰。」明代謝榛也曾譏評過五代詩僧貫休的詩句：「庭花濛濛水泠泠，小兒啼索樹上鶯」，[48]指其「景實而無趣」；而相對讚賞李白〈北風行〉：「燕山雪花大如席，片片吹落軒轅台」，[49]認為這種詩「景虛而有味」。[50]我們來想想謝榛的話，很好懂，貫休的詩寫得太實在了，實在到沒有蘊涵什麼可

---

[47] 葉燮著，霍松林校注：《原詩》（北京：人民文學出版社，1979 年），內篇下，頁30。

[48] 貫休：〈春晚書山家屋壁〉，參見《全唐詩》，冊十二，頁9311。

[49] 李白：〈北風行〉，參見瞿蛻園等：《李白集校注》，冊，卷三，頁273。

[50] 謝榛：《四溟詩話》，參見丁仲祜編訂：《續歷代詩話》（臺北：藝文印書館，1983年），冊下，頁1359。

以想像、體味的「虛神」；而李白的詩，所謂「虛」，指的倒不是抽象，而是「虛構」。它仍然是具體的景象，只是這景象乃李白於實在經驗的基礎上，又加入了自己想像的虛構。這樣的景象，便融入主觀的感覺，因此讀起來就有情趣了。詩中描寫形象，千萬別太貼合客觀實在，這道理很簡單呀！

「虛實」這個問題，我們還可以更詳細地區分幾個方面來討論：

第一方面是：「虛」指神韻情趣，「實」指景象。宋代范晞文在《對床夜語》中曾經說到，作詩必須「化景物為情思」。他舉「嶺猿同旦暮，江柳共風煙」、「猿聲知後夜，花發見流年」為例子，[51]說：「若猿，若柳，若花，若旦暮，若風煙，若夜，若年，皆景物也。化而虛之者一字耳」。[52]他這話是什麼意思？意思是：這四句詩中所寫到的嶺猿、旦暮、江柳、風煙、花、流年、猿聲、夜，都是客觀實在的景物。使得這些景物涵有「虛神」，也就是「化而虛之」，靠的是什麼？范晞文認為，靠的是每句加上一個字而已。第一聯兩句，上一句加個「同」字，下一句加個「共」字。別小看這兩個字，它們就把客觀的景物和詩人主觀的感情連結起來，而暗示了他生活情境的荒寂、孤單，每天早晚面對的只是嶺猿、江柳、風煙，那麼心中的寂寞也就隱涵在其中了，這就是「化景物為情思」，使得「實中涵虛」了。第二聯同樣的道理，上句加個「知」字、下句加個「見」字，都是主觀的感覺活動，在客觀景象中介入主觀的感覺，則景象的變化便與詩人對時間流逝的感覺連結在一起了。這也就是主客合一，情景交融的道理。我想繪畫的表現原則也是這樣的吧！在景物中，能用什麼加以點化，便蘊涵無限情意呢？

第二方面是：「虛」指的是主觀「虛構」，「實」指的是客觀實在。清代劉熙載在《詞概》中曾批評蘇東坡〈水龍吟〉詠楊花的那首詞，[53]首句

51　這兩聯詩句，前者為劉長卿〈新年作〉，後者為劉長卿〈喜鮑禪師自龍山至〉，參見儲仲君：《劉長卿詩編年箋注》（北京：中華書局，1996 年），冊下，頁 451，459。

52　范晞文：《對床夜語》，卷二，參見丁仲祜編訂：《續歷代詩話》，冊上，頁 501。

53　蘇軾：〈水龍吟〉，參見龍沐勛：《東坡樂府箋》（臺北：華正書局，1974 年），卷二，頁 271。

「似花還似非花」，他認為：「此句可作全詞評語；蓋不離不即也。」[54]東坡這首詞是絕妙的作品，為什麼寫得好，劉熙載說是因為能表現得「不離不即」。「即」，就是切合楊花客觀實在的形象，也就是「實」。「離」，就是超離楊花客觀實在形象，而作想像的虛構。東坡在這首詞中，把楊花想像成一個無人愛惜的癡情女子，正在「夢隨風萬里，尋郎去處」，卻「還被鶯呼起」。這樣寫就有了「虛神」。如果太切合客觀實在，則黏皮帶骨，僵死無味；但是，假如完全不管對象的客觀實在，而漫天幻想，便是捕風捉影，不知所云了。因此，詩的表現，實在的描寫與想像的虛構，彼此配合，必須恰到好處，也就是所謂「不即不離」或「若即若離」，於實在經驗的基礎上，作想像虛構的創造。

　　這就讓我們想到前文引述到鄭板橋的畫竹經驗談。他在〈題畫竹〉的文章中，很真切地說明了由「眼中之竹」到「胸中之竹」到「手中之竹」的創造過程。「眼中之竹」，是視覺經驗的客觀實在物，到了「胸中之竹」，便已經意象化，加入想像、虛構的成分，絕不等同於眼中客觀實在的竹子。至於到了「手中之竹」、「落筆倏乍變相」，就涉及到媒材表現功能的局限、畫家技巧的純熟度，以及當下臨時意念的變動等複雜的因素了。總之，這是由「眼中之竹」的「實」轉化為「胸中之竹」的「虛」；再由這「胸中之竹」的「虛」具象呈現為「手中之竹」的「實」。這正是「虛實相生」的辯證過程。感覺經驗的實在與想像的虛構，存在著若即若離、不即不離的微妙關係。

　　第三方面是：「實」指已表現的部分，用另一個字來說，就是「露」；「虛」，指未表現的部分，用另一個字來說，就是「藏」。這方面牽涉到媒材功能的局限問題，所有藝術媒材都有它無法去表現的東西。以詩來說，有些感覺或情意，就不見得能完全用語言去表達。這是中國在古代許多思想家，例如前文述及莊子、王弼等所關懷「得意忘言」、「得意忘象」的「言

---

[54] 劉熙載：《詞概》，參見唐圭璋主編：《詞話叢編》（臺北：廣文書局，1970年），冊十一，頁3784-3785。

意之辨」問題。表現不出來的東西，怎麼辦？漢代樂府詩〈陌上桑〉對羅敷的美貌這樣描寫：

> 行者見羅敷，下擔捋髭鬚。少年見羅敷，脫帽著帩頭。耕者忘其犁，
> 鋤者忘其鋤。來歸相怨怒，但坐觀羅敷。[55]

　　羅敷實在太美了，不是語言所能直接形容，因此詩人寫了這麼多，卻沒有一句正面描寫羅敷的面貌，只是很誇張地形容那些看見羅敷的旁人是如何如何地驚艷，至於羅敷的美貌就「藏而不露」，讓讀者自己去想像了。不落實為有形，才具有無限的可能性。這種「虛」的觀念，從道家思想而來，《老子》第四十一章所謂「大音希聲，大象無形」是也。[56]

　　另外，詩講求含蓄，不能把話說得太露。因此，它主要的情意，往往含藏不說，只用相對或類似的事物來旁襯，而達到暗示的效果。劉熙載曾經提到絕句應該要作到「深曲」；但是，因為「意不可盡」，故當「以不盡盡之」。有時，必須採取特別的表現方式：「正面不寫，寫反面；本面不寫，寫對面、旁面。」如此，好比「睹影知竿」，才能生妙意。[57]我們可以舉個例子來印證劉熙載的理論，王昌齡的〈春宮曲〉主要是描寫一個失寵宮女的哀怨；但是，他卻把這「正面」的主題含藏起來，而從「反面」去描寫別人得寵的歡樂：「平陽歌舞新承寵，簾外春寒賜錦袍」。這麼一反襯，失寵者的哀怨便不言而可以體會了。[58]

---

55 漢代樂府詩〈陌上桑〉，參見徐陵：《玉臺新詠》（臺北：臺灣中華書局，1985年，四部備要據長洲程氏刪補本校刊），卷一，古樂府詩六首之一，題作〈日出東南隅行〉。

56 參見王弼：《老子註》（臺北：藝文印書館，1971年，古逸叢書本），頁88。

57 劉熙載：《詩概》，參見郭紹虞主編，富壽蓀點校：《清詩話續編》（臺北：藝文印書館，1985年），冊三，頁2438。

58 沈德潛評這首詩云：「只說他人之承寵，而己之失寵悠然可會。」參見沈德潛：《唐詩別裁集》（臺北：廣文書局，1970年），冊下，卷十九，頁522。

　　以這兩個例子來說，文字上寫到的那部分是「實」是「露」，文字上沒有寫到的那部分是「虛」是「藏」。在詩的表現方法上，這有個名稱叫「善用側筆」。[59]這種虛實關係不正面、直接的建立在文字本身意象所引發的美感經驗上，而是採用「視角轉移」的方式，從側面、間接去旁襯、對顯所要描寫的主體。寫這種詩，作者須有水平思考的能力，才會產生巧妙的構想。

　　這就讓我們想到，繪畫是一種視覺藝術，筆、墨、顏料的媒材有它的局限性，聽覺、嗅覺、味覺、觸覺就不是它所能表現的東西了。有個老故事，宋代畫院出考題：「踏花歸去馬蹄香」、「古木無人徑，深山何處鐘」。「花香」與「鐘聲」當然不能直接畫出來，聰明的畫家便想到「虛／實、藏／露」的妙法。第一題，既是「踏花歸去」，畫家當然不能直接在馬蹄邊畫出落花，而只是間接畫出繞著馬蹄穿飛的幾隻蝴蝶。而「馬蹄」的「餘香」便經由這個意象的指引，讓觀畫者想像地「聞」到了。第二題，既是「何處鐘」，畫家當然不能畫出一口掛在寺廟裡的大鐘，而只畫出一條古木森森的小路上，一個和尚手掌擺在耳側，表現專注傾聽的模樣。觀畫者經由這個意象的指引，便可體會到和尚仿彿正在尋找鐘聲究從哪裡來？在畫面上出現的有形物象，是「實」是「露」；而沒有出現之無形的花香、鐘聲，就是「虛」是「藏」了。

　　第四方面是：虛實就是詩歌語言修辭或章法上，輕重、疏密、斷連的對比性關係。杜甫的七言律詩〈登高〉，第一聯兩句「風急天高猿嘯哀，渚清沙白鳥飛迴」。[60]每一句都寫了三種景物，而且都是實字實寫，詩意的密度很高，是詩中下重筆的地方，也就是「實」處；但是，接下來兩句「無邊落木蕭蕭下，不盡長江滾滾來」，就用一些「虛」字，例如「無邊」、「不盡」等，把語言調淡了之後，句子便顯得疏朗輕靈，與上聯相對來說，這聯便是「虛」處。在同一首詩中，如果都像第一聯那種句子，便顯得板重，不夠靈活變化，所以在整體章法的設計上，要虛實相間，彼此調和。再舉個例

59　參見張夢機：《近體詩發凡》（臺北：臺灣中華書局，1970 年），頁 24-27。
60　杜甫：〈登高〉，參見仇兆鰲：《杜詩詳注》，冊三，卷二十，頁 1766。

子，王勃的五言律詩〈送杜少府之任蜀州〉，[61]第一聯「城闕輔三秦，風煙望五津」，對仗工整，實字寫景。第二聯「與君離別意，同是宦遊人」，用了輕靈的「流水對」，虛字寫情。這也同樣是在章法上作虛實輕重的變化。另外，在章法上，語脈的發展，也有一種「似斷實連」的方法，例如李商隱的五言律詩〈蟬〉：

> 本以高難飽，徒勞恨費聲。五更疏欲斷，一樹碧無情。薄宦梗猶泛，
> 故園蕪已平。煩君最相警，我亦舉家清。[62]

這首詩從語言表面脈絡的發展來看，前四句寫蟬；但是，到了第五句忽然轉而寫人，就語脈而言，這已經是中斷了，前後似不相干，等於兩個片段間留下空白。語脈表面相連接的地方是「實」處，這個斷陷空白的地方便是「虛」處。然而，這兩個片段究竟靠什麼連接在一起？若不連接在一起，而成為無機性的併湊，便不成篇章了。其連接處不在語言表面，而在深一層只可體會的「意脈」。意脈是指內在情意發展的脈絡；前四句「本以高難飽，徒勞恨費聲。五更疏欲斷，一樹碧無情」，表面寫蟬，卻是意在言外，蟬的形象實已蘊涵了作者個人的情意，只是這情意隱藏不露，沒有浮現在語言表層。這情意暗暗發展到第五句「薄宦梗猶泛」，便如激流湧現出來。因此，這種章法就語脈而言「似斷」，就意脈而言「實連」，也是一種虛實相生的道理。

詩在語言修辭或章法上有這種虛實的變化，繪畫在筆法、墨法及布局上也應該有這種道理。古代許多畫論可以找到這方面精彩的見解。清代鄒一桂就指出繪畫的章法布局應該要：「一實一虛，一疏一密，一參一差，即陰

---

61 王勃：〈送杜少府之任蜀州〉，參見王勃著，蔣清翊注：《王子安集注》（上海：上海古籍出版社，1995 年），卷三，頁 84。

62 李商隱：〈蟬〉，參見馮浩：《玉谿生詩箋注》，卷二，頁 440。

陽、晝夜、消息之理也。」[63]詩畫表現原則，諸如虛實、疏密、參差等等，就是古人從宇宙自然變化現象，二元對立而辯證統一的「天道」所悟得。清代孔衍栻也說：「山水樹石，實筆也。雲烟，虛筆也。」而「聯貫樹石」便「全在雲烟」，如此則「以虛運實，實者亦虛，通幅皆有靈氣」。[64]這樣說來，雲烟處的空白，就不是無機性的「但空」（或稱頑空），而是生機無限，涵蘊豐富之藝術效果的「真空」了。[65]清代張式便說：「煙雲渲染為畫中流行之氣，故曰空白，非空紙。空白即畫也」。[66]這些道理和詩歌語言修辭及章法上的「虛實相生」可以互通。不管作中國詩或畫中國畫，我敢說能妙心體悟「虛實相生」的創作原則，作品大約就相當可觀了。

六、結論

　　文學、藝術的創作，最根本處不在於「技巧」，而在於「思想」。這思想指的不是哲學上的理論，而是文學家、藝術家對宇宙人生的創造性觀念。文學、藝術創作要成「家」，不能沒有自己獨特的「表現什麼」和「如何表現」的想法；也就是要有獨特的宇宙人生觀，同時掌握重要的表現原則，而不僅是末節技巧的熟練而已。這年頭，學習中國古典詩、古典畫的人也不少；但是，對中國古典詩、古典畫的文化源頭、美學精神及表現原則，多缺乏認識，更談不上涵養；只是老師教我如何調平仄、練字句，就這麼去作詩，或怎麼拿筆怎麼濡墨，就這麼畫下去了。聰明些的人也儘在材料或技巧上弄點新花樣，很少人肯在這顆心靈上，好好下工夫。不管是從古代文化去

63　鄒一桂：《小山畫譜》，參見于安瀾：《畫論叢刊》，冊下，頁748。

64　孔衍栻：《石村畫訣》，參見俞崑：《中國畫論類編》，頁976。

65　但空、頑空與真空，皆佛家語。大乘禪之真空與小乘禪之但空、頑空相對，意指非空之空，即不偏不滯之萬有本體與吾人之本心，空而能虛納萬有，故生機無限，空而非空，是謂「真空」。相對的但空、頑空，則但偏滯於空寂而頑然不見所蘊涵萬有無限之生機，故心物俱如槁木死灰，是謂「但空」或「頑空」。

66　張式：《畫譚》，參見俞崑：《中國畫論類編》，頁976。

找資源或向當代文化去求經驗，沒有個人獨特的「宇宙人生觀」，掌握不到表現原則，就不會有好作品。因此，我們的文學、藝術工作者，總是「匠」多於「家」。

　　若說中國繪畫不能完全與古代文化割斷，那麼向古典詩去找些資源，也算是很好的一條進路。不管是美學上的認知，或心靈上的陶養，都會有幫助，有詩的心靈境界，畫意自在其中矣。那麼，不管你怎麼融合現代經驗去變化，那個底質的味道，還是中國的味道而不是西洋的味道。

後記：
原刊《文學與藝術》，臺北市立美術館，1989 年 6 月。
2015 年 12 月增補修訂。

我們都可以是生活的藝術家

一、什麼是生活？

　　幾年前，我曾經提出一個觀念：「生活詩人」。[1]那麼，什麼是「生活詩人」？對於這個問題，我們先得弄清楚：「什麼是生活？」

　　什麼是生活？你可能會說，這是再簡單不過的問題了。那不就是穿衣呀！吃飯呀！喝酒呀！住家呀！交通呀！看電視、郊遊烤肉種種娛樂呀！這些事，我哪一天不在做，怎會不懂得什麼叫「生活」？

　　很好，這樣回答，已經具備小學生的常識程度了。假如，我再問你：「為什麼你每天都要不厭其煩地幹這些事呢？」我想，你一定會很快地回答說：「為了維持生命，讓自己繼續活下去呀！」假如我再追問你：「就只是這樣嗎？」或許，你會再回答：「還有，讓自己心情覺得愉快呀！」

　　這個問題，我就先問到這裡為止。接著，我再問另外一個問題：「憑什麼，你能有衣服穿、有飯吃、有酒喝、有房子住、有車坐、並且享受各種娛樂？」這個問題太簡單了，你一定立刻可以回答：「憑什麼？憑我工作賺錢呀！」這樣回答很正確，至少表示你是個正常人，因為你沒有說憑我去偷、

---

[1]　1989 年間，顏崑陽為漢藝色研文化公司策劃「生活詩人系列」套書，陳幸蕙：《同心——我讀愛情詩》、曹淑娟：《如夢——我讀存在詩》、簡媜：《空靈——我讀山水詩》、顏崑陽：《想醉——我讀飲酒詩》、康來新：《可愛——我讀美人詩》。各書之前，刊有顏崑陽〈總序——請你做生活詩人〉，正式提出「生活詩人」這個概念，用與「紙上詩人」對舉。參見顏崑陽：《想醉》（臺北：漢藝色研文化公司，1989 年），頁 2-5。

去騙、去搶！

　　工作賺錢是一種生產的行為，穿衣吃飯等等是一種消費的行為。經過我們上面的問答，似乎可以就一般人所認知的「生活」，描摹出一種簡單的情況；這種情況包括了相互連貫的行為目的與過程：人類為了維持生命，甚至心情愉快，而不斷工作賺錢，以滿足食、衣、住、行、娛樂的種種需求。用比較簡括的概念來說，那就是：人類為了生存甚至享受，而從事的種種生產與消費的活動。

　　從這個角度來認識「什麼是生活」，很符合常識，也很符合每一個人在現實世界中的經驗。這麼一來，「凡存在也必合理」，對於臺北這個大都市中，從早上六點多鐘開始，許多人便坐著車擠過煙塵迷漫的街頭，到各個工作地點，埋頭苦幹七、八小時活兒，賺到了錢，以滿足自己及一家人吃喝玩樂的需求。這就是「生活」，再合理不過的「生活」了。果真如此，那麼我們今天還坐在這兒談論「什麼是生活」，豈不是在浪費時間，大家趕緊回到崗位上去拚命工作，然後回家盡情吃喝玩樂，不就行了嗎？

　　但是，和拚命工作賺錢而吃喝玩樂的這個事實相對的另一個事實，卻是有許多人寧願暫時離開工作賺錢、吃喝玩樂的處境，而跑到這裡或其他地方一起來重新想一想：「究竟什麼是生活？」這就顯示出：一般常識並不完全等同於真理，而存在的事實也不完全就是合理。因此，我們對於上面所認識到生活的意義，似乎有提出質疑、反省的必要了。

二、讓我們重新想想：什麼才是真正的生活？

　　我們所要質疑與反省的問題在哪裡？「第一個問題」是：我們應該想到，維持生存就是一切生活行為的終極目的嗎？我們那樣拚命地工作，最終的目的，難道就只是要讓自己以及家人，能夠繼續呼吸、吃喝而活下去！

　　對於許多人來說，這個問題的答案，無疑是單純而肯定：「是的，我這樣拚命工作，就只為了吃飯而活下去。」我曾經見過一幕這般活生生的景象，而把它寫入一篇題為〈蒼鷹獨飛〉的散文中：有一天，經過一處建築工

地，傍午的烈日正燒灼著一群灰頭土臉的工人。兩個彷彿年輕的漢子，赤裸著上身，陽光照在黝黑而沾濕著汗漬的背脊上，反射出油閃閃的光澤。他們弓著軀體，站在工作檯邊，機械地拗折著一堆鋼筋。我怵然而驚，想到他們日日這樣勞苦地工作，竟然只是為了家裡幾張肚皮。工作、吃飯；吃飯、工作。直到他們已不必吃飯，當然也就用不著再工作了。人的存在，就只是這樣而已嗎？[2]

如今，我再從另一個角度來想這個問題，假如他不餵飽肚子，又怎能繼續工作呢？那麼，拚命吃飯的目的，不就是為了工作嗎？於是乎，芸芸眾生便構成一幅巨大的「吃飯工作連環圖」。

其實，這一幅圖像也發生在各種動物身上。牠們的工作便是覓食。工作與吃飯之間的關係比人類更直接，過程也更單純。肚子餵飽了，剩下來的時間，便是悠閒地遊玩。假設人類生活的意義，就僅僅像動物一樣，是「吃飯」與「工作」的不斷相循，那麼「文明」便是最大的諷刺。因為「文明」的作用，似乎就只是讓人類把「吃飯」的問題弄得更複雜，不但過程曲折，代價也高昂。本來或許打開籬笆門，就可以採到米糧蔬果，抓到雞鴨，餵飽肚子；但是，在這「文明」的大都會裡，吃飯可就沒這麼簡單。擠上幾小時的車程，到公司打過卡，接著進入很精密、緊湊的分工，讓你完全不能自主地接受一套制度的支配，去勞力又勞心，弄到精疲力竭；然後才能領到一疊稱為「鈔票」的紙張，憑它去換取生活中所需要的物品。

這些物品當然也經過複雜的種植、採收（或製造）、運輸、販賣，然後才到你手上。你拿回去之後，還得經過很複雜的烹調，最後才進入嘴巴。不過，從嘴巴到肚子，這個最終目的的完成，卻只須很短暫的時間。換句話說，假如生活只是工作與吃飯的循環，那麼人類的確用「文明」在折磨自己，他們不斷用腦筋去增加「吃飯」的條件，也就是增加消費的條件。相對的，當然也就提高生產工作的複雜性與時間量。大多數文明人一生的心力，

2　顏崑陽：〈蒼鷹獨飛〉，參見顏崑陽：《手拿奶瓶的男人》（臺北：漢藝色研文化公司，1989 年），頁 33。

除了越加縮短而又不安穩的睡眠之外，便全部耗費在這工作與吃飯循環的過程了。記得林語堂在《生活的藝術》一書中，便極其諷刺地說過：「人類是唯一在工作的動物」、「文明如果不使人類難於得到食物，人類就絕對不用這樣勞苦地工作」。[3]

　　我這樣說，你可能會反駁：「文明」讓我們吃得比動物更豐富、更精美、更愉快呀！問題是，假如生活只在維持這軀殼，並不需要那麼豐富、精美的食物啊！而且現代文明的生活經驗，正不斷在證明豐富、精美的食物，已讓我們因為營養過剩，腸胃消化不良而有礙健康了。至於說愉快嘛！這正是我們所要好好質疑與反省的「第二個問題」了。

　　假如，「心情愉快」正是我們所要追求的另一個更高的生活目的；那麼，這個目的，是不是只能依賴不斷工作賺錢，而盡情吃喝玩樂來實現？這個問題對於現代頗為多數的人們來說，答案恐怕也是相當簡單而肯定：「是的！」

　　假如他們願意坦白地表露自己的心情，你將發現，很多人一天裡最愉快的時候，便是看到錢財的數字又增加、職權的位階又爬昇，車子又換更高級的品牌，一桌上萬元的酒菜塞進嘴巴肚子，或看了一場夠新奇刺激的什麼玩意。這樣的愉快，無疑是由外在而相當高昂的物質條件與強烈的官能刺激所給予。它是一種潮來潮去的情緒，翻騰而短暫；但是，卻必須用漫長、緊張而不愉快的工作過程來換取。因為，當工作只是換取錢財、供應吃喝的手段時，它的本身與過程，就變得既無創造，也無趣味。

　　錢財與官能刺激的欲求，就像高濃度的糖漿，舉杯飲盡的那一刻，感覺非常的甜蜜；但是，不久之後，相繼的卻是更強烈的渴求，壓迫得你必須再去獲取更多更濃的糖漿。換句話說，你必須更漫長、更緊張而不愉快的工作，才能去應付節節升高的財富與官能刺激的欲求。為了「形軀」的愉快，卻必須付出「心靈」長期陷落在工作過程的焦慮與無趣的代價。這樣的生

---

[3]　林語堂著，越裔譯：《生活的藝術》（臺北：旋風出版社，1969 年），第七章，第一節，頁 99。

活，顯然是手段與目的的斷裂或倒置，也是身、心極度的矛盾，豈非難解的大惑嗎？

我們要質疑與反省的「第三個問題」是：人類的生活是不是就僅止於個人的食衣住行娛樂與工作的不斷循環？也就是僅止於生產與消費的不斷循環？我們的生活中，有沒有不是為了消費的生產？或者與消費、生產都無關的行為？對於腦袋瓜裡只裝著「功利」二個字的人來說，這樣的問題簡直不可思議，從他們的價值觀念系統直接反射出來的答案，必定是：「沒有」。這世間絕對沒有不是為了消費的生產，也沒有與消費、生產都無關的行為。

那麼，當你告訴他：牛頓看到蘋果從樹上掉下來，卻一點消費的觀念都沒有，既不把蘋果撿回來吃，又瘋狂地做著和自己賺錢吃飯沒關係的研究，終於「生產」了「地心引力」這一項新知識。他可能會回答你：「牛頓，難怪這傢伙姓牛，還真笨呢！發現地心引力幹什麼，又不能當飯吃！」當你再告訴他，有一個人叫「梵谷」，非常執著於自己的藝術理念，拚命「生產」許多他認為很美的畫；但是，卻窮到差點沒飯吃。他可能會回答你：「虧他姓『飯』，盡作些不能當飯吃的畫幹什麼？」

然後，假如你告訴他，晉代有個人叫做王子猷，住在浙江的山陰。某夜大雪，他一覺醒來，看到這樣美好的雪景，忽然想念起一個很有情趣的朋友，名叫戴安道。當時，戴安道住在隔鄰的剡縣。王子猷立刻坐著小船，連夜去找他。天亮的時候，到戴安道的門前，他卻不進門，掉轉船頭又回去了。人問其故？他說：「吾本乘興而行，興盡而返，何必見戴！」[4]費了整個晚上的時間，卻只因一時興趣，與生產、消費全無關係，更無「工作效率」可言。這種事兒，對於把生活看作每分每秒，都必須用在生產、消費相循的人們來說，大約只會給他三個字的評語：「神經病！」

接著，假如你再告訴他，東漢末年，有個人叫荀巨伯。他到很遠的地方，去探望友人的疾病，正好盜賊攻進城來。朋友向他說：「我病得快死

4　劉義慶著，楊勇校箋：《世說新語校箋》（臺北：樂天出版社，1973 年），〈任誕〉第二十三，頁 573。

了，你不必掛慮我，趕快逃命吧！」荀巨伯不肯做出「敗義求生」的勾當，堅持留下來陪伴朋友。結果，聽說盜賊被感動而撤退了。[5]人與人之間的情義來往，當然和生產、消費也扯不上關係。這種事，在腦袋瓜裡只裝著「功利」二字的人來說，完全不合報酬率，恐怕只有送荀巨伯一句話：「這傢伙的腦筋壞掉了」。

　　不管把生活簡化為生產與消費無窮循環的許多現代人同意或不同意，諸如牛頓、梵谷等等一些人，卻在另一個價值世界裡過著不是為了消費而生產的生活。諸如王子猷、荀巨伯等等一些人，也在另一個價值世界裡過著與生產、消費全無關係的生活。

　　事實上，無可否認的，人類在追求知識、道德與藝術，也就是真、善、美這三種價值的時候，他或者是一種不為了消費的生產，其工作自身就是價值的創造。或者是與生產、消費相循的價值模式並無關係。而他們所謂的「愉快」，也正是從這工作或行為的自身獲得，而不是依賴工作之外的物質報酬所給予。這種「愉快」不是肉體官能上的「感覺」經驗，而是靈魂精神上的「靈覺」經驗。[6]這至少說明了，人們的愉快，並不是只能依賴工作賺錢而儘情吃喝玩樂來實現。

　　我這樣說，並不表示，牛頓、梵谷、王子猷、荀巨伯這些人不必吃飯，不必過著生產與消費相循的生活。假如人類生活的價值領域，可以區分為道德、知識、藝術、功利四個領域，我的意思不是說他們被銅牆鐵壁隔成四個互不相通的房間，你只能選擇一扇門，把自己關在一個房間裡，只能過著唯一的一種價值生活。我的用意，只是請求大家對於把生活簡化成一幅「工作

5　劉義慶著，楊勇校箋：《世說新語校箋》，〈德行〉第一，頁8。

6　人因秉「靈性」而生，故其「心」有「靈覺」之能力，能超越萬物外在形體而直覺其內在精神生命的活動現象。它具有「感性」的動能，因此並非抽象概念的「理性」思惟；但是，又非個人喜怒哀樂之情緒。它即物質形體之所見、所聞、所覺、所知之萬象，卻又不離萬象而抽空思辨，只是不在萬象上起著是非、善惡等價值分別，也不牽動喜怒、愛憎之情緒欲念；卻能通感宇宙萬物而直覺體會其象外之質性、神氣、韻味。文學藝術創作之所以可能，就是人類天性具有這種「靈覺」。

吃飯連環圖」的一般觀念提出質疑與反省，從而讓我們對「什麼是生活」有一個比較完整而正確的認識。

那麼，至此我們應該對於「什麼是生活」這個問題，提出與世俗一般常識不盡相同的答案：「生活是人類創造生命價值連續而整體的活動現象。」

從中國的人生哲學觀點來看，人的「生命」，其涵義不完全等同於生物學上的所謂「生命」。生物學上的「生命」，指的是一物質性的有機體，從植物到動物，都是這種物質性機體。它統合了各器官的功能，而完成生長、繁殖的目的。從生物學上來看，人也是動物，其生理結構——即一般所謂形軀、肉體，他同樣是個物質性機體；但是，人之為人而不同於動物，其生命意義卻不能只是從這種物質性機體去分別；而是應該從一般動植物所不具備的「精神生命」來認識。「精神」是人所特具的意識能力，它向一切價值開放，可以去分辨什麼是善什麼是惡？什麼是真什麼是假？什麼是美什麼是醜？甚而它讓人覺悟到自己之所以為自己的存在價值何在，而依照這樣的覺悟，自主地選擇了自己、擁有自己，把自己的生命活出個意義來。中國古代的哲學家大致所講的「生命」，都是這個「精神生命」，而不是「物質性機體生命」。

人的「生命」意義既然和一般動物不一樣，那麼「生活」的意義當然也就不相同。一般動物沒有價值自覺，因此牠的工作很單純就是覓食、避害、求偶。其終極目的便是生存與繁衍，這個目的並非有意識的價值自覺，而是一種生命的本能。從宗教上來說，大約便是上帝所賦予的能力。中國人也說：「上天有好生之德」，讓萬物生生不息下去，這是上天的德性。假如，像我們前面所說，一般人認為「生活」的意義，就是工作與吃飯的循環，最終的目的便是維持生存，那麼人和一般動物就沒什麼差別了；何必建立文明，讓我們的覓食活動變成那麼困難，耗費那麼大的心力，就為了一口飯而已。

因此，人的「生活」意義，必須先把人的「生命」看作是個「價值體」而不是個「物質體」。然後，我們才能明白，人的「生活」意義便在於「生命存在價值的創造」。生命存在價值，我們可以把它劃分為真、善、美、利

四個領域。因此，一個健全的人，每天的生活所涉及到的無非是在追求真實的知識、正當而和諧的人倫關係、美好的情趣以及寬裕的經濟。由於各人對生命價值定位的不同，雖然每個人常態的生活中，這四種價值有重有輕，大致卻是連續而整體地展現。例如一個科學家，由於生命價值定位在追求真實的知識，這是他日常生活的主調；但是，一天之中，他仍然還是必須涉及到如何與人相處？如何悠閒地享受美好的情趣？如何解決食衣住行的經濟問題？這些不同價值領域的活動，大多在不同時間裡獨立產生；但是，有時也會同時並現而形成衝突。

　　所謂「生活智慧」，便在於解決下列的問題：一是正確地分辨這些不同價值的本末輕重，而原則性地定出合乎理想的價值觀。二是依據自己特殊的才能和性情，實際去選定生命價值位置。三是靈活而適當地處理一天裡各種不同價值的活動。四是當這些不同價值活動形成衝突的時候，能依據其本末或先後，做出恰當的取捨與調適。把以上這些問題都處理得很好的人，就是一個有「生活智慧」的人；但是，不客氣地說，不管我們的國民所得已提高到多少美元、外匯存底已到幾百億美金。我們的國民卻普遍缺乏這種最根本的「生活智慧」。因此，我們富有；但是，我們卻不快樂。

三、對於生活而言，「適意就是美」！

　　「詩人」是什麼樣的人？最簡單的答案，便是「作詩的人」。現在，我把他換成另外一個名詞：「藝術家」。「藝術家」是什麼樣的人？最簡單的答案，便是「專門從事藝術工作的人」；然而，「藝術」是一個很概括性的名詞，指的是一切以「美」為特質的創造與鑑賞的活動及其產品，包括了文學、音樂、繪畫、舞蹈、雕塑、建築……等，它們的形式與內容都以「美」為特質。「詩」當然包括在「藝術」之中，「詩人」當然也是「藝術家」。因此，以前我所說的「生活詩人」，和我現在所要說的「生活的藝術家」，從「美」的這個本質來說，涵義相同。

　　「藝術」一旦落實為具體的產品，便必須以特定的媒材、特定的形式去

表現。因此，「詩人」用「語言」為媒材，用有別於其他文類的特定形式去作「詩」。而「畫家」用「顏料」為媒材，用有別於其他藝術科目的特定形式去作「畫」。「形式」讓各種藝術科目具現為可以辨識的實在體；但是，「形式」的格套相沿太久，會僵化、空洞化，而逐漸喪失由「主體」創造而生的真實內涵。因此，能依照「平平仄仄平平仄」，把文字拼湊成合乎格套性形式的所謂「作品」，從評價性的觀點來看，這是不是真正的「詩」？他是不是真正的「詩人」？讓人質疑。推而廣之，一切藝術科目都可以這樣來看待。某些所謂「藝術品」是不是真正的「藝術品」？所謂「藝術家」是不是真正的「藝術家」？這都必須打個問號。

真正的「詩人」，真正的「藝術家」，都必須先有一顆「詩的心靈」、「藝術的心靈」。「生活」，從具體的行為事實來看，當然也有形式；但是，因為它總括了人們所有「生命存在價值創造的活動現象」，因此千變萬化，隨機觸現，也就沒有單一特定的形式。我所謂「生活詩人」指的也就不是會把文字拼湊成詩的人。把文字拼湊成詩，我叫他作「紙上詩人」。而「生活詩人」不一定會拼湊文字成詩；但是，卻把自己「生活成一首一首的詩」。

那麼什麼是「詩」？從主體這一方面來說，它指的是一種「美的心靈」，可以不必和吃喝玩樂等官能刺激聯在一塊兒，更可以不必和金錢、股票、房地產、政治權力扯在一起；而只是一種自由自在的心靈狀態。從生活中各種事物的本身，山啦！水啦！一條街道啦！一片田園啦！一群行人啦！一項工作啦！……就從這種種宇宙人生的現象，去感受它們的美趣及意義。這是「詩之所以為詩」的本質，擴大來說，也就是一切「藝術之所以為藝術」的本質。具有這種心靈的人，雖不作詩，也是「詩人」，也是「藝術家」。他會把這種心靈，表現在各種生活行動之中；但是，抱著格套在作詩、畫畫、彈琴……等人，卻未必就是「詩人」、就是「藝術家」。假如，你仔細觀察，可能會發現，他們丟下了筆、離開了琴鍵，在各種生活行動中，卻一點兒「詩」的、「藝術」的味道都沒有。

從人的本質來說，其實每個人都具有感受「美」的能力，只是在後天的

教育及生活經驗的習染中，逐漸被掩蔽了。因此，「我們都可以是生活的藝術家」；但是事實上，很多人卻沒有做成「生活的藝術家」，而只做成「生活的工匠」、「生活的奴隸」，甚至是「生活的盜賊」。

假如，有些人活到現在，已經是「生活的工匠」、「生活的奴隸」或「生活的盜賊」；而且沒有自覺到這有什麼不好，那麼我今天所說的這些話，對你算是沒有意義。假如，你已經覺得這樣生活實在不好，或者到現在雖未成工匠、奴隸或盜賊，卻仍在猶疑，不知該怎麼生活才好。那麼，我們倒可以一起來想一想，就做個「生活的藝術家」好了。然則，要如何才能做個「生活的藝術家」？

我們在前面說過，生活是各種生命存在價值的創造。我想，在這有限的時間裡，我們不能各方面都談得清楚。由於當前我們生活最嚴重的問題，是許許多多人把生活價值簡化成「功利」二字，並且吞滅了知識、道德、美趣等價值領域。針對這樣的問題，我選擇了「美趣」這個價值觀點來談生活。其餘知識、道德以及各價值領域之間相互的關係，不是在這時間內所能處理清楚。

在我來看，生活之美，其根本並不在於五光十色的物質形式。假如說，有了五光十色的物質形式，生活便是美了，而他這個人便是生活的藝術家了；那麼，生活之美大約就只有住在豪門巨宅中的人能夠享受，而生活的藝術家也絕對輪不到窮人；但是，其實不然，我們現代生活之所以不美、所以不藝術，從某個角度來看，卻正由於物質形式脫離人的真實精神生命而虛誇地膨脹，異化成一頭一頭五光十色的怪獸，反過來宰制人的眼睛、嘴巴、耳朵等官能，進而宰制人的精神意志，讓你不能自主地向它追逐。老子早在二千多年前，就看到人類這種生活的危機：「五色令人目盲，五音令人耳聾，五味令人口爽，馳騁田獵，令人心發狂，難得之貨，令人行妨。」[7]

因此，生活之美，其根本是在於人的主體精神，也就是生活中的每個人

---

[7]　王弼：《老子註》（臺北：藝文印書館，1971 年，古逸叢書本），第十二章，頁 22-23。

本身的精神生命。當我們的精神生命明明白白、真真實實處在一種自由、適當、寧和的境界時，才能就各種生活上的活動，觸機給現為「美」；這個「美」是主客互生的境象。有時，我們是相即於這生活世界中既定的客觀事物，用主觀的心靈去感知、發現它內含而不為一般人領受到的美趣。這是「萬物靜觀皆自得」、[8]「我見青山多嫵媚」[9]的生活之美。萬物本就自得，青山本就嫵媚；但是，卻必須我有寧靜或嫵媚的心靈，才能感知、發現而領受這一美趣。有時，我們是在生活中，對於諸如穿衣、吃飯、工作種種活動，用我們的主觀心靈，去尋求新的可能，而創造新的有意義的形式。不但被創造出來的事物本身是「美」，我們從創造的過程中也充分享受了美趣，這是「化平凡為神奇」的生活之美。不管如何，生活之美的根本，是在於生活中每個人自己的心靈。

這心靈，我稱之為「適意」。對生活而言，「適意就是美」。「適」字，可以解釋為「恰合」，則「適意」便是「恰合己意」。這顯示美的生活必須是保持自主性，不能儘是違背意志，而受外力支配。「適」字，也可以解釋為「恰當」、「合宜」，而涵有「善」的意思，因而所謂「適意」，也就不能僅是「只要我喜歡，有什麼不可以」。他的「意」必須有理性的自我節制，而具備道德基礎。換句話說，這個「意」是情與理的融合。「適」字，又可以解釋為「安和」、「閒舒」、「愉悅」，因而「適意」便是一種安閒、愉悅的心靈狀態。總合來說，「適意」便是一種自主、合宜而安閒、愉悅的心靈；生活之美，便是這種心靈對於種種事物的給現了。

這種心靈在本質上是人人都有；然而在現實生活中，卻很容易被外來的污垢所淹滅。因此想要做個「生活的藝術家」，必須要時時警覺到生活中種

8　程顥〈秋日偶成〉：「閒來何事不從容，睡覺東窗日已紅。萬物靜觀皆自得，四時佳興與人同。道通天地有形外，思入風雲變態中。富貴不淫貧賤樂，男兒到此是英雄。」參見程顥、程頤：《二程集》（北京：中華書局，2006年），冊上，頁482。

9　辛棄疾〈賀新郎〉：「我見青山多嫵媚，料青山、見我應如是。情與貌，略相似。」參見鄧廣銘：《稼軒詞編年箋注》（上海：上海古籍出版社，1993年），卷四，頁515。

種陷溺心靈的因素；而在「心」上做些打掃、調適的工夫。今天，我所提出的一些意見，不是一種什麼普遍有效的制度，可以改革這個社會，讓大家生活藝術化；而且，我相信也沒有這樣普遍有效的制度。生活得美不美，藝術不藝術，那完全是個人對生活價值的覺醒，以及自我實踐的誠心。因此，以下我要提出做為「生活藝術家」所應該有的幾個心態，供給對生活有些覺醒與誠心的人參考。

四、保持生活的自主性

第一，經常保持生活的自主性。「自主」就是自己做主，相對的便是「被支配」，便是「奴隸」。自主，是就我們的「意志」來說；「意志」是人的精神活動方式，是我們用理智去肯認或希求價值的心靈動向。當我們應該做什麼，想要做什麼，都是出於自己理性的判斷、選擇、推動，而不是遭受對反的另一意志的壓迫、宰制，這就是「自主」。我們的心靈假如處在這種狀態下，便感到很自由自在，沒有壓迫感；而這樣的主體心靈，正是一種美趣的心靈、藝術的心靈。偉大的藝術家都是在這種心靈之下創造他的作品。雖然，我們並不創造作品；但是，要使得生活藝術化，這種心靈卻是根本的條件。

我曾見過好些人，家裡掛了不少字畫，擺了不少骨董藝品，彷彿生活環境中充滿了藝術氣氛；但是，家裡的主人卻成日栖栖遑遑，被政治權力或股票、房地產的市場起落所支配，一忽兒憂，一忽兒喜，完全喪失生活的自主性。很多事，他想做卻不能去做；又有很多事，他不想做，卻又不得不去做。我想，這樣的人，即使讓他住進「故宮博物院」、「臺北市立美術館」，生活也毫無美趣，根本和那些藝術品隔絕在不同的兩個世界。

不過，人要生活得自主，並不是很容易的事。在我們的心靈之外，的確存在著許多可能與我們意志相反的力量，不斷要支配我們：第一種是日夜寒暑、風雨陰晴，以及萬物包括人在內的生老病死。這是「自然規律」，不可抗拒地支配著萬物的生生息息。第二種是夫婦、父子、兄弟等天倫的網絡，

這也是一種應然而必然的支配力量。第三種是群體社會中各種公私的人為法制，它是集體意志或個人威權意志的產物。這些法制，對我們來說，有些可選擇，例如公私機關的工作制度、規範，你可以選擇不到那個機關工作，它當然就支配不到你；但是，有些則無可選擇，例如國家的法律。第四種是群體社會中視之不見，但是卻明明存在的價值觀念系統。這是深層性的集體意志，雖然無形，對許多人而言，它的支配力量卻大得可怕。不過，它並沒有強制性，因此也是可以選擇。

　　第一種支配力量，古人謂之「氣命」；第二種支配力量，古人謂之「義命」。「氣命」無法抗拒，只能順從。「義命」是人之所以為人應該也必然要承擔的道德責任，而人的自由意志必須預設「善」的道德基礎；因此，「意志」與「義命」其實合一，也就是道德上的「自律」與「他律」，並未相互背反。然則，我們承受天倫的道德責任而得到和諧，乃是符合意志的一種樂趣，而不是違背意志的痛苦。在我們生活中，對於前面這二種支配力量，我們都應該採取「安命」的態度，坦然接受，不必拒絕或憂苦。因此，這和我們在這裡所講的「自主性」無關。

　　我在這裡所講的「自主性」是針對第三種及第四種支配力量而說。第三種之中，我們必須把具有正當性的國家法律剔除。因此，生活的「自主性」，便是指我們在追求所謂「事業」這一價值時，不要毫無適當的選擇，就把自己變成某些機關或社會價值系統的奴隸。

　　現代社會，在有形的體制上，有二大機器去支配某些一心追求名利的人。一是政治利益集團，也就是我們常聽到的某黨某派。二是工商利益集團，這是資本主義之下的產物。這二大機器，再加上以「功利」為本質的世俗價值系統，便佈下天羅地網，讓現代社會中，每日追名逐利的人全在它的宰制之下，做著「生活的奴隸」。這樣的生活，除了用所博取的利益短暫地買些刺激之外，平常的心靈中怎麼可能保有自由自在的美趣。

　　社會是這樣，那是事實；但是，明智的人仍然可以做出自主的選擇。這完全看你把自己生活的理想價值定在哪個位置。我覺得，我們今天許多人的迷惘，是到了五、六十歲了，該退休了，卻還是弄不清自己這個人的才能、

性格，究竟適合做什麼？能夠做什麼？而自己的人生價值應該定在哪個位置？這些問題，本來最晚應該在三十歲就弄清楚；但是，大多數人卻到退休還始終弄不清楚，因此就只好把自己交給這社會龐雜混亂的怪機器去支配了。做了一輩子生活的奴隸，除了賺到一些錢，博到一點名位，把自己和兒女養得胖胖，營養過剩，血壓升高，晚上時常失眠。此外，想想實在也沒什麼別人無法從你身上剝走的成就。這樣的生活，假如有人不滿意，為什麼不早做其他的選擇與調適呢？

　　生活是一連串的選擇與調適。其實，現代社會雖然存在著極龐大的各種宰制力量；但是，可選擇的空間仍然不少。問題只在於你自己明白的覺醒與取捨。生活裡，不能貪多，不能什麼都要。假如，你要的是自主，是一種自由自在，不受壓迫、支配的精神生活，你必然就要有智慧及勇氣去捨，丟掉那些使你精神不自由的障礙物，哪怕是很高的一個職位或很值錢的一筆財物。要不然，你抱著這些東西，就別怨東怨西。矛盾，是痛苦最大的泉源。

　　生活要自由自在，要有美趣，不能靠昂貴的物質條件去供給；相反的，物質條件無窮無盡，非但不能給我們發自內心的快樂，反足以宰制我們的心靈，而失去自主。因此，做為一個「生活的藝術家」，所要的既然是心靈的自在，便必須把物質生活條件降到一般必要的水準就可以了。這時，我們要做的努力，反而不是向外追求，而是「捨棄」。「捨」比「得」須要更高的智慧與勇氣。

　　古代許多隱逸之士，就是以「捨」來實現生活自由的樂趣。在現代，我有個好朋友，叫王鎮華。他本來是中原大學建築系的副教授，對中國建築的體驗與人文意義有著非常精深獨到的見解。別說大學教職可以得到還不錯的待遇，擁有建築專業知識的人，在我們這個到處蓋房子的社會，要賺錢也是很容易的事；但是，他的人生理想價值顯然不在這位置上。他一心想要自主地向社會的有心人士傳播中國的人文學問。這時，不但蓋房子賺錢是一大妨礙，就是學院裡缺乏中國文化精神自覺卻又不得不上他的課的學生，對他傳道的自主性，也是一種束縛。因此，他斷然地「捨」去既得的事物，辭掉大學教職，自己開設「德簡書院」，向社會有心人士，自在地講授他所創見的

真理。據我所知，他的物質生活很簡單；但是，卻樂在書院之中，做自己想做的事業。他當然是個「生活的藝術家」了。

　　不久前，我從媒體上得知，中文電腦倉頡輸入法的發明人朱邦復，捨棄唾手可得的高薪，卻帶著幾個學生跑到臺東的一個小鄉村隱居起來，進行電腦的某些改革性研究。他們的物質生活也很簡單；但是，在精神意志上，卻能自主地追求創造性的新知識。對朱邦復來說，電腦已不是和「功利」纏結在一起的科技產物，而是一種可以無限被創造的藝術品了。對於現代大多數人來說，該學習的其實不是「得」的技術，而是「捨」的智慧。

五、從最平常的事物中體味樂趣

　　第二，從現有最平常的事物中，去真切的參與，而發現、體味日日常新的趣味；不要刻意地、虛妄地追逐節節升高的物質娛樂條件，以滿足新奇的官能刺激。由於現代人普遍具有「高消費」的能力，而工商業的發達，也使得各種新奇的娛樂資具，很快速的被製造、傳播出來。因此，現代人大多失去從眼前平常事物發現、體味樂趣的能力，而必須耗費頗為昂貴的代價，向遠處去「買樂」。而且，已養成一種心理：花錢買來的，才算是樂趣。

　　現代大眾娛樂，有幾個特點：(一)是必須用錢購買；(二)是多偏向物質性的官能刺激，少有精神性的心靈美感；(三)是多為「制式樂趣」，遵循一套娛樂製造商所設計好的工具、規則去玩，讓每個人都得到相類似的樂趣，最典型的是電子遊樂器、柏青哥、KTV 等。(四)是娛樂與日常生活完全分離，必須跑到家居生活之外的特定場所，在特定的時間，使用特定的器材，才能進行娛樂。

　　這樣的生活樂趣，偶然為之，其實也無妨；但問題是很多人卻將「偶然」當作「經常」，而真正「經常」生活中的許多事物所可以隨時免費供應的樂趣，卻被忽視了。

　　其實，一個懂得生活的人，他經常性的樂趣，應該是取自於現有最平常的事物，眼前隨處可得，用不著花大筆錢，跑了老遠去「買樂」。陶淵明在

〈歸去來辭〉中，有一句話值得我們體會：「園日涉以成趣」。[10]對於不用真切的「心」去參與生活的人來說，眼前就是幾百坪的花園，仍然視而不見，一點都發現不到、體味不到園中一草一木，一蟲一鳥所能帶來的樂趣。因此，外在的環境條件並不是最重要，最重要的是人的用心參與，去感受、去體味。所以「日涉」二字才是關鍵，田園景物必須陶淵明每天用心去涉入，才能發現其中處處都是樂趣。另外，每當我讀到蘇東坡〈春日〉詩：「午醉醒來無一事，只將春睡賞春晴。」[11]讀到王安石〈北山〉：「細數落花因坐久，緩尋芳草得歸遲。」[12]讀到曹豳〈春暮〉：「林鶯啼到無聲處，青草池塘獨聽蛙。」[13]讀到楊萬里〈閒居初夏午睡起〉：「日長睡起無情思，閒看兒童捉柳花。」[14]讀到這些詩人對日常生活樂趣的描寫，我便覺得他們比現代許多有錢買樂的人，更懂得生活的趣味了。

在我個人的體驗裡，固然也偶而花了相當昂貴的票價，去看日本版東玉三郎的歌舞伎表演，去看雲門舞集，或隨朋友去見識一下 KTV；然而，我經常的生活樂趣，卻絕不是從這兒來；而是來自於諸如：清晨醒來，賴一會兒床，聽聽鄰居葛先生在陽臺上所養的一堆鳥吱吱喳喳的叫鬧；或者是夜裡聽聽左鄰右舍，此起彼落打在塑膠篷上的雨聲；或者躺在窗下的靠椅上讀幾

---

[10] 陶淵明：〈歸去來兮辭〉：「園日涉以成趣，門雖設而常關。」參見楊勇：《陶淵明集校箋》（臺北：明倫出版社，1974 年），卷五，頁 267。

[11] 蘇東坡〈春日〉：「鳴鳩乳燕寂無聲，日射西窗潑眼明。午醉醒來無一事，只將春睡賞春晴。」參見王文誥、馮應榴輯注：《蘇軾詩集》（臺北：學海出版社，1983 年），卷二十五，頁 1331。

[12] 王安石〈北山〉：「北山輸綠漲橫陂，直塹迴塘灩灩時。細數落花因坐久，緩尋芳草得歸遲。」，參見《王安石全集》（臺北：河洛圖書出版社，1974 年），冊下，卷二十八，頁 183。

[13] 曹豳〈春暮〉：「門外無人問落花，綠陰冉冉遍天涯。林鶯啼到無聲處，青草池塘獨聽蛙。」，參見戴文和：《新讀千家詩》（臺北：漢藝色研文化公司，1992 年），冊上，頁 159。

[14] 楊萬里〈閒居初夏午睡起〉：「梅子留酸軟齒牙，芭蕉分綠與窗紗。日長睡起無情思，閒看兒童捉柳花。」參見呂留良、吳之振、吳自堯編：《誠齋江湖集鈔》，收入《宋詩鈔》（臺北：世界書局，1969 年），冊中。

頁書；或者在客廳地板上和我四歲的兒子玩些很幼稚的遊戲；或者提著菜籃上市場，隨興配置午飯的幾道好菜……。就是如此而已，但因為這樣對平常生活的參與，我很少花費什麼娛樂費，生活卻可能比一般人過得還有趣些。

六、從每件事物過程的本身去體味樂趣

第三，生活中的每件事物，我們都要從它本身的過程中去體會樂趣。因為生活是一個連續而整體的過程，我們千萬不要機械地劃分哪個是目的，哪個是手段；而且更不要把那個所謂的「目的」，看作是活動自身之外一項異質性的獵物。例如，一個畫家正在畫畫，畫畫的樂趣是在於這項活動本身的整個過程，而不在於活動之外的另一項異質性的「目的」——賣錢。假如以「賣錢」為目的，畫畫便淪為手段，它的過程也就全無趣味了。

現代人生活的不快樂，便是把一切生活都只歸向一個目的——功利。因此，所有活動都只淪為手段，當然也就不能從每種活動的過程中去體味自我創造的樂趣。

我曾經寫過一篇文章，題為〈快樂，不只因為收穫〉。這篇文章中寫到，有人問一個農夫說：「種田這麼辛苦，你的快樂就是等著收穫嗎？」農夫搖搖頭，指著田裡嫩綠的秧苗，說：「我的快樂就在這裡，十幾天前，它才剛發芽哩！」[15]

假如一個農夫，他的快樂只是在於最後能收穫多少錢，那麼他的工作過程便會了無趣味。相反的，假如他用心地參與整個過程，從秧苗的發芽、成長、結實的種種生意盎然的變化去體味，那麼體力固然勞苦，心情卻應該很愉快。大都市裡多少上班族，把快樂只定在薪水袋與職位的升遷，而工作過程卻是草率、僵化，從不用心去想怎麼做得更好，去體味工作本身可能帶來的樂趣。這就難怪，他的快樂只有在領薪水的那一天了。

在我的經驗裡，不只是工作如此，就說最簡單的吃飯這回事，我覺得它

15　顏崑陽：〈快樂，不只因為收穫〉，參見顏崑陽：《手拿奶瓶的男人》，頁152。

的樂趣往往是從上市場買菜開始，接著是處理那些材料，把它烹調得讓自己都滿意。假如吃飯只為了最實用的身體營養，並不須要這樣費事，光插一根管子到嘴巴裡去，輸入一些液態的營養素就行了。然而，事實上生活裡種種活動的樂趣，絕對是在整個經驗過程裡。這時，活動所要求的反而不是快速，而是慢速。工商業時代高效率的工作習性，讓我們反射到一天生活裡的各種活動上去，從早上吃麵包、喝牛奶，到走路、開車、工作、甚至購物、看場電影、和朋友喝個茶……全都像是趕著救火的消防人員。事情都做完了，但過程卻什麼感覺也沒有。這樣的生活，哪來的美趣呢？

七、讓自己經常保持適度的「匱乏感」

第四，身心兩方面，都要時常保持適度的「匱乏感」；不要怕搶不過人家，什麼都過度貪求，直到飽漲、饜足，以致得到什麼都無法讓自己真正快樂起來。

我曾經寫過一篇文章，題為〈快樂，曾經是很容易的事〉。這篇文章中寫到，小時候，我並不懂大人們過年的心情，只知道自己及其他孩子們都相當快樂。快樂的原因，其實很單純，只因為可以得到一套新衣服、十元的壓歲錢；可以吃到許多平常吃不到的好東西；還可以盡情地放鞭炮、玩紙牌……感到那種平常感受不到的自由、熱鬧的氣氛。那時候，快樂真的是很容易的事；我們之所以那麼容易快樂，其實是因為平常匱乏慣了。[16]

如今，孩子們過年，絕非一套新衣服，十元壓歲錢就能讓他們得到快樂。平常日子裡，要讓他們快樂，也得一次比一次花更多的錢，給他們更新奇的玩意。小孩如此，大人也一樣。最大的原因，是我們拚命用財富把自己的胃口弄得饜膩了。當孩子已經擁有一百多輛玩具車，再多給他幾輛，也快樂不起來。當一個女人已擁有幾十雙鞋子，我想究竟要送一雙怎樣的鞋子，

---

16 顏崑陽：〈快樂，曾經是很容易的事〉，參見顏崑陽：《聖誕老人與虎姑婆》（臺北：漢藝色研文化公司，1998 年），頁 54。

才會讓她真正開心。東西多，對許多人來說，除了炫耀的虛榮感之外，恐怕很難是從東西本身的美好所得到的樂趣。

因此，一個「生活藝術家」應該懂得：真正的快樂是在於經常匱乏之後的收穫。中國《易經》最後一卦是「未濟」——「不完滿」是天地必須永遠運行下去的原因。「不完滿」也是我們對生活永遠有夢想，永遠有興趣活動下去的原因。所以，雖然富足，卻應該在日常生活裡，讓身心經常保持適度的「匱乏感」。千萬別不管有用或沒用，拚命購買東西，往家裡一堆；其實卻連看都不看，更別說品嘗這些東西的樂趣了。只有懂得節制的人，才能在生活裡體會到下一次獲得的樂趣。

八、生活須要的不是理論，而是用心與實踐

生活，是從文盲到博士，從乞丐到總統，每個人每天都要過的日子。它並不須要深奧複雜的理論；因此，生活也沒有「專家」。許多到處在指導別人生活的理論專家，也許就是最不會過生活的人。而且生活的美趣，也和學歷的高低，財富的多寡不必然成正比。原則上，每個人都可以是「生活的藝術家」，只看我們是不是有心而已。

生活，真的不須要深奧複雜的理論；須要的只是一些正確、簡單而豐富的信念，以及一顆真切、活潑的心靈罷了。我不是生活專家，今天所說的既不是深奧的理論，也不是什麼新奇有效的一套「買樂」技術，可以讓每個人學了之後，就變成「生活的藝術家」。我所說的都是一些很平常，卻被許多人忽略的經驗與想法而已。它做起來並不須要花錢，卻須要費點勇氣與智慧，重新去面對自己，改變自己，甚至割捨自己。有心者，可以聽得進去。無心者，那也就罷了。

後記：
原刊《美的呈現》，臺北市立美術館，1996 年 6 月。
2015 年 12 月增補修訂。

我們在靜默裡遇見天地的大美

一、遺忘太陽的現代人們

《列子》記載一則故事：

宋國有個農夫，窮得很，每天穿著破舊的衣服，和妻子一起下田工作，完全不知道天下間另有美麗的宮室、溫暖的皮裘這等高級享受。有一年，他勉強挨過冬天，在春寒料峭中，到田裡耕種。太陽晒在他的背上，非常溫暖。他很滿足，向妻子說：「晒太陽的滋味真好，應該告訴我們的國君，讓他一起來享受！」[1]

很多人讀了這則故事，都拿這個農夫來譏笑：晒太陽的滋味，算什麼寶貝！這等鄙陋的東西，也敢獻給高貴的國君呀！不過，任何事物總有許多不同的觀看角度。假如，我們換個角度來觀看，該被譏笑的人就不是農夫了。那些裹著皮衣，躲在暖室裡的貴族們，竟然不懂得「晒太陽」這種不費一毛錢，卻舒適而健康的享受，豈不很可憐嗎？

《論語》裡也記載一則故事：

有一天，孔子和幾個弟子在一起閒聊。孔子要他們談談個人的志向。子路、冉有、公西華都一一說出他們最嚮往的生活，無非就是治理國家的政

---

[1] 《列子‧楊朱》：「昔者宋國有田夫，常衣縕黂，僅以過冬。暨春東作，自曝於日，不知天下之有廣廈隩室，綿纊狐貉。顧謂其妻曰：『負日之暄，人莫知者；以獻吾君，將有重賞。』」參見張湛注：《列子》（臺北：廣文書局，1960 年，影印光緒甲申華刻鐵琴銅劍樓宋本），卷七。

事。最後輪到曾點，他放下正在彈奏的琴瑟，說出最嚮往的生活，就是：暮春三月，換上剛做好的春裝，和幾個朋友，帶著一群少年人，到沂水邊去玩玩水，在祭壇旁的樹下乘乘涼，然後一路唱唱歌，散步回家。孔子聽了之後，嘆口氣說：「太好了，我最喜歡曾點這樣的生活！」[2]

曾點所嚮往的生活，看起來那麼平常，一點兒都不轟轟烈烈，或新奇古怪。孔子為何如此讚許呢？朱熹的解釋是：「其動靜之際，從容如此……胸次悠然，直與天地萬物同流，各得其所之妙，隱然自見於言外。」[3]這麼說，似乎有些玄。其實，我們用不著往理論上鑽什麼牛角尖，只要拿很平常的心，來切實地體會那樣平常的生活，便能瞭解孔子的讚嘆了。

從曾點的描述中，我們應該可以感受到，這是一種純粹的精神美趣。在這片美趣中，我們聞不到酒色財氣種種物慾的刺激味道。假如，我們再細細地感受一下，便能體會到，在這片安寧的生活圖像中，這群人，大的小的，都那麼從容悠閒，不爭搶什麼，不焦慮什麼，不造作什麼，只是順隨著季節，真真實實、和和諧諧地享受自然萬物所供應的樂趣。你想想看，這樣的生活，看似平常；然而，難道不正是最懂得生活的人們所要追求的情境嗎？假如，我們能夠暫時拋開滿腦子名呀利呀、黃金屋呀顏如玉呀！認真地想

2　《論語‧先進》：「子路、曾晳、冉有、公西華侍坐。子曰：『以吾一日長乎爾，毋吾以也。居則曰：不吾知也。如或知爾，則何以哉？』子路率爾而對曰：『千乘之國，攝乎大國之間，加之以師旅，因之以饑饉。由也為之，比及三年，可使有勇，且知方也。』夫子哂之。『求，爾何如？』對曰：『方六七十，如五六十。求也為之，比及三年，可使足民；如其禮樂，以俟君子。』『赤，爾何如？』對曰：『非曰能之，願學焉。宗廟之事，如會同，端章甫，願為小相焉。』『點，爾何如？』鼓瑟希，鏗爾，舍瑟而作，對曰：『異乎三子者之撰。』子曰：『何傷乎！亦各言其志也。』曰：『暮春者，春服既成。冠者五六人，童子六七人。浴乎沂，風乎舞雩，詠而歸。』夫子喟然歎曰：『吾與點也。』」參見何晏集解，邢昺疏：《論語注疏》（臺北：藝文印書館，1973 年，影印嘉慶二十年江西南昌府學重刊宋本），卷十一，頁 100。

3　朱熹：《論語集注》，參見《四書集注》（臺北：學海出版社，1979 年），卷六，頁 75-76。

想，我們不管制定什麼禮樂，什麼法令，什麼政策，費了那樣大的心力，其實最終所要追求的生活目的，難道不是這等平安、和諧、閒適的幸福感嗎？

我提出這二個很平常的故事，真正要說明的只是：我們的生命，就如同其他萬物，來自於天地自然，而形成「存在共同體」。人類最終所要追求的幸福快樂，與日月山川，風雲雨露，草木蟲魚本來就是一體和諧。我們很難想像，當天地間，萬物寂滅，唯人獨存的時候，人類將依什麼去實現幸福快樂；然而，不幸的是，現代卻「唯人獨大」，甚至「唯我獨大」，盲目追逐生命自身安樂之外的物質；同時也不斷在遺忘，甚至吞滅與生命自身安樂本是一體的東西——自然萬物。因此，不懂晒太陽滋味的人，已不僅是少數的古代貴族，許許多多每天不知在競逐些什麼的現代都市文明人，早就忘記頭上有個東西叫做「太陽」。當然，更是很少有人能真正領受「曾點式的生活情境」了。

近些年來，我曾經驗過如同獻曝野人的那種感動。大約是三年前吧！我每星期至少有三天，清晨的時候，開車從新店安坑，經過三峽到中壢的中央大學去教課。車子駛出安坑不久，便進入一段山路。車到某處小斜坡，從左邊側視，我訝然看見一大片像饅頭似的小丘陵，連縣起伏，直到一脈陡起的山峰。丘陵上沒什麼高大的樹木，清一色是蘆草。秋季時，草尖抽出白色的穗花。你可以想像，在金黃的朝陽下，一大片隨風搖動的蘆花，像雪片覆蓋著縣互的丘陵，那是何等的美啊！

我真的好感動，停下車來，站在斜坡的路邊，心神已在雪片連縣的蘆花上飄飛著。以後，我便經常在這兒停車，心想：「這樣的自然美景，應該獻給總統，讓他也看個夠！」可惜的是，別說總統享受不到，當我沉浸在這片美景的時候，一輛一輛的車子，以飛快的速度呼嘯而過，沒有一個人為這片美景側目。更讓人傷感的是，就在前年吧！好多輛挖土機，已將這片丘陵夷為平地，代之而起的將是鋼筋水泥的樓房。

北宜公路景色真的很美。就在年前，我開車要去花蓮。早上五點鐘出發，天色還很昏暗。車子越走，天色越來越亮，兩旁群山由朦朧而逐漸浮現

它的青翠，鳥聲也開始吱喳起來。車行將出北宜路，那是宜蘭的金面山。我從路樹的一處缺口，俯望到黎明中的蘭陽平原，一格一格的田疇，有的已收成了，空田裡積著幾天來的雨水，在微弱的晨曦中，像一面一面蒙霧的鏡子。有的卻還長著什麼農作物，不很鮮亮的蒼綠色。在這片田野中，散布著不算稠密的屋宇。這片東部的城鎮，似乎不像臺北市醒得那麼早——嚴格說來，臺北應該是一座「熬夜的城市」，恆常都是醒著。我看到的是一種寧謐與祥和，一種平曠與潤澤的鄉野之美，當下為之感動不已，停車眺望了一陣子。這時候，同樣地許多不知在趕忙著什麼的旅客，彷彿個個駕駛的都是「救護車」，急速而過。假如李白〈早發白帝城〉是「兩岸猿聲啼不住，輕舟已過萬重山」；[4]他們便是「千樹鳥聲聽不見，飛車已過萬重山」吧！

在我的生活裡，像這樣從大自然所不期而遇的感動，經常會有。我很想仿效「野人獻曝」，分享給別人，只不知是否反而會被譏笑一頓哩！

二、用什麼樣的心，就看到什麼樣的天地

日月山川就在眼前，為什麼許多人總是對它的美「視而不見」呢？簡單地說，「天地」其實不是一個心外完全客觀的時空現象。什麼樣的人，用什麼樣的心，就看到什麼樣的「天地」；也就是，「天地」隨著各人不同的「觀」而呈現不同的樣態與意義。同樣是「蘋果掉落」的現象，詩人王維看到了，會感嘆地吟詠著：「獨坐悲雙鬢，空堂欲二更。雨中山果落，燈下草蟲鳴。白髮終難變，黃金不可成。欲知除老病，唯有學無生。」[5]這是「詩（或藝術）天地觀」，果實的掉落，在他心眼中，是一種生命衰逝的現象。而牛頓看到了，卻會想到：「這蘋果為什麼往下掉，而不往上飛，是不是地

4　李白〈早發白帝城〉：「朝辭白帝彩雲間，千里江陵一日還。兩岸猿聲啼不住，輕舟已過萬重山。」參見瞿蛻園等：《李白集校注》（臺北：里仁書局，1981 年），冊二，頁 1280。

5　王維：〈秋夜獨坐〉，參見趙殿成：《王右丞集箋注》（臺北：河洛圖書出版社，1975 年），卷九，頁 158。

底下有什麼力量在拉它？」因此，他發現了「萬有引力」，這是「科學天地觀」。在他眼中，果實掉落的現象，隱涵著科學性的真理。假如，給個心眼中只有實用功利的臺北市民看到，或許會譏笑王維、牛頓：「掉個蘋果，那來這麼多的道理。正好肚子餓了，抱歉，我要吃啦！」這明顯的是「功利天地觀」，天地萬物在他看來，無非是口腹所需之物而已。當然，這種事要是被孔子看到了，恐怕不免要教訓一下：「這蘋果是有主之物，怎麼可以隨便撿來吃！」聖人心眼中，看到的是一片充滿道德意義的天地，這就是「道德天地觀」了。

這麼說，也就不難明白，為什麼日月山川種種自然景象擺在眼前，許多現代人卻看不見它的美。因為他們的心眼已窄化成僅此一種的「功利天地觀」；而美的天地，不可能向這樣的人、這樣的心眼呈現。

中國人有許多種傳統的「天地觀」，宗教的、道德的、藝術的、實用功利的……等等都有。其中比較不那麼發達的，恐怕是「自然科學天地觀」吧！在這些傳統的天地觀中，我較為喜愛並接受的是以下二種：

(一)「生命的天地觀」，也可以說是「愛的天地觀」：

這種天地觀是將天地萬物與我們自己的生命看成一體。這時，所謂「天地」指的當然就不是那個物理概念上的「天空」及「泥土」；而一切的「物」，尤其是所謂的「無生物」，指的也不是結構性的物質體，而是都具有「生命」的價值體。那怕是一塊不會呼吸飲食的石頭，也有它的「生命」，因為它有它特殊的性質及功能，在天地萬物存在的關係網絡間，能產生它特殊的「價值」。

這種天地觀，可以說是中國先民對宇宙萬物（包括人在內）生命的來源，以及物類與物類、個體物與個體物之間，「應然」的互動關係，所做出宗教性、道德性或哲學性的解釋。

在這樣的觀念中，「天地」被看作是「父母」；宇宙萬物都是天地之所生所養。故《周易》的「乾卦」，便在「象」辭裡肅穆地頌讚著：「大哉乾元，萬物資始。」「坤卦」的「象辭」裡，也同樣頌讚著：「至哉坤元，萬

物資生。」**6**「乾」是「天」，「坤」是「地」。「元」是「始」、「原」的意思。稱「乾元」、「坤元」，便意指著天地乾坤是一切生命的來源，故云「資始」、「資生」。而天地生養萬物卻又不炫耀功勞，不據為己有，這是何等無私的大愛。當我們用這樣的心眼去看待天地，自然會對祂產生崇敬感謝之心。其實敬天謝地，也就等於是對生命存在的一種敬謝態度呀！

在這樣的觀念中，「日月」被看作是「君師」。因為它們的照明，我們才得以清楚地認識這世界。而古代的「君」與「師」都是掌理「教化」的先知先覺者，透過他們的啟發指引，人們才得以清楚地認識這世界。《尸子》說：「聖人，身猶日也。……聖人之身小，其所燭遠矣。」**7**而賈誼《新書》也說：「學聖王之道者，譬其如日。」**8**因此孔子去世了，後人曾感嘆地說：「天不生仲尼，萬古如長夜。」**9**意思當然就是，那萬世師表的孔子，好比「日月」一樣，為人們帶來了真理的光明。

在這樣的觀念中，「山川」則被看作是「朋友」，它給人們的是「遊」。中國先民的眼中，「山川」就像是二個朋友，一個靜穆，一個靈動；但是，同樣都很乾淨、很真實、很有包容性，永遠接納你。你可以在現實社會中，競逐得滿身疲憊之後，到他們那兒去休息、談天、悠遊，以淨化心靈的塵垢。

這種「天地觀」隱涵著宗教、道德、哲學的人文意義，而這三者所關懷的主要問題之一便是「愛」。不單是人與人之間的「愛」，並且推擴到人與

6　參見王弼注，孔穎達等疏：《周易正義》（臺北：藝文印書館，1973 年，十三經注疏影印嘉慶二十年江西南昌府學重刊宋本）。〈乾卦‧象辭〉，卷一，頁 10。〈坤卦‧象辭〉，卷一，頁 18。

7　參見汪繼培輯校：《尸子》（上海：上海古籍出版社，2002 年）。

8　參見賈誼：《新書》（臺北：世界書局，1975 年），卷九，頁 64。

9　「天不生仲尼，萬古如長夜」，此語流行甚廣，但是究為何人所言，不可考。黎靖德編：《朱子語錄》（北京：中華書局，1986 年），記載朱熹與門生季通論及孔子時，指出唐子西嘗於一郵亭梁間見此語。宋代唐庚，字子西，其《唐子西文錄》述及：「蜀道館舍壁間題一聯云：『天不生仲尼，萬古如長夜』，不知何人詩也。」唐子西親見此語，卻已不知何人所為。

天地萬物間的「愛」。把自己的生命看作與天地萬物的脈搏相通，當然就會懂得，不但自己要存活，其他一切物也都要存活；不但自己要活得好，其他一切物也都要活得好。這是一種與天地同懷的「大愛」，也是一種最高尚的宗教及道德情操。因此，我說「生命的天地觀」就是「愛的天地觀」。

「愛」就是「美」嗎？當然是的，而且是一種最高層次的美。這種「美」，客觀地說，是宇宙萬物各遂其生，卻又渾然一體、和諧共存的秩序之美；主觀地說，則是在這秩序中所感受到的那種物物相親相愛的祥和之美。而且，這種美感，不是由耳目官能去感覺得到，而是由心靈（精神）去體驗得到。這種愛是「大愛」，而這種美也是「大美」。

在現今自然科學興盛的時代，許許多多抱著庸俗化科學觀的人，對西方真正的科學精神並不通透。他們往往把整個宇宙人生泛科學化，連人文的問題，也拿模糊的自然科學眼光去看待。在他們看來，中國先民怎麼這樣迂闊、這樣迷信、這樣「不科學（自然科學）」！因此，我們這時代，已經很少有人還把天地看作父母，對自己能在天地間呼吸言笑而存著謝天謝地之心，也很少有人還把日月看作君師，對自己能眼見光明、認清世界而存著謝日謝月之心。當然更少有人還把山川看作朋友，對自己能在一片碧綠之間悠遊棲止而存著謝山謝水之心。

這種天地觀怎能說是迷信？感恩、愛物，是一種很合於道德理性的高尚情操，而不是迷信的巫術。至於說它不科學，更是不相干的評斷。宇宙萬事，不能什麼都用自然科學去解釋，甚至批判。有許多事，其實都是「非科學」，而非「不科學」，也就是與「是否合乎自然科學」的認知並不相干，它的本質就不是一個科學性的命題。上面我們所說的那種天地觀，它涉及的是人以至萬物存在價值的問題，和自然科學的認知並沒有什麼關係。

(二)「審美的天地觀」，也可以說是「藝術的天地觀」：

這種天地觀是把天地萬物當作「觀賞」的對象。「觀賞」，主要是用眼睛去看，用耳朵去聽，用鼻子去嗅，用舌頭去嘗，用手指去觸摸，進而用心靈去感受，卻不要只是用嘴巴去吞吃。「觀賞」就是這樣用感覺去領受天地萬物的「形色」以至「神情」之美。雖然，飲食也可以是一種審美活動，卻

要懂得用舌頭、用心靈去品嘗。假如，只是用嘴巴去吞吃，那就是把對象加以佔有，甚至消滅了。「佔有」或「消滅」，非但無法欣賞到萬物形神的美趣，甚且殘害了它，而許多物都是有生命的呀！更進而來說，一物之被某一人佔有、消滅，則別人便不能共享；你要佔有、消滅，我也要佔有、消滅，其勢必至於爭奪，終而相互殘殺。這樣何止不美，簡直「醜惡」至極了。

中國人古來便很提倡這種天地觀。假如，我們不從理論上去分別儒家、道家；而只從具體的經驗來看，上面所談到曾點「浴乎沂、風乎舞雩，詠而歸」的生活境界，就是這種天地觀最實在的展現了。而莊子也曾經描述過對自然景物的美感經驗。《莊子‧秋水》裡記載，有一天他與好朋友惠施到濠水的橋上去遊玩。他心情非常愉快，靜靜地觀賞著橋下河水中游來游去的鰷魚，不但顏色、姿勢很美妙，而且神情氣韻充滿著自由自在的快感。莊子不覺嘆了口氣說：「這魚兒們真是快樂呀！」[10]他的這種感受，見之於眼而得之於心，把魚兒當作審美的對象，不但用眼睛觀看它們的形色，更用心去感覺它們的神情氣韻，所得到的便是人與魚兒「樂成一體」的美趣。不用畫畫，不用寫詩，這已經是一種如詩如畫的藝術境界了。

我們有趣地想到，假如莊子當時對著魚兒，心裡打算的是：「這魚兒好肥美，想辦法全部抓起來，一半可賣錢，一半可自己下酒吃！」這念頭一起，再付諸行動，別說見不到「魚樂」，接下去的血污腥臭，那更是距離藝術十萬八千里了；然而，遺憾的是現代的中國人，看到這樣肥美的鰷魚；十之八九心中想的、手腳做的，卻正是「一半可賣錢，一半可自己下酒吃」的勾當；生態、環保怎能不出問題呢？

這樣的天地觀到了六朝時代更為發達。六朝人很懂得欣賞天地萬物之

---

10 《莊子‧秋水》：「莊子與惠子遊於濠梁之上。莊子曰：『鰷魚出遊從容，是魚之樂也。』惠子曰：『子非魚，安知魚之樂？』莊子曰：『子非我，安知我不知魚之樂？』惠子曰：『我非子，固不知子矣；子固非魚也，子之不知魚之樂，全矣。』莊子曰：『請循其本。子曰「汝安知魚樂」云者，既已知吾知之而問我，我知之濠上也。』參見郭慶藩：《莊子集釋》（臺北：河洛圖書出版社，1974 年，王孝魚點校本），卷六下，頁 606-608。

美。他們總把這個自然的審美對象稱作「物色」。「物色」的四時變化，會引動人們內心的情感興味，《文心雕龍》便專立一篇〈物色〉來討論這種美感經驗，所謂：「山沓水匝，樹雜雲合。目既往還，心亦吐納。春日遲遲，秋風颯颯。情往似贈，興來如答。」[11]人們的感情就是這樣與天地萬物緊緊連接在一起。因此，整個天地萬物包括人在內，完全融在一片渾然的美感世界中，而宇宙便是一件生機瀰漫的大藝術品。

　　這種天地觀，千言萬語可以歸結為宋代程顥的一聯詩句：「萬物靜觀皆自得，四時佳興與人同。」[12]其中關鍵的地方，一是「靜觀」，「靜觀」是一種沒有功利念頭、沒有好惡偏見的觀賞態度。二是「自得」，「自得」是一種不受壓迫、扭曲，而充分展現其本性的神情氣韻，就如莊子在濠梁上所看到儵魚「從容出遊」的那種快樂的神情氣韻。魚之得水而自在悠遊，這是它的本性。當我們不去壓迫它，而只是「靜觀」，它便充分展現自在的本性。如此，所具現之境象，便是一片和諧、真實的美。對魚是這樣，對鳥、對蟲、對花草、樹木，對一切物，莫不如此。三是「佳興」，以這種態度對待萬物，則無時不樂，無處不樂，所以四時變化，都能引起一片美好的興味。四是「與人同」，所謂「與人同」是和別人通感而共享。「四時佳興」要與人通感共享，而不是獨佔併吞。藝術之美的特質，便在於它能讓人通感共享，而不像物質之引人獨佔併吞。因此，抱持這種天地觀者，其心常與天地四時萬物相通感，而獲致無限的美趣。

　　我常在想，今天的自然生態破壞、人類社會混亂，整個宇宙別說不美，簡直是醜態畢露了。其根本原因，便在於人們的天地觀出了問題。這也只能從教育上去解救了；但是，究竟多少人真有這樣的覺悟呢？

---

[11]　《文心雕龍・物色》，參見周振甫：《文心雕龍注釋》（臺北：里仁書局，1984年），頁 846-847。

[12]　程顥〈秋日偶成〉：「閒來何事不從容，睡覺東窗日已紅。萬物靜觀皆自得，四時佳興與人同。道通天地有形外，思入風雲變態中。富貴不淫貧賤樂，男兒到此是英雄。」參見程顥、程頤：《二程集》（北京：中華書局，2006 年），冊上，頁 482。

三、天地的大美是什麼？

　　《莊子》的〈知北遊〉裡有這麼一句話：「天地有大美而不言」。[13]所謂「大美」就是「至美」、「最高的美」、「極致的美」。

　　我把這句話借用到這裡，並不打算去解釋《莊子》原典有關這句話的本義。而只是用來描述我所體悟到的天地間自然萬象所呈現的美；這美所關係到的對象極廣，包含萬物；這美非屬人為造作，而是自然呈現，境界極高。因此，可稱之為「大美」。這天地之大美，分解地說，有以下三個層面：

(一)物象之美：

　　這是指我們以眼、耳、鼻、舌、身諸感官所能經驗到的萬物貌相聲色之美。水碧山青、花紅柳綠、鳥語花香、草薰風暖……等等，皆能引生我們官能經驗上的愉悅，此謂「物象之美」。

(二)物性之美：

　　這是指某物由於它特殊的質性而形成的美。這樣的美比上述「物象之美」較難體驗到，因為它不只要用眼、耳、鼻、舌、身諸官能去「感覺」，更要用「心」去「靈覺」、[14]洞觀，才能透過物的表象，而見其內在的殊性，而感受到「神情氣韻」生動之美。

　　唐代大畫家王維在〈山水論〉中就說到，凡畫山水，必須能顯露「樹之精神」。[15]「精神」是物之生命靈活展現的神情氣韻。中國古人認為「萬物

13　參見郭慶藩：《莊子集釋》，卷七下，頁735。

14　人因秉「靈性」而生，故其「心」有「靈覺」之能力，能超越萬物外在形體而直覺其內在精神生命的活動現象。它具有「感性」的動能，因此並非抽象概念的「理性」思惟；但是，又非個人喜怒哀樂之情緒。它即物質形體之所見、所聞、所覺、所知之萬象，卻又不離萬象而抽空思辨，只是不在萬象上起著是非、善惡等價值分別，也不牽動喜怒、愛憎之情緒欲念；卻能通感宇宙萬物而直覺體會其象外之質性、神氣、韻味。文學藝術創作之所以可能，就是人類天性具有這種「靈覺」。

15　王維：〈山水論〉，參見趙殿成：《王右丞集箋注》，卷二十八，頁490-491。然而趙殿成認為「後人所託」。俞崑：《中國畫論類編》（臺北：華正書局，1977年）收入此篇，頁596。俞氏考證頗詳，雖以為非王維原作，卻「疑右丞本有畫訣口授相

都有生命」，這「生命」指的不是呼吸飲食的生理現象，而是使此物之為此物而不同於彼物，因之而實現其存在的那種特殊性相。就以「樹」來說吧！在生物學上，它固然是「有生物」；但是從中國傳統的「生命」觀來說，樹的生命並不在於它的生理現象，而在於它之所以為它，因而在宇宙間實現其存在的那種特殊性相。這性相就是枝幹挺立、花葉扶疏，生機盎然而庇蔭萬物的氣象。它就以這特殊之性相而在宇宙間實現了它的存在。試想宇宙間假如沒有了它，會是怎樣的景況！

別說「有生物」的樹是有生命，就是無生物，例如石頭，也是有它的生命。這生命當然就是石頭之為石頭，因之在宇宙間實現其存在的那種特殊性相。什麼性相？應該是那種堅硬、粗獷而展現著屏擋或支撐的氣象。以此類推一切物皆有特殊性相、皆有生命、皆有精神：松樹之挺拔、楊柳之柔軟、竹之勁節；虎之威猛、狗之忠實、馬之矯健……，都由於它們的特殊性相，而展現其獨有的精神，此之謂「物性之美」。

中國人古來便很能欣賞各種「物性之美」。孔子說：「仁者樂山，智者樂水。」[16]仁者為什麼愛賞山呢？因為他洞觀了山的特性，這特性就是靜定、剛強、承載。在仁者看來，這是很崇高的德性之美，尤其是「承載」；「承載」是什麼樣的德性？說得更明白些，就是對他物的包容與承擔。《韓詩外傳》對山的這種德性詮釋得非常精彩：「草木生焉，萬物殖焉，飛鳥集焉，走獸伏焉。生萬物而不私，育群物而不倦。」[17]這樣的德性，其實就是仁德。仁者之所以為仁者，也同樣具有這般德性。因此，仁者之樂山，乃是觀賞者與被觀賞者，物我通感，主客交契，人格與物性的會合。

至於智者為什麼愛賞水呢？當然也因為他洞觀了水的特性。這特性就是靈動、隨機變化、潔淨。在智者看來，這也是很崇高的德性之美。水最懂得

傳，……後人乃傳益以成此篇」，故作者仍標示王維。

16　《論語‧雍也》：「智者樂水，仁者樂山。知者動，仁者靜；智者樂，仁者壽。」參見何晏集解，邢昺疏：《論語注疏》，卷六，頁54。

17　參見屈守元：《韓詩外傳箋疏》（成都：巴蜀書社，1996年），卷三，頁303。

變化，完全隨著地形而流動，絕不會固執不通，而且它的流動必然循序漸進，絕不躁急。因此，孟子稱讚它：「盈科而後進」；[18]《韓詩外傳》稱讚它：「緣理而行」。[19]另外水能洗滌污垢，潔淨百物，就如智者之為人解惑，使人心智清明。因此，水的德性，也正是智者的德性。這同樣是物我通感、主客交契的一種愛賞了。

除此而外，孔子之欣賞松柏，說它「後凋於歲寒」。[20]晉代陶淵明之欣賞菊花、宋代林逋之欣賞梅花、周敦頤之欣賞蓮花；[21]都是洞觀「物性之美」很好的例子。古人說「體物得神」，也就是告訴我們欣賞萬物，不只要見其形象之美，更要透視其形象，進而以心靈去體驗到它內在的精神之美。

(三)物際之美：

上面所說物象、物性之美，是就物之個體或種類各別來欣賞。這裡要說的「物際之美」，則是就物與物之間的關係來欣賞。這時，我們便不只單獨來看山的美，還要看山與水擺在一起的美，甚至於雲霧、草木、鳥獸、蟲魚等等，也得一併觀之，而從它們相互映襯的關係來欣賞整體性的美。這種美還可以分從靜態與動態二方面來欣賞：

1.靜態的物際之美：

這是物與物之間「形式和諧」所產生的美。通常，我們要把好幾樣東西擺在一起而產生美，便得去注意它們的體積、形狀、顏色、質感，做出恰當

---

[18] 《孟子·離婁下》：「原泉混混，不舍晝夜。盈科而後進，放乎四海。有本者如是。」參見趙岐注，孫奭疏：《孟子注疏》（臺北：藝文印書館，1973年，影印嘉慶二十年江西南昌府學重刊宋本），卷八上，頁145。

[19] 參見屈守元：《韓詩外傳箋疏》，卷三，頁301。

[20] 《論語·子罕》：「歲寒，然後知松柏之後凋也。」參見何晏集解，邢昺疏：《論語注疏》，卷九，頁81。

[21] 陶淵明詩文常詠及菊花，例如〈歸去來辭〉：「三徑就荒，松菊猶存。」〈飲酒〉之五：「採菊東籬下，悠然見南山。」〈九日閒居〉：「菊解制頹齡。」其人格清節似菊。林逋不慕名利，隱居西湖孤山，植梅養鶴，時稱「梅妻鶴子」，詠梅名句：「疏影橫斜水清淺，暗香浮動月黃昏。」其人格孤高似梅。周敦頤特賞蓮花，作〈愛蓮說〉，有「出汙泥而不染」之句。其人格芳潔如蓮。

比例的配置，使彼此相襯而產生愉悅耳目的美感效果來。平面的設計，或立體的室內設計、庭園設計，莫不如此。似乎我們在依藉著物與物的形式和諧，去實現心中某種審美意識。這是人為的「物際之美」，是藝術的創造。

　　但是，我們這裡所說的「物際之美」指的是自然景觀，是造物者的傑作。祂可不像一般藝術家，服從著某些既定而卻是有限的規律，去製造所謂的藝術品。大自然的物際之美，在靜態的形式上，並不依照某種一定比例去配置。因此，它的本質便是「隨機」與「無限」。

　　「隨機」是隨天機自現而不可範定，也因為如此，才叫做「自然」；「自然」便是自己如此，沒有任何人為的造作。整個宇宙間，處處天機自現，隨地而宜。大山大水是美、低丘小溪也是美。我們走在橫貫公路燕子口、九曲洞之間，見峭壁千仞，草木不生，加上深谷急流，這固然是一種美，彷彿在這個地方本來就該長出這樣的景象；但是，我們走在金山的海邊，見汪洋千里，沙灘平整，略顯憔悴的防風林稀疏錯落，這也是一種美。彷彿在這個地方本來就該長出這樣的景象。

　　就因為自然的形式和諧，往往隨機而現，不可範定，所以它的美是「無限」。

　　人為的藝術是從有限以求無限。「無限」指的是超越形式之外的意境，而其「形式」畢竟仍是有限；但是，自然形成和諧之美，卻由於不可範限，沒有固定的格式，因此什麼形式都可能出現，千變萬化。中國人便以「神工」、「化工」來讚頌它。我們面對自然景象，相信許多人都曾有過「無奇不有」、「出人意表」的驚嘆吧！

　　人為的形式和諧的設計，是意念的產物，是某些藝術成規的具現，可以用風格流別、美感範疇去鑑賞批評；但是，自然的形式和諧，卻不是人之意念的產物，也不是某些藝術成規的具現，它先意念、成規而存在。因此，我們也唯有丟掉種種成見，以虛靜之心，才能觀照到自然之美。面對大自然，所有理論知識都是多餘。

2.動態的物際之美：

　　這是物與物之間，由於「生活和諧」所產生的美。這樣的美不是來自於

形式的映襯，而是來自於「互動」關係的和諧性。萬物在宇宙間都各自在生活，為了生活，他們會有許多行為；行為一旦涉及到第二者，便會形成「互動」關係。這種「互動」關係假如是惡性的侵吞消滅，則在互動關係中的分子便會感受到恐懼、怨忿。這樣的感受，當然不會是「美感」、「快感」，而是「惡感」、「痛感」。相反的，這種「互動」關係假如是良性的和諧依存，則在互動關係中的分子所感受到的便是親切安詳。這樣的感受當然是美，也就是我們所謂「物際的動態之美」，它不是用耳目去知覺而得，乃是用精神去體驗而致。

　　中國人說「上天有好生之德」，他們體認到這天地的運轉，其終極目的在於「生」。《周易》所謂「生生」，[22]也就是讓宇宙萬物得以永續地生存下去；但是，為了達到這終極的理想，其過程卻不免以「殺」為手段，我稱它叫「天殺」。《左傳》裡就記載了晏子的一段話，他論述烹調的原理就是「和」；「和」就是融合各種不同的飲食元素，而依藉「濟其不及，以泄其過」的原則來調理。[23]這個原則可以推衍到自然律的「天道」。《老子》就認為：「有餘者損之，不足者補之。天之道，損有餘而補不足。」[24]不足之物，則加以補充。過盛之物，則加以減除。如此，才能達到整體之彼此平衡和諧而共生共存的終極理想。換句話說，宇宙間絕不允許一物之獨大，無限膨脹以致侵吞他物，否則整個宇宙必失去平衡而毀滅。「濟其不及」，固然是「生」，即使「以泄其過」，手段上看起來是「殺」；但是，終極目的卻仍然還是「生」。因為要抑制一物之獨大，不得已而殺之；唯有如此，才能保障生態平衡，而使萬物共生共存；故上天的「殺生」，其背後有一極為莊嚴、良善的目的——「存生」。這樣的「殺生」不但不會破壞整體生活的和

22　《周易‧繫辭上》：「生生之謂易。」韓康伯注：「陰陽轉易，以成化生。」參見
　　《周易正義》，卷七，頁 149。

23　參見杜預注，孔穎達疏：《春秋左傳注疏》（臺北：藝文印書館，1973 年，影印嘉
　　慶二十年江西南昌府學重刊宋本），卷四十九，昭公二十年，頁 858。

24　參見王弼：《老子註》（臺北：藝文印書館，1971 年，古逸叢書本），第七十七
　　章，頁 151。

諧，反而因此而維持天地間的生態平衡。這就是「天道」，用現代的話來說，就是「自然律」。

萬物間，除了人類之外，大抵都是依循這自然律而形成「互動」關係。現代所謂「食物鍊」，可以看作是這自然律中「以泄其過」的具體展現。在「食物鍊」中的物，其「殺生」乃是「存生」之不得已而又必要的手段，故其「殺」是出於天理，而不出於私欲。由於這樣的「殺」，只是「存生」之必要，因此不會發生過分的濫殺。我們很少看到虎豹在吃飽而足以維持生命之餘，還會大量濫殺，以致破壞生態。在大自然中，物物相殺而又相生，相損而又相益，其間有著一定的規律；循此規律而互動，便形成一片「生活和諧」之美。

人與其他物不同，一方面仍然具備動物性，有著「食色」的欲求。這種欲求假如是依循自然律而動，僅為「存生」之必要，便沒有什麼惡處；即使硬要說他「惡」，也是一種「必要之惡」；然而，另一方面，人又具備動物所沒有的靈性，能自覺，能思考，因此從萬物中脫穎而出。這樣的靈性，讓人類產生文明，過著與動物完全不同的生活；但是，也使人類不斷地自我膨脹，不斷地獨大，以致不接受自然律的支配，把自己提高到與「天」同樣大，甚且互相對立的位置，處處與天抗爭。這便形成了現代的高度文明。

高度文明，讓我們極盡享受；然而，它的負面性卻也不小。這個負面最顯著之處，就是破壞了人與人，甚至人與物之間的「生活和諧」之美。在人與人的社會中，便是各種爭奪吞滅的惡性互動關係。在人與物的自然界中，便是各種污染、濫墾、濫殺、濫用的生態破壞；而這種種人與人之間或人與物之間的「殺生」，早就遠遠超過「存生」之必要，完全是個人之獨大，私欲之膨脹所致。因此，他非但不是遵循自然律而動，甚且嚴重違反自然律，破壞自然律。換句話說，這完全是沒「天道」了。

中國古代的聖哲早就透視到人欲泛濫的惡果，必然會破壞這種天地之和；因此，不但在消極方面提出「無以人滅天」的警語；[25]更在積極方面提

---

25 《莊子‧秋水》：「無以人滅天，無以故滅命。」參見郭慶藩：《莊子集釋》，卷六下，頁 590-591。

出「天人合一」的道理。做為萬物之靈的人，既自認為能與天、地並尊為「三才」，便該有那種理性能明白天道，進而去「參贊天地之化育」，而使「萬物各得其所」，以實現整個宇宙「生生不息」的終極理想。可惜的是這種代表人類良心的真理，卻在世俗功利的價值觀念中，被嗤笑為迂闊、彈高調，甚至終究被遺忘了。

從這種「物際動態之美」的觀點來看，臺北市最不美的地方，還不在於眼睛所看到的那種建築雜亂擁擠的景象哩！而更在於心靈所感受到的那種人與人之間，生活互動關係的冷漠、排斥、猜忌、傾軋等等惡性競爭。

四、怎樣才能見到天地的大美？

我們已經知道天地有這些大美，接著我們當然就得問：怎樣才能見到天地的大美？前面說過：什麼樣的人，用什麼樣的心，就看到什麼樣的「天地」。「天地的大美」，當然是向有這樣心靈的人呈現。因此，怎樣才能見到天地的大美，最重要的便是我們抱持怎樣的「心」了。這個道理，還可以分從三方面來理解：

(一)人閒桂花落：

這是王維〈鳥鳴磵〉詩中的一句。[26]我把它拿來說明怎樣才能見到天地大美的「第一種心態」。王維把「人閒」和「桂花落」放在同一句詩中；但是，這二者之間有什麼關係？當然有的，因為「人閒」，所以才注意、欣賞到「桂花落」這一景象之美。

自然景象之美，到處都是，並不須要特別選擇什麼日子，到什麼風景特定區，才能欣賞到。其實，我們生活週遭許許多多很平常的自然景物，都有它可欣賞的美，只是因為我們太忙碌慌亂，往往把它遺忘了。舉目可見的夕陽，多美呀！但我相信忙碌的現代人，恐怕大都已忘記頭頂上還有「夕陽」

---

[26] 王維〈鳥鳴磵〉：「人閒桂花落，夜靜春山空。月出驚山鳥，時鳴春磵中。」參見趙殿成：《王右丞集箋注》，卷十三，頁240。

這東西。或許，你家園子牆邊不知那來的一朵小野花，有天突然開了。假如你真有那種閒情，一定會驚喜地看到它在風中搖曳的美姿。陶淵明用不著慎重其事地去郊遊，只因他悠閒地在東籬邊採菊，偶然舉目，便遇見南山的美，所謂「採菊東籬下，悠然見南山」。[27]

　　曾經有一對在名利場中競逐的夫婦，忙亂的心境讓彼此感情日漸疏遠，甚至動不動就為一些小事物爭吵。有一天，他們一起去參加朋友的晚宴，席間又為一些小事吵了起來。女的很生氣，獨自跑了出去，跑到朋友家的後園，在草坪上躺了下來。她很想丟掉現在所擁有的一切，只是在這裡靜靜地躺著，不要受誰的打擾。她的心終於漸漸平靜下來。這時，她竟然很驚訝地發現滿天的繁星，是那樣的美麗；而自己已不知多少年完全忘掉夜空上有這樣的景象。她忽然覺悟到，自己的生活根本在捨近求遠，放棄許多身邊不費一錢就可獲得的美好事物，而去追逐那些遠不可及，讓自己疲憊、煩亂的東西。她的心越發平靜了。這時她的丈夫也悄悄走到身邊，並沒有說什麼，只是同樣靜默地躺下來，欣賞著滿是繁星的夜空。之後，不必有太多的解釋，剛才的爭吵已煙消雲散。回去，他們開始調整生活的態度了。

　　在我們的生活中，像夕陽、野花、山色、星空被我們遺忘掉的自然景象實在太多了。其中最大的原因，就是不「閒」；「閒」本是中國古來就很重視的生活美學。「閒」是什麼意義？它指的並不是「時間的空隙」，說得明白些，它指的並不是表面上的「沒事幹」，把日子都空在那兒。它指的應該是「心靈的空隙」，也就是心靈沒有被一大堆煩亂的事物或念頭塞滿，能留出空間來；就像一幢房子，即使有些東西，也擺得井然有序，並且留出很大的空間，還可以容納許多事物。這樣的心靈，必然是很寧和、很定靜，能夠從容不迫地仔細觀賞週遭的景物，因而見其美。有些人即使整天沒事幹，時間全空在那兒；但是，不管站著、坐著、躺著，卻都心煩意亂，情識奔馳；這便不能叫做「閒」了。

---

[27] 陶淵明：〈飲酒〉之五，參見楊勇：《陶淵明集校箋》（臺北：明倫出版社，1974年），卷三，頁 144-145。

　　那麼，你問我要如何才能「閒」？我的回答是，把你的心眼從熱鬧的場合中收回來，向內看看自己，直到能看清：自己的生命其實本來就不缺什麼呀！不過，要做到這一點，並不太容易。大多數人已活到五六十歲，擁有許多房地產、握有許多股票、存了許多錢、做了很大的官職，卻仍然栖栖遑遑，老是焦慮自己得到的還不夠多。因為他的心眼總是向外看，處處和別人比較，一方面懊惱著比他更富有、更高貴的人還多著哩！一方面又害怕自己擁有的這些會失去。這種人如何閒得起來，如何看得見桂花落、夕陽、山色、星空之美呢？

(二)我見青山多嫵媚，料青山見我應如是：

　　這是宋代詞人辛棄疾〈賀新郎〉詞中的名句。[28]我把它借來，也是要說明怎樣才能見到天地之美的「第二種心態」。

　　前面說我們要「閒」，才能見天地之美。「閒」是一種寧靜的心境；但是，我怕有人會誤把這種心境看作死寂，就像小乘禪的「灰身滅智」一樣，心靈寂然不動，了無生機。其實，真正的「閒」是一種雖寧靜，卻是活活潑潑，生機盎然的心境。因此，這樣的心靈是有情有意，嫵媚可愛。「嫵媚」這個詞本是形容女子的美好；但是，指的不只形貌，更指「神情氣韻」。辛棄疾這首詞，在這句之下，還接著說「情與貌，略相似」；故而「嫵媚」是兼指情和貌。見青山之嫵媚就是前面所說的，能見到「物性之美」了。

　　這比上一項所見「桂花落」之物象，又深一層；但是，要見到「物性之美」，就必須鑑賞者也同樣有這般的「靈覺」。換句話說，只有心靈嫵媚——活潑可愛，情意盎然的人，才見得到青山的嫵媚。

(三)眾鳥欣有托，吾亦愛吾廬：

　　這是陶淵明〈讀山海經〉詩中的句子。[29]我拿他來說明怎樣才能見到天

28　辛棄疾〈賀新郎〉：「我見青山多嫵媚，料青山、見我應如是。情與貌，略相似。」參見鄧廣銘：《稼軒詞編年箋注》（上海：上海古籍出版社，1993 年），卷四，頁515。

29　陶淵明〈讀山海經〉之一：「孟夏草木長，繞屋樹扶疏。眾鳥欣有托，吾亦愛吾廬……。」參見楊勇：《陶淵明集校箋》，卷四，頁233。

地之美的「第三種心態」。

　　詩人很愛他自己的家，儘管這個家很簡陋；但是，終究還有個棲身的地方。他不但為自己有個棲身之處而高興，更且推己及物地為屋外樹梢或簷下的群鳥，能有個溫暖的窠巢可以托身而欣喜。這看似平常，其實是何等包容與體貼的心懷。換個現代的臺灣人，別說屋前的樹梢有鳥結巢，爬上樹也得抓下來吃；就是遠在山林中的野鳥，也要想盡辦法捕捉。因此，在南臺灣過境的候鳥──紅尾伯勞、黑面琵鷺，都已快要被滅絕了。中國文化會墮落到這等地步，真是讓人痛心！

　　宋代張載〈西銘〉講：「民吾胞，物吾與也。」[30]「與」是「同類」的意思，把人之外的「物」也看做自己的同類。這是「把愛推擴到萬物」的襟懷。有這樣的襟懷，當然能欣賞到「眾鳥欣有託，吾亦愛吾廬」的天地之美。這種美就是前面所說「動態的物際之美」，是人與物之間生活和諧所產生的美感。當我們的心中懷有「物吾與也」的大愛，便能見到這樣的天地大美了。

五、結語

　　總結而言，我今天要講的「靜默」，指的不是嘴巴上不說話，而是指一種心境。這種心境，消極來說是不躁急、不競逐、無成見；積極來說是從容悠閒，活潑有情，大慈大愛。當我們以這樣的心境去面對天地，則不必特別選擇日子到什麼風景區去遊覽，各種物象、物性、物際之美，都能隨時隨地與我們「不期而遇」。因此，我才說「我們在靜默裡遇見天地的大美」。

　　今天，我們的生活幾乎沒有什麼美學可言。許多不必花錢的自然之美，不斷在被鄙棄、遺忘。相對地卻人人競相浪擲千金，填塞口腹官能之欲。結果帶來的卻是環境生態的破壞，人心的躁動，人際的傾軋。從自然界到人文

---

30 參見張載著，朱軾、段志熙同校：《張子全書》（臺北：臺灣中華書局，1988 年，四部備要據高安朱氏藏書本校刊），卷一，頁 3。

社會，處處醜態畢露。這究竟是什麼地方出了問題？一切足以認識這種種病症的理論層出不窮；但是，問題似乎並沒有因此而獲得紓解。這是一種不知從何打開的死結，是一種存在的弔詭。

　　或許，我們缺少的不只是在口頭上、書面上講論不休的知識。環境的破壞，足以帶來人類的災難，這已經是人人皆知的常識；但是，同樣的環境破壞還是反覆在發生。看來，我們缺少的是對生活、對宇宙萬物那點素樸的、確當的，而又真誠的價值信仰與實踐。環境還沒有被破壞、污染之前；我們的人心已被破壞、污染得面目全非了。這已經是總體的文化問題，文化不僅是理論，更是價值信仰與實踐。問題是，我們一向就是說的比做的多得多，而且說與做、理論與實踐，還常常不一致哩！

後記：
原刊《愛與美》，臺北市立美術館，1994 年 12 月。
2015 年 12 月增補修訂。

附錄一：可以期待的勝事

──評論《江山勝事──侯吉諒書畫集》

　　書畫，我家略有收藏；但是，幾年來，客廳正壁，一直掛著的卻是侯吉諒的法書，[1]寫的是二首七言絕句，題為〈壬子花崗山閒遊有得〉。這是我二十多年前的少作，詩云：

　　　　煙渚雲崖宜作家，不須方外盜年華。此來快得元龍枕，夢墜春崗疊疊花。

　　　　鷗邊喚酒欲眠沙，散卻輕愁到海涯。尚有青春憐草色，一竿風月釣飛花。

　　橫幅，行書，字大如兒拳。詩後有吉諒的題記，字形略小，約方寸，云：

　　　　崑陽兄築居東臺海濱山麓，屋甚軒朗。僕偶訪視，深羨其耕讀之樂，適見囑書，因索其詩作鈔錄，而後乃知人生際遇皆有緣會，非一味強

---

[1]　侯吉諒，臺灣嘉義人，著名現代詩人、散文作家、古典書畫篆刻家。中興大學食品科學系畢業，曾任《時報週刊》、《聯合報副刊》編輯、《創世紀詩刊》執行主編。曾獲第五屆時報文學獎現代詩優等獎、第二十一屆國軍新文藝金像獎長詩銀像獎等。著有現代詩集：《城市心情》、《星戰紀念》、《難免寂寞》等；散文集：《江湖滿地》、《在城市中耕讀》、《回家的路》等；書畫印冊：《侯吉諒書畫印作品集》、《江山勝事──侯吉諒書畫作品集》、《心誠則靈──侯吉諒書畫篆刻作品集》等。

求可致。

一九九四年，我告別都城，移居花蓮，家在山容海色之間。對門是黃建銘醫師，與吉諒為至交，堂內掛著吉諒的一幅字。覽之，大驚。一向，我只知道吉諒的新詩、散文極好，沒想到這種古典藝術，他竟也如此精擅。翌年，吉諒探訪黃醫師，便一起過門小酌，我欣然下廚。於是，我家壁上，幾年來，就讓吉諒的法書在那兒靜靜的生輝了。

花崗山就在花蓮。昔日暫客，今則久旅，且將終老於此。半生行止，與斯土如是緣厚，實可念也。我之所以捨不得吉諒這幅字束諸高閣，除了因為那兩首絕句涵藏著我與花蓮這分緣厚之情外，更因為：一則它同時也涵藏著我與吉諒的這段文字緣會，二則我真的很喜歡吉諒的字。

吉諒於書法博取各家之長，非但根柢於禮器、乙瑛、曹全、高貞諸碑，以養其樸厚之氣、遒勁之骨。更且出入歷代法帖，奇正兼攝，冶為一體。正則酌取晉、唐書家如王羲之、褚遂良、顏真卿、柳公權等，以立其法度。奇則參會宋、清文人如蘇東坡、黃山谷、宋徽宗、金農、鄭板橋等，以發其性情。而後能存法度於性情之中，出性情於法度之外。故其點畫鉤捺，都能中乎規矩，而不致流於粗野。相對的行神使氣，亦能本乎性情，而不致死於繩墨。乃奇正相生，合法而妙於變化。

其中，吉諒的行書，我所喜愛，也是最能表現其性情處。若論其模習，當是得意於褚遂良、柳公權、宋徽宗與黃山谷，靜處以瘦勁之方筆立其骨力，動處則於筆法略生變貌，並流暢其神氣於走筆之輕重、遲速、轉接間；而結體更在秀正的基型中，局部卻又自然地鎔接奇崛之姿。而終究形成他瘦而勁，秀而逸，逸而不流於狂肆的風格。

我一直相信，書畫的品格與人的性格的確存在著「內外相符」的關係。我之於吉諒，不敢說有多深的了解：在粗淺的認識中，我覺得他的人亦果如其書法，一向就不腴麗以自飾，也不狂怪以自奇，每於規矩間馳騁其自由創造的心性，故雖變化而不失其常。這就是《文心雕龍・通變》所謂「憑情以會通，負氣以適變」的「通變」精神。其為人也「通變」，而其詩、其文、

其書法、其繪畫，亦莫不「通變」。

吉諒的繪畫與書法所展現的是同樣的創造精神。

我看他的用筆、敷墨、設色、造形、構圖，都展現了相當森嚴的矩度，絕非不學之徒所能至，也就是他的繪畫既得名家江兆申先生之傳，其始固從法入；但是，他卻畢竟不是拘拘於成規的專業畫人，除繪畫之外，復精擅於書法、篆刻及現代詩、散文，是典型多才多藝而兼具古典與現代藝文素養的「文人」。這種人既不肯拘泥於成規俗套，也不會稟其偏至之才而專其怪奇之格。他所取的是因正而生奇的創作路數；其書法如此，其繪畫亦復如此。

吉諒的繪畫在傳統的法度基礎上，不斷地追求著超神盡變的可能性，經常嘗試多種面目的實驗之作。這不只在畫幅上，明顯而形式化地以現代詩或白話小品文題記。甚至表現在筆、墨、取材與構圖的變化。

古典山水畫，用筆之要在於皴法，古人所立多至十餘種，相沿而成規格。它往往是畫家建立個人風格最基本的符號，習畫者莫不由此入手；然而，成規森密，後起畫家除非丟棄不用，否則很難再有原創。能博取古法，融鑄而變化之，已可成家了。吉諒亦不例外，他的用筆既從法入；但是，也不尺尺寸寸於古人。我看他最常使用的是細長而略直的披麻，如雨痕走壁；但是，他似乎有意打破古人皴法所注重嚴整的規律，讓它更為率意疏放，以洩胸中如亂絲如波紋的意緒。其用筆似從亂麻皴變出。因此，他的山石，尤其陡峻的長坡，多呈現向下奔流之勢。而後又於筆間，繁布或濃或淡的條狀焦墨，復設青赭二色，因此形成了流動中揉和著鬱結、凝重、剛硬的視覺效果；多用細長亂麻之筆與繁重焦渴之墨，便成為吉諒畫風最常見的特徵。看來他壯年的生命情境，似乎正處在自由與壓抑的強烈對決之中吧！

不過，這僅是代表性的常貌。其實，他的畫風，或因應於題材之差異，或隨一時所感之意興，而體現了幾種不同的面目。有些剛健雄奇，例如〈舊遊新寫〉、[2]〈黃山煙雲〉、〈黃山壯觀〉。[3]有些溫潤朗麗，例如〈渴筆寫

---

[2] 文中所提作品，除〈城中老屋〉、〈憶寫兒時農舍〉選自《侯吉諒書畫印作品集》外，其餘作品均收錄於《江山勝事》一輯。

江川〉、〈明亮安靜的心情〉、〈秋山如妝〉。[4]也有些則清逸幽奇，例如〈山中煙雲〉、〈逸塵之景〉。[5]

　　吉諒在筆墨上有些局部的變化，常能形成特殊的意趣：有時捨墨而存筆，如〈筆底江山〉，[6]左中的夾岩；〈青山入夢思〉，[7]右上的峭壁；〈求靜青山〉，[8]左側主山與右上遠峰，皆捨墨而直以淡綠或淡赭刷底，復以簡約之筆鉤勒輪廓，省去細皴。如此，正好與其他局部的繁密筆墨形成對比，意趣由是而出。又有時捨筆而存墨，例如〈渴筆寫江川〉的遠坡；〈觀雨寄興〉[9]的左右削壁及斜坡，都省去皴筆，而以條狀或塊狀的焦墨直接乾擦。又有時以墨、彩為主而筆為輔，例如〈雨中遠景〉[10]上半之峭崖；〈逸塵之景〉的遠近峰群，皆以溼墨渲染，而後簡筆略為鉤勒輪廓。至於〈迷濛山色〉[11]之全幅渲染青彩，而略以焦墨提點樹形及坡狀；〈街景深綠〉[12]之大肆潑墨，染以青綠，而用筆鉤勒樹木及房舍，則其變化更已非傳統筆墨兼顧的規矩所能範概。吉諒之出入筆墨之法，於此可見一斑。

　　至於他在取材、構圖上，固不少傳統典型化的山水；但是，他應該早已意識到，畫家雖寫的是胸中山水，卻與生活的現實環境不能全然無關；故「胸中山水」與「眼中山水」實乃主客相成，例如李成之於黃淮、范寬之於關陝、董源之於江南，他們筆下的山水，除寫胸中意興之外，當然也反映了由現實環境而來的經驗。從這方面來看，吉諒的山水有些取材於當前眼中所

3　〈舊遊新寫〉、〈黃山煙雲〉、〈黃山壯觀〉，分別參見侯吉諒：《江山勝事——侯吉諒書畫集》（臺北：明日工作室，2000 年），頁 12、18、56。

4　〈渴筆寫江川〉、〈明亮安靜的心情〉、〈秋山如妝〉，同上注，頁 14、35、68。

5　〈山中煙雲〉、〈逸塵之景〉，同上注，頁 34、59。

6　〈筆底江山〉，同上注，頁 24。

7　〈青山入夢思〉，同上注，頁 25。

8　〈求靜青山〉，同上注，頁 29。

9　〈觀雨寄興〉，同上注，頁 54。

10　〈雨中遠景〉，同上注，頁 39。

11　〈迷濛山色〉，同上注，頁 84。

12　〈街景深綠〉，同上注，頁 87。

見而胸中所感的景物，已在古典的筆墨形式中，表現了現代的生活經驗了，
例如〈城中老屋〉、〈憶寫兒時農舍〉、[13]〈老樹舊屋〉[14]等。

　　至於構圖方面，我覺得他的幾件條幅，在高、深空間的處理上，很有其
獨到之處，例如戊寅年夏日〈試寫秋景四屏〉，[15]以及〈山中煙雲〉、〈溪
南雨後山〉、[16]〈逸塵之景〉、〈街景深綠〉等。至於〈迷濛山色〉，全幅
直接以青彩渲染，不藉多重山巒與樹石層遞的形式展現平遠的空間，而讓空
間的延展蘊蓄於對煙雲迷濛的想像中。其筆墨、三遠之法俱化，將傳統山水
畫中只居於賓次地位的「煙雲」擴升為全幅主體。其寫氤氳之境，似得「米
家山水」之意；但是，形跡已非米家所能範概，大約參入了西方水彩畫之
法。這幅是吉諒變離傳統最遠的作品；但是，畢竟極為少見。

　　中國山水畫走到現代，如何從古人的藩籬中突圍而出，求新求變，已是
諸多古典畫家共同的焦慮。有些畫者缺乏傳統的美學素養與技法訓練，盲目
求變，變而失其所宗，而沾沾以「逸格」自喜，殊不知已墮野狐禪矣。

　　吉諒之畫入於法而知變，到去年在「敦煌藝術中心」所展出而結集為
《江山勝事》的作品為止，其風格仍然在傳統的基礎上，追求多種樣貌的變
化。他的審美意識、取材、賦形、構圖與造境，受之於傳統與個人的創變，
二者之成分比例約為七三之間；但是，他仍在變化途中，以他的學養才識，
是一個可以高度期待的書畫家。我覺得他的個人創變，還存在很大的空間。
做為他的朋友，有些旁觀者的看法可以讓吉諒參考：

　　一是在取材上，吉諒畫了不少所嚮往的黃山與富春江；然而，在畫史
上，黃山、富春早已被「典型化」，共所摹寫，很難有什麼創新了。或許切
近於吉諒現實生活的臺灣山水，尤其海岸礁岩、怒濤長灘，是大陸傳統山水
畫家因受限於現實生活的地理空間而少取的題材。海島風物正可以別出大陸

13　〈城中老屋〉、〈憶寫兒時農舍〉，分別參見侯吉諒：《侯吉諒書畫印作品集》（臺
　　北：王家畫廊，1995 年），頁 34、45。

14　〈老樹舊屋〉，參見侯吉諒：《江山勝事──侯吉諒書畫集》，頁 45。

15　戊寅年夏日〈試寫秋景四屏〉，同上注，頁 32、33。

16　〈溪南雨後山〉，同上注，頁 36。

山川之外，而另闢蹊徑。

　　二是在表現形式上，吉諒仍在多方嘗試；但是，我覺得他已到了可以建立自己繪畫語言的階段，也就是他應該從傳統筆墨之法變化出個殊而規律性、穩定性比較高的符號。假如，他從現實生活經驗尋求到新鮮的題材，很自然的就要有新的形式去承載。那麼，至少在某一個階段，一種相應於新題材而特殊、穩定、規律的符號，便必須在吉諒豐沛的創造力中誕生了。

　　三是吉諒既是古典書畫家，又是現代詩人；但是，由於他對古典藝術有著非常深情的喜愛與尊重，似乎因而對現代詩思惟之涉入他的繪畫，抱著相當節制的態度。到目前為止，大多僅止於題記而已。我倒認為，吉諒假如能放懷將他在現代詩的審美經驗與意象經營，適當地用之於繪畫的構圖和造境，以超實入虛，提高個人主觀意興的成分，應該可以在不失其正的基礎上，做到更為出奇的創造。這樣的創造，他在一九九九年試用潑墨之法所完成的〈街景深綠〉，已露端倪。似乎吉諒已找到融合現代詩與古典畫的路向了。

　　在我心目中，對於吉諒，這絕對是可以期待的勝事。二○○○年，《江山勝事》之後的新作，我僻居花蓮，還沒有見到。去年十一月，吉諒在「佛光緣美術館」的書畫展覽，我的期待或許已實現在眼前而叫人驚喜。

後記：

原刊《幼獅文藝》577 期，2002 年 1 月。
2015 年 12 月增補修訂。

附錄二：我能站在歷史的那個位置？

——評論《自然與藝境——林永發水墨畫創作理念與作品解析》

一個優秀的畫家，絕非關在畫室裡，每天濡筆染墨，就能訓練得出來。其才性、學養、歷練、思想、實作，缺一不可。

才性，包括氣質與感覺、想像能力的向度與強度，乃受之於天，只可順成，不宜逆取。其要在乎自明、自持而善用其材質與所向。

學養，包括技法與相關知識的修習、精神人格的涵養，必得之於師從、讀書及待人處事的生活實踐。

歷練，則須行萬里路，對時代的文化社會現象、各地的風土人情、名山大川，廣其觀察、深其體悟。

思想，乃融合前述要素，更經沉思創想，而形成畫家對自然宇宙、歷史文化、人性生活、藝術審美之獨特的哲學性觀念與思惟法則。

實作，則非僅冥思空談，必鎔鑄前述要素而時時付諸實踐，意象得之於心而形之於筆墨，終而表現獨出面目的一家風格。

如果，以這個標準來衡度林永發教授的水墨畫，[1]我可以毫不遲疑地說，

---

[1] 林永發，臺灣臺東人。中國文化大學藝術研究所碩士。曾任臺東師院美勞系系主任，臺東縣政府文化局長；現任臺東大學美術產業發展學系教授。名畫家，擅花鳥、山水；山水尤擅勝場。曾獲第四十一屆全省美展國畫類第一名、教育部文藝創作獎、韓國環太平洋國際晚松藝術文化獎等。作品獲國父紀念館、歷史博物館、臺灣美術館、臺灣美術教育館、韓國慶星大學美術館等機構典藏。出版《林永發畫集（一）》、

他已諸般要素皆備，而卓然成家了；但是，這並非誇言其畫已臻極致、超邁前人。

其實，不管就一家、一代或一個民族而言，藝術永遠沒有極致，創造也涵有無限可能。它正如自然宇宙，一切皆在「變化」之中；故藝術家只能不斷追尋創新的可能、掌握變化之道，而將「極致」當作無所終窮的太初之光。它永遠都是未來進行式，而不是現在完成式。至於超邁前人，更非切論；藝術創作之成一家風格，在乎獨創，卻彼此不可共量。古來以「品」論詩評畫，有時不免主觀之軒輊。因此，一個大畫家當問的不是「如何畫得比前人更好」，而是「如何畫得和前人不同」，也就是「如何為繪畫重新定義」；石濤所謂「自有我在」，[2]即是此意。

我這麼說，乃一方面肯定林永發現在的成就，另一方面卻也指明了他的水墨畫創作，仍然在「變化」之中，而且必須在「變化」之中，更必須始終「自有我在」。自然宇宙在變化、時代社會文化在變化，而「我」也在變化。假如，藝術不離自然、不離社會文化、不離「我」的生命存在；那麼，一年後、二年後，甚至十年、二十年後，林永發的畫如何可能同一面目呢？當「變化」已經停止，「創造」也就死亡了。這當然是林永發做為一個優秀的畫家，向來都時時在自我提醒的思想。

不過，我們卻相對要問：藝術以變化為創造；然而，「變」中也有其「不變」嗎？這是老問題，從古代到現代，藝術家們都同樣在問這個問題。理論上，它可以有原則性的答案；這個原則性的答案，在中國傳統，大體是「變」與「不變」的辯證；但是，其答案的實際內容，也就是什麼「變」、

《林永發水墨畫集（二）》、《窮理盡性——林永發花鳥畫創作理念與解析》、《林永發水墨畫集（三）——東海岸之美》、《林永發水墨畫集（四）——山水系列》、《自然與藝境——林永發水墨畫創作理念與作品解析》等，約十餘種。

2　石濤（釋道濟）《苦瓜和尚畫語錄》：「我之為我，自有我在。古之鬚眉不能生在我之面目，古之肺腑不能安入我之腹腸。我自發我之肺腑，揭我之鬚眉；縱有時觸著某家，是某家就我也，非我故為某家也。天然授之也，我於古何師而不化之有？」參見俞崑：《中國畫論類編》（臺北：華正書局，1977 年），頁 149。

什麼「不變」，卻因應著不同時代的種種社會文化條件，甚至不同的藝術流派、不同的藝術家，而給出不同的回答，當然也就因此創造出不同面目的藝術。藝術之所以有歷史，其因在此。而能站在歷史某個位置上的藝術家，也都必須回答這一問題，它是藝術家「思想」的一部分。從林永發《自然與藝境》這本著作中，[3]可以清楚地看到，他對於這個問題，非常用心地以理論及實踐，給出了很好的答案。

自然與藝境的關係，是林永發在水墨畫的理論與實踐上，不斷探索的基本問題。其實，我們可以說，一部中國繪畫史，絕大篇幅就是畫家以筆墨、色彩所表現「自然與藝境關係」之經驗及觀念的變遷史。某一時期或某一地域的畫家對「自然與藝境」的關係，其經驗與觀念改變了，畫風跟著就改變了。藝術在本質上的變革，必然是觀念決定目的、目的決定形式、形式決定法則、法則決定技術。

大體而言，中國繪畫的主流是「士」的藝術、是「文人」的藝術。儘管有些學者特別相對於「院畫」而定義「文人畫」，或認為「文人畫」產生於唐代王維，或認為產生於宋代蘇軾、文同、米芾等文人，而盛起於元代四大畫家。[4]這是從繪畫觀念與風尚所做的判斷；然而，假如從畫家的社會階層

---

3 林永發：《自然與藝境——林永發水墨畫創作理念與作品解析》（臺北：蕙風堂筆墨公司出版部，2007 年）。

4 畫院之設，始於五代西蜀、南唐。至宋真宗雍熙初，置翰林圖畫院，以羅致藝士。明代承其制度，畫院規模不減宋代。畫院所作，特重規矩法度，通稱「院畫」；宋代鄧椿《畫繼》云：「畫院界作最工，專以新意相尚。」參見俞崑：《中國畫論類編》，頁 81。「文人畫」之名，首倡於明代董其昌《畫旨》：「文人之畫自王右丞始，其後董源、巨然、李成、范寬為嫡子。李龍眠、王晉卿、米南宮及虎兒皆從董、巨得來。直至元四大家黃子久、王叔明、倪元鎮、吳仲圭皆其正傳。吾朝文、沈則又遠接衣缽。」參見俞崑：《中國畫論類編》，頁 720。其後，有關「文人畫」的討論甚多，可參見陳衡恪：〈文人畫之價值〉，收入于安瀾編：《畫論叢刊》（臺北：華正書局，1984 年），頁 692-697。鄭奇：〈中國文人畫史上重大問題的初步探索〉、李福順：《文人畫理論的出現是進步現象》。二文皆收入《中國畫論》（臺北：駱駝出版社，1987 年）。

來看，魏晉六朝顧愷之、戴逵、陸探微、宗炳、王微、張僧繇等以降，歷代有名的畫家幾乎都位於「士」的階層，也就是「文人」的身分。中國文人所關懷最重要的問題之一，乃是人的生命在「自然與文化」交關的時間、空間場域中的存在意義；而主流的山水畫，甚至花木翎毛，其對象莫非自然。因此，天之與人、心之與物、形之與神、象之與意、自然之與藝境，二元如何辯證和合而生機具現為一體？這些都是歷代畫家所必須辨明與操持的基本觀念。其間，只是二者的倚重倚輕之別而已。大抵張璪所謂「外師造化，中得心源」，[5]是這一觀念的中庸之論。

林永發當然也不例外，他秉其才性，累積多年的學養、歷練、創作實踐，對「自然與藝境」這個基本的哲學問題，已經有了相當獨到與精深的思想，故筆之於書，並以自己的作品切實地印證了理論。大體而言，對於這個觀念，他是張璪的服膺者。觀念如此，其實踐亦是如此；故儘管他頗受老莊、禪宗以及石濤畫論的影響，強調「自有我在」的獨創性與不求相似的造形，而於石濤、八大山人、漸江、石谿，所謂清代「四僧」，以及「揚州八怪」之打破傳統、表現個性的變形畫風，亦頗好尚。[6]他有些作品也的確不求形似，但得神韻；然而，卻畢竟沒有偏入極端的主觀主義，沒有跟隨某些現代中國水墨畫因受西畫影響而抽象化的取向。保持自然物色必要的形象，是他一向的基準。當然相對的，他也未偏向客觀寫實，故不求形象之逼真。自然與藝境之主客合一，始終是他的觀念與實踐的準則。我想，這與他「平正中和」的才性、兼融中西而均衡古今的學養有關。對他而言，偏極怪異之格，反失真我。才性只可順成，不宜逆取，即是此義。

對於「自然與藝境」的關係，他之所以能在創作實踐與理論上獲致這樣好的成果，應該有三個要緊的關鍵：(一)、一九八六年間，跟隨李德先生學習西方的素描與油畫，並認識了西方的藝術思潮與印象派之後的繪畫風尚。

5　張璪〈論畫〉：「外師造化，中得心源。」此語初見於唐代張彥遠：《歷代名畫記》（臺北：廣文書局，1971 年），卷十，頁 312。

6　林永發的繪畫觀念及所受古代畫家的影響，參見《自然與藝境》，第壹、貳、參章。

(二)、一九九〇年間，進入中國文化大學藝術研究所，得以深入探究儒、道、禪美學以及古典繪畫理論，並一窺郭熙、趙孟頫、黃公望、倪瓚、王蒙、石濤、八大山人等諸大家之筆意，甚至近現代之齊白石、黃賓虹、潘天壽、李可染、林玉山、張穀年等大家的理論與畫風，對他也多所啟發。尤其黃賓虹更對他影響甚鉅。[7](三)、一九九三年，由寄身臺北都會回歸故鄉臺東，任教於當時的臺東師範學院。記得林永發曾就此事問過我的意見，我非常鼓勵他回到自己發芽生根的鄉土；而鄉土也的確了他豐饒的創作資源。

他原先從花木翎毛入門，臨摹傳統的筆墨形式。跟隨李德先生學習西畫，開啟了不同的藝術視域，[8]因而讓他往後在山水畫的空間經營上，得以跳脫傳統「三遠」的規格，[9]適度應用定點透視與光影之法，而有所創新；同時對於傳統筆墨形式也產生了衝擊，而敢於突破成規。從《自然與藝境》一書的論述，以及他一九八六年之後，不管人物、花木翎毛或山水的作品，都可以看到兼融中西的構圖、造形與筆觸。其中，有西畫定點透視的空間布

---

7 林永發《自然與藝境》：「有幸認識李德老師，從素描、油畫的學習中認識西畫。」頁 24。又「傳統中國美學創作觀源自中國哲學思想，大抵以儒釋道三家為主。」頁 23。又「北宋中葉以後，山水畫的發展，畫家輩出，郭熙、許道寧等都是大有成就者。……宋中葉以後到元四大家，文人畫變成主流。……明清之際，傳統繪畫的表現，除四僧、揚州八怪等少數較有創意性的大師外，題材慢慢僵化，筆墨流於形式。」頁 8-10。又「我的創作形式不講求刻意求真，『不裝巧趣』。創作內容崇尚自然，『質言古意』、『文變今情』，在傳統筆墨中發揮個人風格等，皆來自傳統文人畫素樸的創作觀。」頁 24。又「近代以來，康有為、徐悲鴻、蔡元培、李可染、潘天壽、齊白石、黃賓虹……都提出許多改良中國水墨畫的理論，其中影響我最大者為黃賓虹。」頁 26。

8 林永發《自然與藝境》：「我在藝術創作學習，因為非美術科班出身，初學由傳統四君子筆墨入手，再由山水花鳥學習傳統水墨畫。後來有幸認識李德老師，從素描、油畫的學習中認識西畫。」頁 24。

9 宋代郭熙《林泉高致集》首提「三遠」之說。「三遠」為高遠、深遠、平遠。參見俞崑：《中國畫論類編》，頁 639。

置、例如〈鯉魚山遠眺〉、[10]〈日朗風清〉；[11]有速寫素描簡率暢快的線條與造形，例如〈一點塵劫，一墨大千〉、〈探索〉；[12]有仿似油畫厚實的形質，例如〈小野柳之晨〉、[13]〈青山不礙白雲飛〉；[14]有得壓克力顏料鮮亮色調之效果，例如〈仙境春長〉、〈旭日起東海〉；[15]有不鉤勒輪廓而仿似水彩刷染的流動感，例如〈晨曦〉、[16]〈杉原夜色〉。[17]這些作品都是在中國水墨畫的基調中，融入西畫的構圖、造形與筆觸。

　　林永發在藝術研究所中，對中國儒、道、禪的美學、中國繪畫史、郭熙及石濤等人的畫論，想必下了不少研究工夫。對歷代大畫家的作品，也曾博覽深會。因此，我們從他《窮理盡性》、《自然與藝境》二本著作中，[18]都可以看到他對傳統繪畫文化的尊崇與繼承的態度。對相關的美學、繪畫理論也博涉約取，而用之於創作實踐。大體而言，他是綜合主義者，不專主一家之說、不限一代之格；而以「自然與藝境」之主客觀辯證和合為基本觀念，然後兼取諸家所長而融會之。這也是出於其「平正中和」的才性。切實而言之，張璪、荊浩、關同、董源、范寬、李成、郭熙等唐宋畫家的觀念與實踐，是他的主調；然後吸納元、明、清文人畫，尤其四僧、八怪的獨創與抒情言志，做為輔力。二者辯證和合，即是他的繪畫觀念與實踐的基準；而心目中的理想典範，歸結於黃賓虹。不過，也但師其意而已。

---

[10] 林永發：《林永發水墨畫集（三）——東海岸之美》（臺北：臺灣藝術教育館，1999年），頁9。

[11] 同上注，頁17。

[12] 林永發：《林永發水墨畫集（二）》（臺東：臺東縣政府，1998年），頁24。

[13] 《林永發水墨畫集（三）——東海岸之美》，頁13。

[14] 同上注，頁15。

[15] 同上注，頁27。

[16] 《林永發水墨畫集（二）》，頁46。

[17] 《林永發水墨畫集（三）——東海岸之美》，頁21。

[18] 林永發：《窮理盡性——林永發水墨花鳥畫創作理念及解析》（臺北：書鄉文化公司，1998年）、《自然與藝境——林永發水墨畫創作理念解析》（臺北：蕙風堂筆墨公司出版部，2007年）。

　　林永發之回歸鄉土，從現在的成果，可以證實他當初的抉擇是對的。他後來從花鳥轉而致力於山水畫，而創造出不少自成風格的好作品，歸鄉是很重要的原因之一。一個藝術家必須認同自己的存在空間，並且關懷它、貼近它、經驗它、體悟它，才能穿透藝術史所累積的典範成規，而發現獨特的、原生的素材，構造一新眾目的意象。獨特、原生的素材，創新的意象，當然會迫使藝術家找尋新的符號去表現。臺東依山臨海的自然景觀，的確給了林永發很獨特、原生的素材。尤其浩淼無際、水天相接，而浪濤澎湃、礁岩縣互的海象，更是中國傳統水墨畫所繫的大陸地理未有的景觀。面對這樣的景觀，永發豈能沒有一新眾目的意象得之於心，而「山水畫」就勢必進入它的創作視域了。這也是古來許多具有創意的文人山水畫家，都選擇遠離廟堂而生活於自然山水間的原因。而要處理如此獨特、原生的素材，便不可能關在室內，僅靠臨摹前人畫作、套用筆墨成規，就能湊功。於是乎，「寫生」便成為他創作的主要途徑。

　　其實，凡具有獨創性的經驗藝術，必取材自寫生。西畫固然多靠寫生；即使中國古代的山水畫，其創新者也多出於寫生，例如荊浩、董源、郭熙、黃公望、吳鎮等；而現代的黃賓虹、李可染、林玉山、張穀年等，他們的作品之所以具有獨特面目，也都得力於寫生。只知關在畫室臨摹範本者，雖工亦匠，何足以成家？當代的中國水墨畫假如漸趨衰微，其主要原因之一，必是畫者大多受限於古代名家的規式，只知臨摹，不識寫生；但是，「寫生」並非客觀的模仿、再現景物的外在形色，而是直接、深切地觀察、體悟審美對象，獲致第一經驗，以內得其神，中會靈思，而構造獨見的意象。林永發的水墨畫之所以在觀念及實踐上都力主「寫生」，除了受到中西繪畫優良傳統的影響之外，最重要的原因就是面對故鄉如此獨特、原生的素材，如果想要創新，則捨「寫生」，豈有他途！

　　我非常喜歡他回鄉大約二年，即一九九五年之後，以臺東一帶的山海景觀為素材的系列作品。其中，尤以〈海潮音〉、[19]〈俯瞰臺東平原〉、[20]

---

[19] 《林永發水墨畫集（三）——東海岸之美》，頁 37。

〈山遼海闊話臺東〉；[21]〈鯉魚山遠眺〉、[22]〈茲土有情〉、[23]〈韜光養晦〉；[24]〈卑南溪畔〉、[25]〈烏石鼻漁港〉、[26]〈日昇之都〉[27]等，這些作品更是讓我激賞。上列九幅，每三幅為一組，分別表現具有臺東地理景觀特色，又有自己的繪畫符號，而比較成熟、穩定的三種風格。

〈海潮音〉等前三幅作品，是比較大型的橫幅長卷，讓臨著海洋或平原，低緩連綿的山丘、礁岩呈現左右橫向運動之勢，中間隨形隱約點綴屋舍、矮樹、橋樑；但是，都不具整細之形狀，以顯出縱目遠觀的視覺經驗。全幅形與形之間，曲折、起伏、明暗、遠近，既變換又銜接，構成兼具左右向之平遠與前後向之深遠而和諧統一的空間意象，整合廣角、景深於一幅。其筆墨形式，則主要以淡墨染底，以筆的短線及長點錯雜亂皴，卻又自然成序，表現出山石硬實的形質與原野荒曠的氛圍。海色則在景深之處，以更淡之墨略作渲染，氤氳迷濛，可收渺遠無際的空間視覺效果。這樣的作品，的確非常有效地呈現人們在臺東所經驗到那種山勢莽蒼、海象浩渺、岩灘遼闊的空間美感。這絕非大陸山水所能有的經驗素材。林永發的山水畫似乎特別喜歡表現「遠觀」的空間意象，這與他生活在臺東的自然地理經驗應有密切關係。他另作韓國〈釜山鳥瞰圖〉，[28]可視為這種風格的延續。

〈鯉魚山遠眺〉等中間三幅，其空間經營雖沒有前三幅那麼大的規模；但是，仍兼具平遠與深遠的效果。前二幅在山間海畔布置一片密集而又隱約的樓房，讓現代化的市鎮，由於拉遠距離而毫不突兀地嵌入古典格調的水墨畫中，留存很堪玩味的想像空間。〈茲土有情〉一幅，市鎮樓宇與江河出海

[20] 《林永發水墨畫集（三）——東海岸之美》，頁 19。

[21] 林永發：《孺慕之歌畫集》（臺東：臺東社教館，2006 年），頁 27。

[22] 《林永發水墨畫集（二）》，頁 65。

[23] 同上注，頁 64。

[24] 同上注，頁 72。

[25] 《孺慕之歌畫集》，頁 17。

[26] 同上注，頁 13。

[27] 同上注，頁 19。

[28] 同上注，頁 27。

而空闊渺茫的水域渾然相接，無斧鑿之痕地表現了深遠與平遠混一的空間感。如此經營位置，甚具特色。至於〈韜光養晦〉則是一幅臨海的現代「漁父圖」，筆墨簡率，設色單純，遠觀一夫獨釣，而礁岩海濤，空茫荒寂。其意象頗異於傳統以蘆葦、沙汀、篷舟營造幽靜閒逸情調的江南漁樂圖或垂釣圖。這是臺灣島國海濱特有的視覺意象。這三幅與前三幅相較，在筆墨形式上，墨多於筆，而且以重墨為主調，率意乾擦濕染，並簡單設色，與墨諧和。其格調較近傳統，但成熟穩定。

〈卑南溪畔〉後三幅，幾乎以筆為主，淡墨幾抹，偶作點綴而已。而且構圖、造形都很簡單，卻仍收平遠、深遠兼具之效。其最具特色者是用筆省淨而成格，近乎倪瓚的素雅高潔，卻另顯幾分率意瀟灑的韻味。這是林永發很有獨創之風的作品，值得延續發展。另〈吉利月世界〉、[29]〈海雲書山圖〉、[30]〈釜山海雲臺遊蹤〉等，[31]都可視為同一格調之作。

其實，除了上述三種風格之作外，我發現林永發近些年，對於各種表現形式多所嘗試，有些作品帶有實驗性質，確具特色；但是，還未穩定、成熟，仍在變化途中。例如〈海角樂園〉之重墨亂筆、[32]〈山水我所有〉之刻意求拙而落於草率、[33]〈小野柳之晨〉、〈青山不礙白雲飛〉、〈仙境春長〉之融合西畫的構圖、筆調、用彩。我所擔心的不是林永發太保守，沒有創造性；反倒是擔心他嘗試多方，有時不免會流於歧雜，而有礙自家階段性或類型性的風格統一。

上述三個關鍵交相作用，我們就很容易理解林永發對於中國傳統水墨畫之形式技法所抱持的觀念：存在經驗為藝術形式的根源，不背離原理，卻又不受成規所拘──這個觀念與我非常相契；我一向認為藝術乃「法有常通之原理，而無固定之規式」，原理能變而不變，規式不變而可變。原理是法的

---

29 《孺慕之歌畫集》，頁 10。

30 同上注，頁 21。

31 同上注，頁 28。

32 同上注，頁 25。

33 《林永發水墨畫集（三）──東海岸之美》，頁 11。

第一義，它存在於客觀之物的結構秩序與運動軌則中，也存在於藝術家主觀思惟自律之良能內，二者遇合而第一義之法生；故宇宙有一太極，本心亦有一太極，而後太極之理見；此之謂「以天合天」。[34]原理是萬變之所本，故云「能變」；然萬變又不離其本原，故云「不變」。原理之法雖自內出；但是，當其實現，則又必須依藉特定之媒材，賦予具象之形式；媒材自有其性能，性能之作用，也有其原則在。上述三者結合而表現為藝術成品。

　　某家藝術成品所表現之法，由於具有高效性而普受延用，久而便固定為規式。規式已是法的第二義，因固定而可循，似為「不變」；但是，其實「可變」，故規式可破；唯規式可破，後起者才有創新的可能；然而，既成的規式雖破，新創的規式卻必須符合原理，而前後規式仍有其內在的延續性。如此，各種藝術的類型與傳統始能建立。故規式也非全無功用，它是某一類型之藝術初學入門的基本規矩範型，也是構成傳統可辨識的外現形式，實有建立之必要；畢竟並非每個人都是天才，一開始就能直契原理，而為藝術立法。故一般習藝者要打破既成的規式之前，必先熟習之。如此，「破」與「立」在時間歷程中，交相更迭，傳統於焉而生生不息。

　　優秀的藝術家進境到某個階段，必能打破既成的規式，直契原理而守約制變，是得「活法」。平庸的藝匠，則一輩子只知謹守既成的規式，尺尺寸寸於大師，而不識原理、不能變通，乃墮「死法」。中國古典水墨畫的原理當然存在於上述物我主客觀的內在因素與筆、墨、紙、彩的性能。而既成之規式則是歷代大畫家所表現而建立的構圖、造形、筆皴、墨染之法。尤其構圖的「三遠」空間模式，以及用筆如披麻、斧劈、雨點、解索、亂柴等皴法，用墨有濃、淡、破、積、潑、焦、宿等式樣，這些成規約束了中國繪畫很長遠的傳統，而構成畫家共遵的符號形式。

　　降至現代，如何突破？這是許多有創新意圖的水墨畫家都在思索、嘗試

34　「以天合天」之說，出自《莊子・達生》中，「梓慶削木為鐻」之寓言。前一「天」字指虛靜、自然之心靈；後一「天」字指宇宙萬物自然之天性。參見郭慶藩：《莊子集釋》（臺北：河洛圖書出版社，1974 年），卷七上，頁 658-659。

的難題；林永發也不例外。他的基本態度是不受成規拘束，卻又不完全背離
傳統。因此，面對獨特、原生的素材，如何掌握物我主客觀的內在因素與媒
材的性能，而建立自己的符號形式？這當然是他近幾年在觀念與實踐上，一
直非常關懷的問題。我看他似乎已擺落各種既成的皴法墨式，而回歸所面對
獨特、原生的素材與自我的思惟規律，以及筆、墨、紙、彩本具的性能，故
捨去成規性的皴法而存筆；筆之性能無非點與線，而點與線又可做長短伸縮
之互變。墨也何妨打破成式，濃淡乾濕、潑擦渲染，交相為用。這就是他在
本書中所謂：

> 焦墨乾筆可以表現蒼勁或荒率的筆觸，乾筆容易表現「乾裂秋風，潤
> 含春雨」的效果，善用濃墨乾擦，保持線條的靈動感和趣味性。點可
> 以變成長點或短線，憑當下的感覺行筆用墨，將線條組成不同皴法
> （也許有披麻、折帶、斧劈等古人皴法），但不著意某家，憑著當下眼前
> 山水觀察後的感受，隨意皴擦，將線條作有組織的排列和結構，在亂
> 中找到秩序。35

林永發稱這種皴法為「亂皴」。亂中欲得其序，其妙乃契乎物象之理而
存乎一心之用，並無客觀規式可循，這真是已得「活法」了。於今看來，打
破成規，尋找自己的符號，正是現階段林永發之所致力者；因此頗多「嘗試
性」的筆墨。「亂皴」大約是他目前所掌握很有成效的個人筆法，在上述
〈海潮音〉、〈山遼海闊話臺東〉等幾幅長卷中，已有很精采的表現。

大概由於還在以「破」為先的階段，林永發似乎頗鍾情於「率意」作
畫，儘量不讓筆墨納入齊整而可反復的規律中。他有許多看似「率意」之
作，其表現成功者，卻筆筆相關、墨墨互濟、形形接連，終成整體，而自為
一格；但是，此種活法，存乎一心，相對於客觀化的規式而言，比較具有隨
意性、偶然性，則如何示後起者以津樑？因此目前為止，他的繪畫符號已多

---

35 《自然與藝境》，頁 52。

所創新，卻還沒有統一固定的規式；「變」是這一階段的主調。我在前面說過，他的水墨畫創作，仍在「變化」之中，而且必須在變化之中；但是，我們可以期待林永發將來能讓其作品，在「變化」中展現某種統一、穩定的律則，而為二十一世紀的中國水墨畫建立後起者可以依循的新規式。前文，我已論述過，規式仍有建立的必要。

　　這是一個千古難題，主觀的獨創與客觀的律則，永遠都隨著時代遷移而不斷地辯證著。它沒有固定終結的答案；但是，一個肯用心參與辯證，而和傳統及現代的同道者認真對話的藝術家，卻必然會因為他所提出雖非終結卻有再創意義的回答，而豐富了這一類藝術，並且推動了它的傳統。中國繪畫史，就是被諸多這樣有歷史意識的優秀畫家，前後接續地以其創造性觀念及實踐展現出來；否則，傳統的中國繪畫歷史必趨死亡！已年過五十的當代水墨畫家林永發，應該有資格也有氣魄問自己：「我能站在歷史的那個位置？」其實，不只林永發，凡有創造意圖的畫家，都該這樣問自己！

後記：

原刊《自然與藝境──林永發水墨畫創作理念與作品解析》，臺北蕙風堂筆墨公司出版部，2007 年 10 月。

2015 年 12 月增補修訂。

漢代文人「悲士不遇」的心靈模式

一、引言

　　首先，我們必須界定「心靈模式」一詞的涵義。中國古典哲學中很少用「心靈」這一複合詞，而多用單詞「心」。[1]「心靈」一詞往往只作為一般語詞，泛指一切情感、意志及觀念的心理活動，而無特定理論之概念內容，例如《隋書・經籍志》云：「詩者所以導達心靈，歌詠情志者也。」[2]至於佛經中，「心靈」也是一般涵義之雜語，統括諸識而言，因「心」之作用靈妙，故稱為「心靈」。[3]至於西方哲學中，「心靈」一詞，希臘文 Psychē，德文 Seele，或英文 Soul，其作為哲學之術語，則涵義隨各種學派理論而作不同之界定。[4]本文所用「心靈」一詞，並不以任何一家之說的理論為依據，故亦不必去討論西方何種學派對它所作的界義。

　　我們所謂「心靈」不做為一種特殊理論之術語，而視作一般性語詞，將它的基本概念規定為靈性或精神性之心理活動，而不指涉生理性感覺官能的

1　韋政通主編：《中國哲學辭典大全》（臺北：水牛圖書出版公司，1983 年），不列「心靈」一詞。

2　《隋書》（臺北：藝文印書館，二十五史影印清乾隆武英殿刊本），卷三十二，頁474。

3　參見丁福保主編：《佛學大辭典》（臺北：臺灣印經處，1974 年），冊上，頁 711。

4　參見德國布魯格（Brugger）編著，項退結編譯：《西洋哲學辭典》（臺北：先知出版社，1976 年），頁 385-387。

知覺活動。[5]因此，我們所謂「心靈」乃指主體涉入價值性的文化社會存在情境中，所引生之感情、意志、觀念等精神性的心理活動。

「模式」（Form）意指某一種類之事物所共具普遍的存在經驗形式。它是諸多個別事物之共相，也就是諸多個別事物，以其共同特徵所構成普遍性的存在經驗形式。

綜合言之，本文所謂「心靈模式」乃指諸多個別主體涉入同一種價值性的文化社會存在情境中，從而引生感情、意志、觀念等精神性的心理活動；而凡此精神性之心理活動皆表現出共同特徵而構成普遍性之存在經驗形式。人的生命都是文化性的存在、社會性的存在，也就是都存在於某一涵具「價值觀念體系」的文化傳統及社會區域的「情境」中，故謂之「價值性的文化社會存在」。

本文所要論述之同一種價值性的文化社會存在經驗現象，指的是「士不遇」；即「士」這一階層之人物，在當代政教活動中，所遭受不合理待遇之存在經驗現象。我們把這一文化社會存在經驗現象發生的時間斷限在漢代，而主體人物則劃定為士階層的「文人」，或稱「文士」。「文」相對於「武」；「文人」、「文士」即是指以文學為能事之人士；而「文學」不是狹義的指文章創作，乃廣義的指非武力爭戰之一切文化社會實踐及知識活動，文章創作當然包括在內。

我們之所以選擇漢代文人「士不遇」這一文化社會存在經驗現象作為討論範圍，乃因為漢代諸多文人以「士不遇」為主題，依藉文章寫作之能事，描述了這一類頗為普遍性的文化社會存在經驗現象。「士不遇」這一文化社會存在經驗現象，雖已屢見於先秦時代；但是，卻必須到兩漢，才被作為文章創作反覆出現的主題，而逐漸形塑成固定的「心靈模式」。

兩漢之後，士人們這一文化社會存在經驗現象，當然還是不斷在發生；而文學創作上也同樣經常以它作為主題，但大致上仍是漢代文人所形成的此

---

5 所謂生理性感覺官能的知覺活動，指眼、耳、鼻、舌、身等感官作用於物質對象，而產生顏色、形狀、聲響、味道、質地等知覺經驗。

一心靈模式的延續發展。因此，討論中國古代文人「悲士不遇」這一心靈模式，應當以漢代為中心，再向上追溯其源流，向下觀察其演變。

漢代文人直接或間接以「悲士不遇」作為文章主題的作品，大約計有：

△賈誼：弔屈原賦、鵬鳥賦、惜誓

△董仲舒：士不遇賦

△淮南小山：招隱士

△嚴忌：哀時命

△司馬相如：美人賦

△鄒陽：獄中上書

△東方朔：七諫、非有先生論、答客難、嗟伯夷、誡子詩

△司馬遷：悲士不遇賦

△王褒：九懷、聖主得賢臣頌

△劉向：九歎、條災異封事

△揚雄：太玄賦、逐貧賦、解嘲、反離騷

△馮衍：顯志賦、自陳疏、自論

△劉歆：遂初賦

△崔篆：慰志賦

△桓譚：陳時政疏

△梁竦：悼騷賦

△班彪：悼離騷

△班固：幽通賦、答賓戲

△崔駰：達旨

△張衡：思玄賦、歸田賦、應間、四愁詩

△荀悅：馮唐論、鄭崇論

△王逸：楚辭章句序、九思

△蔡邕：弔屈原文、述行賦

△禰衡：鸚鵡賦

　　以上二十四家、四十四篇，[6]為數不少，可見出「士」之遇或不遇，確是漢代文人「同情共感」的文化社會存在經驗現象。因為我們所要研究的主要範圍是漢代文人「悲士不遇」的心靈模式，自當以他們言志抒情的文章作為最直接的文獻；然而，這些文人大多不是純以文章為能事者，而是政治性人物，其作品所表現的也都是攸關政教的情志內涵，因此我們雖只以文章作品為主要文獻，卻不礙將「文人」作廣義的解釋。

　　他們對這文化社會存在經驗現象，有什麼深切的情緒感受、有什麼強烈的意志趨向、有什麼複雜的觀念思惟？這實在是值得討論的問題。對於這個問題，我們預計做以下的理解、詮釋：

　　(一)「悲士不遇」這一心靈模式如何形成？漢代之後，又有何發展？

　　(二)這一心靈模式實質的經驗及觀念內容如何？也就是諸多個別主體對「士不遇」這一文化社會存在經驗現象有什麼具體的共同感情經驗、意志趨向與觀念思惟？

二、「悲士不遇」心靈模式的形成與發展

　　人們在文化社會存在活動中，一種普遍心靈模式之形成，必然是由前代

---

[6] 上列諸作，或見於明代張溥：《漢魏六朝百三名家集》（臺北：文津出版社，1979年）。其中，賈誼之作見於《賈長沙集》、董仲舒之作見於《董膠西集》、司馬相如之作見於《司馬文園集》、東方朔之作見於《東方大中集》、王襃之作見於《王諫議集》、劉向之作見於《劉中壘集》、揚雄之作見於《揚侍郎集》、馮衍之作見於《馮曲陽集》、劉歆之作見於《劉子駿集》、班固之作見於《班蘭臺集》、崔駰之作見於《崔亭伯集》、張衡之作見於《張河間集》、王逸之作見於《王叔師集》、蔡邕之作見於《蔡中郎集》。此外，或見於清代嚴可均：《全上古三代秦漢三國六朝文》（臺北：世界書局，1982年），嚴忌、鄒陽之作見於《全漢文》卷十九、淮南小山之作見於《全漢文》卷二十、司馬遷之作見於《全漢文》卷二十六、崔篆之作見於《全漢文》卷六十一、桓譚之作見於《全後漢文》卷十五、梁竦之作見於《全後漢文》卷二十二、班彪之作見於《全後漢文》卷二十三、荀悅之作見於《全後漢文》卷六十七、禰衡之作見於《全後漢文》卷八十七。後文徵引諸作，版本皆仿此，不再一一附注。

歷史傳統之文化社會存在經驗的累積、當代文化社會存在經驗的普及、個人文化社會存在經驗的深切所會合而來。而所謂歷史經驗、當代經驗、個人經驗，只是分解性認知之區別，若就此一心靈模式之實在，則為三者之辯證融合。

　　所謂「歷史經驗」乃是群體生命存在歷程的實踐經驗。此一歷程，於時間是因果辯證性的連續，故前代、後代只是時間次序相對性的概念，而個人生命為群體生命之一成分，所謂個人文化社會存在經驗，就其不可替代、不可重複之偶然性，是個別的、孤立的經驗；然而，人之不同於動物，即是其存在經驗之發生，並不單純源自於物質性的生理官能，而是更深層的源自於精神性的心靈官能，此一精神性心靈官能，不論其自覺與否，均有一價值觀念以為支配；而價值觀念乃是歷史文化發展歷程中，所逐漸形塑、規範而成。因此，個人文化社會存在經驗，不管從歷時性的因果關係或從並時性的互動關係而言，它與所謂前代文化社會經驗及當代文化社會經驗都是辯證融合為不可分割的整體。故每一個人都既是個別的存在，也是歷史文化性及社會性的存在。理解個人必須理解歷史文化及社會；理解歷史文化及社會也必須理解個人。

　　準此，欲理解漢代文人諸多個別主體「悲士不遇」的心靈模式，當然不能把任何一個人的經驗視為個別的、孤立的、偶然的經驗。首先，我們就必須理解這一心靈模式與前代歷史傳統之文化社會存在經驗的辯證關係。

　　對於知識階層的士人而言，個體之與歷史文化的關係，絕非現實生活中，全無自覺反省的習性反射。換句話說，士人個體對歷史文化皆當有一定程度的自覺認識，此之謂「歷史意識」。而所謂「歷史意識」不僅是意識到個我存在於歷史文化傳統所構成的「情境」之中，同時對於前代之歷史經驗亦能有相當的認知與感受，進而形成具有價值意識的觀念。漢代文人也就是在清楚的歷史意識中，認知及感受了前代「士不遇」的諸多文化社會存在經驗，從而形塑了他們的「心靈模式」。

　　前文所列以「士不遇」為主題的文章中，幾乎都不只是在抒發個人的遭遇經驗，而是多藉前代諸如比干、箕子、伯夷、叔齊、屈原等歷史文化經

驗，以表顯「士不遇」之悲情與意義。換言之，漢代文人「悲士不遇」之心靈模式，除了當代個人經驗而外，更是受到前代歷史文化經驗所形塑而成。

　　歷史文化經驗能對後代的文化心靈構成明顯的形塑作用，則必是典型性之經驗。漢代之前，「士不遇」的典型性經驗，大約主要有三種類型：

　　(一)伯夷、叔齊不遇於周，餓死首陽山。

　　(二)孔子、孟子周遊列國之不遇而歸。

　　(三)屈原忠而受謗，不遇於楚王，終投江而死。

　　這三種「士不遇」的典型，從他們在政治上沒有受到重用的結果來看，雖然都很類似；但是，就整個經驗的過程而言，卻存在著頗大的差異性。其差異性如何辨識？主要可有下列三方面的辨識基準：

　　第一方面的辨識基準是「君臣對待」的關係。我們可以說，在隋唐科舉制度完全建立之前，文士之遇或不遇，主要不是「人」與「制度」的對待關係，而是「人」與「人」的對待關係。尤其在先秦時代，封建制度還未建立或已瓦解的兩個階段，人才的進用並無中介性的固定制度，政治集團的領袖直接掌握用人的權力，用人者與被用者之間存在著「供／需」的直接關係，其間頂多透過某個中介人的引薦，故《論語・子罕》記載孔子曾將自己當作人才貨品，云：「沽之哉！沽之哉！我待賈者也。」[7]在這種政治文化場域中，文士之遇與不遇，首先就要從君臣直接對待關係上來觀察。

　　從這個「君臣對待」關係的基準來看，第一種「士不遇」類型的伯夷、叔齊，乃封建制度未形成之前的「士」。[8]他們與周武王之間的君臣關係並未確立。為什麼？因為當時真正的「君」是殷商的紂王，伯夷、叔齊原為孤

7　何晏集解，邢昺疏：《論語注疏》（臺北：藝文印書館，1973 年，十三經注疏影印嘉慶二十年江西南昌府學重刊宋本），卷九，頁 79。後文徵引《論語》，版本皆仿此，不一一附注。

8　「士」在身分上的界定，說法頗多。他是低階級的貴族，也是高階級的平民，並具備知識，甚至以政教理想為志。伯夷、叔齊時，封建制度未建立，他們又是高階級的貴族，實不得稱之為「士」；但是此處「士」為廣義用法，不指涉其社會階級，而指涉其才德學識。

竹君之子，與周武王同為殷之諸侯。他們之投奔姬周，是道義上的嚮往，
《史記‧伯夷傳》即云：「伯夷、叔齊聞西伯昌善養老，盍往歸焉？」[9]因
此，周武王雖是政治集團的領袖；但是，與夷齊之間並非政治官僚體制中的
上下主從關係，而是道義上平等對待的關係。然則，彼此既無確定性的君臣
關係，或遇或不遇，皆是上不傷君道，下不傷臣德。

　　第二種「士不遇」類型，春秋戰國時代，封建制度已漸解體，「士」乃
從固定的位階游離出來，成為所謂「游士」。顧炎武《日知錄》說：「邦無
定交，士無定主」，[10]也就是指出「士」與「諸侯」之間的關係多元化、浮
動化。因為當時名義上的「君」──周天子還在，諸侯雖然掌握用人的實
權；但是，在政治倫理上，誰也沒有資格對士建立一統性、確定性的君臣關
係。當時，被任用的「士」與用人的「諸侯」之間，上焉者建立在「道義」
關係，下焉者建立在「利害」關係。儒家之士，以「道」自許，故其去就乃
以諸侯之君是否「致敬有禮，言將行其言」為判斷依據。[11]縱橫家之士談的
是政治功利，其理想性固無儒士之崇高；然而，他們是否願就某一諸侯，也
同樣取決於諸侯之君是否能以禮接之，並且實行他的政治主張。因此，不管
如何，先秦之士多持「道」與「勢」相抗，爭取與王侯之間保持一種師友而
非君臣的關係。[12]他們的去就並未被一客觀必然的政治制度所決定，而有相
當的自主性。遇或不遇，仍有自我抉擇的可能，故而「命限」的色彩便沒有
那麼濃厚。

　　第三種「士不遇」類型，屈原同樣處在戰國時代；然而很特殊的是，他

9　司馬遷：《史記》（臺北：藝文印書館，二十史影印清乾隆武英殿刊本），冊二，卷
　　六十一，頁 851。後文徵引《史記》，版本皆仿此，不一一附注。

10　顧炎武：《日知錄》（臺南：唯一書業中心，1975 年），卷十七，頁 375。

11　《孟子‧告子》：「所就三，所去三。迎之致敬以有禮，言將行其言也，則就之。禮
　　貌未衰，言弗行也，則去之⋯⋯。」參見趙岐注，孫奭疏：《孟子注疏》（臺北：藝
　　文印書館，1973 年，十三經注疏影印嘉慶二十年江西南昌府學重刊宋本），卷十二
　　下，頁 223。後文徵引《孟子》，版本皆仿此，不一一附注。

12　參見余英時：《中國知識階層史論》（臺北：聯經出版公司，1980 年），頁 74。

卻絕無「游士」的文化性格。賈誼在〈弔屈原賦〉中曾質疑的說：「歷九州
而相其君兮，何必懷此都也。」司馬遷在《史記・屈原傳》中也順著賈誼此
意而提出疑問：「屈原以彼其材，游諸侯，何國不容，而自令若是！」漢代
文人對屈原這種不輕於去就的質疑，並非不能瞭解屈原的情志，而是他們自
身「苦於不能游諸侯」的心理投射；但是，從他們的質疑，反而可以觸發一
個問題：為什麼屈原處於戰國，可「以彼其材，游諸侯」，而他卻執著於只
做楚國的忠臣？對於這個問題，大約可從三個觀點去得到理解：

　　第一個觀點，應該是屈原個人獨特的氣質性。他在〈橘頌〉中以橘性
「受命不遷」隱喻自己，[13]充分表現出從情感而生的固執性格。

　　第二個觀點，《史記・屈原傳》說他是「楚之同姓也」。宋代鄭樵《通
志略》說：「屈氏：芊姓，楚之公族也。莫敖屈瑕食邑於屈，因以為氏。三
閭大夫屈平，字原，其後也。」[14]然則，屈原乃楚王室的宗族，或因此而抱
持與王室共存亡的情操。

　　第三個觀點，不管就政權或文化來說，「楚」都是自別於北方之「周」
而獨立的政治集團。春秋時代，南方的蠻夷，除「巴」之外，全為楚所併
吞。[15]換句話說，楚自春秋以來，統一了南方吳越以外的地域，而在文化與
政治上和周相抗衡，《史記・楚世家》載，楚子熊渠說：「我蠻夷也，不與
中國之號諡。」楚武王也自稱「我蠻夷也」。而楚莊王問鼎於周，顯然也是
將抗爭提高到與周天子相對的層次。雖然，春秋中期以後，楚在文化上頗曾
認同華夏，故《左傳・襄公十三年》記載，楚國子囊云：「赫赫楚國，而君

13 屈原：〈橘頌〉，參見王逸章句、洪興祖補註：《楚辭補註》（臺北：藝文印書館，
　　1968 年，汲古閣本），卷四，頁 254-257。後文徵引《楚辭》，版本皆仿此，不一一
　　附注。

14 鄭樵著，何天馬校：《通志略》（臺北：里仁書局，1982 年），〈氏族略〉第三，
　　頁 40。

15 參見潘英：《中國上古史新探》（臺北：明文書局，1985 年），冊上，第二章，第
　　四、五、六節。

臨之；撫有蠻夷，奄征南海，以屬諸夏。」[16]但是，顯然仍以南方代表華夏而撫有蠻夷的政治集團自居，以對抗北方的另一政治集團。稱盟於北方的晉、齊，其所欲攘除之「夷」，除狄之外，最主要的對象就是楚。[17]

因此，從春秋以下，楚雄據於南方，不管是文化或政治都是與周抗衡，而形成「小一統」的局面。在一統的政治格局中，士之仕進比較缺乏自主性的選擇，君臣上下的政治倫理關係也容易被確立下來。因此，春秋戰國時代，楚的士人雖亦有出仕他國的情形，所謂「楚材晉用」；但是，畢竟多為罪臣出亡，《左傳‧襄公二十六年》載伍舉奔鄭、《史記‧伍子胥傳》載伍子胥奔吳，即是很好的例子。屈原在這種政治格局中，除了自己的性情和身分之外，也很難像北方諸國的士人，將游於諸侯視為當然的行為。

從以上的比較來說，前二種類型，所謂君臣乃建立在道義平等對待的關係，因此「士」在政治活動中，並未被納入官僚體系的主從階級結構，而仍然保有自主性的選擇。後一種類型，屈原則在橫向的一統政治格局與縱向的官僚體系，被決定在一無自主性的主從階級結構中，而特顯其「命限」的色彩。

由屈原所展現的君臣對待關係，更有一深層的意義，即是使「忠君」之倫理道德趨向絕對化。孟子曾致力於建立君臣平等對待的政治倫理，因此「忠君」的倫理道德是相對的關係。他在《孟子‧離婁》中便很大膽地說：

> 君之視臣如手足，則臣視君如腹心；君之視臣如犬馬，則臣視君如國人；君之視臣如土芥，則臣視君如寇讎。

然則，「忠君」的道德規範，必須相對於「敬臣」才能成立。至於屈原，則將此一政治倫理道德絕對化，不管楚王如何昏庸，如何貶逐他，他仍

---

16 參見杜預注，孔穎達疏：《春秋左傳注疏》（臺北：藝文印書館，1973 年，十三經注疏影印嘉慶二十年江西南昌府學重刊本），卷三十二，頁 556。

17 參見潘英：《中國上古史新探》，冊上，第二章，第四、五、六節。

然還是盡忠於楚王，故《史記·屈原傳》云：「屈平既嫉之，雖放流睠顧楚國，繫心懷王，不忘欲反，冀幸君之一悟，俗之一改也」。何以如此？其中有一很大的關鍵，即是屈原實將「悟君」與「改俗」視為一事，故忠君的終極理想，乃在於改革社會。孟子所提出的「忠君」觀念，除了游士的時代政治處境之外，背後另有一套「民為貴、社稷次之，君為輕」的政治理念為依據。而屈原則在「小一統」的政治格局中，無法選擇國君，一國之事繫於一人（君）之身，故欲「改俗」則必「悟君」，遂將「忠君」與「改革社會」視為同一件事。這其實已顯示了在一人專制的政治格局中，懷抱理想之士在政治改革的活動中，很難規避的政治倫理。

第二方面的辨識基準是：其人之不遇，是否受到邪佞之輩的排擠，而形成一樁背理傷德的政治事件。

人性為創造理想價值之根源。當人性通過個體生命而實現為事功與道德，則此一生命即為一價值實在體。而價值之實現，在羣體的價值交換行為中，其本身即涵有一合理的報償率。而報償的方式很多，傳統對士人的人性價值所肯認的主要報償方式是政治價值（或社會）位階的分配。由此，在我們的理想中，人性價值與政治價值位階實有一合理對應的結構，而形成一套才德與權位相配的報償性價值體系。

此一價值體系在先秦時代，仍以一概括性的意識形態存在，尚未形成與政治體制結合的系統，例如《荀子·君子》中，提出「尚賢使能」而「等貴賤」的觀念；[18]但是，並未具體提出才德高低與政治權力位階的配置系統。到了漢代，則此一配置系統大致已經完成。班固《漢書·古今人表》從人性之善惡賢愚區分為九個價值位階，[19]此一人性價值位階雖未與政治價值位階

---

18 《荀子·君子》：「尊聖者王，貴賢者霸，敬賢者存，慢賢者亡，古今一也。故尚賢使能，等貴賤，分親疏，序長幼，此先王之道也。」參見王先謙：《荀子集解》（臺北：世界書局，1971 年），卷十七，頁 302。

19 班固著，顏師古注，王先謙補注：《漢書補注》（臺北：藝文印書館，二十五史影印光緒庚子長沙王氏校刊本），卷二十。後文徵引《漢書》，版本皆仿此，不一一附注。

作系統性的配合；但是，實已隱涵這種報償性的觀念，因為這種位階的區分並非只是事實的描述，而更是價值的評估，寓褒貶於其中，故班固在本表的序言云：「歸乎顯善昭惡」。王先謙補注在〈古今人表〉篇名下，引錢大昕云：「失德者雖貴必黜，修善者雖賤猶榮。」這種評價，頗具理想色彩。

　　《漢書‧古今人表》之制作，除在理想上從才、德以評價人物之外，實亦與漢代選舉人才的制度有關，品鑑人物亦所以為選舉人才的理論依據。這種關係，後來完整地表現於劉邵的《人物志》，從人性的品鑑上達到「量能授官」的合理性，他在〈流業〉中分人才為十二等，而各有合理對應的政治價值位階。[20]這當然不是劉邵個人的理論建構，而是參考了漢代政治上用人的實際經驗。這種人性價值位階與政治價值位階的合理相配，從因才適用的角度來看，是「功能性」的意義。從價值分配的角度來看，則是「報償性」的意義。此一報償的合理性，簡單的說，才、德之大者應該被分配在高層的政治價值位階上。若反之，才、德之大者被分配在低層的政治價值位階上，甚或被擯棄在外，是為「背理」。假如，此一「背理」現象出自邪佞者不良動機之排斥，是為「傷德」。

　　才、德主體在現實政治價值位階中，可以有他的自主性，但是也有被決定性。自主性表現於才、德主體在政治價值位階上，對去就的主動性選擇。其遇，為出於意志的承受，而非違背意志的屈就；其不遇，為出於意志的引退，而非違背意志的逼退。更有進者，當其不遇，亦能在內心自為超越，而不受困於挫折之情緒。被決定性則表現於才、德主體在政治價值位階上，去就乃出於被動性之擺佈。其遇，為違背意志之屈就；其不遇，為違背意志之逼退。更有進者，當其不遇，未能在內心自為超越，而受困於挫折之情緒。所謂「背理傷德」，大多發生在後一境遇中。

　　我們在此一理論基礎下，審視伯夷、叔齊以大德者而不遇，似為「背理」；然而，他們所對為聖明的政治領袖，彼此為道義性關係，去就皆出於

---

[20] 劉邵：《人物志》（臺北：臺灣中華書局，1983 年，四部備要據金臺本校刊），卷上。

自主性的選擇，故非被決定性之遭遇，無所謂「傷德」。其不遇之背理性，既不出於人道之不正，則唯有從天道之公平性上去質疑。司馬遷《史記・伯夷傳》對於夷齊之不遇於周武王，在人道上的解釋是：「道不同，不相為謀，亦各從其志也。」可見武王無「傷德」之處。但是，司馬遷又不免對天道之報償是否合理提出質疑：「余甚惑焉，儻所謂天道，是邪！非邪！」

　　孔、孟諸游士，在君臣對待關係上，能保持其自主性。他們挾其才德游走於諸侯之間，尋求知遇，以得大用。諸侯之君可以選擇他們，他們也可以選擇諸侯之君，故其遇或不遇，乃取決於彼此之是否相知相賞，不完全被決定。從這層次而言，其不遇雖有背理性，於天道報償為可疑，於人道則可有「知音難逢」之嘆，卻無「傷德」之怨。

　　至於屈原為高才大德者，在人性上特顯其崇高之價值；而在政治價值位階上，卻終究不能獲致合理的安置。其不遇，也在政治官僚體系上，出於被決定的擺佈。《史記・屈原傳》云：「上官大夫與之同列，爭寵而心害其能。」然則，屈原之不遇，乃出於邪佞之徒的讒害，在人道上極顯其「傷德」。

　　第三方面的辨識基準是：其不遇所構成的悲劇強度究竟有多高？悲劇的構成，通常有主、客二種因素。主觀因素為個人的性格與觀念，客觀的因素則為一自由意志所無能把握的命遇。悲劇之構成，有時是一種因素之作用，有時為二種因素之交互作用。

　　從性格、觀念與客觀命遇的關係上來說，理性人格以及由此人格所成之價值觀念，往往能對命遇起著超越之作用，而解消悲劇；此即儒道所謂知命、安命的曠達人生觀。而氣性人格以及由此人格所生之感性衝動或價值觀念，往往能對命遇起著陷溺之作用，而構成悲劇。

　　悲劇之最高強度即是死亡。伯夷、叔齊與屈原，皆由氣質之清而順成道德之高潔，亦由此氣性人格所生之感性衝動及價值觀念，對命遇起了陷溺之作用，而構成死亡的強度悲劇；但是，二者之間，又略有一差別：即夷齊之不遇，為出於自主性之選擇，故被決定之命遇色彩較低。其死亡又為殉道之自主性選擇，別人從客觀的立場看待此事件，雖為一悲劇；但是，從夷齊主

觀之情志而言，實無悲怨，借《論語‧述而》孔子一句話來說是：「求仁得仁，又何怨乎？」但是，屈原之不遇，非出於自主性之選擇，故特顯其被決定之命遇色彩。其死亡亦在命遇的逼迫下，所作不得已之選擇。因而屈原之死，不管就其個人主觀之情志或別人客觀之看待而言，皆是一充滿哀怨之悲劇。至於孔孟則由理性之明而逆覺道德之圓通，而由此理性人格及所成之價值觀念對客觀命遇起了超越之作用，終而解消悲劇。

從現有史料來看，漢代文人對孔孟一類游士之不遇，並不相應；於夷齊之不遇，則雖同情而不共感。而於屈原之不遇則極為相應，不但同情，更有共感。前文所列漢代以「悲士不遇」為主題的四十多篇文章中，直接描寫屈原之不遇，或間接將自己之不遇類比於屈原，而仿其騷體的作品，竟有十多篇。足見屈原不遇的悲劇，非常引發漢代文人普遍而深刻的感受。何以如此？徐復觀所作的解釋是：

> 離騷在漢代文學中所以能發生鉅大地影響，一方面固然是因為出身於豐沛的政治集團，特別喜歡「楚聲」，而不斷加以提倡。另一方面的更大原因，乃是當時的知識分子，以屈原的「信而見疑，忠而被謗，能無怨乎」的「怨」，象徵著他們自身的「怨」；以屈原的「懷石遂自投汨羅以死」的悲劇命運，象徵著他們自身的命運。[21]

徐復觀這個見解頗能洞察漢代文人的普遍心靈。準此，則漢代文人「悲士不遇」心靈模式的形成，屈原的經驗實在起了極大的形塑作用。其中原因，主要是他們當代經驗與屈原的經驗頗具類似性。我們可在徐復觀的觀點基礎上，將漢代文人的當代經驗與前述的歷史經驗作更詳細的比較。

首先，從深層性的文化思想來看，漢代「氣化宇宙論」的哲學思想與孔孟「心性論」的哲學思想實不相類，因漢代的文人並不瞭解孔孟。在「氣化

---

[21] 徐復觀：《兩漢思想史》（臺北：臺灣學生書局，1989 年），卷一，頁 284。

宇宙論」衍生下，漢人多由氣質性以理解人格。[22]這一進路，很難體受孔孟由理性之明所逆覺道德圓通而超越命遇的人格型態。反之，對夷齊與屈原由氣性之清所順成道德高潔而陷溺於命遇的人格型態，則甚能體受。尤其是屈原，盡才盡性盡情，而終究以死殉道，構成強度的悲劇，除主體氣性發顯為道德而讓人敬慕之外，更比夷齊多一層客觀「命限」的逼迫而引人痛惜。

這一強度的悲劇，對「以才應命」的漢代文人而言，很容易產生同類共感的體驗。司馬遷在《史記‧屈原傳》中即表示讀〈離騷〉而「悲其志」，並「垂涕想見其為人」。對於屈原的人格，他的體受是「其志絜，其行廉」，「蟬蛻於濁穢，以浮游塵埃之外，不獲世之滋垢，皭然泥而不滓者也」。王逸〈楚辭章句序〉也稱「屈原膺忠貞之質，體清潔之性」，而在〈離騷經序〉中又說「凡百君子莫不慕其清高，嘉其文采，哀其不遇而愍其志焉」。[23]凡此皆可以說明漢代文人乃直接體受到屈原由氣質性所發顯的清高廉潔，而又為其不遇感到深沈的哀傷。

其次，從表層的政治體制來看。漢代是大一統的專制帝國，雖然漢初仍然保留著周代封建的制度，天子之下還有分封建國的諸侯王；但是，這種情況畢竟與春秋戰國，王室陵夷、諸侯專權頗為不同。在大一統專制的格局下，最高的支配權不在諸侯王，而在皇帝一人。皇帝的人格與威權被神聖化、絕對化，沒有任何相對的批判與節制的力量，故天下諸士莫不在彼一人的牢籠之中。[24]

大一統專制的政治格局，對於士人出處進退最顯著的影響；第一方面的影響便是在橫向的活動中，由多元收束為一元，由浮動而轉趨固定，因此漢代的文士已失其「游」的環境。當然，此種轉變非「突」而「漸」。漢初，諸侯王仍延續戰國養士之風，《漢書‧鄒陽傳》云：「漢興，諸侯王皆自治

[22] 參見勞思光《中國哲學史》（香港：香港中文大學崇基學院，1980 年），第二卷，第一章〈漢代哲學〉。

[23] 王逸：〈楚辭章句序〉、〈離騷經序〉，分別參見洪興祖：《楚辭補註》，卷一，頁84-90，頁 10-12。

[24] 參見徐復觀：《兩漢思想史》，卷一，頁 135-147。

民、聘賢。」其中以吳王濞、梁孝王、淮南王、衡山王、河間獻王最為著名。當時，枚乘、嚴忌、鄒陽、司馬相如等文士，皆游於諸侯王之間；然而，諸侯王的養士對中央集權的一人專制政局十分威脅，皇帝對諸侯王也始終非常猜忌。《漢書‧淮南王傳》記載淮南王劉安被以「謀反」的罪名誅死、〈河間獻王傳〉也記載河間獻王在受到武帝的警告之後，「歸即縱酒聽樂，因以終」。同樣的冤獄迫害，也發生在東漢，《後漢書‧光武帝紀》記載光武帝建武二十八年，「詔郡縣捕王侯賓客，坐死者數千人」；[25]〈光武十王傳〉也記載，明帝永平年間，楚王英「交通賓客」，被以「逆謀」之罪廢徙丹陽涇縣，終自殺而亡。諸侯王在皇帝的構陷迫害以及「削藩」的政策之下，[26]逐漸失去封地分權的力量。漢武帝時，諸侯王已與有名無實的列侯無異，至哀平之際，則已與富室無異。[27]

　　在這種政局日趨中央集權專制的情況下，漢代的文士實已很難游走於諸侯之間，取得政治權位，以施展個人的抱負。根據余英時的說法，秦漢之後，中國知識階層即從戰國的無根「游士」轉變為具有深厚的社會經濟基礎的「士大夫」，士與宗族緊密結合而「士族化」、與田產結合而「地主

25　參見范曄著，李賢注，王先謙集解：《後漢書集解》（臺北：藝文印書館，二十五史影印乙卯長沙王氏校刊本），冊一，卷一。後文徵引《後漢書》，版本皆仿此，不一一附注。

26　「削藩」之事，詳見《漢書補注》卷四十八〈賈誼傳〉、卷四十九〈爰盎鼂錯傳〉。漢初，高祖除了中央直轄區域外，地方則採行周代封建與秦代郡縣的混合制。分封同姓子弟為「王」，是為「諸王國」；又分封功臣為「侯」，其食邑略如一縣之大，是為「諸侯國」。如此讓宗親與功臣彼此牽制，稱為「郡國並行制」。然而，至文帝時，諸王已逐漸坐大，驕縱不法，甚至有篡奪帝位之野心。賈誼進治安之策，獻謀「眾建諸侯以少其力」，亦即諸王侯去世，不由嫡長一系繼承，而分封諸子，瓜切其地，削小封邑，以弱其國力，稱為「削地」或「削藩」。文帝老成，不敢貿然定為政策，只處理分化齊國與淮南國等少數個案，即已引發九次變亂。至景帝即位，諸侯更是驕橫，爰盎就曾建議施行「削地」；鼂錯更是力主此策，因而引發「七國之亂」。事可詳參傅樂成主編：《中國通史》（臺北：長橋出版社，1979 年），其中鄒紀萬著：《秦漢史》，第一章，第四節，頁 46-47。

27　參見徐復觀：《兩漢思想史》，卷一，頁 175-181。

化」，「游士」的文化至漢代而逐漸告終。**28**因此，漢代的文士其出處進退只剩下皇帝為他們設定好的一條路了。這種處境，與在「小一統」的政局中，除了仕於楚而別無他途的屈原，非常相近。

　　第二方面的影響是，在這種政局中，文士非但在出處進退上，失去多元選擇的可能性，同時也失去「才能」的價值性。才能的價值必須建立在政治功業的競爭中。戰國游士之所以成功立業，最主要的原因是諸侯政治霸權的競爭，導致人才的大量需求，而游士也就是在這一特殊的人才供需市場中，取得與諸侯抗禮的優勢；但是，漢代卻是個大一統的政局。大一統的政治性格不是競爭，而是安定。徐復觀曾提出「一人專制的五種特性」的說法。**29**其中，第二個特性即是商鞅所謂「則民樸壹」。**30**所謂「樸」，也就是誠樸，要求被統治者思想簡單，忠心服從。壹，就是整齊劃一，要求被統治者遵照專制帝王所定的規範去生活，不得追求個人特殊的想法與做法。

　　循此而下，第四個特性即是對一切可能的反抗性社會勢力，必然加以壓制或消滅。而文士是最具知識與特殊價值理想的社會階層，這種才能在政權競逐，優勝劣敗的時局中，可突顯其正面價值。相反的，在追求安定的大一統專制時局中，卻突顯其負面價值。漢初，諸侯王招攬賓客，多少也夾雜著政權鬥爭的意圖，其中吳王濞是個顯著的例子。**31**而梁孝王的賓客鄒陽、公孫詭、羊勝等，在孝王爭立為太子的事件中，其實也扮演著謀士的角色。**32**而淮南王、河間獻王之招攬文士雖無明顯的政權爭奪的意圖，卻被漢武帝猜疑為謀逆。因此，在漢代一人專制的政局下，士非但無所用其才，甚至因才

28　參見余英時：《中國知識階層史論》，頁 86。

29　參見徐復觀：《兩漢思想史》，卷一，頁 135-147。

30　商鞅：《商君書‧農戰》：「善為國者，倉廩雖滿，不偷於農。國大民眾，不淫於言，則民樸壹。民樸壹，則官爵不可巧而取也。」參見朱師轍：《商君書解詁定本》（臺北：世界書局，1990 年），卷一，頁 10。

31　參見《漢書補注》，卷三五〈吳王濞傳〉、卷五一〈枚乘傳〉。

32　參見《漢書補注》，卷四七〈梁孝王傳〉、卷五一〈鄒陽傳〉、卷五二〈韓安國傳〉。

而受害，漢初幾個有才幹的士人，如申屠嘉、鼂錯等皆不能善終。《史記·張丞相傳》說，從申屠嘉死後，陶青、劉含、許昌、薛澤、莊青翟、趙周等人為丞相，都「媕娿廉謹，為丞相備員而已，無所能發明功名，有著於當世者」。

因此，漢代文士在大一統專制格局中，有理想、才能之士，恐怕都不免如屈原在〈離騷〉中所作的感慨：「哀眾芳之蕪穢」。準此，則大一統專制的政局，對士人出處進退之第二方面的影響，即是無可用其才，即是才能價值的貶降。

以上的兩種時代經驗，東方朔在〈答客難〉與〈非有先生論〉二篇文章中，有著極深刻的描寫。在〈答客難〉中，他一方面嚮往著「得士者強，失士者亡」的戰國時代，一方面又感慨於自己處在「聖帝流德，天下震懾，諸侯賓服，威震四夷」的大一統時代。在這時代中，「天下無害菑，雖有聖人，無所施才；上下和同，雖有賢者，無所立功」，因此「賢不肖何以異哉」！在〈非有先生論〉中，則指出在專制統治之下，士人想發揮他的知識與理想，忠言直諫，以盡輔弼之責，乃是「談何容易」之事。假如逢上邪主，可能反罹「誹謗君之行，無人臣之禮」的罪過；但是，志士仁人卻又不願「卑身賤體，說色微辭，愉愉呴呴，終無益於主上之治」，這是一種理想價值與現實處境的矛盾。

除了東方朔之外，揚雄在〈解嘲〉一文中，也指出戰國時代「士無常君，國無定臣，得士者富，失士者貧」。士不但在出處進退上有多元選擇的可能，而且具有重要的價值，其才能得以彰顯，故云「世亂則聖哲馳騖而不足」。而在大一統的政治體制之下，士人只能遵循著統治者所設定的仕宦之路，以取得功名利祿，因此他不能不感慨：「今世策非甲科，行非孝廉，舉非方正……安得青紫。」在這種固定的用人制度之下，往往是「庸夫高枕而有餘」。

東方朔與揚雄很代表性地描述了漢代文士在出處進退上的痛苦經驗。另外，張衡在〈應間〉一文中也有相同的論調，不一一俱引。

第三方面的影響是，在大一統專制政治格局之下，士之仕宦，無可避免

地必須被納入一套以權力位階決定主從關係的官僚體系中。以君臣這一層次而言，決定彼此倫理關係的依據，不是「道義」而是「權力」。道義性的關係是雙向相對的尊重，而權力性的關係則是單向絕對的服從。

漢代一人專制的政體完全形成，皇帝的人格被神聖化，不可懷疑，也不可批判；皇帝的威權被絕對化，不可抗拒，也不可背離。由此，漢代文士之從政者，皆必然在此一嚴密的官僚體系中，服從皇帝的威權，君臣之間不再是春秋戰國時代的道義相對關係。就以「百官之長」的宰相而言，士人固然可以位至一人之下的宰相；但是，由於宰相與皇帝仍屬權力位階上的關係，權力來源是皇帝，在行政體系中，名義上雖如《荀子‧王霸》所謂「相者論列百官之長，要百事之聽」；但是，一切政治作為都是「以效於君」。因此，在政治上，最高的決定權仍在皇帝手上。

漢代自高祖以來，雖然因應政治實務上的需要，延續戰國時代的宰相制度；但是，卻又顧慮宰相分去君權，故諸帝莫不一方面要求宰相辦事，一方面又壓制他的權力，讓宰相實質上成為聽命行事的僚屬。[33]宰相如此，其他官吏更不用說了。文帝時代的名士賈誼曾任「大中大夫」這一官職。申屠嘉為相，鄧通以「大中大夫」得幸於文帝，卻侍寵而怠慢申屠嘉。申屠嘉決意要嚴辦他，以死定罪。文帝派使者持節召鄧通而謝宰相曰：「此吾弄臣，君釋之」。從這事件，我們可以窺知在皇帝心中，「大中大夫」這個官職只不過是「弄臣」而已。那麼賈誼雖受知於文帝，任為「大中大夫」，其倫理關係恐怕也不能與梁惠王、齊宣王之對孟子相提並論。漢代文人在這一官僚體系中，其縱向的進退也就完全被決定了。

同時，在這大一統專制政局中，隨著皇帝的人格與威權被神聖化、絕對化，「忠君」的精神也被絕對化了。孟子所倡導相對義的「忠君」精神，秦漢之後已不再有實現的可能。「忠君」精神之絕對化開創於屈原；但是，屈原視「忠君」為絕對義，乃是出於「改俗」的政治理想，是人臣自律的道德行為。漢代「忠君」精神之絕對化，則是統治者為維護君權之神聖性與絕對

---

33 參見徐復觀：《兩漢思想史》，卷一，頁 225-232。

性，而對臣僚所作的強求。

　　很有趣的是，漢代君、臣都同時在利用屈原的「忠君」精神；但是兩者的立場、觀點及其意圖，卻彼此對立。做為臣子的文人，在以屈原為題材的文章中，都從「直諫」的角度以發顯屈原的「忠君」精神，其中隱涵著漢代文人以導正君德的道義精神，去詮釋「忠君」觀念的祈嚮；然而，相對的，《漢書・淮南王傳》與王逸〈楚辭章句序〉皆記載漢武帝使淮南王劉安作〈離騷傳（或云章句）〉。漢武帝為什麼特別要去顯揚〈離騷〉，其用意恐非純粹愛其文辭。雖然史籍中並未明載武帝的用意如何；但是，我們或可從王逸〈楚辭章句序〉的幾句話推想而知：「人臣之義，以忠正為高，以伏節為賢」。王逸注解楚辭不是個人私作，而是上奏皇帝，當然以君意為立場，其與武帝使淮南王作〈離騷傳〉的立場應無根本的差別。王逸如此強調人臣「忠正伏節」的精神，正透露漢代皇帝對臣僚的要求，而此一要求卻不須在「君德無虧」的條件下成立。漢代文人一方面感受到屈原堅持理想、忠言直諫之可敬，一方面卻又感受到在權力位階的官僚體系中，被要求絕對效忠的痛苦。

　　最後，我們從同僚彼此的關係中，觀察漢代文人的政治經驗。屈原之不遇，最受同情的地方，便是他「信而見疑，忠而被謗」，這是對人性才德價值極大的傷害。「信而見疑」是相對於國君而言，「忠而被謗」卻是相對於同僚而言。而他之所以被謗，是因為上官大夫「爭寵而心害其能」。〈離騷〉一文反復抗訴的也就是這一人性才德價值的傷害，我們可提出「世溷濁而嫉賢兮，好蔽美而稱惡」一語以為指標。漢代諸多有才德的文人對這一「背理傷德」的經驗感受極深，也就是他們的不遇，非如夷齊、孔孟單純只是「道不同，不相為謀，各從其志」而已。其中，賈誼、董仲舒、鄒陽、劉向、劉歆、馮衍、張衡等，皆曾受同僚之謗，輕者疏遠貶斥，重者入獄幾死。[34]故多模擬楚騷之作，以自傷不遇，我們可提出賈誼〈惜誓〉：「悲仁

34　參見《漢書補注》，卷四十八〈賈誼傳〉、卷五十六〈董仲舒傳〉、卷五十一〈鄒陽傳〉、卷三十六〈劉向、劉歆傳〉。另參見《後漢書集解》，卷五十八上、下〈馮衍

人之盡節兮，反為小人之所賊」一語以為指標。此一現象，從它的發生意義來說，是專制政局下，士人的權力鬥爭；因為在專制政局中，臣僚的權力來源是國君，故以政治為業的士人必須在國君之前爭寵；然而，在政治權力鬥爭的行為中，往往不能不去考慮到雙方的人性價值與手段的正當性，因此這一政治現象即隱涵著道德意義。換句話說，這一政治現象，應該超越權力鬥爭的層次，更本質地從人性上作深層的理解。

漢代文人除了班固之外，[35]大抵都確信屈原在這一歷史經驗中，典型的表現了人性的正面價值；而「心害其能」的上官大夫、令尹子蘭等人則典型的表現了人性的負面價值。漢朝文人的確是依循這種君子與小人、善良與邪惡平面性二分的人性觀念，去理解屈原受謗於上官大夫的政治權力鬥爭。其實，這一人性善惡抗爭的認知模式，基本上也就是他們自己政治經驗的類化。

從文獻來看，這種類化由賈誼開始。賈誼在實現自己政治理想的過程中，受到文帝的賞識，權力膨脹過於快速，一年之中，超遷至大中大夫。不久，「天子議以賈誼任公卿之位」。因此，頗召周勃、灌嬰、馮敬等老臣的嫉妒，聯手向文帝詆毀賈誼，說他「年少初學、專欲擅權，紛亂諸事」，於是「天子後亦疏之」。[36]這一權力鬥爭的政治經驗類近屈原受讒於上官大夫的模式。因此，賈誼被貶長沙，渡湘水，憑弔屈原，便將自己不遇的政治經驗與屈原的經驗加以類化。〈弔屈原賦〉就題材的直接意義而言，所悲者雖為屈原，實際上卻是自己情感的投射，故悲屈原亦所以自悲，充滿著隱喻的色彩。

賈誼在這篇文章中，對屈原的人性價值，不管是才能或道德，都給予高度理想的肯定，因此以「鸞鳳」、「麒麟」、「莫邪」等比喻他，甚至明白

傳〉、卷八十九〈張衡傳〉。

[35] 班固：〈離騷序〉以為屈原「露才揚己」，而「責數懷王，怨惡椒蘭」。參見嚴可均：《全上古三代秦漢三國六朝文》，冊二，《全後漢文》，卷二十五。

[36] 參見《史記・賈誼傳》，卷八十四。又《漢書補注・賈誼傳》，卷四十八。

的以「賢聖」稱許他；相對的，以「鴟鴞」、「犬羊」、「鉛刀」等比喻上
官大夫一班小人，甚至明白的指責他們為「讒諛」。在這種歷史經驗的評估
中，屈原之受讒而不遇，已不只是政治權力鬥爭，而是人性價值的鬥爭。

　　這一人性價值鬥爭的經驗模式，乃是通過屈原的政教實踐與〈離騷〉的
自我表述、自我評價而形成。在〈離騷〉一文中，他反復的自我表述受讒而
不遇的經驗，並從才能、道德上作自我評價，以「賢」及「美」肯斷自己，
相對的以「惡」批判對方，而將政治上的權力鬥爭提昇為人性鬥爭。於是，
屈原鑄成之，賈誼推衍之。在〈弔屈原賦〉中，他循著這一人性鬥爭的模
式，悲屈原亦所以自悲，評價屈原亦所以自我評價，批判上官大夫亦所以批
判周勃等人。從〈弔屈原賦〉以下，諸如前文所羅列賈誼〈惜誓〉、董仲舒
〈士不遇賦〉、東方朔〈七諫〉、王褒〈九懷〉、劉向〈條災異封事〉及
〈九歎〉、劉歆〈遂初賦〉、馮衍〈顯志賦〉及〈自陳疏〉、張衡〈思玄
賦〉等，有的複寫屈原的經驗，有的將自己的經驗與屈原類化，莫不把主題
集中在「邪佞害正」這一人性鬥爭，所導致理想價值失落的悲怨上，從而形
成一定的主題模式。

　　綜合以上的分析，漢代文人「悲士不遇」之心靈模式的形成，乃是通過
屈原這一歷史經驗的形塑作用，再加上當代個人經驗的深切與普同，而與歷
史經驗類化而成。

　　至於漢代之後，這一心靈模式既有同質性的延展，也有異質性的轉變。
所謂「同質性的延展」，是指在大一統專制政局中，士人出處進退一元化與
被決性的痛苦；以及在權力位階的官僚體系中，士人一方面以道義期許於國
君而體現忠君的精神，一方面卻又在威權的強制之下，被要求絕對忠實地服
從國君；以及在同僚的關係中，受到背理傷德的讒害。凡此心靈經驗，皆與
漢代文人作同一模式的呈現，這可以陳子昂及張九齡的「感遇」作為代表。
37 而所謂「異質性的轉變」，是指隋唐以後，逐漸出現另一種很個人性的不

37　陳子昂有〈感遇〉三十八首，參見彭慶生：《陳子昂詩注》（成都：四川人民出版
　　社，1981 年），卷一，頁 3-65。張九齡有〈感遇〉十二首，參見張九齡：《曲江

遇經驗模式，其不遇的主因並非邪佞害正，而是個人未能通過客觀科舉制度的考驗。因此，阻礙文人自我實現的主要因素，已經由主觀人性轉為客觀制度。順是而來，則文人的悲怨也由普遍價值理想的失落轉為個人現實功名的挫敗，也就是從充滿政教理想色彩的「悲世之怨」，轉變為充滿功名欲望色彩的「悲己之怨」。38唐代許多在科舉上屢試不中的文人，發抒於詩文中「不遇」的牢騷，基本上就是這一心靈模式，溫庭筠可為典型的代表。39

這一轉變，宋玉已啟其端，東方朔、揚雄又揚其緒；40但是，普遍發展則在隋唐之後。最主要的原因：一是隋唐之後，科舉制度的日趨嚴密，使得文人實現自我的障礙，由人與人的相對轉為人與制度的相對。二是東漢魏晉以來，士人的個體自覺已形成文化上的新思潮。所謂「個體自覺」者，即自覺為具有獨立精神之個體，而不與其他個體相同，並處處表現其一己獨特之所在，以期為人認識之義。41由此，士人也就自覺地關懷到個人才性價值的體現，而才性價值的體現若上通於平治天下的政教意圖，則與普遍價值理想並不違背；但是，若下墮於個人功名利祿的追求，則喪失其理想而俗化為一功利價值矣。隋唐以來，文人所謂「悲士不遇」，其中不乏這種為個人計較的模式。此一轉變，相對於漢代而言，可以說是「悲士不遇」心靈的窄化、俗化，甚至於空洞化。

集》（臺北：臺灣商務印書館，1973 年），卷三，頁 32-34。

38 劉熙載以屈原〈離騷〉為「悲世之怨」而宋玉〈九辯〉為「悲己之怨」。參見劉熙載：《昨非集》（上海：上海古籍出版社，2002 年），卷二〈讀楚辭〉。

39 例如溫庭筠〈過陳琳墓〉詩：「詞客有靈應識我，霸才無主始憐君」、〈蔡中郎墳〉詩：「今日愛才非昔日，莫拋心力作詞人」等，參見曾益注，顧予咸補注，顧嗣立重校：《溫飛卿集箋注》（臺北：中華書局，1982 年）。二詩分別見於卷四、五。按《舊唐書》卷一九〇下〈溫庭筠傳〉載，庭筠士行塵雜，屢試不第。

40 宋玉〈九辯〉已啟文人窮愁之端，而東方朔在〈答客難〉、揚雄在〈解嘲〉中，皆表現個人才性不得用於當世之牢騷。故劉熙載《昨非集》卷二〈讀楚辭〉云：「若悲己則宋玉以下至魏晉人為甚矣」。

41 參見余英時：《中國知識階層史論》之〈士之個體自覺〉，頁 231 起。

三、漢代文人「悲士不遇」心靈模式實質經驗與觀念內容之共同特徵

我們通過前文所列四十多篇文章的理解，大致可以發現漢代文人藉由文章所展示「悲士不遇」，這一心靈模式實質經驗與觀念內容的特徵約為三端：

(一)其感情經驗特徵是，由忠君改俗之政教理想受阻而引生悲怨，可稱之為「忠怨」或「悲世之怨」。

(二)其意志趨向特徵是，堅持此一理想價值，絕不與邪佞者妥協。

(三)其觀念思惟特徵，是由對「時命」的感受，進而思考，以形成特定的命觀。

以下就此一心靈模式實質經驗與觀念內容的三個特徵，逐一詮釋之。

(一)感情經驗特徵──悲世之怨

「怨」，可以說是〈離騷〉的感情特質。漢代以後，「騷」成為文學中一種特定的風格類型，構成此一風格類型的感情特質，也被規定為「怨」。當然，「怨」是籠統言之的感情類型，與「喜」或「樂」相對成義。若進一步理解到，「怨」自何而生？也就是發生這一「怨」情的特殊經驗，則〈離騷〉之「怨」，實緣自才德之士於現實政治活動中，因忠君、改俗之理想受阻而引生之悲怨，《文心雕龍·辨騷》稱為「忠怨」，[42]劉熙載稱為「悲世之怨」。然則，〈離騷〉之「怨」自不同於一般傷春悲秋、男女情愛或功名挫敗等「悲己之怨」。最先指出〈離騷〉這一特殊怨情的人，當推司馬遷，他在《史記·屈原傳》中說：

> 屈平正道直行，竭忠盡智，以事其君。讒人間之，可謂窮矣。信而見疑，忠而被謗，能無怨乎？屈平之作〈離騷〉，蓋自怨生也。

---

[42] 劉勰著，周振甫注：《文心雕龍注釋》：「每一顧而掩涕，嘆君門之九重，忠怨之辭也。」（臺北：里仁書局，1984 年），頁 64。

司馬遷之後，東漢王逸作《楚辭章句》，大抵依循此一見解，故在序文中說：

> 屈原履忠被譖，憂悲愁思，獨依詩人之義而作〈離騷〉，上以諷諫，
> 下以自慰。

然則，由屈原所形塑「悲士不遇」的心靈模式，其感情經驗特質即是「忠怨」。何謂「忠」？盡己之心謂之忠。屈原所盡之心，不是一私己的情欲之心，而是一普遍的政教理想之心。因此，「忠君」不是在權力位階中，對國君威權絕對的服從，並依此條件以企求個人權位的升遷。對屈原而言，「忠君」與「改俗」是同一事，也就是他的「忠君」乃是以政教理想期求國君，並盡此誠心，不稍改易。前文論及屈原「忠君」的絕對精神，已有詮釋。「忠君」須從道義處著眼，始得關聯於「悲世」而展現其理想意義。

「忠君」既以政教理想為價值依據，則其「怨」即生於政教價值理想之失落，而不生於個人現實權位價值之喪失；然而，這是分解性的詮釋，若就一才德主體於現實經驗中的感受而言，屈原個人現實權位價值喪失與政教價值理想失落，實交融而不可分。王逸說屈原作〈離騷〉的用意是「上以諷諫，下以自慰」。諷諫，是為了實現悟君而改俗的政教理想。自慰，是為了寬解個人所遭受的挫折。從這層意義來說，「悲世之怨」與「悲己之怨」可以是一體，普遍而涵個殊，個殊而寓普遍。假如說，風雅代表著未融入抒情自我而只反映社會普遍情志的「言志」文學，而魏晉之後個人抒情作品代表著只表現自我情志的「緣情」文學。那麼，就文學類型而言，〈離騷〉便是兼具二者：就文學史而言，它就是由風雅發展到個人抒情文學之間的橋樑。

〈離騷〉的「忠怨」之所以融合了「悲世」與「悲己」之怨。主要的原因便是屈原的政教理想，不是一種客觀的、理論的概念，而是才性主體在政教實踐中，由氣質之清所順成的價值信仰。換句話說，他的道德是由才性的自我實現所順成，此中並無理性的逆覺，因此他的「善」只能是一種偶然，而無必然的保證。而且，價值既非由理性逆覺而來，乃是由感性執著而來，

一碰到阻礙，便難以自求超越，甚至陷溺為悲劇。這完全是「詩人式」的道德典型，是文學中最感人的一種情操。

我們從〈離騷〉一文中，反復見到的是屈原對自己才能、德行、理想的表白與期許，例如「紛吾既有此內美兮，又重之以修能」、「謇吾法夫前修兮，非世俗之所服」，「民生各有所樂兮，余獨好修以為常」……。然而，他對一己才德的自我表白與期許，其目的並非墮向世俗名利的競逐，而是一一上通於政教之理想，也即是他在〈離騷〉中所謂「指九天以為正兮，夫唯靈修之故也」。因此，在屈原而言，即是性情即是道德。其個人性情之挫折，也即是世間道德之失落，而「悲己」的終極意義乃在於「悲世」。班固不能體會這種深層意義，將「悲己」與「悲世」斷開，只看到屈原在才德上的自我表白，故在〈離騷序〉中指責屈原「露才揚己」。

漢代文人在他們的文章中所呈現「悲士不遇」的心靈模式，也大致以「忠怨」為其情感特質。其中，又可分為二類。一類是以屈原的遭遇為題材所作的複寫，例如王逸《楚辭章句》中所纂輯騷體的作品，即賈誼的〈惜誓〉、東方朔的〈七諫〉、嚴忌的〈哀時命〉、王褒的〈九懷〉、劉向的〈九歎〉、王逸的〈九思〉，再加上《史記》所載賈誼的〈弔屈原賦〉等。這些文章，描寫的重點之一，即是屈原的「忠怨」之情，茲列舉數例以明之：

> △悲仁人之盡節兮，反為小人之所賊。比干忠諫而剖心，箕子被髮而佯狂。……非重軀以慮難兮，惜傷身之無功。[43]
> △哀時命之不合兮，傷楚國之多憂。內懷情之潔白兮，遭亂世而離尤。惡耿介之真行兮，世溷濁而不知。何君臣之相失兮，上沅湘而分離。[44]
> △靈皇其不寤知兮，焉陳詞而劾忠。俗嫉妬而蔽賢兮，孰知余之從

---

[43] 賈誼：〈惜誓〉。
[44] 東方朔：〈七諫〉。

容。願舒志而抽馮兮，庸詎知其吉凶。**45**

△撫檻兮遠望，念君兮不忘。怫鬱兮莫陳，永懷兮內傷。**46**

△若龍逢之沈首兮，王子比干之逢醢。念社稷之幾危兮，反為讎而見怨。思國家之離沮兮，躬護衍而結難。**47**

△悲兮愁，哀兮憂，天生我兮當闇時，被詠譖兮虛獲尤。**48**

　　另外一類則是漢代文人描寫自己的經驗感受，例如董仲舒的〈士不遇賦〉、劉歆的〈遂初賦〉、馮衍的〈顯志賦〉及〈自陳疏〉、張衡的〈思玄賦〉等，皆表現了才德之士的「悲世」怨情。

　　據《漢書·董仲舒傳》，仲舒是極有政教才能與理想的人，卻受嫉於主父偃及公孫弘，因而獲罪。〈士不遇賦〉就是抒發其「忠怨」之情：「屈意從人，非吾徒矣。正身俟時，將就木矣。悠悠偕時，豈能覺矣。心之憂歟，不期祿矣。」**49**

　　劉歆在〈遂初賦〉的序言中說：「是時朝政已多失矣，歆以論議見排擯。志竟不得之官，經歷故晉之域，感今思古，遂作斯賦，以歎往事，而寄己意。」其「忠怨」之情已可想見，故篇中即以屈原相喻：「彼屈原之貞專兮，卒放沈於湘淵；何方直之難容兮，柳下黜而三辱。」

　　《後漢書·馮衍傳》載衍為曲陽令，斬賊有功，「以讒毀，故賞不行」；又因受聘諸侯王，光武帝懲西京外戚賓客，衍受牽連獲罪，遂廢而不用。他在〈顯志賦〉中發抒了一懷「忠怨」之情：「悲時俗之險陂兮，哀好惡之無常。」在〈自陳疏〉中更引前賢以自喻：「董仲舒言道德，見妬於公孫弘。李廣奮節於匈奴，見排於衛青。此忠臣之常所為流涕也。」

　　《後漢書·張衡傳》記載張衡見「時政事漸損」，故常「上疏陳事」，

---

45 嚴忌：〈哀時命〉。

46 王褒：〈九懷〉。

47 劉向：〈九歎〉。

48 王逸：〈九思〉。

49 董仲舒：〈士不遇賦〉。

後為宦官所讒。他在〈思玄賦〉中也表現了此一「忠怨」之情：「感鸞鷥之特棲兮，悲淑人之稀合。彼無合其何傷兮，患眾偽之冒真。」

綜合以上的討論，漢代文人「悲士不遇」的心靈模式，其感情經驗的特質，即是忠君改俗的政教理想受阻所引生的悲怨；因此，文人所悲者不只是一己功名的挫折，而是時代政教的敗壞；更深層的說，那是一種對人性理想價值失落的悲憫。

(二)意志趨向的特徵──堅持理想價值，不與邪佞者妥協

士之不遇原就是政教理想在實現過程中，遭受到阻力。意志受阻，其解消阻力的方式，一可以是克服此一阻力，二可以是屈服於此一阻力，三可以是內心自求超越此一阻力。假如，士能克服阻力，終究實現了理想價值，也就無所謂「不遇」的悲情了；又假如士能在內心自求超越此一阻力，安之若命，則於實際上雖未能改變不遇之困境，卻也可於心靈上化解不遇所引生之悲情；又假如士能屈服於此一阻力，終而向它妥協，或可改變不遇的困難，而解消其悲情。然而，如此則士亦不足以為士，而所謂「士不遇」此一實踐經驗命題也就根本不成立。

準此，士於面對不遇之時，若不能於實際上克服阻力或於內心中自求超越阻力，則亦不屑於屈服於阻力，這是「不為」而非「不能」的事。然而，在理想上堅持其意志，以對抗現實阻力，卻往往又增強此「不遇」的悲壯性。從屈原以至漢代文人，在「悲士不遇」的心靈模式中，都突顯了此一堅持理想價值的意志趨向。而此一堅持理想之意志，也正是構成「士不遇」的必要因素。屈原即在他的作品中，反復強調自己對價值理想的堅持，甚至以死為誓，例如：

　　△亦余心之所善兮，雖九死其猶未悔。[50]
　　△伏清白以死直兮，固前聖之所厚。[51]

---

[50] 屈原：〈離騷〉。
[51] 同上。

△雖體解吾猶未變兮，豈余心之可懲。**52**

△阽余身而危死兮，覽余初其猶未悔。**53**

△欲橫奔而失路兮，堅志而不忍。**54**

△吾不能變心而從俗兮，固將愁苦而終窮。**55**

△欲變節以從俗兮，愧易初而屈志。**56**

△受命不遷，生南國兮。深固難徙，更壹志兮。**57**

　　漢代文人以屈原遭遇為題材的騷體作品中，也同樣強調著此一意志趨向。例如東方朔〈七諫〉云：「內自省而不慙兮，操愈堅而不衰。」劉向〈九歎〉云：「願屈節以從流兮，心鞏鞏而不夷。」又云：「悲余性之不可改兮，屢懲艾而不移。」另外，在自寫他們「不遇」的經驗時，同樣也表現了對價值理想的堅持，例如：

△屈意從人，非吾徒矣。**58**

△雖矯情而獲百利兮，復不如正心而歸一。**59**

△內自省而不慙兮，遂定志而不改。**60**

△竭力以守義兮，雖貧窮而不改。**61**

　　綜合以上所引述的文獻來看，從屈原到漢代，這一「悲士不遇」的心靈

---

52 同上。

53 同上。

54 屈原：〈惜誦〉。

55 屈原：〈涉江〉。

56 屈原：〈思美人〉。

57 屈原：〈橘頌〉。

58 董仲舒：〈士不遇賦〉。

59 同上。

60 馮衍：〈顯志賦〉。

61 張衡：〈思玄賦〉。

模式，所表現於意志趨向的特徵，即是對價值理想的堅持。對價值理想堅持而不改，即謂之「節」。為了守節，至可以死相殉，即謂之「死節」，這就是屈原在〈離騷〉中所說：「亦余心之所善兮，雖九死其猶未悔」、「伏清白以死直兮，固前聖之所厚」、「雖體解吾猶未變兮，豈余心之可懲」、「阽余身而危死兮，覽余初其猶未悔」。

春秋戰國以來，王官之學散為百家，從此中國的士人便形成了一個文化意識形態──「以道自任」，這就是他們共同的世界觀。先秦諸學派無論思想怎麼不同，所信仰的「道」有何差異；但是，表現「以道自任」的精神卻完全一致。而中國士人「以道自任」的精神，儒家表現尤為強烈，孔子在《論語・里仁》中明白宣示「士志於道」。在〈泰伯〉中，曾子也強調：「士不可不弘毅，任重而道遠。」而孟子同樣在〈盡心〉中，強烈指出：「天下無道，以身殉道。」又指出：「士尚志……，何謂尚志？仁義而已矣。」這些話都是在強調士人的價值取向必須以「道」為最高依據。

什麼是「道」？從儒家的說法則是一套「內聖外王」的真理。因此，所謂「士志於道」即是士的意志乃在於內則修養自己的學問道德，外則將這學問道德發而為政教上的理想，並實踐之，以致天下太平。戰國至於晚期，游士品類愈雜，雞鳴狗盜之流亦可為諸侯賓客。[62]然而，論春秋戰國之士，自當以儒墨為主流，《韓非子》在〈顯學〉中即說：「世之顯學，儒、墨也。……孔子、墨子俱道堯、舜，而取舍不同，皆自謂真堯、舜。」[63]儒、墨誰為真堯舜，姑不論，其哲學內容也姑不論；但是，他們講求修身與治國平天下，而皆具理想性，則沒有什麼分別。因此，若以儒墨之士為道統之正，則「士」的理想性格，便是把生命存在的價值定位在以德修身而以德治天下。當這種價值自覺，歷經文化社會的實踐與傳導，而逐漸被士人所普遍認同，並形成特定的價值信仰，即形塑為士人的「文化性格」。從而，我們也將以此「文化性格」為準據去判斷其人是否真為「士」。即有此性格者可

62　參見余英時《中國知識階層史論》之〈私門養客與游士的結局〉，頁76-84。

63　參見陳奇猷：《韓非子集釋》（臺北：華正書局，1982年），卷十九，頁1080。

稱之為「士」，無此性格者不得稱之為「士」；則「士」便不只為一描述性名詞，進而為評價性名詞。

「士」這一文化性格，儒墨以其實踐與觀念之提倡而開創為典型。漢代文人尊儒，雖頗雜道、法、陰陽諸家之說，然其價值定位仍大致以儒為依歸。前引董仲舒〈士不遇賦〉所謂：「雖矯情而獲百利兮，復不如正心而歸一。」馮衍〈顯志賦〉所謂：「內自省而不慙，遂定志而不改。」張衡〈思玄賦〉所謂：「竭力以守義兮，雖貧窮而不改。」皆可視為此一文化性格之表現。

悲劇之構成，乃在於主觀、理想之人性價值受挫於客觀之命限，而形成背理之傷害。為惡而得惡報，即使身受刑戮，實為合理，滿足吾人道德價值之意願，故不得因其死亡而謂之悲劇。反之，為善而得惡報，甚而身受刑戮，實為背理，於吾人道德價值之意願為有憾，故可謂之悲劇。準此，則悲劇之構成，須以主觀、理想之人性價值為其必要因素。主觀上，理想之人性價值一旦放棄而墮毀，則悲劇亦必因此而解消。討論至此，我們可以判斷，「士不遇」這種類型的悲劇，從構成悲劇之根本原因而言，「性格悲劇」的成分實大過於「命運悲劇」。

構成文化性格的因素不是個人的自然氣質性，而是普遍的文化價值意志。然而，價值意志之實現為事業，除客觀之機緣、命限的條件外，個人才能的適任性也是重要條件。換句話說，假如我們將治國平天下這一政教理想看作「士」的群體意志，則此一群體意志之實現，實非個人之力所能完成。當這一理想落實於政教事務，則有賴於士的因才分職，各司其所長。劉邵《人物志》即是從自然才性之殊異，探討政教實務中「因材適任」的事理，〈材能〉云：「人材各有所宜」、「人材不同，能各有異」、「能出於材，材不同量。材能既殊，任政亦異」，故〈流業〉分人材為十二，而各有適任。

從以上的討論，我們已約略可以發現，士的文化性格與其自然才性之間實隱涵著可能的矛盾。所謂可能，即指此一矛盾並非必然；而其可能矛盾之造成，乃在於文化性格為一普遍性之文化價值意志，凡為「士」，人人皆以

此價值自期，並堅持之；而又人人自以為治國平天下之才，必欲「致君堯舜上，再使風俗淳」；[64]但是，實際上，「人材不同，能各有異」、「材能既殊，任政亦異」，並非人人皆具有實現政教理想價值的才能。因此，便可能形成價值意志與個人才性無法相應的困境。

劉邵《人物志》以漢代中央朝廷的官僚體系為基準，將材能配合官職而分為「十二流業」；而「十二流業」體系之外，另有「文章之士」，代表人物是司馬遷、班固，顯見漢代已有專以「文章」為能事的文人。能文章而擔任簿書筆札之職者，稱為「文吏」；若在中央朝廷或諸侯國的國君身旁，以文章之能受到任用，即是「文學之臣」，例如司馬相如、東方朔等。這種人越來越多，文章專業化顯為趨勢，於是「文人」逐漸在形成特殊的族群或階層。魏晉以後，這種趨勢更為強化，「文人」階層於焉形成。[65]這種文章寫作的專業化傾向，使得「文人」的涵義也被部分的窄化為文章寫作之人；但是，這類以文章寫作為能事者，並未通過自我性向的正確認知，充分理解到能於文章者未必能於政事，故仍以治國平天下之價值理想為意志，終而構成才性不足以具現理想，卻又鬱鬱於「不遇」的虛幻性悲劇。李白、杜甫、孟浩然、李商隱、溫庭筠等浪漫文人，就是典型的例子。

劉邵《人物志》的〈流業〉中，分人材為十二類，可擔負治國平天下之政教實務者，主要是「清節之家」、「法家」、「術家」，[66]即所謂「三材」。此「三材」構成文官的完整體系，乃是政教實務中，「政務官」與「事務官」的人材來源。而以文章寫作為專能者，稱為「文章」之材，列在三材之外，適任的職務是「國史」，乃文書官的性質。《人物志》作這種區別，不只是理論而已，事實上漢代之文章寫作雖未脫離政教之用，但是某些

---

64 借用杜甫〈奉贈韋左丞丈二十二韻〉詩句。參見仇兆鰲：《杜詩詳注》（臺北：里仁書局，1980 年），卷一，頁 74。

65 參見龔鵬程：《文化符號學》（臺北：臺灣學生書局，1992 年），頁 28-33。

66 按「清節之家」是「德行高妙，容止可法」，適合「師氏之任」。「法家」是「建法立制，強國富人」，適合「司寇之任」。「術家」是「思通道化，策謀奇妙」，適合「三孤之任」。此三材乃「純備三公之任」者。

文人在才性表現上卻已顯示出以文章寫作為專能的特徵，例如枚乘、司馬相如、東方朔、揚雄、王褒等，這類文人在漢代政治場域中，逐漸形成「文學之臣」的典型；然而，他們卻未必以「文學之臣」為滿意，揚雄在《法言·吾子》中，自悔其辭賦為「童子雕蟲篆刻……壯夫不為也」，即是很明顯的例子。[67]

因此，「士不遇」之悲劇，當我們由其理想之自期與堅持，做出感性的同情，都算是可悲；但是，假如做出理性之批判，則不能不去檢驗文人在才性上所做出的具體表現，與其自期之理想是否相互符應？然後才能判斷此一「士不遇」的悲劇在政教上，是否具有客觀性、實質性之意義。「士不遇」這一論題，實有重做反思、批判的必要。

綜合以上的討論，漢代「悲士不遇」這類心靈，普遍以政教理想價值之堅持的這一特徵，構成模式化的存在；然而，假設我們從個殊的經驗內容，實質的理解這一悲劇之形成，是否由於個人才性與普遍之文化價值意志不相諧合，或可從中析分出不具政教上客觀實質意義的悲劇。這類悲劇，就當事者主觀的感受而言，充滿自傷自憐之情；但是，假如從政教的客觀境況而言，則未必能顯示整個時代之「政亂理昧」的普遍悲情。然則「士不遇」之悲劇，有時代性也有個人性。對於理解屈原以下這一心靈模式，理性的檢驗、分辨與批判，實有其必要，不可一概而視之。

(三)觀念思惟的特徵──對「時命」經驗的反省

何謂「命」？在中國文化思想史上，對於「命」所提出的觀念非常複雜。[68]在此，我們不去討論歷代諸家對於「命」所說的實質內容，而只對「命」作一範疇性的概念定義：命，即是個體存在，其主觀意志實現所受客觀限制之因素。因此，「命」實為人生喜劇（吉、福）或悲劇（兇、禍）構成

---

67 參見揚雄著，李軌注，汪榮寶疏：《法言義疏》（臺北：世界書局，1958 年），卷二，頁 81。

68 各種「命」的說法，參見唐君毅：《中國哲學原論·導論篇》（臺北：臺灣學生書局，1984 年），第十七、十八、十九章，〈原命〉上、中、下。

之客觀性因素的總名。至於「命」之主宰者，究竟是一超越性之人格天或星氣，或其他什麼形上實體，則在理論上，可有許多不同的解釋。這不是本文的主題，不予細論。

　　「命」是漢代文化思想的重要主題之一。在哲學思辨上，最主要有董仲舒的「王者受命」之說，探討君權與治道的超越依據。其次是漢儒一般流行的「三命」說，所謂「三命」是指正命、遭命、隨命。「正命」乃指人之受天生而自然為善，亦自然得福壽，其德福一致而皆正，故稱為「正命」。「遭命」乃指行善而得惡，是不正常的偶然遭遇，故稱為「遭命」。「隨命」則指福禍隨人自己行為之善惡而召致者，故稱為「隨命」。這是從「德行」與「命祿」關係，所作理論性之思考。再其次，則是王充「自然之命」的觀念，從自然氣稟以探討「命」之發生的超越依據。[69]這些「命」觀，都是哲學上理論性的思惟，多具形上學的傾向。

　　在「悲士不遇」這一心靈模式中，從屈原到漢代文人對於「命」的感受與思惟，一直是很顯著的特徵；但是，他們不同於哲學家，對於「命」並不太作理論上的思辨，而是傾向於歷史經驗的感悟，故特別注重「時」而謂之「時命」。我們從屈原諸多作品中，雖然也可以看到他將「命」推極於天，而稱之為「天命」，例如〈天問〉即云：「天命反側，何罰何佑。」又云：「皇天集命，惟何戒之。」〈哀郢〉亦云：「皇天之不純命兮。」彷彿屈原心中有一人格天以宰制人之命運。然而，他對於「命」最真切的感受，並不在天，而在於時代。他在〈離騷〉中所反覆申訴的也是他理想價值意志被時代所限制的痛苦，故云：「吾獨困窮乎此時也。」又云：「哀朕時之不當。」然則，相對於其理想意志的時代客觀限制因素是什麼？他反覆地強調，這客觀限制因素是一完全與人性理想價值對反的集體心靈，〈離騷〉屢云：

69　參見唐君毅：《中國哲學原論‧導論篇》，第十七章〈原命中：秦漢魏晉天命思想之發展〉。

△眾皆競進以貪婪兮，憑不厭乎求索。羌內恕己以量人兮，各興心而
嫉妒。

△眾女嫉余之蛾眉兮，謠諑謂余以善淫。固時俗之工巧兮，偭規矩而
改錯。背繩墨以追曲兮，競周容以為度。

△世溷濁而不分兮，好蔽美而嫉妒。

△世溷濁而嫉賢兮，好蔽美而稱惡。

△世幽昧以眩曜兮，孰云察余之善惡。

△何瓊佩之偃蹇兮，眾薆然而蔽之。惟此黨人之不諒兮，恐嫉妒而折
之。

從以上的敘述來看，對屈原理想價值意志形成限制的客觀性因素，即是
「競進」、「貪婪」、「嫉妒」、「工巧」、「背繩墨」、「競周容」的時
代集體心靈。此一「集體」，主要是政治上一批當權人物。其心靈狀態，則
是欲望奔馳、虛偽矯飾、嫉美妒賢而背離繩墨規矩。這是人性的墮落，而異
化為宰制吾人理想價值意志的客觀限制因素。然則，屈原所感受到的「時
命」，不只是政教表層之制度結構的限制而已，更是人性深層心靈結構的限
制。它不是天的命限，也不是自然的命限，而是文化的命限。因為所謂「文
化」，深層來說，即是人們共識同遵的價值系統。[70]這種價值系統有來自於
傳統者，也有當代新塑者，由此而構成一代之人們生命存在之客觀情境，其
中包涵表象化之各種文化社會的形制規範，或隱涵性的價值觀念系統。而這
些有形或無形的客觀情境因素，都會對存在於當代的人們，造成相對於主觀
意志的限制，故稱為「時命」。

漢代文人之「悲士不遇」，對於「命」的感受與思惟，大致也側重在時
代經驗層次，甚少推極於天而作形上的思辨。嚴忌〈哀時命〉，其以「時
命」為主題，甚為明確：「哀時命之不及古人兮，夫何予生之不遘時。」其

---

[70] 參見余英時：《從價值系統看中國文化的現代意義》（臺北：時報文化公司，1986
年）。

他，以屈原不遇為題材之作品，亦多將「時命」列為描寫重點，例如東方朔〈七諫〉專節寫「哀時命」云：「哀時命之不合兮，傷楚國之多憂。」劉向〈九歎〉亦專節寫「愍命」云：「哀余生之不當兮，獨蒙毒而逢尤。」

至於漢代文人描寫其當代之經驗，更是明白提出對「命」的感受與思惟，最典型的例子，即是賈誼的〈鵩鳥賦〉、董仲舒的〈士不遇賦〉、司馬遷的〈悲士不遇賦〉、東方朔的〈非有先生論〉及〈答客難〉、揚雄的〈太玄賦〉及〈解嘲〉、劉歆的〈遂初賦〉、班固的〈幽通賦〉及〈答賓戲〉、馮衍的〈顯志賦〉及〈自論〉、張衡的〈思玄賦〉、〈應間〉及〈應間序〉等。其中有些推向形上的哲學思辨，例如賈誼的〈鵩鳥賦〉、揚雄的〈太玄賦〉、班固的〈幽通賦〉、張衡的〈思玄賦〉；但是，最能顯示此一心靈模式的思惟特徵者，則是從歷史經驗的進路，描寫對「時命」的感受與思惟。

屈原對於「時命」的描述，往往通過「遇」與「不遇」兩種歷史經驗的典型加以對顯。「不遇」的典型經驗是他自己，而「遇」的典型經驗則是他在〈離騷〉中所描寫的「說操築於傅巖兮，武丁用而不疑」、「呂望之鼓刀兮，遭周文而得舉」、「甯戚之謳歌兮，齊桓聞以該輔」。武丁之與傅說、周文王之與呂望、齊桓公之與甯戚，這都是君臣之間，能彼此感通，以道義相契合的典型。漢代文人也延續此一思惟方式，以「遇」之歷史經驗對顯「不遇」之歷史經驗，而見「時命」之不虛。「不遇」是指屈原與他們自己的經驗；而「遇」的歷史經驗則有二種類型：一種是伊尹之遇於殷湯、太公之遇於文王等，東方朔在〈非有先生論〉中稱這種「遇」為「心合意同」，班固在〈答賓戲〉中稱為「言通帝王，謀合神聖」，顯然這也是君臣之間的感通知遇，與屈原所說無異。另一種則是蘇秦、張儀等戰國游士之遇於諸侯，東方朔的〈答客難〉、揚雄的〈解嘲〉、班固的〈答賓戲〉、張衡的〈應間〉對此都有很精切的描寫。這一類型乃屈原所未曾觸及。

上述二種「遇」的經驗典型對顯了漢代文人「不遇」的二種經驗層次：

第一種明君與賢臣的相遇，表徵著君之敬信其臣，而臣之忠愛其君，彼此以道義、理想相結合，在這種關係之中，讒佞不能間，邪惡不得逞，人性理想價值充分地發顯。這是古代士人所最嚮往的時命，李蕭遠在〈運命論〉

中對此有精彩的描寫：

> 運之所隆，必生聖明之君；聖明之君，必有忠賢之臣。其所以相遇
> 也，不求而自合；其所以相親也，不介而自親。唱之而必和，謀之而
> 必從。道德玄同，曲折合符。得失不能疑其志，讒構不能離其交，然
> 後得成功也。[71]

　　我們姑且不論李蕭遠將命的宰制因素推極於天，[72]只就這經驗現象本身
來說，的確是展現了人性最為理想的價值。漢代文人如此強調這一「時
命」，正是為了對顯其「不遇」，乃是出於人性理想價值的失落。其中，賈
誼、董仲舒、劉向、劉歆、馮衍、張衡等，皆以正道而受讒於小人，經驗到
人性理想價值失落的時命，而將它表現於作品之中。[73]這種「時命」經驗，
乃一道德主體在實踐其政教理想過程中，所受到客觀因素的限制。這客觀因
素即是人性墮落而異化為一宰制性力量，與屈原的「時命」經驗相同。

　　第二種「遇」的經驗典型，表徵著大一統政制解體的時代，士人由統一
固定的政教制度游離出來，而成為一自由的才性主體，可不受限制地實現個
人的才性價值，例如前文所述及春秋戰國時期，不少「游士」能受諸侯王重
用之「遇」。這種「遇」的經驗典型，對顯的是漢代文人由大一統專制的
「時命」所造成的「不遇」經驗。因此，這一「時命」指涉的是政教制度的
限制，其所對之主體也是才性主體而非道德主體，與前一種「時命」的涵義
不同。徐復觀所謂「西漢知識分子對專制政治的壓力感」，所指的應該就是

71　李蕭遠：〈運命論〉，參見李善等：《增補六臣註文選》（臺北：華正書局，1979
　　年），卷五十三，頁 977-978。

72　李蕭遠〈運命論〉云：「其所以得然者，豈徒人事哉！授之者，天也；告之者，神
　　也；成之者，運也」。《增補六臣註文選》，卷五十三，頁 978。

73　詳參賈誼〈惜誓〉、董仲舒〈士不遇賦〉、劉向〈上條異封事〉、劉歆〈遂初賦〉、
　　馮衍〈顯志賦〉、張衡〈思玄賦〉。

這種「時命」了。[74]

　　我們前文比較漢代文人與屈原政教處境的類似性；然而，屈原雖處在「小一統」的政教格局中，而不「游」於諸侯，卻未感受到這是一限制性的「時命」。因為就「文化命限」的意義來說，「時命」是相對於一價值意志而存在，無此意志也就感受不到此一命限。屈原無游士之性格，亦無「游」之意志，故亦未感受由政教格局所生之命限。由此推之，西漢文人這一「時命」經驗，實與游士性格及意志相對而生。西漢去戰國不遠；但是，從政教制度上來說，實已轉型為大一統的專制帝國。而這一時代的文人，卻仍延續著戰國「游士」的文化性格；故「游士」表層的政治活動，雖結束於秦漢之際，但是內在深層的觀念卻無法隨著政局而立刻調適轉型。余英時就曾判斷說：

　　　　秦的統一確已結束了古代的游士時代，不過由於社會史不能像政治史那樣有清楚的斷代，所以漢初幾十年之內游士又一度迴光返照而已。[75]

　　這顯然是內在觀念與外在處境的脫節，故漢代文人往往表現出主觀意志從當代處境中游離而出的心理現象。這一心理現象，當以東方朔〈答客難〉與揚雄〈解嘲〉為代表。東方朔將當代「天下平均，合為一家」的處境與戰國「得士者彊，失士者亡」的處境作一比較，而為漢代文人之不遇提出「時異事異」的觀念，云：

　　　　天下無害災，雖有聖人，無所施才。上下和同，雖有賢者，無所立功。故曰：時異事異。

74　參見徐復觀《兩漢思想史》，頁 281-292。

75　參見余英時：《中國知識階層史論》之〈私門養客與游士的結局〉，頁 86。

　　同樣的觀念，也見於揚雄的〈解嘲〉，他比較了漢代與戰國之士人的政教處境後，論斷云：「世亂則聖哲馳鶩而不足，世治則庸夫高枕而有餘。」故士人「為可為於可為之時則從，為不可為於不可為之時則凶」。

　　從這些觀念很顯著地看出：第一，他們所謂「遇」是指才能之表現，而以建立功業為人生最終的目的；第二，時代混亂，反而是士人一展才能的良好時機；第三，時代治平，則賢能者無可用其才。這樣的「時命」觀顯係受到專制政體的壓迫所反激而成，與屈原的「時命」觀念有些不同。不過，他們雖以展現個人才能為目的，卻還不失政教理想，並未完全淪於個人功利的競逐。這也是漢代文人之「士不遇」，仍然延續屈原經驗而涵有值得同情之「悲劇」性質的原因。

　　他們對待這一「時命」，基本態度是「不滿」，然而又如何自處呢？東方朔在〈答客難〉中，所提出的自處之道是「守常」而「待時」，他相信「苟能修身，何患不榮」，故「君子有常行」，「不為小人之匈匈而易其行」。然則，東方朔雖不滿於「時命」，卻仍能以積極的態度，堅持其價值理想。至於揚雄在〈解嘲〉中，所提出的自處之道，則是採取「知言知默，守道之極」的超越態度，這顯然是道家的進路了。

　　這種「時命」的觀念，到東漢班固而有頗大的轉變。他在〈答賓戲〉中，一反東方朔、揚雄對當代政教處境之不滿，而大加讚揚：「基隆於羲農，規廣於黃唐，……六合之內，莫不同源共流，沐浴玄德，稟仰太和。」因此，他反對：「處皇代而論戰國，曜所聞而疑所覿。」並且，他更嚴厲批判戰國儒家孔孟之外的游士，尤其是縱橫家和法家，以為他們：「因勢合變，偶時之會，風移俗易，乖迕而不可通。」故君子應當：「慎修所志，守爾天符。」而做到：「功不可以虛成，名不可以偽立。」大致來說，他的觀念特色是安於當代的政教處境，不再有抗拒之心。然後，在此一現實基礎上，去追求政教理想價值。

　　徐復觀對班固這種轉變頗著貶詞，以為這是：「知識分子對大一統專制

的全面性的壓力感，由緩和而趨於麻木。」[76]但是，我們認為這種批判並不公平，他只見到班固對現實的承認，卻無視於班固對政教理想的堅持。承認現實，並不完全等於向現實妥協，這必須視其是否抱持理想而定。士人不能認識時代，不願立足時代，而從時代游離出來，空談理想，遂使理想虛掛，難以實現，這也未必是明智的做法。

四、結論

綜合以上的論述，我們可以得到這樣的判斷：

漢代文人「悲士不遇」的心靈模式，乃是通過屈原這一歷史經驗的形塑作用，再加上當代文人個別經驗的深切及普同，而與歷史經驗類化而成。從屈原以至漢代文人，構成他們「不遇」的內外因素，約有五端：

(一)士志於道，他們將人性理想價值定位在以德修身而以德平治天下，乃逐漸形成固定的文化性格。此一性格之發用，一方面使他們的出處盡退單一化，在事業的橫向選擇中，形成自我限定。一方面則堅持價值理想，以與「時命」對抗。對抗失敗，則成「不遇」之悲劇。

(二)在大一統的政教格局中，漢代文人逐漸失去「游」於諸侯的環境，因此在政教活動橫向的空間上，喪失了多元性、自主性的選擇，而受制於時代的客觀命限。

(三)在漢代一人專制的政教格局中，士已無法與政教領袖保持道義上平等對待的師友關係；而必須被納入一套以權力位階決定主從關係的官僚體系。漢代文人之從政者，皆必然在此一官僚體系中，服從皇帝的威權。因此，在縱向的進退升降中，士人已完全失去其自主性。

(四)大一統的政教情境，所重視的臣民行為，不是競爭，而是安定；故有理想、有見識的文人，其才能價值反而受到貶降，而無可用之處。

(五)在現實政治權力的競逐中，人性墮落而異化為一宰制性的深層意識

---

[76] 參見徐復觀《兩漢思想史》，頁289。

結構，反過來壓抑人性理想價值的實現，而形成政治文化發展的一種客觀命限。漢代具有政教理想的文人，往往受此一「時命」所宰制，而造成「不遇」的悲劇。

綜合前文的論述，可以看到漢代文人此一心靈模式呈現三大特徵：

(一)在感情經驗上，是以「忠怨」或「悲世之怨」為其特質。其怨生於政教理想價值之失落，而非只為個人名利之受挫。

(二)在意志趨向上，則堅持人性的理想價值，不與邪佞者妥協，甚至可以死相殉，展現著性格悲劇的色彩。

(三)在觀念思惟上，從歷史經驗體悟「時命」，再通過「遇」與「不遇」的經驗對顯，而指出「時命」之所以形成的因素：一是人性的墮落而異化；二是專制的政教格局。故「時命」非人格天之命限，亦非自然氣化之命限；而是政教文化所構成的命限。

漢代之後，此一心靈模式除了同質性的延展之外，更產生異質性的轉變。由於隋唐以來，科舉制度的日趨嚴密，以及東漢魏晉以來，士之個體意識的覺醒；遂使這一心靈模式中的情感特質，由政教理想失落所生的「悲世之怨」轉而為個人功名挫敗所生的「悲己之怨」。相對於漢代而言，這可以說是「悲士不遇」心靈的窄化、俗化，甚至空洞化。

後記：

原刊政治大學中文系：《漢代文學與思想學術研討會論文集》，文史哲出版社，1990 年 6 月。

2016 年 1 月增補修訂。

漢代「楚辭學」
在中國文學批評史上的意義

一、引言：中國「楚辭學」與
「文學批評史」的新視域

　　什麼是「楚辭學」？簡要的界義是：以「楚辭」為對象，進行詮釋或評價的批評活動，因而形成的一種專門學科的知識。

　　這門知識所涉及的問題頗為廣泛，主要有以下六個層面：(一)有關作者生平、性格、思想的描述、詮釋與評價，屈原是此一問題的焦點人物。(二)對作品實際的詮釋與評價，屈原的作品也是此一問題的焦點。(三)「楚辭」這一文學類體的源起、形成與流變，以及它對後世文學創作的影響。(四)「楚辭」這一文學類體在語言形式上的特徵、題材內容上的特質及其總體性的風格特色。(五)作品的作者歸屬權以及寫作時間的考證，這個問題比較集中在對屈原作品的真偽及寫作時間的辨訂上。(六)其他有關「楚辭」的音韻、方言、文法、社會文化、地理、神話等專題性的研究。

　　以上有關這些問題的知識，籠統地說是「楚辭學」，也就是對「楚辭」所作的研究；然而，假如我們從現代學術分科的各種知識領域，去檢別上述對同一對象「楚辭」所進行的研究，明顯地各層面問題都已涉及不同學科領域的知識了。例如，第一、二層面的問題涉及文學批評中，作者論與作品實際詮釋與評價的知識。第三層面的問題涉及文學史的知識。第四層面的問題涉及文學理論中，有關「文體學」的知識。第五層面的問題涉及史料學的知

識。第六層面所涉更廣，語言學、社會學、人文地理學、神話學等知識，都可能有其相關。

「楚辭學」開始於漢代，二千多年來，其所累積的論述文字，就現在所知所見之資料，單篇及片段者不計，截至一九八〇年代，成書之專著即有二百種以上，[1]儼然自成一套脈絡相承而系統封閉的專門知識。將這一套知識置入歷史的時間進程，再作一後設的研究，便構成所謂「楚辭學史」或「楚辭批評史」。[2]

不管是「楚辭學」或是「楚辭學史」這類封閉系統知識的研究，當然都有其學術上的價值意義。不過，從現代學術之觀念、理論或文化經驗所觸及的問題，以做為研究的導向而言；這種以單一典籍為固定而封限的研究，在滿足本學科的專業知識追求之後；假如不能進而打破此一系統的封限，將它開放出來，從種種創新的問題意識與詮釋視域進行研究；那麼很難說「楚辭學」這套相沿二千多年的知識還能有什麼新的突破。

所謂「系統的開放」乃是意謂著「固有中心的解消」與「固有論點的解消或擴散」。在原有「楚辭學」的系統中，「楚辭」無疑是佔領著認識活動的中心位置，它是唯一、終極的認識目標；此外，所涉及的知識都成為服務這項認識活動的支援性工具。因此，所謂「固有中心的解消」即是在涉及「楚辭」的認識活動中，解消其中心性的位置，不再以它做為認識活動唯一而終極的目標，它也可以反過來成為支援性的工具，以完成另一種認識的目標。例如，在原有封閉系統的「楚辭學」中，有關神話的知識只是做為支援性的工具，用以解釋「楚辭」中各個神話的意義；當我們開放其系統，解消

1　馬茂元：〈楚辭評論資料選總序〉：「二千多年中，歷代學者對屈原及《楚辭》的研究蔚然成風，延綿不絕。在學術領域中自成體系，構成一項專門之學。有關這方面的專著見於著錄者，現存二百種以上，至於單篇散論見於各書者，更是數量繁多，難以統紀」。參見楊金鼎等編：《楚辭評論資料選》（武漢：湖北人民出版社，1985年），頁2。

2　例如易重廉：《中國楚辭學史》（長沙：湖南出版社，1991年）、黃中模：《現代楚辭批評史》（武漢：湖北教育出版社，1990年）。

其中心，則認識活動便轉換為以「楚辭」的神話，甚至歷代用以解釋「楚辭」神話的神話知識作為支援性工具，以完成有關「中國神話」或「中國神話學」的認識目標。

　　所謂「固有論點的解消或擴散」，乃是因為一套相沿甚久的系統性知識，必然會累積出許多陳陳相因的問題及論點。這些問題及論點往往已脫離了原設的詮釋意圖，本身孤立出來，自成一個論述的焦點。而論者為了標立新說，往往也不復思考此一論點所獲致之意義，究竟與整體的意義之間有何關聯。因此，它逐漸變成一個「假性論點」，所謂「新說」的提出，除了標示詮釋者別出眾說之外的「好異」心態，實則無助於達成原設的詮釋意圖，以深化或擴展整體意義的證明。

　　這類「假性論點」，在楚辭學史上還真不少，茲舉幾個例子說明之。例如，在原有「楚辭學」系統中，有關〈離騷〉篇名的涵義，司馬遷《史記·屈原傳》釋為：「離騷者，猶離憂也。」[3] 班固〈離騷贊序〉解為「離，猶遭也；騷，憂也。明己遭憂作辭也。」[4] 此後，眾說紛雜，或承二家舊義，或另立新說。從原設的詮釋意圖而言，此一論點的提出，原是為了「釋名以章義」，由篇名的詮釋以揭明〈離騷〉通篇內容的整體性大旨。而所謂篇名意義的訓解，相對的也可以從全篇大旨以求之。篇名意義與全篇大旨只要循環詮釋，就可以獲得切近的答案，這根本不是一個複雜難解的問題。

　　準此，〈離騷〉篇名的訓解絕非一個可以脫離全篇大旨而孤立論述的問題；然而，在楚辭學史的歷程中，這種陳陳相因的論題，卻可能逐漸脫離原設的詮釋意圖，而被孤立出來討論。後起學者為了別出眾說之外，以滿足「好異」的心態，便會標立奇特的論點；但是，這種論點的提出，卻可能完全無助於對〈離騷〉全篇大旨的詮釋，例如，明代周聖楷《楚寶》云：

3　司馬遷：《史記》（臺北：藝文印書館，二十史影印清乾隆武英殿刊本），冊二，卷八十四，頁 1004。後文徵引《史記》，版本皆仿此，不一一附注。

4　班固：〈離騷贊序〉，參見今本王逸注，洪興祖補注：《楚辭補注》（臺北：藝文印書館，1968 年，汲古閣本），附錄，卷一，頁 91。後文徵引《楚辭》，版本皆仿此，不一一附注。

「離，明也；騷，擾也；何取乎明而擾也？離為火，火在天則明，風則擾矣。」[5]將八卦之說引入詮釋〈離騷〉篇名之義，除了徒逞異說之外，對全篇大旨實無詮釋效用。又例如游國恩以楚曲《勞商》之名詮釋〈離騷〉篇名，運用音訓之法，經旁紐通轉，而轉出〈離騷〉就是「牢騷」，「殆有不平的義」。[6]音訓繞了半天，〈離騷〉是不是真的等同《勞商》的曲名，仍不必然能夠證實，至於涵義則又與舊說「遭憂」無甚差別，實無助於對作品意義詮釋的深化或重新的理解。然則，如此新說，對〈離騷〉全篇大旨，有何詮釋效用呢？凡此，皆是「假性論點」。

　　一門學科，假如只是封閉起來，儘在這些「假性論點」上，重複沒什麼意義的爭辯，而蒙蔽了新的問題意識，即是這門學科意義的死亡。因此，有些「固有的論點」必須加以解消。

　　此外，如有關屈原人格的評斷，淮南王劉安的〈離騷傳〉與司馬遷《史記‧屈原傳》皆主「志絜行廉」之說；[7]而班固的〈離騷序〉則另主「露才揚己」之論。[8]自此以後，學者大抵在此二說之間，是其所是而非其所非，因此整個論點也就膠固在此二說的複製評價上。換言之，班固後的學者，面對這一論點，所採取的態度乃是「重述」與「複製評價」。「重述」是對一事實的表象，以不同型態的語言，由文言文換成白話文，再敘述一遍，類似文字表層意義的翻譯。而「複製評價」往往對於所評價的對象，缺乏詮釋或論證的基礎，僅是出於個人簡化的價值意識形態，從前人的評價中，選擇一種「合乎己意」的觀點，毫無質疑、思辨，就複製同樣的評價。然則，「重

---

5 周聖楷：《楚寶》（臺南：莊嚴文化公司，1996 年），卷一。又參見游國恩：《楚辭概論》之徵引（臺北：九思出版社，1978 年）。此說，游國恩評為「甚怪誕可笑」，頁 123。

6 游國恩：《楚辭概論》，頁 124-125。

7 淮南王劉安〈離騷傳〉，今不傳，見於司馬遷《史記‧屈原傳》之徵引，有「其志潔，其行廉」之論。

8 班固：〈離騷序〉，以為屈原「露才揚己」，而「責數懷王，怨惡椒蘭」。參見嚴可均：《全上古三代秦漢三國六朝文》，冊二，《全後漢文》，卷二十五。

述」與「複製評價」常常是「固有論點的膠著」，也就是原地踏步地「重複譯述」與簡單的「是非題習作」。

我們須知，上述對於屈原人格的評價，司馬遷與班固之所以提出如此迥異的判斷，其背後皆隱涵著西漢與東漢知識分子不同的政教處境與立場，甚至涉及到兩人不同的性格、思想。除非我們也站在自己當前的文化處境與個人的性格、思想，提出與兩人不同的評價。否則，對於舊說，重要的不是重述與重複評價，而是進行後設性的深層意義詮釋，也就是深入他們的「歷史語境」，進行同情理解，以詮釋司馬遷與班固對屈原的人格，何以會提出如此不同的評價？他們評價的依據在哪裡？這樣不同的評價，在文學批評的方法學上，各開示了怎樣的進路？這就是從「固有論點」的基礎上，往不同方向、層次的視域擴散，使得固有論點的意義能夠不斷地再生；我們後文針對這一問題，將會有詳細的詮釋、論證。

然而，讓人失望的是，對於上述這一論點，直到現代的學者們，大多數仍然膠固在既有的詮釋視域層次上，只是「重述」以及說出類似這樣簡化而完全出於價值意識型態之反射的評斷：

> 班固對屈原忠於國家，作賦諷諫的精神是加以肯定的，但是，班固對於屈原及其作品中的鬥爭意志，卻表現了很大的不滿。在〈離騷序〉中，他發展了揚雄明哲保身的觀點，並對屈原的品德，作了不正確的批評。[9]

這顯然是完全沒有涉入他們論述的歷史語境，從西漢到東漢知識分子所處不同時代之政教情境的差異，以及司馬遷、班固二人性格、思想之各殊，而理解、詮釋這兩種對立性評價之所以在他們身上發生的原因及其意義，就簡化的固持「階級鬥爭」的意識形態，毫無思辨地選擇站在司馬遷這一邊，

9　王運熙、顧易生：《中國文學批評史》（臺北：五南圖書出版公司，1991 年），上冊，頁 55。

獨斷班固對屈原的品德「作了不正確的批評」。未理解、詮釋，就急於獨斷性的批判、評價，這是五四以降，自詡為新知識分子的涼薄心態。究竟是司馬遷正確？還是班固正確？現代人研究古人的言行，如果要評斷其是非對錯，總要先進入歷史語境而做出切當的理解、詮釋之後；再以切當的理解、詮釋為基礎，建立客觀的評價標準，提出適當的理由，進行論證；而不能只是簡化的做出當代人之「文化意識形態」的投射；然而，這種「文化意識形態」投射式的中國文學史及文學批評史研究，在當代學界卻已成常態，並且很多固著的論點陳陳相因，多屬學術複製品。

　　歸結以上的論述，我們的基本觀點之一，乃是企圖開放「楚辭學」的封閉系統，將固有中心與諸多假性論點加以解消；而從現代的學術觀念、理論基楚以及文化社會的存在經驗，導出新的問題；或讓固有論點向不同層次的詮釋視域擴散，以衍生出新的詮釋意義。漢代「楚辭學」是我們選擇做為這項討論的範例。

　　我們之所以選擇漢代「楚辭學」做為這項討論的範例，是因為漢代乃「楚辭學」的歷史起點。在這起點上，漢代人不分君臣都對「楚辭」──主要是屈騷，產生濃厚的興趣，並實際地採取各種方式進行詮釋，而獲致很豐碩的成果。因此，漢代「楚辭學」在文學批評史上具有非常重大的意義：

　　（一）「屈騷」是中國古代文學個人創作而成一家之言的開始。相對的，漢代知識分子對它的詮釋，可以說形成了真正文學實際批評的第一個範例。雖然《詩經》的箋釋，在「楚辭學」興起之前，就已成果豐碩；但是，它在「經學」上的意義比較大，如果做為一般的文學批評看待，其意義還須進行轉化的詮釋。

　　（二）漢代「楚辭學」所涉及的問題，集中在上述第一、二個層面，也就是對屈原生平、性格、思想以及作品的描述、詮釋與評價。這是很標準的文學實際批評。而通過對作者生平、性格、思想的詮釋，進而詮釋其作品所涵具的情志，這正是中國文學批評二種主要的型態之一，可稱它為「情志批評」。這種型態的文學批評，乃是漢代人以「楚辭」為實例而具體確立出來，其後廣泛地應用於其他種種文學作品的批評上。

　　(三)這種批評型態，其背後隱涵著批評者對於文學的本質、功能以及詮釋方法、形式的整體觀念，乃是中國文學批評史上，早在漢代就已建構完成的一種系統性的「詮釋典範」。當然，其系統性並未表象化於語言陳述的形式，我們可視之為「隱性系統」。它有待現代學者深入的詮釋，轉換現代話語與論述方式，而將它揭明、重構為一種「顯性系統」的詮釋典範，可資當代學者應用於中國古代的文學批評。

　　(四)漢代士人何以會那麼熱烈地詮釋「楚辭」？又何以會採取這種「情志批評」的型態；而他們對於作者情志的理解與評斷，何以會產生那麼大的差異？這都涉及到兩漢政教情境變遷的問題，同時也展現了中國傳統「文學批評」與「政教批判」互為作用的關係。

　　準此，則漢代「楚辭學」在中國文學批評史上的意義應該是非常重大。有關「中國文學批評史」的著述，漢代時期必須以它為重心，從而去理解中國文學批評的基本型態。遺憾的是，「中國文學批評史」的著作，從早期郭紹虞、羅根澤、陳鐘凡等，*10*到比較晚出，例如王運熙、顧易生所編著者；有的對漢代「楚辭學」隻字未提；有的雖已涉及，卻又頗為粗疏，只作簡單的描述或評價；而未曾針對上述所涉及到的文學批評意義，深入地詮釋之。

　　我們當前所出現的「中國文學批評史」，從郭紹虞以下，大致是以政治史的時代分期為「經」，而以批評家個人為「緯」。依時代先後，一家一家平列地鋪敘。幾乎只要涉及到與文學有關的概念性文字，都包羅進去，繁雜瑣碎。而對於下列的一些基本問題，卻完全沒有釐清：什麼是文學批評？它的知識性質、功能與方法、形式？歷代文學批評家，儘管發言各異；然而，他們所「交集」面對的前代與當代的文學問題是什麼？他們對這些問題提出哪些相同或各異，甚至對立的答案？這些答案對問題的解決有什麼效用？還留下什麼未能解決的問題？而這些答案與問題在文化的變遷歷程中，往後又

---

10 郭紹虞：《中國文學批評史》（上海：商務印書館，1948 年）、羅根澤：《中國文學批評史》（臺北：學海出版社，1980 年）、陳鐘凡：《中國文學批評史》（臺北：鳴宇出版社，1979 年）。

有什麼新的發展？上述種種問題，正是「中國文學批評史」必須預先釐清的概念，也是所應處理的問題。換句話銳，「中國文學批評史」做為一門現代化的學科，在方法論上，最基本的思考，是對什麼是「文學批評」？以及什麼是「史」？這種種問題必須先有清楚、正確的認知；然後，在這樣嚴格的界義與史觀的基礎上，去檢別、選擇文獻，找出真正屬於文學批評史的問題，而以相應、確切的史觀深入詮釋之。因此，它不能只是所有文獻毫無檢別與詮釋的攤展。

然而，我們當前所謂的「中國文學批評史」，對於「文學批評」是什麼？幾乎採取廣泛到完全沒有界義的概念；只要與文學沾到邊緣的任何言說，不管是對文學的本質、功能所做思考的本體論，或從作者所做思考的創作論，或從語言構造本身所做思考的文體論，或從讀者對作品之詮釋、評價所做思考的批評論。[11]凡此總雜的問題及其相關史料，大約都可以攬進「中國文學批評史」的範圍去談論。因此，「文學批評」究竟要處理什麼問題？而「文學批評史」又究竟要處理什麼問題？便顯得很模糊不清了。結果，「中國文學批評史」往往寫成「中國文學觀念」的大雜燴。另者，政治史的時代分期既看不出文學批評觀念演變的「歷時性因果邏輯」，而同時代批評家各個平列鋪敘，當然也看不出他們所「交集」面對的前代與當代的文學批評問題是什麼？彼此發言立論，有何同異？換句話說，我們看不出文評家與文評家彼此互動的「並時性因果邏輯」。然而，從郭紹虞以來，「中國文學批評史」的論述模式，卻可以相沿數十年而不變，學者思考的惰性，令人驚異。

歸結以上的敘述，我們的基本觀點之二，乃是要求「中國文學批評史」必須重新調整它的視域。對於什麼是「文學批評」？以及什麼是「史」？先要有清楚而確當的認知，然後才能知道「文學批評」主要在處理什麼問題？而「文學批評史」又在處理什麼問題？這時候，我們也許才會發現，以往所

---

11 嚴格定義下的文學批評論應該指這種讀者立場觀點的理論，《文心雕龍》的〈知音〉可為範例。當然它對文學的本體也有一定的預設觀念。

被強調的文獻，在「文學批評史」上並無太大的意義；而被忽略的文獻，反而是詮釋的重心所在。

綜合以上二個基本觀點，便可以明白本文的目的，是在要求開放某些封閉系統的專門學術，讓它回到整體的中國文學批評史上，重新理解、詮釋其意義。因此，有關「楚辭」的批評，就不只是「楚辭學的批評史」，更進而追求「批評史的楚辭學」。另一方面同時要求「中國文學批評史」在嚴格的界義與史觀下，重新去處理真正屬於這門學科的問題。如此，讓「楚辭學」與「中國文學批評史」二者的意義相互交集，而各自獲得意義的再生。

後文即以漢代「楚辭學」為範例，進行這項論述。有些問題的提出，不一定本文就能給予確定的解答；但是，只要讓大家都能重新對這些問題做出創造性的思辨，相信我們的論述就已發生意義了。

二、漢代「楚辭學」發生的因素與本質的構成

中國人的思想活動，很少脫離文化社會的存在經驗而純作抽象思惟，以建構個人系統性的理論。因此，所謂「本質意義」很難離開「發生意義」而獨立解明。[12]換句話說，一種思想外緣於文化社會存在經驗的「發生因素」，往往不僅提供觸發性的作用，更且對此一思想的內容意義產生決定性作用，而內化為構成此一思想的質素。反過來說，一種思想構成之後，對於外在的文化社會存在活動也會產生影響性的作用，而促成某些事實現象的發生。

綜合言之，思想內容所涉及對象事物的「本質」與文化社會存在經驗的發生因素之間，是一種「內外交化」的動態關係。很多關於實存事物的知識，所謂「本質」，並非從先驗存有所做抽象概念的規定；而是在某一歷史

---

[12] 「發生意義」，指一種在歷史進程中產生的現象所具備的意義。「本質意義」，指一個觀念所具備做為構成某一哲學內在本質的意義。參見，勞思光：《中國哲學史》（香港：中文大學崇基學院，1980 年），第一卷，第一章，頁 1-2。

時期，某些思想家一則因變乎傳統，一則貼切於當代文化社會的存在情境，
從他們所體悟、洞察的「問題視域」，提出相應的「答案」，因而對他們所
關懷的事物，做出「本質」的重新定義。所謂某事物的「本質」，始終都在
不同的歷史時期，做為「因時待定」的論題。因此，理解中國文化思想，脫
離思想家所處的歷史情境，而純作抽象概念的形式邏輯思辨，很難獲致相應
的詮釋效果。

　　準此，理解漢代「楚辭學」的本質，也必須先理解它的發生因素，以及
這些發生因素對其本質的構成，提供怎樣的決定性作用？

　　所謂漢代「楚辭學」的發生因素，也就是在追問：引發漢代知識分子熱
烈地批評「楚辭」的原因是什麼？這種問題，一般很容易給出下列的答案：
(一)時間因素：漢代距屈原不遠，「楚辭」經屈原創造，是一種新興的詩歌
體裁，不管創作或批評，都是可以開發而引人興趣的新領域。(二)地域因
素：漢代王族是楚人，故多好「楚聲」。

　　這二個因素，固然可以說明「楚辭學」之所以在漢代興起的原因；然
而，它們卻都純為客觀性的因素，看不出人們在文化存在活動中，出於自覺
性的主觀價值意志取向，也就是比較不能解釋「楚辭學」興起於漢代的文化
意義，進而看出發生因素對於思想本質所產生的決定作用。

　　對於這個問題，徐復觀曾經提出一種說法，很具詮釋效用：

　　　　〈離騷〉在漢代文學中所以能發生鉅大地影響，一方面固然是因為出
　　　　身於豐沛的政治集團，特別喜歡「楚聲」，而不斷加以提倡。另一方
　　　　面的更大原因，乃是當時的知識分子，以屈原的「信而見疑，忠而被
　　　　謗，能無怨乎」的「怨」，象徵著他們自身的「怨」；以屈原的「懷
　　　　石遂自投汨羅以死」的悲劇命運，象徵著他們自身的命運。[13]

　　徐復觀明確地認為「一切知識分子所擔當的文化思想，都可以說是他們

13　徐復觀：《兩漢思想史》（臺北：臺灣學生書局，1989 年），卷一，頁 284。

所生存的時代的反映」。[14]這也就是我們前文所謂：理解中國文化思想，不能脫離思想家所處的歷史情境，而純作抽象概念的形式邏輯思辨。徐復觀從漢代知識分子的歷史處境具體解悟到，他們之所以熱烈地詮釋〈離騷〉，乃是因為他們所生存的時代情境，以及由此而來的感受，實與屈原的經驗非常類似，因此以屈原做為他們自身時代悲情的表徵。漢代知識分子所生存的時代情境與感受是什麼？依照徐復觀的說法，就是由「大一統的一人專制政治」而來的強烈壓力感，特別是懷抱理想的知識分子，例如賈誼、董仲舒等人，在威權的專制政體與隨之而來的權力鬥爭漩渦中，都發生了「士不遇」的遭逢與悲情。徐復觀這個見解頗能洞察漢代知識分子「同情共感」的心靈。

我在〈論漢代文人「悲士不遇」的心靈模式〉一文中，[15]就以徐復觀的創見為基礎，對「悲士不遇」這個問題，做了更精密的分析詮釋。讓人驚異的是，漢代知識分子直接或間接以「悲士不遇」做為文章主題的作品，竟有四十餘篇，而其中多數都以屈原為範型人物。換句話說，漢代知識分子「悲士不遇」的心靈模式，除了當代個人的切身經驗而外，更通過屈原這一歷史經驗的型塑作用而形成。

然而，徐復觀只論述了知識分子這一階層之所以好「楚辭」的心態，卻未觸及帝王這一統治階層之所以好「楚辭」的心態。《漢書・淮南王安傳》載，武帝好藝文，曾使淮南王「為〈離騷傳〉」。[16]而〈王褒傳〉亦載，宣帝好辭賦，曾徵能為「楚辭」者，有「九江被公」受召見誦讀。依據《史記》及《漢書》所載，漢代因為通解「楚辭」而受到擢用的文士，即有嚴助、朱買臣、枚皋、王褒等人。《漢書・藝文志》又載，劉向受漢成帝的詔

---

14 徐復觀：《兩漢思想史》，頁281。

15 顏崑陽：〈論漢代文人「悲士不遇」的心靈模式〉，參見臺灣政治大學中文系：《漢代文學與思想學術研討會論文集》（臺北：文史哲出版社，1991年），頁209-253。又收入本書輯二，頁161-200。

16 班固著，顏師古注，王先謙補注：《漢書補注》（臺北：藝文印書館，二十五史影印光緒庚子長沙王氏校刊本），卷四十四，頁1038。後文徵引《漢書》，版本皆仿此，不一一附注。

命，編校經傳、諸子、詩賦……每完成一書，便「條其篇目，撮其旨意，錄而奏之」。因此《楚辭》作品的編纂，當然也是帝王所贊成的工作。至於王逸全面性地為《楚辭》作章句訓解，由他在〈序〉中稱臣，可以判斷是在漢安帝元初年間校書郎任內所完成的官方工作，可能是奉詔命撰修者。**17**從這些史實來看，漢代統治階層的帝王，頗有意提倡「楚辭」。那麼，他們的動機何在？除了「楚辭」作品本身既是「楚聲」，又是美文，因而引觸愛好文藝的帝王感性的趣味之外，其中尚隱涵著文化上，甚至是政治上的用意。易重廉對這個問題，曾提出解釋云：

> 劉漢王族為什麼這麼多喜歡楚辭的呢？梁劉勰《文心雕龍・辨騷》裡發現了其中的秘密。〈辨騷〉說：「漢室嗟嘆，以為皆合經術。」劉氏的話並不是無稽的杜撰。《漢書・王褒傳》具體記載了宣帝評論《楚辭》的意見。宣帝以為，楚辭「與古詩同義」，並說：「尚有仁義諷諭，鳥獸草木多聞之觀，賢於倡優博弈遠矣。」這純然是儒家「詩教」的翻版，出自漢宣帝之口，因為他認為《楚辭》與儒家詩教相通，有利于統治。**18**

所謂「有利于統治」這一判斷，應該是正確的；然而，何以有利於統治？易重廉只引劉勰的見解來詮釋，仍嫌籠統。因為劉勰的見解是依據《漢書・王褒傳》的記載，這段記載中有關漢宣帝的言論，很明顯地是針對「辭賦」這一文類性質與功能所做的通說，並非特別就屈原其人其文的實質內容所做的個案判斷。這對於詮釋「辭賦」這一文類何以受到漢代帝王的愛顧，可謂有效；但是，對於詮釋漢代帝王何以好「楚辭」？其有效性卻不夠充分。因為所謂漢代帝王好「楚辭」，乃是特指「屈騷」而言，也就是對屈原其人及其作品的愛顧。這就必須思考到屈原的人格與文格的特質，以及漢代

---

17 易重廉：《中國楚辭學史》，頁63。
18 易重廉：《中國楚辭學史》，頁24。

帝王揄揚屈原的人格與文格，究竟有何用意？才能獲致切實的詮釋效用。

　　春秋戰國時代，所謂「知識分子」的「士」，以專業學識及道義自持，而在諸侯爭霸的局面中，游走於人才供需的市場中，未必仕於一國而事於一主，故顧炎武說春秋戰國「士無定主」，[19]此之謂「游士」。在此一政治情境中，知識分子大多自持地以「師友」身分與諸侯王相交，因此所謂「君臣」的政治倫理，被期望是建立在平等對待的關係上，也就是「忠君」的臣範必須相對於「敬臣」的君德才能成立。孟子是此一君臣倫理觀念的倡導者，在《孟子‧離婁》中便很大膽地說：「君之視臣如手足，則臣視君如腹心；君之視臣如犬馬，則臣視君如國人；君之視臣如土芥，則臣視君如寇讎。」[20]而就在這種政治情境中，屈原卻很特別地以其實際行為，將此一政治倫理道德絕對化，不管楚王如何昏庸，如何貶逐他，他仍然還是盡忠於楚王；故司馬遷在《史記‧屈原傳》中，指述：「屈平既嫉之，雖放流，睠顧楚國，繫心懷王，不忘欲反。」司馬遷對於他這種絕對化的「忠君」精神，甚至提出質疑：「屈原以彼其材，游諸侯，何國不容，而自令若是！」然而，這也是屈原人格上不同於「游士」的特質。[21]

　　漢代是大一統的威權政體，皇帝一人專制。在此一政教格局下，皇帝的威權被絕對化，不可抗拒，也不可背離；而皇帝的人格被神聖化，不可懷疑，不可批判。隨著皇帝的威權與人格被絕對化、神聖化之下，「忠君」的精神也被絕對化了。孟子所倡導相對義的君臣關係，秦漢之後已不再有實現的可能。而屈原正是將「忠君」的精神絕對化的典範人物，他的人格特質正足以做為一人專制政體下，臣絕對忠於國君的榜樣。這才是漢代帝王之所以主動表揚屈原及其作品的用意。

---

19 顧炎武：《日知錄》（臺南：唯一書業中心，1975 年），卷十七，〈周末風俗〉條。

20 參見趙岐注，孫奭疏：《孟子注疏》（臺北：藝文印書館，1973 年，十三經注疏影印嘉慶二十年江西南昌府學重刊宋本），卷八上，頁 142。後文徵引《孟子》，版本皆仿此，不一一附注。

21 參見顏崑陽：〈漢代文人「悲士不遇」的心靈模式〉，收入本書，頁 167-168。

　　從這個詮釋視域來看，我們就可以理解，漢武帝何以特別命令淮南王去「為〈離騷傳〉」，恐非純粹愛其文辭而已。而其他皇帝何以又不斷地提倡「屈騷」？我們或可從王逸在〈楚辭章句序〉中的幾句話推想而知：「人臣之義，以忠正為高，以伏節為賢。」王逸注解《楚辭》並非私作，而是官方的公務，必須上奏皇帝，當然會以君意為立場，其與武帝使淮南王作〈離騷傳〉的立場應無根本的差別。王逸如此強調人臣「忠正伏節」的精神，正透露漢代皇帝對臣僚絕對忠貞的要求。「忠君」精神之絕對化開創於屈原；但是，屈原視「忠君」為絕對義，乃是出於「悟君」與「改俗」的政教理想，是人臣自律的道德行為；故司馬遷在《史記‧屈原傳》中說他「睠顧楚國，繫心懷王，不忘欲反」的用心，乃是「冀幸君之一悟，俗之一改也」。準此，屈原的「忠君」必須結合了「悟君」與「改俗」的道德理想，才是充分的意義；但是，漢代帝王之提倡屈原的「忠君」，卻只是為了維護君權之神聖性與絕對性，而對臣僚所做單向的強求而已。[22]

　　從以上的論述，我們很有趣地理解到，「楚辭」的詮釋之所以興起於漢代，原因是代表「威權」的帝王，與代表「道義」的知識分子，皆各懷「用心」地依藉屈原人格的典範特質，以詮釋或批判彼此在緊張之君臣關係中的政治經驗及價值觀念。我們可以發現，知識分子在以屈原為題材的文章或對屈原作品的詮釋中，都側重在顯發屈原「忠而被謗」的悲情與「反復極諫」的精神，其間實在隱涵著漢代知識分子以「導正君德」的道義精神，去詮釋「忠君」觀念的祈嚮。反之，代表統治者立場的論述，則側重以「忠正伏節」的態度及行為，去詮釋屈原「忠君」的精神。

　　我們如此詮釋漢代「楚辭學」之所以興起的因素，在文學批評史的研究上有什麼意義嗎？當然有，我們前面說過，在中國文化思想活動中，有些外緣於文化社會存在經驗的「發生因素」，往往對此一思想的內容意義產生決定性的作用，而內化為構成此一思想的質素。從這一理論的基礎來看，漢代「楚辭學」的發生因素，對於這一種知識的內容，顯然也產生了決定作用，

---

[22] 參見顏崑陽：〈漢代文人「悲士不遇」的心靈模式〉，收入本書，頁178-179。

而內化為構成這一種知識的質素了。

　　它在大體上決定了對「楚辭」批評的基本型態為「情志批評」，也就是批評的終極目標在於詮釋作品中所隱涵的作者情志。這種批評型態，固然是由於中國文化發展到漢代仍然是以「人文政教」為中心，藉以表述人文政教價值觀念的語言文字工具，其自身的形構規則還沒有獨立為一客觀性的知識範疇；然而，漢代帝王與知識分子對屈原及其作品的特殊用心，卻是促使這種以詮釋「情志」為終極目標的批評型態，能藉批評「楚辭」而具體確立下來的最主要原因。

　　在這一基本型態的批評活動中，一方面當然預設了文學的本質及功能，即是「抒情言志」；另一方面也就相應地決定了批評方法的取向，會是一種「詮釋學」的進路，也就是依藉「主體通感」或「歷史參證」配合「比興解碼」的方式，以獲致作品的意義。而在作品的評價上，文格與人格之間的關係，往往成為重要的判準。至於在批評的效用上，除了詮釋作品意義而外，更隱涵了「政教批判」與「文體流化」上的「典範效用」。凡此諸端，將在下文中詳為論證。

三、漢代「楚辭學」的類型

　　在沒有論述漢代「楚辭學」在文學批評史上的意義之前，有必要先對它所展現的表述形式做一分類的說明，以見漢代「楚辭學」的概況，而做為下一節論述其批評意義的事實依據。

　　漢代「楚辭學」從它所展現的表述形式來說，大別有以下四類：

(一)擬騷

　　所謂「擬騷」，即是以「騷」為對象，而進行模擬性的寫作活動。其中又可再細分為以下數類：1、只是模擬「騷」的形式體製，而卻以作者自身的情志為內容；例如賈誼〈惜誓〉，董仲舒〈士不遇賦〉等。[23]這類擬騷因

---

23 賈誼、董仲舒之作，參見明代張溥：《漢魏六朝百三名家集》（臺北：文津出版社，

為並沒有涉及對屈原其人其文的詮釋，所以不具文學批評上的意義，下文將
不予討論。2、不只模擬「騷」的形式體製，並且以屈原其人其文做為內
容，這就具備了文學批評的意義了；例如賈誼〈弔屈原賦〉、[24]東方朔〈七
諫〉、嚴忌〈哀時命〉、王褒〈九懷〉、劉向〈九歎〉、王逸〈九思〉；[25]
以及揚雄〈反離騷〉、梁竦〈悼離騷〉、班彪〈悼離騷〉、[26]應奉《感騷》
等。[27]

(二)誦讀

　　這是一種以「誦讀」的方式，詮解「楚辭」音韻之美的批評活動。據
《漢書·王褒傳》的記載，宣帝時有「九江被公」能為誦讀。可惜這方面所
保存的資料比較少，其實際操作的技術已不得而知。不過，「九江被公」當
為楚人。另據《隋書·經籍志》記載：「隋時有釋道騫善讀之，能為楚聲，
音韻清切。」[28]既然如此，則可以推知，這種「誦讀」一定是操「楚方言」
為之。並且到隋唐間，還存在這樣的詮釋活動，故《隋書·經籍志》又云：
「至今傳楚辭者，皆祖騫公之音。」

(三)傳、贊、序

　　這是一種通論大旨的批評方式。所謂「傳」又可分為二類：1、以敘述

1979 年）。〈惜誓〉見於《賈長沙集》、〈士不遇賦〉見於《董膠西集》。

[24]　賈誼：〈弔屈原賦〉，參見司馬遷：《史記·屈原傳》。

[25]　東方朔〈七諫〉、嚴忌〈哀時命〉、王褒〈九懷〉、劉向〈九歎〉、王逸〈九思〉，
　　參見王逸注，洪興祖補注：《楚辭補注》。

[26]　揚雄、班彪、梁竦之作，參見清代嚴可均：《全上古三代秦漢三國六朝文》（臺北：
　　世界書局，1982 年）。揚雄：〈反離騷〉見於《全漢文》，卷五十二。梁竦〈悼離
　　騷〉，見於《全後漢文》卷二十二。班彪：〈悼離騷〉見於《全後漢文》，卷二十
　　三。

[27]　《後漢書·應奉傳》記載，應奉受黨事之累，慨然以疾自退，追愍屈原，因以自傷，
　　著《感騷》三十篇。參見范曄著，李賢注，王先謙集解：《後漢書集解》（臺北：藝
　　文印書館，二十五史影印乙卯長沙王氏校刊本），冊一，卷四十八，頁 578。後文徵
　　引《後漢書》，版本皆仿此，不一一附注。

[28]　參見長孫無忌等：《隋書》（臺北：藝文印書館，二十五史影印清乾隆武英殿本），
　　卷三十五，頁 521。

作者生平而論其人格、思想為主，間及作品之評斷；司馬遷的《史記‧屈原傳》可為代表。2、以通論作品之大旨為主者，淮南王〈離騷傳〉可為代表。[29]這二類，前者為「史傳」之「傳」，後者為「經傳」之「傳」，即用以解經之著述。另所謂「贊」者，「贊」是一種文類，有韻文也有散文，用以對人、事的稱揚或評論，也是通說大旨的方式，故劉勰《文心雕龍‧頌贊》說：「贊」為「約舉以盡情」。[30]班固有〈離騷贊序〉，其〈贊〉已佚，只存〈序〉。漢人常以「離騷」通稱屈原所有作品，可能班固曾為「屈騷」逐篇作「贊」，通說大旨，而此篇〈序〉則總冒於諸贊之前，說明屈原的創作背景與動機。至於所謂「序」者，除班固有〈離騷贊序〉、〈離騷序〉二篇外，王逸《楚辭章句》於每篇作品之前皆有「序」。「序」有什麼功能？姚鼐《古文辭類纂‧序目》所說最為切要：「推論本原，廣大其義」；[31]也就是推論某一作品的創作背景與動機，並闡揚它的大旨。「序」是漢代箋釋《詩經》所常採用的方式之一；王逸注《楚辭》亦用為通例。

(四)章句訓解

　　漢人解經之義例，名目繁多，依據班固《漢書‧藝文志》的記載，有「傳」、「記」、「傳記」、「雜記」、「說」、「略說」、「說義」、「徵」、「章句」、「故」、「解故」、「訓」、「訓纂」等；但是，名目雖雜，歸納言之，則大別為「注經」與「說經」二體。「注經」乃依經典本文的章句，訓解詞義，考徵典實，以疏通章句之義，例如毛亨《毛詩故訓傳》，其後鄭玄以毛傳為本而箋釋之；「說經」則是通讀經典，提出可資思

---

29 淮南王所作〈離騷傳〉，不是章句，而僅是通論全篇大旨。參見《史記‧屈原傳》所引述：「《國風》好色而不淫，《小雅》怨誹而不亂，若〈離騷〉者，可謂兼之矣。上稱帝嚳，下道齊桓，中述湯武，以刺世事，明道德之廣崇，治亂之條貫，靡不畢見。……故死而不容，自疏濯淖汙泥之中，蟬蛻於濁穢，以浮游塵埃之外，不獲世之滋垢，皭然泥而不滓者也。推此志也，雖與日月爭光可也。」

30 劉勰著，周振甫注釋：《文心雕龍注釋》（臺北：里仁書局，1984 年），頁 163。後文徵引《文心雕龍》，版本皆仿此，不一一附注。

31 姚鼐編著，王文濡校註：《古文辭類纂評註》（臺北：臺灣中華書局，1969 年）。

辨的問題，以說解重要的經義，例如董仲舒《春秋繁露》。所謂「章句」者，乃「注經」之體，其操作方式為：1、對作品加以分章斷句；2、對生難詞語加以訓解；3、對每句之大旨簡要解釋。據班固《漢書・儒林傳贊》所稱，漢儒解經，往往「一經說至百餘萬言」，此為「大章句」。另據《漢書・儒林・丁寬傳》，丁寬作《易說》，僅三萬言，「訓故舉大誼而已」，這就是「小章句」。

　　漢人「章句」之作甚多；但是，今僅存趙岐《孟子章句》與王逸《楚辭章句》。從王逸的章句來看，頗為要言不煩，並未徵引繁雜，解說詳密，算是「小章句」；但是，他只斷句而未分章，故大體上只解句義而未釋章旨。宋代朱熹作《楚辭集注》時，32對此大為不滿，於《楚辭辯證》中曾加以批判；33而朱氏之《楚辭集注》便增加了分章以闡釋其大旨的工作了。漢代有關《楚辭》的章句，除王逸之作而外，據王逸序文所述，班固、賈逵都曾經作過《離騷經章句》。而王逸在〈天問序〉中也提到劉向、揚雄曾經特別對〈天問〉這篇作品，「援引傳記以解說之」，想必也是採用徵引典實以逐句解說〈天問〉的方式，企圖能詮釋這篇作品的意義。凡此，皆可視為「章句訓解」一類的批評型式。可惜，這些著作，今皆不傳。

　　以上四類，第三、四兩類，以楚辭為對象，採用抽象概念陳述的知性語言，加以詮釋文義或評斷作者、作品的價值，其為文學批評活動，殆無疑義。然而，第一、二兩類，是否為文學批評？恐怕就有人會提出質疑了。假如在西方「知識論」的基礎上，先認定所謂文學批評，必須採用抽象概念陳述的知性語言，其終極目的在於對「文學客體」建立可為檢證是非值的系統

32　朱熹：《楚辭集注》（臺北：文津出版社，1987年）。

33　朱熹〈楚辭辯證〉上下篇，收入《楚辭集注》內，版本同上注。〈楚辭辯證上〉云：「凡說詩者，固當句為之釋；然亦但能見其句中之訓故字義而已，至於一章之內，上下相承，首尾相應之大指，自當通全章而論之，乃得其意。今王逸為《騷》解，乃於上半句下，便入訓詁；而下半句下，又通上半句文義而再釋之，則其重複而繁碎甚矣。《補注》既不能正，又因其誤，今並刪去，而放《詩傳》之例，一以全章為斷，先釋字義，然後通解章內之意云。」頁174。

性知識；那麼，「擬騷」與「誦讀」，無法滿足此一文學批評的要求，很可能有人就會斷定，上述第一、二兩類不是文學批評了。

這樣的問題，實在有重新思辨的必要。我們懷疑一切由經驗所積成的文化，會有唯一的、超越的、普同的本質，可以做為判斷各種民族文化的固定基準。文學批評是文化活動現象之一，每個民族對於此一文化活動所欲達致的目的，以及所使用的思惟方式、表述型態，都會有各自不同的選擇。因此，所謂「文學批評的本質」，當然也就是在文化相對意義之下的認定，它不是一個絕對的先驗命題。

假如，我們願意接受這種「文化相對論」的觀念；那麼，對於「擬騷與誦讀是否為文學批評」這樣的問題，也就不會毫無商榷地站在西方的文化本位上，加以獨斷地否認。至少我們可以回到中國古典文化內在的脈絡中，重新去理解：古人從事於文學批評活動，其終極目的、思惟方式、表述型態，究竟有何不同於西方文學批評的特質？在此一特質的基準上，我們或許可以當然地承認：「擬騷」與「誦讀」，確是「中國式」的文學批評。

在本節中，我們只提出這個值得去思辨的問題，至於問題的解答，將在下一節詳細論證。

四、漢代「楚辭學」在中國文學批評史上的意義

漢代「楚辭學」在中國文學批評史上有什麼意義？一般「中國文學批評史」的著作，在涉及漢代「楚辭學」時，大致都採取「重述」與「複製評價」的立場觀點，而不是「詮釋」的立場觀點。這的確是當今治理「中國文學批評史」，在方法學上必須反省的問題。

前文已說過，「重述」是將古人所說過的話，換成現代白話文再譯述一遍；但是，古人所隱涵在這些話語深層的某些觀念，卻仍然沒被學者「詮釋」而揭明之。因此，其效用僅是對歷史事實表象做了記述。至於「複製評價」，則是與原始評價者站在同一層次的基準上，依據他們所評價的內容，重複做出「此是彼非」或「此非彼是」的判斷；然而，對於古人何以會做出

如此的評價？其發言的歷史處境如何？其所依據的文學觀念如何？皆沒有深一層的詮釋。而不管「重述」或「複製評價」，其意義皆只是在歷史進程中，已被古人所「表述」出來之內容的重複；而不是學者穿透「已被表述」的固有內容，深一層揭明「未被表述」而隱涵的意義。這些隱涵的意義，往往是更高層級的概念，是「已被表述」之內容的理據，也是構成歷史經驗現象以及推動歷史發展的因素。所謂「文學批評史」，它的任務，主要不是去「重述」那些「已被表述」的歷史經驗現象，而是去「詮釋」那些「未被表述」而卻是構成歷史經驗現象的因素。當然也不是去「複製評價」，而是去「詮釋」古人何以會做出如此的評價？他的動機如何？立場及觀點如何？所設定的評價基準如何？這樣的評價，置入中國文學批評史的脈絡中，有何意義？這些才是我們現代學者研究中國文學批評史，所應該回答的問題。

我們所謂漢代「楚辭學」在中國文學批評史上有什麼意義？就是在這種「詮釋學」進路中的一項論述。在論述過程中，雖不免會涉及「已被表述」的固有內容；但是，我們並非只是重述它，或複製其評價，而是以它做為依據，以詮釋「未被表述」的深層意義。以下即以這種論述進路，進行上列問題的解答。

漢代「楚辭學」在文學批評史上的意義。其意義判斷的基本依據，乃是漢代「楚辭學」被視為一種文學的實際批評，其「已被表述」之內容的深層處，所隱涵「未被表述」的批評理據。它對中國文學批評的目的、方法、效用，究竟開展了什麼樣的基本觀念？而這些觀念對於後代的文學批評活動，又產生了什麼樣的影響？

漢代「楚辭學」在中國文學批評史上的意義。總持地說，就是依藉對「楚辭」全面的批評成果，確立了中國文學批評的第一種型態：「情志批評」。「情志批評」有何目的、方法、效用，以下即作分解性的論述：

(一)漢代「楚辭學」所意向的「批評目的」

任何文學批評活動，都有其所意向而最終所要達致的目的，我們稱它為「批評終極標的性」。「情志批評」的「終極標的」即是在於詮釋隱涵於作品言內甚至言外的作者情志。這種「情志」，不是一般類型性的情志，例如

只是籠統地說「家國之情志」、「男女相愛之情志」、「懷古之情志」、「悲秋之情志」等；而是特定的某人，在某特定的存在情境中，因某特定事件，所發生特定的情感與意志。因此它是個殊的經驗內容，是心理的，歷史的，每種情志皆是單一的、具體的，而非普遍的、類型的。例如〈離騷〉的作者情志，是繫屬屈原個人，在特定的存在情境中，因為某特定的事件，所產生的特定情感與意志，從具體內容言之，當然就有別於他人的情志。「情志批評」的終極標的，就是在找出這種個殊的情志。

這種批評型態完全不同於六朝時代，所確定出來的第二種批評型態：「文體批評」。「文體批評」的「終極標的」是去評斷一篇作品是否能「因情以位體」，也就是能否依照題材的「類性型情志」而配置合宜的文體以具現之。因此，它在批評過程中，雖也會涉及作品的情志；但是，卻僅止於類型性的認知而已，不必然去確斷作者個殊特定的情志內容。換句話說，作者個殊的情志不是批評的終極標的，而只是做為評斷作品文體的參考條件而已。

這二種批評型態，前者是讀者→作品→作者個人情志的批評歷程；而後者則是讀者→情志類型→作品文體的批評歷程。**34**

這種以揭明作品言內或言外的作者個人情志為目的的批評型態，是由漢代的「楚辭學」所確立下來。所謂「確立」，並不是「源起」。若論「源起」還可以追溯到先秦，最典型的例子，就是孟子的說詩，《孟子·萬章》說〈雲漢〉之詩，〈告子〉說〈小弁〉、〈凱風〉之詩。不過，這只是片段而簡略的情志批評而已。同時，由於《詩經》的作品都沒有確定的作者，所以情志的個殊性與具體性，還無法完全確定，《毛傳》每篇詩前的「小序」，只是解詩者的穿鑿之說。因此，必須等到作者確定而涵具個人情志的

---

34 以上所謂「批評終極標的性」、「類型性情志」、「文體批評」等概念，詳見顏崑陽：〈文心雕龍「知音」觀念析論〉，收入呂正惠、蔡英俊編：《中國文學批評》（臺北：臺灣學生書局，1992 年），第一集，頁 195-229。又收入顏崑陽：《六朝文學觀念叢論》（臺北：正中書局，1993 年）。

「屈騷」出來，漢人對它進行全面性的詮釋，這種型態的批評才真正確立下來。

　　漢代的「楚辭學」很明顯地展示著批評者揭明作者情志的目的。最早的賈誼〈弔屈原賦〉便已顯示了這種傾向，他直指屈原的遭遇：「遭世罔極兮，乃隕厥身」，而明其情志：「于嗟嚜嚜兮，生之無故」、「國其莫我知，獨壹鬱兮其誰語」。至於淮南王〈離騷傳〉，今雖不傳；但是，從《史記·屈原傳》所節錄的片段而言，其揭明作者情志的批評目的，甚為明顯：

> 《國風》好色而不淫，《小雅》怨誹而不亂，若〈離騷〉者，可謂兼之矣。上稱帝嚳，下道齊桓，中述湯武，以刺世事，明道德之廣崇，治亂之條貫，靡不畢見。……故死而不容，自疏濯淖汙泥之中，蟬蛻於濁穢，以浮游塵埃之外，不獲世之滋垢，皭然泥而不滓者也。推此志也，雖與日月爭光可也。

　　劉安之後的司馬遷，《史記·屈原傳》是第一篇正式的「作者論」，批評的目的，也是指向揭明作者的情志，云：

> 王怒而疏屈平，屈平疾王聽之不聰也，讒諂之蔽明也，邪曲之害公也，方正之不容也，故憂愁幽思而作〈離騷〉。〈離騷〉者，猶離憂也。

又云：

> 屈平既疾之，雖放流，睠顧楚國，繫心懷王，不忘欲反。冀幸君之一悟，俗之一改也。其存君興國而欲反覆之，一篇之中，三致志焉。

　　其批評目的，在於揭明作者之情志，非常顯著。其他，不管是東方朔、王褒、劉向、揚雄等人之擬騷，或班固之贊、序，或王逸之章句，整個漢代

「楚辭學」的批評活動，除「誦讀」乃為鑑賞音韻之美而外，皆朝向於揭明作者情志的這一批評目的。今舉王逸為代表，餘不一一俱引。

王逸〈楚辭章句序〉，即已指明此一批評目的：

> 屈原履忠被譖，憂悲愁思，獨依詩人之義，而作〈離騷〉，上以諷諫，下以自慰。遭時闇亂，不見省納，不勝憤懣，遂復作《九歌》，以下凡二十五篇……今臣復以所識所知，稽之舊章，合之經傳，作十六卷章句。雖未能究其微妙，然其大指之趣，略可見矣。

至於王逸在實際操作的過程中，各篇的「序」以及作品中詞句的詮釋，莫不在於達致揭明作者情志之目的。

漢代「楚辭學」的批評目的，在於揭明作者隱涵於作品言內或言外的情志，已如上述。不過，我們還可以進一步分解，所謂揭明作者情志，又可以區別為主觀性與客觀性二種。

第一種，主觀性的型態，其揭明作者之情志，主要目的不在知性地證實某一客觀存在的作者情志，也就是在批評活動中，所謂「作者情志」，並不相對於「詮釋主體」，完全客體化為一認知對象，而可證實唯一正確的答案。因此，在這種批評活動中，並無「作者本意」的問題。批評的目的，固在揭明作者情志；但是，揭明作者情志的目的，卻是「反照自身」，以揭明自己的情志。這顯然是一種「互為主體」而訴諸「通感」的創造性詮釋。因此，文學批評不是為了建構可資客觀論證的知識，其中沒有什麼唯一、絕對的答案。文學批評，只是人們在「今古相續」、「人我同體」的文化存在情境中，相互通感，彼此觀照的情志活動，詮釋作者亦所以詮釋自己；然則，「文學創作」與「文學批評」，其實是一種涉及人的生命存在經驗與意義，而古今前後延續的文化創造活動。

上述「擬騷」這一類型的作品中，大多可以做為此一批評型態的範例。賈誼的遭遇有類似屈原「忠而被謗」，甚至受到放逐的經驗。《史記·賈誼傳》載，賈誼受漢文帝的重用，在政策上提出一系列的改革，卻遭周勃、灌

嬰、張相如、馮敬這些元老級的政治利益集團所妒害。文帝不得已，將他貶為長沙王太傅，渡湘水，作〈弔屈原賦〉。其賦起始即云：「恭承嘉惠兮，俟罪長沙。側聞屈原兮，自沈汨羅。」而全文悲屈原亦所以自悲，尤其「訊曰」以下，所謂：「已矣，國其莫我知，獨壹鬱兮其誰語？鳳漂漂其高遰兮，夫固自縮而遠去」等文義，更是以自己之情志為屈原代言。批評的目的，由揭明作者情志以「反照自身」而揭明自己之情志，這是非常顯然的事。

其後的「擬騷」作品，主觀性的色彩雖然沒有〈弔屈原賦〉那樣顯著；但是，卻都同樣隱涵著批評者個人切身或對整個時代的感受及意向。王逸《楚辭章句》所收錄，淮南小山〈招隱士〉、東方朔〈七諫〉、嚴忌〈哀時命〉、王褒〈九懷〉、劉向〈九嘆〉、王逸〈九思〉。依照王逸在各篇「序」中所述，這些作品在批評動機上，有一共同特徵，也就是「憫傷屈原」。這種主觀體會的感性動機，便已隱涵著批評的目的，並不在於證實任何客觀的知識。在上文中，我們已指出，漢代知識分子之所以如此熱烈地詮釋「屈騷」，固有其普遍的時代感受，此處不再複述。

至於個人的切身經驗，淮南小山生平不詳，故難得而知。其餘，嚴忌的生平亦不詳細，只有《漢書》的〈藝文志〉登錄了他曾有「賦」的作品，另〈鄒陽傳〉、〈司馬相如傳〉記載他曾與枚乘、鄒陽諸人，先為吳王濞的僚士，後轉至梁孝王幕，至於擔任何種職務，史無明載。漢初仍然延續戰國養士之風，知識分子也未除游士之性格。[35]他們遊走於諸侯王之間，仍挾其知識，而擔任「獻策」的智囊工作。因此，主要任務就是「諫」。「諫」者，以正直或利益之道，用婉曲之言語以勸悟他人。積極來說，是主動獻策；消極來說，也要察查政策之是非，人主之曲直而勸誘之。東方朔做過「大中大夫」，王褒、劉向做過「諫議大夫」，王逸做過「侍中」，皆載於《漢書》及《後漢書》各人的本傳。這些官職，據《後漢書·百官志》云：

---

35 參見余英時：《中國知識階層史論》（臺北：聯經出版公司，1980 年），頁 85-86。

　　凡大夫（按包括光祿、大中、中散、諫議四種）議郎皆掌顧問、應對，無常事，唯詔命所使。

又云：

　　侍中，掌侍左右，贊導眾事，顧問、應對。法駕出，則多識者一人參乘，餘皆騎在乘輿車後。

　　然則，他們的共同職務經驗，就是以文章、學識的專長，擔任天子的近臣。雖然沒有固定的事務；但是，必須隨時對天子的許多疑惑提供解答。這些疑惑，或與國家政策有關，或與天子個人行為有關，或與文化上的專業知識有關。這樣的職務經驗，與屈原有其類似性。依據《史記・屈原傳》的記載，屈原也是以文章和學識上的專長而為懷王之近臣，所謂：

　　屈原為楚懷王左徒，博聞彊志，明於治亂，嫻於辭令。入則與王圖議國事，以出號令，出則接遇賓客，應對諸侯。

　　這種職務，直接面對的就是天子的情志。在向天子獻策或勸諫之時，假如不只是一般文化上的常識，而關係到政策或人事問題時，便不可避免地會與某些政治利益集團衝突。賈誼原先做的也是「大中大夫」，因為獻策而與諸老臣及諸侯王等產生利害衝突。《漢書・東方朔傳》記載，東方朔的性格特殊，對於向天子獻策勸諫的困難經驗，曾發為〈非有先生論〉及〈答客難〉。他以滑稽的姿態，運用詭譎的表達技巧，向漢武帝作了不少的勸諫，自有他很莊嚴的成就；但是，即使如此，他仍然曾經因為滑稽過度：「醉入殿中，小遺殿上。」而被彈劾「不敬」，詔免為庶人。王褒、王逸，在史書的記載上，比較未見他們在「諫」的職務上，有何特別的表現。尤其王褒似乎只流為專寫歌功頌德文章的辭臣，故而史書記載，當時很多評議之士頗有

微詞。**36**

　　其中，嚴忌與劉向頗值得注意。《漢書‧鄒陽傳》載，梁孝王為爭取被立為太子，曾與策士羊勝、公孫詭圖謀刺殺朝中堅持反對意見的大臣袁盎。鄒陽力諫，卻反為公孫詭等人所讒，因而下獄。嚴忌卻不敢勸諫，似乎頗缺乏屈原的精神。由於史料缺乏，我們無由理解嚴忌的個性與心路歷程，或許經過吳王濞及梁孝王幕僚的經驗，與對整個時代政治處境的感受，嚴忌已趨向於理性而超脫的情志。

　　漢代知識分子對屈原遭遇的「憫傷」，大致並無差別；但是，對屈原之自沈，則因個人的價值觀而有不同的反應。嚴忌所作〈哀時命〉，從其命題即已顯示他對知識分子的時代文化命限，即所謂「時命」有著深刻的感受，故起筆立意，便已揭明：「哀時命之不及古人兮，夫何予生之不遘時。往者不可扳援兮，來者不可與期。」這雖然是代替屈原抒發情志，卻也是個人切身的時代感受。至文末，則轉以自己為敘述觀點，而伸明超然遠引，以獨善其身的情志：

　　　　鸞鳳翔於蒼雲兮，故矰繳而不能加。蛟龍潛於旋淵兮，身不挂於網羅。

又云：

　　　　時獸飲而不用兮，且隱伏而遠身；聊窜端而匿迹兮，嘆寂默而無聲。

　　這種情志始發於賈誼，經嚴忌以迄揚雄，而形成所謂「反離騷」的詮釋觀點；但是，所謂「反離騷」，其實並非兩極化地反對屈原，基本上他們對

---

36 《漢書‧王褒傳》：「是時，上頗好神僊，故褒對及之。上令褒與張子僑等，並待詔數從。褒等放獵，所幸宮館，輒為歌頌，第其高下，以差賜帛。議者多以為淫靡不急。」冊二，卷六十四，頁 1289。

於以「自沈」回應時命的結局，採取不同的立場。這可以視為漢代知識分子在「時命」壓迫而無可奈何之下，所產生的一種自求超脫的出世情志。這種情志，與屈原的情志，在同一感性的基礎上，卻又形成超脫與執著「相互對顯」的意趣。這其實是辯證相生的關係，故宋代晁補之在〈《變離騷》序〉中，便認為揚雄作〈反離騷〉，他真正的用意「非反也，合也」。因為晁補之看出最了解屈原的人就是揚雄；揚雄憐惜的是屈原之「自沉」而死；因此他所反對是屈原的死亡，而不是他的純潔自持，故云：「非反其純潔不改此度也，反其不足以死而死也；則是〈離騷〉之義，待〈反騷〉而益明。」[37] 明代胡應麟的《詩藪》也有同樣的看法：「揚子雲〈反離騷〉，似反原而實愛原」。[38]

另外，《漢書·劉向傳》載，劉向在西漢中葉的政壇中，以漢室王族的身分，加上文章、學識的專長，擔任皇帝的近臣，曾與擅權驕橫的外戚數度交鋒。元帝時，許、史二姓的外戚和宦官弘恭、石顯專權。劉向與蕭望之、周堪、金敞共謀，勸帝罷退之，結果機密泄漏，反為彼輩所譖而下獄。其後，元帝舅父陽平侯王鳳擅政，劉向又上封事極諫，帝召見；但是，也只能嘆息悲傷，終不能奪王氏之權。《漢書·劉向傳》稱劉向屢諫：「其言多痛切，發於至誠。」元帝幾度想重用他，卻都為權臣所阻。準此，則以劉向的切身經驗，對屈原的遭遇當然感受甚深，他作〈九歎〉，豈不借屈原反復之歎以歎自己！

及至東漢，梁竦作〈悼離騷〉、應奉作《感騷》，也都是以切身經驗感悟屈原之情志。《後漢書·梁竦傳》載竦坐兄松事，與弟恭皆貶至九真，經沅湘時，因感屈原以無辜而沈江，乃作〈悼離騷〉，頗自負其才，鬱鬱不得志意。〈應奉傳〉亦載奉有才學，及黨事起，乃慨然以疾自退，追憫屈原，

---

37 晁補之：〈《變離騷》序〉，參見晁補之：《濟北晁先生雞肋集》（臺北：臺灣商務印書館，1979 年，四部叢刊正編據上海涵芬樓景印詩瘦閣仿宋刊本），卷三十六。

38 胡應麟著，王國安校點：《詩藪》（上海：上海古籍出版社，1979 年），雜編，卷一。

因以自傷，著《感騷》三十篇。

綜上所述，這種主觀性的批評，不管批評者對屈原最終的「自沈」是否全然同意，大多在切身經驗、時代感受與憫傷屈原的基礎上，進行「今古相續」、「人我同體」的批評，揭明作者情志，正所以「反照自身」而揭明自己的情志。

我們認為這不但是一種文學批評，而且最足以代表以「主體性」為其文化特質的「中國式」文學批評。文學實際批評，乃是以作品或作者為對象，而進行詮釋或評價的活動，這是中西一切文學實際批評的必要條件。漢代「擬騷」既是通過解讀屈原之作品以詮釋或評價作者的情志，也就具備了文學實際批評的必要條件；然而，它與現代知識論式的文學批評所不同的地方，一則在於它的批評目的與方法，皆以「主體性」為特質；二則在於它所採取的表述形式，是詩性的意象語言，而非論述性的抽象概念語言。文學批評究竟有什麼目的，採用什麼方法及表述形式？這就沒有必然的標準。任何一種文學批評之不同於另一種文學批評的特質，也就是由這些方面的差異所構成。假如我們尊重文化相對的合理性，便很容易承認，這是一種雖不同於西方卻具有中國文化特質的文學批評。

第二種，客觀性的批評目的，在於揭明作者情志。雖然，其中也隱涵著批評者主觀的解悟，並融合了自身的存在經驗；但是，其主要目的並非「反照自身」以揭明自己之情志，而是去指實確有某一客觀存在的作者情志。因此，便引出「作者本意」的問題了。這個本意，或在作品言內，或在作品言外。這種批評型態，王逸的《楚辭章句》是主要的範例。他在〈序〉中，對於班固、賈逵所作的《離騷經章句》頗表不滿，認為：「義多乖異，事不要括。」這是指班固、賈逵對〈離騷〉作品語言的詮釋很不正確。他又指出：「論者（班固）以為露才揚己，怨刺其上，強非其人，殆失厥中矣。」其意即指班固對屈原藉由作品所表達的情志，理解不當。假如批評活動，對作品語言意義與作者情志，並非可以完全訴諸各人主觀的感悟，而有其客觀性的是非對錯。那麼此一情志既繫屬於作者，則客觀性的決定因素，除了語言訓解的正確之外，最主要的便是作者原本的表現意圖了。然則，批評的目的也

就在於指實那一客觀存在的作者情志。

　　總結來說，漢代「楚辭學」從文學批評史的立場言之，就是確立了「情志批評」的型態，並展示了主觀性與客觀性的二種批評目的；而因應於這二種批評目的，便產生了二種不同的批評方法。

(二)漢代「楚辭學」所使用的「批評方法」

　　文學批評的任務，即是對作品或作者進行詮釋或評價。在實際操作過程中，這二者並不是那麼截然地區分。詮釋可能已預設了評價，而評價也可能已隱涵了詮釋。一項批評活動是詮釋或評價，往往是發言側重面所展示的不同樣態。不過，在理論上，這二者仍然可以被區分，它們所指向的目的與方法，的確有其差別性。此處就「方法」層面的論述，我們還是分從詮釋與評價言之。

1.詮釋方法

　　相應於上文所陳述的二種批評目的，其詮釋方法也有主、客觀之分。

　　第一種詮釋方法，為了實現上述主觀性批評目的，其方法可謂之「主體通感」。在漢代「擬騷」的這類批評活動中，雖然並沒有哪一位批評者直接說明自己的詮釋方法；但是，我們卻可以依藉這種批評活動發生的動機與最終展現的型態，以推知這項批評之得以實現其詮釋目的之行動原則。

　　依據上文所述，「擬騷」之批評，其動機一則出於「憫傷屈原」，一則出於「自傷」。這完全是一種感性的動機，也就導致批評的目的，在於揭明作者情志，而「反照自身」以揭明自己之情志。最終展現的型態，非以抽象概念的知性語言表達之，而以具體意象的感性語言表達之。因此，它自始至終，都是一項「互為主體」，而感性相通的詮釋活動。

　　文學批評活動，當然必須以作品語言為依藉。「擬騷」之作，最終是直接指向對「作者情志」的詮釋，似乎並未涉及作品語言的訓解；然而，「作者情志」存在哪裡？我們可以說是存在「言外」。不過，「言外」卻絕非一個完全與「言內」無干的世界。「言外」與「言內」是一種辯證性的關係，也就是「言外之意」的獲致，必然要先涉入「言內之意」而後超越之。這也

就是為什麼在《莊子‧外物》提出「得意而忘言」的觀念之後，[39]晉代葛洪卻在《抱朴子‧尚博》中提出另一項警語：「筌可以棄，而魚未獲，則不得無筌。文可以廢，而道未行，則不得無文。」[40]語言之做為「表意」與「得意」的工具，雖然不等同於「意」的自身，卻是「意」之能「表」與能「得」的必要媒介。

這種問題，就類似於孟子在〈萬章〉中提出說詩之法：「不以文害辭，不以辭害志。」而必須「以意逆志」才「是為得之」。所謂「志」指「作者情志」，而所謂「意」，趙岐注以為是「學者之心意」。如此一來，孟子一方面消極地強調了「文辭」對於理解「作者情志」的阻礙作用；一方面又積極地強調了讀者與作者之間志意的會通，似乎就讓人以為「文辭」在志意會通的活動中，完全不具必要性。其實，這是一種誤解。孟子雖云：「不以文害辭，不以辭害志。」並非原則性地否定「文辭」在志意會通上的必要性，而是僅僅對於「用之不當」提出警示。換句話說，這不是一個語言「本質性」的問題，而是一個「應用性」的問題。孟子並沒有表示說詩可以完全脫離「文辭」，僅憑箋釋者主觀心意無限制地想像。他只是警告說詩者，不要只拘泥於文辭表面的訓解，而不去體會隱涵在「言外」的作者情志。由此，最正確的詮釋方法，應當是通過對作品語言文字的理解，進而超越語言文字，藉由語言隱喻性或象徵性的暗示，而體會言外隱涵的作者情志。這個作者情志，也就是「以意逆志」的「志」。如此，就對語言文字之理解，則「意」為文辭之義；就超越語言文字所作的「體會」，則是批評者之意，而這二者又都不違背作者之情志。因此，「詮釋」是一種入乎作品語言而又超越語言的主體會悟活動。它雖有其來自作品語言的客觀性限制，卻絕非不涉

---

39 《莊子‧外物》：「筌者所以在魚，得魚而忘筌；蹄者所以在兔，得兔而忘蹄；言者所以在意，得意而忘言。」參見郭慶藩：《莊子集釋》（臺北：河洛圖書出版社，1974 年，王孝魚點校本），頁 944。

40 葛洪著，楊明照校箋：《抱朴子外篇校箋》（北京：中華書局，1991 年），冊下，三十二卷，頁 109。

主體，純為客觀實證的認知判斷。*41*

　　假如，我們從文學批評史的立場言之，漢代詮釋「楚辭」所採取這種「主體通感」的方法，雖然很難判斷它是取之於孟子所提出的「以意逆志」；但是，說他們是同一種進路，應該沒有什麼問題。只是漢儒比孟子更轉折一層，也就是孟子所謂「以意逆志」，雖強調在批評活動中，批評者主觀之「意」乃是揭明作者情志的主要動力；但是，他終極的目的，卻在揭明作者情志而已。漢代「擬騷」的批評，則再轉折一層，「反照自身」以揭明自己之情志。因此，這種主體的感性活動，是「雙向互通」的型態。藉辛棄疾〈賀新郎〉詞句以喻之，便是：「我見青山多嫵媚；料青山、見我應如是。情與貌，略相似。」*42*

　　上文既已論明，文學批評必須以作品語言為依藉。所謂「作者情志」雖有可能存在於語言之外；但是，詮釋活動卻必然要通過語言的中介，進而超越之，才能獲致作者的情志。就以「屈騷」而言，屈原這個作者的情志，必依藉二種「文本」而存在：一為被「傳述」或「記錄」下來的「公開行為表達式」，也就是他「忠而被謗」、「雖放流，睠顧楚國，繫心懷王，不忘欲反」；但是，終而「懷石，遂自投汨羅以死」的種種行為。二為他所留下來，用以表述情志的〈離騷〉等作品。漢代知識分子之感受屈原，必然是通過這二種文本。司馬遷對於受到屈原所感動的過程，自供得最為清楚。《史記‧屈原傳》云：

　　余讀〈離騷〉、〈天問〉、〈招魂〉、〈哀郢〉，悲其志。適長沙，
　　觀屈原所自沈淵，未嘗不垂涕，想見其為人。

---

41 參見顏崑陽：《李商隱詩箋釋方法論》（臺北：臺灣學生書局，1991 年），頁 111-112。

42 辛棄疾著，鄧廣銘箋注：《稼軒詞編年箋注》（上海：上海古籍出版社，1993 年），卷四，頁 515。

　　司馬遷所謂「讀〈離騷〉……」云云，已明示對屈原情志的感受，是通過作品的閱讀而產生；但是，他又說「悲其志」，顯見他對屈原情志的獲致，乃是訴諸主體心靈的直接感受，並沒有將他看作是一客觀性的意義，而依藉對作品語言的訓解、分析、證實，然後才得到認識。司馬遷如此，其餘「擬騷」之批評，也是如此。

　　事實上，在這類批評中，我們的確看不到批評者針對作品的語言形構，展開分析性的詮釋過程，然後才證實了所謂「作者情志」。他的詮釋過程，應該是：「讀〈離騷〉等作品→悲其志→想見其為人」。整個詮釋活動，是以批評者由其切身經驗及時代感受所凝聚而成的「感性詮釋主體」為動力，而直接與作品語言所形成的「詮釋對象」遇合，體會到作者的切身經驗與時代感受，同時「反照自身」，當下主客相通，人我冥合，而完成了詮釋，此之謂「主體通感」。

　　這就讓我們想到，從《呂氏春秋・本味》、《韓詩外傳》、《說苑》，以至《列子・湯問》所記載「知音」的故事。[43]當伯牙鼓琴，以進行樂曲演奏的創作。鍾子期做為一個批評者，當下直接感受樂曲演奏的作品，完全不須經過對音素結構的分析，便詮釋出作者所表現於作品的情志，當伯牙的琴音「志在高山」時，則曰：「巍巍乎若太山」；伯牙琴音「志在流水」時，則曰：「湯湯乎若流水」。這種詮釋方法，藉清代葉燮《原詩》內篇的一句話來說，即是「遇之於默會意象之表」。[44]

[43]　「知音」故事，見於陳奇猷：《呂氏春秋校釋・本味》（臺北：華正書局，1985年），冊上，卷十四，頁 740；屈守元：《韓詩外傳箋疏》（成都：巴蜀書社，1996年），卷九，頁 763；劉向：《說苑・尊賢》（臺北：世界書局，1970年，明代程榮校訂本），卷八，頁 64-65；張湛注：《列子・湯問》（臺北：廣文書局，1960年，影印光緒甲申摹刻鐵琴銅劍樓宋本），卷五。

[44]　葉燮著，霍松林校注：《原詩》（北京：人民文學出版社，1979年），內篇下，頁30。有關上述「知音」故事在文學批評上的意義，詳參顏崑陽：〈文心雕龍「知音」觀念析論〉，收入顏崑陽：《六朝文學觀念叢論》，頁 197-203。又參蔡英俊：〈知音探源——中國文學批評的基本理念之一〉，收入呂正惠、蔡英俊編：《中國文學批評》（臺北：臺灣學生書局，1992年），第一集，頁 127-143。

　　假如，我們在西方知識論的立場上，把所謂「方法」理解成「為了實現某一目的而必須依循的普遍有效性的行動規則」。那麼，上述這種「主體通感」而「默會致知」的詮釋，就有可能會被認為不是「方法」。因為它雖然也是「為了實現某一目的」而設，卻不具「普遍有效性」，也沒有一套客觀而明確的規則可供每個人的行動去依循。換句話說，這種方法並不是具有實際操作步驟的技術，沒有一套客觀、固定的規則，以保證認知判斷的普遍有效性；然而，方法之為方法，卻必須對應於所欲達到之「目的」而言之。假如，其目的在於獲致可為客觀驗證是非對錯的命題性知識，例如經驗科學或數理邏輯之知識，則其所採用的方法，在操作的程序上自應具有客觀、固定的規則，以保證認知判斷的普遍有效性；但是，做為獲致主體感悟其存在經驗及意義之目的的方法，所謂「普遍有效性」，非但不可能，也是不必要。因此，「主體通感」做為一種方法，我們可以說它不是知識論上一種可以客觀驗證其普遍有效性的方法，卻無法說它不是一種主體感悟其自身存在經驗及意義的方法。這種方法的效力，不由其客觀化的規則所保證，而是由主體自身的感悟力所保證。感悟力的來源，一則來自於天生的才性，二則來自於存在實踐的涵養；但是，才性有殊異，實踐有深淺。因此，它的效力有高低。在詮釋活動中，感悟力所提供的保證，只是個殊性，而無普遍性與必然性。

　　這種依循個人經驗的詮釋方法，與其說是由某一文學批評家所提出的理論，不如說是中國文化性質所孕生的「基型觀念」。孟子也是在此一基型觀念的根柢上，提出「以意逆志」的說詩方法。這是中國文學批評之異於西方的特質，當然也是它的局限。假如，我們理解到中國文學所謂批評活動，在原初的觀念中，其意義並不在於建立客觀性、系統性的知識，而在於藉由文學作品而得到個體生命的相互感通與觀照，或許就不必為它之缺乏客觀性、系統性知識意義而致憾了。

　　第二種詮釋方法，為了實現上述客觀性批評目的，其方法可謂之「歷史參證」、「文本分解」與「比興解碼」，三者配合使用，以解明寄託言外的「作者本意」。這種方法，比上一種方法更具體地展現在漢代「楚辭學」的

「章句」這一類型上，因此也就比較容易得到論證。

上文的陳述中，我們提出客觀性的批評目的，主要在揭明客觀存在的作者情志，這便隱涵了「作者本意」的批評觀念了。作者情志既然有其客觀性、本然性，就不能完全任由主觀感受而獲致。因此，在詮釋方法上，雖沒有拋棄主體的感悟，卻更加重了三項客觀性的限制：一是重視外緣史實，包括作者自身與當代或前代種種相關事實、典故的考察，以作為詮釋文本之意的參考性證據；二是重視作品語言分析性的詮釋；三是「比興符碼」的解讀。這三者互濟為用，故謂之「歷史參證」、「文本分解」與「比興解碼」之法。先說「歷史參證」之法，王逸在〈楚辭章句序〉中，即明白地提出這一種詮釋方法：

> 今臣復以所識所知，稽之舊章，合之經傳，作十六卷章句，雖未能究其微妙，然大指之趣，略可見矣。

另外，在〈天問〉的〈後敘〉中，他指出世人「莫能說天問」，由於這篇作品「文義不次，又多奇怪之事」；雖然劉向、揚雄曾「援引傳記，以解說之」，但是「亦不能詳悉」，以至「厥義不昭，微指不晢」。他為了解決此一詮釋難題，同樣採用這種方法：

> 稽之舊章，合之經傳，以相發明，為之符驗。章決句斷，事事可曉，俾後學者永無疑焉。

所謂「稽之舊章，合之經傳」，是指對舊有經典、史傳的考證。其所考證的項目，相信是包括：(1)有關屈原身世遭遇的種種事實；(2)楚國當時的政治、文化、地理狀況；(3)屈原作品中所使用的典實。這些考證所得的知識，從他在《楚辭章句》一書中，實際的操作來看，大致應用在二方面：(1)前述第一、二項，用在各篇之前的〈序〉中，以說明屈原寫作某篇作品的事實背景、心理動機、命題意義以及表現意圖；(2)前述三項都用於內文的詮

釋。第三項用以訓解作品語言中所使用的典實，以解明「言內」之義。而第一、二項則用以印證作品「言外」所比興寄託的作者情志。

第一方面，各篇〈序〉的使用，文繁不俱引證。第二方面的使用，例如〈離騷〉首句「帝高陽之苗裔兮」，句下注釋，考證「高陽」即是顓頊，而楚之先祖乃出於顓頊；這就是考證典實，以解明「言內」之義。又「哀眾芳之蕪穢」句下，注釋云：「言己修行忠信，冀君任用而遂斥棄，則使眾賢志士失其所也。」這是考證作者身世遭遇，以印證此句有「言外」之意。又「路幽昧以險隘」句下，注釋云：「言己念彼讒人相與朋黨，嫉妒忠直，苟且偷樂，不知君道不明，國將傾危以及其身也。」這是考證楚國當時政治狀況，以印證此句的「言外」之意。

次論「文本分解」與「比興解碼」之法，王逸除了考證史實典故之外，更對文本進行逐句分解其詞意、句意，同時歸納出「屈騷」的「比興符碼系統」；然後，運用於內文中「喻意」的詮釋。「文本分解」甚為繁密，不一一論證，我們只就「比興解碼」的要則簡述之。在〈離騷經序〉的末段，王逸便大體指出屈原的〈離騷〉，其語言的特色是「引類譬喻」，故意符與意指之間，有固定的對應關係：

〈離騷〉之文，依詩取興，引類譬喻，故善鳥香草以配忠貞；惡禽臭物以比讒佞；靈修美人以媲於君；虙妃佚女以譬賢臣；虯龍鸞鳳以託君子；飄風雲霓以為小人。

王逸就是以這套由歸納而得的「比興符碼系統」，逐詞逐句去詮釋作品所寄託的「言外」之意。其例甚多，不煩一一引證。

綜合以上的論述，可以知道，這種客觀性的詮釋方法，乃是依藉外緣史實典故的考證、文本詞句的分解以及「比興符碼系統」的解讀，而對作品加以逐詞逐句的訓解、指實與索隱。如此，則文學批評，已不只是一種主體直接的通感，而更是一種必須依賴相關「知識」才能奏功的詮釋工作了。假如我們姑且將漢代的經學，視為非純正的文學批評，那麼文學批評之成為一種

專業性而系統化的「學術」，可以說是漢代由王逸以《楚辭章句》的成果所建立起來。

　　從中國文學批評史的立場言之，這種客觀性的詮釋方法，也可以溯源於孟子。《孟子·萬章》云：

> ……以友天下善士為未足，又尚論古之人。頌其詩，讀其書，不知其人，可乎！是以論其世也，是尚友也。

　　孟子所謂「知人論世」，原是一種藉由閱讀作品，亦即「頌其詩，讀其書」，以體會作者精神人格的活動。其目的不是詮釋文學作品，而是為了「尚友古人」，以增進自己的道德修養。假如要做到「知人」，也就是體會作者的精神人格，除了「頌其詩，讀其書」之外，還得「論其世」。道德修養必須是實踐的行為，古人的精神人格與道德實踐，內外相依相成。因此，「尚論古人」，絕不會只是要考證客觀歷史事實的知識。「知其人」也絕不會只是一種與其精神人格無涉的認知。因此，這個「論」是實踐的論；這個「知」也是實踐的知，而不是客觀知識的考證與推論。實踐的論，實踐的知，是以自己對生命存在價值實踐之所體悟，去理解古人對生命存在價值實踐之所體悟，這完全是一種「互為主體」的理解活動。「論其世」當然也不只是歷史考證的事實認知而已，還要穿透事實去體悟到古人所面對時代深層的文化意識。「知人論世」，在孟子的想法中，根本不單是知識性的考證與推論，而是生命存在價值實踐的理解。離開「互為主體」的理解方式，不可能獲致人文活動的意義。因此，從詮釋的終極意義來說，「知人論世」與「以意逆志」並無二致；只不過是前者還得依據對外緣歷史經驗事實的考察，以做為參照；而後者則是直接就其作品去體悟。[45]

　　在孟子的本意中，「頌讀詩書」的目的，是為了「知人」，欲「知人」則必須「論世」。換句話說，「知人」是「頌讀詩書」的目的，而「論世」

45　參見顏崑陽：《李商隱詩箋釋方法論》，頁 69-70。

則為「知人」的方法。這種觀念明顯地指示著道德修養的意義，而無涉於文學作品的批評；然而，儘管孟子的本意所關懷的不在於作品本身的批評，並不就規定了這種方法原則地不能用之於文學批評。而事實上，在觀念史的進程中，到東漢末葉，一則鄭玄明顯地將「論世」轉用於對《詩經》的箋釋。二則王逸也將「論世」與「知人」，一併轉用於對《楚辭》的箋釋。鄭玄之所以不及於「知人」，乃是因為《詩經》三百篇幾乎都是沒有確定的作者。而屈原之寫出〈離騷〉等篇章，正是中國第一位個人創作文學作品而卓然成家者，故詮釋他的作品，除了「論世」而外，便還須「知人」。「知人」乃由「目的」之地位轉為「手段」之地位，而與「論世」一併成為詮釋作品的方法了。

　　這種轉用，顯然減低了由「論世」以「知人」在道德修養上的主觀實踐效用，而偏重由「論世」與「知人」在作品詮釋上的客觀參證效用。不過，因為文學作品的詮釋，其所揭明者乃是繫屬於主體的所謂「情志」；所以它的獲致，雖然可以依藉若干外緣的史實以為參證，卻畢竟不能像科學知識那樣，必須完全抽離批評者的主體情志。故外緣史實，雖有它客觀知識上的參證作用，以限制批評者主觀情志的過度膨脹；但是，意義之是否得到確當的詮釋，最終還是要依賴批評主體的解悟。因此，它是一種客觀之「證」與主觀之「悟」的融合。王逸在詮釋《楚辭》時，雖則顯然注重了「知人論世」的參證工夫，卻仍相當程度地保持了主體的解悟活動，這可以從他詮釋作品，往往重在揭明作者主觀情志，而不完全落入史實考證，就看得出來。因此，我們不稱這種方法為「歷史實證」而為「歷史參證」。

　　以上二種詮釋方法對應於二種批評目的，使得漢代「楚辭學」在「情志批評」的大類型之下，又分出了主、客觀二種次類型。而有趣的是，從歷史發展的進程來看，主觀性的批評開始於西漢初年，顯現當時知識分子的時代衝擊非常強烈，因此對於屈原及其作品，便產生「感同身受」的直接反應，而形成「擬騷」這類非常特殊的批評型態。這時，「屈騷」還沒有成為學術上的知識客體。及至東漢，或許知識分子已習慣了一人專制的大帝國統治，對屈原及其作品已不再只是訴諸強烈的直接反應，而開始知性的反省，並客

體化為一學術對象。因此，揚雄的《天問解》、班固、賈逵的《離騷經章句》、王逸的《楚辭章句》這類客觀型態的批評便漸次出現。對於某些典範作品的批評，由主觀而漸趨客觀，由宏觀而漸趨微觀，似乎是文學批評史的發展常模。

2.評價方法

　　從文學批評的方法學來說，所謂「評價」並不是那麼簡化籠統地對某一作品做出優劣的判斷而已。嚴格的評價，必須在觀念或理論上，先釐清「文學的價值是什麼」這一問題；而這一問題，其實也不應被簡化為某一籠統的答案。因為從文學的存在而言，理論上，有些批評者容或可以說，語言所構造而成的此一作品本身，自有它內在的「文學性」，以做為評價的本質依據；然而，事實上，我們也可以看到，一種文學作品往往那樣實在地與它的作者、社會、文學與文化傳統等外在諸多因素、條件之間，產生頗為複雜的動態性關係，而造成影響性的作用。所謂「文學本質」其實也非先驗、絕對地固定不變，它往往隨著諸多外在因素、條件的變動，而不斷被重新定義；相對所謂「文學價值」也就隨之而產生多元差異的評判基準了。

　　依此，儘管有些批評者可以在理論上，固守著文學的價值必須依其內在本質之實現的程度而判定之，而謂之「藝術性價值」或「審美性價值」；但是，事實上卻任誰也不能否認文學的確另有其外在的「社會性價值」或「文學史價值」。這至少顯示著，當我們進行文學批評之所謂「評價」。在方法學上，首先必要為「文學價值是什麼」做出界定，以揭明我們究竟在為某一文學作品進行哪一方面的評價。其次則依此界定，以確立價值的判準；最後便是提出「如何」去進行這項評價的操作程序了。

　　漢代「楚辭學」，對於屈原的作品的確做出很明確的「評價」；但是，這些評價所顯示的只是最終的價值判斷，批評者並未在「方法學」上提出上述操作程序的說明。

　　其實，不只漢代「楚辭學」如此。假如，我們認真地面對中國文學批評史，便會發現許多類似這種評價的現象；然而，「文學批評史」做為一門詮釋文學批評歷史經驗的學科，面對這種問題，其處理態度，主要的並不是將

「已被表述」的評價結果，做出「重述」或「複製評價」。其實，文學批評史的研究工作，重要的並不在於對某些古人所作文學評價的內容，一一評斷其對錯，例如說淮南王、司馬遷對屈騷的評價比較正確，而班固的評價比較偏差；而是在於從「文學批評史」的層位，去詮釋他們為什麼會做出這樣的評價？其隱涵的評價觀念是什麼？在那個時代出現那樣的評價觀念，對批評史的發展有什麼意義？回答這些問題，也是在作評價，卻不是與「原評價」站在同一層位的「重述」或「複製評價」；而是站在文學批評史的「後設」層位，所進行「原評價」在文學批評史上之「意義」的評價。而它所具有的這種「意義」，乃隱涵而尚「未被表述」，亟待現代學者的揭明。以下我們的論述，就是循此路向而進行。

漢代對於「屈騷」的評價，總歸為二種類型：一以淮南王劉安及司馬遷為代表；一以班固為代表。茲分述如下：

第一種類型，創始於淮南王所做的〈離騷傳〉，而司馬遷在《史記‧屈原傳》中因承而發揮之。他們主要的觀點，引述如下：

> 離騷者，猶離憂也。夫天者人之始也，父母者人之本也。人窮則反本，故勞苦倦極，未嘗不呼天也。疾痛慘怛，未嘗不呼父母也。屈平正道直行，竭忠盡智，以事其君，讒人間之，可謂窮矣。信而見疑，忠而被謗，能無怨乎？屈平之作〈離騷〉，蓋自怨生也。《國風》好色而不淫，《小雅》怨誹而不亂，若〈離騷〉者，可謂兼之矣。……其文約，其辭微，其志絜，其行廉。其稱文小，而其指極大，舉類邇而見義遠。其志絜，故其稱物芳；其行廉，故死而不容，自疏濯淖汙泥之中，蟬蛻於濁穢，以浮游塵埃之外，不獲世之滋垢，皭然泥而不滓者也。推此志也，雖與日月爭光可也。

這段文字所隱涵的文學評價觀念，從「離騷者，猶離憂也」直到「屈平之作〈離騷〉，蓋自怨生也」，一方面是理論性地提出文學的本質，乃是在於表現人對存在經驗的感受與價值意向。而二方面更從而實際地指出屈原創

作〈離騷〉的原因，以及此一作品內容的特質——怨。在這層觀念中，已設定了文學的本質以做為評價的依據，同時具體地描述了〈離騷〉在本質上的最大特徵。

「《國風》好色而不淫，《小雅》怨誹而不亂，若〈離騷〉者，可謂兼之矣」，這幾句顯然是依據上述的前提，而對〈離騷〉做了總括性的評價。這種評價，不是考慮到〈離騷〉對讀者之道德人格，可能造成影響之「政教功能論」的評價，也不是考慮到〈離騷〉對文體之起源演變，可能造成影響之「文體源流論」的評價。雖然，他們列述了前代的《國風》、《小雅》，卻僅是做為「風格比對」的參照；也就是提出既有的「典範性風格」，以與新興的典範性作品進行比較，以顯明這一新典範作品在風格上的特色。因此，我們可以說，這種評價乃是作品本身風格的評價，問題只在於：「構成文學作品風格的質素是什麼？」這個問題將留待後文討論。

自「其文約」以至「推此志也，雖與日月爭光可也」，是針對上面總括性的風格評斷，再作分解性的說明。從文學批評觀念的立場來看，它最大的意義，在於指出：言為心聲，文學的創作，語言的構造不是由其自身的成規所主導，而是由道德主體發用的情志所主導。因此，「其志絜」與「其行廉」，這一現實世界中之作者的人格特徵，便決定了作品世界中，「其稱物芳」的題材特徵，以及「死而不容……推此志也，雖與日月爭光可也」的主體情志特徵；更進而決定了「其文約，其辭微」、「其稱文小，而其指極大，舉類邇而見義遠」，此一語言表現形式的特徵。

準此，我們可以說，在他們的觀念中，構成作品風格的根本質素即是作者的人格。這種風格，我們可以稱之為「人格風格」。這時候，「人格」與「風格」，在抽象概念上，雖可析解為二；但是，在文學作品的實存中，卻是一體具現。這就是中國文學與藝術批評史上，所謂「人格即風格」的觀念。此一觀念在實際批評中具體展現，可說是由淮南王與司馬遷的「楚辭學」完成。那麼，它在中國文學批評史上的意義，便可確斷了。

第二種類型，確立於班固，他在〈離騷序〉中，駁斥淮南王之說，並提出另一種完全不同的評價。茲節錄其說如下：

淮南王安敘〈離騷傳〉，以為《國風》好色而不淫，《小雅》怨誹而不亂，若〈離騷〉者，可謂兼之。……斯論似過其真。……今若屈原，露才揚己，競乎危國群小之間，以離讒賊。然責數懷王，怨惡椒、蘭，愁神苦思，強非其人，忿懟不容，沈江而死，亦貶絜狂狷景行之士。多稱崑崙冥婚、宓妃虛無之語，皆非法度之政，經義所載；謂之兼詩風雅而與日月爭光，過矣。然其文弘博麗雅，為辭賦宗，後世莫不斟酌其英華，則象其從容。……雖非明智之器，可謂妙才者也。

　　班固的評價，與第一種類型相較，最大的差別，是一方面對作者的人格及作品中部分的題材內容加以貶責。尤其「露才揚己」、「皆非法度之政、經義所載」，更完全顛覆了漢初淮南王以來對屈原及其作品的崇高評價；但是，另一方面，則又對他作品的「文辭」給予「典範性」的稱許。

　　從文學批評觀念的立場來看，班固的評價已顯示出「風格」的另一種新觀念。那就是，「構成作品風格的質素」不是作者的人格，而是語言的藝術形相。作者人格與作品風格遂分離為二，各有它不同的本質與價值標準。因此，一個人格不是很高尚的人也可以創作出風格非常美妙的作品。顯然構造語言的主導因素，已不再如淮南王、司馬遷所認為的「道德主體」；而是另一「才性主體」，亦即班固所謂的「妙才」。這種「風格」，從作品語言形相言之，可以稱它為「語言風格」；從作者才性言之，可以稱它為「才性風格」。合而言之，即是「文體風格」。所謂「弘博麗雅」，即是屈原以其「弘博」之「才性」，馳騁想像，驅遣題材，操作語言而創造出來的「麗雅」風格。

　　假如，從文學批評史的立場來說，班固這種「風格」的觀念，已是劉勰在《文心雕龍》之〈體性〉與〈才略〉之中，合語言與才性為「風格」之理論的先驅，更是道德人格與作品風格二分之批評觀念的前導。那麼，他評價的對錯是另一回事；從文學批評史的意義來說，這種評價的觀念，至少開展了另一批評的系統，價值不可謂不大。而這也才是班固〈離騷序〉在中國文

學批評史上的意義。那麼，前述王運熙等所著《中國文學批評史》，貶責班固在〈離騷序〉中，發展了揚雄明哲保身的觀點，並對屈原的品德，作了不正確的批評。這種「再批評」還是停留在「原批評」的同一層位，完全缺乏「文學批評史」的後設性觀點，不符合「文學批評史」作為一門專業知識的本質論與方法論，僅是作者彼輩一種文化意識形態的投射而已。

綜合上述，漢代「楚辭學」在評價活動上，已為中國文學批評確立了二種不同的「風格」概念：一為「人格風格」；二為「語言風格」。

「人格風格」所指涉的是作者的道德精神生命依藉語言所展現的整體人格風貌。這個涵義，只要看淮南王對〈離騷〉風格所使用的描述詞，便可獲證實。所謂「好色而不淫」、「怨誹而不亂」，都是指作者能「發乎情而止乎禮義」的人格具現。此一人格兼涵了感情，所謂「好色、怨誹」也；以及道德理性，所謂「不淫、不亂」也。人格不能始終只做為內在靜態的本性存有，而必須取得感性的形式，動態地具現之。這「感性形式」就是吾人的視聽言笑、進退行止的表現；但是，它所表現的卻是吾人的精神人格，因此我們稱它為「精神表式」。就這「精神表式」所具現的美，乃是孟子所稱「生色睟然」的「人格美」。46凡是文學作品由作者以「精神表式」所具現出來的那種風貌，我們就稱它為「人格風格」。

「人格風格」固然依藉語言表現之，卻不等同於語言由其自身之修辭、形構所造成的樣式，而往往是超乎言外，而存在於作品「情境」與作者現實「處境」所會合的意象之表。因此，這種風格的判斷，也就不能只是依藉感官能力去覺受作品語言表象之修辭，或分析其形式結構而獲得。它必須以「詮釋主體」的精神生命，入乎言內而又超乎言外，反覆同情理解，以「心靈」去感悟，而「想像」得之。這可以由司馬遷的閱讀經驗獲得證明，他在《史記‧屈原傳》中，就曾自供閱讀屈原〈離騷〉等作品，「悲其志」，後

---

46 「精神表式」的概念，參見顏崑陽：〈論先秦儒家美學的中心觀念與衍生意義〉，收入淡江大學中文研究所主編：《文學與美學》（臺北：文史哲出版社，1992 年），第三集，頁 430-433。又收入本書輯一，頁 39-43。

來到長沙觀看屈原「沈淵」的遺跡，「未嘗不垂涕，想見其為人」。這正是很切要地指出，他所掌握的屈原作品「風格」，就是他的「人格」；而掌握的方法則是反覆閱讀作品，同情地悲憫其志，又到屈原所曾經歷的現實世界，從而「想見」其為人。這「想見」正是掌握「人格風格」之方法的關鍵。

相對的，「語言風格」所指涉的則是作品語言本身，由於作者運用修辭技巧、形式結構所書寫的題材，例如景物、事件、情理，從而表現的形色意象，以及音、韻等質素所表現的聲音意象，整合而成的美感形相。這可由班固對〈離騷〉風格所使用描述詞「弘博麗雅」得到證實。文學作品必須以語言作為物質性之形式媒介，並以各種景物、事件、情理的經驗材料為題材而具現之。這是文學語言形相之美，不同於「精神表式」的另一感性形式，我們稱它為「物質表式」。[47]它與作者的精神人格無關，而純是由作品語言的物質形式所構成。因此，對此一風格的判斷，不必超乎言外而「想見其為人」。我們只須直接以官能去覺受語言表層意象或者分析其質素、形構，就能獲得風格上的判斷了。

至於，為什麼淮南王、司馬遷與班固會做出如此迥異的評價？除了個人價值觀念的差異、對語言符號解讀的不同之外。若從時代的政教文化處境言之，我們可以引述徐復觀的一段話做為說明：

> 班固的思想，當然受到他父親班彪的影響。班彪的〈王命論〉，附會神話，誇張事實，以證明天下之必重歸於劉氏。這種想法，乃西漢思想家所少見，而象徵了大一統專制的家天下，開始在知識分子的心目中，漸漸取得了合理的地位。然班彪的說法，雖然已表現知識分子對政治在歷史時間中的墮性，恐亦與其家世有關。班彪的祖父班況，有女為成帝倢伃；於是班彪的父輩，「出與王、許子弟為群，在綺襦紈

---

47 「物質表式」的概念，參見顏崑陽：〈論先秦儒家美學的中心觀念與衍生意義〉，同上注，收入《文學與美學》，頁430-433。又收入本書輯一，頁39-43。

袴之間」（班固《漢書・敘傳》），也算是漢室的外戚。班彪的壓力
感，來自「此世所以多亂臣賊子」（班彪〈王命論〉），而要回到大一
統專制政治的家天下，以求得解決，這是兩漢政治思想轉換的大標
誌。以他父子在學術上的努力，更乘王莽狂悖亂政，天下殘破的創鉅
痛深之餘，更助長了〈王命論〉這種思想型態的發展，於是知識分子
對大一統專制的全面性的壓力感，便由緩和而趨向麻木。班固的〈答
賓戲〉，正有此一轉變過渡期的意義。**48**

　　準此，我們便不難瞭解，班固何以完全站在帝王的立場，無法感通於屈
原的情志，而做出如此的評價。班固這種時代感受與政教觀念，在〈幽通
賦〉、〈答賓戲〉中有著很直接明白的表述，**49**我們不在此贅論，而其對錯
是非，也不是我們做為「再評價」的焦點。我們的思考，是從中國文學批評
史的後設性立場、觀點，去詮釋、評判漢代由淮南王、司馬遷到班固，他們
二種不同的文學評價，在各殊立場、觀點的差異之外，是否也隱涵著某種共
同的思惟模式。顯然，這個共同的思惟模式就是：「文學批評」與「政教批
判」相互決定。因此，「文學批評」並非一種獨立於諸多文化現象之外，尤
其是政教行為，而自成畛域的活動。這就涉及「文學批評效用」的問題了。

(三)漢代「楚辭學」所達到的「批評效用」

　　中國古代的文學批評效用，大致可以分為二種：1、詮釋、評價作品的
「自體性效用」；2、批判政教或文化社會的「衍外性效用」。並且，這二
種效用，不是斷裂而不相干的關係，而是「相互決定」的關係。

　　漢代「楚辭學」所欲達致的批評效用也不外這二種。其「自體性效用」
已如上述；下文將對「衍外性效用」再作論述。

48　徐復觀：〈兩漢知識分子對專制政治的壓力感〉，參見徐復觀：《兩漢思想史》，卷
　　一，頁 288-289。

49　〈幽通賦〉、〈答賓戲〉，見於班固：《班蘭臺集》，收入明代張溥編纂：《漢魏六
　　朝百三名家集》（臺北：文津出版社，1979 年）。這二篇文章分別在頁 433-436、
　　448-450。

　　漢代由「楚辭學」所確立的「情志批評」，很顯然具有「衍外性效用」，並且主要集中在「政教批判」上。我們從上文對漢代「楚辭學」發生因素、批評目的及方法的論述中，已不斷地證明了這一點。這種批評效用，是通過對「屈騷」的「經化」或「典範化」而形成。因此，我們可以稱它為「典範效用」。

　　所謂「經化」就是將「屈騷」視同儒家的「經」。本來，必須是記載聖賢「常道」之言的典籍才能稱「經」；一般的著述，尤其是文學作品，根本不能稱「經」。而漢代卻尊屈原的〈離騷〉為「經」。今本王逸《楚辭章句》的首篇即是〈離騷經〉，並且在篇前的〈序〉中詮釋說：

　　　經，徑也。言己放逐離別，中心愁思，猶依道徑，以風諫君也。

　　王逸的詮釋，似乎認為〈離騷經〉是屈原自己所題之名，這當然錯誤。不過，〈離騷〉稱「經」卻是事實，想必是後人所加，非屈原本意，故宋代洪興祖的《楚辭補注》即云：

　　　古人引〈離騷〉，未有言經者；蓋後世之士祖述其辭，尊之為經耳，
　　　非屈原意也。

　　那麼，〈離騷〉稱「經」究竟起於何時何人？實不可確考；但是，既然東漢王逸作注之時，就已稱「經」，則為漢人所尊無疑。而且不只以「經」名篇，王逸更在〈楚辭章句序〉中，實質地將〈離騷〉的涵義與儒家的「五經」關聯起來：「夫〈離騷〉之文，依託五經以立義焉。」準此，則漢人刻意將〈離騷〉加以「經化」，的確是很明顯的一種批評意向。

　　「經」為聖賢之著述，而聖賢乃是人格的典範。因此，〈離騷〉被「經化」，其作者的人格當然也被「典範化」。甚且，屈原人格的「典範化」比〈離騷〉之「經化」還要早，因為西漢初期，淮南王、司馬遷等人尚未稱〈離騷〉為「經」，卻已推尊屈原的人格，以為「雖與日月爭光可也」。這

樣的人格，當然足為「典範」了。因此，我們可以說，漢人由於推尊屈原，視其人格為「典範」，進而推尊其作品，而視〈離騷〉為「經」。

漢代這種將屈原的作品與人格加以「經化」及「典範化」的批評活動，究竟產生什麼「衍外性效用」？可以分為二種：第一種是「政教批判的典範效用」；第二種是「文體流化的典範效用」。分別論述如下：

1.政教批判的典範效用

所謂「政教批判的典範效用」，乃是以屈原做為人臣的典範，藉以批判政教上的某些現象。我們在前文曾經論及，西漢的知識分子，由於政教處境，皆將屈原視為「忠而被謗，直言極諫」的典範人物。一方面抒發悲情而批判小人，一方面則強調人臣極諫的道義責任。這種「典範效用」，到東漢初期，班固曾經試圖加以顛覆，故批判屈原「露才揚己」；但是，到了東漢末期的王逸，則一方面淡化屈原「忠而被謗」的悲情，一方面又重新肯斷屈原人格的典範性，並強調人臣忠正，甚至伏節而死的精神。他在〈楚辭章句序〉中云：

> 人臣之義，以忠正為高，以伏節為賢；故有危言以存國，殺身以成仁……今若屈原，膺忠貞之質，體清潔之性，直若砥矢，言若丹青，進不隱其謀，退不顧其命，此誠絕世之行，俊彥之英也；而班固謂之「露才揚己」……是虧其高明，而損其清潔者也。

這種對屈原人格是否足為「典範」的爭議，顯係隱涵著政教上批判性的意圖。由是，文學批評對作者或作品的詮釋、評價，並不只就其本身加以考量，更且受到外緣性的政教情境及價值觀念所影響。反過來說，對作者及作品的詮釋、評價，也會影響到外緣的政教批判效用；故二者實有「相互決定」的關係。

2.文體流化的典範效用

所謂「文體流化」是指文體的源流演化，對這種源流演化的現象，透過前後二種典範性文體或承或變的關係加以詮釋，就是所謂「文體流化的典範

性效用」，這是文學史的觀念。本來，文學實際批評，其「自體性效用」主要在於完成對作品意義的詮釋與價值的評斷，而不在於詮釋文學源流演化的歷史進程；但是，有時由於要詮釋某一作品的文體時，往往會援引前代或後代的另一種文體做為比對，或置入歷史的進程中去說明這一文體的源流。因此，在詮釋、評價的過程中，便自覺或非自覺地涉入或預設了某種文學史觀。從批評的「自體性效用」而言，這只是「副產品」，可說是批評的「衍外性效用」。

　　將「屈騷」視為《詩經》之後，另一新的文體典範，是由西漢初期的淮南王開始。他在〈離騷傳〉中推許〈離騷〉兼有風、雅在風格上的特質；但是，這種判斷，其實只是做到「風格比對」，並未置入歷史時間中，去判斷它們實際的源流演化關係。到東漢初期的班固，他依循「情志批評」的進路，卻得到貶責屈原人格的判斷，因此也就拆開「屈原」與儒家經典之間的關聯，故云「皆非法度之政，經義所載」；然而，他卻無法事實的否認「屈騷」是漢代文人在辭賦創作上所仿效的「典範」；因此，只好轉而從「語言風格」上去肯斷它的典範性，故云：

　　　其文弘博麗雅，為辭賦宗，後世莫不斟酌其英華，則象其從容。自宋玉、唐勒、景差之徒；漢興，枚乘、司馬相如、劉向、揚雄，騁極文辭，好而悲之，自謂不能及也。

　　班固顯然是將「屈騷」放在「辭賦」這一文類上，去肯斷他在體式上的典範性地位；並且與儒家「經」的文體斷開為二，認為其間既無風格的類同，也無歷史實際的傳承。

　　到東漢末期的王逸，則綜合了上述二種觀念，一方面他與班固同樣肯斷了「屈騷」之做為「辭賦」文體典範的地位，以及影響後世文人創作的事實，故〈楚辭章句序〉云：

　　　屈原之辭，誠博遠矣。自終沒以來，名儒博達之士，著造辭賦，莫不

擬則其儀表，祖式其模範，取其要妙，竊其華藻。所謂金相玉質，百
世無匹，名垂罔極，永不刊滅者矣。

另一方面，他又承繼淮南王的說法，將〈離騷〉與儒家經典關聯在一
起。並且不只是「風格比對」，更落在事實上，判斷屈原創作〈離騷〉時，
不管內容或形式，都受到「經」的影響。「內容」是「依託五經以立義」；
至於語言形式，也是依照了《詩經》的「比興」之法。他在〈離騷經序〉中
說：

〈離騷〉之文，依詩取興，引類譬喻，故善鳥香草，以配忠貞；惡禽
臭物，以比讒佞……。

通過這樣的批評歷程，「屈騷」與「經」，尤其《詩經》，並為文學典
範，已然確立，這就是後代文學批評上，「風騷」或「騷雅」觀念及其傳統
的來源。同時，詩、騷在文學史上，其源流演化的關係，也於焉建立。這種
觀念，被劉勰所繼承，並進一層發揮，他在《文心雕龍・辨騷》中，除了接
受漢代「楚辭學」這種「依經立義」的觀念，而確論「屈騷」直承於「經」
的關係；並且再提出「屈騷」之「異乎經典」的特徵，以判斷它另有「新
變」。[50]文體典範在發展進程中存在著「正變」流化的關係，這種文學史觀
至此完全確立。劉勰之後，大體都以這樣的史觀去詮釋文學歷史的發展、演
變。

漢人在騷、經關係的爭議上，原始的意圖顯然不在於詮釋文學史，而在
於為「政教批判的典範效用」尋求歷史文化的依據。淮南王、司馬遷、王逸
等人之肯斷屈原在政教上的典範性，必須從已被帝王以至士大夫所普遍承認

---

[50] 《文心雕龍・辨騷》提出屈騷依經立義，同於風雅者有四事：典誥之體、規諷之旨、
比興之義、忠怨之詞；而異乎經典者亦有四事：詭異之辭、譎怪之談、狷狹之志、荒
淫之意。故屈騷之於儒家經典有所承也有所變。

為正道的儒家經典去找尋依據。而班固的反對，也必須從顛覆這層關係著手；但是沒想到，這種爭議卻形成了構造文學史觀的衍外性效用，並且影響深遠。從以上的論述來看，漢代文學批評以「情志批評」為主流，卻同時也醞釀了「文體批評」的觀念，預為魏晉六朝文學批評的先聲。[51]

　　漢代之後，「情志批評」已形成傳統，凡採取這種型態的批評，在批評目的、方法上，固然與漢代「楚辭學」類同，甚且也都涵具了「政教批判」的衍外性效用。朱熹作《楚辭集注》，揄揚屈原忠直死節的精神，更貶責揚雄之《反離騷》，可能意圖著批判當朝奸臣韓侂冑，並為自己與宰相趙汝愚之被誣陷貶謫而抒憤。[52]「楚辭學」之外，一般文學批評，若指向揭明作者情志，也都具有這樣的效用。明代「評點《水滸傳》」，所謂「忠義說」、「盜賊說」，莫不隱涵著批評者批判政教的意圖；[53]這已是「水滸學」上的共識。至於清代之熱烈箋釋《李商隱詩》、《李賀詩》，也同樣在明朝亡於異族的時代感受下，依托「文學批評」以達「政教批判」的效用。[54]「文學批評」與「政教批判」互為作用，從漢代「楚辭學」開其端以降，已形成中國文學批評一種共同思惟模式的傳統。

　　假如採取這樣的批評模式，通常也會將批評對象加以「經化」、「典範化」。「經化」的條件，必須是作品具有「諷諭政教」之內容與「比興」之形式的二種特徵。清初之箋釋《李商隱詩》、《李賀詩》，也就是先認定這

51　「文體批評」形成於魏晉六朝，是中國文學批評史上，「情志批評」之外的另一「批評型態」。詳參顏崑陽：〈文心雕龍「知音」觀念析論〉，收入顏崑陽：《六朝文學觀念叢論》。

52　參見易重廉：《中國楚辭學史》，頁 295-297。

53　明代評點《水滸傳》，「忠義說」以李贄的《忠義水滸傳》為代表，視梁山泊諸好漢為「忠義」之英雄。「盜賊說」以金聖嘆的《金批水滸傳》為代表，視梁山泊諸好漢為「兇惡」之盜賊。

54　參見顏崑陽：《李商隱詩箋釋方法論》，頁 12、17。又按，清初姚文燮注李賀《昌谷集》，其友陳焯為他作序，認為姚氏「所好不在懽愉和吉之言，而獨流連於牢落不羈之李賀。豈心傷世變，學士大夫忠愛之意衰，特取詩之近騷者，揚榷盡致，以自鳴其激楚耶！」參見姚文燮：《昌谷集註》（臺北：世界書局，1982 年），頁 196。

二家作品具有這二種特徵而加以「經化」之後，再採取「以意逆志」、「知人論世」的方法進行批評。[55]因此，我們可以說，將文學作品「經化」，乃是中國文學批評史上頗為特殊而普遍的一種現象；而這種現象是由漢代「楚辭學」所肇始。

五、結語

　　綜合以上的分析詮釋、論證，我們可以獲致以下幾個結論：

　　(一)漢代「楚辭學」是中國文學真正具有系統性之實際批評的歷史起點。它是漢代文學批評的重心，現代對於中國文學批評史的研究，應給予最大的重視。「楚辭學」也不應該局限於自我封閉的系統而與文學批評史脫節。因此，它必須開放出來，置入整個文學批評史的視域中，去重新詮釋它的意義。

　　(二)漢代「楚辭學」在實際批評活動中，批評者或直接表述其批評觀念，或於批評結果的展示中隱涵著批評觀念。我們對這些等待詮釋的文獻，不應該只是站在原批評者同一層位上，加以「重述」或「複製評價」。而更應該超越他們的層位，從「文學批評史」的立場、觀點，做一後設性的思辨，穿透「已被表述」的觀念，進而揭明「未被表述」的觀念；而詮釋它在中國文學批評史上，究竟具有何種意義？

　　(三)從這樣的詮釋進路，我們可以發現，「楚辭學」之所以興起於漢代，原因是代表「威權」的帝王，與代表「道義」的知識分子，皆各懷「用心」地依藉屈原人格的典範特質，以詮釋或批判彼此在緊張之君臣關係中的政教經驗及價值觀念。這樣特殊的發生因素，便決定了漢代「楚辭學」，在本質上是一種以詮釋或評價作者情志為主的批評活動。由此，漢代「楚辭學」在中國文學批評史上的意義，概括地說，便是確立了第一種主要的批評型態：「情志批評」。

---

55 同上，顏崑陽：《李商隱詩箋釋方法論》，頁 5-10。

(四)它所展現的表述形式，主要有擬騷、誦讀、傳贊序、章句訓解四類。

(五)分解地說，漢代「楚辭學」在批評目的上，又展現了主、客觀的二種型態。主觀型態的批評目的，在於揭明作者情志，而又「反照自身」以揭明自己的情志。它主要是以「擬騷」的表述形式去呈現。另外，客觀型態的批評目的，主要在於揭示相對客觀存在著的作者情志——「作者本意」，它是以「章句訓解」的表述來進行。

(六)相應於上述批評目的，其採取的詮釋方法也就有主、客觀二種。第一種是「主體通感」，這種方法是不必經過語言分析或歷史參證，詮釋主體以其直接的感受，入乎言內而又超乎言外，以體悟創作主體的情志，又「反照自身」，當下主客相通，人我冥合，而完成了詮釋。第二種則是「歷史參證」、「文本分解」與「比興解碼」，它雖然還是保持詮釋的主體性感悟；但是，對作者本意的揭明，卻必須參照語言的訓解、比興符碼的解讀，以及歷史典實的考察、參證。這二種方法，大體上是承接孟子「以意逆志」、「知人論世」之說而另作轉化運用。

(七)其評價方法，也同樣分為二種型態，一以淮南王、司馬遷為代表，視作者人格即作品風格。這種風格的概念，可稱為「人格風格」。判斷此種風格的進路，必須是入乎言內而超乎言外，「想見其為人」，也就是批評者必須以自己的精神生命，穿透作品的語言表象，而感悟到象外作者整體人格的風貌。另一以班固為代表，將作者人格與作品風格分裂為二，其所謂「風格」的概念，指涉的是由語言修辭、形構所書寫之題材的形色意象，以及音、韻質素所具現的聲音意象，整合構成的美感形相，實與作者的道德人格無涉。判斷這種「風格」的進路，則不必超乎言外，只須直接以官能去覺受語言表層意象或者分析其質素、形構而獲得。

(八)漢代「楚辭學」的批評效用，除了詮釋、評價作品，此一「自體性效用」之外，還涵具著某些「衍外性效用」。這些效用，主要是通過對屈原作品的「經化」與人格的「典範化」，而實現「政教批判」的意圖與形成「文體流化」的史觀。

(九)漢代「楚辭學」所確立這一「情志批評」型態，不管批評目的、方法、效用上，都對後代的文學批評造成深遠的影響。尤其宋代以後，對詩文、小說的箋釋、評點，假如採取「情志批評」的型態，便幾乎依循著漢代「楚辭學」的進路而行，足見它在中國文學批評史上的意義，實在非常重大。

後記：

原刊彰化師範大學國文系編印：《第二屆中國詩學會議論文集》，1994 年 5 月。
2016 年 1 月增補修訂。

漢代「賦學」
在中國文學批評史上的意義

一、引論

　　首先，我們為「賦學」做個簡要的界義；所謂「賦學」指的是以「賦」為對象，進行作品的詮釋、評價以及觀念上的論述，因而形成的一種專門學科的知識。

　　這門知識起自漢代，以迄當今，大體以四種表述型態呈現：

　　(一)賦話：所謂「賦話」是指針對「賦」的某一件作品或與「賦」相關之種種知識，提出條舉式的見解。其性質與「詩話」、「詞話」同。「賦話」之名，雖始自清代李調元之作《賦話》一書；[1]但是，這類性質的言說，實起於漢代，可謂漢代「賦學」最常見的表述型態。雖然未成專書；但是，出自有創作經驗的賦家，片言隻語以表述其直接的體悟與洞見，不假詳為論證，故可稱之為「賦話」。

　　(二)作品分類編選：對作品進行分類編選，是中國文學實際批評的一種基本方式；從對作品的挑選、分類和編排，皆預設了編者的批評觀念；這些

---

[1] 李調元，號「雨村」，清雍正、乾隆年間人，著有《賦話》（臺北：藝文印書館，1966 年）。按與雨村並世，另有蒲銑（字柳愚）輯《歷代賦話》正續二八卷，袁枚〈序〉云：「柳愚先生創賦話一書」。李、蒲之作孰先？據今人詹杭倫、沈時蓉考證，當以李氏之作為先，則「賦話」乃創始於「雨村」。參見詹杭倫、沈時蓉：《雨村賦話校證》之〈前言〉（臺北：新文豐出版公司，1993 年），頁 6。

觀念或於序言、凡例中說明，[2]或完全不予說明。[3]以「賦」而論，班固《漢書・藝文志》的〈詩賦略〉雖未見編選之功，[4]卻以「分類」的方式，隱示了他對「賦」的某種批評觀念。其後宋代徐鉉、李鼇、楊翱等，繼有所作。[5]這種表述型態，雖未見直接之言說，其實已隱涵對作品的詮釋與評價，其為「賦學」，殆無須置疑。

　　(三)作品的箋釋：這是對某些賦的作品加以字詞章句的訓解、詮釋，乃「賦學」主要的表述型態之一。最早始於三國時代薛綜注張衡〈二京賦〉。[6]其後，晉代劉逵注左思〈吳都賦〉、〈蜀都賦〉。郭璞注司馬相如〈子虛〉、〈上林〉二賦等。[7]

　　(四)系統性論述：這是現代學者對與賦相關諸問題所進行有系統的研究，提出特定論題，依藉史料的分析、論證而做出綜合的判斷。例如鈴木虎雄《賦史大要》[8]、簡宗梧《漢賦源流與價值的商榷》、[9]曹淑娟《漢賦之寫物言志傳統》等。[10]

　　本文是以漢代之「賦學」作為討論對象。漢代不僅是賦之創作的極盛時

2　例如李善注：《文選》（臺北：華正書局，1982 年，影宋淳熙本），前有蕭統〈序〉。後文徵引《文選》，版本皆仿此，不一一附注。又例如高棅：《唐詩品彙》（臺北：學海出版社，1983 年，影汪宗尼本），前有〈總序〉、〈凡例〉。

3　例如元好問：《唐詩鼓吹》（臺北：臺灣商務印書館，1983 年），選唐代近體詩六百餘篇，無序言及凡例。

4　《漢書・藝文志・詩賦略》，參見班固著，顏師古注，王先謙補注：《漢書補注》（臺北：藝文印書館，二十五史影印光緒庚子長沙王氏校刊本），冊二，卷三十。後文徵引《漢書》，版本皆仿此，不一一附注。

5　徐鉉集唐宋律賦為《賦苑》二〇〇卷；李鼇《賦選》五卷；楊翱《典麗賦》六十四卷。參見李調元《賦話・序》。

6　薛綜注張衡〈二京賦〉。《文選》李善注於〈二京賦〉全用薛注。

7　劉逵注左思〈吳都賦〉、〈蜀都賦〉；郭璞注司馬相如〈子虛〉、〈上林〉二賦，俱見《文選》李善注本。

8　鈴木虎雄：《賦史大要》（臺北：正中書局，1976 年）。

9　簡宗梧：《漢賦源流與價值之商榷》（臺北：文史哲出版社，1980 年）。

10　曹淑娟：《漢賦之寫物言志傳統》（臺北：文津出版社，1987 年）。

期，同時是「賦學」的歷史起點。其主要的表述型態厥為「賦話」與「作品分類」。「作品分類」見於班固之《漢書‧藝文志》；至於「賦話」，則以司馬相如、揚雄、班固所說為重要，數量雖不多，卻建立了「賦」在特性、功用、起源、分類與創作諸方面的基本觀念。這些觀念若置於文學批評理論及其發展歷程上來看，具有什麼意義？

　　本文所謂「意義」，指涉有二：一是文本被置於現代文學批評理論上，加以理解而所獲致的涵義；二是某些意向性行為，在歷史的因果關係中，所產生影響作用的價值。故本文主要的論題，即在「文學批評史」的觀點上，對漢代「賦學」諸多文本進行詮釋，並據以評斷它們在文學批評的發展歷程上，產生什麼樣影響效用的價值。

　　從「文學批評史」的觀點以論漢代「賦學」，前人非無觸及者，自郭紹虞、羅根澤以下，頗多「中國文學批評史」一類的著作，皆述及漢代之「賦學」，不乏片段精到之洞見；但是，由於彼輩之撰寫「中國文學批評史」，大體是依時代先後，平列各家而敘述其對「賦」有何言說云云。[11]往往只是原典文本的「重述」或「複製評價」而已。所謂「重述」是對一事實的表象，以不同型態的語言，由文言文換成白話文，再敘述一遍，類似文字表層意義的翻譯。而「複製評價」往往對於所評價的對象，缺乏詮釋或論證的基礎，僅是出於個人簡化的價值意識形態，從前人的評價中，選擇一種「合乎己意」的觀點，毫無質疑、思辨，就複製同樣的評價。[12]「中國文學批評史」著作，這種缺乏知識本質論與方法學的書寫，在「漢代楚辭學」也有同

11　參見郭紹虞：《中國文學批評史》（臺北：文史哲出版社，1979 年），第三篇〈兩漢──文學觀念演進期之二〉。羅根澤：《中國文學批評史》（臺北：學海出版社，1980 年），第二篇第三章〈對於辭賦及辭賦作家的評論〉。王運熙、顧易生：《中國文學批評史》（臺北：五南圖書公司，1991 年），上冊，第二章〈漢代的文學批評〉。

12　顏崑陽：〈漢代「楚辭學」在中國文學批評史上的意義〉，參見《第二屆中國詩學會議論文集》（彰化：彰化師範大學國文系，1994 年）。又參見本書前一篇論文。

樣的狀況；我已做了適切的批判。**13**

因此，現行一般「中國文學批評史」的著作，對於漢代的「賦學」，幾乎都只是原典文本的「重述」或「複製評價」；至於各家言說之問題視域有何「交集」？又有何「分殊」？從文學批評理論的觀點來看，這些言說隱涵了什麼意義？而在文學批評發展的歷程上，有什麼承先啟後之影響效用的價值？凡此諸端，一般「中國文學批評史」，或未觸及，或所論粗略而已。本文即針對以上諸問題，詳為分析論證。

二、漢代「賦學」在文學批評理論上的涵義

當我們評斷漢代「賦學」在中國文學批評史上有何影響效用的價值之前，必須先對漢代「賦學」進行文學批評理論上的詮釋。這項詮釋不能只是一家一家平面的羅列，將古人的言說譯介為現代白話文而「重述」一遍。這時，我們將後設文學批評理論的詮釋觀點，解消各家門限，出入諸種言說之間，以融貫理解在漢代那樣的歷史情境中，司馬相如、揚雄、班固等具有豐富創作經驗的賦家，他們對「賦」所作的反省思考，共同關懷的問題在哪裡？彼此見解的差異在哪裡？他們的見解，在文學批評理論上有什麼意義？然後，我們才能據以評斷這些「賦學」在中國文學批評史上，有何影響效用的價值？

(一)漢代「賦學」在文學批評理論上的涵義之一：賦體的特性與功用

從文學批評的一般理論而言，漢代「賦學」所共同關懷主要問題之一，即是「賦」這一新興文體的特性與功用。所謂「賦的特性」指的是賦之為賦而不同於其他文體的特殊屬性。「賦的功用」指的是「賦」這一文體由於其自身的特性而在運作時所產生的某種功能，以及當它具現為作品而及於他物時所產生的效用。特性與功用之間，形成體用相即的關係。

「賦」這一語彙，在先秦典籍中雖常被使用；但是，多非指涉某一特定

---

13 詳參顏崑陽：〈漢代「楚辭學」在中國文學批評史上的意義〉。

文體。[14]從現存史料來看，較早的《國語‧周語》雖然將「瞍賦」與「師箴」、「矇誦」、「百工諫」等排比為文；[15]但是所謂「箴」、「賦」、「誦」、「諫」，皆為動詞，指稱某言語行為，而不是指文體；由這些言語行為，而形成箴、賦等文體，那是以後的事。「瞍」乃盲目者；而「賦」，據韋昭注云：「賦，公卿列士所獻詩也」。在「瞍賦」的上文，有「天子聽政，使公卿至於列士獻詩」句。韋昭根據語脈，認為瞍者所「賦」，乃「公卿列士所獻詩」，此一詮釋甚合文本之義。然則「賦」便是「賦詩」，也就是把公卿列士所獻之詩「賦」給天子聽聞。

「賦」又是怎樣的言語行為？就文本來看，「瞍賦」和「矇誦」連文，韋昭解「瞍」為「無眸子」，解「矇」為「有眸子而無見」；則兩者皆為目盲之人，雖大同而小異。以此義例推之，「賦」與「誦」義亦相近，故有「不歌而誦謂之賦」的說法。[16]《周禮‧春官‧大司樂》載「大司樂以樂語教國子」；「樂語」分為「興、道、諷、誦、言、語」，其中「誦」這一項，鄭玄注為：「以聲節之曰誦。」指的是一種不依管絃，卻具有節奏性的吟讀。[17]準此，則《國語》所謂「瞍賦」，「賦」指的是一種不依管絃卻具有節奏性的吟讀行為；而不指某種特定的文體。

在先秦的典籍中，以「賦」去指稱某一文體，一般學者皆認為最早當是《荀子》。今本《荀子》三十二篇，第二十六篇題為〈賦篇〉；然而，〈賦篇〉所收五篇描寫禮、知、雲、蠶、箴五種物事的短文，荀子自己並未在文

14　參見曹淑娟：《漢賦之寫物言志傳統》，第一章第一節〈先秦賦義之考察〉。

15　《國語‧周語上》：「召公曰：……故天子聽政，使公卿至於列士獻詩，瞽獻曲，史獻書，師箴，瞍賦，矇頌，百工諫……。」（臺北：九思出版社，1978 年），頁 9-10。

16　「不歌而誦謂之賦」，參見班固《漢書‧藝文志，詩賦略》引「傳曰」。「傳」指《詩經‧鄘風‧定之方中》的《毛傳》；但是，今本《毛傳》無此句；班固或另有所據。

17　《周禮‧春官‧大司樂》，參見鄭玄注，賈公彥疏：《周禮注疏》（臺北：藝文印書館，1973 年，十三經注疏影印嘉慶二十年江西南昌府學重刊宋本），卷二十二，頁 337。

本中，以「賦」名之，而稱為〈禮賦〉、〈知賦〉等。至於〈賦篇〉這個篇名，是否為荀子所命，也值得懷疑。今《荀子》二十卷三十二篇，傳自唐代楊倞注本，而楊倞則依劉向所校錄的十二卷本改易。[18]換言之，《荀子》一書乃由劉向所編定，則第二十六篇稱為〈賦篇〉，也可能是劉向所題。至班固《漢書・藝文志・詩賦略》，則已明載「孫卿賦十篇」。〈禮賦〉、〈知賦〉、〈雲賦〉等篇名，合理的推斷，最早應是漢代才確定。

歸結言之，具有漢代以後所謂「賦」這類文體特性的作品，從文學史料來看，早在先秦便已出現；但是，以「賦」正式來指稱這類作品，甚而在個別篇名中固定加上「賦」字，這已經是漢代以後的事了。[19]

從理論上說，一種「文體」的歷史發展，應該可以分為「創造階段」與「規範階段」。雖然從文體演化的實際情況來看，這二階段不能以一時間定點去分割；[20]但是，若以較長時段的漸變軌跡觀之，仍能做出大體的區判。以「賦」這一文體來說，先秦時代，有其「實」而無其「名」，當屬初創階段。及至漢代則因其「實」而定其「名」，顯然已進入「規範階段」。在這個階段中，漢人以「賦」來指稱這種新興文體，若從傳統的名實觀念衡之，[21]顯然見出漢人對被創作出來而「實存」在那兒的諸多作品，已進行了觀察與

---

[18] 參見王先謙：《荀子集解》（臺北：世界書局，1971 年），考證上，徵引晁公武《郡齋讀書志》、紀昀等《四庫全書總目提要》之說，頁 3、5。後文徵引《荀子》，版本皆仿此，不一一附注。

[19] 例如《史記・司馬相如傳》：「上讀〈子虛賦〉而善之。」文本中明確稱呼司馬相如的作品為〈子虛賦〉，則「賦」體顯然已經定名。參見司馬遷：《史記》（臺北：藝文印書館，二十五史影清乾隆武英殿本），冊二，卷一一七，頁 1230。後文徵引《史記》，版本皆仿此，不一一附注。

[20] 參見顏崑陽：〈論文心雕龍「辯證性的文體觀念架構」〉，收入顏崑陽：《六朝文學觀念論叢》（臺北：正中書局，1993 年），頁 149-150。

[21] 《公孫龍子・名實論》：「正其所實者，正其名也。」牟宗三疏解云：「名實對言，正其所實即『正其名也』。實正則名定。名以指實，實以定名。名與實有一一對應之關係。」又《荀子・正名篇》：「王者之制名，名定而實辨。」牟宗三疏解云：「一成為定名，即指一定實。」以上參見牟宗三：《名家與荀子》（臺北：臺灣學生書局，1985 年），頁 84-85、253-254。

思考，而試圖以某一「名號」去指稱這一「類」具有共同特徵的作品。在「名實相副」的原則下，為某一實物給定名稱，也就是去揭示某物之為某物的特性而加以明確的限定。進而依此特性之限定，對「賦」這一文體的寫作加以規範。

我們推想漢人對「賦」特性的思考，在進路上應該是依從幾個途徑：(一)對「賦」在傳統文化活動中之意義的省察與引用；(二)對諸多既存作品特徵的觀察與歸納；(三)追究這一類作品之所以產生的社會文化背景；(四)當代個人創作經驗的體會。

由這四個進路，我們可以看到，漢人對「賦的特性」所提出的論述如下。這些文本可依其文學理論的涵義，區分為四類：

第一類：

班固《漢書‧藝文志‧詩賦略論》：

> 傳曰：「不歌而誦謂之賦，登高能賦，可以為大夫。」言感物造耑，材知深美，可與圖事，故可以為列大夫也。古者諸侯卿大夫交接鄰國，以微言相感，當揖讓之時，必稱詩以諭其志。

第二類：

揚雄《法言‧吾子》：

> 或問：景差、唐勒、宋玉、枚乘之賦也益乎？曰：必也淫。淫則奈何？曰詩人之賦麗以則，辭人之賦麗以淫。如孔氏之門用賦也，則賈誼升堂，相如入室矣；如其不用何？[22]

又《法言‧君子》：

---

22 參見揚雄著，汪榮寶疏證：《法言義疏》（臺北：世界書局，1958 年），卷二，頁88。

文麗用寡，長卿也。

班固《漢書・藝文志・詩賦略論》：

大儒孫卿及楚臣屈原，離讒憂國，皆作賦以風，咸有惻隱古詩之義。
其後，宋玉、唐勒；漢興，枚乘、司馬相如，下及揚子雲，競為侈麗
閎衍之詞，沒其風諭之義。

第三類：
班固《漢書・藝文志・詩賦略論》：

春秋之後，周道浸壞，聘問歌詠，不行於列國。學詩之士，逸在布
衣，而賢人失志之賦作矣。

第四類：
劉歆《西京雜記》卷三載司馬相如論「作賦」：

合纂組以成文，列錦繡以為質，一經一緯，一宮一商，此賦之跡也。
賦家之心，苞括宇宙，總覽人物……。[23]

班固《漢書・揚雄傳》載揚雄對於「賦」的論述：

雄以為賦者，將以風也，必推類而言，極靡麗之詞，閎侈鉅衍，競於

---

[23] 劉歆：《西京雜記》（臺北：臺灣商務印書館，影印歷代小史本）。舊題劉歆撰，或
疑為葛洪、吳均所偽託。然而清代盧文弨〈新雕西京雜記緣起〉，以為雖不能確斷是
劉歆所撰；但是「出於漢人所記無疑」。蓋葛洪、吳均皆大家，能自著書，不必假託
他人。其中所記，有些條文與桓譚《新論》雷同，史料的真實性亦可信也。

使人不能加也。既迺歸之於正，然覽者已過矣。[24]

　　上引第一類《漢書・藝文志》文本，顯係班固對「賦」在傳統文化活動中之意義的省察與引用。上文已述及，所謂《傳》指的是《詩經・鄘風・定之方中》的《毛傳》。今本毛傳這段文字中並無「不歌而誦謂之賦」句；但是，班固如此引述，或有依據。《毛傳》寫定於漢初，前有所本，則「不歌而誦」的這種言語方式被稱為「賦」，應該就是先秦時代的一種社會文化活動。晉朝皇甫謐〈三都賦序〉亦云：「古人稱不歌而誦謂之賦」。[25]班固在引述這幾句傳文之後，接著對它作出詮釋。他以春秋時代，卿大夫交接鄰國，稱詩論志的社會文化活動去證說「不歌而誦謂之賦」；則所謂「不歌而誦」的「賦」，指的便是春秋政治外交場合中「賦詩」的言語行為。[26]春秋時代「賦詩」有二種情況：一種是誦讀既存通行的作品；一種是自己作詩。外交場合中的「賦詩」都屬於第一種，而且當場即事而「賦」，有時能作管絃配樂；但是，大多時候卻是「誦讀」而已。[27]

　　《詩經・鄘風・定之方中》的《毛傳》，這一段傳文確有「升高能賦」之語。[28]「升高」，《漢書・藝文志》作「登高」，義無大別。「登高能

---

[24]　參見王先謙：《漢書補注》，冊二，卷八十七下，頁 1537。

[25]　參見嚴可均：《全上古三代秦漢三國六朝文》（臺北：世界書局，1982 年），冊四《全晉文》，卷七一。

[26]　有關春秋時代，外交場合「賦詩」之概況，多見《左傳》、《國語》之記載，前人研究甚詳。參見顧頡剛：〈周代人的用詩〉，收入《古史辨》（臺北：明倫出版社，更名為《中國古史研究》），冊三，頁 320-345。又參見朱自清：《詩言志辨》，收入《朱自清古典文學論文集》（臺北：源流出版社，1982 年），頁 204-208。又參見曾勤良：《左傳引詩賦詩之詩教研究》（臺北：文津出版社，1993 年）。又參見顏崑陽：〈論先秦「詩社會文化行為」所展現的「詮釋範型」意義——建構「中國詩用學」二論〉，《東華人文學報》，第八期，頁 55-87。

[27]　春秋時期，外交專對，賦詩言志，有時能作管絃配樂，例如《左傳・襄公四年》記載：穆叔聘於晉，晉侯享之，席間，金奏〈肆夏〉、工歌〈文王〉、〈鹿鳴〉等；但是，大多時候卻是「誦讀」而已。

[28]　《詩經・鄘風・定之方中》，參見毛亨傳，鄭玄箋，孔穎達疏：《毛詩注疏》（臺

賦」之「賦」，究係誦讀現成詩作或自己作詩，文本之義不明確。班固以
「感物造耑，材知深美」為詮釋，也未明指「讀」或「作」。孔穎達《毛詩
注疏》解釋傳文，云：

> 升高能賦者，謂升高有所見，能為詩，賦其形狀，鋪陳其事勢也。[29]

「能為詩」亦即「能作詩」；但是，孔氏此一詮釋，頗值得質疑。若以
《漢書‧藝文志》所引述，「登高能賦」緊接在「不歌而誦謂之賦」句下，
則登高之「賦」，應是「誦讀」而已。誦讀某一既存詩作，以表述自己的情
志，並不限於外交場合，這是春秋時代頗為流行的言語行為。[30]

那麼，班固省察與引用此一傳統的社會文化活動，對於「賦的特性」有
何詮釋效用？羅根澤在《中國文學批評史》中，認為：「賦詩」之「賦」，
是動詞，不是名詞，是賦誦之賦，不是辭賦之賦。班固用來解贊辭賦，以今
觀之，全出附會。[31]羅氏之批判，從表象上說，並非無見。「賦詩」的言語
行為，與「賦」之文體確是各別不同之二物。然而從深層的文化精神來看，
二者應該存在某些關聯。其關聯主要有二端：(一)「不歌而誦」；(二)「感
物造耑」。

「賦詩」卻「不歌而誦」乃是「詩」、「樂」分離的具體現象。「詩」
一旦脫離「樂」，它的語言也才可能得到解放，而有較多的自由。這種解
放，包括關係到音樂的韻律與句式（節奏），以及關係到內容承載量的篇
幅。在音樂的支配下，四言詩韻腳的規律與句式的齊一，雖有少數的破格，

北：藝文印書館，1973 年，十三經注疏影印嘉慶二十年江西南昌府學重刊宋本），
在「卜云其吉，終然允臧」句下，傳云：「……使能造命，升高能賦，師旅能
誓……。」頁 116。

29　參見毛亨傳，鄭玄箋，孔穎達疏：《毛詩正義》，頁 116。

30　參見顧頡剛：〈周代人的用詩〉、朱自清：《詩言志辨》、曾勤良：《左傳引詩賦詩
之詩教研究》。

31　羅根澤：《中國文學批評史》，頁 107。

卻絕大多數呈現固定的模式。並且由於合樂而歌，頗為費時，篇幅不可能太長。假如「不歌而誦」，那麼這些由音樂而來的支配力，便可消解。屈原的〈離騷〉、〈九章〉諸作，句式的散化與篇幅的加長，都是「詩」、「樂」分離後，才有可能產生的作品。漢代的〈子虛〉、〈上林〉、〈兩都〉、〈二京〉諸大賦亦然。因此，「不歌而誦」原是一種「言語行為」的方式，卻由此轉化出「辭賦」這類文體。「不歌而誦」也就成為「賦」體在語言形式上的特性了。漢賦在語言形式上多韻散夾雜，篇幅閎鉅，就是「不歌而誦」的具體表徵。

至於「感物造耑」，原是指「賦詩」非無感而發。春秋時代，不管在什麼場合「賦詩」，都是因為某特定事實經驗，心有所感而發，故誦讀既存作品與自己作詩，皆用以「言志」。這本來是屬於主觀動機，不是既存事物的客觀屬性。然而，文化產品是人類精神的創造，並非自然現成的物事。創造者對於所創造的文化產品，可以給定某些理想規創的特性。這些特性既存於客觀之實在事物，也存於主觀之心志。「賦」是一種文化產品，當作如是觀。因此所謂「主觀動機」之「情志」，便可以被「客觀化」為創作規範，而給定為「賦」的特性。至少在班固的理想規創下，「賦」必須具備「言志」這樣的特性，而且更規範了所言之「志」，必須關乎「政教諷諭」之意圖。這從班固「賦學」一貫主張「諷諫」，便可以獲致更確切的理解。而「賦」這一特性，在漢代「賦學」中也頗為普遍地被承認。關於這一點，後文再詳為論述。

上引第二類三則資料，揚雄、班固的論述，明顯看出他們對諸多既存作品的省察。在辭賦不分的觀點下，荀子、屈原、景差、唐勒、宋玉、枚乘、賈誼、司馬相如，甚至揚雄等人的作品，都被省察到了；其中充滿了褒貶評判的意味。假如，我們姑且不論評判之確當與否，而僅注意到彼輩評判所依據的事實現象，也可以看出自荀子、屈原以至揚雄，這些典範作家所創造出來的典範作品，大抵呈現下列二種特徵：

(一)作品形相上的「麗」與「閎」。「麗」是修辭的華美；「閎」是篇幅的鉅大。「麗」、「閎」當然關係到所承載的題材與所使用的語言。以

「物象」為題材，用華美的語言，作成繁密的描寫，所呈現出來的作品形相，必是「麗」、「閎」。

(二)諸多作品，可以大致分為二種範型：一種是「麗以則」，一種是「麗以淫」。「麗」這一形相上的特徵，已如前述。「則」與「淫」便是諸多賦作實際上所呈現二種內涵上的特徵。「則」，是指合乎道德法度。「詩人之賦」，由於發乎情止乎禮義，雖麗而能合於道德法度。晉代摯虞〈文章流別論〉稱「古詩之賦，以情義為主」，[32]正可以做為揚雄此句之注腳。在這個判斷上，班固的看法與揚雄無別，他認為孫卿、屈原之賦，「咸有惻隱古詩之義」，應該可以稱得上「則」了。至於「淫」，就是「過度」之意。由上句「麗以則」相對成義來看，「淫」所指不僅是語言、題材上「過度」繁麗而已。摯虞曾論及：「今之賦，以事形為本」，而產生了「四過」。[33]這「四過」正可以用來詮釋「麗以淫」之「淫」；則「淫」者，乃指內容上已遠離事類而悖情義矣。班固在這一點上的見解，也與揚雄沒有什麼差別，他認為宋玉、唐勒、景差、司馬相如、揚雄諸人的賦作：「競為侈麗閎衍之詞，沒其風諭之義」，即是「麗以淫」了。

上引第三類《漢書‧藝文志》文本，可以看出班固追究了「賦」這種文學作品之所以產生的社會文化背景，在於周代政教的衰落，而「聘問歌詠」也隨之銷亡。就在這種社會文化背景之下，那些有「作詩」能力的文士，便由於「失志」而寫起「賦」來了。然則在班固的省察中，「周道浸壞」乃是「賦」這一文類之所以被創造出來的外緣環境因素，而「賢人失志」乃是內在心理因素。從這種「賦之所以發生」的觀點來看，在歷史的起點上，「賦」最早的典範作品，都是文人在政教衰亂的時代背景下，藉以抒發「情志」之用。這不就隱示了理想的賦作，應該涵具關乎政教的主體「情志」

---

[32] 摯虞：〈文章流別論〉參見嚴可均：《全上古三代秦漢三國六朝文》，冊四《全晉文》，卷七七。

[33] 摯虞：《文章流別論》，論及「今之賦」的「四過」是「假象過大，則與類相遠；逸辭過壯，則與事相違；辯言過理，則與義相失；麗靡過美，則與情相悖。」參見嚴可均：《全上古三代秦漢三國六朝文》。

嗎？將這「情志」客觀化，而「規範」了「賦」的創作意圖，它便成為「賦」這一文體主要的特性了。

第四類二則文本，是漢代兩位最具代表性的賦家個人創作經驗的體會。它雖然是從作者構辭與運思的立場來論說；但是，卻能概括了「賦」在形式與內容上的特性。司馬相如「賦跡」之說，綦組、錦繡皆指色彩豔麗之物，以喻賦體在語言形式上的特性。這種特性應該包括二項：一是「一經一緯」；一是「錦繡為質」。如再加上「一宮一商」，則司馬相如所指出賦在形式上的特性，便有上述三項了。

所謂「一經一緯」就是賦在語言構作上，由「鋪敘」而形成的「時空勻展性」。所謂「勻展」是指平均展現的狀態。以司馬相如的〈子虛賦〉來說，它的鋪敘，就像在織布一樣，經緯縱橫。空間的鋪敘，東、南、西、北，循序勻展，以構成「面」的全方位呈現；高、卑、上、下，循序勻展，以構成「層」的立體呈現。在時間上，連續藉用「於是」等關係詞，將諸多各別事件安排在因果關係或條件關係的時間序列上去推展。

這種敘述模式，上引《漢書‧揚雄傳》那一則文本中，揚雄稱之為「推類而言」。這可以說是「賦」體最能與「詩」體區隔的形式特性。一般之論漢賦者，每引詩六義中之「賦」，以詮釋「賦」體之命義。[34]然而，漢代賦學卻未見引六義之「賦」以說賦體之「賦」者。有關六義之「賦」的詮釋，但見於「經學」及劉熙《釋名》此一辭書。[35]他們雖循音訓之法，解「賦」為「敷」或「鋪」；但是，在「經學」上，「敷」或「鋪」指的是一種不使

---

34 以詩「六義」中之「賦」義解釋漢賦之「賦」，從魏晉以降，便頗常見，例如：皇甫謐〈三都賦序〉：「詩人之作，雜有賦體，子夏序詩曰：一曰風，二曰賦，故知賦者，古詩之流也。」；左思〈三都賦序〉：「蓋詩有六義焉，其二曰賦。」；劉勰《文心雕龍‧詮賦》：「詩有六義，其二曰賦。」皇甫謐、左思二序，參見嚴可均：《全上古三代秦漢三國六朝文》，冊四《全晉文》，卷七一、七四。

35 劉熙：《釋名‧釋典藝》：「詩，之也；志之所之也。興物而作，謂之興。敷布其義謂之賦，事類相似，謂之比。」（上海：上海古籍出版社，影光緒二十二年本），卷六，頁 311-312。

用比喻而直接陳述的表達方式，鄭玄注《周禮・大師》云：「賦之言鋪，直鋪陳今之政教善惡」。[36]這雖也是屬於語言形式的範圍；但是，它所涉及的是主觀之「意」，在表達上直接或間接、隱或顯的「意象形式」。漢賦之「賦」，其所謂「鋪」，涉及到的則是言語排列次序的「敘述模式」。因此，漢賦之「賦」與六義之「賦」並無語義上之淵源。關於這點，簡宗梧〈賦體語言藝術的歷史考察〉一文中，早有同樣的論見：

> 賦體之所以稱之為賦，與其說是因它採用直接鋪陳作者意象的方式
> （案即六義之賦），不如說是它採用鋪排的形式設計，而不是表現內在
> 意象的方法。[37]

至於所謂「錦繡為質」，即是揚雄所謂「極靡麗之辭」，乃是語言整體呈現出來那種華麗的形相。此說，與前述第二類文本同見，不另贅述。

另外「一宮一商」指出「賦」體在語言上的音樂性。語言之宮商，不同於樂曲之宮商；它指的是語言的「聲」與「韻」。「聲」有清濁，亦即平仄；而「韻」則必求句尾與句尾之間，聲音呼應的和諧。「賦」與「詩」同屬韻文，雖然不能合樂而歌；但是，由於「誦讀」的需要，即使雜有散句，並無固定的格律，卻仍要求「以聲節之」。因此語言宮商的節奏感，是賦體的形式特性之一，殆無疑義。前述第一類文本，班固引《毛傳》云：「不歌而誦」，與此同見。

值得特別注意的是，司馬相如所謂「賦家之心，苞括宇宙，總覽人物」。這個觀點雖然說的是作者臨文運思的經驗。這種經驗原是司馬相如個人之體會，但由於他的典範性，即個殊而即普遍，因此「苞括宇宙，總覽人物」也由「賦家之心」的主觀運作，而「客觀化」為「賦」此一文體內涵上的特性。司馬相如這個見解之所以值得我們特別注意，是「苞括宇宙，總覽

---

36 參見鄭玄注，賈公彥疏：《周禮注疏》，卷二十三，頁356。
37 參見簡宗梧：《漢賦史話》（臺北：東大圖書公司，1993年），頁195。

人物」指出賦體有別於先秦以詩為宗的另一種特性。什麼特性？那就是不僅以「言志」為體，「諷諭」為用，而另增「寫物」作為賦之為賦的特殊屬性。司馬相如的作品，也實際地表現了這種可以和詩、騷劃開畛域的新文體。他早於揚雄、班固一百餘年，從個人創作經驗的觀點上，反比揚、班之依從詩歌文化傳統，更能見出「賦」這種新興文體內涵上的特性。

綜合以上對漢代若干「賦話」的析釋，我們可以清楚地看到漢代諸文人對於「賦的特性」之論見，在語言形式的特性方面：一為聲韻有節；二為形相華麗；三為推類鋪敘。凡此三端，諸家並無明顯的歧見。至於在內容特性方面，顯然就有不同的看法。這可分為二系，一系是以司馬相如「苞括宇宙、總覽人物」之說為代表，突顯賦體在內容的特性上是描述客觀宇宙的人事物象。一系是以揚雄、班固為代表，認為賦體在內容的特性上是抒發作者合乎政教道德的主觀情志。因此，從事實的描述來說，揚雄雖也承認「麗以淫」之「辭人之賦」的存在；但是，從理想的評價來說，他卻排斥了「淫」可以成為賦體的特性。

一物之功用隨其體性而具。在理論上，「功用」可以分為「自體功能」與「涉外效用」。「自體功能」乃是一物所內具之實現自身的能力；「涉外功用」則是一物向外影響及於他物所產生的效用。

就賦體而言，它在形式的特性上，「推類鋪敘」是一種動態性的「形構」。凡是事物具有某種「形構」，必然對應而具有某種「功能」。形構為「體」，而功能為「用」。有體必有用，而因用以顯體，體用相即而存，不能截斷為二。「賦」必然要依藉「推類鋪敘」這種動態性的形構，它的自身才能實現而形成為「賦」體。而「推類鋪敘」並非一種沒有內容物的純粹形式活動，它必須要有材料才能進行。什麼材料？就是司馬相如所說的「宇宙」、「人物」，也就是摯虞所謂的「事形」。將宇宙間的人事、物象推類鋪敘出來，「賦」才成其為「賦」，有別於詩而為一種具獨特性格的文體。因此，從文體論上來說，「寫物」是賦的「自體功能」。

然而，漢代「賦學」在這個觀念上，並無清楚的自覺，除了司馬相如由個人創作經驗說了那段話，隱涵了此一意義之外，其餘未見直接去論述賦的

這種「自體功能」者。賦的此一「自體功能」，到了晉代才由陸機在〈文賦〉中做了明確的肯斷：「賦體物而瀏亮」。[38]體物，就是鋪敘描述事物而體現之。

　　整個漢代對於「賦之功用」這一問題，所提出的答案明顯集中在「涉外效用」上。這種「涉外效用」是什麼？簡言之，就是「政教諷諭」。「政教諷諭」之所以為「涉外」，是因為「諷諭」必有被諷諭的對象，所以這是賦的作者依藉作品去影響作品之外的某些讀者而產生的效用，這種效用是外在社會文化性的效用。賦體即使可以像詩一樣抒情言志，而以「情志」實現其自體的特性；但是，涉及體外之他物而諷諭之，這個「效用」並非賦之為賦之「自體」所必具。亦即「諷諭」的效用，不是賦體之客觀「形構」所內具的「功能」，而是漢代賦家在特殊的社會文化背景之下，所主觀追求的一種「涉外功用」，也就是賦家的「創作意圖」。從上引文本中，我們清楚地看到，揚雄認為「賦者，將以諷之」，而批評司馬相如之賦為「用寡」。班固稱讚荀、屈之賦有「惻隱古詩之義」，而貶斥宋玉諸人之賦「沒其風諭之義」。這完全是班固、揚雄對於賦的「涉外效用」，所主觀抱持的創作意圖。除了這些文本之外，此種論調時而可見，實為漢代對「賦的功用」之主要思潮，略舉幾則如下：

　　司馬遷《史記・司馬相如傳》論云：

　　　相如雖多虛辭濫說，然其要歸引之節儉，此與詩之風諫何異！[39]

　　班固《漢書・王褒傳》載宣帝論辭賦云：

　　　辭賦，大者與古詩同義，小者辯麗可喜……尚有仁義風諭，鳥獸草木

---

[38]　陸機：〈文賦〉，參見劉好運：《陸士衡文集校注》（南京：鳳凰出版社，2007年），卷一，頁1-57。後文徵引〈文賦〉，版本皆仿此，不一一附注。

[39]　參見司馬遷：《史記》，冊二，卷一一七，頁1251。

多聞之觀……。

班固〈兩都賦序〉：

言語侍從之臣，若司馬相如……朝夕論思，日月獻納；而公卿大臣，御史大夫倪寬、太常孔臧……時時間作；或以抒下情而通諷諭，或以宣上德而盡忠孝，雍容揄揚，著於後嗣，抑亦雅頌之亞也。**40**

「政教諷諭」原是傳統詩歌文化所形塑而普遍存在於漢代士大夫心目中的文學創作意圖。由於揚、班諸人的觀念，認為賦乃古詩之流；這種「創作意圖」便當然地移植在新興的賦體上。除了前引幾條論述性的文字，我們還可以看到諸多賦家所自供的「創作意圖」。

漢成帝好羽獵，經營禁苑，已至奢麗誇詡，揚雄乃「聊因校獵，賦以風之」，而作了〈羽獵賦〉。**41**其後，成帝幸長楊宮，帶領許多胡人到郊野大肆校獵，弄到「農民不得收斂」，揚雄乃「上長楊賦，聊因筆墨之成文章，故藉翰林以為主人，子墨為客卿以諷。」**42**班固作〈兩都賦〉，在序文中，亦明白自供創作之意圖云：「以極眾人之所眩曜，折以今之法度。」

這種主觀而模式化的「創作意圖」，雖理想地期許賦作能達致「諷諭」的「涉外功用」；然而，它畢竟與賦體「推類鋪敘」的客觀「形構」特性，形成「主客背反」的衝突。也就是「涉外功用」非但不是「自體功能」同質性的延伸，甚且形成異質性的牴觸。最顯著的例子，便是《史記‧司馬相如傳》所載：

---

40 班固：〈兩都賦序〉，參見《文選》，卷一，頁21。

41 揚雄：〈羽獵賦序〉，參見《文選》，卷八，頁133。

42 揚雄：〈長楊賦序〉，參見《文選》，卷九，頁139。

相如既奏大人之頌，天子大說，飄飄有凌雲之氣，似游天地之間意。*43*

　　司馬相如作〈大人賦〉的主觀意圖，原是諷諭武帝好神仙；但是，實際所產生的「閱讀效果」卻是武帝對神仙之境的嚮往，完全沒有達到主觀意圖的「涉外效用」。最主要的原因，便是賦體本以「寫物」為其自體的特性與功能。作者主觀的創作意圖並未與客觀題材內容（作品中所寫之事物）形成有機性的融合。讀者只在閱讀過程中直覺地接受那些人事物象的感染，而不會理智地反思作者附加的「諷諭」之義；因此，事實背反了理想。揚雄便從這樣的創作與閱讀經驗中，無奈地對「賦的功用」做出「勸百諷一」的結論。*44*當然，揚雄所指的「功用」，乃是「涉外功用」而非「自體功能」。

(二)漢代「賦學」在文學批評理論上的涵義之二：賦體的起源與文體、作品的分類

　　漢代「賦學」所觸及到的第二類主要的問題，即是「賦」體的起源與文體、作品的分類。文體的起源與分類是二個不同範圍卻又相關的議題。漢人對賦之起源與分類的看法，便是最好的例子。他們對於這類議題的看法，一則展現在直接的論述；二則展現在作品的分類與文體名稱的混用。

　　首先，我們談到「直接的論述」，最重要的是班固的見解。他在本文前引《漢書·藝文志》的文本中，從社會文化變遷過程的省察，斷定「賦」是「學詩之士」由於「失志」而作。從這點來看，荀子之賦與屈原之騷無別；進一層說，荀、屈之辭賦，更與古詩同類。而落在歷史時程上，則「賦」乃源自於「詩」，是「詩」的流化。因此，他在〈兩都賦序〉中，便明白指出：「賦者，古詩之流也」、「雅頌之亞也」。

　　文體起源的詮釋，雖然理論各殊；但是，大體不外三種進路：一為社會

---

43 參見《史記》，冊二，卷一一七，頁1248。

44 班固在《漢書·司馬相如傳贊》論云：「揚雄以為靡麗之賦，勸百而風一。猶騁鄭衛之聲，曲終而奏雅，不已戲乎。」參見王先謙：《漢書補注》，冊二，卷五十七下，頁1213。

文化背景的考察；二為主體創作心理動機的考察；三為文體形式的考察。這
三種進路，所達致的詮釋效用各有不同，也都各有它的局限。第一種對於文
體「涉外效用」的來源，可以做出有效的詮釋。第二種對於文體內容特性的
來源，可以做出有效的詮釋。第三種則對於文體形式特性的來源，可以做出
有效的詮釋。

　　班固對於「賦」這一文體的起源，明顯地採取第一、二種進路的詮釋。
由於這樣的詮釋，無法去區分詩、辭、賦在社會功用與內容特性上的差別，
這三種文體便被視為「共類」而非「殊種」。

　　循此，接著我們談到「作品的分類與文體名稱的混用」。上述班固的觀
念應該是代表了漢人對「賦」之起源頗為普遍的看法。因此導致漢人在諸多
言說中，非但詩、賦同流，更且「辭」、「賦」、「頌」不分，而三個名稱
時見混用。

　　司馬遷《史記・屈原賈生傳》述及襄王怒遷屈原，屈原行吟澤畔，「乃
作懷沙之賦」，又云：

　　　屈原既死之後，楚有宋玉、唐勒、景差之徒，皆好辭而以賦見稱。[45]

　　又述及賈誼被貶長沙，「渡湘水，為賦以弔屈原」；〈弔屈原賦〉顯為
楚辭體之作，與〈子虛賦〉、〈上林賦〉有別。凡此，都可見在司馬遷的觀
念中，「辭」即「賦」，並非兩種不同之文體。

　　揚雄在《法言・吾子》中提及「景差、唐勒、宋玉、枚乘之賦」，前三
者所作皆為「辭」體；但是，揚雄卻稱之為「賦」。

　　班固在《漢書・藝文志・詩賦略論》中，歷敘孫卿、屈原、宋玉、唐
勒、枚乘、司馬相如、揚雄諸人的作品，亦不分「辭」與「賦」；甚且直稱
孫卿、屈原「離讒憂國，皆作賦以風」。而在〈詩賦略〉的正文中，列有
「屈原賦二十五篇」、「唐勒賦四篇」、「宋玉賦十六篇」。又《漢書・賈

<hr>

45　參見《史記》，冊二，卷八十四，頁 1007。

誼傳》稱屈原「被讒放逐，作〈離騷賦〉」；〈揚雄傳贊〉云：「賦莫深於
〈離騷〉……辭莫麗於相如。」〈離騷〉乃「辭」卻稱之為「賦」，而相如
之作為「賦」卻稱之為「辭」。凡此皆足見在班固的觀念中，「辭」即
「賦」，並無分別。

　　另外，《文選》錄有王褒〈洞簫賦〉，從其語言形式來看，實是楚辭
體，而《漢書‧王褒傳》卻稱：「太子喜褒所為〈甘泉〉及〈洞簫頌〉。」**46**
又《文選》錄有馬融描寫「長笛」之作，題為「長笛賦」；但是，序文中卻
稱「作長笛頌」。是則在漢人的觀念中，「頌」與「辭」、「賦」亦相混不
分。

　　從上述的現象來看，漢人對文體的概念，由於在「體源」的考察中，不
重視語言形式特性的辨識，而重視社會文化背景及主體創作動機的追溯，乃
獲致諸體同源，性能無別的看法；辭、賦、頌被視為共類。

　　在分類的概念及操作上，還有一個特別值得注意的地方。那就是《漢
書‧藝文志‧詩賦略》在辭賦共類的基礎上，復以「家」為單位，將所有作
品區分為四個次類：一為屈原賦以下二十家；二為陸賈賦以下二十一家；三
為孫卿賦以下二十五家；四為客主賦以下十二家。班固並未說明分類標準。
後世學者為他做了詮釋，劉師培《論文雜記》認為上述前三類為個人分集，
而第四類則為總集。分集之賦又分為三類：

> 有寫懷之賦，有騁詞之賦，有闡理之賦。寫懷之賦，屈原以下二十家
> 是也；騁詞之賦，陸賈以下二十一家是也；闡理之賦，荀卿以下二十
> 五家是也。**47**

另外，顧實《漢書藝文志講疏》也做了如下解釋：

---

46 參見王先謙：《漢書補注》，冊二，卷六十四下，頁 1289。
47 參見劉師培著，舒蕪校點：《論文雜記》（北京：人民文學出版社，1959 年）。

> 屈原賦之屬，蓋主抒情者也。
>
> 陸賈賦之屬，蓋主說辭者也。大概此類賦，尤與縱橫之術為近。
>
> 荀卿賦之屬，蓋主效物者也。
>
> 雜賦盡亡，不可徵；蓋多雜詼諧，如莊子寓言者歟！[48]

　　二家之說，前兩類為寫懷、抒情與騁詞、說辭之作，意見無別。第三類闡理、效物，則劉氏見荀賦之主題、顧氏見荀賦之題材；然而，這樣的詮釋是否得乎班固的本意，亦未必然；因為司馬相如〈子虛〉、〈上林〉之作，明是以「事形」為主，不以「情義」為宗，班固卻將他列入屈原一類。揚雄〈甘泉〉、〈河東〉、〈羽獵〉、〈長楊〉，題材類型、諷勸之意，甚至風格，皆與司馬相如為近；《漢書·揚雄傳》明載揚雄慕司馬相如「作賦甚弘麗溫雅」，因此「每作賦常擬之以為式」。然則，揚雄又何以與司馬相如別為異類，而入陸賈之屬？今《漢書·藝文志》所存目錄，作品大多已亡佚，實在很難為班固分類之意做出切當的解釋。

　　然而，儘管分類標準不得確知，但以「家」為單位而進行分類的這種操作方式，其本身就隱涵了某些文學批評上的意義；我們可留待下文再作討論。

(三)漢代「賦學」在文學批評理論上的涵義之三：賦的創作經驗與法則

　　漢代「賦學」所觸及的第三類主要問題，是有關賦在創作上的某些經驗與法則，此為「創作論」的範圍。「創作論」所要探討者：首先是「創作」的超越依據是什麼？接著，便是有關創作才能的培養以及創作過程中，主體的動機、運思、工具操作的法則等。因此，它是以作者的實踐經驗為立場的一種論述。

　　漢代「賦學」有關這方面的論述比較少；但是，從文學批評史的觀點來看，這方面的論述卻有很重要的意義。因此，我們必須對這少數的文本進行

---

[48] 參見顧實：《漢書藝文志講疏》（臺北：臺灣商務印書館，1980 年）。上引條文分　　別見於頁 179、183、188、190。

詮釋。

郭紹虞曾引〈西京雜記〉所載，揚雄論司馬相如賦，云：

長卿賦，不似從人間來，其神化所至邪！**49**

郭紹虞據此以為：「（揚雄）這話的重要，即在運用『神』的觀念到文學批評上。」並斷定揚雄之意在於認為司馬相如之作賦乃出於天分，而「天分不可勉強」；但是，他隨後又說「神」兼指工夫，似乎猶有可以用力的地方。**50**前後論點有些矛盾。

其實，揚雄乃司馬相如的崇拜者，《漢書・揚雄傳》記載他常擬司馬相如賦以為式。因此這段話可視為他對相如賦的讚嘆；凡讚嘆之詞，都出於個人感性情緒的張揚，在客觀理論上，本無太大意義。何況，這是對司馬相如個人的批評，我們不能據此就得到一個普遍有效的推論，認為揚雄主張創作出於天分的決定。因此，「神化」一詞只是揚雄的驚嘆之語。中國人對於極度精彩的事物，常常有這樣的讚詞。揚雄這段話，也只是對他所崇拜的司馬相如賦作之精彩，表示讚嘆之情而已；揚雄對「神」的觀念，載在《法言・問神》；但是，此處「神化」云云，與《法言・問神》所謂「神」，**51**未必有理論意義上的關係。這段話的性質，是對「作品」實際批評，而不是從「作者」的立場去探求創作活動在人性論上的超越依據。因此，「創作論」的意義不大。

---

49 參見劉歆：《西京雜記》，卷三。

50 參見郭紹虞：《中國文學批評史》，第三章，第一節〈揚雄之論賦〉。

51 參見汪榮寶：《法言義疏》，〈問神〉云：「或問『神』；曰：『心』。請問之；曰：『潛天而天，潛地而地。天地神明而不測者也；心之所潛也，猶將測之，況於人乎。』」又：「人心，其神矣乎！操則存，舍則亡。能常操而存者，其惟聖人乎！」卷五，頁 213、218。揚雄將「神」視為人「心」靈妙的作用，能潛知變化不測的天地神明。一般人幾乎都亡失這種心能，惟有聖人常操而存之；則「神」是「心體」之「用」。這一「神」的觀念與司馬相如之賦為「神化所至」無涉。

　　揚雄論賦，在「創作論」上比較有意義的應該是《西京雜記》另一則記載：

　　　　或問揚雄為賦，雄曰：讀千首賦，乃能為之。[52]

　　這則記載亦見於桓譚《新論》，文字大同小異。[53]「為賦」就是創作賦，因此所問是一個創作論上的問題；但是，揚雄的回答，卻從「讀」切入。「讀」與「作」有何關係？若從臨文運思、操作語言這一階段來看，並無直接的關係。然而，假如從創作者平時的學養這一階段來看，則「讀」是「作」必要的修養工夫。因此，揚雄此言在創作修養論上，便有其意義了。而作者的「閱讀」範圍與創作活動的關係，又有直接與間接之分。若陸機在〈文賦〉中所謂「頤情志於典墳」，則所讀與某特定文體的創作並無直接關係。值得注意的是，問者所問在「為賦」，而揚雄所答在「讀賦」。「讀」與「作」為同一文體的作品，這之間的關係便很直接了。其中應該隱涵了一個創作修養論上的觀念：「典範模習」；也就是想要作賦，必先閱讀許多前人的典範作品，從中體察創作的法門。這個觀念很容易從揚雄一生的著述，不管賦作、或《太玄經》、或《法言》等，皆以模習為法而得到印證。[54]

　　有關賦的創作論，最直接也最精彩的一段文本，厥為《西京雜記》所載司馬相如的創作經驗與論述：

52　參見劉歆：《西京雜記》，卷三。

53　參見桓譚《新論》：「子雲曰：能讀千賦，則善為賦。」（臺北：臺灣中華書局，1976 年，四部備要據問經堂輯本校刊）。按《新論》全書已亡失，上引為輯佚本，參見頁 8、13。

54　參見班固《漢書·揚雄傳贊》：「雄以為經莫大於《易》，故作《太玄》；傳莫大於《論語》，作《法言》；史篇莫善於《倉頡》，作《訓纂》；箴莫善於〈虞箴〉，作〈州箴〉；賦莫深於〈離騷〉，反而廣之；辭莫麗於相如，作四賦。皆斟酌其本，相與放依而馳騁云。」班固所謂「斟酌其本」，乃掌握經典精神；「相與放依」，則模擬其形式。

　　司馬相如為〈上林〉、〈子虛〉，意思蕭散，不復與外事相關；控引
天地，錯綜古今；忽然如睡，煥然而興；幾百日而後成。其友人盛
覽，字長通，牂柯名士，嘗問以作賦。相如曰：「合綦組以成文，列
錦繡而為質。一經一緯，一宮一商；此賦之跡也。賦家之心，苞括宇
宙，總覽人物。斯乃得之於內，不可得而傳。」[55]

　　這段記載，從「司馬相如為〈上林〉」到「幾百日而後成」，是雜記作
者對司馬相如創作心理經驗的描述。從「合綦組以成文」到「不可得而傳」
是司馬相如將創作經驗概念化的論述。前後有些呼應：「控引天地，錯綜古
今」即是「苞括宇宙，總覽人物」。前一段的心理經驗描寫，由於是以《西
京雜記》作者觀點敘述出來，比較間接；但是，以長篇大賦的創作過程衡
之，這樣的描述亦合常情，未始不可信。「意思蕭散，不復與外事相關」，
就是專心凝神，不受外事干擾。所謂「外事」，不是指心外一切事物；而是
指與創作時審美對象無關的事物。後來陸機〈文賦〉所謂「其始也，皆收視
反聽」；劉勰《文心雕龍‧神思》所謂「寂然凝慮」、「陶鈞文思，貴在虛
靜；疏瀹五臟，澡雪精神」；[56]都是此意。
　　所謂「控引天地，錯綜古今」：「控引」，就是掌握招取，與下文「苞
括」義近。「天地」即下文之「宇宙」，指自然萬物。「錯綜」，就是交相
聚合，與下文「總覽」義近。「古今」即下文之「人物」，指歷史上的種種
人事。陸機〈文賦〉所謂「精騖八極，心遊萬仞」、「觀古今於須臾，撫四
海於一瞬」；劉勰《文心雕龍‧神思》所謂「思接千載」、「視通萬里」都
是此意。這幾句話，在「控引天地，錯綜古今」處，描述了司馬相如作賦運
思的心理經驗，馳騁想像，自然萬物與古今人事，凡可構造為意象者，皆能
隨心掌握聚合；在「苞括宇宙，總覽人物」處，便已理論化而做為創作論上

---

[55] 參見劉歆：《西京雜記》，卷三。

[56] 參見周振甫：《文心雕龍注釋》（臺北：里仁書局，1984 年），頁 515。後文引用
　　《文心雕龍》，版本皆仿此，不一一附注。

「構思」的要則。郭紹虞認為此處賦家之心的「心」，是「賦家所稟」，指「才性」。[57]此說誤謬，此處所謂「心」，其義與劉勰所謂「神思」義近。它是心理層的意義，不是才性層的意義。

　　這段文字並指出了「賦」此一文體的創作，不僅是在抒發主觀的內在情志，更且外在客觀世界的種種事物，才是賦家創作時所要用心去經營的意象。

　　至於「合纂組以成文」一段，指出了語言構作上的某些規範。這些規範當然是針對「賦」在語言形式上的特性而建立的，至少應該包括下列三個原則：(一)辭采必須美麗。語言本身的藝術性，成為被肯定並追求的目標；(二)形式必須勻整細密；(三)聲韻必須和諧。視覺與聽覺的美感兼求，這就是「賦」在語言操作上的要則了。

　　最後，所謂「斯乃得之於內，不可得而傳」，他所強調的是創作上，不管意象的構思或語言的操作，這都是一種實踐的工夫，必須創作者自己切實去做，用心去體悟，非可只藉言說就能相互傳授。其中實已隱涵了「法由心得，非由言受」的「活法」觀念。

三、漢代「賦學」在中國文學批評史上影響效用的價值

　　漢代之「賦學」，通過以上文學理論涵義的詮釋，我們就可以據此評斷它在文學批評史上，影響效用的價值。

　　魏晉六朝的「賦話」，為數不少。[58]但是，其中大部分是記述某人某賦的背景、動機，或是對某賦給予片言之評賞；[59]一般性的文學批評理論意義

57　參見郭紹虞：《中國文學批評史》，第三章，第一節。

58　魏晉六朝之「賦話」，僅李調元《賦話》卷七、八之〈舊話〉部分，所錄就有百餘則。

59　例如魏文帝〈柳賦序〉：「昔建安五年，上與袁紹戰於官渡，時余始植新柳。自始迄今，十有五載矣。感物傷懷，乃作斯賦。」參見李調元《賦話》，卷七；又參見嚴可

不大。若就一般性的文學批評理論而言，比較重要的是曹丕《典論·論文》、〈答卞蘭教〉、**60**陸機〈文賦〉、皇甫謐〈三都賦序〉、**61**左思〈三都賦序〉、摯虞〈文章流別論〉、劉勰《文心雕龍·詮賦》。

從文學批評史的觀點來看，魏晉六朝的「賦學」大體是繼承漢代而來，將漢代「賦學」某些隱涵性的意義陳述得更為明確。其中，只有左思〈三都賦序〉較為特殊；但是，左思對賦的論見，仍是有承有變，並未完全逸出漢代賦學的範圍。其變者，在於批評漢代賦家：「于詞則易為藻飾，于義則虛而無徵」，而另外提出創作上構詞與運用材料的「寫實」要則：「美物者，貴依其本；讚事者，宜本其實」。然而在賦的特性與功用方面，他仍然繼承了漢人的看法，故云：

> 蓋詩有六義焉，其二曰賦。揚雄曰：「詩人之賦麗以則」。班固曰：「賦者，古詩之流也。」先王采焉，以觀土風。……發言為詩者，詠其所志也。升高能賦者，頌其所見也。**62**

當然，這樣的觀念本有其源遠流長的傳統，漢人之所說，與先秦也沒有什麼差別。揚雄、班固之視「賦」為「古詩之流」，以「言志」為體，而「諷諭」為用，這完全是先秦儒家「詩學」的翻版。從文學批評史來看，先秦時

均《全上古三代秦漢三國六朝文》，冊三，卷四，文字略異。再例如梁元帝《金樓子》卷三〈說藩〉：「劉休元，少好學，嘗為〈水仙賦〉，當時以為不減〈洛神〉。」（臺北：世界書局，影抄永樂大典本）。

60 曹丕《典論·論文》、〈答卞蘭教〉，參見嚴可均《全上古三代秦漢三國六朝文》，冊三《全三國文》，卷八、卷六。

61 皇甫謐：〈三都賦序〉參見嚴可均：《全上古三代秦漢三國六朝文》，冊四《全晉文》，卷七一。

62 左思：〈三都賦序〉，參見《文選》，卷四，頁88-89。

代還沒有文體流化的觀念，「詩」其實就代表了一切所謂的「文學」。[63]此時，論詩者所關懷的焦點厥在詩對於讀者能產生什麼政教道德上的功用；這樣的功用，當然不是詩的「自體功能」，而是「涉外效用」。它指向了詩自身之外，知識階層的廣大讀者群。因此，整個先秦的文學批評集中在「文學的社會功用」這個焦點上。漢代「賦學」以揚、班所代表的主流觀念，顯然承繼了此一傳統，並推衍而及於魏晉六朝。上引左思之見，固作如是觀；就是皇甫謐、摯虞所論，有些片面性的看法，亦其餘緒。皇甫謐〈三都賦序〉在認定了「美麗之文，賦之作也」之後，仍然回到傳統，指出：

> 昔之為文者，非苟尚辭而已；將以紐之王教，本乎勸戒也。……故知賦者，古詩之流也。[64]

至於摯虞對於賦的觀念，則大體是承繼漢代而來。〈文章流別論〉云：

> 賦者，敷陳之稱，古詩之流也。古之作詩者，發乎情，止乎禮義。情之發，因詞以形之；禮義之旨，須事以明之，故有賦焉，所以假象盡辭，敷陳其志。

從以上的論述來說，漢代「賦學」有關賦之「言志」與「諷諭」之說，其影響效用的價值乃是承衍傳統文學批評觀念而已，並未開啟新的論述界域。

漢代「賦學」所開啟新的論述界域者，主要在於：(一)開啟有關文學語言的藝術性與規律性的論述；(二)觸及文體的起源、分類與風格範式的觀

63　先秦時代，「文學」一詞乃指一切與文化有關之學術，與後世所謂「文學」之義異。參見郭紹虞：《中國文學批評史》，頁 11-12。又羅根澤：《中國文學批評史》，頁 49-51。本文所謂「文學」，不取義於先秦，而取義於現代。

64　皇甫謐：〈三都賦序〉，嚴可均：《全上古三代秦漢三國六朝文》，冊四《全晉文》，卷七一。

念，引導魏晉六朝「文體批評」的路向；(三)建立以「家」為單位而「分類」或「分派」的批評模式；(四)開啟以作者為立場的創作論批評；(五)觸及客觀之「物」在文學創作活動中的地位問題。

在先秦的文學批評中，批評者所注意的焦點，始終停留在文學作品（詩）對讀者與社會的影響此一面向上。至於「語言」、「作者」等面向，殊少觸及。漢代「賦學」顯然開拓了這些方面的論述界域，對文學批評的發展，具有很大影響效用的價值。

在文體的語言形式特性方面。漢人注意到「賦」的聲韻，所謂「一宮一商」，在觀念上已隱伏了六朝之後對於韻文，尤其是「詩」聲律的追求，這不能不說是沈約「聲律說」的先聲。他們又肯認了「麗」是「賦」此一文體的語言風格範式，其後魏晉六朝之論賦者幾無異說，故曹丕《典論·論文》云：「詩賦欲麗」。皇甫謐〈三都賦序〉云：「引而伸之，故文必極美；觸類而長之，故辭必盡靡。然則美麗之文，賦之作也。」劉勰《文心雕龍·詮賦》云：「鋪采摛文」。由此，乃開啟了「文體批評」的路向。[65]另外，他們又注意到賦在語言上的「推類鋪敘」；此一有別於詩而為賦所特有的「敘述模式」，與所敘述的內容——宇宙、人物結合起來，便構成賦之「寫物」的「自體功能」，隱伏了「賦」與「詩」分體的觀念基礎。其後，曹丕在〈答卞蘭教〉中對於賦體即採取此一語言形式特性做為界說：「賦者，言事類之所附也。」而皇甫謐〈三都賦序〉也做同樣的描述：「敷弘體理，欲人不能加也」、「引而伸之」、「觸類而長之」，皆指賦「推類鋪敘」的語言形式特性。

文體的起源，此一觀念也是始於漢代的「賦學」。雖然在賦的體源論述中，我們只看到漢人視詩、辭、賦、頌為共類，而混用諸名，因此「辨體」觀念猶在混沌之中。我們前面述及：漢人雖未自覺到「賦」由於它「推類鋪

---

65 「文體批評」指的是以「文體」知識做為批評的理論依據，從而去評判作品是否完滿地實現某一文體，以定其優劣的一種批評型態。參見顏崑陽：〈文心雕龍「知音」觀念析論〉，收入顏崑陽：《六朝文學觀念論叢》（臺北：正中書局，1993年）。

敘」宇宙人事物象的「自體功能」，實與詩可以別為一體；不過，由於他們
——尤其是司馬相如在這方面的論述，卻已隱伏了詩、賦分體的觀念基礎；
降及晉代，陸機在〈文賦〉中果然別詩、賦為二體：「詩緣情而綺靡，賦體
物而瀏亮」。賦之「體物」，此一觀念實來自於漢代「賦學」。而劉勰於
《文心雕龍》中，亦特立〈詮賦〉，以解明賦體。他對於賦的定義：「賦
者，鋪也。鋪采摛文，體物寫志也」，這明顯地總結漢人對賦的特性與功用
的論述。

　　班固在《漢書‧藝文志》中，以「家」為單位，對作品進行「分類」的
工作。雖然，我們很難確知他所指的分類標準為何，可能是依風格類型，也
可能是依題材類型等；但是把雜多作家依其作品的某些性質而加以約同別
異，並建構出個體與個體之間，類別與類別之間的某種關係；即同類中的個
體皆具有某種類似性，而類與類之間則具有殊異性。這個操作模式，本身就
隱涵了文學詮釋或評價的意義。鍾嶸《詩品》之分詩家為三品，各依風格而
歸源於國風、小雅、楚辭三種；唐代張為《詩人主客圖》將白居易、孟雲
卿、李益、孟郊等諸多詩家，依風格範型而分為六類或六派。這樣的批評方
式，我們可以稱之為「結構式批評」，[66]顯由班固漢志對於賦之分類而初具
模式。同時，魏晉六朝「文體」觀念形成之後，其中「辨體」論述，往往也
以「家」為單位，而分辨其體貌的差異，宋代之後稱為「辨家數」。這種
「家」的觀念，也是由班固漢志建立基礎。

　　先秦時代，由於在文化思想上，認為只有聖人才能有所「作」。「作」
是一種「創造」行為。文化上，從有形之器，到無形之道，都必須以聖人之
智慧才能「創造」出來，故孔子面對堯舜禹湯文武周公諸先聖，也只敢自稱
「述而不作」。在這種「作者神聖」的觀念下；[67]文學方面，有關作者與延

66　以上「結構式批評」，詳見顏崑陽指導，張雅端碩士論文：《詩話「結構式批評」研
　　究》（臺灣：中央大學中文研究所，1996 年）。

67　參見龔鵬程：《文化符號學》（臺北：臺灣學生書局，1992 年），第一卷，第一章
　　〈中國文人傳統之形成：論作者〉。

伸所及的創作活動諸問題，皆未曾自覺地加以思考。因此，從文學批評史的觀點來看，有關創作原理、經驗、法則的論述，實由漢代「賦學」啟其端，其內涵意義，前文已析釋甚詳。

最後，我們要指出的是，先秦時代，周文化是「人本」的文化。「人」是宇宙萬物的中心，一切存在的價值皆以「人」為依歸；而所謂「人」指的並非物質性的形軀，而是精神性的心性。然則換言之，一切存在的價值皆由此性此心所創發所判別。因此，這主體之「心」外的一切存有者——「物」，它與「心」的關係不是平行並列，而是被「心」所收攝，所觀照而顯現。山川草木，鳥獸蟲魚，皆在此「心」的觀照下，以某種人文價值的樣態呈現。在此一文化思想的主決下，「詩」只是「言志」。

至於與主觀之「志」相對的客觀之「物」，當然被「志」所收攝，所觀照而顯現；它被寫入詩中，只是藉以引觸（興）或類喻（比）其「志」而已。因此，先秦時代，「物」在文學批評的論述中，幾乎極少被觸及到。彼主觀「心志」之外的客觀世界，尤其是自然萬物，在文學活動中究竟屬於什麼地位？具有什麼作用？這不是先秦文學所關懷的問題。「志」既是文學的主體，當然也是對象。「物」在文學活動中的「對象性」地位，便因之而幽暗不明，對「志」當然也不能起什麼決定性作用；因而「寫物」的文學就難以在「言志」文學之外另成一類了。

及至漢代「賦學」，司馬相如的論述，觸及賦家運思的心理經驗及自然萬物與古今人事；這個與「心」對列的客觀世界，便浮現為被掌握聚合、想像經營的「對象」。雖然，其最後目的，仍歸於諷勸之志；但是，無疑的，從經營過程與鋪排題材來看，「物」顯然已佔領了文學「對象性」的地位。這種批評觀念，開啟了六朝文學批評，於「道」、「志」、「情」之外，也相對討論到「物色」在文學活動中的地位與作用問題，**68**故《文心雕龍》有〈物色〉之篇。

68　「物色」在文學活動中的地位與作用問題，參見蔡英俊：《比興物色與情景交融》（臺北：大安出版社，1986 年），第三章。

四、結論

綜合以上論證，我們可以歸結為以下幾個判斷：

(一)漢代「賦學」的表述型態，主要為「賦話」與「作品分類」二種。

(二)漢代「賦學」在文學批評一般理論上所涵具的意義，約有下列數端：

1、賦家對於賦之特性與功用皆有所省察，綜合他們的論見，在賦的語言形式特性方面，厥有三端：(1)聲韻有節；(2)形相華麗；(3)推類鋪敘。至於在賦的內容特性方面，則分為二種不同的見解：(1)描寫客觀宇宙的人事物象，即「寫物」也；(2)抒發作者合乎政教道德的主觀情志，即「言志」也。在賦的功用方面，諸家所見亦有差異：司馬相如所論，隱涵了賦之「自體功能」的概念；而揚雄、班固則直接主張賦的「涉外效用」，即「政教諷諭」。

2、賦體的起源與文體、作品的分類方面，班固從社會文化背景與主體創作心理動機的考察，認為「賦」的起源，乃由於「學詩之士」，在個人失志與社會衰亂的處境下，欲有所諷諭而作，故視「賦」為「古詩之流」。這種觀念導致漢人非但詩、賦不分，甚至與辭、頌亦視為同類，故諸名常見混用。另外，班固《漢書‧藝文志》在〈詩賦略〉中，以「家」為單位，將所有辭賦作品區分為四類，其中隱涵了對作品依某種性質而約同別異的批評意義。並且也為後世辨體論述中，以「家」為單位，而進行「辨家數」，建立了觀念基礎。

3、創作經驗與法則方面，揚雄提出了賦在創作修養論上「典範模習」的法門。而司馬相如則提出了臨文之際，作家專心凝神、馳騁想像的構思要則。他的論述中還隱涵著一個觀念：外在客觀世界的種種事物是文學創作的重要對象。另外，對於賦在語言構作上，提出三個原則：(1)辭采必麗；(2)敘述勻整細密；(3)聲韻和諧。而最後他又強調，創作上的法則須由實踐中去體悟，非可言傳，斯為「活法」。

(三)上述漢代「賦學」在文學批評理論上的涵義，置於文學批評發展歷

程觀之，其影響效用的價值如下：

1、「言志」、「諷諭」之說乃繼承先秦的詩學，並無新義。在文學批評史上，其價值僅是傳統觀念的承衍而已。

2、漢代「賦學」在文學批評史上，其影響效用的價值在於開啟新的論述界域而影響魏晉六朝文學批評者，厥有五端：(1)開啟有關文學語言藝術性與規律性的論述；(2)觸及文體的起源、分類與風格範式的觀念，引導魏晉六朝「文體批評」的路向；(3)建立「分類」或「分派」的批評模式；(4)開啟以作者為立場的創作論批評；(5)觸及客觀之「物」在文學創作活動中的地位問題。

後記：

原刊臺北政治大學文學院主編：《第三屆國際辭賦學學術研討會論文集》，1996 年 12 月。
2016 年 1 月增補修訂。

宋代「以詩爲詞」現象
及其在中國文學史論上的意義

一、引論

「以詩為詞」乃宋代陳師道評東坡詞之語。《後山詩話》云：

> 退之以文為詩，子瞻以詩為詞，如教坊雷大使之舞，雖極天下之工，
> 要非本色。[1]

「以詩為詞」是什麼涵義？陳師道沒有進一步說明，只在下文作了一個比喻：「如教坊雷大使之舞」，並下了一褒一貶的評斷：「雖極天下之工，要非本色。」然而，「教坊雷大使之舞」是什麼實況？什麼特色？「極天下之工」是對東坡詞「藝術」成就的讚揚；而「非本色」則是在某種事實判斷之中隱涵著貶意。什麼貶意？關鍵就在於「本色」一詞的涵義。

雷大使是誰？其舞如何？根據宋代蔡絛《鐵圍山叢談》的記載：徽宗在位時，「手藝人之有稱者」，教坊司有舞者雷中慶，「世皆呼之為雷大使」。[2]按《宋史·樂志》，「教坊」最高一級的官職稱為「使」。[3]又宋代

1　陳師道：《後山詩話》，參見何文煥：《歷代詩話》（臺北：漢京文化公司，1983年），頁 309。

2　蔡絛：《鐵圍山叢談》（北京：中華書局，1997 年），卷六，頁 107-108。

孟元老《東京夢華錄》記載，雷中慶能舞〈三臺〉，並云「唯中慶有官」，**4**
則雷中慶為教坊之「使」。至於其舞技如何？據《鐵圍山叢談》之說：
「視前代之伎」，「一皆過之」。**5**就因為其舞技極工，故被尊稱為「大
使」。

　　若以上述的史料來看，仍然不能明確認知雷大使的舞風；不過，所謂
「視前代之伎」，「一皆過之」，則我們可據此推測，雷大使之舞相對於前
代之伎可能並不墨守成規，而在技法甚至整體的風格上都頗有突破。再以陳
師道「要非本色」之評語度之，則其突破已超越前代之正規，而被視為「變
格」了。

　　「本色」一詞原是何義？轉用到文學批評上又是何義？這個問題，龔鵬
程已有詳確的論證。**6**它本指「士農工商、諸行百戶，衣裝各有本色」，**7**也
就是指各行各業依規定所應穿著的服裝顏色式樣。這個詞彙轉用到文學批評
上指的是每一個文類依其性質、功能而應有的標準「體式」。**8**

　　因此，陳師道這段話被認為在文學批評上具有「辨體論」的意義。現代
許多學者的研究，也都朝這方向去探討。**9**

3　《宋史》（臺北：藝文印書館，二十五史影印清乾隆武英殿刊本），卷一四二，頁
　　1628。

4　孟元老：《東京夢華錄》（臺北：漢京文化公司，1984 年），卷九，頁 220。按：
　　〈三臺〉，唐宋舞曲名。

5　蔡絛：《鐵圍山叢談》，卷六，頁 107-108。

6　龔鵬程：《詩史本色與妙悟》（臺北：臺灣學生書局，1986 年），頁 93-136。

7　孟元老：《東京夢華錄》，卷五，頁 131。

8　「體式」一詞，指某一文類應有的標準藝術形相，例如《文心雕龍・明詩》：「四言
　　正體，雅潤為本；五言流調，清麗居宗」，「四言」、「五言」為文類，「雅潤」、
　　「清麗」分別為其「體式」。參見顏崑陽：〈論文心雕龍「辯證性的文體觀念架
　　構」〉，收入顏崑陽：《六朝文學觀念叢論》（臺北：正中書局，1993 年），頁
　　121-148。

9　例如龔鵬程：《詩史本色與妙悟》。又許穎：〈詩詞辨異〉，《中國文藝》，第三卷
　　第五期，1941 年，頁 6-12。楊海明：〈論以詩為詞〉，《文學評論》，1982 年第二
　　期，頁 135-140。胡國瑞：〈詩詞體性辨〉，《文學評論》，1984 年第三期，頁 108-

　　「辨體」觀念被明確地提出來，當始於曹丕的《典論・論文》：「奏議宜雅，書論宜理，銘誄尚實，詩賦欲麗」，其後蔚為文學批評的潮流，歷代未曾間斷。陳師道的確是秉持「辨體」觀念以批評東坡的詞作。「以詩為詞」是「描述」語，它說明了一個客觀事實；而「要非本色」則除了事實描述之外，尚涵有「評價」義。他對於東坡詞之不守行內規格以致不合標準體式，頗不以為然。

　　凡批評者提出「辨體」的動機，從「原因動機」（because motive）而言，[10]往往是起因於前行的文學實際創作，已不斷發生混淆文體的經驗現象；若從「目的動機」（in-order-to motive）而言，[11]則其批評目的往往是企圖糾正這種現象，促使創作者能遵守各文類不同的「體要」，[12]以展現合乎「本色」的創作。陳師道之評東坡，就是很好的範例。

　　循著上述這些認知脈絡，許多學者對這個問題的研究，便集中在論述：從「辨體」觀念來看，「詩體」與「詞體」有什麼差別？陳師道說東坡「以詩為詞」，則東坡是如何的「以詩為詞」？這個問題推衍所及，又多討論東坡「以詩為詞」和他的作品「不協律」、「豪放」的關係。甚至推衍到詞體之「正」與「變」的探討。凡諸論點，前人已有研究成果。[13]本文不擬重

112。衛傳榮：〈「以詩為詞」與「詞別是一家」關係辨〉，《銀川師專學報》，1987年第一期，頁63-66，等等。

[10]　「原因動機」（because motive），指一個行為者由於過去的經驗，因而導致他產生現在此一行為的動機。參見舒茲（A. Sthutz, 1899-1959）著，盧嵐蘭譯：《舒茲論文集》（臺北：久大、桂冠聯合出版，1992年），冊一，頁91-94。

[11]　「目的動機」（in-order-to motive），指一個行為者由於指向未來的某一目的而導致他產生現在此一行為的動機。參見同上注。

[12]　「體要」一詞，指的是作者創作某一文類時，為實現其標準體式而應該去遵守的創作要則。參見顏崑陽：〈論文心雕龍「辯證性的文體觀念架構」〉，收入《六朝文學觀念叢論》，頁135-140。

[13]　例如劉乃昌：〈豪放與協律〉，參見《詞學》（上海：華東師範大學出版社，1983年），輯二，頁125-130。高建中：〈婉約、豪放與正變〉，參見《詞學》，輯二，頁150-153。趙晶晶：〈試論詩詞的不同藝術特徵與蘇軾「以詩為詞」的跡象〉，《西北師院學報》，1982年第一期，頁61-71。秦惠民：〈蘇軾「以詩為詞」臆

複。

　　我們所擬訂的論題是：詮釋宋代「以詩為詞」的現象及其在「中國文學史論」上的意義。「文學史」一詞有二義：一指「文學發展歷程」的本身；一指以「文學發展歷程」為對象而書寫完成的著作。本文所用「文學史」一詞其義指前者。而就此義之所謂「文學史」，可以是指「文學發展歷程」之客觀性的經驗事實；然而，人類之連續行為以構成歷史，其經驗事實之前因後果，是否存在著可受詮釋之「理」？這是「歷史哲學」所關懷的問題。漢代劉劭《人物志》提出「理有四部」之說，即道理、事理、義理、情理。*14*牟宗三《歷史哲學‧自序》引劉劭之說，推衍其義云：「歷史哲學就是以事理與情理為對象而予以哲學的解釋。事理是客觀地或外部地說者，情理是主觀或內部地說者。」*15*

　　文學之發展有其客觀之事實，也有其主觀之情意。不管就事實或情意，皆當有「理」可資詮釋。凡歷史，有可詮釋之「理」，才有其「意義」。「文學史論」主要便在理論地詮釋文學發展的種種「理」、種種「軌則」。準此，本文主要的論點，就是先從歷史經驗去詮釋宋代文人們「以詩為詞」的現象，然後將它置於中國文學史上，理論地解明它是否為文學發展的某種軌則。如是，則「以詩為詞」在中國文學史論上便有其意義。因此，這是一項「文學史論」的研究。

　　在研究方法上，我們並不套用任何學派的系統性理論；而是在第一階段直接進入歷史相關文本去理解，從而依循理解所獲致的意義，在第二階段進行文本的詮釋；藉以說明宋代文人「以詩為詞」的現象，在文學創作與批評上的意義；終而第三階段則依據第二階段所獲致的詮釋，並針對上述所擬設

探〉，《黃石師院學報》，1982 年第四期，頁 50-59。朱靖華：〈蘇軾「以詩為詞」促成詞體革命〉，參見《蘇軾新論》（濟南：齊魯書社，1983 年），頁 79-115。王水照：〈蘇軾豪放詞派的涵義和評價問題〉，參見《蘇軾論稿》（臺北：萬卷樓圖書公司，1994 年），頁 183-220。等等。

14 劉劭：《人物志》（臺北：臺灣中華書局，1983 年），卷上，頁 8。

15 牟宗三：《歷史哲學》（臺北：臺灣學生書局，1984 年），頁 2。

的問題，嘗試提出「理論性」的解答。當然，第一階段的理解，在文本的閱讀過程中，已「默會致知」，自不在論述文字中出現。

在我們的理解中，宋代文人「以詩為詞」的現象涵有三層意義：第一層為創作現象上的「描述義」；第二層為實際批評上的「評價義」；第三層為創作與批評理論上的「規範義」。本文第一節將依此層次，藉文本之詮釋，逐一論證。然後第二節再依據上一節對歷史經驗之描述與詮釋，提出一項理論以解明此一現象在中國文學發展上涵具什麼「軌則性」的意義。

二、宋代「以詩為詞」現象的三層義

(一)創作現象的「描述義」

所謂「描述」是指使用語言文字對某事物的形象或性質作客觀的描寫敘述，它只說出某事物「是什麼」，而不附加言說者的主觀價值判斷。從創作現象而言，「以詩為詞」可以只是一句「描述」語，客觀地說明了一種創作經驗現象：有人用作詩的方式去作詞，也就是把「詞」這種文體作得像「詩」那種文體。

對東坡混淆詩詞二體的描述，陳師道在《後山詩話》中，除了上引那段話之外，還有一段記載：

> 世語云：蘇子瞻詞如詩，秦少游詩如詞。[16]

他特別標明「世語」，以見東坡「詞如詩」非他個人之說，而是一般人的看法。另外宋代《王直方詩話》也有類似的記載：

> 東坡嘗以所作小詞示无咎、文潛，曰：「何如少游？」二人皆對曰：

---

[16] 參見何文煥：《歷代詩話》，頁312。

「少游詩似小詞，先生小詞似詩」。[17]

從這些記載來看，東坡「以詩為詞」在當時已讓許多人形成鮮明的印象；故以此語描述東坡詞，確屬切當；但是，我們要問的卻是：「以詩為詞」究係東坡個殊的創作現象？還是當時詞壇普遍的創作現象？關於這個問題，現代有些學者的研究，大致都認為「以詩為詞」非東坡一人如此而已，實乃北宋中期之後頗為普遍的創作現象。[18]東坡之外，王安石、黃庭堅、賀鑄、周邦彥，甚至被認為詞之正宗「婉約」的晏殊、歐陽修、晏幾道亦是如此。宋代胡仔《苕溪漁隱叢話》引《復齋漫錄》云：

> 尢咎評本朝樂章，不見諸集，今錄於此，云：……黃魯直間作小詞，固高妙，然不是當家語，自是著腔子唱好詩。[19]

黃庭堅〈小山詞序〉云：

> 晏叔原，臨淄公之暮子也……乃獨嬉弄於樂府之餘，而寓以詩人之句法，清壯頓挫，能動搖人心。[20]

李清照〈詞論〉：

17 王直方：《王直方詩話》，參見郭紹虞：《宋詩話輯佚》（臺北：華正書局，1981年），頁 93。

18 例如龔鵬程：「北宋中期以後，詞的發展，就一直朝向『詩化』的路子上走。」參見《詩史本色與妙悟》，頁 103。又王水照：「蘇詞的革新意義在於它代表著詞史發展中的兩個趨勢：詩詞合流的趨勢與詞樂分離的趨勢。」參見《蘇軾論稿》，頁 209。

19 胡仔：《苕溪漁隱叢話》（臺北：木鐸出版社，1982 年），後集，卷三十三，頁 253。

20 黃庭堅：〈小山詞序〉，參見朱祖謀：《彊村叢書》（上海：上海古籍出版社，1989年），冊一，頁 651。

晏元獻、歐陽永叔、蘇子瞻，學際天人，作為小歌詞，真如酌蠡水於大海，然皆句讀不葺之詩爾，又往往不協音律……王安石、曾子固文章似西漢，若作一小歌詞，則人必絕倒，不可讀也。乃知別是一家，知之者少。[21]

林景熙〈胡汲古樂府序〉云：

二公（安石、東坡）樂府，根情性而作者，初不異詩。[22]

　　晁補之（字无咎）固然直接指出黃庭堅詞是「著腔子唱好詩」，意指配上曲子的詩，故評為「不是當家語」。「當家」，王若虛《滹南詩話》卷二引作「當行家」。「當家」或「當行」，義同「本色」。[23]黃庭堅也指出晏幾道詞「寓以詩人之句法」，李清照則更明白描述晏殊、歐陽修、蘇東坡之詞為「句讀不葺之詩」。而王安石、曾鞏之小歌詞，讓人「絕倒」，而「不可讀」，想必也與晏、歐「句讀不葺之詩」相差無幾。至於林景熙亦直指安石、東坡之詞「不異於詩」。

　　因此，北宋中期以後，「以詩為詞」而形成詞的「詩化」，的確是一種普遍的創作現象，此為不爭之事實，無庸再細為論證。在這裡，我們所要辨明的是，由於從批評事件的發生來說，「以詩為詞」是陳師道對東坡詞的評述。再加上東坡詞從明代張綖的《詩餘圖譜》開始，即認為是「豪放」一體的典範，並拿來與秦觀詞所代表的「婉約」一體對舉。[24]因此，或許有人會

21　按：李清照之〈詞論〉，胡仔《苕溪漁隱叢話》後集卷三十三、魏慶之《詩人玉屑》
　　卷二十一、徐釚《詞苑叢談》卷一，皆有徵引。本文參見曹樹銘校釋：《李清照詩詞
　　文存》（臺北：臺灣商務印書館，1996年），頁142-143。

22　林景熙：《霽山集》，卷五。參見《知不足齋叢書》（上海：古書流通處，1921
　　年），第二十五集。

23　龔鵬程：《詩史本色與妙悟》，頁93-136。

24　張綖：《詩餘圖譜‧凡例》：「詞體大略有二：一婉約，一豪放；蓋詞情蘊藉，氣象

認為「以詩為詞」和「豪放」一體具有特定而必然的因果關係。

然而，依循我們前文的論述，「以詩為詞」並不必然導致「豪放」之體。同樣都被評作「以詩為詞」，但是歐陽修有歐陽修之體，黃庭堅有黃庭堅之體，王安石有王安石之體；也就是「以詩為詞」指的是一種創作「詞」的態度、方式，並非構成個人作品「體貌」的充要因素。[25]個人作品體貌的形成，其因素相當複雜，並非「以詩為詞」就可概括。甚至都在「以詩為詞」的創作態度、方式之下，東坡詞本身就不僅形成「豪放」一體。其實，東坡詞之可稱為「豪放」者，為數並不算多。[26]至於其他作品，歸納尚有清麗、奧衍、平淡、沈鬱等體，而皆是「以詩為詞」之下的產物。其中，尤以〈戚氏〉一詞，句句用典，語義艱澀，明是「以詩為詞」，卻成「奧衍」一體。[27]

準此，則「以詩為詞」和「豪放」一體並沒有特定而必然的因果關係。從創作現象上來說，它所展示的其實是詞人在態度、方式上，從原本固定的詞體規格的束縛中解放出來，而自由去創作。因此，它所導致的結果，不是由「婉約」一體變而為「豪放」一體，而是詞體的多樣化。這時候，所謂「以詩為詞」，其中「詩」字真正的義涵，就不應該只是理解為此一文類的體製或體式，而應該涵有更「本質」的意義。這可留待下文再作理論上的詮

恢弘之謂耳。然亦在乎其人，如少游多婉約，東坡多豪放。」按：該文收錄於北京圖書館藏明萬曆二十九年游元涇校刊《增正詩餘圖譜》，然未及見。本文據王又華：《古今詞論》轉引，參見唐圭璋：《詞話叢編》（臺北：廣文書局，1970 年），冊一，頁 602。

25 「體貌」一詞，指個人作品的藝術形相，參見顏崑陽：〈論文心雕龍「辯證性的文體觀念架構」〉，收入《六朝文學觀念叢論》，頁 140-143。

26 俞彥《爰園詞話》認為蘇軾「其豪放亦止〈大江東去〉一詞」，參見唐圭璋：《詞話叢編》，冊一，頁 350。按：俞爰之說過於嚴苛，東坡詞之「豪放」者，當不止一首。然一般所認定者亦不過二三十首而已。王水照〈蘇軾豪放詞派的涵義和評價問題〉云：「或謂今存蘇詞真正體現豪放詞格的最多不過二三十首，實不能概括其全部風格甚至基本風格。」參見《蘇軾論稿》，頁 183。

27 東坡詞各體，參見顏崑陽：《蘇辛詞》（臺北：臺灣書店，1998 年），頁 14-18。

釋。

　　依循前文的論述，「以詩為詞」是北宋中期開始的普遍創作現象。這是籠統言之；假如分別觀察，則還可以看到，同是「以詩為詞」，卻在不同時期而有不同的趨向。大致來說，可分為三個時期：

1.北宋中期到末期：

　　這個時期，詞體規格的束縛剛被解放，各人依其性情、學問去自由創作。同時又沒有任何涵具主導力量的思潮。因此體貌多樣化，晏、歐、柳、蘇、黃、秦、賀、周；婉約也好、豪放也好、俚俗也好、典雅也好；本色也好、變格也好，皆各有其體，卻沒有明顯的主流。

2.南宋初期到中期：

　　這個時期，由於國家正面臨危急存亡之際，影響所及，除了朱敦儒、李清照、辛棄疾、陸游等，走的是自己的路數之外；「以詩為詞」明顯地出現了主流，那就是以《詩經》之「風雅」為本的創作。這可以說是「詞」的「復古」運動。

　　這個運動，開端於宋室南渡前後的黃裳，他在自己的詞集《演山居士新詞》的序文中，提出「六義」做為準則，並標示自己的詞是依此準則而作，故其體「清淡而正」。[28]南渡不久之後，鲖陽居士首唱「復雅」的口號，並依藉編選《復雅歌詞》的行動，宣示詞作應該回歸《詩經》的「風雅」精神。[29]

　　這種「復雅」運動，在當時確曾蔚為潮流，不但有理論的倡導，也有創作的實踐，甚至不少詞集以「雅」命名，[30]其中主要的詞人有曾慥、曹冠、

28　黃裳：《演山居士新詞》，收錄於《演山集》，卷二十。參見紀昀等：《文淵閣四庫全書》（臺北：臺灣商務印書館，1983年），集部別集類。

29　鲖陽居士：〈復雅歌詞序〉，收錄於祝穆：《新編古今事文類聚》續集，卷二十四。本文參見金啟華等編：《唐宋詞集序跋匯編》（臺北：臺灣商務印書館，1993年），頁364-365。

30　詞集以「雅」命名者，個人專集有張孝祥《紫微雅詞》、張元幹《于湖先生雅詞》等。選集則有林正大《風雅遺音》、曾慥《樂府雅詞》、鲖陽居士《復雅歌詞》等。

張孝祥、張元幹、郭應祥、王炎等。朱崇才《詞話學》對此有詳細之論述。他認為：「復雅之聲，在南宋可說是佔主導地位的風格論」，它並反映了「以詩為詞，詩詞已經靠攏，詞與詩一樣，是以其內容之風雅頌、表現形式之賦比興來獲得其價值功能」。[31]

3.南宋中期到晚期：

上一期「復雅」之流重視的是詞的內容意旨及政教功能，對詞在體製上的音樂規律，並不講究。南宋中期，姜夔是「審音知律」的詞家，除了創作出「醇雅」的詞體之外，更特別注重詞的音律，曾上〈大樂議〉，[32]論及傳統的樂律以及填詞譜曲的知識。宋代趙與訔〈跋白石詞嘉泰刊本〉云：「白石留心學古，有志雅樂，……聲文之美，概具此編。」[33]其後，史達祖、吳文英、王沂孫、張炎、周密等，都在姜夔一系，而成為南宋中、晚期的主流。

這一系的詞作，因為很強調詞的音律，往往從形式上去分辨詞與詩的差異，尤其是南宋晚期的張炎、沈義父，更在理論上提出詩詞的分辨。張炎《詞源》云：

詞與詩不同。詞之句，語有二字、三字、四字至六字、七八字者。

又云：

---

31 朱崇才：《詞話學》（臺北：文津出版社，1995 年），頁 337-348。

32 按《宋史》無〈姜夔傳〉，上〈大樂議〉事見《宋史》卷一三一〈樂志〉：「姜夔乃進〈大樂議〉於朝。」詳見夏承燾：〈姜白石行實考〉之六〈議大樂〉，收入夏承燾：《姜白石詞編年箋校》（臺北：臺灣中華書局，1967 年），頁 266-269。

33 趙與訔：〈跋白石詞嘉泰刊本〉，參見王鵬運：《四印齋所刻詞‧白石道人詞集》（上海：上海古籍出版社，1989 年），頁 178。

　　籤弄風月，陶寫性情，詞婉於詩。[34]

沈義父《樂府指迷》亦云：

　　詞之作難於詩，蓋音律欲其協，不協則成長短之詩。

又云：

　　作詞與詩不同，縱是花卉之類，亦須略用情意。[35]

　　他們的論述，或從音律、或從句式，或從功能，或從作法，以強調詩、詞的差異，看似和「以詩為詞」者有所不同；但是，其實穿越這些形式性的末節，從內涵精神的本質上來看，他們仍然是「以詩為詞」。這內涵精神的本質就是「雅正」。

　　在創作實踐上，這一系的詞固然每人各有其體；但是，卻也有共同的特色——「雅」。在理論主張上，張炎更是直接提出「雅正」作為詞的本質。《詞源》云：

　　古之樂章、樂府、樂歌、樂曲，皆出於雅正。[36]

　　「雅正」來自儒家「詩」的本質觀。因此，從姜夔以下到張炎，這些兼合文詞與音律之「雅正」者，其實也是「以詩為詞」的一種創作。這一期與上一期都是以「詩」之「雅」為本，所不同者：上一期重在詞之「用」，亦

34　張炎：《詞源》卷下〈虛字〉、〈賦情〉，參見唐圭璋：《詞話叢編》，冊一，頁207、214。

35　沈義父：《樂府指迷》，參見唐圭璋：《詞話叢編》，冊一，頁229、233。

36　《詞源》卷下，參見唐圭璋：《詞話叢編》，冊一，頁201。

即詞的社會性政教功能。這一期重在詞之「體」，即詞本身語言、音律之「典雅純正」的藝術性。

(二)實際批評的「評價義」

所謂「評價」是指使用語言文字對某事物的價值作出是非優劣的判斷。「以詩為詞」一語，除了用為創作現象的客觀描述之外，當批評者在指陳某詞人的作品是「以詩為詞」時，也往往涵有「評價」的意向。

上文引述陳師道評東坡「以詩為詞」，當他在作這樣的陳述時，其實已預設了「辨體」的觀念。「辨體」可以只是對兩種以上文類之體的差別進行描述；但是，也可以秉持「文體」的理論為依據而建立價值的判準，實際用之於對某作家作品的評斷。這就是六朝時代所建構出來的「文體批評」。所謂「文體批評」，即是以文體知識作為批評的主要理論依據，而其批評的終極標的，也是在於詮釋或評價作品是否完滿地實現某一文體的美學標準。《文心雕龍·知音》所提出的「六觀」之說，正是這套「文體批評」的操作方法。[37]

當陳師道說東坡「以詩為詞」時，並非僅止於對東坡詞的這種創作現象加以描述而已。他這個批評的終極標的，乃是接下去「要非本色」的評斷。這是典型的「文體批評」。對照劉勰「六觀」之說，「要非本色」乃是「觀位體」之下，所作的價值判斷。「觀位體」是「六觀」中的第一觀，它指的是：「觀察作者能否依據題材的性質，而安排適當的體裁，表現合宜的文體」。[38]假如能實現合宜的文體，就是「本色」；反之，即是「非本色」。

在「以詩為詞」的實際批評中，除陳師道之說外，上引李清照〈詞論〉對晏殊、歐陽修、蘇東坡、王安石、曾鞏的批評，目標也在「詞別是一家」的「辨體」觀念預設之下，對諸人將詞作成「句讀不葺之詩」寄以貶意。

---

37 有關「文體批評」，參見顏崑陽：〈文心雕龍「知音」觀念析論〉，收入顏崑陽：《六朝文學觀念叢論》，頁215-236。

38 「觀位體」之義，參見顏崑陽：〈文心雕龍「知音」觀念析論〉，收入顏崑陽：《六朝文學觀念叢論》，頁226-236。

　　陳師道對東坡詞的批評，起始似乎沒有什麼反對的聲音。因為從事實面來看，東坡「以詩為詞」是當時一般人的共同印象，「要非本色」也是公允之評。金代的王若虛在《滹南詩話》中，就提到「陳後山謂子瞻以詩為詞……世皆信之，獨茅荊產辨其不然。」³⁹由此可見，從北宋中期開始，在創作現象上，「以詩為詞」確是一個普遍的事實，而從「辨體」觀念提出的批評，也同樣得到一般人的認可。

　　這種情形，到了南宋時期，才開始起了變化。胡仔首先對陳師道之說大表不滿，接著王若虛、王灼、趙師秀等亦皆提出反對意見。胡仔《苕溪漁隱叢話》云：

> 《後山詩話》謂：「退之以文為詩，子瞻以詩為詞，如教坊雷大使之舞，雖極天下之工，要非本色。」余謂後山之言過矣，子瞻佳詞最多，其間傑出者，如「大江東去，浪淘盡千古風流人物」、「明月幾時有，把酒問青天」……凡此十餘詞，皆絕去筆墨畦徑間，直造古人不到處，真可使人一唱而三嘆。若謂「以詩為詞」，是大不然。子瞻自言，平生不善唱曲，故間有不入腔處，非盡如此，後山乃比之教坊司雷大使舞，是何每況愈下？蓋其謬耳。⁴⁰

王若虛《滹南詩話》云：

> 陳後山謂：「子瞻以詩為詞」，大是妄論，而世皆信之，獨茅荊產辨其不然，謂公詞為古今第一。……蓋詩詞只是一理，不容異觀。自世之末作習為纖豔柔脆，以投流俗之好。高人勝士，亦或以是相勝，而日趨委靡，遂謂其體當然，而不知流弊之至此也。文伯起曰：「先生

---

39 王若虛：《滹南詩話》，卷二，參見丁仲祜：《續歷代詩話》（臺北：藝文印書館，1983年），冊上，頁622-623。

40 胡仔：《苕溪漁隱叢話》，後集，卷二十六，頁192-193。

慮其不幸而溺於彼，故援而止之，特立新意，寓以詩人句法。」是亦
不然，公雄文大手，樂府乃其遊戲，顧豈與流俗爭勝哉！蓋其天資不
凡，辭氣邁往，故落筆絕塵耳。[41]

王灼《碧雞漫志》云：

東坡先生以文章餘事作詩，溢而作詞曲，高處出神入天，平處尚臨鏡
笑春，不顧儕輩或曰：「長短句中詩也。」為此論者乃是遭柳永野狐
涎之毒，詩與樂府同出，豈當分異。[42]

趙師秀〈呂聖求詞序〉云：

世謂少游詩似曲，子瞻曲似詩，其然乎？[43]

陳韹〈燕喜詞敍〉云：

議者曰：少游詩似曲，東坡曲似詩。蓋東坡平日耿介直諒，故其為文
似其為人。歌「赤壁」之詞，使人抵掌激昂而有擊楫中流之心；歌
〈哨遍〉之詞，使人甘心澹泊而有種菊東籬之興。[44]

　　就這幾則史料來看，趙師秀只對「子瞻曲似詩」之說表示質疑，而未提
出辯難。胡仔雖提出強烈的辯難，卻完全不切題。他非但未能理解陳師道那
段評語之義，甚至誤讀。陳師道之說，一面描述東坡「以詩為詞」之實況，

[41] 王若虛：《滹南詩話》，卷二，參見丁仲祜：《續歷代詩話》，冊上，頁 622-623。
[42] 王灼：《碧雞漫志》，參見唐圭璋：《詞話叢編》，冊一，頁 32。
[43] 趙師秀：〈呂聖求詞序〉，參見金啟華等編：《唐宋詞集序跋匯編》，頁 128。
[44] 陳韹：〈燕喜詞序〉，參見王鵬運：《四印齋所刻詞·燕喜詞》，頁 749。

一面提出「極天下之工，要非本色」的評價。我們可將前者稱為「藝術評價」，而後者稱為「文體評價」。很顯然，陳師道非但沒有評斷東坡詞「不佳」，甚至推許為「極天下之工」，也就是他對東坡詞的「藝術評價」給予極高的肯定。而胡仔針對「以詩為詞」的議題，所提出的辯解卻是從藝術性推許「子瞻佳詞最多」、「凡此十餘詞，皆絕去筆墨畦徑間，直造古人不到處」，可見胡仔完全缺乏「辨體」知識，不懂「本色」之義。

至於說以雷大使之舞比東坡詞是「每況愈下」，更是無知。我們前文述及，雷大使之舞「視前代之伎」，「一皆過之」。陳師道如此比喻全無貶低東坡詞之意，重點在於「要非本色」而已；然而，「非本色」只是「不合詞這一文類的適當體式」之義。這是「文體評價」，雖有所貶，卻無關東坡詞藝術性的高下。準此，胡仔之辯實為不相干之論。

王若虛、王灼之辨，也略有混淆「藝術評價」與「文體評價」之嫌。王若虛認為陳師道說「子瞻以詩為詞」乃「大是妄論」，已見其不識「辨體」。在「辨體」的理論依據之下，「子瞻以詩為詞」，就其描述義，乃是不容否認之事實，何能謂之「妄論」！接著引茅荊產辨其不然，理由是「公詞為古今第一」，此辨也是以「藝術評價」對抗「文體評價」，同樣誤謬。後文從「自世之末習為纖豔柔脆」到「故落筆絕塵耳」，意在解釋為什麼東坡會「以詩為詞」的原因。所引文伯起之說，其因是東坡為矯時弊；但是，王若虛不同意此說，另提出「天資不凡」之見，也就是「作者才性自然的表現」；後面所引陳纁之辯，也是這個觀點，不必再作細論；但是，不管那一種說法，其實都未針對問題的核心──「以詩為詞，要非本色」的「文體評價」，去駁倒陳師道。不過，其中有一句話值得特別注意：「詩詞只是一理，不容異觀」，這已具有「反辨體」的理論意義，足以和陳師道「辨體」之說相抗。這可留待下文與王灼之見合併討論。

王灼之說，也是先由「藝術評價」去肯定東坡詞「高處出神入天，平處尚臨鏡笑春」，並持此理由對抗一般人所謂「長短句中詩」的「文體評價」。這樣的辯解，其謬與胡仔、茅荊產同。不過，他最後提出「詩與樂府同出，豈當分異」之說，與前述王若虛同，具有「反辨體」之義，值得討

論。

　　從實際批評的「評價義」來看，持「辨體」觀念者，對「以詩為詞」之作，往往從「文體評價」上給予負面批判，例如上引陳師道、李清照之說皆是；而相對的，若持「反辨體」觀念者，則對「以詩為詞」之作，往往超越文體之區別，而從「藝術評價」上給予正面之肯定。除了上引王若虛、王灼之說外：王灼在《碧雞漫志》另有一段話亦是此意：

> 東坡先生非心醉於音律者，偶爾作歌，指出向上一路，新天下耳目，弄筆者始知自振，今少年妄謂東坡移詩作長短句。[45]

　　王灼既認定「詩與樂府同出」，當然無視於東坡詞是否「本色」，而特別重視東坡詞「新天下耳目」之獨創，而為弄筆者「指出向上一路」。

　　另外，比王灼更早的胡寅，他在〈題酒邊詞〉中，首先從「體源觀」將詞推溯到「風雅」源頭：

> 詞曲者，古樂府之末造也。古樂府者，詩之旁行也。詩出於〈離騷〉楚辭，而騷辭者，變風變雅之怨而迫、哀而傷者也。[46]

　　詞曲出於「古樂府」，這裡的「古樂府」當指魏晉六朝之歌謠。古樂府又是「詩」的分流。這裡的「詩」當指古詩十九首以來的五、七言之作。而「詩」乃出於〈離騷〉；〈離騷〉卻出於「變風、變雅」。如此，諸體連貫成一個源流譜系，則「詞曲」與「詩」何異。在這種觀念之下，他對「以詩為詞」的東坡，給予極高的價值肯定：

45　王灼：《碧雞漫志》卷二，參見唐圭璋：《詞話叢編》，冊一，頁35。

46　胡寅：〈題酒邊詞〉，參見王沛霖、楊鍾賢：《酒邊詞箋注》（南昌：江西人民出版社，1994年），頁130。按：《酒邊詞》作者為向子諲。

眉山蘇氏，一洗綺羅香澤之態，擺脫綢繆宛轉之度，使人登高望遠，舉首高歌，而逸懷浩氣，超然乎塵垢之外。[47]

另外，劉辰翁雖未明白「反辨體」；但是，於東坡詞之「如詩如文」卻給予高度讚許，由此也可推知他絕非「辨體」觀念的擁護者。在這種基本態度下，他對另一個「以詩為詞」的典範——辛稼軒之作，也同樣給予高度的評價：

詞至東坡，傾蕩磊落，如詩如文，如天地奇觀，豈與群兒雌聲學語較工拙。……及稼軒橫豎爛熳，乃如禪宗棒喝，頭頭皆是，……詞至此亦足矣。[48]

「辨體」是一種文體別異的觀念，主要在區別各種不同文類所宜有的體製與體式，它側重的是各種文類在語言形構特徵——體製，與整體美感形相——體式的差異。文類分化越多，「辨體」也越加細密；故由曹丕《典論・論文》中奏議、銘誄、書論、詩賦的「四科」，到陸機〈文賦〉中詩、賦、碑、誄、銘、箴、頌、論、奏、說的「十類」，[49]到劉勰《文心雕龍》中〈明詩〉以下至〈書記〉，已多達三十餘類。而各文類都有其相應的體製與體式，不容彼此混淆。[50]劉勰對於混淆文體的寫作，往往以失體、訛體、謬

47　胡寅：〈題酒邊詞〉，參見王沛霖、楊鍾賢：《酒邊詞箋注》，頁130。

48　劉辰翁：《須溪集》，卷六。參見《四庫全書珍本》（臺北：臺灣商務印書館，1973年），四集，別集三。

49　陸機：〈文賦〉云：「詩緣情而綺靡，賦體物而瀏亮。碑披文以相質，誄纏綿而悽愴。銘博約而溫潤，箴頓挫而清壯。頌優遊以彬蔚，論精微而朗暢。奏平徹以閑雅，說煒曄而譎誑。」參見劉好運：《陸士衡文集校注》（南京：鳳凰出版社，2007年），卷一，頁22-23。

50　劉勰著，周振甫注釋：《文心雕龍注釋》（臺北：里仁書局，1984年），從〈明詩〉到〈書記〉共分詩、樂府、賦、頌、讚、祝、盟、銘、箴、誄、碑、哀、弔、雜文、諧、隱、史傳、諸子、論、說、詔策、檄、移、封禪、章、表、奏、啟、議、

體評之。*51*

　　陳師道對東坡「以詩為詞」而斷以「非本色」，乃是在這種「辨體」觀念下所作的評價。反對他的人，依照理論，也應該就「詩」、「詞」二體的異同提出辯解。上引王若虛、王灼「詩詞只是一理」、「詩與樂府同出」，便略有此義，只是沒有詳為申說罷了。

　　針對「以詩為詞」創作現象所進行的實際批評，在宋代的確存在著「辨體」與「反辨體」的二種觀念，相互詰抗；而「反辨體」其實又可再分為「本質觀」與「體源觀」二路。「本質觀」者乃直接超越「詩」與「詞」的界限，從廣義詩歌的「本質」去思考「詩」與「詞」的共同性。這時，所謂廣義的詩歌，「詩」已非和騷、賦、詞等並舉的次文體概念，它具有一切韻文母體的義涵。上引王若虛所謂「詩詞一理」，可視為「反辨體」的「本質觀」者。另外「體源觀」者乃是從文體演化的時間歷程逆溯回去，尋求「詞」體的源頭，而肯認它出自於「詩」——此「詩」如加以指實，則為《詩經》之「詩」。然後，在這「詩詞同出」的觀念下，泯除彼此宜有的文體差異。上引王灼所謂「詩與樂府同出」，可視為「反辨體」的「體源觀」者。

　　因為「辨體」與「反辨體」的詰抗，雖然發生於實際批評；但是，批評者為了尋求理論依據，往往更上一層，進入理論的建構中，而形成「規範」意義的論述。這可留待下一節再詳作討論。

(三)創作與批評理論的「規範義」

　　規範者，規模法式也。孔安國〈尚書序〉：「所以恢宏至道，示人主以規範也」，即是此意。英文 norm 一詞，中譯為「規範」，意指人類感情、思想、行為所應當遵循的原理或法則。詩的創作是一種以協律的語言文字表

對、書、記等三十餘類。其中，雜文、書記又可細分許多次文類。後文徵引《文心雕龍》，版本皆仿此，不一一附注。

51　《文心雕龍・頌讚》云：「班傅之北征、西征，變為序引，豈不褒過而謬體哉！」又云：「其褒貶雜居，固末代之訛體也。」〈定勢〉云：「密會者，以意新得巧；苟異者，以失體成怪。」

現情感、思想的行為，應當有其遵循的原理或法則。

　　創作與批評，乃異向同歸而密切關聯的二種文學活動。借用《文心雕龍・知音》的話來說，「創作」是「綴文者情動而辭發」，它的活動方向是由內在的情意外發而為文辭；相對的，「批評」則是「觀文者披文以入情」，它的活動方向是由外在表層的語言形式，契入文本內在深層的情意。兩者實為一體兩面的文學活動。因此，有些理論往往兼涵二者之義。「以詩為詞」在理論上，也兼涵創作與批評之義。

　　「以詩為詞」，到南宋時期，逐漸被理論化而成為詞的創作與批評理論的「規範義」。因此，「以詩為詞」除前述在創作現象上的「描述義」、實際批評上的「評價義」之外，又具有創作與批評理論上的「規範義」。

　　依循上文的論述，我們已理解到，從北宋中期開始，「以詩為詞」已事實俱在地成為一種普遍的創作現象，不但東坡如此，王安石、黃庭堅、賀鑄、周邦彥，甚至被視為正宗婉約的晏殊、歐陽修、晏幾道、秦觀亦不免如此。而伴隨著這種創作現象，在實際批評層面也出現了陳師道、晁補之、李清照等，以「辨體」觀念而作出「非本色」、「不是當行家語」的評價。不過，從北宋中期到晚期，在理論上卻還未出現將「以詩為詞」合理化，而倡為詞創作與批評的「規範」。

　　南宋初期開始，「以詩為詞」才依藉二股驅力，逐漸理論化為詞創作與批評的規範。這二股驅力分別是：

1.「反辨體」的實際批評：

　　依循前文的論述，「反辨體」的實際批評，開始於南宋初期的胡寅，他以「體源論」為依據，高度揄揚「以詩為詞」的東坡。稍後的胡仔、王若虛、王灼、趙師秀、陳鬈、劉辰翁等，在論述上縱有精粗，但皆高度肯定東坡「以詩為詞」的創作。

　　從現有的史料來看，南宋時期，在詞的實際批評上，極少再聽到像陳師道、晁補之那種「非本色」、「不當行」的聲音，尤其針對東坡而發者更未之見。南宋晚期，仇遠〈玉田詞題辭〉云：

> 世謂詞者詩之餘，然詞尤難于詩。詞失腔猶詩落韻……若言順律舛，
> 律協言謬，俱非本色。……又怪陋邦腐儒，窮鄉村叟，每以詞易事，
> 酒邊興豪，即引紙揮筆，動以東坡、稼軒、龍州自況。……不知宮調
> 為何物，令老伶俊娼，面稱好而背竊笑，是豈足以言詞哉！52

仇遠從「言順律協」來定義詞的「本色」，並抨擊當時「陋邦腐儒，窮
鄉村叟」喜好填詞，卻「不知宮調為何物」；而這些人動輒以東坡、稼軒、
龍州自況。另沈義父《樂府指迷》也有類似的批評：

> 近世作詞者，不曉音律，乃故為豪放不羈之語，遂借東坡、稼軒諸賢
> 自諉。諸賢之詞固豪放矣，不放處，未嘗不協律也。53

詞的「本色」、「當行」的確涉及協律的問題。南宋晚期，一般作詞者
多有不協律之病，並以東坡、稼軒為假借；但是，仇遠、沈義父在抨擊這些
陋詞時，卻還是對東坡等沒有任何貶意。由此來看，通過「辨體」與「反辨
體」實際批評的詰抗，到南宋中期以後，「以詩為詞」的東坡實已被推尊為
不可搖撼的「新典範」，54取代了「花間」一系的詞家。這就意味著，「以
詩為詞」已被肯認為創作的正軌。

2.「雅正」的創作與批評理論：

前文述及，由南宋初期到中期，出現了「復雅」的思潮。從發生的外在

---

52 仇遠：〈玉田詞題辭〉，參見金啟華等編：《唐宋詞集序跋匯編》。

53 參見唐圭璋：《詞話叢編》，冊一，頁 234。

54 「典範」一詞，中國傳統用為「典型模範」之義，指可為「典型模範」之人或文學、
藝術作品。此義與西方 paradigm 一詞（中譯為「典範」）略有不同。孔恩（Thomas.
S. Kuhn）著，王道還等編譯：《科學革命的結構》（*The Structure of Scientific
Revolutions*）（臺北：允晨文化公司，1985 年），將它界定為學術上某種可以被普遍
取法的系統性理論。另外，canon 一詞，則譯為「典律」，指可為準則的文學、藝術
作品。中國古典文學中，往往視人品與文品為一，故本文採用傳統「典範」一詞之
義。

因素而言，當然和宋室南渡，國勢危急有關。時代環境刺激當時的文人去反省「詞」這一新興文體，究竟對諷諭時政、激勵民心有何功用？於是詩歌傳統的「風雅」精神重新被提出來。他們不但透過「選詞」的實際批評，去具體展現「風雅」的品貌。55同時，在理論的建構上，也不斷地「以詩論詞」，把「六義」的觀念引入詞論中，以它作為詞的本質及創作、批評的準則。至此，「以詩為詞」便在理論上形成了「規範」意義。

　　他們理論的中心概念，便是一個「雅」字。其後又加入一個「正」字。「雅」與「正」在儒家詩觀中，都具有「本質」性的意義，亦即它規範了詩歌情志內容與語言形式的理想性質。雅，本有「正」的意思，又有「文質彬彬」，修飾得宜的意思。在「雅正」的規範之下，詞的情志內容必須「正」，相對的便不能淫、邪。56而語言形式則必須修飾得宜，相對的便不能粗、俗。這樣的理論，在南宋時期頗為流行，而它的開端是南宋初期的黃裳。黃裳號演山居士，著有《演山集》，其中包括了《演山居士新詞》。他在詞集的自序中，正式建立「以詩論詞」的理論模式，將「六義」觀念引為自己作詞的根本：

> 風雅頌，詩之體；賦比興，詩之用。古之詩人，志趣之所向，情理之所感，含思則有賦，觸類則有比，對景則有興，以言乎德則有風，以言乎政則有雅，以言乎功則有頌。……然則古之歌詞，固有本哉！六序以風為首，終於雅頌，而賦比興存乎其中，亦有義乎！……六者聖人特統以義而為之乎，苟非義之所在，聖人之所刪焉。故予之詞清淡而正，悅人之聽者鮮，乃序以為說。57

55　例如林正大選《風雅遺音》、曾慥選《樂府雅詞》、銅陽居士選《復雅歌詞》、王柏選《雅歌》。詳見蕭鵬：《群體的選擇——唐宋人選詞與詞選通論》（臺北：文津出版社，1992年），頁112-128，又頁174-175。

56　宋詞雅正與淫俗之辨，參見朱崇才：《詞話學》，頁325-349。

57　黃裳《演山集》，卷二十，參見紀昀等：《文淵閣四庫全書》，集部別集類。

　　黃裳這篇自序完全在論述詩的「六義」，最後用一個「故」字，把這個詩的創作精神和自己的詞體「清淡而正」關連起來。言下之意非常明白，詞與詩無別，皆當以「六義」為本，所謂「古之歌詞，皆有本哉！」他自己就是依據「六義」為創作準則，故而詞體「清淡而正」，與世俗一般的「靡麗而淫」不同。「以詩為詞」，至此正式在理論上成為創作與批評的規範。

　　黃裳之後，這種論調不斷地出現。蔡戡為張元幹的《蘆川居士詞》作序，云：

　　　　公作長短句送之（指胡銓被貶嶺海），微而顯，哀而不傷，深得三百篇諷刺之義。非若後世靡麗之詞、狎邪之語，適足勸淫，不可以為訓。[58]

　　他稱讚張元幹的詞作「深得三百篇諷刺之義」，這當然是「以詩為詞」了；但是，他不只對張元幹之詞評價而已，更進一步把他和「靡麗之詞，狎邪之語」對立，而判定後者「不足為訓」。言下之意很明白，張元幹那種「深得三百篇諷刺之義」的詞作才「足以為訓」了。「以詩為詞」的規範意義相當明確。

　　曾豐為黃公度《知稼翁詞集》作序時，也是先論述三百篇中「頌」類的作品，乃「有道德者為之，發乎情性，歸乎禮義」。接著推許「以詩為詞」的典範詞人：「文忠蘇公，文章妙天下，長短句特緒餘耳，獨有與道德合者」。最後稱讚黃公度的詞作：

　　　　凡感發而輸寫，大抵清而不激，和而不流，要其情性則適，揆之禮義而安，非能為詞也。道德之美，腴于根而盎于華，不能不為詞也。[59]

58　蔡戡：《定齋集》，卷十三，參見《四庫全書珍本》，別輯，集部集類。

59　曾豐：〈知稼翁詞集序〉，參見毛晉：《汲古閣鈔宋金詞七種》中《知稼翁詞》（臺北：藝文印書館，1972 年）。

　　在這論述脈絡中，很顯然，詩三百「發乎情性，歸乎禮義」成為創作與批評的準則。黃公度的詞，便是合乎此一準則，「要其情性則適，揆之禮義而安」。這樣的作品，假以時日，當「可與文忠相後先」，其足為典範，殆無疑義。

　　詹效之為曹冠《燕喜詞》寫跋，提出「感物興懷，歸於雅正，乃聖門所取」的觀點，然後稱許曹冠之作：

　　　　旨趣純潔，中含法度，使人一唱而三嘆，蓋其得于六義之遺意，純乎
　　　　雅正者也。

　　他在這裡，明白地以「雅正」評賞曹冠的詞作，並進一步肯認這樣的作品應該加以播揚，以助教化：

　　　　斯作也，和而不流，足以感發人之善心，將有采詩者播而颺之，以補
　　　　樂府之闕，其有助于教化，豈淺淺哉！**60**

　　林景熙在為《胡汲古樂府》寫序時，非常不滿一般詞人之爭相慕效《花間集》：「粉澤相高，不知其靡，謂樂府體固然也。」他認為如此一來，「樂府反為情性害矣」。因此，從理論上提出：

　　　　樂府，詩之變也。詩發乎情，止乎禮義，美化厚俗，胥此焉寄！豈一
　　　　變為樂府，乃遽與詩異哉？

　　「樂府」（即詞）是「詩之變」，「詩」的本質是「發乎情，止乎禮義」。

---

60 上引二段文本，參見詹效之：〈燕喜詞跋〉，王鵬運：《四印齋所刻詞‧燕喜詞》，頁749。

　　因此，在理論上，詞的本質與詩無異。在這理論基礎上，檢驗北宋幾個典範詞人，「荊公『金陵懷古』（按即〈桂枝香〉詞），末語『後庭遺曲』，有詩人之諷」，而再看東坡的〈水調歌頭〉（明月幾時有），「終是愛君」。準此，他得到一個結論：「二公（安石、東坡）樂府，根情性而作者，初不異詩也。」在他的論述之下，「詞」與「詩」被等同起來。就依此理論，他稱許胡汲古的詞作是：

> 觀其樂府，詩之法度在焉。清而腴，麗而則，逸而斂，婉而莊，悲涼於殘山剩水，豪放於明月清風，酒酣耳熱，往往自為而歌之。所謂樂而不淫，哀而不傷，一出於詩人禮義之正。然則先王遺澤，其獨寄於變風者，獨詩也哉！[61]

　　在他的審視中，胡汲古完全是「以詩為詞」。並且，由胡汲古往上推到王安石、蘇東坡這些典範詞人，他得到的結論是，「先王遺澤」（文化精神）所沾溉於「變風」者，不只是「詩」而已，連「詞」都是。詩詞既不異質，那麼在理論上，「以詩為詞」應當是無可置疑的創作與批評的規範了。

　　在南宋「雅正」的理論中，從黃裳以下是一系，大體注重的是詞由《詩經》繼承而來的「六義」精神，在內容情志上必須「發乎情，止乎禮義」，在社會的政教功能上必須有「諷諭」之義，而能「感發人之善心」。在語言形式的修辭與音律的協和上，卻並不十分強調。

　　「雅正」理論另有一系，則是以張炎、沈義父為代表。這一系從創作實踐上來說，是始於姜夔。然而，姜夔於理論並無建樹，必待張、沈二氏才完成。張炎在《詞源》卷下，首揭「雅正」之說，已見前文引述；但是，他在立出「古之樂章、樂府、樂歌、樂曲皆出於雅正」的總提之後，緊接的申論，卻完全不涉「六義」，而幾乎是在探討詞的音律，接下去在〈音譜〉一

---

[61]　上引林景熙：〈胡汲古樂府序〉幾段文本，參見《知不足齋叢書》，第二十五集。

節中，又強調「詞以協音為先」，[62]讓人以為「雅正」只是音律和協而已。不過，他在後文〈雜論〉一節中，又對「雅正」做了規範，云：

> 詞欲雅而正，志之所之，一為情所役，則失其雅正之音。耆卿、伯可不必論。雖美成亦有所不免，如「為伊淚落」，如「最苦夢魂、今宵不到伊行」，如「天便教人、霎時得見何妨」，如「又恐伊尋消問息，瘦損容光」，如「許多煩惱，只為當時一晌留情」，所謂淳厚日變成澆風也。[63]

然則，所謂「雅正」便不只是音樂協律而已，亦取決於內容。「為情所役」的「情」，從他下面所舉周邦彥的詞句來看，指的顯然是很俗化的「男女之情」。由語言修辭來看，也頗為口語化，不夠文雅。那麼，張炎所說的「雅正」，在消極面，排除了以淺陋的語言表現俗化的男女之情。

另外，他在〈賦情〉一節中，先肯定了詞比詩更委婉的抒情功能：「簸弄風月，陶寫性情，詞婉於詩」。他認為那是由於詞「聲出鶯吭燕舌間，稍近乎情可也」，也就是詞通常是由女伎歌唱，可以接近抒情。不過，他強調要有所節制，「若鄰乎鄭衛，與纏令何異也」。「纏令」是產生於北宋時代的一種成套歌曲，被應用於民間戲曲中演唱。張炎之意，是詞雖然擅於抒情；但是，卻也不宜描寫俗陋的男女之情，否則便落入「鄭衛之音」，而與民間戲曲無異了。因此，他認為抒情之詞，宜「景中帶情而存騷雅」，「若能屏去浮豔，樂而不淫，是亦漢魏樂府之遺意」。[64]

綜合上述的討論，可知張炎所說的「雅正」，必須包括下列三個特質：(1)音樂協律；(2)修辭文雅；(3)抒情淳厚。「淳厚」，也就是不浮薄、不俗陋，尤其是指男女之情。他雖然提及「存騷雅」之意；但是，大約只在廣泛

62　張炎：《詞源》，參見唐圭璋：《詞話叢編》，冊一，頁202。

63　張炎：《詞源》，參見唐圭璋：《詞話叢編》，冊一，頁218。

64　以上所引《詞源・賦情》文本，參見唐圭璋：《詞話叢編》，冊一，頁214。

的抒情言志基礎上，要求「發乎情，止乎禮義」而已。整個《詞源》中，未見他如黃裳等人之強調詞在政教諷諭、激勵人心上的社會功能。因此，他的「雅正」理論，從內容情志層面來看，其實是吸收了「詩」中「發乎情，止乎禮義」的精神而用之於廣泛的「簸弄風月（寫景），陶寫性情（抒情）」上，而不限於特定之「政教諷諭」的實用功能。

　　至於沈義父在「雅」的理論上，說得不及張炎的深入明確。整個《樂府指迷》幾乎繞著「協律」與「修辭」二面去立說。他開宗明義就強調填詞之難，乃在於「音律欲其協」而「下字欲其雅」。因為「不雅則近乎纏令之體」。因此，「雅」被狹義化為語言形式的概念。他評「孫花翁有好詞，亦善運意，但雅正中忽有一兩句市井句，可惜」。「雅正」與「市井句」對立，顯是語言形式上的概念了。因此，他要求在寫情時，「宜宛轉回互」，也就是要能曲折含蓄之義。[65]

　　綜上所述來看，南宋時期，黃裳之下一系，在理論上倡導讓「詞」回復到「詩」（《詩經》為準）那種「雅正」的本質上，特別強調「六義」精神，以發揮詞在政教諷諭上的功能，顯然充滿「復古」的色彩。而姜夔、張炎一系，在理論上提倡「詞」的協律、修辭，以及如「詩」一樣的「抒情淳厚」，始合「雅正」之音。這二系在「雅正」的概念上雖有差異，但其基本精神卻都源自於「詩」。「以詩為詞」至此，在理論上已具備它的「規範」意義，成為詞人創作的準則。

　　觀察南宋時期，「以詩為詞」走向「規範」意義，乃是上述「實際批評」與「創作與批評理論」兩股驅力交相運作而完成的。一方面「實際批評」通過對「以詩為詞」的「典範」作家的價值評定，樹立有異於「花間詞人」的「新典範」。而另一方面，「創作與批評理論」也由「詞」的本質與功能的重新反省與提倡，使之上接於「詩」的「風雅」精神。而在這種「實際批評」與「創作與批評理論」的論述中，其消極面顯然預設了「反辨體」的立場。由此，我們看到宋代，尤其南宋之後，代表「辨體」觀念的「本色

65　上引沈義父：《樂府指迷》文本，參見唐圭璋：《詞話叢編》，冊一，頁229-230。

論」，它的聲音其實並不強大。倒是「反辨體」取得不可抵擋的勢力。

　　在「反辨體」的基本立場上，為了讓「以詩為詞」能合理化。不管實際批評或創作、批評理論，都共同採取兩種思考觀點，以取得「詩詞不異」的依據。前文已述及，這二種觀點，一為「詩詞一理」的「本質觀」，一為「詩詞同出」的「體源觀」。不過，要注意的是，古人的論述，並沒有那麼嚴格的系統性。所謂「本質觀」、「體源觀」，分解地說，是兩種不同的概念；然而，這是我們現代學術所作系統性的詮釋。古人並非主張「本質觀」者，便排斥「體源觀」；反之亦然。有時候，在某人論述中，單獨出現「本質觀」，例如上述王若虛《滹南詩話》：「詩詞只是一理，不容異觀」；或單獨出現「體源觀」，例如上述王灼《碧雞漫志》：「詩與樂府同出，豈當分異」即是；但是，有時候，則在某人的論述中，這兩種觀念一起出現，例如上引林景熙〈胡汲古樂府序〉所謂「樂府，詩之變」云云即是。

　　「本質」指的是一事物之所以成其為此事物必具之基本性質。詞的「本質觀」即是對詞之所以為詞的基本性質提出某種觀點。凡「本質觀」者，所見都不在兩個以上個體的殊異性，而在超越個體以直觀其普遍性。我們之對於任何物，若分由具體的外在形貌來看，所見必是殊異性；普遍性必須超越具體的外在形貌，而直觀內在之根本性質，才能獲致。以詩、詞言之，若從其外在的形式體製或體式察之，則只見其殊異性，這便是「辨體觀」者的思惟路數。而「反辨體觀」者正好逆向操作，直觀詩、詞內在的根本性質，以見其普遍性。這普遍的性質是什麼？若從「詩」來說，古人早有定論，由「詩言志」到「詩緣情」，創作主體的「情志」便是「詩」的「本質」。漢代〈詩大序〉云：「詩者，志之所之，在心為志，發言為詩」，定義非常明確。晉代摯虞〈文章流別論〉：「詩以情志為本」一句話可以概括此義。《文心雕龍・明詩》：「詩者，持也，持人情性」也是這個概念。因此，「詩者，吟詠性情」乃成為古代詩論經常出現的觀點。

　　王若虛《滹南詩話》說「詩詞一理」，他沒有進一步說明這「一理」是什麼；不過他後文對於東坡之所以「以詩為詞」的原因提出詮釋云：「蓋其天資不凡，辭氣邁往，故落筆絕塵耳。」從這句話，我們可以推想王若虛的

觀念其實預設了東坡之詞乃是由其「天資」所發，這不就是「吟詠性情」之義嗎？很多為東坡詞辯解者，都秉持這個觀念，認為東坡詞和「花間」之流不同之處，便在於他由「性情」而出。[66]從理論上來說，這其實已隱涵著「詞」在「吟詠性情」這個「本質」上與「詩」無異。準此，王若虛所謂「詩詞一理」，這「一理」就是「吟詠性情」。

這樣的本質觀，還可以見諸南宋一些「復雅」之流的詞論，例如前引黃裳直接引「六義」的觀念以為自己作詞的準則，而所謂「志趣之所向、情理之所感」即是「吟詠性情」之義，他結論說「古之歌詞，固有本哉」。這「本」便是「志趣之所向，情理之所感」了。

「體源」指的是某一文體的起源。「體源觀」即是認為晚出的文體，從發展的時間歷程向上推溯，必有其最早的起源。在古人的觀念中，「詩」是一切韻文的「正典母體」，所有在「詩」之後出現的韻文體，都是「詩」這母體所衍化的子體。不但，「賦者，古詩之流」，即如樂府、頌、讚、銘、箴等，也是如此，詞當然不例外。王灼《碧雞漫志》所謂「詩與樂府（詞）同出」，正是這種典型的「體源觀」。

南宋「復雅」之流的詞論，持這種「體源觀」者不少。除王灼之外，例如前引胡寅〈題酒邊詞〉所謂「詞曲者，古樂府之末造也」云云。又例如王炎〈雙溪詩餘自序〉云：

> 古詩自風雅以降，漢魏間乃有樂府，而曲居其一。今之長短句，蓋樂府曲之苗裔也。[67]

王炎對詞的溯源只到漢魏樂府為止。不過從他由「風雅」開始敘述來

---

66 例如，陳鵠〈燕喜詞敘〉：「東坡平日耿介直諒，故其為文似其為人，歌『赤壁』之詞，使人抵掌激昂而有擊楫中流之心……。」林景熙〈胡汲古樂府序〉：「二公（安石、東坡）樂府，根情性而作者。」元好問〈新軒樂府引〉：「唐歌詞多宮體……自東坡一出，情性之外，不知有文字。」

67 王炎：〈雙溪詩餘自序〉，參見王鵬運：《四印齋所刻詞・雙溪詩餘》，頁793。

看，漢魏樂府還不是最早的源頭處。

上述「本質觀」與「體源觀」，在南宋的詞論中經常合併出現。王灼於《碧雞漫志》卷一，開宗明義便對「歌曲」的起源提出理論上的詮釋：

> 或問歌曲所起，曰：天地始分而人生焉，人莫不有心，此歌曲所以起也。……有心則有詩，有詩則有歌，有歌則有聲律，有聲律則有樂。歌永言，即詩也，非於詩外求歌也。

又云：

> 古歌變為古樂府，古樂府變為今曲子，其本一也。**68**

上引第一段文字，是對「歌曲所起」提出理論性的解釋。他的這個論點，不同於落實在歷史進程上，通過史料的考察，而為歌曲之起源找到最早的時間起點。他採取的是從理論上，指出某個可以合理解釋「歌曲所起」的「原因」。此一「原因」是人之「心」。這在今天看來，頗有「文藝心理學」的依據。如此解釋，便具有「本質觀」的色彩了。至於第二段文字，一方面有文體演變之義，則「今曲子」（詞）乃是由古歌變來，其「體」之「源」便是「古歌」，這是「體源觀」；但是，另一方面，他又說「其本一也」，這「本」指的當是上文的人「心」，這又是「本質觀」了。

除了王灼之外，這種觀點還可以見諸前文所述林景熙的〈胡汲古樂府序〉，他一方面在「體源」上肯斷：「樂府，詩之變也」。一方面則又在「本質」上肯斷：「詩發乎情，止乎禮義，美化厚俗，胥此焉寄」。然後鑑定安石與東坡二人之詞，在本質上乃「根情性而作」，故「初不異詩」。其

68　上引《碧雞漫志》二段文字，參見唐圭璋：《詞話叢編》，冊一，頁19-20。

他如尹覺〈題坦庵詞〉云：「詞，古詩流也。吟詠情性，莫工於詞」。[69]這都是同樣合併「本質」與「體源」的觀點。

　　這樣的理論，其發言的目的，明白是為被一般人認為出身卑微的「詞」，找出它高尚的「本質」與「體源」。讓這個原本於酒筵歌席間，供世俗娛樂的新興文體，也能擠身廟堂之上，而為士大夫「抒情言志」，甚至「諷諭政教」之用。這顯然是為「詞」進行「尊體」的論述。因此，詞史上的「尊體」行為不始於清代。詞之「尊體」，從創作來看，起於北宋中期。從論述來看，起於南宋初期。至此，「以詩為詞」已在理論上完成「規範」意義。而詞與詩，若不從形式體製上去分判，實已合流矣。

三、「以詩為詞」現象在中國文學史論上的意義

　　本節將依上一節對「以詩為詞」現象的描述與詮釋，從「中國文學發展的軌則」這一後設觀點，嘗試提出理論性的詮釋與建構。

　　依據前文的論述，北宋中期以後，「以詩為詞」已是普遍的創作現象，這是宋代詞史不爭的事實。當我們肯認這個事實，便相對必須肯認在「以詩為詞」之前，還有一段「以詞為詞」的歷程。然則，從「以詞為詞」向「以詩為詞」演變，實乃宋詞發展的軌跡。

　　就「以詩為詞」這個階段來看，依據前文的論述，又呈現了由「創作」到「評價」到「規範」的發展軌跡。起始，「以詩為詞」是詞人自覺或不自覺的創作實踐，完全是個人內在性情、學問自然的表現，並非受到任何理論的引導。接著，這種違背詞體成規的創新行為，受到「辨體觀」實際批評的負面評價；但是，隨而「反辨體觀」的正面評價與之詰抗，終至取得勝利。「以詩為詞」的代表人物蘇軾，其「新典範」地位的塑造，於焉完成，而「以詩為詞」的「正當性」也告確立。於此同時，從「本質」與「體源」的

---

[69]　尹覺：〈題坦庵詞〉，參見毛晉：《宋六十名家詞》（臺北：復華出版社，1963年），冊十三。

觀點，將「詞」提昇到與「詩」同等的地位，而「以詩為詞」也就當然地成為創作與批評的規範。綜而觀之，宋詞發展的軌跡，昭然若揭。

在這發展軌跡的基礎上，我們的企圖是從理論上去詮釋下列幾個問題：(一)由「以詞為詞」變而「以詩為詞」，究竟所「變」的是什麼？與此相關的問題是，這樣的「變」在文學理論上有什麼意義？(二)為什麼會產生這樣的「變」？其內在的原因或動力是什麼？(三)這樣的「變」，從現象上來看，確是宋詞發展的軌跡；但是，穿透這現象的表層，在深層處隱涵著什麼觀念性的意義？而假如將它置入「中國文學發展的軌跡」來看，「以詩為詞」是否具有「常軌性」的意義，而構成一種文學發展的「軌則」？以下就這幾個問題，提出理論性的詮釋與建構：

(一)從「主體失位」到「主體復位」

由「以詞為詞」變而「以詩為詞」，究竟所「變」的是什麼？而這樣的「變」，在文學理論上有什麼意義？要解答這樣的問題，立刻就得面臨一個比這更首出的問題：什麼是「詞」？什麼是「詩」？

這是一個很難有明確答案的問題，因為它允許從好幾個不同的基準去提出答案。例如，有人會抽離「詞」歷時性演變的種種現象而純由靜態之形式體製的普遍性質去定義它，那麼「它是一種曲有定調，調有定格，句式、平仄、韻腳都有規律的文體」，這便是讓許多人都滿意的答案了。有人或許會從它與音樂的關係去定義它，那麼「它是唐宋燕樂依曲而歌的唱詞」，這便是被許多人認可的答案了。如此下去，答案尚不止上述兩種。至於「詩」，那就更繁雜了。

我們並不打算抽象地為二種文體去下定義，然後比較二者的異同。因為這樣的定義，與我們的問題無涉。我們的問題，其解答必須回到晚唐至北宋中期，這段詞的創作發展歷程，依藉「以詞為詞」與「以詩為詞」的二種「典範」去比對彼此作品的差異性，而觀察出前後的變化。「以詞為詞」，大家所共同承認的「典範」自是「花間」一系的詞作，而其中又以溫庭筠詞為代表；「以詩為詞」則大家所共同承認最具代表性的「典範」自是東坡詞。他們彼此的差異，便是「詞」朝向「詩」演變的實況。

　　溫詞的特徵：在形式上，於音律為和諧，於語言修辭為「白描」而少用「典實」；在表現方式上是多用「假擬」，[70]往往以「女人」為敘述觀點人物；在題材上是「泛題」，而且多為「男女綺怨」這種「類型性題材」。在主題上是表現與作者不切身的「泛意」。在功能上是「應歌以娛樂」。在體式上是「婉麗」。

　　準此，則詞較早所建立的典範特徵，即是協律、白描、假擬、泛題、泛意、娛樂、婉麗。包括了形式上的格律、修辭；內容上的題材、主題；功能價值以及整體的藝術形相。當然，所謂「典範」，指的是這些特徵完滿具現的作品。溫詞之外，如「花間」與「南唐」其餘詞家，有些作品於上述特徵所備不完全，「典範性」也就比較不完足；但是，大體言之，仍是呈現「詞」的樣貌。

　　蘇詞的特徵相對於溫詞，正好呈現兩極化現象：在形式上，於音律偶有不協，[71]於修辭則多用典實；在表現方式上大多是「自敘性」抒寫，而極少用「假擬」；在題材上是選擇作者個人切身的經驗，詞調之下多有題目，指明確定的寫作時空背景與動機，而且「無事不可言」，非但不限於「男女綺怨」，甚至將這種「類型性題材」減到甚低。相對於「泛題」，我們可稱之為「殊題」。在主題上則是表現與作者個人切身的種種所感所思，而不限於男女之情，即所謂「無意不可入」。[72]相對於「泛意」，我們可稱之為「殊

70　所謂「假擬」即是假設虛擬某些敘述觀點者，依藉人或物的行為、心理活動，在具體的時空場景中「演出」，而非由作者以自敘觀點直抒切身之經驗感受或思想。參見龔鵬程：〈論李商隱的櫻桃詩──假擬、代言、戲謔詩體與抒情傳統間的糾葛〉，收入龔鵬程：《文學批評的視野》（臺北：大安出版社，1990 年），頁 193-218。

71　宋人即有評東坡詞「不協律」者，例如胡仔《苕溪漁隱叢話》前集卷四十一引《遁齋閑覽》云：「子瞻之詞雖工，而多不入腔。」又後集卷三十三引《復齋漫錄》云：「東坡詞，人謂多不諧音律，然居士詞橫放杰出，自是曲中縛不住者。」又李清照〈詞論〉：「晏元獻、歐陽永叔、蘇子瞻，學究天人，作為小歌詞……往往不協音律者。」有關東坡詞「協不協律」問題，王水照：〈蘇軾豪放詞派的涵義和評價問題〉頗詳論述，參見《蘇軾論稿》。

72　「無事不可言」、「無意不可入」，乃劉熙載《詞概》評東坡詞之語：「東坡詞頗似

意」。而在功能上則是作者用以「抒情言志」，與應歌之娛樂無關。在體式上則多樣化，而論者常以「豪放」與「婉麗」為對。

　　準此，則詞到東坡所建立的典範特徵，即是多用典實、直接抒寫、殊題、殊意、自我抒情言志。其中「不協律」，在東坡亦偶然如此，它只彰顯一種創作態度，就是「意」比「律」更具優先性；然而，「不協律」卻非「以詩為詞」必有的特徵。另外，有關體式的問題，以「豪放」和「婉麗」相對只是在強調東坡詞的創變，「豪放」不必然成為「以詩為詞」所導致唯一的體式。因此，從體式而言，「以詩為詞」所彰顯的意義乃在由所謂「本色」之體解放出來之後的多樣化，而不在定於兩極化的另一體。所謂「典範」，指的也是上述特徵完滿具現的作品。蘇詞之外，如賀鑄、秦觀、周邦彥、朱敦儒、張元幹、張孝祥、姜夔、吳文英、張炎等，有些作品於上述特徵所備不完全，「典範性」也就比較不充足；但是，大體言之，仍是呈現「詩」的樣貌。

　　由溫詞到蘇詞兩極典範的演變之間，其實還存在著色譜漸遞的變化。例如王國維《人間詞話》卷上，認為李後主之詞是由「伶工之詞」變而為「士大夫之詞」。[73]這個「變」，最顯著處是易「假擬」為「自敘」，易「泛意」為「殊意」，易「娛樂」為「自抒情志」，這已有「以詩為詞」的色彩；但是，其變尚未徹底，尤其在語言修辭上，仍是白描，不用典實。因此，新典範性無法建立，必待東坡出而後可。

　　比較東坡之「以詩為詞」與溫庭筠之「以詞為詞」，其所變者最大的關鍵處，其實並不在「律」上。詞體之「律」，可再分為音樂上的「樂律」與語言上的「格律」。東坡詞之不協律，多屬「樂律」上的問題。「格律」上

老杜，以其無意不可入，無事不可言也。」參見唐圭璋：《詞話叢編》，冊十一，頁3771。

73　王國維：《人間詞話》卷上：「詞至李後主而眼界始大，感慨遂深，遂變伶工之詞而為士大夫之詞。」參見滕咸惠：《人間詞話新注》（臺北：里仁書局，1987 年），頁 112。

雖偶有不協，卻不是經常性的現象。[74]至於其他之「以詩為詞」者，周邦彥、姜夔、張炎等，守律甚嚴，並沒有不協律的現象。

因此，「以詩為詞」真正的關鍵乃在於：1、語言修辭由白描轉為使用「典實」，古人謂之「學問語」。2、表現方式由「假擬」易為「自敘」。3、題材、主題內容由「泛題」、「泛意」轉為「殊題」、「殊意」。4、功能上由「娛樂」轉為「自抒情志」。

從文學理論的觀點來看，中國知識階層的詩歌創作，構成「主體」的三要素是：情性、道德、學識。詩之所以為詩，在本質、功能上，便是此一「主體」的表現。

溫庭筠所代表「以詞為詞」的「典範」，用淺白的日常生活語言描寫非作者個人或時代群體切身經驗的「類型性題材」，尤其是「男女綺怨」，並以之為應歌娛樂之用。這樣的寫作，所顯示的正是「創作主體失位」，也就是在這種新興「倚調填詞」的寫作活動中，由情性、道德、學識所構成的「創作主體」失去他應有的本位了，而「詞」也只是一種歌樓酒館間供人娛樂的「消費品」而已。準此，「詞」這種新體的韻文，當然背離了中國傳統詩歌的本質與功能。

東坡之「以詩為詞」的「新典範」，正好相反，使用取自學識的雅言典實去描寫作者個人或時代群體的切身經驗，並以之抒發自我所感所思之情志。這樣的創作，相對於前者「創作主體失位」，正好是「創作主體復位」；而使得「詞」這種新體的韻文，回歸到中國傳統詩歌的本質與功能。

這種「創作主體復位」，起始只是如東坡等詞人自然根之於情性、學識的實際創作，並未形成理論。逮南宋時期，「復雅」的思潮，才由詩的「本質」與「體源」觀念建立明確的理論。而在「主體性」方面，除情性、學識之外，更強調的則是道德。這已見前文的論述，不贅。

(二)詩文化母體意識

為什麼會產生這樣的「變」？其內在的原因或動力是什麼？對於這個問

---

[74] 王水照：〈蘇軾豪放詞派的涵義和評價問題〉，參見《蘇軾論稿》。

題，我們將從理論上提出：「詩文化母體意識」做為解答。

「文化」從表層而言，是人類脫離自然存在狀態所擇取的生活方式；從深層而言，則是人類的價值觀念體系。「生活方式」若從具體而動態的角度來看，便是人類種種以生活為目的的行為。這種種行為，假如不是個人偶發性的，而是社會上某一階層普遍地反覆操作而又自覺其價值的模式化行為，即是「文化行為」。「詩」是一種特殊的語言形式，自遠古即被中國人用於生活上，作為「抒情言志」的行為方式，而且是知識階層普遍地反覆操作並自覺其價值的模式化行為；因此，與「詩」相關的種種行為，當然是「文化行為」。[75]故「詩」的最基本意義，不是文學上的一種特定「文體」，而是一種與語言工具及價值觀念有關的文化行為。我們所謂「詩文化」即是此義。這時候，「詩」便不是與「騷」、「賦」、「銘」、「詞」、「曲」等並舉的特定文體。它指的是一切以音律形式去抒情言志的韻文「母體」。

這「母體」的意義有三：1、一切韻文形式體製的「正典基型」；2、一切韻文語言的「正典體式」；3、一切韻文內容情志的「正典價值」。

所謂「正典基型」即是「音必低昂互節，韻必先後應和」。韻文儘管「分流」為諸種「子體」，例如「騷」、「賦」、「銘」、「箴」、「詞」、「曲」等，其體製各異；但是，卻必具「母體」所涵之「正典基型」，故從「體源」論之，一切「子體」皆可「歸源」於「母體」。所謂語言的「正典體式」，即指「典雅」；另所謂「正典價值」，可用孔子「思無邪」之一言以蔽之。詩者吟詠性情，然必「發乎情」而「止乎禮義」。這是一切韻文在內容情志上的「正典價值」；故從「本質」論之，一切「子體」皆以「母體」所涵這「正典價值」為依歸。準此，則這個「母體」可稱之為「正典母體」，其所完滿具現者，即是「三百篇」，它是一切韻文的「最高典範」，既具體而又普遍；故「三百篇」不能被視作與楚騷、漢賦等為同層級的特定文體。它是一切韻文之本之源。

---

[75] 有關「文化行為」是一種模式化的行為，其說參見美國菲利普・巴格比（F. Bagby）：《文化──歷史的投影》（臺北：谷風出版社，1988 年），頁 82-106。

　　「詩是一切韻文的正典母體」，這一文化意識早在漢代即已定型。王逸《楚辭章句‧離騷經序》云：「〈離騷〉之文，依詩取興，引類譬喻」。[76] 班固《漢書‧藝文志‧詩賦略論》云：「大儒孫卿及楚臣屈原，離讒憂國，皆作賦以風，咸有惻隱古詩之義。」[77] 又〈兩都賦序〉亦云：「賦者，古詩之流也。」[78] 漢代之後，這種意識普遍存在於知識階層的心目中。晉代摯虞〈文章流別論〉在分論詩、頌、銘、誄、祝、箴等韻文之後，云：「後世之為詩者多矣，其稱功德者謂之頌，其餘則總謂之詩。」[79] 劉勰在《文心雕龍‧宗經》中云：「賦、頌、歌、讚，則詩立其本。」其後〈明詩〉以下，樂府、賦、頌、讚、銘、箴、誄、哀、弔等體，幾乎都「歸源」於詩。

　　這種文化意識，依藉傳統的「詩教」深入於人心。當其潛在心靈深處，即成知識分子的文化意識形態，雖或不自覺，卻自然發用於「詩文化行為」上；我們可稱之為「隱性詩文化母體意識」。當其浮現在語言、思惟的表層，即成為概念性的言說；我們可稱之為「顯性詩文化母體意識」。

　　宋代「以詩為詞」，在起始的階段，並沒有理論的提倡，而是在創作實踐中，自然而為之。何以如此？其動力應是詞人「隱性詩文化母體意識」的發用。以東坡為例，宋人對於東坡為什麼會「以詩為詞」，多從「根於性情」去解釋。這在前文已論及，此不贅。作詞而以「自抒情志」的態度為之，正合於「詩」此一「正典母體」所涵的精神；但是東坡並未於觀念層言說之，應該是他「隱性詩文化母體意識」的發用。

　　至於南宋時期理論提倡的階段，則此一「詩文化母體意識」已浮現在許

76　王逸：〈離騷經序〉，參見洪興祖：《楚辭補注》（臺北：藝文印書館，1968 年，影汲古閣本），卷一，頁 12。

77　《漢書‧藝文志》，參見班固著，顏師古注，王先謙補注：《漢書補注》（臺北：藝文印書館，二十五史影印光緒庚子長沙王氏校刊本），卷三十，頁 902。

78　班固：〈兩都賦序〉，參見李善注：《文選》（臺北：華正書局，1982 年，影印重刻宋淳熙本）卷一，頁 21。

79　摯虞：〈文章流別論〉，參見嚴可均：《全上古三代秦漢三國六朝文》（臺北：世界書局，1982 年），冊四《全晉文》，卷七七。

多知識分子的觀念層，甚而倡說為理論，則「以詩為詞」即為「顯性詩文化母體意識」發用之所致矣。

(三)「分流」與「歸源」的辯證是中國文學發展的「常軌」

這樣的「變」，從現象上來看，確是宋詞發展的軌跡；但是，穿透這現象的表層，在深層處隱涵著什麼觀念性的意義？而假如將它置入「中國文學發展的軌則」來看，「以詩為詞」是否具有「常軌性」的意義？

從創作實踐層來說，「以詩為詞」是宋代特殊的現象；但是，這現象的深層處，其實隱涵著「分流」的子體朝向正典母體「歸源」的詩文化意識。這「分流的子體」不是專指「詞」，而是詩以外所有的韻文體：騷、賦、頌、曲等皆是。「分流子體朝向正典母體歸源」，這是一個普遍性的詩文化意識，表現於宋代詞的創作，乃成「以詩為詞」之現象。若表現於漢代賦的創作，即成「以詩為賦」之現象；而表現於元明之曲的創作，即成「以詩為曲」之現象。[80]

漢人普遍認為「賦者，古詩之流」，故由司馬相如的創作實踐所形成的「大賦」，其自體的性質、功能本為「寫物」；但是，在上述那種「詩文化母體意識」的支配下，仍向著「詩」此一「正典母體」所揭示的「正典價值」進行「歸源」，故「言志」還是漢賦創作的準則。班固在〈兩都賦序〉中所謂「抒下情而通諷諭，宣上德而盡忠孝」，可作「以詩為賦」的代表。[81]

元明之曲，本來自民間，以「俚俗」為其本色；但是，其後入於文人之手，即開始「詩化」，故同樣引起批評者從「辨體」觀念展開「非本色」的負面評價。[82]以散曲而言，明代王驥德《曲律》云：「渠所謂小令，蓋市井

---

[80] 明人已有「以詩為曲」之語，例如徐復祚：《三家村老曲談》評邵燦《香囊記》：「香囊以詩作曲……愈遠本色。」參見任中敏編著：《新曲苑》（臺北：臺灣中華書局，1970 年），第七種，頁 96。

[81] 有關「賦」的特性與功能，參見顏崑陽：〈漢代「賦學」在中國文學批評史上的意義〉，收入《第三屆國際辭賦學學術研討會論文集》（臺北：政治大學文學院，1994 年），冊上，頁 110-122。又參見本書前一篇論文。

[82] 有關元曲「本色」之論爭，參見龔鵬程：《詩史本色與妙悟》，頁 122-128。

所唱小曲也。」然而，這類「市井所唱小曲」一入於文人之手，即在「詩文化母體意識」的作用之下，向詩「歸源」。王驥德在《曲律》中引述李夢陽「以為可繼國風之後」的論見，[83]明白把散曲提昇到與「詩」同一位置。散曲始作於元好問，他以文章、詩、詞之大家創作散曲，即展現「情兼雅怨」的特質，明顯是「以詩為曲」。其後繼者，如盧摯、白樸、姚燧、馬致遠等，也同樣「以詩為曲」，而形成一貫的創作趨勢。羅忼烈在《元曲三百首箋・敘論》中，有一概括而簡要的論述：

> 自遺山遠跡風騷，近紹蘇辛，情兼雅怨，辭尚俊潔，一時劉秉忠、盧疏齋、姚牧庵輩聞風景從，故挺齋謂治世之音自三人始也。仁甫、東籬分其餘力以雜劇鳴，然所製散曲，莫不一唱三歎，比肩姚盧；至小山、夢符，而雅正之風，份份大盛。……由是曲體遂尊，始與唐詩、宋詞，連鑣鼎足，各擅其場。[84]

　　說「遺山遠跡風騷」、「情兼雅怨」，無疑就是以「正典母體」之詩為散曲的創作標準。而劉秉忠以下，莫不「聞風景從」，「以詩為曲」乃成趨勢，而至張可久、喬吉，「雅正」之風，更已盛極一時。就如宋代「以詩為詞」而推尊詞體一樣，「以詩為曲」也同樣使出身「市井」的這種新興韻文體製，得到知識階層的尊重。現代一般「中國文學史」的著作，也都肯認元明清散曲的發展，由俚俗粗獷走向典雅工麗，是一種實然的趨勢。不過，僅從語言修辭或整體藝術形相的「典雅工麗」去看散曲之「詩化」，這猶是皮相而已。散曲之詩化，最根本的精神與詞之詩化無異，都是將民間娛樂之用的韻文體轉為知識階層「抒情言志」之用。由起始「創作主體失位」而演變為「創作主體復位」。這是知識分子「分流子體朝向正典母體歸源」的文化

---

83 王驥德：《曲律》，收錄於《原刻景印叢書集成》三編，（臺北：藝文印書館，1971年，影印倉聖明智大學刊本）。

84 羅忼烈：《元曲三百首箋》（臺北：天工書局，1996年），頁6。

意識的發用所致。

　　至於劇曲，也是起自民間，於廟會、瓦舍，供人娛樂。「瓦舍」即是集合各種伎藝，向觀眾賣藝的表演場所。這些民間雜劇雖在宋金時代長期出入宮庭而琢磨得比較精緻，號為「院本」；然而，畢竟仍是消費性的娛樂品，與知識階層的「抒情言志」無涉；元明清三代，自從劇曲入於知識階層之手，也同樣產生「詩化」的現象；「以詩為曲」成為一種趨勢，雖未全面取代劇曲的「俚俗本色」，卻至少與之並行。在劇曲中，所謂「詩化」，所謂「以詩為曲」，大致表現在二方面：1、語言的「典雅」化，一改劇曲原本口語化的俚俗體式。2、在劇本的故事、唱詞中寄寓對種種政治、社會現象的感慨、諷諭，表現「抒情言志」的精神。

　　關於前者，元代南戲王實甫《西廂記》已啟其端。從明代崑曲興起，表現得更為顯著，邵燦的《香囊記》開傳奇文采典麗之先聲，其後陸采的《南西廂》、鄭若庸的《玉玦記》、湯顯祖的《臨川四夢》，以至王驥德、梅鼎祚等人之劇作，都在語言上追求典雅，完全背離劇曲原有俚俗的本色。[85]

　　關於後者，從元代北雜劇、南戲，到明清時代的傳奇，知識階層所撰作者，在故事情節或唱詞之中，多寄寓著作者對於當時政治之黑暗、社會風氣之腐敗的感慨、嘲諷、批判，顯示劇曲已不只是市井間的消費性娛樂品。這種新興的敘事文體，已經被知識階層倚為「抒情言志」之用。[86]語言的典雅、創作主體的彰明，正是「以詩為曲」的徵象，顯示這一來自民間的韻文子體，在知識階層的文化意識主導之下，朝向詩之「正典母體」進行「歸源」。

　　詞的本身，歷元明之衰落，到清代之復興，浙派之以姜夔為「典範」而倡「醇雅」，陽羨派之以辛棄疾為「典範」而倡「豪放」，至於常州派之以

85　參見張庚、郭漢城：《中國戲曲通史》（臺北：丹青圖書公司，1985 年），冊二，頁 39-48。

86　參見張庚、郭漢城：《中國戲曲通史》，冊一，第四章，第一節，第二目、第五章，第一節，第二目。冊二，第八章，第一節，第二目。

「比興」詮釋唐宋詞，並視為創作準則。這三大詞派，同樣也都是「以詩為詞」，而試圖推尊詞體。[87]此為一般文學史家之共識，無需細論。

綜上所述，宋代所突顯「以詩為詞」的現象，其中隱涵的是知識階層普遍抱持的一種「詩文化母體意識」——韻文類之中，一切分流的子體必向正典母體歸源。所謂「歸源」指的並不是實際上形式體製的逆反。中國文學的發展，從文類的形式體製來看，由「正典母體」的基型不斷分流衍化，而產生各種形式殊異的子體，這是無法逆反的事實。文體的演化，所指即此。因此，所謂「以詩為賦」、「以詩為詞」、「以詩為曲」，其義都不是在形式體製上，讓賦、詞、曲再逆反到「詩」的母體基型。形式上的母體基型，這一概念，通常只作為子體與母體取得「同出」關係的依據而已。

準此，「以詩為賦」也好，「以詩為詞」也好，「以詩為曲」也好，其義有二：1、語言修辭的「典雅」化；2、「創作主體復位」。而前者還只是第二義，第一義當是後者。而這第一義所顯示的其實就是「詩文化母體」中「正典價值」的「歸源」。這是一種「精神性」的回歸，是一種生命存在價值朝向「理想」，不斷自我提昇的文化意識。

從中國文學發展的軌則來看，韻文類的形式體製不斷分流衍化，這是文學作為「現實存在」之實體所必然的演變，故「體製日繁」是文學發展歷程中一種不可逆反的現象；但是，文學作為「理想」的創造，其本質、功能所繫的「正典價值」，卻並不隨社會文化現實經驗的增生，往而不返。故一切韻文向「正典母體」作精神性的「歸源」，是知識階層所普遍抱持的文化意識。於是，現實的「分流」與理想的「歸源」不斷地辯證，便成為中國文學發展的一種「常軌」。

準此，則「以詩為詞」不僅是宋代文學發展的個殊現象；其深層所隱涵的文化意識，實具有文學史論的意義。

87　清代三大詞派「以詩為詞」的「尊體」現象，參見嚴迪昌：《清詞史》（南京：江蘇古籍出版社，1990年），第二編至第四編。

四、結論

綜合以上的論證，我們可以歸結出下列幾項判斷：

(一)「以詩為詞」有三義：即創作現象上的「描述義」、實際批評上的「評價義」，以及創作與批評理論上的「規範義」。

(二)從創作現象而言，「以詩為詞」非東坡一人如此，也不必然導致「豪放」一體，也就是兩者之間並無必然的因果關係。它是北宋中期之後很普遍的一種創作現象，所展示的其實是由原本固定詞體規格的束縛解放出來，而隨個人性情自由創作的一種態度及方式。分而言之，厥有三期：1、北宋中期到晚期，各人依其性情、學問而自由創作，沒有主導性的思潮，故體貌多樣。2、南宋初期到中期，以「復雅」思潮為主導，強調詞在「政教諷諭」上的功能。3、南宋中期到晚期，吸收騷雅精神用之於詞的「抒情」，並重視形式上的協律與修辭的典雅。

(三)從實際批評而言，代表「辨體觀」的批評者陳師道評東坡「以詩為詞」、「要非本色」，晁補之評山谷詞「不是當行家語」。而代表「反辨體觀」的批評者胡寅、胡仔、王灼、林景熙等人，卻對東坡之「以詩為詞」給予極高的評價。南宋時期，「反辨體」的批評取得勝利，東坡詞也被塑造為「新典範」，取代「花間」諸詞人。

(四)從創作與批評理論而言，南宋時期，通過「雅正」理論的提倡，「以詩為詞」已成為創作與批評的規範。「雅正」理論又可分為二系：一系為南宋初期黃裳以下之「復雅」思潮，倡導「六義」之說，強調詞的政教諷諭功能。一系為南宋中期姜夔以下，由張炎所提出的「雅正」觀念，除重視協律與修辭之外，主要強調詞之「陶寫性情」必歸於「淳厚」，否則即失「雅正」。

(五)南宋時期對「以詩為詞」的「反辨體」批評與「雅正」理論的倡說，其中都預設著詞的「體源觀」與「本質觀」；在理論上，將詞體溯源於《詩經》，故「詩詞同出」；而詞與詩在本質上皆「根於性情」，故「詩詞一理」。

　　(六)依據前述對宋代「以詩為詞」現象的描述與詮釋，從「中國文學發展的軌則」這一後設觀點，提出文學史論的探究，可以完成如下理論的建構：由「以詞為詞」演變為「以詩為詞」，顯示的乃是從「創作主體失位」走向「創作主體復位」；而這種演變的內在動力，乃是知識階層「詩文化母體意識」的作用。知識階層普遍抱持「詩是一切韻文的『正典母體』的文化意識」；而韻文類之中，一切分流的子體必朝向母體歸源。所謂「朝向母體歸源」指的不是形式體製的逆反，而是文化精神上「正典價值」的回歸。因此，「分流」與「歸源」不斷的辯證，乃成為中國文學發展的一種「常軌」。準此，則「以詩為詞」不僅是宋代文學發展的個殊現象，其深層所隱涵的「詩文化母體意識」，實具有文學史論上的意義，可應用於對中國文學史上韻文類發展歷程的詮釋。

後記：

原刊《東華人文學報》第二期，2000 年 7 月。
2016 年 1 月增補修訂。

宋代「詩詞辨體」之論述衝突
所顯示詞體構成的社會文化性流變現象

一、引論

　　曹丕《典論‧論文》云：「夫文本同而末異，蓋奏議宜雅，書論宜理，銘誄尚實，詩賦欲麗。此四科不同，故能之者偏也；惟通才能備其體。」[1]此說一向被認為是「辨體論」的先聲。自是以降，「辨體論」逐漸普行，成為中國古代文學創作與批評的重要基礎觀念。

　　上引曹丕的論述語境中，奏議、書論、銘誄、詩賦都是「文體」之名，也是「文類」之名。「文體」指的是：「諸多性質與功能類似的文章群，其自身所共具之有機結合『基模性形構』與『意象性形構』並加以範型化的樣態特徵」；「文類」則指的是：「諸多具有某些『相似性』的文章群」。而中國古代文體學，批評家往往「依體分類」，相對「依類辨體」；故「文類」與「文體」乃形成「彼此限定而相互依存的關係」。將「文類」與「文體」二個概念複合為義，即是「類體」。「類體」指的就是一種「文類」之「體」，而所謂「體」，無非是事物在「形構」及「樣態」上的特徵。[2]

---

[1]　曹丕：《典論‧論文》，參見嚴可均《全上古三代秦漢三國六朝文》，冊三《全三國文》，卷八。

[2]　參見顏崑陽：〈論「文體」與「文類」的涵義及其關係〉，《清華中文學報》第一期，2007年9月，頁12-13。

　　「文類」之「體」，若從「形構」而言，古代稱為「體製」或「體裁」，而「形構」即是形式結構，通常是文章由語言組織或敘述態度所顯示的形式性關係，又可區分為格式性形構、程式性形構、倫序性形構，例如「齊言體」、「雜言體」、「敘事體」、「抒情體」、「諷諭體」。若從「樣態」而言，古代稱為「體貌」、「體式」或「體格」，現代學者頗多以「風格」稱之。「樣態」即是樣貌姿態，乃文章表現完成之後所具體呈顯的美感形象，例如「典雅」、「清麗」、「婉約」、「豪放」等。*3*

　　從「辨體」的意義而言，曹丕這段話所辨即是「類體」。在這論述的語境中，奏議諸名既是「文類」又是「文體」；而此一「文體」之義指的即是「體製」或「體裁」（下文概稱「體製」）。不過，奏議、書論、銘誄、詩賦其實都是二種性質相近之「次類體」的合併，區分尚屬粗略而已。所謂「宜」、「尚」、「欲」，顯有「規範」之義；而「雅」、「理」、「實」、「麗」則指樣態性的「體式」。整合全段論述之義，乃在於分辨不同「類體」由於性質、功能及形構上的差異而各有其相應的適當「體式」，即所謂「此四科不同」。因此創作行為就必須遵循這種由文體差異性而形成的規範，故云「宜」也、「尚」也、「欲」也。我們可依此推論，假如將「奏議」寫得有如「銘誄」，非「雅」而「實」；「詩賦」寫得有如「書論」，不「麗」而「理」，曹丕必以為有悖「文體規範」矣。

　　這種文體觀念出於曹丕之說，似乎已成定論。然而，我們從現存匱乏的文獻，卻難以窺知在曹丕此說成為定論之前，究竟如何歷經文學群體之立場各異、觀點分殊的「論述」（discourse），在眾聲喧嘩中，逐漸取得共識，而形成同遵的文體規範？曹丕這段話固然具有「辨體論」的意義，卻僅呈現了缺乏「對話」而純為「一家之言」的靜態性觀念。這就讓人質疑：一種文體

3　「體」的形構義與樣態義，參見顏崑陽：〈論「文體」與「文類」的涵義及其關係〉，頁 12-13。又形構區分為格式性、程式性、倫序性三種，參見顏崑陽：〈論「文類體裁」的「藝術性向」與「社會性向」及其「雙向成體」的關係〉，《清華學報》新三十五卷第二期，2005 年 12 月，頁 320-322。

的構成，難道天生而就，自然顯現其客觀、固定的本質及相應的功能、形構、樣態，以為眾所認同而遵循嗎？

不管從理論或事實觀之，任何一種「文體」都是社會文化的人為創造物，乃是社會的存在，也是文化的存在，並非如同山川草木之自然物。因此，它的構成必經漫長的社會文化性流變歷程；在這歷程中，其本質所相應的功能、形構、樣態諸要素，乃不斷被重新定義，並付諸實踐。「重新定義」是觀念性的論述，「付諸實踐」是行動性的創造。二者交涉作用，而「文體」也就隨之「進行」構成的流變現象。因此「文學」都是由「應然」以開展「實然」，也就是各從文學家理想的價值觀念以定義某種文體而付諸實踐，因而開展了文學事實。清代張惠言之編撰《詞選》，並在序文中依其理想而為「詞」重新定義，因而開展了常州詞派的文學事實，這是最典型的例子。[4]因此，能用以規定一種文體之本質所相應的諸要素，在歷史進程中，其實都不斷在被重新定義；而文學也才有所謂「歷史」可言。

我們特別要提示「進行」這個概念，也就是任何一個還「存活」於文學社群及傳統中之「在場性」的文體，其「構成」都屬「進行式」。它絕非一種已固態化的存有物，而是一種在歷史進程中不斷流變的文學形式現象。因此，沒有人可以為它界說一個絕對不變的定義。尤其是一種新興的文體，從發生之後，便開始了「進行式」構成的流變歷程。而所謂「構成」意為「構造形成」，並非僅指文體本身內部各因素靜態性的連結關係，更指文體由於受到外部社會文化性因素所引導，甚至滲透、內化而決定、改變其功能、形

4　張惠言〈詞選序〉將「詞」重新定義為：「緣情造端，興於微言，以相感動，極命風謠里巷男女哀樂，以道賢人君子幽約怨悱不能自言之情，低徊要眇以喻其致，蓋詩之比興，變風之義，騷人之歌，則近之矣。」依張惠言對「詞體」的規創性定義，則其本質近乎風騷。此說雖頗承繼宋代之「復雅」思潮，相較卻更偏取屈騷，以賢人君子「感遇」之情為重。參見李次九：《詞選校讀》（臺北：復興書局，1971 年），冊上，卷一，頁 5-6。由於他對詞的這種論述，並且依藉《詞選》對典律的重構，影響所及而開展了常州詞派，詳參侯雅文：《中國文學流派學初論：以常州詞派為例》（臺北：大安出版社，2009 年）。

構與樣態的流動性現象。宋代新興的「詞」體正是最好的範例，不斷透過「詩詞辨體」的論述衝突，典型的展現了一種文體構成的社會文化性流變現象及歷程。因此，我們可以說，「詞體」不是一個固態化的存有物，而是一種在歷史進程中不斷流變的特殊文學形式。它的流變現象及歷程也就是「詞史」了。

我們在當代研究古典文學，後「五四」已接近一個世紀。相對於古典文學的社群與傳統而言，我們都已「離場」而站在古典文學歷史的終端。因此，古典文學的研究，假如缺乏貼切於主體生命存在的效果歷史（Wirkungsgeschichte）意識，[5]不能虛心涉入動態的歷史情境中，傾聽不同時期的不同社會階層、不同身分的文學家，基於各自的立場、觀點所發出種種彼此承變、相互影響的「對話性」聲音；便很容易產生如同觀賞骨董文物的「錯覺」，學者所看到的古代文學，只是擺在櫥窗中，已離開活動歷史情境而固態化的骨董物。因此，有些學者研究任何文體，都僅是依據當代的文學觀或某種意識形態，片面地先給出唯一不變的定義，預設絕對恆定的價值判準，然後持以鑑定、評斷及取捨；甚且，某個所謂權威性的論述已成定說，學界即轉相承襲，競為複製。然而，文學歷史卻遠比這樣簡化的認識複雜得多，它仍將以潛藏在文獻中，還未被傾聽到的喧嘩眾聲，等待有識者打開新視域，以進行多元廣度的理解、詮釋。

宋代「詩詞辨體」這個議題研究者已經不少，主要集中在：(一)描述或詮釋有關蘇東坡「以詩為詞」之創作及批評的歷史現象；[6](二)詮釋李清照

5　「效果歷史」（Wirkungsgeschichte）指的是：一切歷史現象或流傳下來的作品都不能當作只是純為歷史研究的客體，而應當注意到它在人們歷史性的存在以及意義的理解過程中所產生的影響效果。參見加達默爾（H. G. Gadamer）著、洪漢鼎譯：《真理與方法》（*Wahrheit und Methode*）（臺北：時報文化公司，1993 年），頁 393-401。

6　例如楊海明：〈論「以詩為詞」〉，《文學評論》1982 年第二期。趙晶晶：〈試論詩詞的不同藝術特徵與蘇軾「以詩為詞」的跡象〉，《西北師院學報》1982 年第一期。鄧玉階：〈蘇軾「以詩為詞」辨〉，《江漢論壇》1982 年第三期。秦惠民：〈蘇軾「以詩為詞」臆探〉，《黃石師院學報》1982 年第四期。朱靖華：〈蘇軾

所謂「詞別是一家」之說；[7](三)詮釋興起於北宋晚期而延伸到南宋的「復雅」思潮，推衍以及詞體的「雅俗」之辨；[8](四)從「詩莊詞媚」的基本觀點詮釋詩、詞之體式的差異。[9]諸多研究，自有其可稱道的成果。總體觀之，大致所表現的知識型態，其主要特徵是：針對詩、詞二種文體的差異做靜態性的內部研究；有些看似涉及外部的論述，其實只是做為說明詞體產生的「背景」知識而已；並未從本質論的基本假定，去詮釋社會文化因素對於

「以詩為詞」促成詞體革命〉，收入《蘇軾新論》（濟南：齊魯書社，1983 年）。王水照：〈蘇軾豪放詞派的涵義和評價問題〉，收入王水照：《蘇軾論稿》（臺北：萬卷樓圖書公司，1994 年）。王兆鵬：〈宋詞流變史論綱〉，《湖北大學學報》1997 年第二期。劉少雄：《會通與適變——東坡以詩為詞論題新詮》（臺北：里仁書局，2006 年）。王秀珊：《東坡「以詩為詞」論述之研究》（臺灣：東華大學中文系博士論文，2009 年）。

7　例如張惠民：〈李清照《詞論》的理論內容〉，參見《宋代詞學的審美理想》（北京：人民文學出版社，1995 年）。吳熊和：〈兩宋詞論述略〉，參見《吳熊和詞學論集》（杭州：杭州大學出版社，1999 年）。劉揚忠：《唐宋詞流派史》（福州：福建人民出版社，1999 年），第五章第四節〈「別是一家」之說與婉約正宗之路〉。謝桃坊：《中國詞學史》（成都：巴蜀書社，1993 年），第一章第五節〈李清照的詞「別是一家」說〉。何旭：〈從「自是一家」與「別是一家」略窺東坡、易安詞學觀之異同〉，《四川師範大學學報》，第三十一卷第三期，2004 年 5 月。黃雅莉：〈宋代詞論「自是一家」到「別是一家」的發展〉，《淡江中文學報》，第十四期，2006 年 6 月。

8　例如鄧喬彬：〈論南宋風雅詞派在詞的美學進程中的意義〉，《華東師範大學學報》1984 年第二期。秦寰明：〈略論宋詞的復雅〉，《學術研究》，1985 年 3 月。孫克強：〈雅俗之辨與宋代文學特徵的把握〉，《復旦學報》，1988 年 4 月。轟福安：〈兩宋詞壇雅俗之辨〉，《中國韻文學刊》1996 年第一期。朱崇才：《詞話學》（臺北：文津出版社，1995 年），第六章第一節〈雅正與淫俗〉。黃雅莉：《宋詞雅化的發展與嬗變》（臺北：文津出版社，2002 年）。陳慷玲：《宋詞「雅化」研究》（臺北：東吳大學中文系博士論文，2003 年）。

9　例如胡國瑞：〈詩詞體性辨〉，《文學評論》1984 年第三期。王齊明：〈詩之境闊，詞之言長——詩詞體性辨〉，《豫章學刊》1986 年第二期。房開江：〈宋人「詩莊詞媚」觀念平議〉，《貴州大學學報》1992 年第一期。孫立：〈詞的表現說——兼論詞與詩的差別〉，《華中師範大學學報》1991 年第六期。

詞體的構成所產生的決定性作用。

　　本文的主題是：〈宋代「詩詞辨體」之論述衝突所顯示詞體構成的社會文化性流變現象〉。從方法論而言，本文所企圖展示不同於上述的知識型態，一則在於我們的基本假定是：「意義」所指不僅是文本表層性的語義而已，更重要的是文本深層所隱涵說話者的論述實踐，究竟回應了什麼樣的歷史存在情境及其對存在價值究竟做了什麼樣的詮釋；二則在於我們的基本論點是：詞體的構成不僅是其內部固態的組織因素而已，社會文化也不僅是詞體發生的外部「背景」而已。詞體的構成根本是一種被社會文化性因素所滲透，隨著不同歷史時期的論述實踐而流變的特殊文學形式現象，有其漫長的歷程。在這基本假定下，我們的論點將從宋代「詩詞辨體」的「論述衝突」，去做深層性的詮釋而證成之。

二、文學家的存在情境及主體意識結叢

　　在文學創作與批評的場域中，「論述」從來都或隱或顯地預存著說話者的立場及觀點，以建構其所期待實現之事物或真理秩序。而說話者非一，立場及觀點各異，因此「論述衝突」是文學歷史的常態現象，也是文學歷史發展的內在動力。宋代詞體的構成，乃經由「詩詞辨體」的「論述衝突」，辯證地推動著流變的現象。而「衝突」之所以產生，其所係不同的說話立場及觀點，是一種非常複雜的內外因素結構。它涉及詞家客觀的多重性文化與社會存在情境，與乎詞家主觀之混融交涉的「意識結叢」。這個「意識結叢」是什麼？留待下文詳說。

　　分體文學史或批評史，例如「詩史」、「詞史」、「詩學史」、「詞學史」等，當代不乏其作。[10]它的確可以更專業、更精密的詮釋某一限定性的

10　例如陸侃如、馮沅君：《中國詩史》（上海：大江書鋪，1931 年）。葛賢寧：《中國詩史》（臺北：中華文化出版事業委員會，1956 年）。劉毓盤：《詞史》（上海：群眾圖書公司，1931 年）。胡雲翼：《中國詞史大綱》（上海：北新書局，

研究對象。然而，這類論述其實已隱設了一種基本假定，即研究對象不管是詩或詞或曲等類體，都有一個可以從總體文學歷史情境切割出來，而孤立地認知的個別本體，也有一個不與其他相關文體互涉而獨自創生、發展、演變的個別歷史。相應的詩家也好，詞家也好，曲家也好……，似乎也是一個孤立在總體文學情境，甚至總體文化情境、社會情境之外而存在的獨特身分。因此，這類分體文學史或批評史，假如在本體論及方法論上，未能考量到部分與總體之種種可能存在互涉性的辯證關係，那麼便很容易陷入孤立化、平面化、靜態化的論述，若干現象也就成為疑惑而不可解。例如在詞史或詞學史的論述中，對於宋代士人們一方面好為小詞，卻又視「詞」為應歌賄酒的艷科，一方面更將詞與「詩人之旨」聯繫起來而開展尊崇詞體的運動。這種現象被某些學者認為存在政治價值與審美價值的矛盾衝突，甚至被認為表現了宋人的人格分裂。*11*

當我們論述著「詞」這個類體時，其實可能不自覺的已將它從文學的總體情境中抽離出來，做為孤立認知的對象；當我們論述著某一「詞家」時，也可能不自覺的已將他從人之存在的總體情境中切割了某一身分或角色，做為孤立認知的對象。然而，假如我們回歸到文學的總體情境，甚而人之存在的總體情境以觀之，一個我們所認為的「詞家」，例如蘇軾，因著文學諸類體並陳交涉，以及複雜的文化傳統及社會關係，其實經常處於多重性的文化與社會存在情境中；而他的意識也經常處於多層次而彼此協調或相互衝突的結叢狀態中。蘇軾如此，其他被認定的詞家亦復如此。而他們之間不但有當代的互動，也有前後代的承變，關係極其複雜。我們透過對於詞家多重性的存在情境與意識結叢的分析，就可以理解到上揭的「論述衝突」何以產生，而詞體的構成又如何展開社會文化性的流變現象。

1933 年）。鈴木虎雄：《中國詩論史》（臺北：臺灣商務印書館，1972 年）。方智範等合著：《中國詞學批評史》（北京：中國社會科學出版社，1994 年）。謝桃坊：《中國詞學史》。

11 例如謝桃坊：《中國詞學史》，頁 28-33。

　　文學家實有「三重性」的歷史存在與社會存在。從廣泛幅度的存在情境而言，他與所有不分階層的一般人，共享著整體性的歷史文化與社會情境；這是文學家第一重的存在。接著，從限定性幅度的存在情境而言，文學家在當代的社會結構中，卻又無可規避的必然歸屬於某一由生產關係所分化的社會階層，因而在階層限定的視域中，理解、選擇、承受了某些由「文化傳統」及「社會階層」共成的價值觀，並履歷了階層性的社會互動經驗過程，而塑造了某種「意識形態」；這是第二重的存在。最後，從選擇性幅度而言，文學家又由於其文學觀念及活動所自主選擇、承受的「文學傳統」與「社會交往」，而互應相求地歸屬於所認同的文學社群；這是第三重的存在情境。前二重限定下的存在情境，我們稱之為「社會文化存在情境」；後一重限定下的存在情境，我們稱之為「文學存在情境」。而不管哪一重存在情境，都是各種觀念性的及經驗性的主客因素，經緯混融、交涉、衍變而構成的整體性情境。**12**

　　對於一個文學家而言，這三重存在情境必然形成靜態結構性的疊合、混融與動態歷程性的交涉、衍變。前二重現實世界中之文化與社會的存在情境，最終經由「文心」的感知而「轉化」為符號形式的「文學存在情境」呈現出來。而所謂「文心」則是文學家的「才性」潛能落實於文化社會存在情境，在「社會化」（socialization）過程中，經由文化教養及社會經驗所塑造而成的「文學心靈」。處於文學存在情境中的此一「文心」，實為結構複雜的主體「意識結叢」，它包含著：(一)文學家由「文化傳統」的理解、選擇、承受而形成的歷史性生命存在意識。(二)文學家由「社會階層」的生活實踐經驗過程與價值立場所形成社會階層性生命存在意識。(三)文學家由「文學傳統」的理解、選擇、承受而形成的文學史觀或文學歷史意識。例如源流、正變、通變、代變等原生性的文學史觀，或「文以載道傳統」、「詩言志傳統」、「詩緣情傳統」等文學歷史意識。(四)文學家由「文學社群」

---

12 參見顏崑陽：〈從混融、交涉、衍變到別用、分流、佈體──「抒情文學史」的反思與「完境文學史」的構想〉，《清華中文學報》第三期，2009 年 12 月，頁 113-154。

的分流與互動所選擇、認同、定義的文學本質觀。(五)文學家對各文學體類語言成規及審美基準之認知所形成的「文體意識」。[13]

存在情境既非恆常不變，而複雜的意識叢結，也非在每個文學家的主體心靈中形成均衡、固定的結構。各層次的意識在不同的主體間，會有強弱、顯隱的差異，例如理學家程頤之指責秦觀詞句「天若有情，天也為人煩惱」乃侮辱「上穹尊嚴」，[14]顯然一個是文學家、一個是理學家，二者之間由「文化傳統」的理解、選擇、承受而形成的生命存在意識，以及由社群認同的生活實踐經驗與價值立場所形成的生命存在意識，其強弱、顯隱頗存差異；而在同一個主體之中，各層次的意識也會由於時空情境的改易，而表現強弱、顯隱的差異，例如陸游即在晚年而悔其少時之詞作。[15]

因此，存在情境及主體意識都非恆常不變，從歷史經驗現象觀之，我們所能理解的其實只是始終處於相對差異及轉換狀態的「情境性主體」，而非一絕對普遍的「先驗性主體」，也就是我們無法認知到那種超越現實存在情境而固定不變的抽象化「人性」。存在情境的變化不定，主體意識的複雜及差異，使得一切衝突由是而生，一切對立以及辯證的可能性也由是而可以獲致理解。

三、先驅性詞作多是「常民意識」的表現

依據上述理論的設準，在不同的存在情境中，同一個人會以差異的「情境性主體」轉換著不同的身分及角色出現。這些在不同情境中出現的身分或角色，有些彼此協調，有些卻會產生「暫時性」的衝突。

宋代詞家若以蘇軾為例，則在第一重存在情境中，他與任何生活在當代

---

13 參見顏崑陽：〈從混融、交涉、衍變到別用、分流、佈體──「抒情文學史」的反思與「完境文學史」的構想〉，頁 137。

14 參見宋代袁文：《甕牖閒話》（上海：上海古籍出版社，1985 年），卷五。

15 陸游：〈長短句序〉：「予少時汨於世俗，頗有所為，晚而悔之。然漁歌菱唱，猶不能止。」參見《渭南文集》，收入《陸放翁全集》（臺北：世界書局，1970 年）。

的「常民」並無根本的不同，都一樣有心知血氣之性，一樣有男女飲食的欲求，一樣有喜怒哀樂的情緒變化，一樣依隨社會文化所習成的生活形式在過日子。所有「詞家」都是「常民」，再偉大的詞家也還是常民，必然無可遮掩地在他的現實生活及文學作品中表現其「常民意識」。宋代羅泌〈六一詞跋〉云：

> 情動於中而形於言，人之常也。詩三百篇，如俟城隅、望復關、摽梅實、贈芍藥之類，聖人未嘗刪焉。[16]

　　所謂「人之常」，即「常民意識」。原始詩歌自然表現的就是「人之常」，政教上的「諷諭美刺」乃「士」階層意識對詩歌之社會文化性效用所做的詮釋及建構。

　　蘇軾大部分的詞作，所表現的其實都是自己或與親朋之間，日用的生活經驗及常民意識，反而合乎原始詩歌的本質。例如〈昭君怨──金山送柳子玉〉、〈江城子──湖上與張先同賦，時聞彈箏〉、〈菩薩蠻──杭妓往蘇，迓新首楊元素，寄蘇守王規甫〉、〈菩薩蠻──西湖席上代諸妓送陳述古〉、〈南鄉子──席上勸李公擇酒〉等。[17]其中容易被視為艷科，寫及男女交際的詞作也非罕見，除上引二首〈菩薩蠻〉之外，又例如〈水龍吟──贈趙悔之吹笛侍兒〉、〈殢人嬌──小王都尉席上贈侍人〉、〈雙荷葉──湖州賈耘老小妓名雙荷葉〉、〈減字木蘭花──贈徐君猷三侍人，一嫵卿〉等，[18]甚至例如描寫潤州甘露寺多景樓的〈采桑子〉，更在詞題中明白讚賞

16　羅泌：〈六一詞跋〉，參見吳訥：《唐宋元明百家詞》（臺北：廣文書局，1971年）。

17　上引諸詞作，參見龍沐勛：《東坡樂府箋》（臺北：華正書局，1974 年），卷一，頁 67、73、79、80、141。

18　上引諸詞，參見龍沐勛：《東坡樂府箋》，卷一，頁 125、145、172；卷二，頁 215。

妓女的姿色：「有胡琴者姿色尤好，……景之秀妓之妙，真為希遇。」[19]

上述這類題材在蘇軾詞中常見，而表現了一個與「常民」無異的詞家。其實，這類題材在他的詩中也同樣常見。「詩人」蘇軾又何嘗不食人間煙火！何嘗沒有常民的生活經驗及意識！在蘇軾身上，詩人與詞人無從切割。他的詩、詞，很多篇章都是「常民」生活經驗的書寫。

東坡如此，其他所有詞家莫不如此。晏幾道詞作固多飲食男女情事，在其詞集的自序中更明白表示：

> 叔原往者浮沉酒中，病世之歌詞，不足以析酲解悃；試續南部諸賢餘緒，作五七字語，期以自娛，不獨敘其所懷，兼寫一時杯酒間聞見，所同游者意中事。[20]

晏幾道的自白很真實的呈現上述第一重存在情境的常民意識及生活經驗。在這情境中，他的身分就是一個經濟資本比較優裕，而從酒食歡娛去詮釋存在價值的「常民」；其詞作也就是此一「常民意識」的表現。從晏幾道所處的其他存在情境來看，並未特別顯覺不同於「常民意識」之「士」的社會階層意識，因此也沒有身分轉換間所造成的意識形態衝突。這種狀況，在北宋前、中期，頗為常態，柳永、張先、黃庭堅、秦觀、賀鑄等詞家，莫不如此。即使像范仲淹、晏殊、歐陽修、蘇軾、王安石等，這些政治地位比較高而「士」社會階層意識比較明顯的文學家，在偶作小歌詞時，也未產生二種意識之間的強烈衝突，大致是讓它們處在並存而各適其境的狀態中。

對北宋中期以前的文士而言，「詞」的先驅性寫作，乃常民生活中很自然的行為。宋代尹覺〈題坦庵詞〉云：

19　參見龍沐勛：《東坡樂府箋》，卷一，頁109。
20　晏幾道：《小山詞》，參見朱祖謀：《彊村叢書》（臺北：廣文書局，1970年），冊二，頁491。

> 臨淄（晏殊）、六一（歐陽修），當代文伯，其樂府猶有憐景泥情之偏，豈情之所鍾，不能自已於言耶？[21]

　　他用「偏」這個詞雖不免預設著某種評價立場；但是，卻也真正理解到一個事實，晏殊、歐陽修這些宋代「文伯」寫作小詞，乃「情之所鍾，不能自已於言」。即使偉大人物的日常生活，也自然會表現「常民意識」於種種行為中；「情之所鍾，不能自已於言」，也就是「常民意識」自然表現於詞作；因此，起自常民階層的「詞」正是書寫常民生活經驗、表現常民意識最適當的文體。

　　晏殊、歐陽修、蘇軾等，同時也都是詩人，日常作詩、填詞，其「辨體」意識並未非常顯覺；故詩文化遺習乃相沿為主導性的意識，再加上個人才性之所發、情感之所至、文辭之所現，為詩為詞，自然而皆可，二者無須刻意區別。以蘇軾上引那些詞作為例觀之，不管題材或構句、修辭，都非常接近他的詩作。宋代林景熙〈胡汲古樂府序〉就認為蘇軾的詞作乃「根情性而作者，初不異詩」。[22]「根情性而作」當然是自發性的流露，未必刻意為之。有些學者認為蘇軾刻意改革詞體，[23]從創作行為動機而言，這很難論證。蘇軾如此，其他詞家亦然。

四、「分流」與「同源」二種辨體論述的衝突

　　北宋中期，新興詞體的作品已累積到相當豐富的質量。就在這一基礎上，某些人士於第二、三重存在情境，顯覺而強化了文體意識、士階層意識

21　趙師俠：《坦庵詞》，參見毛晉：《汲古閣宋六十名家詞》（臺北：臺灣商務印書館，1956 年）。

22　林景熙：《霽山集》，參見《知不足齋叢書》（上海：古籍流通處，1921 年），集二十五，卷五。

23　例如王水照：〈蘇軾豪放詞派的涵義和評價問題〉。劉揚忠：《唐宋詞流派史》。謝桃坊：《中國詞學史》。

以及言志傳統詩觀，並滲透到對詞的批評，而逐漸興起「辨體論述」。其目的乃在於為這新興「詞體」的本質找到定位。

就此一語境而言，所謂「本質」（essence）指的是一事物之為此一事物所必須具備的性質，此即「物性本質」（physical essence）。物性本質的指認通常以具有界限之殊種（species）或共類（genus）的事物為範疇。「詞體」即是「韻文」此一共類之大範疇內，可與騷、賦、銘、曲等類體區分的一個殊種。詞體的本質，即是詞之為詞而可與其他類體區分，所必須具備的性質，而它可以是外現的語言形構、樣態，也可以是內含的性能。

前文論及，文化產物之所謂「本質」皆非自然所生、先驗所具，而是人為之所規創的定義及其實踐。因此，「辨體論述」也就是在為詞體的「本質」進行觀念性的規創定義，以做為創作實踐的依據。其路數大致有二：(一)從詞體本身的語言形構或樣態，即體製或體式，進行詩詞「分流」的論述；(二)從詞之社會文化性的「衍外效用」，[24]進行詩詞「同源」的論述。

所謂「分流論述」，從文體的「源流」觀念而言，是指論述者肯認一種文體起源後不斷分化的現象，而主張不同次類體之間應該在體製及體式上有所區別，不宜混淆為一，例如詩與詞就是如此。而所謂「同源論述」則正好

---

[24] 事物之「用」應有二義，一為「自體功能」，一為「衍外效用」。「自體功能」指的是一事物本身因其性質、形構而自具的功能，乃「體用相即」之「用」。以「賦」為例，因為其形構上的體製宏大，故適合「鋪敍」以「寫物」，故「鋪敍以寫物」就是賦的「自體功能」。至於如班固〈兩都賦序〉所謂：「或以抒下情而通諷諭，或以宣上德而盡忠孝。」這是從「創作意圖」所做的規定，指的是賦家依藉作品，意圖在政教上能「通諷諭、盡忠孝」而獲致「衍外效用」，這絕非賦體本身所具。「自體功能」比較係於事物本身客觀普遍的性質、形構條件；「衍外效用」則比較係於使用者主觀的意圖及相應的事物「內容」條件。二者都是「用」，但卻有別；一般論者往往混淆，尤其誤將「衍外效用」當做「自體功能」，故必須嚴加區辨。參見顏崑陽：〈漢代「賦學」在中國文學批評史上的意義〉，《第三屆國際辭賦學學術研討會論文集》（臺北：政治大學文學院，1996 年），頁 117-122，收入本書輯二，頁 267-270。又參見顏崑陽：〈從〈詩大序〉論儒系詩學的「體用」觀〉，臺北政治大學中文系主編：《第四屆漢代文學與思想學術研討會論文集》（臺北：新文豐出版公司，2003 年），頁 1-3、21-23。

相反，論述者往往逆溯「分流」的現象，為各次類體找尋同一本源，而主張它們儘管形構、樣態彼此各異；但是，從其本質、功能或效用來看，則其本一也，此即「體源論述」。

在文學理論中，「文體起源」論述往往關聯到「文體本質」論述。「分流論述」，是將「詩」與「詞」看作文體中二個不能彼此約化的「殊種」，本質互有差異。「同源論述」則認為「詞」可歸入「詩」這個「共類」，本質彼此同一；只是這兩者所認定詞體的「本質」並不相同。這也就是何以說文化產物的「本質」，其實都是論述者所做規創性的定義，而在歷史進程中不斷流變。因此，文學並無超越時空而絕對唯一、固定不變的「本質」。

這二種論述到北宋晚期之後，逐漸形成衝突，而更加顯化了詞體構成的流變現象。其論述的思路則有二種取向：一為針對詞人及詞作的「典範論述」；「典範」一詞，中國傳統用作「典型模範」之義，指的是可為「典型模範」之人或文學、藝術作品，例如宋代郭若虛《圖畫見聞誌》：「古之祕畫珍圖，名隨意立。典範則有春秋、毛詩、論語、孝經、爾雅等圖。」[25]中國古代文學、藝術中，往往視人與作品為一，而稱之為「家」，故「典範」一詞即指以「家」為單位的文化創造物。宋代詞論中，頗多針對歐陽修、柳永、蘇軾、秦觀、周邦彥等一「家」之詞的詮釋及評價，以論定其「典範」特徵，我們稱之為「典範論述」；另一取向則針對詞之體製、體式或體源而進行論述，我們稱之為「文體論述」。

「文體」乃文化創造物，是歷史的存在，也是社會的存在。它並非一種純為抽象概念的形式，而是具有內容的實在存有物，尤其「體式」更是如此。以詞而言，所謂「婉約」之體式，沒有溫、韋、晏、歐等「典範」之作，此一體式即不存在；所謂「豪放」之體式，沒有蘇、辛等「典範」之作，此一體式即不存在。準此，我們可以推衍而說，沒有「典範」之作，「文體」就不存在；而任何「典範」之作，也必可歸屬於某一「文體」。藉

---

25 參見郭若虛：《圖畫見聞誌》（臺北：廣文書局，汲古閣毛晉訂本，1973 年），卷一，頁 16。

《文心雕龍・通變》的論述來說，一種「文類」之「名理相因」的「常體」，是所有作品必須共同遵循的規範；而相對的，此一「常體」的建構，則須依賴具有「文辭氣力」的「典範」之作去示現，故云「名理有常，體必資於故實。」[26]準此，上列二種論述思路往往互濟，以「典範論述」支持「文體論述」的切當性；反之，以「文體論述」支持「典範論述」的切當性。

五、「分流論述」對詞體本質所作的定義

第一種「分流」論述的路數，所辨者為詩與詞在語言形構、樣態上的差別。因此是從「詞」這一文類之有異於「詩」這一文類之體製、體式的特徵，以界定詞體的本質；我們稱之為「辨類體」。這種「本質」是從語言形式可以辨識的特徵去判定，故宋人以「本色」稱之。它呈現了「典範論述」與「文體論述」互濟的型態。論述者預設「文體規範」為判準，反思批判的對象則是歐陽修、王安石、蘇軾、黃庭堅等先驅性的「準典範」詞作。[27]反過來藉著對諸「準典範」的批判，顯示「文體規範」的必要性。其中最引起熱烈討論的議題是：蘇軾「以詩為詞」的現象。陳師道《後山詩話》云：

　　退之以文為詩，子瞻以詩為詞，如教坊雷大使之舞，雖極天下之工，

---

[26] 《文心雕龍・通變》：「夫設文之體有常，變文之數無方，何以明其然耶？凡詩賦書記，名理相因，此有常之體也；文辭氣力，通變則久，此無方之數也。名理有常，體必資於故實；通變無方，數必酌於新聲。」參見周振甫：《文心雕龍注釋》（臺北：里仁書局，1984 年），頁 569。

[27] 從詞體的發展歷程而言，上舉歐陽修等先驅性詞作的「典範性」，在北宋中期當時，還未形塑確定，卻經常被選擇、討論。這種尚在演變中而可能成為「典範性」詞家，假如針對的是個別篇章作品，學者侯雅文另提「準典律」這個術語及概念指稱之，頗為適切。參見侯雅文：〈宋代「詞選本」在「詞典律史」建構上的意義〉，《淡江中文學報》第十八期，2008 年 6 月。頁 118-119。本論文所述之詞作，多以一「家」為單位，故藉「準典律」的概念，另鑄「準典範」一詞。

　　要非本色。*28*

　　「本色」一詞，在宋代的詩、詞批評中常見；原指士農工商、諸行百戶，衣裝各有本宜的顏色；其後轉用於文學批評，用以指每一文類依其性質、功能而應有的標準體式，例如詩要典雅、詞須婉約。*29*宋代對於詞體的「本色」大抵定位在體製合律可歌、體式綺艷柔媚，例如仇遠〈玉田詞題辭〉云：「詞乃有四聲、五音、均拍、重輕、清濁之別。若言順律舛，律協言謬，俱非本色。」*30*劉克莊〈翁應星樂府序〉云：「長短句當使雪兒囀春，鶯輩可歌，方是本色。」*31*是則後山之論主要從語言形構、樣態以批判蘇軾混淆了詩、詞各自應有的體式，故其作品雖表現了高度的藝術之美，卻非「詞體」可與「詩體」區別的形象特徵，等於模糊了詞體的「本質」。其他類似的批判尚多，而此一論述的意義也頗為複雜，近現代學界研究成果甚豐，前文已經述及；我也另有專文探討。*32*其詳義非本論文主題，故不贅。

　　這類對於詞體在語言形構及樣態上與詩混淆的批判，除針對蘇軾而外；還涉及歐陽修、黃庭堅其他詞家之作，並且批判的聲音，由北宋中期延伸到南宋。例如：

　　胡仔《苕溪漁隱叢話》引《復齋漫錄》云：

　　　黃魯直間作小詞，固高妙，然不是當家語文，自是著腔子唱好詩。*33*

---

28 《後山詩話》有學者疑非陳師道所作，然而尚難定論。引文參見何文煥：《歷代詩話》（臺北：漢京文化公司，1983 年），冊一，頁 309。

29 參見龔鵬程：《詩史本色與妙悟》（臺北：臺灣學生書局，1986 年）。

30 張炎：《山中白雲詞》及仇遠之序文，朱祖謀：《彊村叢書》，冊十五。

31 參見劉克莊：《後村集》（臺北：臺灣商務印書館，1983 年），卷九十七。

32 參見顏崑陽：〈宋代「以詩為詞」現象及其在中國文學史論上的意義〉，《東華人文學報》第二期，2000 年 7 月。又參見本書前一篇論文。

33 參見胡仔：《苕溪漁隱叢話》（臺北：木鐸出版社，1982 年），後集，卷三十三，頁 209。

黃庭堅〈晏小山詞序〉云：

> 晏叔原……乃獨嬉弄於樂府之餘，而寓於詩人之句法。[34]

李清照〈詞論〉云：

> 晏元獻、歐陽永叔、蘇子瞻，學際天人，作為小歌詞，真如酌蠡水於
> 大海，然皆句讀不葺之詩爾，又往往不協音律……。王安石、曾子固
> 文章似西漢，若作一小歌詞，則人必絕倒，不可讀也。乃知別是一
> 家，知之者少。[35]

「當家」一詞亦作「當行」，義同「本色」。上引這些論述，都是認定
晏殊、歐陽修、蘇軾等人的「準典範」之作，混淆了詩、詞之體。這是一個
文學事實；在這事實的基礎上，論述者乃以「文體規範」做為基準，而進行
後設性的批判。其中，除了黃庭堅〈晏小山詞序〉乃描述性及詮釋性之意而
外，其餘皆是批判性之論，顯然表示了不認同此一混淆詩詞之體的寫作方
式。綜合觀之，可歸約幾個主要觀點：(一)詞與詩分流，各自為體，即所謂
「別是一家」也；(二)二者之體如相混淆，則詞作雖妙，亦失其當家本色；
(三)詞體的本色須從其不同於詩體之音律、句法、風格等形式特徵去表現或
辨識。

綜合言之，此一「分流論述」乃於上述第二、三重存在情境中，顯覺了
文學傳統所積澱的「文體意識」。他們抱持著文體「分流」的觀點，肯認
「詞」是一種新興的文體，與「詩」的關係乃是在「韻文」共類之下，處於
同一層級而平列的二個「殊種」，各自為體，別是一家。而先驅性的「準典

---

34 參見朱祖謀：《彊村叢書》，冊二，頁 489。

35 參見曹樹銘校釋：《李清照詩詞文存》（臺北：臺灣商務印書館，1996 年），頁
142-143。

範」詞家，在已歷千年的詩文化遺習及個人才性的主導下，卻混同二者之體；而詞之為詞的本質遂模糊不明。因此，在這種寫作現象累積到質量俱豐的歷史時期，「文體意識」一旦顯覺，就開始有人針對「準典範」之作進行反思批判，從體製、體式的形構、樣態特徵，為詞體指認可與詩體區別的「本質」。

六、「同源論述」對詞體本質所作的定義

第二種「同源」論述，所辨者正好相反，他們從詞體的起源與功能、效用的詮釋視域，辨識了詞體與詩體「其本一也」，因而由此以界定詞體的「本質」。這種「本質」當然不是從外現的形構、樣態特徵去指認，而是從內含的功能或衍外的效用去指認。它也同樣呈現了「典範論述」與「文體論述」互濟的思惟型態。

詞的「自體功能」，[36]宋代論述者不多。大致而言，由於其所依隨者乃隋唐以降的流行燕樂，以及其體製之長短曲折的形構，本身就具有婉轉抒情的功能，故張炎《詞源》云：「詞與詩不同，詞之句，語有二字、三字、四字，至六字、七八字者」、[37]又云：「簸弄風月，陶寫性情，詞婉於詩。蓋聲出鶯吭燕舌間，稍近乎情可也。」[38]這是典型的「自體功能」之論。

不過，宋代對詞體之功能、效用的論述，比較聚焦在社會文化性的「衍

---

36 前文已述及，「自體功能」與「衍外效用」相對，指的是一事物本身因其性質、形構而自具的功能，乃「體用相即」之「用」。它比較係於事物本身客觀普遍的性質、形構條件。以「詞」為例，「自體功能」指的是「詞」之為「體」，其自身的形構，於「曲」而言，可配樂而歌，其曲調又多屬娛樂性的燕樂；於「詞」而言，長短不齊，可婉轉抒情；故其「自體功能」便內涵於這一形構中，即婉轉歌詠一般常民生活的情趣，男女之情尤為大宗。至於使用者將它拿來應歌賄酒，或抒發士人身世、時代之感的情志，或做美善刺惡的政教諷諭，那就是「衍外效用」了，全視「使用者」的取向。

37 參見張炎：《詞源》卷下〈虛字〉（臺北：藝文印書館，1968 年）。

38 參見張炎：《詞源》卷下〈賦情〉。

外效用」。此類效用又可分為二種取向：一是出於「常民意識」的應歌遣興效用；一是出於「士人階層意識」及「言志傳統詩觀」的政教諷諭效用。前者是詞之興起於常民階層，實然如此的效用；後者則是士人階層改革、推尊詞體，所期待應然如此的效用。「效用」決定於作品的「內容」，二者對「詞」應該「寫什麼」，所持觀點完全不同；故北宋晚期之後，這兩種觀點逐漸產生「論述衝突」，並牽連到上述第一種「分流論述」。

　　詞體跟著隋唐流行的燕樂而興起，其應歌遣興的效用是本已存在的事實。很多詞家也抱著此一動機、態度去填詞。歐陽炯的〈花間集序〉就已為詞體的衍外效用做了應歌遣興的定位，云：「將使西園英哲，用資羽蓋之歡。南國嬋娟，休唱蓮舟之引。」³⁹宋代陳世脩〈陽春集序〉也描述馮延巳填詞的動機、態度，云：「公以金陵盛時，內外無事，朋僚親舊，或當燕集，多運藻思，為樂府新詞；俾歌者倚絲竹而歌之，所以娛賓而遣興也。」⁴⁰至於上引晏幾道〈小山詞序〉自述寫詞亦無非如此態度。而柳永作新樂府，陳師道《後山詩話》稱其「骫骳從俗，天下詠之」，⁴¹更顯示這種新樂府所產生社會文化性的應歌遣興效用，何等普及。這是詞之創作實踐的事實，也是衍外效用的事實。上引諸說，或僅作描述，或持肯定的價值立場。這樣的論述，當然還不止於此，不俱論。

　　針對這種創作實踐及所產生的衍外效用，北宋中期到晚期，只零星針對一些「準典範」之作的道德性，個別提出指責；大致來說，尚未針對整個詞體展開批判。例如上引袁文《甕牖閒話》所載程頤對秦觀詞作的指責；又例如宋代嚴有翼《藝苑雌黃》批評柳永詞：「大概非羈旅窮愁之詞，則閨門淫媟之語。」因而直指柳永的品格：「小有才而無德以將之，亦士君子之所宜

---

³⁹ 參見《宋本花間集》（臺北：藝文印書館，1969 年）。

⁴⁰ 馮延巳：《陽春集》，參見王鵬運：《四印齋所刻詞》（上海：上海古籍出版社，1989 年），頁 332。

⁴¹ 《後山詩話》，參見何文煥：《歷代詩話》，冊一，頁 311。

戒也。」[42]我們特別注意到「士君子」此一指稱社會階層身分的用詞。準此以見，這些指責所持的觀點，隱然預存了儒家傳統「士志於道」的意識形態，文章與道德不能二分，故君子宜慎其言。此外，宋代魏泰《東軒筆錄》的一段記載，更值得注意：

> 王荊公初為參知政事，聞日因閱讀晏元憲公小詞而笑曰：「為宰相而作小詞，可乎？」平甫曰：「彼亦偶然自喜而為爾，顧其事業豈僅止如是耶！」時呂惠卿為館職，亦在坐，遽曰：「為政必先放鄭聲，況自為之乎！」[43]

王安石的質疑多少帶著玩笑的口吻，並非嚴肅的指責；他自己其實也寫作小詞。而其弟王安國（平甫）的回答顯然認為偶為小詞與政治事業並不相妨，可並存而待之。至於呂惠卿，姑不論人品如何，其論述已斷定「為政」與「好鄭聲」，不能同時表現在政治高層人士的行為上，其中顯然預存著士人階層意識及言志傳統詩觀。這樣的論述已不僅像程頤之責秦觀詞、嚴有翼之責柳永詞，只是作者個人的失言或品格問題而已。呂惠卿的論述表示了「詞體」在士人階層的意識形態中，等同「鄭聲」而有害於政治、道德。這其中或許隱藏著政治人物彼此的恩怨；但是，詞體「應歌遣興」的衍外效用礙及政教，而受到呂惠卿的批判，卻也是事實。由王安國與呂惠卿的對話，我們已可看到詞體二種社會文化性衍外效用所引發的「論述衝突」。只不過這種「論述衝突」在南宋初期之前，還未成為普遍的議題。

南宋初期，「復雅」思潮興起，這種論述衝突逐漸普遍而激烈起來。形成這種論述衝突現象的社會文化性因素，其一是理學所承受儒家文化傳統的價值觀，持續滲透了士人階層的生命存在意識；其二是宋室日衰、社會動亂

---

[42] 嚴有翼：《藝苑雌黃》，參見郭紹虞：《宋詩話輯佚》（臺北：華正書局，1981年）。

[43] 魏泰：《東軒筆錄》（北京：中華書局，1983年），卷五，頁52。

所激發士人階層對時代家國的憂患意識；其三是由文學傳統的理解、選擇而承受的「詩言志」觀念因應時代情境而顯覺了。這種種存在情境相伴著意識形態的轉變，「詩詞辨體」乃由語言形構及樣態，即體製、體式的層次，轉入社會文化性效用的層次，而詞家即紛紛開始重新定義詞體的本質。「常民意識」與「士人階層意識」在某些詞家的論述及創作實踐上，往往呈現衝突的狀態。而詩詞「分流」與詩詞「同源」也形成對立的論述。

「復雅」思潮開始於宋室南渡前後的黃裳，他在《演山居士新詞》的自序中，提出以「六義」做為詞之創作的準則。[44]南渡不久，鮦陽居士首倡「復雅」口號，編選《復雅歌詞》，序文中強烈批判：

> 溫、李之徒，率然抒一時情致，流為淫艷猥褻不可聞之語。吾宋之興，宗工巨儒，文力妙天下者，猶祖其遺風，蕩而不知所止。[45]

相對的，他認為：「《詩》三百五篇……其言止乎禮義」。當然，這就是他心目中的最高典範，詞作應該以它為準。這樣的觀念，在南宋初、中期，的確蔚為思潮。很多詞家不僅依藉論述以重新定義詞體的本質，並且付諸實踐。向子諲《酒邊詞》之作而胡寅序文之論述、[46]張元幹《蘆川詞》之作而蔡戡序文之論述、[47]黃公度《知稼翁詞》之作而曾豐序文之論述、[48]曹冠《燕喜詞》之作而陳巘序文與詹傚之跋文的論述、[49]張孝祥《紫微雅詞》

---

[44] 參見黃裳：《演山集》，卷二十。《文淵閣四庫全書》（臺北：臺灣商務印書館，1983 年），集部別集類。

[45] 鮦陽居士：〈復雅歌詞序〉。參見祝穆：《古今事文類聚》（臺北：臺灣商務印書館，1983 年），續集，卷二十四。

[46] 參見王沛霖、楊鍾賢：《酒邊詞箋注》（南昌：江西人民出版社，1994 年）。

[47] 張元幹：《蘆川詞》，參見《文淵閣四庫全書》（臺北：臺灣商務印書館，1983 年），集部別集類。蔡戡：〈蘆川居士詞序〉，參見《定齋集》卷十三，收錄於《四庫全書珍本》（臺北：臺灣商務印書館，1975 年），別輯，集部別集類。

[48] 參見毛晉：《汲古閣鈔宋金詞七種》（臺北：藝文印書館，1972 年）。

[49] 參見王鵬運：《四印齋所刻詞》，頁 749。

之作而湯衡序文之論述、[50]郭應祥《笑笑詞》之作而詹傳序文之論述等，[51]
大體就是此一思潮之下的產物。

　　這種論述有著頗為顯覺的意圖，貶抑「應歌遣興」的效用，相對提升
「政教諷諭」的效用，以推尊詞體。其論述目的既明，思路也是「典範論
述」與「文體論述」並出而互濟。在「典範論述」方面，一則批判被他們所
目為淫艷的詞作，二則另向重估蘇軾等「以詩為詞」之作的價值。所謂「另
向」是指不沿襲北宋中期從詩詞辨體的「本色」觀點，而另外取向於從主體
情性以肯定「以詩為詞」的價值。在「文體論述」方面，則從「體源」的觀
點，將詞「歸源」於「詩母體」，因詩詞「同源」而推斷其功能、效用為
一，故兩者「本質」無別。

　　在復雅思潮中，對於「常民意識」所表現，尤其書寫飲食男女之事的所
謂「淫艷」之詞，紛紛展開強烈的批判。這種聲音，從南宋初期延續到晚
期。例如：

朱翌《猗覺寮雜記》：

　　　古無長短句，但歌詩耳。……今不復有歌詩者，淫聲日盛，閭巷猥褻
　　　之談，肆於言內。集公燕之上，士大夫不以為非，可怪也。[52]

楊萬里《誠齋詩話》：

　　　近世詞人，閨情之靡，如伯有所賦，趙武所不得聞者，有過之，無不
　　　及焉，是得為好色而不淫乎？[53]

50　參見吳昌綬、陶湘：《影刊宋金元明本詞》（北京：中國書店，1981 年）。

51　參見朱祖謀：《彊村叢書》，冊十一。

52　參見《文淵閣四庫全書》，冊八五〇。

53　參見丁仲祜：《續歷代詩話》（臺北：藝文印書館，1983 年），冊上，頁 153。

汪莘〈方壺詩餘自序〉：

> 唐宋以來，詞人多矣。其詞主乎淫，謂不淫非詞也。[54]

王若虛《滹南詩話》：

> 自世之末作，習為纖豔柔脆，以投流俗之好。高人勝士亦或以是相
> 勝，而日趨於委靡，遂為其體當然，而不知流弊之至此也。[55]

　　上引諸文，對於所謂「淫豔」之詞的批判，甚為強烈。相對的，對於晏、歐、蘇、王等原本被評為「非本色」的詞作，則又推崇備至；並且越過詩詞體製、體式上的差異，而直指詞人的主體情性，從創作的根源處肯斷這類作品之足為「典範」。其焦點尤其聚集在北宋時期針對蘇軾「以詩為詞」的那些評斷，提出反駁；而形成正面的「論述衝突」。我們在前文就已述及，有關這一議題的複雜意義論者甚多，故不為贅述。在此，我們僅指出這種「典範重估」的論述，其意圖乃在於超越歷史積澱的「文體規範」意識，而從「主體情性」直取創作的根源，則詩詞在語言形式層次上的文體差異，便非第一要義了。例如：

尹覺〈題坦庵詞〉：

> 詞，古詩流也；吟詠情性，莫工於詞。臨淄、六一，當代文伯，其樂
> 府猶有憐景泥情之偏，豈情之所鍾，不能自已於言耶？[56]

陳鬵〈燕喜詞序〉：

54　參見參見朱祖謀：《彊村叢書》，冊十一。
55　參見丁仲祜：《續歷代詩話》，冊上，頁623。
56　參見毛晉：《汲古閣宋六十名家詞》。

議者曰：少游詩似曲，東坡曲似詩。蓋東坡平日耿介直諒，故其為文似其為人。歌「赤壁」之詞，使人抵掌激昂而有擊楫中流之心；歌〈哨遍〉之詞，使人甘心澹泊而有種菊東籬之興；俗士則酣寐而不聞。**57**

汪莘〈方壺詩餘自序〉：

余於詞，所喜愛者三人焉。蓋至東坡而一變，其豪妙之氣，隱隱然流出言外，天然絕世，不假振作。**58**

林景熙〈胡汲古樂府序〉：

二公（王安石、蘇軾）樂府，根情性而作，初不異詩也。**59**

元好問〈新軒樂府引〉：

唐歌詞多宮體，又皆極力為之。自東坡一出，情性之外，不知有文字，真有一洗萬古凡馬空氣象。**60**

　　這類論述站在詩詞無別的基本觀念上，對於晏殊、歐陽修、王安石等，尤其蘇軾，諸家「以詩為詞」的創作型態，給予極高的評價；而且對於諸家何以足為「典範」的原由，皆超越語言層次的「本色」之說，直契詞家的主體情性，以指出創作的根源。所謂「情之所鍾，不能自已於言」、「東坡平

---

57 參見王鵬運：《四印齋所刻詞》，頁749。
58 參見朱祖謀：《彊村叢書》，冊十一。
59 參見鮑廷博編：《知不足齋叢書》。
60 參見姚奠中編：《元好問全集》（太原：山西人民出版社，1990年），冊下，卷三十六。

日耿介直諒，故為文似其為人」、「豪妙之氣，隱隱然流出言外，天然絕世，不假振作」、「根情性而作」、「情性之外，不知有文字」等，都已不在語言形式層次分辨詩詞的差異，而特別突顯不管作詩、填詞，皆當為情性自然之表現。

從這類論述對近代「以詩為詞」之「準典範」詞家的價值重估，就已為「文體」論述厚築了創作實踐經驗的基礎。相對的，他們復從文學歷史的追溯，提出詞體與詩體「同源」的論述，反過來支持了蘇軾等人「以詩為詞」的正當性。而另一方面，在「文體論述」時，所強調的也不再是詩詞體製、體式上種種形式性的差異，而是功能及效用上的同一。「典範論述」與「文體論述」相互支持，以對抗北宋中期之後相沿的「分流論述」。

「體源」的論述，其目的約有四種取向：(一)以歷史考察的方式，為某些文體的起源，找出最早的歷史時間始點；(二)以歷史考察的方式，為某些文體的起源，追尋其外在客觀之社會文化上的發生原因；(三)以論理的方式，為某些文體的起源，詮釋其內在主觀之性情心理上的發生原因；(四)以論理的方式，先為文學的本質，從歷史既存的作品，建構最理想的典範，而做為各種文體創生及存在價值所依歸的「本原」。*61*

這四種「體源」論述，其中尤其值得注意的是第四種，《文心雕龍·宗經》及《顏氏家訓·文章》所提出「文章原出五經」，即是典型之論；而鍾嶸《詩品》所提出五言詩的「源流譜系」，也可歸屬於這種「體源」論述。此一論述所聯結前後文體的「源流」關係，並非由歷史考察方式所證成的事實，而是依照論述者的「文學本質觀」所建構的「譜系」，此乃文化論述與實踐上，由「應然」以開展「實然」的文學藍圖。*62*理想價值的創造，才是一切文學得以存在的根本依據。因此，中國古代的史觀，所謂「歷史」不純然只是客觀事實的考察及判斷，而更是「究天人之際，通古今之變」之主觀

---

61 參見顏崑陽：〈六朝文學「體源批評」的取向與效用〉，《東華人文學報》第三期，2001 年 7 月，頁 7-8。

62 參見同上注，頁 31-33。

存在價值意義的判斷。**63**一切文化的產物，都當作如是觀。

宋代有關詞體起源的論述，大致有二種路數：(一)起源於隋唐燕樂新聲；(二)溯源於古詩，而視詞體為「古詩之流」。

近現代以來，由於「敦煌曲」文獻的出現，再加上受到西方實證史學觀念的影響，一般學者們都認定上述第一種論述才合乎事實，因此對「詞體起源於隋唐燕樂新聲」之說，詮釋比較精詳；而對第二種「詞體溯源於古詩」的論述，則都籠統指為片面或淺識。**64**這樣的論述，如果從史料實證的取徑觀之，當屬確切。然而，面對古代歷史，實證之法雖有其效用，卻不是唯一的進路；事實的認知也非歷史研究的不二目的。古人某些論述所隱涵文化建構之「意義」的理解、詮釋，可能更值得關懷。因此，假如我們站在上述第四種「體源」論述的觀點，而涉入宋代詞家之效果歷史的詮釋學處境中，同情地理解他們這種「體源」論述究竟基於什麼當代詞學的問題視域，而又隱涵了什麼文化建構的意義；則這樣的「體源」論述，恐怕不能以片面、淺識或誤謬而一語斷之。甚至這種論述，從「詞體構成」的流變現象觀之，其意義比諸「詞體起源於隋唐燕樂」的事實判斷還要豐富。

針對本文的主題，這種「體源」論述，有必要特別加以詮釋。例如上引尹覺〈題坦庵詞〉所云：「詞，古詩流也；吟詠情性，莫工於詞。」詞既為古詩之「流」，則反過來說，古詩就是詞之「源」，因此詞與詩同具「吟詠情性」的功能。又例如王灼《碧雞漫志》詳說唐代燕樂二十九曲調，其中多數為宋詞所沿用。**65**他當然知道從樂曲的來源而論，詞與隋唐燕樂的關係密切，這是事實；然而，從詞之創作內容所關聯的文學傳統，他卻又在理論上將它追「原」尋「本」於古詩。《碧雞漫志》開宗明義即從理論提出詩歌「所起」在於「人心」之說：

---

63 參見班固：《漢書·司馬遷傳》所著錄〈報任安書〉，司馬遷自述作《史記》，乃意在：「究天人之際，通古今之變，成一家之言。」

64 例如謝桃坊：《中國詞學史》，第一章，第三節：〈宋人詞體起源說〉。

65 參見王灼：《碧雞漫志》（臺北：廣文書局，1967 年），卷 3、4、5。

> 或問歌曲所起，曰：天地始分而人生焉。人莫不有此心，此歌曲所以起也。舜典曰：詩言志，歌永言，聲依永，律和聲……故有心則有詩，有詩則有歌，有歌則有聲律，有聲律則有樂歌。永言即詩也，非於詩外求歌也。**66**

他的這種論述，其中動機乃由於不滿於當時的詞風。因此，他將詞體與古樂府、古歌繫聯了源流承變的關係，而歸其「本」為一，云：

> 古人初不定聲律，因所感發為歌，而聲律從之。……隋以來，今之所謂「曲子」者漸興，至唐稍盛，今則繁聲淫奏，始不可數。古歌變為古樂府，古樂府變為今曲子，其本一也。**67**

他所說的「本」，指的是歌曲起於「人心」，「因所感發為歌，而聲律從之」的創作根源。因此，從古歌到今曲子，雖顯現了流變的歷程；但是，究其所以「變」的根源則一。在這同一根源之下，詩詞不必分異；故而他非常推許蘇軾「偶爾作歌，指出向上一路」，並且對於一般人批判蘇軾之「以詩為詞」，他強烈反駁：「為此論者乃是遭柳永野狐涎之毒。詩與樂府同出，豈當分異！」**68**其所持詩詞「同源」的論述，頗為明切。此外，其他類似的聲音尚可聞於王炎、林景熙等詞家之說：

王炎〈雙溪詩餘自序〉：

> 古詩自風雅以降，漢魏間乃有樂府，而曲居其一。今之長短句，蓋樂府曲之苗裔也。**69**

---

66 參見同上注，卷一。
67 參見同上注，卷一。
68 參見同上注，卷二。
69 參見王鵬運：《四印齋所刻詞》，頁793。

林景熙〈胡汲古樂府序〉：

> 樂府，詩之變也。詩發乎情，止乎禮義；美化厚俗，胥此焉寄？豈一
> 變為樂府，乃遽與詩異哉！[70]

這種詞體起源於古詩的論述，我們認為是出於中國古代文學史觀中，一種根深柢固的「詩母體歸源意識」。有關此一意識，我已在另一篇論文中作了精詳的詮釋：中國古代，「詩」有廣狹二義，狹義乃與「騷」、「賦」、「詞」、「曲」等，並為一種文章「類體」的名稱；廣義則指一切「韻文」的「母體」，而其最高「典範」則為《詩經》。依據先秦兩漢以降的詮釋傳統，以《詩經》為「典範」所型塑的「詩母體」，其意義有三：(一)它是一切韻文語言形構的「正典基型」──聲必低昂互節，韻須前後應和；(二)它是一切韻文語言樣態的「正典體式」──典雅；(三)它是一切韻文內容情志的「正典價值」──發乎情，止乎禮義。其中「正典價值」最為重要，所謂「典雅」的「正典體式」，並非僅是修辭的表現，而必須在內容情志的「正典價值」基礎上，才能正確理解其意義。[71]

在文學歷史的進程中，儘管各種「類體」不斷向前「分流」發展；然而，在觀念上每當「分流」到某種被認為「蕩而不反」的階段，「詩母體歸源意識」便顯覺出來。南宋「復雅」思潮之下，「體源」論述多主張溯源於古詩，就是此一「詩母體歸源意識」的作用。它不是歷史事實考察的論述，而是由「應然」以開展「實然」的建構，意圖為未來的創作實踐，從文學傳統找尋正當性的依據。「體源論述」的目的是在為重新定義詞體之「本質」建立歷史文化的基礎。由此，也就推動了另一階段的創造，因而形成詞體的流變。其論述的「意義」實遠超過單純的歷史事實考察。

---

[70] 參見鮑廷博編：《知不足齋叢書》。

[71] 詳參顏崑陽：〈宋代「以詩為詞」現象及其在中國文學史論上的意義〉，《東華人文學報》第二期，頁61。又參見本書前一篇論文。

綜合上述，可見詩詞「同源」與「分流」的論述衝突，對詞體的構成提供了動態流變的社會文化因素。詩詞「同源」論者一方面在「典範論述」上，批判應歌遣興而被認為是「本色」的淫艷之作；二方面重估而推崇「以詩為詞」，即「非本色」之作的價值；三方面則在「文體論述」上，將詞體「歸源」於古詩母體，從功能或效用上，重新定義詞體的「本質」，而為創作實踐找到文學傳統所給定的正當性。詞體構成也因此而產生另一階段的流變。

七、結論

綜合前文的論述，我們可以獲致簡要的結論：

「詞體是什麼？」這樣的提問，最常見到的回答，是為「詞體」做出廣延性的定義：它是一種長短不齊的古典格律詩歌，調有定句，句有定字。凡句式、偶對、韻腳，以及各字之平仄皆有其規範。

這樣的定義，在詞之語言組構的體製上，具有概括性；然而，依照這樣的定義，「詞體」就只是一種固態、抽象的基模形式概念；因而缺乏歷史、社會的存在性，無法顯現它生成流變的動態性實體。另者，有些詞史、詞學史的論述者，雖未對詞體直接定義；然而，卻受到西方近現代美學的影響，選擇性地預設了某種絕對、唯一的本質觀及審美價值判準，因而對詞史、詞學史上某些類型的作品及詞學觀念，不免受其偏執的意識形態所排拒。

這類詞體的定義，假如持以詮釋詞史或詞學史，其弊是將詞體抽象化、固態化，也將詞史、詞學史片面化、靜態化；但是，倘若我們涉入詞體所存在的歷史情境中，不預設絕對、唯一的本質觀及審美價值判準；而能虛心理解宋代以降有關「詩詞辨體」的論述衝突，我們就能認識到：「詞體」並非一種固態的文化產物，而是一種具有內容意義卻又流變不定的文學形式。在漫長的「構成」歷程中，它的「本質」不斷被重新定義而付諸實踐；因此，從體製、體式到功能、效用，都是一種動態性的流變現象，沒有人能為它做出絕對、唯一的定義。然則，我們對於「詞體是什麼」這個問題，如果僅做

出上述固態、抽象之基模形式概念的回答，或僅預設了絕對、唯一本質觀及審美價值判準，則詞體便缺乏了歷史性及社會性存在的意義。

　　「詞體」與「詞史」、「詞學史」三者無法切割去認識。它的實體雖有常模，卻必須經由詞家不斷的「論述衝突」及各自取向的「創作實踐」，才能以一種具有內容意義而又流變不定的文學形式，在歷史情境中顯現、存活。

後記：

原刊《中正大學中文學術年刊》第十五期，2010 年 6 月。

2016 年 1 月增補修訂。

試析東坡〈念奴嬌〉兼論幾個相關問題

一、先辨明二個相關問題

我們在還沒有分析詮釋蘇東坡〈念奴嬌——赤壁懷古〉之前，[1]先來辨明二個相關的問題。

第一個問題是：東坡寫這首詞的時候，究竟面對怎樣的「處境」？抱持怎樣的「心境」。「處境」是由客觀所身處的「情境」來看；「心境」則是由主觀所抱持的心理狀態來體會。主客兩面當然互相關聯著。

這個問題之所以與分析詮釋〈念奴嬌〉有關，是因為此詞並不只是客觀地描寫古人古事。東坡真正的創作動機是：「藉懷想古人古事，以抒發自己的情志」；而這「情志」實在貼切於東坡自身的人生經驗，以及由此而形成的人生觀。因此，我們可以先理解東坡寫作這首詞的那段時期，其處境與心境如何，以做為詮釋作品意義的參照面。

這首詞根據南宋傅藻《東坡紀年錄》所載，[2]作於宋神宗元豐五年壬戌

1　蘇東坡：〈念奴嬌——赤壁懷古〉，參見朱彊邨編年校注，龍楡生校箋：《東坡樂府箋》（臺北：華正書局，1974 年），卷二，頁 208。此詞頗有異文，本論文所微引者，以《東坡樂府箋》為底本，再參考他本，例如薛瑞生：《東坡詞編年箋證》（西安：三秦出版社，1998 年）、鄒同慶、王宗堂：《蘇軾詞編年校注》（北京：中華書局，2002 年）、石聲淮、唐玲玲：《東坡樂府編年箋注》（臺北：華正書局，2005 年）、朱靖華、錢學剛等：《蘇軾詞新釋輯評》（北京：中國書店，2006 年）。綜合參酌，依文意之較佳者擇定之。

2　傅藻：《東坡紀年錄》，收入王冠輯：《唐宋八大家年譜》（北京：北京圖書館，2005 年）。

（西元 1082 年），與〈赤壁賦〉同時。這個說法，殆無疑義，故現代學者的東坡詞箋注本皆編於是年，[3]東坡四十七歲。從這一年往前推三年，即元豐二年己未（西元 1079 年），東坡遭遇到一次生死大難，也就是有名的「烏臺詩案」。[4]這很明顯的是新黨企圖整肅他而弄出來的文字獄。最後，死罪雖然逃過了，活罪卻是難免，被貶往湖北的黃州。元豐三年庚申（西元 1080 年）二月一日到貶所。從此開始度著五年「待罪」的生活；這時，他的處境，一方面是按詔令規定「本州安置」。這是宋代的律法，大臣因罪被貶謫到州縣任職，就限制只能在本州活動，不得越界，否則視同逃亡，稱為「本州安置」。東坡被貶黃州，詔令「本州安置」，就不得擅離黃州，行動受到限制；另一方面，則是經濟上頗為困窘。至於心境，大約是在孤寂中放浪於山水，憂患中尋求自我的超曠。從這幾年的經驗，他對人生之無常之如夢，想必有更深的體會了。

　　第二個問題是：這首詞題為「赤壁懷古」。「懷古」是古典詩歌中常見的一種「題材類型」。現行高中《國文教師手冊》認為它是「從唐代才興起的一種新的詩歌題材」。[5]這個說法有點問題，「懷古」之作，唐詩中很普遍固然沒錯；但是，它卻非「唐代才興起」。要說「興起」，其實東晉就已有了，例如盧諶〈覽古詩〉，以至劉宋時代，謝瞻〈經張子房廟〉、鄭鮮之〈行經張子房廟〉、范泰〈經漢高廟〉、謝靈運〈七里瀨〉、顏延之〈始安

---

3 這首詞作於何年？有二說：傅藻《東坡紀年錄》訂在元豐五年，王文誥《蘇詩總案》訂在元豐四年。一般學者都採傅藻之說，例如上舉朱彊邨，龍榆生：《東坡樂府箋》、薛瑞生：《東坡詞編年箋證》、鄒同慶、王宗堂：《蘇軾詞編年校注》、石聲淮、唐玲玲：《東坡樂府編年箋注》、朱靖華、錢學剛等：《蘇軾詞新釋輯評》。

4 「烏臺」即御史臺。東坡反對王安石部分的新法；東坡知湖州，對於政事不便民者，以詩託諷，意在有補於時政。王安石的黨人，御史李定、舒亶、何正言等人趁機摭其詩之語言表面義，構陷東坡訕謗朝政、諷刺皇上，乃逮赴臺獄，欲置之死；因查無實據，難定重罪，遂貶黃州團練副使。參見《宋史‧蘇軾傳》（臺北：藝文印書館，二十五史影印清乾隆武英殿刊本），冊五，卷三二八，頁 4269。蜀人朋九萬輯錄全案文卷，題曰《烏臺詩案》（臺北：宏業書局，1968 年）。

5 《高級中學國文教師手冊》（臺北：國立編譯館，1995 年），冊四。

郡還都與張湘州登巴陵城樓作〉、沈約〈登北固樓〉等。**6**這些作品，題目中雖沒有直接標明「懷古」；但是，其內容卻有「懷古」之意。假如從「懷古」與「詠史」各自的類型特徵來看，其中盧諶、謝瞻、鄭鮮之、范泰之作，「詠史」成分多於「懷古」；而謝靈運、顏延之、沈約之作，則「懷古」的成分就居多了；但是，不管怎麼說，「懷古」或「詠史」絕非「唐代才興起」。

「懷古」應該是從「詠史」分化出來的次類。「詠史」的興起更早，姑不論《詩經·魯頌》的〈閟宮〉，《商頌》的〈長發〉、〈殷武〉初具詠史之性質。**7**東漢班固的〈詠史〉，敘述漢文帝時，緹縈救父之事，已明確為這一類作品定型了。其後，曹魏時代之王粲、阮瑀；西晉時代之左思、張協等，皆有繼作。他們的作品，都直接以〈詠史〉命題。**8**

「懷古」與「詠史」雖然類似，卻略有差別，可簡要說明如下：

「懷古」必須是詩人親臨「古蹟」的現場，由景象「興發」對古人古事的感慨懷想；因此，典型的「懷古」之作，通常會以古蹟命題，有時再加上「懷古」一詞。例如前面所提到謝瞻〈經張子房廟〉、范泰〈經漢高廟〉

---

6 上列諸詩，參見逯欽立：《先秦漢魏晉南北朝詩》（臺北：學海出版社，1984年）。盧諶〈覽古詩〉，冊中，晉詩卷十二，頁 884。謝瞻〈經張子房廟〉，冊中，宋詩卷一，頁 1133。鄭鮮之〈行經張子房廟〉，冊中，宋詩卷一，頁 1143。范泰〈經漢高廟〉，冊中，宋詩卷一，頁 1143-1144。、謝靈運〈七里瀨〉，冊中，宋詩卷二，頁 1160。顏延之〈始安郡還都與張湘州登巴陵城樓作〉，冊中，宋詩卷五，頁 1234。沈約〈登北固樓〉，冊中，梁詩卷六，頁 1640。

7 《詩經·魯頌》的〈閟宮〉，以敘事之筆，從后稷以至大王、文王、武王，歷敘周代王朝之興起，以及周公之封魯，而僖公之德政，能恢復周公時代之土境。這已是具備「詠史詩」之體式了。《商頌》之〈長發〉，以敘事之筆，歌頌殷商之興起，從祖先契之降生，到湯之伐桀而建立王朝。〈殷武〉則敘述殷高宗之中興，伐荊楚，修宮室，恢復王朝之興盛。這二首詩也都是「詠史」之體。

8 班固；王粲、阮瑀；左思、張協，皆有題為〈詠史〉之作。參見逯欽立：《先秦漢魏晉南北朝詩》，分別在冊上，班固之作，漢詩卷五，頁 170。王粲之作，魏詩卷二，頁 363-364。阮瑀之作，魏詩卷三，頁 379。左思之作，晉詩卷七，頁 732-734。張協之作，晉詩卷七，頁 744-745。

等。唐詩中，這類作品更是非常多，例如李白〈經下邳圯橋懷張子房〉、
〈登金陵鳳凰臺〉、⁹杜甫的〈古柏行〉、〈詠懷古跡五首〉、¹⁰劉長卿
〈長沙過賈誼宅〉、¹¹劉禹錫〈西塞山懷古〉、¹²許渾〈金陵懷古〉等。¹³
東坡這首〈念奴嬌〉也在詞牌下，明確命題為〈赤壁懷古〉，當然是「懷古
之作」。

　　「懷古」之作，往往側重描寫古蹟的空間性場景，由此引發對於古今王
朝盛衰、興亡，或士人自身行藏、窮通種種際遇的感懷；甚至於深契人之生
命存在本質的沉思。因此，這類作品的描寫重點不在客觀性的歷史人物或事
件，而是藉景起興的主觀性「感懷」。歸約而言，它的類型性條件有三：一
是古蹟「現場性」的空間景象；二是貼切於此一古蹟的關鍵性歷史人事；三
是「主觀性」的感懷。就以東坡這首〈念奴嬌〉為例，描寫的重點不在於
「赤壁之戰」客觀的歷史事件，而在於當下依藉景象起興的主觀「感懷」。
歷史事件，詞中僅以「羽扇綸巾，談笑間、檣櫓灰飛煙滅」幾句帶過。而重
點則在於藉景起興，從當下「大江東去」的景象，興發了「浪淘盡、千古風
流人物」，以及從「故國神遊」興發了「人生如夢」的感懷。這樣的感懷已
深契本質性的生命存在感。從這樣的內容重點而言，這是典型的「懷古」而
不是「詠史」之作。

　　「詠史」之作，可以直接在閱讀史書的知識基礎上，以「歷史想像」契
入某一特定的歷史情境中，感思、議論某個古人或某件古事。因此，典型的
「詠史」之作，有的直接以〈詠史〉命題，例如上舉班固、王粲、阮瑀、左

9　參見瞿蛻園等：《李白集校注》（臺北：里仁書局，1980 年）。這二首詩分別在冊
　　二，頁 1298、1234。

10　參見仇兆鰲：《杜詩詳注》（臺北：里仁書局，1980 年）。這二首詩分別在冊三，
　　頁 1357-1358、頁 1499-1508。其中，〈詠懷古跡〉之第五首：「諸葛大名垂宇宙」
　　云云，已入「詠史」之體。

11　參見儲仲君：《劉長卿詩編年箋注》（北京：中華書局，1996 年），冊下，頁 337。

12　參見瞿蛻園：《劉禹錫集箋證》（上海：上海古籍出版社，1989 年），冊中，頁
　　669。

13　參見江聰平：《許渾詩校注》（臺北：臺灣中華書局，1976 年），頁 147。

思、張協等人的〈詠史〉之作，其中左思〈詠史八首〉尤為這一類作品的經典，完備「詠史詩」的規模及其類型性。*14*另外，也有以人物命題者，例如曹植的〈三良詩〉、石崇〈王明君辭〉、陶淵明〈二疏詩〉、〈詠荊軻詩〉，*15*以及李商隱〈賈生〉、*16*王安石〈明妃曲〉*17*等。照理來說，詠史詩應該也會有不少以歷史事件命題者；其實卻不然，相較以歷史人物命題之作，這種以歷史事件命題的詩，就極少了。唐代之前，幾乎沒有。唐代也罕見，李、杜大家，沒寫這種題目的詩，其他諸家也差不多。李商隱的〈隋師東〉，看似以隋煬帝征討高麗的歷史事件為題；但是，詩中卻未直接敘述這一事件，只是用典以類喻，抒情以致慨，末聯才略點隋師東征之事：「可惜前朝玄菟郡，積骸成莽陣雲深。」似乎意在以「隋師東征」之事，託諷當代藩鎮之為亂。*18*

　　「詠史詩」這種命題的現象，其原因應該是：一則中國古代的歷史觀念，一向以「人」為中心，故二十五史皆為「記傳體」，而「記事本末體」僅是偶有之作，例如袁樞《通鑑記事本末》、高士奇《左傳記事本末》。因此詠史詩，也是以「人」為主。二則「詩者，吟詠性情也」，它的本質及功能就在「抒情言志」，故不以「敘事」為長。歷史事件甚為複雜，也非「詩詞」這一類篇幅不長的文體所能詳為敘述。因此，歷史事件往往就在以「古

---

14 左思〈詠史〉八首，數量多，規模大。其內容多元，有泛詠自己讀史而從中啟發壯志的經驗，例如第一首。有詠一人之事者，例如第六首詠荊軻；有詠同一類之多件人事者，例如第七首詠漢代主父偃、朱買臣、陳平、司馬相如四人，從窮困而顯貴的事跡；有歌詠一種人生際遇變化的現象，而舉一二人事為例者，例如第八首歌詠士人的際遇窮通，而舉「蘇秦北遊說，李斯西上書」為人事之例。

15 參見逯欽立：《先秦漢魏晉南北朝詩》，這幾首詩分別在於冊上，曹植之作，魏詩卷七，頁 455。石崇之作，晉詩卷四，頁 642-643。陶淵明之作，晉詩卷十六，頁 984。

16 參見馮浩：《玉谿生詩集箋注》（臺北：里仁書局，1981 年），卷二，頁 314。

17 參見《王安石全集》（臺北：河洛圖書出版社，1974 年），冊下，詩集卷四，頁 24。

18 參見馮浩：《玉谿生詩集箋注》，卷一，頁 17。

蹟」命題的「懷古」之作，或以「人」命題的「詠史」之作中，為了藉景起興或即事抒情，而擇取事件片段的關鍵處，略提一筆可矣，不必詳述。而「事件」其實就點綴在藉景起興，因人致慨之中了。

「詠史」之作，往往經由「時間性」的歷史想像，從詩人的當代時間想像地契入古代某一時間的歷史情境中，同情地理解某一件「人事」而感思之、議論之。所謂「歷史事件」，其實就是兩個以上的「人」，在某個特定的「時空場域」中，為了某種價值性的目的，而彼此互動的行為遺跡。因此，歷史性的「人」與「事」相即不分，吟詠到某「人」，則「事」已在其中，這是「記傳體史書」與「詠史詩」得以成立的因素。

「詠史」相較於「懷古」，其描寫的側重面就不在古蹟現場的「空間性」景象，而在於經由想像而穿越古今「時間性」的間隔，而契入一個已消逝的古代人事情境。詩人主觀之情志，必須相即客觀的「人事」以興發；因此相較於「懷古」，「詠史」會偏重「人事」的敘述，雖是選擇性的片段，仍然必須筆到意到，不能模糊不清。而詩人所要抒發的「情志」，也會比「懷古」的感慨，更追求理性反思的「議論」，這就是古代士人所強調的「史識」。史之為史，本就具有鑒往知來，寓託褒貶於敘事中；甚而正史慣例，更直接有「太史公曰」、「贊曰」、「史臣曰」等，表達史官對此一人事的議論。這種由「史論」的體式以展現史官的「史識」，已成傳統而滲透到「詠史」這一類型詩歌所內涵的特質了。

依循上文的論述，我們可以為「詠史詩」的類型性特徵，歸約其條件有三：一是「時間性」的「歷史想像」，以契入古代某一「歷史情境」而歌詠之；二是以歷史知識為基礎，側重在歷史人物及其事件的相對客觀敘述；三是「主觀性」的感思或議論，以表現詩人獨見的「史識」。

準此，「懷古」與「詠史」，就其「類型性」的特徵，兩者有分，不能混為一談。當然，我們這樣區分這兩類的詩歌，乃是就其正宗的「典型」之作而言。至於在詩人的實際創作中，也會出現「混合型」的變格之作，這另

當別論，必須個別辨識而評斷之，例如李商隱的〈茂陵〉、〈隋宮〉，[19]就是以「懷古」之題，卻偏向「詠史」的內容。不過，依循前文的論述，蘇東坡〈念奴嬌〉卻是「典型」的「懷古詞」，絕不能視為「詠史」之作。更不能說它既是「懷古」又是「詠史」，尤其文學教育，不能誤導，必須給學生正確的知識。[20]

這首詞是「懷古」，不是「詠史」。現場古蹟是「赤壁」，所懷的古人是周瑜、諸葛亮等；古事是「赤壁之戰」，興發的感慨是「浪淘盡、千古風流人物」、「人間如夢」。

二、〈念奴嬌〉文本詮釋

〈念奴嬌──赤壁懷古〉

大江東去，浪淘盡、千古風流人物。故壘西邊，人道是：三國周郎赤壁。亂石崩雲，驚濤裂岸，捲起千堆雪。江山如畫，一時多少豪傑！遙想公瑾當年，小喬初嫁了，雄姿英發。羽扇綸巾，談笑間，檣櫓灰飛煙滅。故國神遊，多情應笑我，早生華髮。人間如夢，一尊還酹江月。

這首詞的上半片最精彩處，便是起筆的「藉景起興」，將看不到的歷史長河藉眼前看得到的大江具現出來。這二條一實一虛的長河，有其類似性，可以被聯想在一起，故「興」而帶「比」。它們的類似性是：(一)兩者都「去而不返」，無法逆轉。(二)一切事物都被帶走，無所留存。這二個現象，總括地用「浪淘盡」三字簡潔有力地表現出來。

19　參見馮浩：《玉谿生詩集箋注》，〈茂陵〉見於卷一，頁 264。〈隋宮〉見於卷三，頁 686。

20　一九九五年版高中《國文教師手冊》第四冊第十六課，頁 298，既已認明此詞為「懷古」之作；頁 293 卻又說「中國許多詠史詩」云云，顯然失辨，將「懷古」與「詠史」混為一談。

　　前文說過，這兩條長河一實一虛。因此，起筆兩句「化實為虛」而又「化虛為實」，達到「虛實相生」之妙。實處，是眼前東去的大江，滾滾的浪濤。虛處，則是一條看不見而又明明流走多少英雄豪傑的歷史長河。「浪淘盡」，也是亦實亦虛；「實」義是接「大江東去」，為眼前沖走各種物質的長江之「浪」。「虛」義是接「千古風流人物」，為詩人切身的存在經驗或歷史想像中的長河之「浪」，淘盡所有的英雄豪傑。這兩句是全篇的「柱意」──撐住全篇的主旨之意，以下便循著這個柱意，再深細鋪寫。

　　前二句，我們除了注意到它「藉景起興」、「虛實相生」這類語言形式技巧之外；在內涵上，也有二層意義值得體會：(一)「大江東去」這個意象，表徵了一切必然逝去，不可令其停頓或逆回的現象。宇宙、人生在本質上不就這樣嗎？(二)這兩句涵攝的時空非常廣大，上下古今全入筆端。豪放詞的氣勢壯闊處，這兩句便表露無遺。

　　接著一筆點出所懷想的古蹟是「三國周郎赤壁」。「人道是」三字，表示出於傳說，因此「赤壁之戰」是否確在此地，便不重要了。[21]底下承接起筆二句，景物、人事雙寫：「亂石崩雲，驚濤裂岸，捲起千堆雪」。[22]大筆

---

21 「赤壁」為山名，稱「赤壁」之山者，常見有四處：一在湖北省嘉魚縣東北，長江南岸；二在湖北省黃岡縣城外的長江邊上，即「赤鼻磯」；三在湖北省武昌縣東南，即「赤圻」或「赤磯」；四在湖北省漢陽縣沌口的臨嶂山。這四處，皆傳說為赤壁之戰的地點。一般都認為只有嘉魚縣為真。東坡所遊為「赤鼻磯」，他自己也不能確定是否真為赤壁之戰的地點。這首詞指出「人道是」，即是託付傳說之意。《蘇軾文集》卷七一，〈記赤壁〉一文即指出：「黃州守居之數百步為赤壁，或言即周瑜破曹公處，不知果是否？」因此，歷來學者皆以嘉魚縣赤壁為真，不敢認定東坡所遊為赤鼻磯果是赤壁之戰處。大陸學者朱靖華獨異眾說，其《蘇軾論》中有〈史跡考論〉諸文，力主東坡所遊即赤壁之戰處。其實，史書所述在「實」，文學所作在「虛」。這種考證，於撰述史書為必要，於詮釋文學作品則是多餘。東坡在宋代已不能斷其是否，故指明為「人道是」。詩人就在此一「傳說」的基礎上，現場藉景起興，全篇要旨就在「浪淘盡、千古風流人物」、「人間如夢」的感懷。赤鼻磯是否真為赤壁戰地，都不妨礙如此感懷之意。文學批評，考證不能脫離意義詮釋的終極目的，專為考證而考證。

22 「亂石崩雲，驚濤裂岸」二句，元代葉曾《東坡樂府》刊本，在「三國」下注云：

潑墨，寫景鮮明而痛快淋漓，極動態，極壯闊，極剛勁。「崩雲」是「虛」義，不是實指雲朵，而是虛構意象，「暗喻」懸崖間，亂石嵯峨的姿態，有如天空崩落下來的雲朵。「千堆雪」一樣是「虛」義，非實指「雪花」，而是直接借用「雪花」的形色，以「轉喻」浪花。

接著，「江山如畫」總結景物，卻突然置入「一時多少豪傑」的人事；這二個意象並列之間，本是自然景物的「空間」感，便融入了歷史人事的「時間」感，而蘊涵了讓人可以深入體味的「存在意義」了。同時，上片這結筆一句，也有開啟下片特寫豪傑人物周瑜、諸葛亮的作用。

下半片，從赤壁之戰的「一時多少豪傑」之中，聚焦描寫周瑜與諸葛亮。「遙想公瑾當年，小喬初嫁了，雄姿英發」，寫周瑜；他所選擇的角度，是美人英雄的韻事，風流瀟灑。在充滿煙硝味的戰爭場面中，插入這「柔性」的一筆，很有浪漫之美。「羽扇綸巾，談笑間、檣櫓灰飛煙滅」，[23]檣櫓指曹軍的船艦，全都化成煙灰而覆滅了。這幾句寫諸葛亮；他所選擇的角度，是名士談笑用兵的姿態，同樣風流瀟灑。在「檣櫓灰飛煙滅」這等「剛性」的戰火間，也插入「羽扇綸巾，談笑間」如此「柔性」的姿態。兩節合起來看，那麼浩大慘烈的「赤壁之戰」，卻讓東坡舉重若輕地寫得全無血腥味，活現了漢魏以來那種「名士」的形象，[24]也符應了起筆所謂「風流人物」的切入角度。

「『穿空』作『崩雲』，『拍』作『裂』。」故這兩句向有兩種版本：「亂石穿空，驚濤拍岸」與「亂石崩雲，驚濤裂岸」。學者各有選擇；本論文認為「亂石崩雲，驚濤裂岸」，其意象較佳。

[23] 「檣櫓」句，朱祖謀《彊邨叢書》本以上之傳統版本，皆作「強虜」。薛瑞生依《成都西樓帖》所收東坡醉草此詞之石刻，改「強虜」為「檣櫓」。並考辨詞意當以「檣櫓」為佳，參見薛瑞生：《東坡詞編年箋證》，卷二，頁357、360，其說是。

[24] 魏晉的典型人物是「名士」。不管文武，所行往往逸出一般規矩；風氣所及，將領亦多「名士」作風，晉朝開國名將羊祜，《晉書》本傳載，臨陣常不著甲冑，而「緩帶輕裘」。杜預也是征吳名將，本傳亦載其為文人之身，弓矢「射不穿札」，而於文事作《春秋左氏傳集解》。此等皆「名士」將領。而早在三國時期，諸葛亮已啟此風。下文將述及司馬懿與諸葛亮對陣，嘆服曰：「諸葛君可謂名士矣。」

這首詞，歷代的詮釋中，有二處歧義。第一處歧義，便是「羽扇綸巾」，究竟是寫周瑜或寫諸葛亮？我們選擇了後者，理由有三：

(一)在史實上，赤壁之戰由周瑜、諸葛亮聯手打出漂亮的勝仗，不宜獨出周瑜而略去諸葛亮。

(二)在句構上，至「雄姿英發」的「發」字為韻腳；韻腳處往往也是語義收結處，故「遙想公瑾當年」以下三句，可為一節完整的意義單元，寫的是周瑜。而自「羽扇綸巾」句，既承而又轉，「承」是指連接上義，續寫赤壁之戰的豪傑人物。「轉」是指由寫周瑜而移寫諸葛亮；故「羽扇綸巾」以下三句，另成一意義單元，寫的是諸葛亮。當然，這二個意義單元必須連接起來，才能足成對赤壁之戰的描寫。

(三)在典故上，《三國志·周瑜傳》並無周瑜臨陣「羽扇綸巾」的記載。而〈諸葛亮傳〉，盧弼集解引《世說》曰：「諸葛武侯與司馬宣王治軍渭濱，克日交戰。宣王戎服蒞事，使人視武侯，獨乘素輿，葛巾毛扇，指揮三軍，隨其進止。宣王嘆曰：諸葛君可謂名士矣」；[25]故「羽扇綸巾」一直就是諸葛亮臨陣的特殊名士形象，他人斷不能取代。

接下去的「故國神遊，多情應笑我，早生華髮」。這是此詞第二個歧義處。這幾句的「主詞」是誰？也就是「誰」去「故國神遊」，「誰」在「笑我，早生華髮」？一九九五年版高中《國文教師手冊》說這個「誰」指的是周瑜：周瑜的魂魄重遊赤壁這個「故國」，和東坡相遇。「多情」的周瑜，一定會笑東坡今天的處境。這種刻意深解，看起來曲折，卻使文義反而不自然、不顯豁，甚至有些可笑。

其實，詩詞中「主詞」省略是常有的情形，由篇法來看，這首詞描寫赤壁之戰的人事，到「檣艣灰飛煙滅」一句便告結束。從「故國神遊」開始，筆鋒一轉，回到東坡自身的感慨。因此，「神遊」當然是東坡在「神遊」。所謂「神遊」是以心神想像而遨遊，而不是鬼魂來遊，在這裡也就是「歷史

---

25 參見陳壽著，裴松之注，盧弼集解：《三國志集解》（臺北：藝文印書館，二十五史本），卷三十五，頁797。

想像」；而「故國」並非實指眼前這「赤壁」，當然也不是東坡的故鄉四川眉山，而是歷史上曾經存在而今早已滅亡的國家。這裡指的當然是參與赤壁之戰的三國了。它們早已在歷史長河中消逝無跡，因此只能憑靠心神想像而遨遊。

至於「多情應笑我」這句，乃是「應笑我多情」的倒裝，「多情」是東坡在多情。所謂「多情」，便是感情豐富敏銳，傷春悲秋、弔古傷今、離愁別緒，都是「多情」。東坡面對「赤壁」而「故國神遊」，不由得便弔古傷今起來，這就是「多情」。「多情」之人，哀樂翻騰，易致衰老，故云「早生華髮」。至於「誰」來「笑我」，主詞省略，不確定指誰，可指同遊赤壁之友人，可泛指假設性之讀者們。這樣解釋，豈不自然明白？

最後，他由「故國神遊」回到現實世界，看看功業蓋世的那些風流豪傑；再想想自己，才四十多歲，除了滿頭華髮之外，功業上有何成就呢？不過，從歷史經驗的反思中，他卻領悟到，一切成敗榮辱，終歸虛幻；眼前的「大江東去」可為見證，再怎麼風流，再怎麼豪傑，最後仍然隨著仿彿「大江東去」的那條歷史長河，消逝而不返。東坡在同時期完成的〈赤壁賦〉中，不也譏諷曹操：「固一世之雄耳，而今安在哉！」因此，他終究相信莊子的智慧：「人間如夢」。[26]「江月」如真似幻，在他灑酒江面之際，又陷入更深沈的感思中了。

「人間如夢」是東坡經常浮現的觀念，在他還沒經歷「烏臺詩案」之前，便往往有此感慨，例如神宗元豐元年（西元 1078 年），在徐州，築黃樓，又「夜宿燕子樓，夢盼盼」，而寫了〈永遇樂〉一詞；詞中便有「古今

---

[26] 最早以「夢」象徵人生之虛幻，當是莊子。〈齊物論〉云：「夢飲酒者，旦而哭泣；夢哭泣者，旦而田獵。方其夢也，不知其夢也。夢中又占其夢焉，覺而後知其夢也。且有大覺而後知此其大夢也。」又云：「昔者，莊周夢為蝴蝶，栩栩然蝴蝶也，自喻適志與！不知周也。俄然覺，則蘧蘧然周也。不知周知夢為蝴蝶？蝴蝶之夢為周與？」參見郭慶藩：《莊子集釋》（臺北：河洛圖書出版社，1974 年），卷一，頁 104-105、112。

如夢，何曾夢覺，但有舊歡新怨」之嘆。[27]這明顯來自莊子思想的影響。如今歷經「烏臺詩案」的生死大難，待罪黃州，對「人間如夢」，除了莊子的影響，歷史經驗的反思之外，更有切身遭遇之感了。

三、何謂「豪放」？
「豪放」可以概括東坡所有詞風嗎？

〈念奴嬌〉一詞，向來被視為東坡「豪放」詞風的範型；但是，何謂「豪放」？以「豪放」去概括東坡的詞風，適當嗎？這首〈念奴嬌〉可以做為「豪放詞」的範型之作嗎？而蘇辛並稱，在詞史上，被推為「豪放」一派的代表。二人的詞風，其特色處，完全一樣嗎？這些問題，都值得再深入探究。

最早視「豪放」為一種特定的詩歌風格類型，是晚唐司空圖的《二十四詩品》，其第十二品，便是「豪放」；然而，他用四言古詩的意象語言去描述「豪放」，讓人難以掌握精確的概念。從「天風浪浪，海山蒼蒼。真力彌滿，萬象在旁」來看，[28]應該就是一種氣象壯闊，骨力剛強的風格了。

東坡是「豪放詞」的開創者。雖然在他之前，范仲淹寫過邊塞詞〈漁家傲〉及議論詞〈剔銀燈〉，有學者認為這是「豪放詞」的先聲；[29]然而，只有二首，畢竟成不了一家之風。「豪放詞」的確要到東坡，才算是真正開創

---

27 參見朱彊邨，龍榆生：《東坡樂府箋》，卷一，頁160。

28 參見鍾寶學：《司空圖詩品詩課鈔》（臺北：廣文書局，1982年，儀徵阮氏校正本），頁4。

29 范仲淹〈漁家傲〉、〈剔銀燈〉二詞，參見唐主璋：《全宋詞》（臺北：中央輿地出版社，1970年），冊一，頁11。〈剔銀燈〉出自《中吳紀聞》卷五，雖然胡雲翼以為不可信，參見《中國詞史》（臺北：經氏出版社，1977年），頁87；但是，畢竟止於懷疑，並無確據以為定論。范仲淹詞作雖少，一般詞史皆給予甚高評價，認為是蘇辛豪放詞風之先路，例如王易：《詞曲史》（臺北：廣文書局，1971年）。王易云：「范仲淹更不限於綺情，並兼氣勢揮灑，議論宏肆之長矣。……一觀其〈漁家傲〉，則駘宕之致；〈剔銀燈〉更議論慷慨，導蘇辛之先路矣。」頁162。

為可與「婉約」相對的一種風格類型。

從宋代開始，便有人以「豪放」來論述東坡之詞作，例如曾慥〈東坡詞拾遺跋語〉云：「想像豪放風流不可及也。」[30]陸游《老學庵筆記》亦云：「（蘇軾）非不能歌；但豪放，不喜裁剪以就聲律耳。」[31]宋人說東坡作詞「豪放」，多不就作品本身的風格而言，而就作者的創作態度及方式來說，指的是東坡在詞的創作上，從形式到內容，不受限於既定規格，而能自由揮灑。

至於將「豪放」與「婉約」對舉，當作二種典範性風格，用以概括宋詞，則始自明代張綖。他在《詩餘圖譜・凡例》云：

> 按詞體大略有二：一體婉約，一體豪放。婉約者欲其辭情蘊藉，豪放者欲其氣象恢宏。蓋亦存乎其人，如秦少游之作，多是婉約；蘇子瞻之作，多是豪放。大抵詞體以婉約為正，故東坡稱少游「今之詞手」；後山評東坡詞「雖極天下之工，要非本色」。[32]

張綖的說法，明清人多引用，於是一般認為宋詞分成二派，一派是「婉約」，為「正宗」；一派是「豪放」，為「變體」或「別格」。「婉約」以溫、韋、晏、歐為代表；「豪放」則以蘇、辛為代表。當然反對此說者也不少，大致認為「婉約」、「豪放」，不足以概括宋詞所有的風格；而「豪放」也不足以概括東坡詞的一切面目。並且，有些詞論家不承認東坡詞為「別格」、「變體」，生怕此一評語會貶低東坡詞的價值。[33]

30　參見吳訥：《唐宋元明百家詞》（臺北：廣文書局，1971年）。

31　陸游著，楊立英校注：《老學庵筆記》（西安：三秦出版社，2004年），卷五，頁183。

32　張綖：《詩餘圖譜・凡例》，收錄於北京圖書館藏明萬曆二十九年游元涇校刊《增正詩餘圖譜》。本文未及見，轉引自王又華《古今詞論》，參見唐圭璋：《詞話叢編》（臺北：廣文書局，1970年），冊一，頁602。

33　例如劉熙載《詞概》：「太白〈憶秦娥〉聲情悲壯。晚唐、五代唯趨婉麗；至東坡始

　　綜合言之，「豪放」狹義地說，可以用來形容一種氣象壯闊，骨力剛強的風格。東坡詞中，的確有部分作品是這種面目；但是，其實數量並不多，蘇詞三百多首，可稱為「豪放」之作，大約只有二三十首而已。一般批評者之所以拿「豪放」去指稱東坡的詞風，並非在做「概括性」的描述，而是在做「突顯性」的表徵。東坡詞這種「豪放」之作，雖然為數不多；然而，卻是發前人所未發，最足以「突顯」東坡詞風之不同於前人的獨創性。假如真要全面描述東坡的詞風，根據我約略的歸納，至少有清麗、奧衍、平淡、豪宕、超曠、沈鬱等六種風格。[34]一般文學史只說他的詞風「豪放」，而沒有相對指出他還有幾種不同詞風。這是「瞎子摸象式」的簡化，會讓人誤以為東坡詞只有「豪放」一種風格。

　　一般人所指東坡「豪放」之作，大概包括了「豪宕」與「超曠」二種，前者例如〈江城子——密州出獵〉，[35]後者例如〈定風波——三月七日，沙湖道中遇雨〉。[36]前一首描寫東坡英雄「豪宕」的氣概；不過，這種風格的作品，在東坡詞中頗為少見，偶一發之而已。後一首描寫東坡哲人名士「超曠」的人生心態；這種風格的作品，與上一種相較而言，就比較多了。

　　「豪放」廣義來說，如前所述，是指一種創作態度及方式，從形式到內容，不受限於既定規格，而能自由揮灑。東坡在這方面，表現了前所未有的創造力。在內容上，他的作品不局限於描寫男女綺情，凡田園山水、弔古傷今、論事議物……，皆可歌詠，正如清代劉熙載《詞概》所云：「東坡詞頗似老杜詩，以其無意不可入，無事不可言也。」[37]至於在形式上，其表現手

能復古。後世論詞者，或轉以東坡為變調，不知晚唐、五代乃變調也。」其意以為東坡實乃復古之正宗，而晚唐五代反而才是變調。參見唐圭璋：《詞話叢編》，冊十一，頁3771。

34　參見顏崑陽：《蘇辛詞》（臺北：臺灣書店，1998年），頁15-18。又顏崑陽：《蘇辛詞選釋》（臺北：里仁書局，2012年，原《蘇辛詞》增修新版），頁12-14。

35　參見朱彊邨，龍榆生：《東坡樂府箋》，卷一，頁123。

36　參見朱彊邨，龍榆生：《東坡樂府箋》，卷二，頁195。

37　參見唐圭璋：《詞話叢編》，冊十一，頁3771。

法，或直抒胸臆，或比興託喻，或痛快，或委婉，皆不一而足。而對格律的規範，則誠如陸游所云：「不喜裁剪以就聲律。」他的作品並非全不遵守格律，只是文意所到，絕不斤斤受限於格律罷了。

這首〈念奴嬌〉可做為「豪放」詞的範型嗎？其實，從上面的分析詮釋，詞中描寫英雄人物那種「談笑間，檣艣灰飛煙滅」的姿態與功業，似乎非常「豪宕」；然而，東坡卻看穿這種人生表象，而深契生命存在的本質：「浪淘盡、千古風流人物」、「人間如夢」，一切成敗榮辱最終都是一片虛幻。這就隱涵生命存在的悲涼性，那麼又將如何能夠超越而曠達呢？東坡沒有直接提出答案，不過結尾：「一尊還酹江月」，卻有所暗示，可以引發讀者的沉思。因此，「豪宕」為表而「超曠」為裡，才是這首詞真正的特色。然則，假如從狹義而言，「豪放」指的是一種氣象壯闊，骨力剛強的風格，這首〈念奴嬌〉不足以為範型；要說範型，則那首〈江城子──密州出獵〉才比較適當。至於，從廣義的「豪放」而言，則〈念奴嬌〉、〈江城子〉、〈定風波〉等詞作，都已突破男女綺情，而「無意不可入，無事不可言」，並且表現形式也非必委婉、柔媚，完全隨意而變化，不拘於一格。這當然都是以「豪放」的創作態度及方式，所創造出來的作品。

至於古人說東坡「豪放」詞為「別格」、「變體」，這只是事實的描述，或對詞之風格前後演變的詮釋，並無「評價」之意。也就是說，在發生的事實上，東坡之前，那種情意柔媚而語言含蓄委婉的詞，稱它為「婉約」，是大家普遍認同的標準風格，故為「正宗」。到了東坡，另創一種氣象壯闊而語言自由變化，不拘一格的詞，就稱它為「豪放」。因為這是東坡所獨創，不同於前一種風格，故為「別格」、「變體」。而宋詞的發展，便是由婉約到豪放的風格變遷。這樣說，並不意味著「正宗」為優，「變體」為劣。作品之優劣，完全要一首一首個別去評價才行。像這首〈念奴嬌〉，事實上是變體；但是，在評價上，卻遠遠超過許多所謂「正宗」之作，而千古不朽。

最後，我們論及蘇辛並稱，在詞史上被推為「豪放」一派的代表，二人的詞風完全一樣嗎？蘇辛並稱，大約起於南宋。孝宗淳熙十五年（西元 1188

年），辛棄疾四十九歲，他的門生范開將所收羅到的辛棄疾詞作，整理編纂成集，刊刻以廣流傳，稱為《稼軒詞》；並寫了一篇序文，其中提到：「世言稼軒居士辛公之詞似東坡。」38既說「世言」，則「辛詞似東坡」，就不是范開個人的意見，而是一般文壇的風評了。而說辛詞「似」東坡，是哪方面相似呢？范開的序文中，並未特別指出是「豪放」的風格。其大意是說辛棄疾之詞作，都是從胸中所蘊蓄的情感、志氣抒發出來，而非有意學習東坡詞，也非有意於詞的專業創作；就是這種自由開放的創作態度，與東坡相似，故云：「（辛棄疾）非有意於學坡也，自其發於所蓄者言之，則不能不坡若也。」又云：「意不在於作詞，而其氣之所充，蓄之所發，詞自不能不爾也。」然則，起始范開並不是從風格的類似，去詮釋蘇辛並稱的原因。其實，蘇辛的風格都非常多元，的確是由於自由開放的創作態度，其詞皆根源於性情，而不拘拘於詞體的規範，這才是「豪放」最廣延而貼切的解釋。至於蘇辛同以「豪放」詞風，被歸為一派，那是南宋之後，經過長期的「詞史」論述，而逐漸被建構出來的說法。

　　蘇辛並稱，都被歸在「豪放」一派。這樣的認知，只見其同，而未顯其異。其實，上面說過，蘇詞「豪放」，假如狹義指的是一種風格，則還可以分為「豪宕」與「超曠」二種次類型。東坡表現英雄氣概的「豪宕」之作，相當少數。因為這不是東坡性格與生命情懷的主調，哲人名士的睿智與超曠才是。因此，〈定風波〉這一類「超曠」之作，才是代表他的範型風格。而辛棄疾的詞作中，也同樣有表現英雄氣概的「豪宕」之作，例如〈破陣子——為陳同甫賦壯語以寄〉、〈永遇樂——京口北固亭懷古〉、〈南鄉子——登京口北固亭有懷〉等；不過他由於遭時不遇，有志未伸，終究是個悲劇英雄，因此「豪宕」之中總是隱涵著蒼涼。而當其宦途受挫，罷官隱居江西上饒及鉛山時，也有表現哲人名士的「超曠」之作，例如〈沁園春——帶湖新居將成〉、〈水調歌頭——盟鷗〉等；不過他畢竟被迫罷官，雖然暫時

---

38 參見《稼軒詞》甲集，收入鄧廣銘：《稼軒詞編年箋注》（上海：上海古籍出版社，1993 年），附錄二，頁 596。

追求隱逸閒適的生活情調，卻總是隱涵著憤怨不甘之情。整個來說，辛棄疾的性格與生命情懷的主調，是英雄豪傑而不是哲人名士。〈破陣子〉、〈永遇樂〉這一類「豪宕」之作，才是代表他的範型風格。

　　詩人、詞人凡是「大家」，風格都必多樣。兩人並稱，必有其相同之處；然而，卻不能完全將他們混同為一。比較全面的了解，不能只見其「同」而不見其「異」。籠統言之，「豪放」是蘇辛之所「同」，而其「異」處當然甚多面目。不過，假如從兩人根本的性格與生命情懷處，指認他們最具代表性的特色之「異」，則「蘇曠」而「辛豪」，應該是很適切的一種說法。

後記：

這篇論文應《國文天地》月刊之邀，為導正中學國文教材之誤謬而作。

原刊《國文天地》月刊，第十四卷第一期，1998 年 6 月。

2016 年 1 月增補修訂。

超曠與頹放

——論一種「詭言型」的詩詞

一、引言：問題的導出及理論基礎

　　詩詞必須講求「含蓄委婉」的表現方式，以達到「意在言外」的效果，這是中國古典詩學「創作論」的基本原則，已成不二之共識。創作與詮釋是總體文學情境中，二種「異向而同歸」的活動。「異向」是二者動態性的終始過程有其差別，藉《文心雕龍·知音》的一句話來說：「綴文者情動而辭發，觀文者披文以入情」。[1]「綴文」是創作，以內在心靈的「情動」為始，而以「辭發」外現成作品為終。「觀文」是詮釋，以閱讀作品外現之語言形式的「披文」為始，而以理解作品內在之情志的「入情」為終。而二者「同歸」，都在於「意義」的生產。因此，「創作」與「詮釋」可以依藉同一種理論為基礎。

　　如果，詩詞的創作必須講求「含蓄委婉」的表現方式，以達到「意在言外」的效果。那麼，詮釋也相對必須解開「含蓄委婉」的表現方式，以獲致「言外之意」。準此，「含蓄委婉」與「意在言外」即是創作與詮釋共藉的理論基礎。

　　那麼，中國古代的詩詞，詩人如果想要達到「意在言外」的效果，可以有哪些「含蓄委婉」的表現方式？而相對的，那些表現方式，詮釋者也必須

---

[1]　參見周振甫：《文心雕龍注釋》（臺北：里仁書局，1984 年），頁 888。

解開，才能獲致「言外之意」。「含蓄委婉」之法，古來詩論所說甚多。我們取其要則，大致歸約為下列五種：

(一)藉「比興符碼」以託喻：

採用「言在此而意在彼」的表現方式，即所謂「比興體」：或借古以喻今，是為「詠史體」；或借仙以喻凡，是為「遊仙體」；或借男女以喻君臣上下，是為「艷情體」；或借物以喻人，是為「詠物體」。[2]這是由詩、騷的文本特質，再經由漢儒的箋釋所建構的「風騷」詩學傳統，最為複雜；但是，學界的研究成果也最為豐碩。[3]一般學者大多熟識，故不煩例示。

(二)藉「景物意象」以起情：

這是六朝新興「感物起情」的表現方式，[4]也稱為「興」；但是，它與前一種「比興」不同。「比興」之「興」，除了「起情」，還兼有「譬喻」作用。其中所寫的景物，已「虛化」為「譬喻性」的比興符碼，不再是當下

2　參見朱自清：《詩言志辨》（臺北：頂淵文化公司，2001 年），頁 83-84。

3　例如朱自清：《詩言志辨》；徐復觀：〈釋詩的比興〉，收入徐復觀：《中國文學論集》（臺中：民主評論社，1966 年）；游國恩：〈論屈原文學的比興作風〉，收入游國恩：《楚辭論文集》（臺北：九思出版社，1977 年）。作者改為游澤承，以避政治禁忌；葉嘉瑩：〈中國古典詩歌中形象與情意之關係例說〉，收入葉嘉瑩：《迦陵談詩二集》（臺北：東大圖書公司，1985 年）；彭毅：〈屈原作品中隱喻和象徵的探索〉，《文學評論》第一集（臺北：書評書目出版社，1975 年），收入彭毅：《楚辭詮微集》（臺北：臺灣學生書局，1999 年）。蔡英俊：《比興物色與情景交融》（臺北：大安出版社，1990 年）；顏崑陽：〈《文心雕龍》「比興」觀念析論〉，臺灣中央大學《人文學報》第十二期，1994 年 6 月，頁 31-54。顏崑陽：〈論詩歌文化中的「託喻」觀念〉，臺灣成功大學中文系：《第三屆魏晉南北朝文學與思想學術研討會論文集》（臺北：文津出版社，1997 年），頁 211-253。廖棟樑：〈寓情草木──〈離騷〉香草喻的詮釋及其所衍生的比興批評〉，收入廖棟樑：《靈均餘影：古代楚辭學論集》（臺北：里仁書局，2010 年）。

4　參見蔡英俊：《比興物色與情景交融》；顏崑陽：〈《文心雕龍》二重「興」義及其在「興」觀念史的轉型位置〉，臺灣中山大學《文與哲》第二十七期，2015 年 12 月。

實物，例如〈離騷〉：「余既滋蘭之九畹兮，又樹蕙之百畝。」[5]蘭、蕙，芳草也，都不是當下實物，而是「虛化」的比興符碼，用以譬喻芬芳美好的德行。

六朝「感物起情」之「興」，文本中所寫景物，都是詩人當下「感物」而興發的「意象」，其語言性質乃「賦」而非「比」，「實」而非「虛」，直書當下感性直覺經驗，不具「譬喻」的修辭作用。它的「言外之意」也不同於上一種「比興託喻」，無關乎詩人藉用譬喻性比興符碼所企圖寄託的「作者本意」，而是由文本的「景物意象」直接引起讀者情緒性的感覺經驗及想像，例如張繼〈楓橋夜泊〉：「月落烏啼霜滿天，江楓漁火對愁眠。姑蘇城外寒山寺，夜半鐘聲到客船。」[6]第一句的「景物意象」並不「比興託喻」什麼「作者本意」；但是，所直賦描寫的那幅景象，一片淒清的情境，卻可以直接引生讀者的感覺經驗及想像，而設身處地的體會詩人孤獨對著「江楓漁火」的滿懷「旅愁」，這就是「言外之意」的效果。這種「景物意象」尤其用在一首詩的結句，更有「餘不盡之意」，例如戴叔倫〈過三閭廟〉：「沅湘流不盡，屈子怨何深！日暮秋風起，蕭蕭楓樹林。」[7]結筆二句，只寫一片「景物意象」，情境淒涼，而屈原的哀怨，便在言外，讓讀者「感物起情」，契入此境，體會而得。

(三)藉「行動意象」以暗示：

前一種意象由寫景而生，這一種意象由描寫詩中人物的行動而生，我稱它為「行動意象」。這種表現方式，通常使用在「擬代體」的「敘事性」文本中。詩人想像而假擬一個人物，代替他表達情意。並且，不採取直接抒情言志的表現方式，而讓詩中人物在特定的時空場景中，以「行動」表演出來，而他內心的「情意」便藉這「行動意象」做了「暗示」，以達到「意在

5　參見王逸注，洪興祖補注：《楚辭補註》（臺北：藝文印書館，1969 年，李錫齡校刊汲古閣本），卷一，頁 24。

6　參見《全唐詩》（臺北：文史哲出版社，1978 年），冊四，2721。

7　參見蔣寅：《戴叔倫詩集校注》（上海：上海古籍出版社，1993 年），卷一，頁 46。

「言外」的效果，例如李白〈玉階怨〉：「玉階生白露，夜久侵羅襪。卻下水精簾，玲瓏望秋月。」**8**這首詩的焦點意義就在題目中的「怨」字；但是，全詩沒有一個字直接寫到這一情意，就讓詩中人物，那個從久立玉階到退回房內，猶自望月而凝凝等待情郎的女子，在特定的場景中，像獨幕默劇一般，以「行動」表演出來。她內心的「哀怨」就隱涵在這「行動意象」中，而達到「意在言外」的效果。

(四)藉「特殊篇法」以對顯或旁襯：

篇章的敘述結構，善用一種特殊的筆法，以「露」顯「藏」。所謂「露」是指文本語言表層明白寫出的意義，而所謂「藏」則是隱匿而留白不寫的意義。這個「隱藏」的言外之意，乃是全詩的主旨，卻不直接表達，而依藉已「露」出的「反面」或「側面」之意，對顯或旁襯出來。

反面對顯，例如王昌齡〈春宮曲〉：「昨夜風開露井桃，未央前殿月輪高。平陽歌舞新承寵，簾外春寒賜錦袍。」**9**這首詩的焦點意義，主要在表達「失寵」的宮女哀怨；然而，詩人將這一主題「隱藏」不寫，卻從反面「顯露」那個在平陽公主家中，剛因歌舞而被漢武帝臨幸的衛子夫，正歡悅地得到「簾外春寒賜錦袍」的「寵愛」。而那隱藏不寫的失寵之怨，便「意在言外」了。因此，沈德潛評這首詩，云：「只說他人之承寵，而己之失寵悠然可會。」**10**

另外，側面旁襯，例如漢代樂府詩〈陌上桑〉，旨在表達羅敷的美貌，卻「隱藏」不寫，只「顯露」旁觀者看見羅敷，那種驚豔而忘情失態的模樣：「行者見羅敷，下擔捋髭鬚。少年見羅敷，脫帽著帩頭。耕者忘其犁，

---

8 參見瞿蛻園等：《李白集校注》（臺北：里仁書局，1981 年），卷五，頁 374。

9 參見胡問濤、羅琴：《王昌齡集編年校注》（成都：巴蜀書社，2000 年），卷二，頁 100。

10 參見沈德潛：《唐詩別裁集》（臺北：廣文書局，1970 年），冊下，卷十九，頁 522。

鋤者忘其鋤。來歸相怨怒,但坐觀羅敷。」[11]羅敷的美麗,真是言語難以形容。因此詩人「藏」而不言,只從觀看者那種驚豔而忘情失態的模樣「旁襯」出來,就達到「意在言外」的效果了。

(五)藉「詭言」以曲示:

詭者,違背、不實、奇特之意,卻都與道德善惡無關。詭言,即是一種違背真實經驗而不同於常態的言語,近似道家「正言若反」,[12]詭譎其辭的表意方式。曲示,是指拐彎抹角,曲折其意以暗之。這種表意方式,語言表層看似「直陳其事,直表其意」,其實卻藉用某種「詭言」,拐彎抹角,曲折其意而暗示之。詩人所真正要表達的深層之意,卻與表層之意相反,故隱藏於言外。表層之意違背深層的真實經驗,這是一種不同於常態的言語,故稱為「詭言」。表層說「樂」,深層卻是「哀」;哀是真而樂是假。表層說「拒」,深層卻是「迎」;迎是真而拒是假;表層似「超曠」,深層卻是「頹放」;頹放是真而超曠是假。以此類推……。這種「詭言」的表現方式,最易迷蔽而誤讀,識者難遇。杜甫〈旅夜書懷〉:「名豈文章著?官因老病休。」即是這種「詭言」,表層意以為杜甫得志於藉文章而著名,因為老病而接受休官的事實;然而,其言外的深層意卻正好相反。黃生《杜工部詩說》就能洞識所曲折暗示之意:「志存勳業,不在文章;念切歸朝,不甘老病。」[13]韋莊〈菩薩蠻〉五首,也多用「詭言」,[14]陳廷焯《白雨齋詞

---

11 漢代樂府詩〈陌上桑〉,參見徐陵:《玉臺新詠》(臺北:臺灣中華書局,1985年,四部備要據長洲程氏刪補本校刊),卷一,古樂府詩六首之一,題作〈日出東南隅行〉。

12 「正言若反」語見王弼:《老子註》(臺北:藝文印書館,1971年,古逸叢書本),第七十八章。「正言若反」是老莊常見的「詭詞」,同一句陳述,包含二個看似矛盾的概念或命題,其實卻在事物的實際存在情境的變化中,兩者正反對立而辯證超越或統一,例如《老子》第二十二章:「曲則全,枉則直,窪則盈,敝則新。」又例如《莊子·齊物論》:「大道不稱,大辯不言,大仁不仁。」

13 黃生:《杜工部詩說》(日本京都:中文出版社,1976年),卷五,頁263。

14 韋莊:〈菩薩蠻〉五首,參見趙崇祚:《花間集》(臺北:藝文印書館,1969年,宋紹興十八年晁謙之刊本),卷二,頁8。

話》真能善體其曲示之意，故云：「端己詞，似直而紆，似達而鬱，最是詞中勝境。」[15]後文再舉例細論。

上述五種能達到「意在言外」的「含蓄委婉」之法，其中最不易洞識理解者，厥為「詭言」。我發現古典詩詞中，存在一種「詭言型」的作品，往往深層的內容主題，詩人旨在表達一種「頹放」而「悲涼」的情意，卻在語言形式表層所展現的意象，故作某種「超曠」的姿態，正言若反，詭譎其辭。正如陳廷焯評斷韋莊的詞作，所謂「似直而紆，似達而鬱」。

那麼，這種類型的詩詞，有何特殊的表現方式及情意內容特徵？又將如何做出有效的詮釋？這是很值得探討的問題。因此，我們特別從上述五種「含蓄委婉」的表現方式，選擇其中第五種「詭言以曲示」。我們將這一種表現方式所寫成的作品，稱作「詭言型」詩詞。當然，這一類作品的情意內容不會只有一種。其中有一種「似超曠而實頹放」之作，表現古代知識分子共同而常有的生命存在經驗，其數不少，卻往往被誤讀，故而特別值得研究。本文就針對上列問題，舉其範例以詮釋之。

二、「詭言型」詩詞的特殊表現方式及其詮釋原則

這種「詭言型」的詩詞，有何特殊的表意方式？又將如何做出有效的詮釋？我們先舉杜甫〈醉時歌〉中的幾句詩做為導引：

> 清夜沉沉動春酌，燈前細雨簷花落；但覺高歌有鬼神，焉知餓死填溝壑！[16]

---

[15] 參見陳廷焯著，屈興國校注：《白雨齋詞話足本校注》（濟南：齊魯書社，1983年），卷一，頁33。

[16] 杜甫：〈醉時歌〉，參見仇兆鰲：《杜詩詳注》（臺北：里仁書局，1980年），冊一，頁174-176。

　　這幾句所表現的內容情意，是「超曠」還是「頹放」？從語言的表層意義，不容易看得出來；因為他真正的情意隱涵在言外的深層處。詮釋這類作品，不能迷於表層語意，以致被「詭言譎語」的煙幕所遮蔽。我們可有三個詮釋原則：

　　第一個原則是：閱讀而進行理解時，讀者必須深契與文本相關的內外「語境」（context）。「語境」指的是一個人說話或書寫時，所身處、面對的具體實在情境。因此，每篇文本的「語境」都是一時一地，相對、個殊、偶有、動態的存在情境。「內語境」是文本之語言形構之內，由上下文脈所形成整體有機性的情境，例如杜甫〈醉時歌〉這篇文本自身上下文脈所形成整體有機性的情境。「外語境」是文本之外，從較小範圍，一個人說話或書寫所面對「當下事件」的情境，例如杜甫寫作〈醉時歌〉，與鄭廣文一起「得錢即相覓，沽酒不復疑」、「清夜沉沉動春酌，燈前細雨簷花落」的事件情境。接著，推到較大範圍，即杜甫的身世遭遇，那幾年間落拓長安，糴得減價的救濟米再賣出而賺取差價的窮苦生活情境。[17]再擴大範圍，即杜甫所處的當下時代社會的情境。[18]最後，更擴大到杜甫所身處並且選擇接受的傳統文化，當然主要的是儒家知識分子追求「用世」的文化價值觀，甚且與此「對立辯證」的「名士」文化價值觀。[19]

　　這種種「語境」，就是這首詩「意義」構成的「歷史性」（historicality）

---

[17] 參見莫礪鋒：《杜甫評傳》（南京：南京大學出版社，1993 年），頁 77。又參見劉孟伉：《杜甫年譜》（臺北：學海出版社，1981 年），頁 59-60。按此書原為成都工部草堂杜甫紀念館所編撰出版，館長劉孟伉掛名。學海翻印版，去其編撰者姓名。

[18] 當時奸臣李林甫、楊國忠等當道，政事日非。參見莫礪鋒：《杜甫評傳》，頁 72-74。又參見劉孟伉：《杜甫年譜》，頁 41-65。

[19] 杜甫基本的文化教養是儒家「用世」的價值觀，故〈奉贈韋左丞丈二十二韻〉敘述自己少年時期，云：「自謂頗挺出，立登要路津。致君堯舜上，再使風俗醇。」但是，在長安求官多年，卻落拓不遇，心境與觀念一時轉變，不免淪入「名士」背棄儒家思想，而縱酒解愁，悲憤虛無的境地，故同上那首詩云：「紈綺餓不死，儒冠多誤身。」〈醉時歌〉亦云：「儒術於我何有哉？孔丘盜跖俱塵埃！」

因素條件。**20**假如，讀者不能契入這種種「語境」而「詩外求詩」，只是拘泥的「以文字解文字」，便無法設身處地的體會那種「藉『詭言』以曲示」的言外深意。往常很多人詮釋詩詞，毫無「語境」觀念，只是將一首詩從它生產的具體實在、動態變化的「語境」中，孤立的抽離出來而靜態地僅做修辭的訓解以及語言形構的分析，讀者完全缺乏生命存在意識及體驗，也缺乏歷史想像力；因此不知詮釋一首詩詞，應該持有一個飽含生命存在意識及經驗的主體，與豐富的「歷史想像」，契入內外語境中，進行感同身受的體會。這種詮釋原則，是為「活法」。

第二個原則是：必須注意詩人說話時所採取「複層語境之正反辯證」的敘述方式。所謂「複層語境」，有時是指作品「內語境」的複層結構。一首詩詞作品上下文脈之間，涵有二層以上不同的語境，可能一句為一層，可能一聯二句為一層，也可能二句以上的段落單元為一層，每層的「語境」不同；而且敘述方式往往採取前後層的「正反辯證」。這頗近於古人所謂「章法頓挫」。我們後文將以李白〈月下獨酌〉為範例，進行分析詮釋。另外，「複層語境」還有一種是指「內語境」與「外語境」的複層結構；而「正反辯證」則是指這二層語境所形成「兩極化」的辯證作用及其效果。後文我們將以韋莊〈菩薩蠻〉第四首為範例，進行分析詮釋。

第三個原則是：必須注意詩人說話時，所採取「意不定指」的「特殊語態」。所謂「特殊語態」是指非平心靜氣，客觀描寫的「敘述句」；而是用強烈情緒，主觀表現某種特殊心態的句子，例如激問句、反問句、疑問句、驚嘆句、祈使句、勸戒句、命令句、假設條件句等。而這種「特殊語態」，其中尤以激問句、反問句、疑問句、假設條件句，常用來表示一種「意不定指」而「懸疑未決」，任由聽者或讀者自己去體會的意思；因此，凡是「特

---

20 任何文學家與他的作品，都是「歷史性」（historicality）的存在，不可能抽象、掛空。「歷史性」指的是使得存有者（例如詩人杜甫、李白等，以及他們的每一首詩）之所是所為的「事實」能成為「歷史」的基礎；而「歷史性」也就滲透在人之所是所為的一切，尤其是對生命存在的體驗及意義的理解、價值的選擇，終而實現文化的創造。

殊語態」的句子，通常「意在言外」，不能直以語言表層意作解。例如上引杜甫的〈醉時歌〉，前二句是一般的「敘述句」，相對客觀的描寫兩人相對暢飲的情景；但是，這幾句詩意的重點卻在下二句，尤其「焉知」的「疑問句」，乃以「意不定指」而「懸疑未決」的特殊語態，引導讀者自己體會其言外之意，後文再做詳細分析。另外，又例如李白〈客中作〉，乃是另一種以假設性條件句的「特殊語態」所寫成的「詭言」之作，後文也會詳細的分析詮釋。

　　一首「詭言型」的詩詞，其創作與詮釋的法則，未必三者皆備；但是，至少必有其一。大致而言，第一個原則具有共同性，不管創作與詮釋都必然有其「內外語境」的基礎條件。至於第二、三原則，屬於語言形構的表現方式，各有選擇；但是，凡屬「詭言型」之作，必備其一。讀者秉持這三個原則而靈活運用，就可以有效的詮釋這一類「詭言型」的詩詞作品了。

三、「似超曠而實頹放」之「詭言型」詩詞的特殊表現方式及其情意內容

　　這一類「詭言型」的作品，情意內容當然不會只有一種。本文不能遍論之，就只選擇其中一種：「似超曠而實頹放」之作，做為範例進行分析詮釋。這種作品的情意內容有一個共同特徵，即「超曠」為表而「頹放」為裡。文本中的「敘述者」，有時是作者自己，是為「自敘體」；有時卻是一個假擬的人物，是為「擬代體」。不管哪一體，這一敘述者在語言表層意象，都表現出一副什麼都不在乎的姿態；一切世俗的價值觀與行為規範，都不足以羈絡他。因此，他看起來那麼灑脫，那麼「超曠」，不在乎名，不在乎利，甚至不在乎生死；然而，在這什麼都不在乎的表象深層處，卻隱藏著「頹放」的心境。我們可以稱他為「擬態超曠」，而相對的是「真心超曠」：真心超曠者，心境寧和，洋洋如千頃澄波；而「擬態超曠」卻是「真心頹放」者，其心境悲涼，洶洶如一泓暗潮。如果不精細分辨，很容易誤視「頹放」為「超曠」。例如，晚唐詩人韋莊的代表作〈菩薩蠻〉五首，其中

第四首云：

> 勸君今夜須沈醉，樽前莫話明朝事。珍重主人心，酒深情亦深。
> 須愁春漏短，莫訴金杯滿。遇酒且呵呵，人生能幾何！[21]

　　明代湯顯祖評云：「直寓曠達之思，與郭璞遊仙，阮籍詠懷，將無同調？」[22]湯顯祖認為這首詞「直寓曠達之思」，是嗎？其實，細細品味，應該很容易感受到韋莊在「什麼都不在乎」的表象背後，那種「沒有明天──樽前莫話明朝事」，活得毫無希望，只好放情縱樂的深沈悲涼。湯顯祖只迷惑於表象，故誤「頹放」為「曠達」。

　　從文化外語境而言，這種誤解，就如許多人以為魏晉名士都很「超曠」一樣。事實上，中國歷代文人，未有如魏晉名士之頹放、悲涼者。牟宗三曾在《才性與玄理》中，形容魏晉名士的生命境界：「令人有無可奈何之感慨，有無限之淒涼。」名士的生命基本情調是「虛無主義」，只顯示「逸氣棄才，而無掛搭處」。[23]的確，法家的政治權勢，真名士固不屑一顧；即使儒家的禮教規範，亦不足以安頓名士的生命。他們很想衝向道家混沌的自然世界；但是，大多數在實踐修養上，又無法消解情識執著，以達到真正的逍遙自在，因而徒然地放浪形骸，違逆世俗禮教，而不見容於社會。他們常喝酒縱樂，一副什麼都不在乎的樣子，表現一種「擬態超曠」；而其實活得沒有價值肯定、沒有理想，找不到一個安頓生命的定點；獨立宇宙間，四顧蒼茫，真是悲涼之極，實為「真心頹放」。此種「名士」的文化傳統，是理解這一類「詭言型」詩詞，有時必須置入的「外語境」。

　　後世很多人不能深入到名士內在生命情調去體會，只見其不受羈絡的表

21　參見趙崇祚：《花間集》，卷二，頁8。

22　湯顯祖著有《玉茗堂評花間集》，已佚。本文轉引自李冰若：《花間集評注》（石家莊：河北教育出版社，1999年），卷二。

23　牟宗三：《才性與玄理》（臺北：臺灣學生書局，1974年），頁71。

象，便認為他們能「超曠」乎俗世之上。就以湯顯祖所舉的阮籍來說，不談別的，只看他的「窮途之哭」，就可體會那種深沈的悲感。《晉書・阮籍傳》記載他：「時率意獨駕，不由徑路，車迹所窮，輒慟哭而反。」[24]他為什麼常作「窮途之哭」？難道不是一片無法言宣的時代悲感嗎？他的〈詠懷〉八十二首，正是這種悲感的寄託；[25]因此，顏延年、沈約等注云：「嗣宗身仕亂朝，常恐罹謗遇禍，因茲發詠，故每有憂生之嗟。」[26]郭璞的〈遊仙〉詩，[27]也不是單純的寓託「曠達」之思。他面對著個人生命的無常，時代的變亂，出處進退充滿矛盾衝突；既認為「朱門何足榮，未若託蓬萊」，想看透功名，遊於仙境，卻又想到自己生命的短暫而「臨川哀年邁，撫心獨悲吒」；更想到時代混濁，雖高舉遠遊，又何足以安頓生命的存在價值，故而「悲來惻丹心，零淚緣纓流」。湯顯祖只迷於表象，故將阮籍的〈詠懷〉、郭璞的〈遊仙〉、韋莊的〈菩薩蠻〉都看作「直寓曠達之思」的同調之作；知音實不易得！

接著，我們契入這首詞的歷史「外語境」：韋莊，京兆杜陵人，生逢亂世，晚唐之際，應舉時，適逢黃巢之亂，犯京師長安。韋莊為作七言長古〈秦婦吟〉，描寫戰亂的慘況。亂定，公卿多驚訝其詩，號為「秦婦吟秀才」。在洛陽，為避亂，攜眷漫遊江南，流落多年，歸鄉不得。辛文房《唐才子傳》形容韋莊旅居江南時的處境與心境：「舉目有山河之異，故於流離漂泛，寓目緣情，……一詠一觴之作，俱能感動人也。」[28]唐昭宗乾寧元年，第進士。天復元年，奉使西蜀，為王建所賞識，留為掌書記。及王建稱

---

24 《晉書・阮籍傳》（臺北：藝文印書館，二十五史本），卷四十九，頁 932。

25 阮籍：〈詠懷〉八十二首，參見陳伯君：《阮籍集校注》（北京：中華書局，1987 年），頁 207-408。

26 參見李善注：《文選》（臺北：華正書局，1982 年，重刻宋淳熙本），卷二十三，頁 322。

27 郭璞的〈遊仙〉，十首完整，九首殘篇，參見逯欽立：《先秦漢魏晉南北朝詩》（臺北：學海出版社，1984 年），《晉詩》卷十一，頁 865-867。

28 參見辛文房著，傅璇琮主編：《唐才子傳校箋》（北京：中華書局，2002 年），冊四，卷十，頁 328。

帝，國號「大蜀」，乃託韋莊以重任，官至丞相。從此，韋莊終老他鄉，未再回到京兆杜陵。*29*

　　這五首〈菩薩蠻〉就是在這種歷史「外語境」中所作，描寫他年老尚寓居西蜀，追憶當年避亂，離開洛陽，流落江南，而歸鄉不得的情境。其中，第二首先說「人人盡說江南好，遊人只合江南老」，結句又說「未老莫還鄉，還鄉須斷腸」，表面似乎為了江南之美而想終老於此，其實是因為戰亂而道路阻絕，即使歸鄉，見到家園殘破，也會為之「斷腸」矣。前引陳廷焯云「似直而紆，似達而鬱」，實有洞見。而譚獻也能體會這種深層的悲情，故云：「強顏作愉快語，怕腸斷，腸亦斷矣！」*30*

　　再接著，我們進一步分析這首詞的「複層語境的正反辯證」。這首詞的「複層語境」是指文本的「內語境」與上述名士文化傳統及韋莊個人身世、時代的「外語境」。文本「內語境」已以「直賦」的言語形式表述出來：「勸君今夜須沈醉，樽前莫話明朝事」、「珍重主人心，酒深情亦深」、「須愁春漏短，莫訴金杯滿」，三層「內語境」連貫統合為一，表現一種在名士文化「語境」中，頗為普遍的典型人生觀——及時行樂，擬態超曠。*31* 我們必須體會到，這些句子都以主觀而強烈的語態，「極化」的呼告「聽受者」，不必顧及「明朝」之事，當下及時行樂。凡在文本「內語境」，已被語言強調地「表述」出來的「極化」之意，必然在「言外」預設「未被表述」而「留白」的另一「極化」之意，那就是上述名士文化傳統及韋莊個人身世、時代的「外語境」，頹放而悲涼。兩者構成「複層語境的正反辯

---

29 韋莊生平參見同上注，頁 323-333。

30 周濟著，譚獻評：《詞辨》（臺北：廣文書局，1962 年），卷一。

31 參見張湛注：《列子》（臺北：廣文書局，1960 年，影印光緒甲申華刻鐵琴銅劍樓宋本），其中卷七〈楊朱〉一篇提倡：「從心所動，不違自然所好；當身之娛非所去也。」子產善治鄭國；但是，其兄公孫朝好酒，弟公孫穆好色，日夜醉生夢死。子產非常憂慮，找鄧析子問策，想忠告兄弟二人；但是，最後子產卻被朝、穆諷勸到無言以對，連鄧析子都嘆服，對子產說：「子與真人居而不知也。」這就是名士縱樂以顯頹放的人生觀，完全是一種「擬態性」的超曠。

證」，其終究的真意，乃是未被表述而留白的「外語境」之意。

　　最後，我們注意結尾「遇酒且呵呵，人生能幾何！」其「特殊語態」必須細加體會。呵呵，很口語化的描述笑聲。從一般經驗，可體會這種笑聲雖似歡樂，卻是空洞而沒有特殊情意的乾笑；而「人生能幾何」也是名士文化「語境」中一句套語，以「激問」的特殊語態，曲示人生短暫無常，何必抱持什麼未來的願景。這是何等悲涼的生命存在感！

　　綜合上述對韋莊創作〈菩薩蠻〉五首之內外「語境」的深入理解，以及第四首「複層語境之正反辯證」、「特殊語態」的分析詮釋，我們可以得到結論：湯顯祖評斷此詞「直寓曠達之思」，全是迷於表象的誤讀。這是一首「詭言型」的詞作，寓「悲涼」於「歡樂」，寓「頹放」於「超曠」。

　　古典詩歌的詮釋，就有一類作品，其情意內容看似超曠，實則頹放，往往在華麗的語言形式及歡樂、戲謔的表態之後，寄寓著極為深沈的悲涼，很容易被誤解。這類作品，除了上述韋莊的〈菩薩蠻〉之外，最範型的例子，就是下列幾首詩。

　　李白〈月下獨酌〉四首之一：

　　　花間一壺酒，獨酌無相親。舉杯邀明月，對影成三人。月既不解飲，
　　　影徒隨我身。暫伴月將影，行樂須及春。我歌月徘徊，我舞影零亂。
　　　醒時同交歡，醉後各分散。永結無情遊，相期邈雲漢！32

　　李白〈客中作〉：

　　　蘭陵美酒鬱金香，玉椀盛來琥珀光。但使主人能醉客，不知何處是他
　　　鄉！33

32　參見瞿蛻園等：《李白集校注》，冊二，卷二十三，頁1331。
33　參見瞿蛻園等：《李白集校注》，冊二，卷二十二，頁1269。

王翰〈涼洲詞〉：

> 葡萄美酒夜光杯，欲飲琵琶馬上催。醉臥沙場君莫笑，古來征戰幾人
> 回！

以上所舉的幾首詩，在語言形式與情意內容上，都有一種相同的特色
——以華麗的修辭及歡樂、戲謔的表象姿態，寄寓深沉而悲涼的生命存在
感。一般詩歌通常的表現方式，是表象與內涵正面符應，就好比一個人悲傷
時，就表現得滿臉憂愁，甚至涕淚橫流；歡樂時則表現得面露笑意，甚至手
舞足蹈。前者例如大家所熟知的杜甫〈春望〉：「國破山河在，城春草木
深。感時花濺淚，恨別鳥驚心。……。」後者例如杜甫〈聞官軍收河南河
北〉：「劍外忽傳收薊北，初聞涕淚滿衣裳。卻看妻子愁何在？漫卷詩書喜
欲狂。……。」[34]這種表象與內涵符應的表現方式，詩人真正的情意很好辨
識，不致有什麼誤解；但是，假如表象與內涵相互背反，讀者一旦迷惑於表
象，而不能深入體會，便很容易誤視悲涼為歡樂，而誤視「頹放」為「超
曠」了。就以李白那首〈月下獨酌〉來說，俞守真《唐詩三百首詳析》便作
這種皮相之見：

> 太白天才曠達，物我之間，無所容心。這首詩就充分表達他的胸襟，
> 而以「行樂及春」、「永結無情」為全詩主意所在。使無情的明月和
> 影子，和我為有情的交歡。[35]

李白曠達嗎？其實從「外語境」深入體會，李白在什麼都不在乎的背
後，卻深蘊著生命的孤獨、寂寞、悲涼、痛苦。那幾乎也是魏晉名士的同一

---

34 參見仇兆鰲：《杜詩詳注》。〈春望〉，冊一，卷四，頁 320。〈聞官軍收河南河
　　北〉，冊二，卷十一，頁 968。
35 俞守真：《唐詩三百首詳析》（臺北：臺灣中華書局，1977 年），頁 20。

生命情調。古來體會到李白這種生命情調的人並不多，這或許也就是李白的悲涼處；一個特異的生命，在俗世中本就注定無法被理解，而終不能不陷入孤寂。李白不就自己說過：「古來聖賢皆寂寞，唯有飲者留其名！」又說：「相看兩不厭，只有敬亭山。」[36]從這一點來說，李長之的《道教徒詩人李白及其痛苦》，就真能挖掘現實存在情境中的李白，了解他心靈深處那種飲酒、求仙都難以解脫的痛苦。[37]徐復觀在〈詩詞的創造過程及其表現效果〉一文中，也能指出李白在以飛越的精神，追求人生苦悶的解脫過程中，飲酒、求仙、隱逸，結果沒有一樣可以得到真正的解脫，因此表面遊戲人間，其實含有人生無限悲涼之感。[38]李正治《與爾同銷萬古愁——李白詩賞析》，也能透視李白「一顆苦悶心靈的躍動」；[39]他們都算是李白難得的知音了。

　　李正治認為李白詩中的「酒」與「月」，常蘊涵著一種「愴情的基調」，而這首〈月下獨酌〉則是：「詩人和月取得極端和諧的角度，愴情的基調是暫時隱藏了。」[40]然而，我認為「暫時隱藏」，並不表示這首詩就沒有愴情；反而是「愴情」被「歡樂」的表象掩蓋得更深沈，更耐人尋味。我們必須依藉上述李長之、徐復觀等人，從歷史文化「外語境」所建構李白的生命情調，去做感同身受的體會。接著，從這二首詩的「複層語境之正反辯證」或是「特殊語態」，進行分析詮釋，才能揭明它們言外的真意。

　　〈月下獨酌〉所「『詭言』以曲示」的表現方式，主要是「複層語境之正反辯證」。這首詩的言外之意，基本上仍是五言絕句〈獨坐敬亭山〉：「相看兩不厭，只有敬亭山。」那種孤寂悲涼的生命感；但它的篇幅較長，有空間可以做出「複層語境」的「正反辯證」。它的「複層語境」包括「內

36　參見瞿蛻園等：《李白集校注》。〈將進酒〉，冊一，卷三，頁 225；〈獨坐敬亭山〉，冊二，卷二十三，頁 1354。

37　李長之：《道教徒詩人李白及其痛苦》（天津：天津人民出版社，2008 年）。

38　參見徐復觀：《中國文學論集》（臺中：民主評論社，1966 年），頁 125-126。

39　李正治：《與爾同銷萬古愁——李白詩賞析》（臺北：偉文圖書公司，1978 年）。

40　參見同上注。

語境」與「外語境」的正反辯證，以及「內語境」本身的敘述方式涵有幾個
層次的正反辯證。前者，只要以這首詩表象所描寫那種看似「超曠」的歡
樂，拿來與上述李長之等人所建構的「外語境」，做一正反辯證，就可揭顯
其以「超曠」寓「頹放」、「歡樂」寓「悲涼」的言外之意，不煩詳細分
析。

　　我們必須分析的是「內語境」本身的敘述方式，所涵有的「複層語境之
正反辯證」。第一聯兩句是第一層語境，「獨酌無相親」是關鍵句，以斷然
的語態，第一次「否定」這世間有可相親之人，而表顯了本來應該是「有情
人間」，竟然找不到可以對酌，可以彼此投契的另一個生命。第二聯兩句是
第二層語境，邀月對影而飲，第一次「肯定」可有「人」外之「物」同歡共
飲；第三聯兩句是第三層語境，同樣以斷然的語態，第二次「否定」可有同
歡共飲者：「月既不解飲，影徒隨我身」，因為同歡共飲必須是「可相親」
的有情者；但是，月與影卻都是「無情」之物。正反辯證到此，詩人仍在
「獨酌無相親」的孤寂中。接著，從「暫伴月將影，行樂須及春」到「醒時
同交歡，醉後各分散」，三聯六句是第四層語境，第二次「肯定」可以「暫
且」與月、影同歡共樂。不過，這次「肯定」卻不是那麼篤定，而有著無可
奈何，姑且為之的心態，頗軟弱無力；甚至，尾句「醉後各分散」還略帶
「否定」之意；最後一聯兩句「永結無情遊，相期邈雲漢」是第五層語境，
經由前面幾層否定──肯定──否定──肯定而略帶否定的正反辯證過程，
最後「合」成「肯定為虛」而「否定為實」的「詭言」。所謂「肯定為虛」
是指可與月、影「結伴而遊」；而所謂「否定為實」則是指這種「結伴而
遊」畢竟「無期」、「不可期待」。那麼，經由曲曲折折的「複層語境之正
反辯證」，最終詩人還是繞回「獨酌無相親」的孤寂、悲涼之感，言外之意
是深沈的「頹放」之情。但是，過程中寫得一片歡樂，仍然是上述魏晉名士
以縱樂顯示頹放之人生觀的翻版，也就是典型的「擬態曠達」；俞守真說
「太白天才曠達，物我之間，無所容心」，完全是迷於表象的誤讀。

　　至於李白那首〈客中作〉，我們除了「外語境」必須了解李白的身世，
一生飄泊無定，從祖籍、出生地到曾經定居之處，頗多謎團，各種說法都

有，真不知他的「故鄉」究在何處？[41]這是理解這首詩必要的「外語境」。此外，這首詩「內語境」的「詭言」性質，主要表現在次聯兩句的「特殊語態」，必須細為分析詮釋。

這首詩表象看起來好不瀟灑！前二句寫酒的色香，以及酒器的美好。最後一句「不知何處是他鄉」，更似乎有四海為家，不戀眷故鄉的灑脫。因此，有些人讀到此處，可能就誤判李白這首詩寫得「超曠」，能轉化鄉愁而客中作樂；但是，此等詮釋顯然非常皮相，完全忽略第三句假設條件的特殊語態：「但使主人能醉客」。換句話說，在「主人能醉客」的假設性條件下，詩人就可以醉到「不知何處是他鄉」，而忘懷客愁；然則，李白清醒的時候，不就是滿懷客愁嗎？假設性語態的條件句，通常都意味著事實未必如表象。因為，主人是否真能醉客？這是一個問題；即使主人真能醉客，詩人是否真能「不知何處是他鄉」？這還是一個問題。如此曲折說來，無非暗示詩人正受鄉愁糾纏著。

沈德潛說這首詩「強作寬解之詞」；[42]既是勉強自作「寬解」，如何寬解？故意歡樂豪飲，暫時忘懷異鄉人的悲涼；然而，酒醒之後，悲涼依舊纏心，甚至更加深沈！沈德潛確能透視李白這種以歡樂寓悲涼的煙幕。

至於王翰的〈涼州詞〉，「醉臥沙場君莫笑，古來征戰幾人回」，看來彷彿連生死都不在乎，全以玩世的態度去面對慘痛的戰爭，何等超曠！然而，假如我們進一步去追問：為什麼這個士兵會這樣去面對戰爭呢？從文化傳統的「語境」來理解，這士兵之不怕死，顯然不同於儒家之積極承擔天下責任而能殺身成仁、捨生取義；也不同於道家之「一死生」，視死生為自然的變化，而無所好惡偏執。基本上，儒道兩家雖對生死抱著不同的觀念；但是，卻同樣尊重生命，絕不像這個士兵這般拿生死開玩笑。一個人只有在活

---

[41] 參見郭沫若：《李白與杜甫》（臺北：帛書出版社，1985 年）。作者標示郭沫若的字號：郭鼎堂。李白的生平，祖籍、出生地以及曾經定居之處，頗為複雜，參見本書「李白的家室索引」一節，頁 17-36。

[42] 參見沈德潛：《唐詩別裁集》（臺北：廣文書局，1970 年），冊下，卷二十，頁 526。

得毫無希望，毫無價值的心境下，才會不把生命當一回事。

從文化傳統的「外語境」來看，這基本上仍然接近魏晉名士的「頹放」作風。於此，我們便聯想到袁宏《名士傳》所記載一則劉伶的故事：在魏晉名士中，劉伶算是數一數二的大酒鬼。他「常乘鹿車，攜一壺酒，使人荷鍤隨之，云『死便掘地以埋。』」[43]一個人生充滿希望的人，怎麼會這樣呢？這些酒鬼，在什麼都不在乎的背後，竟是何等悲涼！有心者不難體會。

接著，我們可以讓「歷史想像」活化起來，這首詩的時代「外語境」，乃是唐代外患頻仍，朝廷徵兵遠戍邊疆，這是無可抗拒的「時命」；「古來征戰幾人回」，已曲示讀者，置身戰火中的士兵，終難生還！

然後，我們再分析這首詩「內語境」所涵有的「複層語境之正反辯證」，第一聯兩句，首句是第一層語境，「肯定」葡萄美酒所帶來的生活樂趣；次句是第二層語境，立即以「琵琶馬上催」的戰爭訊號「否定」這當下即可享受的樂趣。那麼置身戰場的士兵，那種自由意志完全被宰制的「時命」悲情，已隱涵言外。第二聯三、四兩句是第三層語境，經由上一聯兩層語境的正反辯證，就「合」成這兩句的語境，一種似乎看透生死卻是生存絕望的悲情。

這分生存絕望的悲情，詩人不做正面表述，而以看似「超曠」的戲謔姿態，做出「詭言的曲示」。關鍵就在最後一句，以「激問」的特殊語態去表述，曲示讀者自己想像、體會，而達到「意在言外」的效果。

因此，王翰這首〈涼州詞〉，絕不能以「超曠」來看待！施補華《峴傭說詩》就能體悟到這種諧謔的表態背後，隱藏著一種難言的生命存在悲感：「作悲傷語讀便淺，作諧謔語讀便妙，在學人領悟。」[44]不錯，作諧謔語讀，表面看似「超曠」，連生死都不在意，卻將那種「頹放」的悲情隱藏深

43 袁宏《名士傳》三卷，上卷〈正始名士傳〉，中卷〈竹林名士傳〉，下卷〈中朝名士傳〉，已佚。今人李正輝作有〈正始名士傳輯校〉，《吉林廣播電視大學學報》，2009 年第十期。本文引自楊勇：《世說新語校箋》（臺北：樂天出版社，1973年），〈文學〉第四，劉孝標注引《名士傳》，頁 196。

44 參見丁仲祜編：《清詩話》（臺北：藝文印書館，1977 年），冊下，頁 1272-1273。

層處，讓讀者契入「語境」中，才能體會而得。

最後，我們要特別再回到杜甫的〈醉時歌〉。這是一首篇幅較長的七言古詩，前面節錄的四句是這首詩的菁華，很多人都認為這幾句非常精彩，例如吳北江就說它「清夜以下神來氣來，千古獨絕」；[45]至於為什麼「千古獨絕」？吳北江說是「神來氣來」，很玄虛難解。依循以上對那幾首詩的詮釋，我們便很容易回答這個問題。杜甫這四句之所以那麼精彩，同樣在於「以華麗的修辭及歡樂的表態寄寓人生無望的悲涼」。

從時代的「外語境」而言，這首〈醉時歌〉大約作於唐玄宗天寶十三年，杜甫四十三歲，正當楊國忠等權貴豪奢到「朱門酒肉臭，路有凍死骨」的時候，而藩鎮安祿山也蠢蠢欲動，企圖造反；然而，唐玄宗卻還沈迷於楊貴妃的美色，正如後來白居易〈長恨歌〉所形容：「春宵苦短日高起，從此君王不早朝」、「承歡侍宴無閒暇，春從春遊夜專夜」。這是理解這首詩必要的時代「外語境」。

這時，詩人在長安，卻到處奔走，求官不得；想要如同儒家之士，一展抱負的理想，也都成空。終至流落長安街頭，窮到三餐難繼：「杜陵野客人更嗤，被褐短窄鬢如絲。日糴太倉五升米，時赴鄭老同襟期」。他的忘年之交鄭廣文，道德文章都非常好，也落魄到「官獨冷」、「飯不足」；但是，他們常苦中作樂，「得錢即相覓，沽酒不復疑」。[46]這是理解這首詩必要的個人身世以及兩人縱情對飲之事件的「外語境」。

接著，從這首詩本身的「內語境」觀之，最精彩的上引四句，我們可略做分析其「複層語境之正反辯證」。第一層語境是前兩句「清夜沉沉動春酌，燈前細雨簷花落」，相對客觀的描寫杜甫與老友鄭廣文，兩人在落魄、窮困中，趁著春天清冷的夜晚，相對暢飲，而燈前細雨，簷花飛落的情景。這個情景可以引發一種淒美的感覺經驗。這是對兩人「清夜春酌」此一情境

---

45 轉引自高步瀛：《唐宋詩舉要》（臺北：民主出版社，1983 年），卷二，頁 204。

46 以上有關杜甫此詩的時代與個人身世的「外語境」，參見莫礪鋒：《杜甫評傳》，頁 72-74。又參見劉孟伉：《杜甫年譜》，頁 41-65。

的「肯定性」描述；下兩句又可分為二層語境，上句「但覺高歌有鬼神」是一層，乃是延續上一層語境而進一層做「肯定」的抒發。下一句「焉知餓死填溝壑」另是一層，也是從主觀情緒做一抒發。不過，重點卻在最後一句的「特殊語態」，使得這一句的語境與上三句總成的語境，產生「複層語境的正反辯證」；而將上一層語境表層所「肯定」描寫的「狂歡」之情，以帶有「否定」性質的「激問」語態加以解消，而曲示深層的「悲涼」之意。

因此，我們可以再對這一特殊語態，進行詳細的分析。前一句「但覺高歌有鬼神」，延續上二句對兩人「清夜春酌」的肯定描寫，表現意興昂揚的肯定語態，似乎他們喝到痛快處，不禁高聲唱起歌來，彷彿覺得冥冥中真有鬼神存在，掌握著人們的命運；後一句「焉知餓死填溝壑」，則相對是意興下挫的「激問」語態；不但使得前後二句產生揚抑頓挫的衝突效果。同時，「焉知」的「激問」語態，更將二人今夜高歌狂歡過後的多少個明天，推向「懸疑未決」，看不到未來希望的情境；人在命運的撥弄中，一切道德、才學都派不上用場，一切價值也都全無定準，甚至生死也全無保障；生命的悲劇感便全在這裡湧現了。甚而讓人忿怨不平者，那些無德、無才、無學者，此時卻正在享受權勢的滋味；而這兩個道德才學兼備的詩人，卻不知在今夜高歌痛飲之後，明天是否還能活得下去，說不定就餓死在路邊而無人收埋哩！原本肯定的「狂歡」情緒，立即被解消，而進入「意不定指」，卻隱涵「頹放」的心境；但是，這層「頹放」的心境，卻被上句看似「超曠」的「高歌」情境所遮蔽，而意在言外。

如此，這首詩真正的言外之意，讀者必須從「焉知」的「激問」語態，自行細細體會。假如，讀者也有過同樣的境遇，讀到這幾句能不驚心動魄，悲從中來嗎？

四、餘音：「詭言型」詩詞乃是「詭譎性」之　　　生命存在經驗的文本化

這類作品，因為表象與內涵的背反，往往相當詭譎，不是粗淺的讀者所

能體會，所以常常受到誤解；然而，這類作品的精彩處，也就在於它的「詭言」型態——情意不能從語言表象正面見到，必須曲折索解，才能體會到生命的悲涼真如冰冷的深淵，讓人咀嚼不盡；這就是古典詩歌中所謂的「沈鬱」了。所謂「沈鬱」，即是詩中「悲鬱」之情，「深沈」隱蓄而不顯露於語言表象。「藉『詭言』以曲示」是達到「沈鬱」的方法之一。

　　假如文學作品在於反映人生，那麼這種「詭言型」作品，其語言表象與情意內容的背反狀態，根源處豈不就是人生禍福、順逆、哀樂之二元對立、倚伏相生的變化，竟是那麼樣「詭譎」！這就讓我們想到《莊子‧知北遊》中的一句話：「樂未畢也，哀又繼之。哀樂之來，吾不能禦，其去弗能止。」人生之變化難測，哀樂無常，誰能完全自主的掌握？

　　假如，你是那種懷有深切存在感的人，就能體會到：一方面，人於現實存在的「命遇」中，一切禍福、順逆、哀樂之事，都不是自己的意志所能選擇、決定，它的來去是那麼「詭譎」無端。就像〈醉時歌〉中的杜甫與鄭廣文，〈涼州詞〉中的那個士兵，他們在對酒高歌之後，又能確定自己下一刻會生會死嗎？面向這樣無常的人生，難怪那些「頹放」的人們不願追想過去，也不願瞻望未來，什麼都不必在乎！只要抓住眼前這一刻之所擁有，縱情歡樂就是了。

　　然而，另一方面，人的哀樂豈不是相對衍生的情執；就因為你執著眷戀於某些事物而為之歡樂，才會相對地衍生失去這些事物而為之悲涼。魏晉名士基本上仍然四處衝撞，想尋找生命價值的定點，卻在「四無掛搭」的「虛無」情境中，感受到生命無限的悲涼。李白何嘗不以飛越的精神，四處尋覓安頓他生命的定點；但是，人間知心之情不能安頓他——特異的生命難得知心啊！故鄉不能安頓他——又有哪塊土地能安頓他呢？而酒、月、劍、神仙、女人就能安頓他嗎？但是，他又不能真正「超曠」到全無情執；因而在「獨酌無相親」、「不知何處是他鄉」的背後，便蘊藏著很深沈的孤寂與悲涼。

　　在這一主觀的情執之下，越歡樂所反彈而生的悲涼就越深；因此，華麗語言所描寫的一切美好的事物，根本都在為「對顯」悲涼而蓄勢！這些事物

越美好而越引人眷戀，它背後所蘊藏的悲涼也就越深。這樣一來，和悲涼的情意內涵似乎背反的歡樂表象，卻反而生成了更深的悲涼情意。相反而相生，從人生到作品，都是一片詭譎，耐人尋味。

　　我們可以結論說：「詭言型」的詩詞，其實就是「詭譎性」之生命存在經驗的「文本化」。這無疑是中國古典文學中，最迷人的一種魅力！

後記：

原刊《中華日報副刊》，1988 年 1 月 8 日。

2016 年 1 月增補修訂。

中國古典小說名著的文化原料性、不定式文本再製與多元價值兌現

一、引論

　　文學作品，凡稱「名著」者，多具「大眾性」（popularity）。不過，所謂「大眾性」，此一概念的實質義涵卻頗為複雜，必須加以分析、界說，並且將它置入所使用的語境中，才能確定其意義。

　　在文化生產的場域與過程中，任何事物的「大眾性」，都非自然現呈，而是由人為建構所形成；故而，當我們在提問某一文化產品的「大眾性」時，其實是在提問其構成因素及條件是什麼？對於這樣的問題，我們可以嘗試回答：

　　一種文化產品之「大眾性」的構成，表層性的條件就是「量」，意指「多量」的群眾對某一文化產品的受用；在以影音、文字為媒介的文化產品而言，所謂「受用」即是「閱聽」；以下所討論即以這類文化產品為對象，「文學作品」固在其中。上述「大眾性」的指認，涉及到傳播市場效果的評估。在當代對於文化產品行銷數量有效的計算機制掌控中，這種評估並不困難。因此，某種文化產品並時性的「流行」狀況，可以獲致接近實證的描述；而其「大眾性」也隨之可以得到「量化」的肯定判斷。

　　然而，「大眾性」在「量」的構成條件上，除了並時性的「流行」之外，還得考量歷時性的「傳衍」條件。我們在此以「傳衍」指涉一文化產品在長遠的時間跨距中，持續不斷被「多量」群眾所閱聽；但是，其歷經的時

間跨距究有多長？閱聽群眾數量究有多少？這實在很難建立共識而明確的「數據」判準。不過，從理論來說，對古典文化產品之「大眾性」的判斷，歷時性「傳衍」的「量」，是必須被考慮的條件；而且，其時間跨距恐非百年以上，不足以定論。

　　文化產品的「大眾性」，其「量」的條件之所以構成，大體能夠找到若干內、外相關之「質」的條件或因素，以做為詮釋。從外在而言，商業的生產與行銷策略、形式、管道、行動等，都是經常被觀察所及的條件。至於從內在而言，則必須深層的詮釋閱聽群眾所身處的社會文化情境以及所抱持的社會文化心理；而更重要的，當然必須深層的詮釋產品本身的文化內涵與形式。這種種內在深層之「質」的因素，大抵是「詮釋性」問題，不可能做出絕對客觀有效的「實證」。

　　在大眾文化的論述中，關於「大眾性」的指認，當「量」的條件與「質」的因素被結合觀之，則「大眾性」與「通俗性」二個概念就往往被混同，甚至「大眾性」與「庶民性」二個概念也經常可以置換。並且，在使用這幾個詞彙時，經常自覺或非自覺地隱涵著「社會階層」或「審美品味」的主觀評價立場。換句話說，它們都是「評價性」的詞彙，不只是做為「描述」之用。「大眾」即「庶民」的社會階層，它相對的就是比較少數之「貴族」或「菁英」的社會階層；而「大眾性」即「通俗性」的審美品味，它相對的就是比較小眾的「高雅性」審美品味。這種對「大眾性」、「通俗性」、「庶民性」充滿貶意的觀點，顯然是反映了貴族、菁英階層主觀操用其強勢發言權的話語。

　　這種狀況就如同英文之中，mass culture 與 popular culture 二個詞，都被譯為「大眾文化」，而二者的概念卻也被混淆不清。其實，在西方歷史語境，流行於一九三〇到一九五〇年代的文化批判思潮中，mass culture 是一個滿含貶意的詞彙，在「質」的概念上，與「通俗性」、「庶民性」混合，被認為是資本主義社會，受政治、傳播媒體、商業機構所操控、型塑而強勢

推銷給低層大眾的流行文化，代表著庸俗的審美品味。[1]早期德國法蘭克福學派，就是抱持這種菁英主義、貴族階層的文化意識形態對「大眾文化」進行批判。[2]這種情況，到了六○年代，才開始改觀，尤其英國伯明罕大學「當代文化研究中心」，以霍加特（R. Hoggart）為首，歷經威廉斯（R. Williams）、霍爾（S. Hall）等人所推動的文化新思潮興起；他們強烈質疑英國文化理論家李維斯（F. R. Leavis）及德國法蘭克福學派一向對「大眾文化」所作貶意的批判；他們反對那種菁英主義、貴族階層的立場觀點，並重新定義「大眾文化」的特質，而 popular culture 的概念乃取代了 mass culture，除去它的貶意；所謂 popular culture 意指那些屬於廣大群眾所樂意享有的文化，甚至成為與經濟產業結合而受政府所提倡的主流文化。[3]

其實，文化產品的「大眾性」，其「量」的條件與「質」的因素並不必然存在「反差」的關係；也就是「量多」不必然「質低」；而「量少」也不必然「質高」。這尤其對歷經長期時間跨距之「傳衍」的「經典」而言，更是如此。其「量」之數多，乃經百代閱聽群眾的「積累」，並且早已突破社會階層的區隔，所謂「雅俗共賞」即是此意。這在東西文化發展歷程中，其例甚多：《聖經》、《十日談》、《哈姆雷特》、《源氏物語》、《論語》、《老子》、《菜根譚》、《千家詩》、《唐詩三百首》……這類已具「大眾性」的文化產品，應該沒有人會認為它們雖「量多」卻「質低」吧！

至於本文所關注的中國古典小說名著，以《水滸傳》、《三國演義》、《西遊記》、《紅樓夢》為範例；其「大眾性」的構成，在「質」的因素上，更不能站在菁英主義、貴族階層的文學評價立場，僅從隱涵貶意的「通俗性」、「庶民性」的立場去做批判性的論述。這些古典小說名著，其「大眾性」的「量」實非取決於一時之「流行」；它更值得去注目的是歷經數百

---

[1]　陸揚：《大眾文化理論》（臺北：揚智文化出版公司，2002 年），頁 1-3、27-36、48-51。

[2]　同前注，頁 79-84。

[3]　同前注，頁 1-2、27-36。

年時間跨距的「傳衍」，早已突破社會階層的區隔及雅、俗審美品味的對立而廣被接受；然則，其「大眾性」構成的條件與原因何在？這絕非從菁英主義、貴族階層之「政教功能」本位或「純文學」本位的視域，可以獲致適切的詮釋。

「小說」在古代的文體、文類論述中，直到明代吳訥的《文章辨體》、徐師曾的《文體明辯》[4]都未列為一個特定的文章「類體」；[5]它始終處在邊緣性的位置。現今被魯迅等人寫入「中國小說史」，所謂「六朝志怪」、「唐傳奇」二個大類體，作者並未自認是在寫作「小說」，而往往將它視為「雜文體」或「雜史體」的散文；將它當作「小說」，其實是後代反視前行書寫現象，所作歸類的認知及命名。「傳奇」之名，非但唐人不以此指謂自己的作品，[6]甚至以「小說」之名指謂現代所稱「六朝志怪」、「唐傳奇」之類的文本，乃是五代才開始的事。[7]

現代專治小說的學者也都已辨明，中國古代所謂「小說」，其界義實與西方現代所謂「小說」有其差別。在古代，「小說」無法與詩歌、古文並列

4　吳訥：《文章辨體》（臺南：莊嚴文化事業公司，1997 年）。徐師曾：《文體明辯》（日本京都：中文出版社，1988 年）。

5　「類體」為文類與文體之複合詞。「文類」指涉諸多具有某些相似特徵，因而形成「類聚」相對「群分」的文章群；「文體」指涉諸多文章群自身在「形構」與「樣態」這些面向的相似特徵。「類體」指涉一種「文類」所範限及規定的「文體」特徵；其文體特徵可指「形構」上的「體製」特徵，也可指「樣態」上的「體貌」、「體式」特徵。參見顏崑陽：〈論「文體」與「文類」的涵義及其關係〉，《清華中文學報》第一期，2007 年 9 月，頁 54、59。

6　唐代唯裴鉶所作以「傳奇」之名相稱。其餘，皆未名為「傳奇」，唯「崔鶯鶯」故事，宋代趙德麟：《侯鯖錄》引王銍之文稱為「鶯鶯傳奇」。及至元代陶宗儀區別文章，乃有「唐世傳奇」之名，然並未廣受習用。參見王夢鷗：《唐人小說校釋》（臺北：正中書局，1985 年），冊上，〈前言〉，頁壹。

7　五代時期，多有以「小說」指稱記言、記事一類雜史之作，例如孫光憲《北夢瑣言》稱《宣室志》為「張讀小說」，引《仙傳拾遺》曰「聞之小說」。而錢易《南部新書》之丙集，將《甘露記》、《乙卯記》、《太和摧兇記》等，這類「雜史」之作，統稱為「小說」。同前注，頁壹。

為主流，這也是文學史上的常識。及至近現代，五四新文學運動以降，追求
現代化的新知識分子，例如胡適、魯迅、鄭振鐸等人，以西方的「小說」概
念對六朝志怪、唐傳奇、宋元話本、明清章回等文本，進行重新定義與指
認，才將「小說」這一傳統邊緣性類體推向文學世界的中心位置，而與散
文、詩、戲劇並列。幾乎三〇年代以來，「中國文學史」一類著作，都以散
文、詩、小說、戲曲四分之文學類體的框架，去書寫中國文學歷史；甚至在
「分體文學史」中，「小說史」的著作也比其他三種文體史為多。眾所週
知，這的確是受到西方文學觀念影響的結果，主要取諸敘事理論與形構美
學。

　　正因為如此，他們對「小說」的類體知識與美學觀念也大多接受自西
方。於是，雖然很多學者都明白，中國古代不但有「小說」之名，也有豐富
的小說之實；但是，從小說類體的定義，到藝術價值的評判，卻幾乎還是自
覺或非自覺地採取西方觀點。「純文學」本位乃成為他們共同的視域，而小
說作品自身的母題要素、主題意義、敘述結構、場景與人物描寫的修辭技
法，以及由此所產生的審美效果，這些所謂「藝術性」的成分，乃是觀看、
評判小說的主要基準。因此，中國古代雖有數百種以上的長短篇小說；但
是，在諸多文學史或小說學者的眼光中，仍屬貧乏，比起西方來，大約除了
《水滸傳》、《紅樓夢》、《西遊記》勉強可稱得上偉大之外；連《三國演
義》都算不了第一流的文學作品，何況其餘！

　　近現代學界對中國古典小說的批評或研究，除了上述「純文學」的詮釋
觀點之外，另有三種主要的研究取向：

　　第一種是文獻學的研究，以整理、考校古典小說的史料真偽、版本良窳
為目的，例如胡適（1891-1962）對《水滸傳》、《紅樓夢》等章回小說一系
列的考證、[8]聶紺弩（1903-1986）的《水滸五論》等。[9]其中致力甚深者就是

---

[8]　胡適：《中國章回小說考證》（臺北：里仁書局，1982 年）。後文徵引胡適有關
　　《水滸傳》、《紅樓夢》的考證文章，版本皆仿此，不一一附注。

考證版本，後文將有細論。

　　第二種是承自中國傳統「文學實用」的觀點，從知識階層的立場去詮釋或評判小說在政治道德諷諭或教化上的功能、效用。詮釋性的論述，例如〈封神演義裡的政治諷諭——從「炮烙」談起〉、〈聊齋志異對時局的諷刺和民族思想〉；批判性的論述，梁啟超〈論小說與群治之關係〉，最為範例。**10**

　　第三種是不採取文學研究立場，而離開小說自身文本性的位置，另從庶民社會史或文化史的觀點，將小說當作「史料」，去詮釋它所承載的古代社會或文化的歷史經驗內容，例如〈從「三言」看晚明商人〉、〈從聊齋志異的人物看清代的科舉制度和訟獄制度〉、〈從《型世言》看晚明民間宗教〉等。**11**

　　上述四種研究中國古典小說的取徑，可待反思、批判。總體而言，我們的基本問題是：假如不挪借西方的小說理論，則能不能從中國古代的小說文化經驗現象，去建構自己的「詮釋典範」，以應用在對於諸多古典小說文本意義的詮釋與價值評判？

　　這種「詮釋典範」的建構，「純文學本位」固非最理想的視域，因為「敘事」與「形構」的美學觀點，將小說從它在古代社會文化場域及生產的

9　聶紺弩：《水滸五論》，收入《水滸研究》（臺北：木鐸出版社，1983 年）。其中，第四、五論，即是〈論水滸的版本問題〉、〈論水滸的繁本與簡本〉。後文徵引聶紺弩《水滸五論》，版本皆仿此，不一一附注。

10　金恆煒：〈封神演義裡的政治諷諭——從「炮烙」談起〉，《書評書目》第六五期，1978 年 9 月。陶元珍：〈聊齋志異對時局的諷刺和民族思想〉，《新中國評論》第一卷第四期，1951 年 12 月。梁啟超：〈論小說與群治之關係〉，《飲冰室全集》（臺北：文化圖書公司，1969 年），頁 270-276。後文徵引梁啟超此文，版本皆仿此，不一一附注。

11　黃仁宇：〈從「三言」看晚明商人〉，《中國文化研究所學報》第七卷第一期，1974 年 12 月。董挽華：〈從聊齋志異的人物看清代的科舉制度和訟獄制度〉，臺大中文研究所碩士論文，1974 年。吳順：〈從《型世言》看晚明民間宗教〉，《文教資料》2009 年第五期。

動態性過程抽離出來，成為靜態化的語言形構體，這樣的詮釋視域固然有它所能看見的意義；不過，相對於中國古典小說之有異於西方現代小說的特質，實非最適當、有效的詮釋取向。

　　文獻整理與考證是所有個別研究取向的共同基礎，但它不是研究的終極目的；研究的終極目的，是在所考證的文獻基礎上，進一層揭明種種隱涵在文本內外的意義及價值。

　　「文學實用」的視域經常不自覺地表露知識分子制高性的價值批判，將古典小說貶為「誨淫誨盜」的低俗之物，而缺乏歷史語境的同情理解。這種觀點最顯著的表現在對《水滸傳》、《三國演義》、《金瓶梅》、《西廂記》這類小說或戲曲的批判。其中，梁啟超（1873-1929）最具代表性，也最具影響力。他曾對小說的本質與功能重作定義，認為：

> 欲新一國之民，不可不先新一國之小說。故欲新道德，必新小說；欲新宗教，必新小說；欲新政治，必新小說；欲新風俗，必新小說；欲新學藝，必新小說；乃至欲新人心，欲新人格，必新小說。何以故？小說有不可思議之力支配人道故。[12]

　　梁啟超就以這種小說本質與功能的定義為基準，批判古代舊小說之熏染國民性，各種迷信、追求功名利祿、權謀詭詐、沉溺聲色、遍地綠林豪傑等負面風氣，皆「惟小說之故」。有鑑於此，他極力主張「今日欲改良群治，必自小說界革命始；欲新民，必自新小說始」；因而於光緒二十八年（1902年），在日本橫濱創辦《新小說》雜誌，提倡不同於舊小說而有益於社會文化風氣改革的「新小說」寫作。其說一時震撼文學界，影響所及，成為當代小說創作與批評的主流思潮，號為「小說界革命」。這已是近現代小說學史，眾所熟知的要事，毋庸詳述。

　　然而，這種菁英主義、貴族階層的立場、觀點，不免窄化小說的本質、

---

[12] 梁啟超：〈論小說與群治之關係〉，《飲冰室全集》，頁270。

功能，以及文本的多元性價值；而且從古典小說生產的歷史語境來看，其實不相應於小說發生於庶民社會所形成的文化特質。其實，當時就有人不完全以為然，例如王无生雖也贊成改良小說之寫作，卻又認為古典小說的著書者「皆深極哀苦，有不可告人之隱，乃以委曲譬喻出之」；但是，「讀者不知古人用心之所在，而以誨淫與盜目諸書，此不善讀小說之過也。」而徐念慈也認為這一類誇譽小說之社會文化功能的說法，並不完全適切，云：「風俗改良，國民進化，咸惟小說是賴，不免譽之失當。」*13*

　　至於庶民社會史或文化史的觀點，則已離開小說文本性的位置，研究對象不再是小說而是歷史；小說降位成為「史料」而已。問題是小說都不免含有「虛構性」，其做為「史料」的信度與效度，實有待檢別與認定。

　　或許，我們可以轉換另一種詮釋視域：此一視域的基本立場，不離開小說自身的文本性位置，亦即研究對象還是小說，而不將它降位為庶民社會史或文化史的史料；但是，我們的觀點，一則不預設「純文學本位」而僅將小說靜態化地詮釋、評判其形構上的藝術性；二則也不僅從知識階層的制高地位，將小說當作政教的實用工具，去詮釋其意義、評判其價值。

　　我們的問題與詮釋視域是：中國古典小說究竟在什麼樣的社會文化場域與過程中被生產出來，並傳衍下去？以及在哪種社會文化場域與過程中，眾多小說生產、傳衍者究竟以什麼立場、觀點去看待小說，去參與種種和小說相關的社會文化活動？並且意圖兌現哪些價值？這樣的問題與詮釋視域，可能讓我們揭明中國古典小說，尤其《水滸傳》、《紅樓夢》等具有「大眾性」的名著，除了上述幾種研究取向與觀點，另外還涵蘊哪些可待詮釋的意義？這些意義關乎中國古典小說特殊的性質、內涵與形式，及其多元相對的價值意識。

---

13 王无生：〈論小說與改良社會之關係〉，刊載吳趼人、周桂笙同編：《月月小說》（上海：上海書店，1980 年），第九號，光緒三十二年，1907 年。徐念慈：〈余之小說觀〉，刊載黃人主編：《小說林》（上海：上海書店，1980 年），第九期，光緒三十三年，1908 年。

　　我們了解到，文化產品的意義與價值，從來都非現成物，而是取決於問題視域及詮釋視域的選擇。當然，每一種問題視域與詮釋視域所擇定的研究取向與方法，都有其效用，相對也有其限制；換言之，都有其能解決的問題，也有其不能解決的問題。這種方法學上的限定，當然也適用於我們這個論題。因此，我們不是否定前行研究的取向、方法及成果的價值；而是在反思學術史之後，所做另一個可能的選擇。

　　對於上述的問題，我們嘗試提出的詮釋觀點是：中國古典小說名著，諸如《水滸傳》、《三國演義》、《西遊記》、《紅樓夢》等，其「大眾性」的構成條件及因素，不僅是自身的「藝術性」而已；更重要的是在古代的社會文化場域中，這些小說都隱涵著「文化原料性」，不是一個「封閉性結構」的固定文本；因此在不同的時空條件中，允許多數人參與「不定式文本」的「再製」；並在政教、經濟、文學、庶民生活，各種社會文化行為中，兌現多元相對的價值。其「經典性」產品，更是一個民族不分社會階層、不分作者、讀者，而在感覺趣味與生命存在意義上的「集作性隱喻系統」。

　　從方法學而言，在我們的這一論述中，詮釋對象是小說；而「社會文化」只是詮釋所選擇的途徑，是揭明小說內、外在意義的「生產」因素、條件及過程的進路。

二、中國古典小說名著所隱涵的「文化原料性」

　　中國古典小說與現代小說，從生產過程、方式與內涵價值意識而言，其差別就在於前者大都是多數人「歷時傳衍」的群體意識產品；而後者則是一人一時個體意識的產品。

　　在本論文中，我們比較寬鬆地使用「群體」一詞，不將它視為在特定界限內，以正式或非正式成員資格，而依整合性的社會互動集結在一起的團體。不過，我們所謂「群體」，除了指多數人之「量」的概念外，雖不必嚴格要求成員資格與約定性的整合形式；但是，既謂之「群體」，則還是必須

具有某種「社會互動」的基礎。

在中國古典小說生產過程、方式與內涵價值意識的這個「語境」中，所謂「社會互動」指的是：非出於特別約定而在長期社會文化生活方式的習得、傳衍過程中，逐漸形成一種關於「故事」之說話、表演、書寫、行銷、聽賞、閱讀、評論的群體性社會互動行為。這類社會互動行為，不但並時性甚且歷時性的有多數人在反覆操作，因此可以視為是一種「文化行為模式」。[14]

在這種「文化行為模式」的情境中，個人在參與這類社會互動時，不管是以什麼「角色」（roles）出現，說話者也好、表演者也好、書寫者也好、行銷者也好、閱聽者也好、評論者也好；每個角色都只意識到自己是這類群體性社會互動行為的共同參與分子而已，不特別針對行動的「標的物」，提出繫屬於個人之生產價值的主張。行動的「標的物」，指的就是「說故事」的產品（或云小說）。我們就將這種社會文化心理，稱為「小說群體生產意識」；在這種意識的制約下，文本生產所衍生的「著作人格權」與「著作財產權」幾近乎缺位，也就是沒有人會對「著作人格權」或「著作財產權」提出專屬所有權的主張。這也就是為何很多古典小說名著的生產，往往歷經長期的時間跨距，並且匯集原始文獻的記載者、說話人、小說文本的初寫者、改寫者，續寫者，甚至因為出版所需而改編者，才逐漸構就「暫成性」產品；故版本紛雜，而「作者」也往往不名或非某一特定人士；我們稱這個現象為「不定身作者」。

這種現象實非偶然，不但有異於現代資本主義社會對於個體著作人格權與財產權的強烈價值意識，甚且與中國古代詩歌與散文的生產過程、方式及價值意識也有所不同。一般文人創作的詩歌與散文固然絕大多數都是「作者」明確，其「著作人格權」既不輕易放棄，也不能隨意被剝奪。即使樂府歌謠，雖多作者不名，然其文本生產過程與方式，卻也很少像小說這樣出於

---

14 「文化行為模式」的理論，參見美・菲利普・巴格比（F. Bagby）著，夏克、李天綱、陳江嵐譯：《文化——歷史的投影》（臺北：谷風出版社，1988 年）。

群體長期不斷更變文本的「再製」；我們就稱這種現象為「不定式文本再製」。

這種現象所提供給研究者最重要的「問題視域」，應該不在於「誰是真正的作者」、「哪個版本是真正的原作及定本」這類問題的考證；而考證「誰是真正的作者」、「哪個版本是真正的原作及定本」，卻是以往古典小說學者最大的研究旨趣之一，也做出很多成果；然而，有些問題解決了，另有些問題卻永遠沒有答案。即使考證出某一本小說的真正作者是誰，真正的原作及定本是哪一本；對於文本意義的詮釋，或上述那種小說群體生產意識之社會文化現象的詮釋，又能有多大的助益呢？這是對近現代小說學術史應有的反思。

在針對做為範例的幾種中國古典小說名著進行論述之前，必須對本論文所使用「再製」一詞的基本概念略作說明。再製，從表層性語義而言，指的就是將「暫成性產品」，變更其「形式」與「局部題材」而再次製作為新產品；但是，從深層性意蘊而言，其實涉及「意義」的再創造問題。這就不免與當代西方文化研究所謂「reproduction」有所牽連，必須略做說明。

reproduction，中譯為再製、複製或再生產，但是其理論上的涵義非一。我們這裡所用「再製」一詞，與其中一種涵義相近：在大眾文化生產過程與結果中，某種傳播既廣且久的文本，例如《吸血鬼》、《科學怪人》、《哈姆雷特》等，往往在不同的歷史時期、文化地區，被以不同語言或各種媒體形式，例如舞台劇、電影、電視劇、漫畫、卡通、電子遊戲等，加以「再製」而表現為「新形式」的文本。因此，其「意義」就非原著文本之所固有而不能再創造；相對的，「意義」乃是不同歷史時期、文化區域之閱聽者、生產者，在不同的社會文化情境中，持續的詮釋、對話，所做的「再創造性」產物。

本論文所謂「再製」大致界定為這一基本概念；但是，論述語境內的實質意義，則由直接對象性文本，諸如《水滸傳》、《三國演義》、《西遊記》、《紅樓夢》等，進行詮釋而獲致；與西方任何一家之言所針對特定文本的論述內容無涉。

　　中國古代，在這種「小說群體生產意識」主導之下，很多小說幾乎都沒有一種繫屬於「定身作者」或繫屬於「定式結構」的「定指主題」之意義。其文本始終處在多數參與者不斷再改變其形式、再增減其題材與再兌現其價值的生產過程中，因此其「意義」的詮釋也就相應的處在群體文化意識不斷「對話」與「整合」的傳衍過程中。換言之，中國古典小說從形式結構、題材到主題意義，基本上都處在「開放性」的狀態中，因此任何文本形式、題材與意義的唯一「定解」，非僅不可能，也不應該是詮釋的終極目的。

　　依循這樣的理解脈絡，我們可以說，一種小說不管任何時期所出現的任何版本，都只能說是「暫成性」產品，也就是它仍然處在繼續被「再製」的變動狀態中。以《水滸傳》為例，凡治古典小說史或專研《水滸傳》的學者都知道，它原始的故事題材來源非常多，記載於正史、別史、雜史或筆記、小說、雜劇者，例如《宋史》之〈徽宗本紀〉、〈侯蒙傳〉、〈張叔夜傳〉，宋代王偁《東都事略》的〈徽宗記〉、〈侯蒙傳〉、〈張叔夜傳〉、李燾《續資治通鑑》、李埴《皇宋十朝綱要》、徐夢莘《三朝北盟會編》；宋代洪邁《夷堅乙志》、王明清《揮塵後錄》、羅燁《醉翁談錄》、龔開《宋江三十六畫贊并序》、周密《癸辛雜識續集》、方勺《泊宅編》等，以及元代初期編成的《大宋宣和遺事》、雜劇中多達三十餘種的「水滸戲」等；尤其《大宋宣和遺事》及元劇，對文人寫作章回小說的《水滸傳》更提供主要的故事雛型。*15*

　　大致而言，《水滸傳》的生產過程：從宋徽宗宣和年間流傳眾口的故

---

15 以上有關《水滸傳》的故事材料來源，論者甚多，大同小異，略舉數種：魯迅：《中國小說史略》（臺北：明倫出版社，1969 年）。後文徵引魯迅此書，版本皆仿此，不一一附注。胡適：〈水滸傳考證〉。轟紺弩：〈論水滸傳的版本問題〉。嚴敦易：《水滸傳的演變》（臺北：里仁書局，1996 年）。後文徵引嚴敦易此書，版本皆仿此，不一一附注。孟瑤：《中國小說史》（臺北：傳記文學社，1969 年），冊三。李悔吾：《中國小說史》（臺北：洪葉文化公司，1995 年）。後文徵引李悔吾此書，版本皆仿此，不一一附注。韓秋白、顧青：《中國小說史》（臺北：文津出版社，1995 年）。

事，歷經正史、雜史或筆記、說話、雜劇的形式；然後才被某文人依據上述資料，寫成章回小說。至於這某文人，即最早的初寫者，是施耐庵？或是羅貫中？至今仍難定於一說。而其版本之紛歧，至少有十餘種，除了幾種百回本之外，還另有一百十回、一百十五回、一百二十回、一百二十四回、七十回等各種版本。[16]而這麼多版本，何者為「原作」？何者為「定本」？更是沒有確說。事實上，這種問題，雖然考證文章已多不勝數；但是，所有預設著可以客觀實證的答案，卻多沒有直接確鑿的證據，而不免出於主觀假設、推測及評斷。

從前行研究成果來看，幾乎都認為「原作」已不可知，能知者只是相對最早的本子，這就是明代嘉靖年間「郭勳家傳藏本」，名為《水滸傳》，全文一百回。胡適稱它為「原百回本」，並且「推斷」這應該是李卓吾（約1567 年前後在世）評本之所據；然而，胡適又「推斷」這個本子曾經過郭武定所刪改，書名更加上「忠義」二字，這是嘉靖以後最通行的版本，胡適稱它為「新百回本」；[17]不過，嚴敦易（1905-1962）卻「推斷」除了名為《水滸傳》的郭本之外，其同時或稍前，應該還有另一版本，名為《忠義水滸傳》；而李卓吾評本既名為《忠義水滸傳》，當非依據郭本，而「忠義」二字也非李卓吾所加。[18]至於李卓吾身後，所流傳的評本又有一百回的容與堂刊本與一百二十回的袁無涯刊本；聶紺弩「推斷」容與堂本絕非李卓吾所評，而為葉陽開所偽託。[19]

我們略述幾家代表性學者對版本紛歧的「推斷」，意不在論其是非對錯，或自己另提一種自認客觀確當的考證；而意在突顯一系列值得質疑其意義的問題：《水滸傳》這種小說，經由時間跨距長遠的傳衍，「原作者」是誰？「改寫者」是誰？那個版本才是「原作」、才是「定本」？這系列的問

---

[16] 同前注。又可參見胡適：〈水滸傳後考〉。

[17] 胡適：〈水滸傳考證〉，參見《中國章回小說考證》，頁28-35。

[18] 嚴敦易：《水滸傳的演變》，頁157-158。

[19] 聶紺弩：〈論水滸傳的版本問題〉，參見《水滸研究》，頁136-137。

題真有絕對客觀確當的答案嗎？而這種文本生產過程所呈現紛雜的現象，可待詮釋的意義何在？

在《水滸傳》版本問題上，最值得注意的是金聖嘆（？-1661）所評的七十回本，書前有三篇自序，一篇〈讀第五才子書法〉。另外，又有施耐庵原序，序中稱「《水滸傳》七十一卷」。這七十一卷當是包括正文七十回及第一回之前的〈楔子〉。金聖嘆〈序三〉云：

> 施耐庵《水滸》正傳七十卷，又楔子一卷，原序一篇亦作一卷，共七十二卷。

又云：

> 吾既喜讀《水滸》，十二歲便得「貫華堂」所藏古本。吾日夜手鈔，謬自評釋，歷四五六七八月，而其事方竣，即今此本是也。[20]

然則，金聖嘆手上握有施耐庵原作的七十回古本；而據以認定後三十回乃羅貫中狗尾續貂之作，因此將一百回刪為七十回，以復原作之貌。關於金聖嘆之刪百回《水滸傳》，是否確實有施耐庵原作七十回古本為據，因無直接可信之證據，故也有兩種正反的「推斷」之說：一是大部分學者推斷「貫華堂古本」根本是偽託，例如聶紺弩、嚴敦易等；[21] 二是有些學者認為金聖嘆無須託古，他應該是有七十回古本為依據，例如胡適。[22]

然而，金聖嘆刪改《水滸傳》是否確有七十回的原作古本為據？這種問題不能起金聖嘆於地下，而以法官辦案的行為拷問之。既然是學者提出來，

---

[20] 金聖嘆：《金批水滸傳》（西安：三秦出版社，1998 年），〈序三〉，頁 9、10。

[21] 聶紺弩：〈論水滸傳的版本問題〉，參見《水滸研究》，頁 141-164。嚴敦易：《水滸傳的演變》，頁 239-252。

[22] 胡適：〈水滸傳考證〉，參見《中國章回小說考證》，頁 30-35。

成為自己所要考證的「問題」；則考證之學本當以直接確鑿的證據及「實證」之法，獲致客觀有效的答案；但是，上舉數家之說，也不過「推斷」而已。這其實也突顯一個可以反思的現象：金聖嘆刪改《水滸傳》是眾所認定的事實；從古典小說名著如《水滸傳》者，其生產過程持續的「文本不定式再製」現象觀之，他是否有原作古本為據？這不是一個能解決或必要解決的「有意義」問題；「真正有意義」的問題是：他為什麼要刪改？為什麼做這樣的刪改──去掉後三十回？這顯然是一種「文本再製」的行為，那麼是在什麼社會文化因素及條件之下，對《水滸傳》做出這樣的「再製」？這種行為從古典小說文本生產過程的詮釋視域觀之，有何「意義」？

　　《水滸傳》之文本再製如上簡述，嘉靖年間，在郭本流傳後，到明末清初，還是有人繼續改寫、更編、刊行。其間，無數人參與生產，而其終點還不止於此；清初更出現一種署名古宋遺民著、雁宕山樵評的《後水滸傳》；及至道光年間又有山陰俞萬春所作《結水滸傳》，亦名《蕩寇志》。[23]這個漫長的文本生產過程，《水滸傳》被紛雜地製造出各種「暫成性」產品。各種產品的版本不但卷數、回數互有出入，內容也不盡相同。有文字敘述比較詳細的「繁本」，例如上述「郭勳本」；也有加上插圖而減少文字敘述的「簡本」，例如明代萬曆年間余氏雙峰堂《新刊京本全像插增田虎王慶忠義水滸傳》。[24]

　　一本小說的版本如此複雜，以致研究者考證紛紛。上述胡適、聶紺弩、嚴敦易等學者對《水滸傳》的考證都頗費工夫，他們的基本問題是：《水滸傳》究竟是什麼時代的什麼人所作呢？一百回、一百二十回、七十回……哪個版本才是「原作」或「定本」？葉陽開偽託李卓吾的批評、金聖嘆偽託古本刪節後三十回，這種「作偽」的行為是否應該受到貶斥？這類問題都預設一個基本假定：《水滸傳》有客觀存在於歷史中，唯一固定的文本；故文本有「真／偽」，而研究的目的就在於考證這一真實的文本；如果有「作偽

23　魯迅：《中國小說史略》，頁156。

24　聶紺弩：〈論水滸傳的繁本與簡本〉，《水滸研究》，頁164-258。

者」，就應給予嚴厲貶斥。²⁵

　　然而，對於這類問題，胡適費了很大工夫進行考證，卻不斷自謂「假定」、「推想」、「猜想」，²⁶而最終卻還是「不能考出《水滸傳》的作者究竟是誰」；甚至，他認為歷史上根本沒有「施耐庵」這個人，「施耐庵只是明朝中葉一個文學大家的假名」。²⁷這個問題，除胡適之外，很多學者不斷企圖以考證的方法尋求「確定」的答案；然而，儘管考證之作層出不窮，這個問題的「確定答案」卻永遠無法「證實」。

　　至於何者為「定本」，又真能有結論嗎？胡適斷言金聖嘆七十回評本乃清代以降三百年間的「定本」；²⁸嚴敦易卻認為「七十回本並沒有如後來所推崇擬議那樣成為了『定本』，成為了唯一的通行本；因為清代仍有一些新的刻本出現，並且包括了各個傳本系統」；²⁹而所謂「作偽」的問題，聶紺弩及嚴敦易都給予他們所判定的「作偽者」嚴厲的貶斥；³⁰但是，像《水滸傳》這類無所謂「原作」及「定本」，不斷被「不定式文本再製」的小說名著，能以現代特定個體之「著作人格權」的觀念，如法官一般判定何者「偽

---

25 例如聶紺弩：〈論水滸傳的版本問題〉、嚴敦易：《水滸傳的演變》，都認定金聖嘆「作偽」，而嚴厲貶斥。

26 胡適〈水滸傳考證〉云：「我們可以『假定』他（指金聖嘆）確有一種七十回的《水滸》本子。」頁 31；「我假定七十回本是嘉靖郭本以前的本子」、「我『推想』七十回本是弘治正德時代的產品。」頁 39；「我『猜想』郭刻的百回本的『《水滸》善本』大概是用這七十回本來修改原百回的。」頁 40。這種假定、推想、猜想之詞尚不止此。考證論題竟以這麼多的「猜想之詞」去解決，其信度與效度都令人置疑。胡適如此，其他如嚴敦易、聶紺弩等人亦不免。

27 同前注。胡適云：「元明兩朝沒有可以考證施耐庵的材料。我可以斷定的是：（一）施耐庵決不是宋元兩朝人。（二）他決不是明朝初年的人。」頁 41；又云：「施耐庵是明朝中葉一個文學大家的假名。」頁 42。

28 胡適〈水滸傳考證〉云：「自從金聖嘆把『施耐庵』的七十回本從《忠義水滸傳》裡重新分出來，到於今已近三百年了。這三百年中，七十回本居為《水滸傳》的定本。」頁 43。

29 嚴敦易：《水滸傳的演變》，頁 252-253。

30 參見聶紺弩：〈論水滸傳的版本問題〉、嚴敦易：《水滸傳的演變》。

作」而有「侵權」之虞嗎？因此，這一類「假問題」的學術意義實在不大。

　　我們的興趣不在多寫一篇考證性的論文、提出另一個不同的答案。其實，有關《水滸傳》的研究，相對於這類必須客觀實證才能回答的問題，我們或可轉換另向的問題視域：《水滸傳》必然要確定什麼時代的什麼人所作，才能詮釋其意義嗎？無法確定什麼時代的什麼人所作，或者說在不同時代持續有不同人在進行增刪、改寫，故而小說文本並沒有一種繫屬於「定身作者」，或繫屬於「定式結構」的「定指主題」之意義；其文本始終處在多數參與者不斷再改變其形式、再增刪其題材、再詮釋其主題，從而再兌現其價值的生產過程中，而沒有不可改變的「定本」，此之謂「開放性文本」；這樣的小說書寫現象，顯示了什麼特別的「意義生產方式」？從方法學而言，我們又適合採取何種入路以進行詮釋？這樣的問題，應該可以開拓出不同於前述研究取向的新論域。

　　這種文本開放生產，可由群體參與、更變的現象，不僅發生在諸如《水滸傳》這類長期多方傳衍的小說，甚且也可以發生在諸如《紅樓夢》這種原本成於一人之手的產品。曹雪芹（1719-1764）書寫這本小說，「披閱十載，增刪五次」；[31]而這過程中，與曹雪芹熟識的脂硯齋前後閱評四次，[32]如今還保存了再評的甲戌本、四評的己卯本及庚辰本；[33]但是，這些評本已多有殘缺。做為與小說作者直接交往的閱評者，脂硯齋的意見是否影響曹雪芹的增刪、改寫呢？這也不無可能。

　　閱評者可以參與小說生產，這在古代乃是常態性現象。曹雪芹寫到八十

31　《乾隆甲戌脂硯齋重評石頭記》（臺北：宏業書局，據原抄本影印，1981 年），冊上，卷一，第一回，頁 9。又《校本紅樓夢》（臺北：華正書局，1979 年），第一回，頁 5。

32　胡適所親見《乾隆庚辰本紅樓夢》八冊，每冊首頁皆題「脂硯齋凡四閱評過」。胡適：〈跋乾隆甲戌脂硯齋重評石頭記影印本〉，頁貳，刊在《乾隆甲戌脂硯齋重評石頭記》影印本卷首。

33　「甲戌本」參見前注。又《己卯本脂硯齋重評石頭記》（臺北：里仁書局，據清乾隆抄本影印，1980 年）。又《庚辰本脂硯齋重評石頭記》（上海：上海古籍出版社，據北京大學圖書館藏庚辰秋月定本影印，1990 年）。

回，「壬午除夕，書未成，芹為淚盡而逝」。[34]根據胡適的考證，甲戌年（乾隆十九年，1754 年），曹雪芹可能還未完成八十回，甚至斷言只寫定十六回，即使到壬午（乾隆二十七年，1762 年），八十回也恐怕尚未完全寫定。[35]那麼，《紅樓夢》前八十回，也非百分之一百由曹雪芹獨自完成，究竟有什麼人曾經參與？已不可考。而另一個似不相干的人高鶚（約 1795 年前後在世）卻在曹雪芹死後，接續撰寫後四十回。

起初，這本小說先以抄寫的方式流傳。[36]過程中，傳抄者是否基於某些動機而依己意刪節、修改，這也不無可能。因此，「抄本各家互異」而「繁簡歧出」，故「無全璧，無定本」；[37]甚至，刊印本也同樣會有修改，當今所傳《紅樓夢》，除了戚蓼生的八十回抄本之外，其餘皆出於程偉元所刊印的一百二十回本。而程本就有三種：一為乾隆五十七年壬子（西元 1792 年）第一次活字排本，稱為「程甲本」；二為同是壬子年第二次程家排本，乃是以「程甲本」為據而增刪修改，稱為「程乙本」。[38]程本二次刊印，已併入高鶚補作而成為一百二十回本，其中所增刪修改約二萬餘字，顯非曹氏原作之面目。[39]三為上海圖書館所藏「程丙本」，刊於程乙本同一年，時間相差

---

34 「甲戌本」脂硯齋眉批語，冊上，卷一，第一回，頁9。

35 胡適：〈跋乾隆甲戌脂硯齋重評石頭記影印本〉，頁肆。

36 清代刊刻〈紅樓夢〉的程偉元，在程甲本卷首〈序〉中描述當時傳抄情況，云：「好事者每傳抄一部置廟寺中，昂其值得數十金，可謂不脛而走者矣。」參見《程甲本紅樓夢》（北京：北京圖書館出版社，2001 年）。又在程乙本〈引言〉第一條云：「是書前八十回，藏書抄錄傳閱，幾三十年矣。」參見《程乙本紅樓夢》（臺北：啟明書局，1961 年），又（北京：北京圖書館出版社，據桐花鳳閣批校本，2001年）。

37 程乙本〈引言〉第二條云：「書中前八十回，抄本各家互異。」第三條云：「是書沿傳既久，坊間繕本及諸家所藏秘稿，繁簡歧出，前後錯見。」又高鶚〈序〉云：「予聞《紅樓夢》膾炙人口者，幾廿餘年，然無全璧，無定本。」

38 胡適：〈紅樓夢考證〉，參見《中國章回小說考證》，頁 195。程本，胡適考證所及為甲、乙本，另及戚蓼生抄本；但未及程丙本。

39 程偉元於甲本序文中述及《紅樓夢》原有一百二十卷，今所藏只八十卷，殊非全本。幸購得後四十回殘卷，「然漶漫不可收拾，乃同友人細加釐剔，截長補短，抄成全

一季，其正文及回目卻與程甲、乙本都不同。這一版本，胡適未述及；另臺灣萃文書屋曾刊印所謂「第三版原版」，亦稱「程丙本」。其實是以上述甲、乙、丙三個版本的散頁湊集而成的混合本。**40**

《紅樓夢》版本的考證，前人已做過非常多的研究；本論文的主要問題也不在這裡。我們另向思考的問題是，從《紅樓夢》這種原屬個人創作的小說，在傳衍的歷程中，竟與《水滸傳》同樣出現這麼多的版本；作者身後，原作幾經不同人的增刪修改，甚至補作，至今已很難說何者為「原作定本」。這種書寫現象，究竟隱涵什麼特殊的社會文化性意義？這才是我們所要詮釋、思辨的問題。既然高鶚可以補作，那麼對後四十回不滿意的人，當然也可以主張將它刪掉，就像金聖嘆腰斬《水滸傳》一樣。甚至，假如有人再去做改寫，又何嘗不可？「小說」無所謂「原作定本」，它可以因應不同時期、不同讀者的各種需要而「再製」；這似乎是中國古代人們對小說所持的共同觀念。

一本小說，長期經過許多人參與生產，卻始終處在不斷被「再製」的過程，而各階段都只存在「暫成性」產品。這種現象非但不會發生在現代小說，也極少發生在古代的詩歌與散文。因此，我們認為這種現象隱涵最重要的問題，不是作者、版本真偽良窳的考證；作者、版本的考證，很難獲致絕對正確的答案，也無法由此提供我們對這本小說之「意義」詮釋的唯一「定本」依據。相反的，作者、版本的考證，其實只提供我們一個訊息：中國古代的小說名著，不管如《水滸傳》這類長期多方傳衍的小說，或如《紅樓夢》這類有原作者的小說。其傳播過程都有一個共同特徵，即在不同時代持續有不同人在進行增刪、改寫，故而小說文本並沒有一種繫屬於「定身作

部。」這友人應是高鶚。又乙本〈引言〉第二條云：「今廣集校勘，準情酌理，補遺訂訛。」從甲本到乙本，其中增刪修改即有二萬餘字。而一般考證《紅樓夢》的學者都認定後四十回根本是高鶚補作；故今所見一百二十回本，實非曹雪芹原作真貌。胡適：〈紅樓夢考證〉，參見《中國章回小說考證》，頁 196-205。又李悔吾：《中國小說史》，頁 425。

40 胡適未考述程丙本。上述有關程丙本狀況，參見李悔吾：《中國小說史》，頁 425。

者」或繫屬於「定式結構」的「定指主題」之意義；其文本始終處在多數參與者不斷改變其形式、增刪其題材、詮釋其主題，從而兌現其價值意圖的生產過程中，而沒有不可改變的「定本」。

因此，這種現象隱涵最重要的問題，不是作者、版本真偽良窳之考證；這類問題只是表層而已，更重要的問題是，其深層有什麼社會文化性的意義可資詮釋：在它被生產、傳衍的社會文化場域與過程中，不分社會階層、不分角色、不分審美品味，人們究竟以什麼立場、觀點去看待小說，去參與種種和小說相關的社會文化活動？

這個問題，我們可以如此的理解：在中國古代，一種小說儘管某一個時期會被製作出「暫成性」產品；但是，它卻始終保持著「文化原料性」，而可以為群體所「共享」，並在不同時代的社會文化條件下，或某個參與生產者的理念下，被「再製」為「同中有異」的另一個「暫成性」產品。

「文化」是一個民族群體共享的生活經驗、方式與價值觀念。所謂「原料性」的第一序概念，指的是可以被加工而製作為成品的原生素材；而第二序的概念，指的是當某些成品可以被更變其原有形式而回歸為材料性質，又被「再製」為另一種形式的新成品，則我們便認定原成品涵具「原料性」。「再製」其實就是接受原成品的「原料」並更變其形式，而以另一新形式「再現」（representation）出來。

準此，凡可被「再製」的成品，都是「暫成性」產品。再製之後的新產品與原產品之間，乃存在著共具普遍性又各具個殊性的趣味及意義。因此，「再製」是某一類事物之「普遍性」與「個殊性」辯證的傳衍；然則，在我們的論述中所規定的「原料性」界義，不僅指涉生產過程發生於初始時間的原生素材，並且指涉一種「暫成性」產品可被變更其形式而「再製」為另一「暫成性」產品，其中所涵具的原料性質。而一事物成品之所以可以被更變而再製，必然是它在既成的「個殊形式」中隱涵著此類事物的「普遍性質」。準此，在我們的論述中，「原料性」之義涵乃由上述二個概念辯證而成；而一文化產品之能涵具「原料性」也因為它兼備了這二種性質。

依循上述「文化」與「原料性」的基本概念，將它置入古典小說生產的

語境中，則所謂「文化原料性」，我們將它理解為：小說被任何形式所敘述的故事本身，具有被群體所共享的文化「原生素材」性質以及「典型事物」性質。「原生素材」是從經驗材料的初始發生而言；「典型事物」是從故事本身之典型人物、典型倫理關係、典型人生存在經驗而言。所謂「典型」指的是一事物以其形式完滿地實現了同類事物普遍的性質；因此，在我們的論述語境中，「典型事物」多具有可被不同形式再製的「原料性」。

中國古典小說名著之能構成「大眾性」的主要原因，乃是由於能成功地以「故事」塑造「典型人物」、「典型倫理關係」以及「典型人生存在經驗」。「典型人物」，例如《西遊記》中的孫悟空、豬八戒等；《水滸傳》中的武松、魯智深、李逵等。「典型倫理關係」，例如《三國演義》中，劉、關、張的桃園三結義等。「典型人生存在經驗」，例如《紅樓夢》中所描寫夢幻與真實辯證的人生。「典型事物」的意義就在於隱喻著一個民族不分階層而群體共構的認知及價值意識。在現實世界中存在並活動著的個別事物，都可以從中反射出被主體所同感共識的意象；因而諸「典型事物」往往被視為涵具「文化原料性」，其符號形式所隱涵的普遍性意義，可以被移用到不同的存在情境中，賦予不同形式而「再製」為另一「暫成性」產品。

中國古典小說就基於這種「文化原料性」的特質，人們一般都認為它並非「私有性」的文化產品，不受任何個體主張的著作人格權與財產權所限制；而向所有參與生產者開放，得以共用其「原生素材」與「典型事物」，做出傳衍性的「再製」，以兌現所意圖的價值。古代，在小說被生產、傳衍的社會文化場域與過程中，不分社會階層、不分身分、不分審美品味；人們就是以這種立場、觀點去看待小說，去參與種種和小說相關的社會文化活動。

這種現象，我們可以從「小說」的歷史文化源起，獲致更深切的理解：班固在《漢書・藝文志・諸子略論》中指出：「小說家」本出於「稗官」，乃「街談巷語，道聽塗說之所造」。他將「小說」置於十家之列，卻不讓它

入於九流之中。[41]這雖帶有菁英主義、貴族階層觀點的輕視之意；但是，正因為如此，故小說家者言，一方面不像儒、道、墨、法等九流之作，總得將所著述繫屬於特定的作者，因而便產生了「私有性」的「著作人格權」，無法開放為眾人所共享；另一方面，其說既出於里巷之間，當然是群體文化經驗的產品，其真實性雖無可考證，卻多出於庶民的生活經驗或價值信仰，具有「史」的性質，故「稗官」所載往往被視為雜史或野史。[42]這也就是為什麼中國古典小說的書寫，儘管怪奇虛誕之說，總還是不離「史」的意識，而於題材的採擇必與某些「史事」牽連，或云得之於某時某地某人之語，以示其真實可信。

　　「歷史」與「文化」，本就是人們所共同參與之社會行為與精神創造的符號化，非一人專有之物。因此，中國主流的古典小說從未曾走入純屬個人主觀想像虛構的「獨創」之域，也未有作者將它視為「純文學」之作，刻意經營只為滿足「審美經驗」之所謂「藝術性」作品。「群體生活性」、「社會現實性」與「歷史文化性」，這三者才是他們看待小說、生產小說、共同參與種種和小說相關的社會文化活動的觀念基礎。

　　準此，我們可以說，中國古典小說頗異於西方現代小說，其獨特的性質不是個人純文學創作觀點的「藝術性」，而是群體社會生活觀點的「文化原料性」。對中國古典小說的研究，也應該擺開五四以降，以西方「現代小說」為範型的「純文學」詮釋視域；並超越以為有絕對客觀之真偽可斷的版本考證之學，承認這種「不定式文本再製」是一種無須斷其真偽的歷史現象，進而詮釋它之所以生成的因果及意義。

41　班固著、顏師古注、王先謙補注：《漢書補注》（臺北：藝文印書館，二十五史影印光緒庚子長沙王氏校刊本），冊二，卷三十，頁 899。

42　《四庫全書》除子部卷一百四十至一百四十四，列有「小說家類」。在史部中，正史之外，卷五十一至卷五十四，也列有「雜史類」，近乎小說家者言。紀昀等：《四庫全書總目》（臺北：藝文印書館，1974 年）。

三、中國古典小說名著的「不定式文本再製」

　　依循上文的論述，中國古典小說基於群體社會生活觀點的「文化原料性」特質，它在生產過程與方式上所展現最顯明的現象，就是「不定式文本再製」。這與個人創作的詩歌及散文差別甚大；一人之作的詩文，必有出於「定身作者」的「定式結構」，不能被他人做出任意切割、更變的「再製」。而小說，尤其長篇的章回體，則往往可以在不同時期的社會文化條件下，或某個參與生產者不同理念下，被以「不同形式」去「再製」；但是，這個新的形式也非從此就固定不變。因此，我們將這種現象稱為「不定式文本再製」。

　　上文所謂「形式」，可以理解為出於外在社會文化條件的「載具形式」與內在故事本身的「敘述形式」。中國古典小說自唐宋以來，逐漸發展出來的「載具形式」主要有五：

　　(一)以「語音」為媒介的「說話形式」。「說話」即口頭講說故事，其源甚早，《史記‧滑稽列傳》所述優孟、優旃、郭舍人等，為娛樂或諷諫而「說故事」，已略具「說話」的雛形。魏晉以至唐代，不斷有關這類「說話人」的記載。而且到了唐代，「說話」的技藝更顯現從士大夫階層向民間發展的趨勢，語言當然隨之俚俗化。及至宋代，根據孟元老《東京夢華錄》、徐孟莘《三朝北盟會編》、耐得翁《都城紀勝》、吳自牧《夢粱錄》、周密《武林舊事》、羅燁《醉翁談錄》等書的記載，則「說話」已是宋代流行民間的娛樂方式，而「說話人」也成為一種專門的行業。[43]「說話」既是口頭講說，其「載具形式」就是「語音」，因此特別注重以各種粗細、輕重、高低、長短、快慢、剛柔的「聲音」表現故事情境、人物身分、動作及心理、情緒；[44]這種現場的「說話」，「語音」無法留存、傳衍；留存、傳衍的只

---

[43] 魯迅：《中國小說史略》，頁 114-116。李悔吾：《中國小說史》，頁 176-185。嚴敦易：《水滸傳的演變》，頁 55-60。

[44] 李悔吾：《中國小說史》，頁 181-185。

是以文字寫定的「話本」而已。

（二）「語音」媒介除了以「散文」說話之外，更配上「韻文」歌唱，再加簡單樂器伴奏，這是「講唱形式」；「講唱」大約起於唐五代僧侶所創製針對佛經的「俗講」，是為「變文」；影響所及，產生宋代以降的陶真、鼓子詞、諸宮調、覆賺及詞話、彈詞、鼓詞、寶卷等。其「形式」除了清代的弟子書、大鼓、彈詞的開篇與各種敘事唱本，只有韻文而沒有散文之外，其餘的一般形式都是韻、散夾用，散文用以說故事，韻文用以歌唱。[45]

（三）小說與戲曲，在「載具形式」上，往往存在著彼此轉換而「再製」的關係。以劇場上的道具、樂器及角色的科、白、唱為媒介，進行現場故事表演的「戲曲形式」。雜劇、傳奇等即是此類；而這個故事往往或前或後的以說話、書寫生產為小說。此為中國戲曲史上眾所熟知的常識，不必贅述。

（四）以「文字」為媒介的「書寫形式」，志怪、傳奇、擬話本、章回等即是此類；而「話本」是說話人講述故事的「底本」，原初通常都屬綱要而已。今所傳「話本」小說，並非將現場說故事的「語音」直接轉成「文字」書寫，而是以「底本」為據，經過增刪、潤飾、改寫而敷衍成篇，可以視為「書寫形式」。今所留傳宋元話本約有六十餘篇。[46]例如在羅貫中寫成章回體《三國演義》之前，三國故事就是以現場說話及話本《三國志平話》廣為傳播。至於「擬話本」原是仿照「話本」的體製而直接以文字書寫，當然屬於「書寫形式」。例如眾所熟知，明代馮夢龍編撰的「三言」、凌濛初編撰的「二拍」就是「擬話本」的大宗作品。記載「水滸故事」的《大宋宣和遺事》，魯迅（1881-1936）就將它列為「擬話本」。[47]

（五）以「繪畫」為媒介的「圖像形式」。這種形式在古代尚無獨立性，往往只做為第四種「書寫形式」的輔助性載具，明清流行一些「繡像插圖

---

45 劉經菴、徐傅霖：〈宋元明講唱文學〉，收入《中國俗文學論文彙編》（臺北：西南書局，1978 年），頁 1-6。

46 宋元話本流傳至今究有多少數量，迄無公認的定說。根據歐陽健、蕭相愷編訂：《宋元小說話本集》（鄭州：中州古籍出版社，1987 年），考訂共六十七篇。

47 魯迅：《中國小說史略》，頁 123-131。

本」的小說即是此類。《水滸傳》、《紅樓夢》等小說名著都有繡像插圖，例如明代雙峰堂刻《京本增補校正全像忠義水滸傳評林》，又興賢堂刻本「繡像漢宋奇書」，其中就有《忠義水滸傳》。[48]至於《紅樓夢》的繡像插圖更是繁多，程偉元刊刻《新鐫全部繡像紅樓夢》，其中就有繡像二十四頁，前圖後贊。[49]

　　從「載具形式」的差異來看，這五種文本體製當然有別。而狹義的「小說」概念，指的僅是第四種「書寫形式」的產品，有時會輔以繡像、插圖；但是，假如從故事本身的「文化原料性」來看，其他幾種也可以廣義地視為「小說家者言」；只是同一原料而以不同形式所做的「再製」。

　　中國古典小說名著，尤其是章回體，幾乎都歷經這種種不同「載具形式」的「再製」。以《水滸傳》為例，其故事起始以「語音」為載具，藉「說話形式」傳播。依據南宋羅燁《醉翁談錄》的記載，當時「說話」盛行，所說已有水滸故事中的人物「青面獸」、「花和尚」、「武行者」等；[50]但是，現場「說話」的「語音」產品無法留存、傳衍；所留存、傳衍者只是「話本」，不過上述那些「說水滸」故事人物的「話本」並未留存、傳衍至今。今所見成書於宋末元初的《大宋宣和遺事》，其中記載水滸故事，即使不能直接視為「話本」或「擬話本」，[51]而可能是雜採宋代各種遺事的筆記式著作，但其中應該含有「話本」的成分。

　　在「說話」之後，接著而有「戲曲形式」的「再製」。元代雜劇中不少水滸故事的劇目，多達三十四種。現在還可看到全文的劇本有十種，例如康進之〈梁山泊黑旋風負荊〉、高文秀〈黑旋風雙獻功〉、李文蔚〈同樂院燕

48　聶紺弩：〈論水滸傳的繁本與簡本〉，參見《水滸研究》，頁186-188。

49　參見《程甲本紅樓夢》。

50　宋代羅燁：《醉翁談錄》（臺北：世界書局，1975年），甲集卷一〈小說開闢〉條。

51　嚴敦易認為《大宋宣和遺事》不是話本、擬話本。參見《水滸傳的演變》，頁93-98。

青博魚〉、李致遠〈梁山七虎鬧銅臺〉等。[52]

其後，才有以「書寫形式」多次「再製」而形成各種回目版本的《水滸傳》。明代出版業發達，在「書寫形式」的版面上更加入「圖像形式」而出現繡像插圖本。明清時代在北方盛行的鼓詞，也以「講唱形式」大規模的再製《忠義水滸傳》，鄭振鐸（1898-1958）所蒐藏者，其篇幅就多達幾十冊。[53]

不同的「載具形式」有不同的表現功能及效用，因此對於故事本身的「敘述形式」會有很大程度的決定作用。例如，「說話形式」以口語現場講述故事，其表現功能及效用，乃側重在使用緊湊的動態性情節吸引多數沒有文字能力的「聽眾」，則其敘述形式就不可能在場景、人物形象及心理上做太多靜態性的精美描繪。因此，常用說明性的修辭策略，粗線條地勾勒場景、人物；而很少使用描繪性的修辭策略，精美的具現場景以及讓人物細緻的演出動作表情。「話本」都表現了這樣的「敘述形式」。而真正的「書寫形式」，乃非現場講述而直接以文字描寫，其表現功能及效用則側重在精美地交織場景、人物、情節而全幅呈現意象，以吸引具有文字能力的「讀者」，例如不脫說話遺形卻以文字直接書寫的「擬話本」，以及由話本、擬話本、雜劇逐漸演變而成的章回體《水滸傳》、《三國演義》，以及原初就是創作性之文字書寫的《紅樓夢》。尤其章回體篇幅既長，敘述形式也就會特別側重在精美的文字描繪。又例如「雜劇」的載具形式，受到一齣四折的劇場表演限制，只能取材單元性故事，幾近章回體的一個回目，甚至僅摘取其中片段而已。並且它屬於結合視覺與聽覺效果的「戲曲」，除了故事之外，人物角色還必須配合樂器伴奏，以科、白、唱在劇場上實際表演。其敘述形式當然就完全不同於結構龐大的章回小說。

不同「載具形式」結合不同「敘述形式」的「再製」，一方面讓共享的「原生素材」與「典型事物」，不斷「再現」其「趣味」及「意義」，而得

---

[52] 傅惜華編：《元代雜劇全目》（北京：作家出版社，1957 年）。水滸故事的劇目統計共三十四種，可見全文者十種。

[53] 鄭振鐸：《中國俗文學史》（臺北：臺灣商務印書館，1967 年），冊下，頁 391。

以長期的傳衍，積累其異代歷時的「大眾性」；另一方面則產生不同的傳播效力，而分別適應不同社會階層的閱聽需求。對於沒有文字能力的庶民階層，說話、講唱、戲曲等幾種形式，正適合他們的聽賞與觀賞，而獲致故事趣味的娛樂效果及故事意義的教化作用。至於具有文字能力的文人階層，除了可以共享上述幾種形式之外，「書寫形式」更提供他們另一種「閱讀」所能享受的趣味與意義。小說也因此得以突破階層區隔而建立「大眾性」，以達到「雅俗共賞」的傳播效力。

　　準此，中國古典小說名著，乃以其「文化原料性」的特質為本；而依藉「載具形式」與「敘述形式」不固定的「再製」，讓故事趣味及意義不斷「再現」。並且，突破社會階層的區隔，而構成並時「流行」與歷時「傳衍」的「大眾性」。這種混合社會文化結構與傳播過程的動態性小說生產現象，很難從西方「純文學」的靜態性觀點獲致切當的詮釋。

　　五四新文化運動之後，古代的社會文化情境似乎不再了，這種小說現象還會繼續存在，甚至另有發展嗎？答案應屬正面。其因在於：

　　(一)新文學運動以來，古典小說是最受重視的文學遺產，幾乎大多數「中國文學史」的著作，「小說」都是與散文、詩歌、戲曲並列為四大文類，而佔領很大的書寫篇幅；在古典文學的研究上，「小說」也遠比原屬主流文類的「古文」更引起學者的興趣。

　　(二)古典小說仍然保持它「文化原料性」的特質，適合「不定式文本再製」。

　　(三)現代化的「載具形式」，包括平面媒體的漫畫，電子媒體的卡通（活動漫畫）、電影、電視劇、電玩遊戲、網路等，其傳播效力更遠邁往古，正可因依古典小說的「文化原料性」進行大量的「不定式文本再製」。

　　(四)近年來大眾文化與知識經濟思潮正盛，文化創意產業成為主流性的政策。古典小說被認定是發展文化創意產業最具經濟效益的再製性原料。

　　依據我們粗略的統計，截至二十一世紀初，二〇一〇年代，上述《水滸傳》等四部古典小說名著在華語世界被以現代載具形式「再製」的數量，大約如下：

電影：《三國演義》7 部、《水滸傳》39 部、《西遊記》43 部、《紅
　　　樓夢》10 部。

電視劇：《三國演義》20 部、《水滸傳》6 部、《西遊記》8 部、《紅
　　　樓夢》7 部。

電玩遊戲：《三國演義》282 部、《水滸傳》44 部、《西遊記》23
　　　部、《紅樓夢》13 部。

卡通：《三國演義》63 部、《水滸傳》23 部、《西遊記》59 部、《紅
　　　樓夢》14 部。

舞台劇：《三國演義》1 部、《水滸傳》2 部、《西遊記》2 部、《紅
　　　樓夢》3 部。

網路資訊：《三國演義》657 萬條、《水滸傳》377 萬條、《西遊記》
　　　1050 萬條、《紅樓夢》1410 萬條。

從以上現代載具形式所「再製」的暫成性產品看來，古典小說名著的
「大眾性」仍然可由「數量」獲得實證。尤其近些年炙熱的電玩遊戲與卡
通，《三國演義》顯然獲得很多群眾的興趣，《水滸傳》與《西遊記》也緊
跟其後。文化創意產業大約從這些祖先遺產「兌現」了頗大的經濟效益及娛
樂趣味。

然而，我們要問的是：這些再製產品的「質」呢？假如古典小說名著在
不同歷史時期被進行「不定式文本再製」，讓故事趣味及意義不斷「再
現」，因而能構成並時「流行」與歷時「傳衍」的「大眾性」。那麼，現代
「載具形式」所做的「再製」產品，究竟讓這些古典小說名著「再現」了什
麼品質的趣味與意義？這應該是亟待學者們有規劃地研究的問題。

四、中國古典小說名著的「多元價值兌現」

依循上文的論述，中國古典小說名著的「大眾性」乃是建立在它「文化
原料性」的特質以及歷時性群體參與的「不定式文本再製」，使得它的趣味
與意義不斷「再現」。因此，它始終處在開放性的生產過程，在不同歷史時

期的社會文化條件下，允許人們以不同的「載具形式」與「敘述形式」去「再製」，而多元相對地兌現所意圖的價值。

　　在本文中，我們將「價值兌現」界定為：以一種符號性的物品去兌取所意圖的價值；而所謂「價值」指的是人類在社會文化生活中，為了滿足物質與精神需要而所欲求的目標物。當人們主觀地覺知到自己的價值意圖以及所欲求的目標物，即是「價值意識」；而所意圖的目標物如果是以符號形式實現的文化產品，例如小說，則所謂「價值」就是這符號體所能符合其意圖的「經濟效益」、「趣味」與「意義」。「經濟效益」聯繫於現實生活的物質欲求，「趣味」聯繫於「感覺」，而「意義」則聯繫於對人生存在經驗的「理解」。

　　群體的社會文化生活，其價值當然多元而相對；小說又是群體意識的文化產品，幾乎都沒有一種繫屬於「定身作者」或繫屬於「定式結構」的「定指主題」之意義。因此，如《水滸傳》這一類的章回體小說，基本上是一種「集作性」的符號體，亦即「集合」了不同時期、不同參與者，不自覺或自覺之價值意識而構作形成的「隱喻系統」。所謂「參與者」，包括了說話者、表演者、書寫者、行銷者、閱聽者、評論者。從歷史而言，他們分屬不同時代；從社會而言，他們分屬不同階層；卻不約而同地集合在一起，以某一小說文本的符號體，構作了龐大的「隱喻系統」，以表徵他們各有所圖的價值意識。

　　我們在這裡將比較廣義的使用「隱喻」一詞，凡以某種符號形式去表徵人們於存在情境中，其心靈所體驗的趣味與所理解的意義，即是「隱喻」。因此，廣義而言，一切文化產品，尤其文學藝術，都是「隱喻」。上述的參與者，都是在社會文化場域中，扮演各種角色，以「小說」為共用的符號體，進行社會互動，而藉著文本的「再製」，隱喻性地兌現所意圖多元而相對的價值。因此，假如我們僅從「純文學」本位的所謂「藝術性」，或從「政治道德」本位的所謂「教化功能」，去評判小說的價值，那都是對古典小說的生產缺乏歷史情境及其過程之同情理解所形成價值的簡化。

　　古代小說生產的參與者，如何「集作」一個龐大的隱喻系統，而依藉文

本不定式的再製，分別去兌現他們所意圖的價值？這個問題可以從生產過程
的「漸序性」做出分序的詮釋。不過我們得先說明，「序位」的區分，雖大
致以生產過程中，經驗發生的「時序」為主；但是，其間某些角色的出現，
卻難以完全依照經驗發生的時序切分。從經驗發生的時序來看，這些角色可
能同時出現在二個以上不同的序位中；但是理論上，我們卻必須依照小說生
產的角色功能來為他選定一個適當的序位，例如下述第四序位的評論者，他
最晚在第三序位就以「閱讀者」的角色出現。我們將他擇定在第四序位，乃
是考量他在小說生產過程中的角色功能，不僅只是一般性的「閱讀者」；更
重要的是他們以專業性的評論能力，運用「評點」的敘述形式，「再製」了
另一種「意義」的產品，故而將他置於第四序位。

　　一本隱喻系統龐大的章回體古典小說，其生產過程的第一序位，通常都
是在現實的社會文化世界中，以日常行動或言說，經由社會實踐的過程去生
產經驗原料。「行動」指的是真實發生的社會行為，例如《水滸傳》中宋江
等人記載於文獻中的行跡；又《三國演義》中記載於文獻有關曹操、劉備、
諸葛亮、周瑜等人的事實。「言說」指「巷議街談，道聽塗說」，即口頭流
傳的故事。有時，這二者混在一起；有時則沒有前者，只有後者。但是，前
者固然為「史」；而後者所謂「街談巷語，道聽塗說」，此與現代小說作者
一人自覺的想像虛構不同，它是庶民階層群體意識的產物，雖不能就其「發
生」與否做出客觀實證，卻是人們所「信以為真」的事物，因而它能廣為流
傳；這與現代傳播媒體所謂「八卦新聞」、「小道消息」性質相近。這些訊
息其實反映了群體的社會文化心理。

　　這一序位中的「街談巷語，道聽塗說」，言說者與聽受者的角色乃輾轉
混合。當訊息被不斷輾轉言說與聽受時，已隱涵著傳播範圍內之群眾正反面
的價值意圖。因此，從強調庶民性的文化人類學、社會學的立場觀點來看，
不管出於行動事實，或出於街談巷語，這些訊息都是彼時彼地，人們社會文
化生活經驗及價值意識的產物，比諸強調菁英性、貴族性的官修「二十五
史」，它是另一類「史」的意義。從經驗材料的原始發生而言，這就是中國
古典小說皆為「野史」而特具「文化原料性」的因素之一。

　　第一序位的生產，在廣為傳播的過程中，已由他們「言說」的符號隱喻了群體性的某些喜怒哀樂的感覺趣味，以及某些善惡是非的存在意義；但是，既謂之「正反面的價值意圖」，則有以為然者，就有以為不然者。換言之，他們依藉此一產品兌現了群體意識中或正或反的價值。只是，這一序位的符號仍然在眾聲喧嘩的狀態中，還沒有被匯集、選擇、統整為若干相對穩定的敘述形式；這就得等待第二序位的生產。

　　第二序位的生產，指的是說話、講唱或戲曲表演等生產行為；相對就是受眾之聽賞或觀賞等消費行為。這一序位的生產，已經將前一序位眾聲喧嘩所生產出來的原料，加以匯集、選擇、統整，而以某種「載具形式」結合「敘述形式」，「再製」為「暫成性」產品，並在特定場所演出。這就開始有娛樂性的商業行為了。在這商業行為中，從說話人、講唱或戲曲表演人的立場來看，「經濟效益」應該是他們自覺的「顯性價值意圖」。他們必須參與「小說」生產，依藉說話、表演的載具形式與操作技術，提出優質或受歡迎的文化產品，才能兌現他們所意圖的「經濟效益」價值；因此他們從事的是商業行為，同時也是文化生產行為。

　　如何是「優質或受歡迎的產品」？對他們而言，可能是生產過程中，已熟習「載具形式」的操作，而成為一種不自覺的「隱性價值意識」，自然而然地實現了優質或受歡迎的產品；但是，這也可能是他們自覺的「顯性價值意圖」，明白地認知到什麼是優質的產品，就「再製」什麼樣的產品；或者認知到受眾歡迎什麼樣的產品，就「再製」什麼樣的產品。這二者可能背反，也可能相符；但是，不管如何，他們所「再製」的產品，已在符號上構作了若干相對穩定的「敘述形式」，隱喻著群體性的某些喜怒哀樂的感覺「趣味」，以及某些善惡是非的生命存在「意義」。

　　這些「趣味」與「意義」當然築基於「文化原料性」，才能相應於普遍性的群體意識；故而他們的「再製」產品，不但承自第一序位的「原生素材」，同時「典型事物」的塑造必然也已具雛型。這也就是中國古典小說特具「文化原料性」的原因之二。綜而言之，他們依藉此一產品的這種隱喻符號「兌現」了群體所意向的某些價值。這些價值包括了「經濟效益」與產品

本身的「趣味」及「意義」。

　　相對而言，這第二序位比起前一序位，說話者、表演者與聽賞者、觀賞者的角色已有所區隔。表面看來，觀聽之受眾對產品似乎只是消費，依藉金錢而從被生產出來的符號形式，隱喻性地兌現了群體所意向的感覺「趣味」及生命存在「意義」。然而，在生產與消費的動態結構歷程中，消費者的「趣味」與「意義」取向，必然會回饋到生產者，而影響到產品的製作。從這種觀點而言，在說話、講唱或戲曲表演的場域與過程中，觀聽之受眾其實也相對參與了小說的生產。說話與表演的語音形式、肢體形式之產品無法留存；但是根據史料，我們必須承認他們的生產事實。而這生產事實，就只能以「話本」、「彈詞」、「鼓詞」及「劇本」等文字符號形式，去推闡他們如何「隱喻」並「兌現」群體所意向的價值了。

　　前二序位的生產，大致是以庶民階層為主，依藉「小說」產品滿足沒有文字能力的受眾，在社會文化生活中，對物質或精神的需求，尤其精神需求最為主要。第三序位的生產，則以文人階層為主，指的是小說的書寫，包括初寫、改寫、續寫等生產行為；相對就是受眾之閱讀的消費行為，以及行銷者的編印出版行為。這一序位的生產，書寫者更進一步選擇、匯集、統整前二序位紛雜的「暫成性」產品，以文字為載具進行「書寫形式」的操作，並結合適當的「敘述形式」，「再製」為另一種「暫成性」產品，以供應具有文字能力的人去閱讀。

　　第三序位的產品，一則由於已離開前一序位現場動態性的說話、講唱與表演，而更變為非現場的靜態性閱讀。因此其「敘述形式」便趨向於精美描繪的修辭策略，以滿足文人階層讀者的感覺「趣味」與生命存在「意義」。二則作者本是才學兼優的文人，以精美的「敘述形式」及「修辭策略」，創造優質的「趣味」與「意義」，乃是一種常態性的「自我實現」心理。因此，包含著優質的「趣味」與「意義」所構成的小說「藝術性」，應該是這一序位書寫者自覺或非自覺的價值意圖；而其「再製」的產品，也就是以他所創造的符號形式「隱喻」並「兌現」了意圖中的價值。

　　那麼，第三序位的生產是否就此轉變為純屬個人的「純文學」創作呢？

非也。其因：一則由於第三序位的生產乃是統整前二序位「暫成性」產品的創造性「再製」，因此它仍然承接前二序位所本具的「文化原料性」。這尤其對三國、水滸、西遊這一類故事更是如此，不但承接前二序位的「原生素材」，同時也必然承接其「典型事物」的雛型而創造性地「再製」得更加精美。二則由於第三序位產品的作者幾乎都是無法躋身政教權力階層的落拓文人，不但日常生活混跡於庶民社會，同時恐怕也認同了庶民階層的意識形態，而大致接受了前二序位產品中所蘊涵的群體性價值意識。因此，這類第三序位寫成於文人之手的小說，其「典型事物」經常蘊涵著對於「政教權力」的「抵抗意識」，《西遊記》、《水滸傳》表現得特別明顯。

我們可以說，儘管到了第三序位的生產，其產品已經大約可以找出「個體性」的所謂「作者」；然而，假如我們連接到前二序位，從整個生產過程來看，此一「作者」在現實世界中之確定身分及其種種所謂真實的經歷，這些傳記資料對於詮釋小說文本的「趣味」與「意義」並沒有決定性的效用。因為他的「個體性」在連續「再製」的生產過程中，已與「群體性」辯證消融為一了。這種生產過程的規則，即使在「原出」一人之手的《紅樓夢》也有相當程度的適用性。這在上一節對《紅樓夢》之「不定式文本再製」以至版本紛歧的討論中，就可窺知其消息。因此，這一序位的生產，其「再製」的隱喻符號系統，「兌現」的並非僅是作者個人所意圖的小說藝術性價值，更多的仍然是包括作者在內的群體所意圖的價值，亦即某些可以共享之「典型事物」的「趣味」與「意義」。

在這第三序位的生產中，相對於「作者」，也存在著若干隱性或顯性的「讀者」。說他是「隱性」，乃是指無法確認「個體」而為籠統印象的「他群」；但是，這「他群」雖然籠統，卻必須承認其存在。這類讀者就如同前一序位的讀者，其角色功能就只能被理解為對生產者之回饋而影響到產品的製作。這類「隱性讀者」，我們在此不予詳論，而特別要去注意的是某些「顯性讀者」。這類「讀者」其實難與「作者」做出明確的角色區分；因為，他們就是小說文本的改寫者或改編者，例如《水滸傳》，一般小說史的著作，多以為初寫者是施耐庵，而第一次改寫者是羅貫中，第二次改寫者是

郭勳家傳本某個不知名的作者；以後改寫或改編的情況繼續出現，及至金聖嘆腰斬百回本的後半部，更是強烈的改編。

每次改寫或改編都是一次「再製」，也都隱涵著某種價值意圖。除了版本傳衍過程中非有意造成的誤差，這些改寫或改編者顯然是先以「讀者」的角色，在閱讀時基於某種價值意圖，可能是對文本的「敘述形式」及其「閱讀效果」有不同的考量；可能是基於某種意識形態的詮釋取向——金聖嘆是最典型的例子；也可能是基於行銷市場的追求。總之他們也是文人，有其能力從「讀者」角色一轉就變成「作者」的角色，對文本進行另一次的「再製」。雖然其中有些改寫或改編者不見名字；然而，這僅是真實身分的認定問題，他們與那類隱性的一般讀者卻畢竟不同；因為從改寫、改編的行為事實而言，他們不管知名或不知名，都在產品的實體上刻鏤了「更變」的「痕跡」，而構成另一種再製品。以這個觀點來看，他們是「顯性讀者」，同時參與了小說文本的生產，兌現了如上所述的價值。

在上述第三序位的生產者中，我們必須特別注意，明代的出版行業已非常發達，從事這一行業的出版商都非目不識丁的庶民，很多也是功名未遂的文人，例如余象斗（約 1596 年前後在世），以及陸雲龍、陸人龍兄弟（約 1628 年前後在世）。[54]他們從事這一行業，除了是商人，也是具有文字專業能力的

---

[54] 余象斗，號「三台山人」，福建建安人，約明神宗萬曆年間在世，閩中著名大書商，創辦「雙峰堂」、「三台館」書坊，編刊書籍甚多，其中就有二十餘種通俗小說，《京本增補校正全像忠義水滸傳評林》即是其一；他自己也是小說作家，最有名的著作是《北遊記》、《南遊記》，與吳元泰《東遊記》、楊致和《西遊記》合刊為「四遊記」。參見程國賦：《明代書坊與小說研究》（北京：中華書局，2008 年），又林雅玲：《余象斗小說評點及出版文化研究》（臺北：里仁書局，2009 年）。陸雲龍，號「翠娛閣主人」，杭州的大書商，約明神宗萬曆中到清聖祖康熙初在世；開設「崢霄館」書坊，專事出版，編撰擬話本小說《清夜鐘》，以及《皇明十六家小品》等書。其弟陸人龍編撰時事小說《遼海丹忠錄》（署名孤憤生，或以為陸雲龍所作）、擬話本小說《型世言》，陸雲龍為之評點。諸書皆由「崢霄館」出版發行。參見胡玉蓮：〈陸雲龍生平考述〉，收入《明清小說研究》2001 年第三期。顧克勇：《書坊主作家陸雲龍兄弟研究》（北京：中國社會科學出版社，2010 年）。

讀者；因此，有時角色一轉，很容易變成小說文本的改編者，甚至改寫者。他們這種「再製」行為，大多出於「經濟效益」的價值意圖；當然某些有能力、有理想的出版商，也可能基於文學性或政教功能的價值意圖，而做出改寫、改編的行為。不管就何種動機而言，明清時代的出版商也是不能完全被忽略的小說文本「再製」生產者；尤其「圖像」的引入，由於改變產品的「載具形式」而影響文字的「敘述形式」，以獲致閱讀趣味的再生及傳播效力的擴大，對於小說「大眾性」的強化，有其不可磨滅的貢獻。那麼，他們再製的隱喻符號系統，所兌現的價值就不僅止於出版商個人意圖的「經濟效益」而已。

　　接著，第四序位的生產，我們特別要突顯某一類的「顯性讀者」，那就是以「評點」的方式詮釋小說的專業性評論者。這類評論者，可以李卓吾、金聖嘆之評點《水滸傳》為例。從小說故事本身的「敘述形式」來看，他們對於小說文本的生產，大約表現在版本的選定、更編或對局部文字的校改。李卓吾的評點所選定的就是一百回本的《忠義水滸傳》；而金聖嘆則更編一百回本，刪去後三十回，保留它所認可的前七十回。這種選定、改編當然隱涵某種價值意圖，對小說文本自身的再製生產，有其效用；我們已將這種讀者角色歸入第三序位去詮釋。在第四序位所要詮釋的是，他們做為專業評論者，就其「評點」外現的文字形式來看，似乎與小說文本的「敘述形式」生產無關；然而，就「敘述形式」所隱涵的「趣味」與「意義」的「再現」，卻可以理解到它與小說文本的關係甚為密切。

　　「評點」之做為一種閱讀意見的「敘述形式」，從來都是依附在被評點的文本敘述脈絡，不能離開文本的敘述脈絡而獨立存在，因此它終究成為文本意義結構的一部分。這還不只是一種文字外現形式的依附關係。文本的「趣味」與「意義」存在於一套符號形式的隱喻系統中，並非現成物。因此「趣味」與「意義」才是小說文本所蘊涵的內容；而「趣味」與「意義」卻必須通過「詮釋」始能被生產出來。那麼，從小說的生產過程以及各種形式的再製所意圖兌現的價值而言，「評點」必須被納入整體的隱喻系統來看待。它仍然以小說文本為基地，將「評點」的敘述依附其上，以進行這一隱

喻符號系統所蘊涵之「趣味」與「意義」的創造性「再製」，而「兌現」某些包括評論者在內之群體性的價值意圖。《水滸傳》就是這種產品；尤其「忠義說」與「盜賊說」二元對立的諍辯，這已是專治《水滸傳》或「中國小說史」學者熟知的共識：李卓吾在評本的序言中，明讚梁山泊英雄之「忠義」；[55]相對的，金聖嘆之評本則在序言中直斥其為「盜賊」。[56]從「君臣」此一「典型倫理關係」來看，這二種立場、觀點完全對立的評斷，當然是在以「權力」及「道義」為價值中心之階層性或民族性的意識形態主導下，所進行的「詮釋性」意義生產。

這樣的詮釋取向，固然有其文化傳統，卻也辯證地融入他們對當代社會文化情境的存在感受。李卓吾生存於嘉靖、隆慶、萬曆年間，政治、禮教雖已顯現腐敗之象，卻還是一個政權能夠維持支配力的世代，除了東南海寇侵擾及東北滿族犯邊之外，還沒有大規模的盜賊內亂。學術史上，眾所熟知，李卓吾對「政教權力」的「抵抗意識」，表現在種種批判已僵化之儒家傳統的行為上，而自謂或備受譏責為「異端」；[57]假如擴大時代視域來看，這也不是他個人獨有的存在經驗，而應該是晚明時期，被主流性政教權力所支配

55　李卓吾：〈忠義水滸傳序〉：「《水滸傳》者，發憤之作也。……施羅二公身在元，心在宋，雖生元日，實憤宋事。是故憤二帝之北狩，則稱大破遼以洩其憤；憤南渡之苟安，則稱滅方臘以洩其憤。敢問洩憤者誰？則前日嘯聚水滸之強人也，欲不謂之『忠義』，不可也。」參見《李卓吾批評忠義水滸傳全書》（臺北：天一出版社，1985 年）。

56　金聖嘆：〈水滸傳序二〉：「夫以『忠義』予《水滸》者，斯人必有慼其君父之心，不可以不察也。且亦不思宋江等一百八人，則何為而至於水滸者乎？其幼，皆豺狼虎豹之姿也；其壯，皆殺人奪貨之行也；其後，皆敲朴剮剕之餘也；其卒，皆揭竿斬木之賊也。有王者作，比而誅之，則千人亦快，萬人亦快者也。」參見《金批水滸傳》。

57　「異端」與儒家「正道」對立。李卓吾被視為「異端」，他自己乾脆就以「異端」自居；其〈復鄧石陽〉云：「弟異端者流也，本無足道者也。自朱夫子以至今日，以老、佛為異端，相襲而排擯之者，不知其幾百年矣。弟非不知，而敢以直犯眾怒者，不得已也，老而怕死也。」李卓吾：《焚書》（臺北：漢京文化事業公司，1984年），卷一，頁 12。

的邊緣性階層共同的存在感受吧！

　　李卓吾之評《水滸傳》，假藉讚許梁山泊英雄為「忠義」，相對貶斥宋代朝廷的腐敗，以託諷明代當朝，從上引的序言中，其用意就已不難理解。至於金聖嘆本身就是一個保守地繼承儒家傳統觀念的文人，主要生存在明代天啟、崇禎直到清代順治年間，上距李卓吾的世代相隔已逾半世紀。他所面對的時代社會文化情境，崇禎年間，政權、禮教已腐敗到社會失序的狀況，農民的反抗也變質為「流寇」群起，如李自成、張獻忠等之燒殺擄掠。從序言中金聖嘆所強調儒家傳統的政教觀念，[58]以及他所面對社會失序的局勢，也不難理解他為何刪去後三十回：梁山泊好漢接受招安，奉命征寇，甚而壯烈犧牲以成「英雄」的情節；並且更是直斥眾人為「盜賊」。

　　中國古代「士人」在不同世代的社會情境中，因依個人對文化傳統的選擇性接受，對所存在世界的選擇性認知及價值觀，大多會有不同的回應態度。這種感受表諸行為或文本，如果能廣為流傳而產生其影響力，也就反映了某種群體性的存在經驗與價值意識。「大眾化」的小說名著，最能顯示這種社會文化現象。因此，對小說文本「趣味」與「意義」的再製生產，明顯的是「傳統」與「當代」、「個人」與「群體」之社會文化生活經驗與價值意識的辯證融合。

　　在中國古代，由於「士」階層對時代家國之以「道」自期的使命感，或對政治「權力」的欲求，已形成「道統」與「政統」二種牢固而傳統的「對立性」意識形態；因此「文學批評」與「政教批判」、「文化社會批判」往往形成相互為用、彼此依存的關係。[59]更確切的說，不但文學創作經常以

---

58 金聖嘆：〈水滸傳序一〉幾乎都在闡述儒家之道，而〈序二〉更明斥水滸諸人不可為「忠義」，云：「嗚呼！忠義而在水滸乎哉！忠者，事上之盛節也；義者，使下之大經也。忠以事其上，義以使其下，斯宰相之材也。……。」凡此皆典型之儒家傳統的政教觀念。參見《金批水滸傳》。

59 漢代士人之詮評屈騷，皆以屈原為人格典範；但是，站在國君統治立場者，顯發其「忠君」的精神，例如王逸《楚辭章句》。而站在士人之君臣對待關係的觀點者，則顯發其忠而被謗的「不遇」之悲，以及「極諫」的精神，例如賈誼〈弔屈原〉、東方

「比興」的符號形式「寄託」士人對文化、社會、政教所採取或認同或反抗的價值意圖；「文學批評」也同樣是這種「比興寄託」的話語形式。元明以降，水滸與三國故事的各種「再製」形式，包括創作與批評都當如是觀；它絕不等同於在當代「專業分工」的社會情境中，學者們關閉於象牙塔所為單純的學術研究工作。因此研究古典小說，對文本生產過程之動態性歷史「語境」的理解，乃是必要的基礎。

　　以上從古典小說生產「漸序性」的過程，可以分析出四個序位的生產狀況以及它們所意圖兌現的多元價值；但是，現代學者對於小說的研究，其所關注的焦點卻大致靜態地集中在第三序位的產品。這會不會窄化了古典小說研究的視域？

五、結語

　　在反思近現代對於古典小說之研究取向後，我們轉換了另一種問題視域與詮釋視域，因而理解到中國古典小說的生產，的確有其不同於西方的社會文化情境及過程；回歸到此一情境及過程，這個視域讓我們見到：中國古典小說實以「文化原料性」為其特殊性質，在歷時性的傳衍中，始終保持著「不定式文本再製」的現象，因而形成「開放性」的文本生產；生產者往往突破社會階層的區隔，群體共同參與了延續「再製」文本的生產行為，構成一個龐大的「集作性隱喻系統」，讓不同時序、不同身分的生產者，去兌現多元而相對的價值。這也就是它構成「大眾性」主要的因素及條件。

　　從小說生產的社會文化場域及過程來看，這種在不同歷史時期持續「再製」的「趣味」與「意義」，乃是小說文本所蘊藏的創造性內容，無法與其

朔〈七諫〉。這就顯示了「文學批評」與「政教批判」、「文化社會批判」相互為用、彼此依存的關係；而且這種批評型態，漢代以降，已成傳統。明代評《水滸傳》就是這種傳統具體的展現。顏崑陽：〈漢代「楚辭學」在中國文學批評史上的意義〉，收入《第二屆中國詩學會議論文集》（臺灣：彰化師範大學國文系編印，1994年），頁243-244。又收入本書輯二，頁248-249。

外現的「再製」形式切割。因此，上述每一生產序位所做不同的「再製」形式，都無所謂絕對客觀的「真／偽」問題。種種文獻考證，都不宜以判斷「此真彼偽／此偽彼真」為終極目的。這種問題永遠沒有絕對唯一正確的答案。因此，文獻考證真正的意義，不是絕對客觀性的「真／偽」判斷；而是為後續的「意義」詮釋，建立總體的歷史經驗基礎，描述了中國古典小說在不同歷史時期被各種階層的人們進行「不定式文本再製」的特殊現象；讓我們可以針對這個現象詮釋其社會文化性的意義。

　　古典小說乃是中國最具「大眾性」的文學遺產。我們認為，當代學術文化界對古典小說的關懷，應該有二個層次：一個是暫離社會文化生活實踐現場的「純學術」研究，目的在生產理論性的知識，學院內大多數學者都是從事這種研究。另一個則是不離社會文化生活實踐現場的應用，其目的在操作現代化的「載具形式」，對小說文本進行流行及傳衍的大眾文化生產。這才是中國古典小說主流的文化傳統；不離當代大眾社會文化生活的「實踐」，乃古典小說名著得以傳衍不絕的主要因素。由於，現代的社會文化情境，在「五四」之後，已迥異於古代；而現代化的科學性載具也古所未有。因此，我們可以說，當代整合各種行業的人才，對古典小說進行再製生產，恐怕算是「第五序位」了；有其與「傳統」承接的困難度。應該如何去「實踐」？這是一個古典小說學者與載具技術人員必須共同去思考，甚而合作的議題。

　　中國古典小說上述幾種名著傳衍到當代，其「大眾性」仍然可由「數量」獲得證實；然而，其「再製」產品的「質」呢？載具有其形式性的表現功能，不過它能載入什麼「品質」的內容？就不盡然依賴「載具形式」的「技術」操作，就可達致。我們所要提醒的是，「文化創意產業」的政策性口號高唱入雲；然而「經濟效益」的產業，應該只能是「文化創意」的延伸，其優先性絕不能本末倒置。

　　假如從上述四個序位對小說名著的再製所隱涵的「多元價值兌現」來看，「文化創意」的根源，永遠都是傳統與現代、個體與群體之存在經驗與價值意識的辯證融合！其本在於既掌握它的「文化原料性」，又能體驗當代的存在情境而對小說文本「趣味」與「意義」進行創造性的再生產。這不僅

是「技術性」的問題，絕非熟練傳播載具的技術人員所能完全負責。這時候，我們就要追問：既有古典小說專業知識，又有當代社會文化存在經驗感受與價值意識，能通古今之變而創新的學者在哪裡？換個意象性的問法：面對當代，李卓吾式或金聖嘆式的小說學者在哪裡？他們能不能對小說的「趣味」與「意義」做出貼切當代社會文化生活的創造性詮釋，讓現代化的「載具形式」能承載優質的內容？

　　然則，上述對古典小說二個層次的關懷應該適當的整合。封閉在學院內的古典小說研究者，恐怕必須省思到，古典小說做為最具「大眾性」的文學遺產，從理論知識到社會文化實踐，中間不能被學院的高牆隔斷。這才是文化發展的正途。

後記：

原刊臺灣《東華漢學》第十九期，2014 年 6 月。

2016 年 1 月增補修訂。

國家圖書館出版品預行編目資料

詮釋的多向視域：中國古典美學與文學批評系論

顏崑陽著. – 初版. – 臺北市：臺灣學生，2016.03
面；公分

ISBN 978-957-15-1699-8 (平裝)

1. 中國古典文學 2. 文學美學 3. 文學評論

820.7   105002974

詮釋的多向視域：中國古典美學與文學批評系論

著　作　者：顏　　　崑　　　陽
出　版　者：臺 灣 學 生 書 局 有 限 公 司
發　行　人：楊　　　　雲　　　　龍
發　行　所：臺 灣 學 生 書 局 有 限 公 司
　　　　　　臺北市和平東路一段七十五巷十一號
　　　　　　郵 政 劃 撥 帳 號 ： 0 0 0 2 4 6 6 8
　　　　　　電　話 ： (0 2) 2 3 9 2 8 1 8 5
　　　　　　傳　眞 ： (0 2) 2 3 9 2 8 1 0 5
　　　　　　E-mail：student.book@msa.hinet.net
　　　　　　http://www.studentbook.com.tw

本 書 局 登
記 證 字 號：行政院新聞局局版北市業字第玖捌壹號

印　刷　所：長 欣 印 刷 企 業 社
　　　　　　新北市中和區中正路九八八巷十七號
　　　　　　電　話 ： (0 2) 2 2 2 6 8 8 5 3

定價：新臺幣六〇〇元

二 〇 一 六 年 三 月 初 版